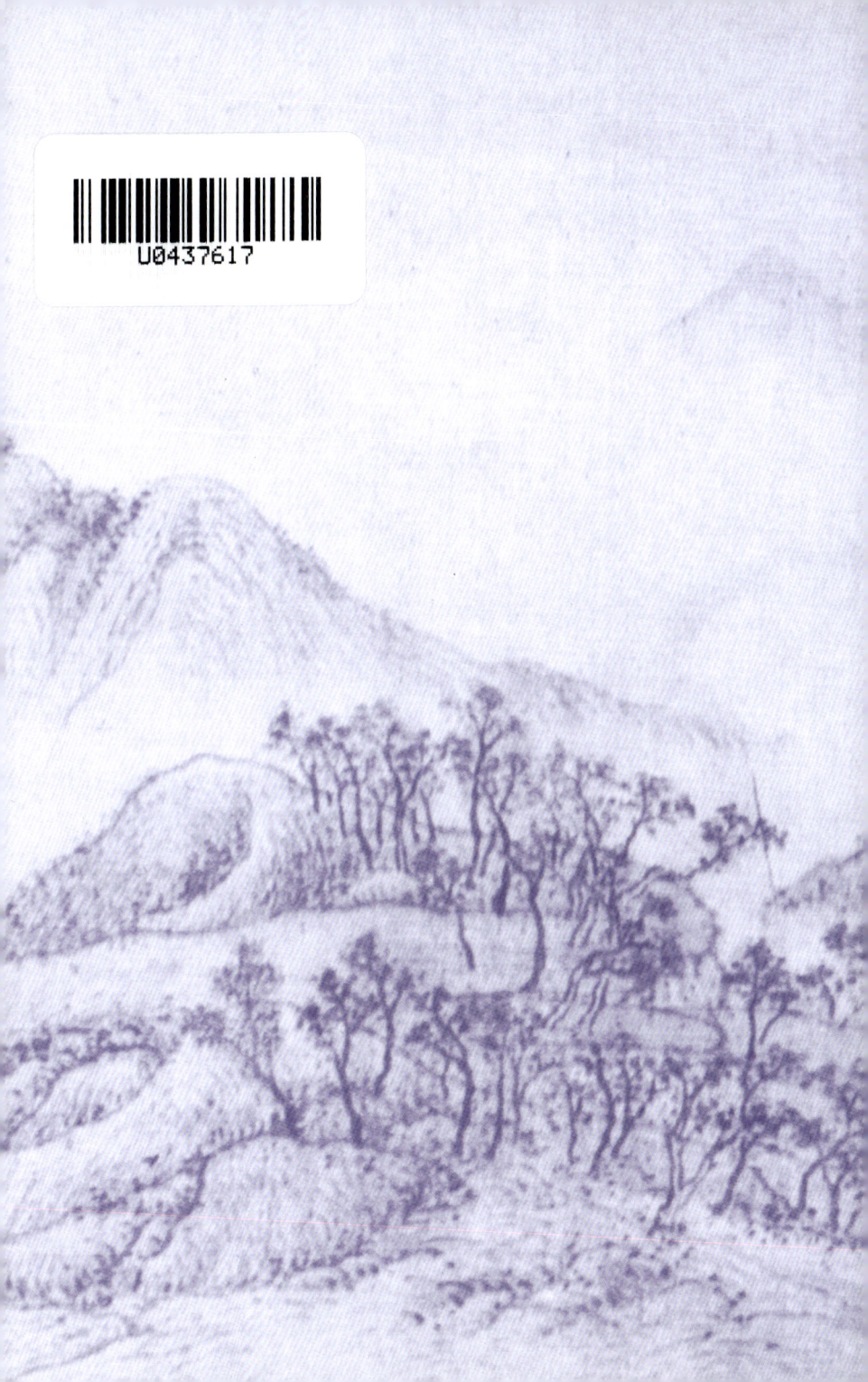

〔唐〕杜　甫　著
〔清〕楊　倫　箋注

杜詩鏡銓

上海古籍出版社

上

圖書在版編目（CIP）數據

杜詩鏡銓 /（唐）杜甫著；（清）楊倫箋注 . —上海：
上海古籍出版社，2019.5（2022.8重印）
（中國古典文學叢書）
ISBN 978-7-5325-9198-5

Ⅰ.①杜… Ⅱ.①杜…②楊… Ⅲ.①杜詩—注釋 Ⅳ.
①I222.742

中國版本圖書館 CIP 數據核字（2019）第 062963 號

中國古典文學叢書

杜詩鏡銓

（全二册）

[唐]杜　甫　著
[清]楊　倫　箋注

上海古籍出版社出版發行
（上海市閔行區號景路159弄1-5號A座5F 郵政編碼201101）
（1）網址：www.guji.com.cn
（2）E-mail：guji1@guji.com.cn
（3）易文網網址：www.ewen.co
上海展强印刷有限公司印刷

開本 850×1168　1/32　印張 39　插頁 11　字數 849,000
2019 年 5 月 2 版　2022 年 8 月第 4 次印刷
印數：3,051-4,150
ISBN 978-7-5325-9198-5
I·3375　精裝定價：168.00 元
如有質量問題，請與承印公司聯繫
電話：021-66366565

杜甫像（南薰殿舊藏《唐名臣像》）

杜詩鏡銓

〔唐〕杜 甫 著
〔清〕楊 倫 箋注

上海古籍出版社

上册

再版說明

清人楊倫箋注的《杜詩鏡銓》，是具有代表性的杜甫詩集注本之一。楊氏參考了宋代至清代的各家杜詩注本，頗能裁擇各家之長，結合自己的研究心得，糾正、補充舊注中的一些錯誤和缺漏。本書的注釋比較平正通達，簡明扼要，不穿鑿附會，不作繁瑣的徵引和考證。楊氏除了着重根據歷史背景闡明作品的寫作年代和主旨外，還注意到對詩意的疏解，並精選諸家評箋作爲注釋的重要補充。由於具有上述特點，本書向來爲研究杜詩者所重視。

一九六二年，中華書局上海編輯所曾用本書原刻本標點出版，並請郭紹虞同志撰寫前言。現訂正了書中若干錯字和標點錯誤，予以再版，供讀者研究參考。

上海古籍出版社
一九七八年十二月

前言

郭紹虞

楊倫的杜詩鏡銓以精簡著稱。不穿鑿，不附會，不矜奇，不逞博，而平正通達，使少陵精神躍然紙上，這就是這一部書的長處。大抵自詩史之說興，而注杜者遂又多徵引典實之作。杜詩反會史事之論；自杜詩無一字無來處之說興，當然無可非議，但強加附會，甚至捏造史實，映了當時的現實，以史證詩，則更近於妄。杜甫『讀書破萬卷』，沒有杜甫之學當然也不易理解杜甫之詩，但字字求解，都要找出來處，甚至搜羅僻典而與詩義無關，則將以眩博，也適形其陋而已。所以浦起龍謂『杜之禍，一烈於宋人之注，再烈於近人之解』，也不是無因的。

杜詩一向受人推崇，何以解人難索，反有這種現象呢？這不能不說是注家的問題了。注家求深得鑿，求明轉繁，鑿近於誣，繁易成蕪，誣與蕪兼，非繆則穢，於是杜詩之真面目，真精神，反變得不易理解了。昔人謂史家要有才學識三長，我以為注家也是如此。我所謂注，是包括注和解和評三方面的。注以明其義，解以通其旨，評以闡其志和論其藝，所以注則重在學，解則重在才，而評則於才學之外，更重在識。楊氏有詩

1

人的創作經驗,深知作詩甘苦,所以即使講些『轉接照應脈胳貫通處』,而能『順其文勢語求其着落』,加以說明,自不致陷於兔園習氣,成爲『陋人立陋法』(王夫之語);即使『語之自然』,考證時事,以意逆志,但不爲異說,不尙臆度,也自然免於穿鑿支離之病。再加以反復沈潛,好學深思,所以一方面能正仇、浦諸家之誤,補朱注之缺,一方面再能裁擇各本之長,以歸於至是。這即是注家才學識三長的表現,而杜詩鏡銓一書所以特別受人重視之原因就在此。

然而,話又得說回來。是不是此書一行而前人注杜之作都可以廢棄呢?則又不然。楊氏之書正是在前人的基礎上進一步提高的。沒有前人之注,不可能有楊氏之書,而同時沒有楊氏之書,反不能顯出前人之注之長。前人之注杜固然病在鑒與繁,但是除了一些無識的注家援引僞作杜詩事實一類之書以外,一般都有一些特點可作參考之資。所以不要震於此書序中畢沅諸人之說,認爲前人之注完全可廢。如果要於杜詩注中選一本一般適用的讀本,則杜詩鏡銓誠是最適當最合理想的書;如果對於杜詩要作深入的研究,則前人之注不可盡廢。儘管楊氏於箋注紛挐之中,『搜討實費苦心』,但是一人之見總有它的局限性的;何況昔人書籍更有沈埋晚出之事,卽如王夫之的夕堂永日緒論，在現代人看來覺得很平常，是習見之書，但在楊倫那時代却不易看到，所以開卷龍門奉先寺詩解天闕雲臥一聯，只能取楊愼之說改『天闕』作『天闚』，認爲『天闕雲臥乃倒字法』。其實，假使如王夫之說，認爲『闕』字『臥』字乃子美早年下字法，從陰鏗、何遜來，那末許多曲說一掃而空，也就不必改『闕』爲『闚』了。

學問之事總是後來居上，這是肯定的。杜詩鏡銓一書，簡明扼要，有勝過前人之注之處，這也是肯定的。然而我們旣不要看到它的一些突過前人之處，就抑得太低，認爲前人之注一無是處；也不要只看到一些因襲之處，就捧得太高，認爲前人之注一無是處；也不要只看到一些因襲之處，認爲不過是抄襲成書。現在整理古籍的工作正在開始。我們應當在前人的基礎上批判繼承，進一步提高，以求突過前人，也是分內之事，但是千萬不要過度誇張自己的一些成績，乃至輕率否定前人的成績。這也有關學風問題，故特發其義於此。

一九六二年十一月七日

杜詩鏡銓序

畢序

杜拾遺集詩學大成，其詩不可注，亦不必注。何也？公原本忠孝，根柢經史，沉酣於百家六藝之書，窮天地民物古今之變，歷山川兵火治亂興衰之蹟；一官廢黜，萬里饑驅，平生感憤愁苦之況，一一託之歌詩，以涵泳其性情，發揮其才智；後人未讀公所讀之書，未歷公所歷之境，徒事管窺蠡測，穿鑿附會，刺刺不休，自矜援引浩博，真同癡人說夢，於古人以意逆志之義，毫無當也。此公詩之不可注也。公崛起盛唐，紹承家學，其詩發源於三百篇及楚騷、漢魏樂府，吸羣書之芳潤，擷百代之精英，抒寫胸臆，鎔鑄偉辭，以鴻博絕麗之學，自成一家言；氣格超絕處，全在寄託遙深，醞釀醇厚，其味淵然以長，其光油然以深，言在此而意在彼，欲令後之讀詩者，深思而自得之；此公詩之不必注也。是公之詩卷流傳天地間，原自光景常新，無注而公詩自顯，有注而公詩反晦矣。宋、元、明以來箋注者，不下數十家，其塵羹土飯，蟬眂蠅鳴，知識迂繆，章句割裂，將公平生心蹟與古人事蹟牽連而比附之，而公詩之眞面目、眞精神盡埋沒於坌囂垢穢之中，此公詩之厄也！注杜詩之本旨晦，而公詩轉不可無注矣。陽湖楊進士西穌，少游名場，卽工聲韻之學，宗仰少陵，能篤信謹守，涉其藩籬，窺其堂奧，搜羅古集，攷核遺文，片言隻字有關於杜詩者，節取而錄存之，歲月旣久，積成卷帙，爰製杜詩鏡銓一書，以質於余。余自束髮授詩，與吳下諸子，結爲吟社，每討論源流，必以工部爲宗。有友人株守明人箋注一册，珍爲枕中祕本，謂能箋釋新，舊唐書時事，確當詳贍，此讀杜之金針也。余應之曰：如此何不竟讀唐書。友人廢然而去。今閱楊君是書，非注杜也，將各家注杜之說，勘削紕繆，盪滌蕪穢，俾杜老之眞面目、眞精神洗發呈露，如鏡之不疲於照，而無絲毫之障翳也。是由前之說，杜詩之不可注，不必注，竊冀當代宗工，扶輪大雅，抉草堂之精髓，求神骨於語言文字之外，而棄初得之筌蹄也；由後之說，近日杜詩之不可無注，又以風雅夐絕，迷塗未遠，探浣花之門戶，俾端趨向而識指歸，爲後學示以津逮也。則楊君是書，安得謂非詞壇之正的，少陵之功臣也哉！

乾隆壬子孟春下澣，鎮洋畢沅書於武昌節署之叢桂軒。

朱序

余夙聞楊子西河名，來皖出示所著杜詩鏡銓二十卷，首言用力幾二十年，排纂成帙，又閱五年，其於杜可謂勤矣！昔之治三百篇者曰：正得失，動天地，感鬼神，莫近於詩。傳注家以詩爲最古，詩傳猶未能盡應爾雅，賤則多以禮注詩，論者謂其特長於禮，此注之難也。今言詩牽舉陶、杜爲獨得三百篇遺意。陶詩自梁昭明太子、北齊陽休之編次外，注者絕鮮。宋時注杜已有王洙、宋祁、王安石、黃庭堅、薛夢符、杜田、鮑彪、師尹、趙彥材等九家，原書不傳，尚見於郭知達之所采集。杜之奧博，有非詁訓不顯。治亂之迹，與國史相證，近於變風雅之義。注家徵實，病其支虛則鑿，章比句櫛則固，治杜之倍難於諸家也。是編裁擇各本，草薙沙汰，以歸簡約，使讀者開卷瞭然。至其疏通證明，往往出前賢尋味之外。又博採諸名家評隲，附列簡端，如元高楚芳採劉辰翁之例，而後杜詩之學，闡發始無遺憾。雖其沉著獨絕，殷殷乎正得失，動天地，感鬼神者，仍必待其人自領之。要之學者得此爲津筏，厥功爲不朽矣！

乾隆辛亥嘉平月，大興朱珪序。

周序

乙巳歲，余任湖北糧儲道，值楊君西稣掌教江漢書院，愛其品粹學醇，還往無間。今歲來訪余皖江藩署，出所著杜詩鏡銓見示，並索序於余。余讀竟作而嘆曰：少陵詩兼綜眾體，冠絕古今，昔人稱之為詩史，為詩聖，復何容贅一辭？然子美非僅以詩見也。子美以一小臣，旋遭罷黜，乃流離困躓，每飯不忘朝廷，忠義自出於天性。至其才與識，則亦有過人者：在安史之亂方劇，扼寇蘆關，斬鯨遼海，論事切中機宜，多與李、郭諸公相合；以及回紇、吐蕃之蹂躪，強藩分鎮之不恭，宦豎典兵之為害，皆有以見於幾先，而憂深慮遠；美王相國則思復屯營之制，嘉元道州則深哀徵斂之苛，迨勗修德以致時和，法斗魁而求元輔，於本原之地，尤三致意焉。使得行其志，所謂致君堯舜，再使俗淳者，良非虛語。乃宋祁無識，輒云公好論天下大事，高而不切，亦猶陳壽作史，謂將略非武侯所長。觀公蜀中懷古詩云：伯仲之間見伊呂，指揮若定失蕭曹。非徒詠古，蓋亦借以自況也。顧公詩包羅宏富，含蓄深遠，其文約，其詞微，稱名小而指極大，舉類邇而見義遠，亦有如太史公之稱屈原者。苟不得其解，往往視忠愛為刺譏，等憂危於訐激，詩義晦而公之所為自比稷契者，其志亦將以不明於天下。楊子研精二十餘年，乃盡得其要領，章疏節解，珠聯繩貫，於異說如蜩，一一爬羅而剔抉之，以求其至是，如鏡燭形，一經磨瑩而其光愈顯，使凡讀公詩者，有以知公之志，悄然興悲，肅然起敬，信足動天地而感鬼神。他如樓屑之出北史，扶侍之出漢書，寄韓諫議詩楓香之當引十洲記，江樓夜宴詩海查之當引拾遺記，皆舊注搜索所未及。其餘訂正舛譌，不一而足。又昔遊詩商山、呂尙,當指汾陽、鄴侯;瞿唐出峽詩伊、呂、韓、彭,斷指杜相、崔旰。攷證詳確,尤能發前人所未發,然後歎其用心勤而爲學博,有功於子美之多也!

昔松陵朱鶴齡氏著杜詩輯注,一時盛行於世,至雞林賈人,亦爭購其書。是編出,吾知其不脛而走,必有以先覩爲快者,其爲嘉惠來學,豈淺鮮哉!爰不辭而爲之序。

乾隆歲次辛亥長至後二日,滇南同學弟周樽譔。

自序

自昔稱詩者,無不服膺少陵,以其原本忠孝,有志士仁人之大節,而又千彙萬狀,茹古涵今,無有端涯;視他人尋章摘句爲工者,眞不啻岱華之於部婁,江海之於潢潦也。顧其學極博,體極備,用意極深遠,自非反復沈潛,未易譏然已解。宋以下注杜者名有千家,邇來論列者,亦不下數十家,然繁簡失中，卒少善本。余自束髮後，卽好誦少陵詩，二十年來，凡見有單詞隻字關於杜詩者，靡不採錄，於舊說多所折衷。年來主講武昌，閒居無事，重加排纂，義有牴滯，至忘寢食，不覺豁然開明，若有神相之者，凡閱五寒暑，始獲成書。竊謂昔之杜詩，亂於僞注，今之杜詩，汨於謬解，多有詩義本明，因解而晦，所謂萬丈光焰化作百重雲霧者，自非摧陷廓清，不見廬山眞面。惟設身處地，因詩以得其人，因人以論其世，雖一登臨感興之暫，述事詠物之微，皆指歸有在，不爲徒作。計公生平，惟爲拾遺侍從半載，安居草堂僅及年餘，此外皆饑餓窮山，流離道路，乃短詠長吟，激昂頓挫，舉目者民生，繫懷者君國，所遇之困阨，曾不少芥蔕於其胸中。自古詩人，固窮砥節，不隕其志，上下千年，惟淵明可以抗行，然後嘆子美眞天人也。公之爲詩，多出於所自道。其曰：毫髮無遺憾，波瀾獨老成；又意愜關飛動，篇終接混茫，皆非公不足當此語。至於妙取筌蹄棄，高宜百萬層，知詩外自有事在，而但索之於語言文字間，猶其淺也。今也年經月緯，句櫛字比，以求合乎作者之意，殆尙所云鏡象未離銓者。然一切檀釀叢胜之說，剪薙無餘，使淺學皆曉然易見，則亦庶幾刮膜之金篦也夫。

乾隆歲在重光大淵獻中秋前五日，陽湖楊倫題於武昌江漢書院之見山樓。

杜詩鏡銓凡例

一、詩以編年爲善，可以考年力之老壯，交遊之聚散，世道之興衰。諸本編次互有不同，是本詳加校勘，使編次得則詩意易明。如重題鄭氏東亭定爲亂後作，有感五首當編廣德二年春之類，皆特爲更正。

一、自山谷謂杜詩無一字無來處，注家繁稱遠引，惟取務博矜奇，如天棘烏鬼之類，本無關詩義，遂致聚訟紛紜。至近時仇注，月露風雲，一一俱煩疏解，尤爲可笑。茲所采各注，或典故必須疏證，或足發明言外之意，否則俱從芟汰。其易曉者，亦不復贅詞。然微詞奧義，亦已闡發無餘矣。

一、杜公一生憂國，故其詩多及時事。朱注於新舊唐書及通鑑等考證最

一、孟子說詩貴於以意逆志，但通前後數十卷參觀，自能見作者立言之意。浦解好爲異說，故多穿鑿支離。拙解不爲苟同，亦不喜立異，平心靜氣，惟期語語求其著落，庶少陵於千載之上猶如晤語也。

一、杜詩箋注紛挐，是非異同，多所牴牾，使閱者靡所適從。茲擇其善者定歸一解，搜討實費苦心，其義可參用者，亦從附載。至舊解或俱未愜意，則間以鄙見附焉。

一、詩教主於溫柔敦厚，况杜公一飯不忘，忠誠出於天性。後人好以臆度，遂乃動涉刺譏，深文周內，幾陷子美爲輕薄人，於詩教大有關繫，如是者概從刊削。

一、朱子謂杜詩佳處，有在用事造意之外者，惟虛心諷詠，乃能見之。元遺山謂讀杜詩當如九方皋相馬，得天機於滅沒存亡之間，原不須屑屑分疏。然公自言：法自儒家有，心從弱歲疲。又云：晚節漸於詩律細。又杜集凡連章詩，必通各首爲章法，最屬整齊完密，此體千古獨嚴。茲於轉接照應脈絡貫通處，一一指出，聊爲學詩者示以繩墨戤率。大雅君子，幸勿哂免園習氣。

一、古律長篇固有段落，然亦何必拘拘句數如今帖括之爲。仇本分段處，最多割裂難通。茲於長篇界畫，悉順其文勢之自然，其句數有限者，不復強爲分截。

一、長律特詩之一體，杜公却好爲之。元微之所謂大則千言，次猶數百者。兼之忽遠忽近，奇正出沒，非鋪陳排比足以盡之。學者每苦其汗漫難讀，是本振裘挈領，俾讀者展卷瞭如，洵屬快事。

一、唐子西謂作文當學龍門，作詩當學少陵，則趨向正而可以進退百家矣。故非盡讀古今之詩，不足以讀杜詩。茲於淵源所出，派別所開，均特為標舉，洵為詩學津梁，得以盡窮正變。

一、宋人一代之詩，多講性情，而不合於體格，是委巷之歌謠也。明人一代之詩，專講體格，而不能自達其性情，是優孟之衣冠也。試觀少陵詩，憲章漢魏，取材六朝，正無一語不自真性情流出；無論義篤君臣，不忘忠愛，凡關及兄弟夫婦朋友諸作，無不切摯動人，所以能繼迹風雅，知此方可與讀杜詩。

一、杜評始劉須溪。宋潛溪譏其如醉翁囈語，不甚可曉。然於諸本中為最古，其可採者悉錄之。前輩如盧德水、王右仲、申鳧盟、黃白山、張上若、沈碻士等，皆多所發明。近得王西樵、阮亭兄弟，李子德、邵子

一、建安蔡氏有草堂詩話二卷，諸本所採亦夥。餘如東坡志林、容齋隨筆、困學紀聞、王楙野客叢書、張戒歲寒堂詩話之類，凡前人有未經採錄者，今並補入，以廣見聞。

一、詩貴不著圈點，取其淺深高下，隨人自領。然畫龍點睛，正使精神愈出，不必以前人所無而廢之。

一、杜詩宋元諸刻，傳寫字樣互有不同。今擇其義可兩存者，仍夾注本文之下，以備參攷。其無當者，則竟從刪，以免混目。

一、字有一字數音者，每致混讀，茲隨四聲圈出，使得一覽了然。如青陽峽殷字之當讀平聲，不當讀上聲；驛次草堂之強字當讀上聲，不當

一、讀去聲,皆舊本誤讀,今改正。

一、蔡傳卿草堂詩箋另列逸詩一卷,庶古本猶可考見。今姑從近本依年次編入,以便省覽,仍注明見某某本以別之。

一、杜集諸人酬唱詩附載集中者,向與本文平列,未免主客不辨,今改用低一格寫。

一、少陵詩昔人比之周孔制作,後世莫能擬議。乃好為攻杜者,章掎句撼,儼然師資,是亦妄人也已矣。然間有拙句累句,不害其為大家,偶然指出,惟恐誤學者之祈嚮耳。

一、采輯眾說,惟取簡明,意在掇諸家之長而棄其短,於原文間有增損,識者諒諸。

杜詩鏡銓目錄

卷之一

遊龍門奉先寺	一
望嶽	一
登兗州城樓	二
題張氏隱居二首	二
劉九法曹石門宴集	三
與許主簿遊南池	四
對雨書懷邀許主簿	四
巳上人茅齋	五
房兵曹胡馬	五
畫鷹	六
過宋員外之問舊莊	六
夜宴左氏莊	七
臨邑舍弟書至苦雨	八
南曹小司寇舅假山	九
龍門	一〇
李監宅二首 次首集外詩	一〇
贈李白	一一
陪李北海宴歷下亭	一二
同李太守登歷下新亭 附李邕作	一三
愜山湖亭懷李員外	一四
贈李白	一五

目錄　一

杜詩鏡銓

與李白同尋范隱居............一五
鄭駙馬宅宴洞中............一六
飲中八仙歌............一六
今夕行............一八
贈汝陽王二十韻............一九
贈比部蕭郎中十兄............二一
寄河南韋尹丈人............二二
贈韋左丞丈濟............二四
贈韋左丞丈二十二韻............二四
冬日謁玄元皇帝廟............二六
高都護驄馬行............二八
贈翰林張四學士垍............二九
贈陳二補闕............三〇

冬日有懷李白............三一
春日憶李白............三一
送孔巢父歸江東............三二
兵車行............三三
同諸公登慈恩寺塔............三五
投簡咸華兩縣諸子............三六
病後過王倚飲贈歌............三七
示從孫濟............三九
元都壇歌寄元逸人............四〇
杜位宅守歲............四〇

卷之二
樂遊園歌............四三
曲江三章章五句............四四

贈鄭諫議十韻	五九
貧交行	六〇
白絲行	六一
前出塞九首	六二
送高書記十五韻	六五
送裴二虬尉永嘉	六六
送張十二參軍赴蜀	六七
送韋書記赴安西	六八
寄高三十五書記	六九
武衞將軍挽詞三首	七〇
留贈崔于二學士	七二
贈贈于京兆二十韻	七三
贈鮮于京兆二十韻	七五
麗人行	七六

歎庭前甘菊花	五九
醉時歌贈鄭廣文	六〇
醉歌行別從姪勤落第	六一
陪李金吾花下飲	六二
遊何將軍山林十首	六三
重遊何氏五首	六六
丈八溝納涼遇雨二首	六八
九日曲江	七〇
投贈哥舒開府翰	七一
贈起居田舍人澄	七二
崔駙馬山亭宴集	七四
與源少府宴渼陂	七五
城西陂泛舟	七五

目錄

三

杜詩鏡銓

漢陂行 .... 七六
漢陂西南臺 .... 七七
九日寄岑參 .... 七九
沈東美除膳部員外郎 .... 八〇
苦雨奉寄隴西公 .... 八一
秋雨歎三首 .... 八二
贈張卿垍二十韻 .... 八三
上韋左相二十韻 .... 八五
夜聽許十一誦詩 .... 八八
戲簡鄭廣文 .... 八九
夏日李公見訪 .... 八九
天育驃騎歌 .... 九〇
沙苑行 .... 九一
驄馬行 .... 九二
魏將軍歌 .... 九四

卷之三

贈田九判官梁邱 .... 九五
送蔡希魯都尉還隴右 .... 九六
橋陵詩三十韻 .... 九六
九日楊奉先會崔明府 .... 一〇一
白水舅宅喜雨 .... 一〇一
官定後戲贈 .... 一〇二
後出塞五首 .... 一〇二
去矣行 .... 一〇五
同郭給事湯東靈湫作 .... 一〇五
自京赴奉先詠懷 .... 一〇八

四

奉先劉少府山水障歌	一一七
晦日尋崔戢李封	一一八
送率府程錄事還鄉	一一九
崔少府高齋三十韻	一二一
三川觀水漲二十韻	一二三
避地 詩集外	一二五
哀王孫	一二五
哀江頭	一二七
悲陳陶	一二八
悲青坂	一二九
對雪	一三〇
月夜	一三一
薛端薛復筵醉歌	一三一

元日寄韋氏妹	一三二
春望	一三三
得舍弟消息二首	一三四
憶幼子	一三五
一百五日夜對月	一三五
遣興	一三六
塞蘆子	一三六
大雲寺贊公房四首	一三七
雨過蘇端	一三八
喜晴	一三九
鄭駙馬池臺遇鄭廣文	一三九
喜達行在所三首	一四〇
述懷	一四一

目 錄

五

得家書	一五四
送樊侍御赴漢中判官	一五四
送長孫侍御赴武威判官	一五三
送從弟亞赴河西判官	一五三
送韋評事充同谷判官	一四八
送郭中丞三十韻	一四八
送楊六判官使西蕃	一五一
送靈州李判官 詩集外	一五二
卷之四	
奉贈嚴八閣老	一五三
月	一五三
留別賈嚴二閣老	一五四
獨酌成詩	一五五
徒步歸行贈李特進	一五五
九成宮	一五六
玉華宮	一五七
羌村三首	一五八
北征	一五九
行次昭陵	一六四
彭衙行	一六五
喜聞官軍已臨賊境	一六七
收京三首	一六九
重經昭陵	一七一
送鄭虔貶台州司戶	一七二

六

目錄

和賈舍人早朝附賈至王維岑參作	一三
宣政殿退朝	一五
紫宸殿退朝	一六
春宿左省	一七
晚出左掖	一七
題省中院壁	一六
送賈閣老出汝州	一六
送張司馬南海勒碑	一九
曲江陪鄭南史飲	二〇
曲江二首	二〇
曲江對酒	二一
曲江對雨	二二
陪鄭駙馬韋曲二首	二三
答岑補闕見贈附岑參作	二三
奉贈王中允維	二四
送許拾遺歸江寧覲省	二五
因許八寄旻上人	二六
題李尊師松樹障子歌	二七
得舍弟消息	二七
送李校書二十六韻	二八
偪側行贈畢曜	三〇
贈畢四曜	三一
題鄭十八著作丈	三一
義鶻行	三二
畫鶻行	三二
端午日賜衣	三四

七

卷之五

酬孟雲卿	一九五
從左拾遺移華州掾	一九七
寄高詹事	一九七
題鄭縣亭子	一九八
望岳	一九八
早秋苦熱堆案相仍	一九九
觀安西兵過二首	二〇〇
留花門	二〇一
九日藍田崔氏莊	二〇一
崔氏東山草堂	二〇二
瘦馬行	二〇四
遣興三首	二〇五
至日寄兩院故人二首	二〇六
路逢楊少府呈楊員外	二〇七
贈衛八處士	二〇七
湖城遇孟雲卿	二〇八
閿鄉姜少府設鱠	二〇九
贈秦少府短歌	二〇九
李鄠縣丈人胡馬行	二一〇
憶弟二首	二一二
得舍弟消息	二一二
觀兵	二一三
不歸	二一四
獨立	二一四
洗兵馬	二一五

目錄

重題鄭氏東亭	二八
新安吏	二九
潼關吏	二二
石壕吏	二二
新婚別	二二
垂老別	二二
無家別	二四
立秋後題	二六
夏日歎	二六
夏夜歎	二七
貽阮隱居	二八
遣興三首	二九
佳人	二四〇

卷之六

夢李白二首	二四一
有懷台州鄭司戶	二四二
遣興五首	二四三
遣興二首	二四六
遣興五首	二四七
秦州雜詩二十首	二四九
月夜憶舍弟	二四七
天末懷李白	二四六
宿贊公房	二四八
赤谷西崦人家	二四九
西枝村尋置草堂二首	二四九
寄贊上人	二五〇

九

太平寺泉眼	二五一
東樓	二五二
雨晴	二五二
寓目	二五三
山寺	二五三
卽事	二五四
遣懷	二五五
天河	二五五
初月	二五六
擣衣	二五六
歸燕	二五七
促織	二五七
螢火	二五八
蒹葭	二五八
苦竹	二五九
除架	二五九
廢畦	二六〇
夕烽	二六〇
秋笛	二六一
日暮	二六一
野望	二六二
空囊	二六二
病馬	二六三
蕃劍	二六三
銅瓶	二六四
送遠	二六五

送人從軍……………二六五
示姪佐……………二六六
佐還山後寄三首……………二六六
從人覓小胡孫許寄……………二六六
秋日阮隱居致薤……………二六八
喜薛據畢曜遷官……………二六八
寄高使君岑長史……………二六七
寄賈司馬嚴使君……………二六四
寄張十二山人……………二六九
寄李十二白……………二七一
別贇上人……………二七三
兩當縣吳侍御宅……………二七四

卷之七

目錄

發秦州……………二七七
赤谷……………二七八
鐵堂峽……………二七九
鹽井……………二八〇
寒峽……………二八〇
法鏡寺……………二八一
青陽峽……………二八一
龍門鎮……………二八二
石龕……………二八三
積草嶺……………二八四
泥功山……………二八四
鳳凰臺……………二八五
寓同谷縣作歌七首……………二八六

二

萬丈潭	……三〇〇
發同谷縣	……三〇一
木皮嶺	……三〇二
白沙渡	……三〇三
水會渡	……三〇三
飛仙閣	……三〇四
五盤	……三〇五
龍門閣	……三〇五
石櫃閣	……三〇六
桔柏渡	……三〇七
劍門	……三〇八
鹿頭山	……三〇九
成都府	……三一〇
酬高使君相贈 附高適作	……三一一
卜居	……三一二
王司馬遺營草堂貲	……三一二
蕭明府處覓桃栽	……三一三
從韋明府覓綿竹	……三一三
憑何少府覓榿木栽	……三一四
憑韋少府覓松樹子栽	……三一四
又於韋處乞大邑瓷盌	……三一五
詣徐卿覓果栽	……三一五
堂成	……三一五
蜀相	……三一六
梅雨	……三一七
爲農	……三一八

目錄

有客	題壁上韋偃畫馬歌⋯⋯三六
賓至⋯⋯三八	題王宰畫山水圖歌⋯⋯三七
狂夫⋯⋯三九	戲韋偃爲雙松圖歌⋯⋯三八
田舍⋯⋯三一〇	北鄰⋯⋯三一九
江村⋯⋯三一〇	南鄰⋯⋯三一九
江漲⋯⋯三一〇	因崔侍御寄高彭州⋯⋯三二〇
野老⋯⋯三二一	奉簡高三十五使君⋯⋯三二〇
所思⋯⋯三二一	和裴迪登新津寺⋯⋯三二〇
雲山⋯⋯三二二	贈蜀僧閭邱師兄⋯⋯三二一
遣興⋯⋯三二二	泛溪⋯⋯三二二
石笋行⋯⋯三二三	出郭⋯⋯三二四
石犀行⋯⋯三二四	恨別⋯⋯三二四
杜鵑行⋯⋯三二五	散愁二首⋯⋯三二五

一二

杜詩鏡銓

卷之八

建都十二韻……三七
村夜……三八
寄楊五桂州譚……三八
和裴迪登蜀州東亭……三九
寄贈王將軍承俊……三九
酬李都督丈早春作……四〇
西郊……四一
客至……四二
遣意二首……四二
漫成二首……四三
春夜喜雨……四四
春水生二絕……四四
江上值水如海勢……四五
水檻遣心二首……四五
題新津北橋樓……四六
登四安寺鐘樓寄裴迪……四六
遊修覺寺……四七
後遊……四七
春水……四八
江亭……四八
早起……四九
落日……四九
可惜……四九
獨酌……五〇
徐步……五〇

寒食	三四一
石鏡	三五一
琴臺	三五一
朝雨	三五二
晚晴	三五二
高柟	三五二
惡樹	三五三
江畔獨步尋花七絕句	三五四
絕句漫興九首	三五五
進艇	三五七
一室	三五八
聞斛斯六官未歸	三五八
寄陶王二少尹	三五九
野望因過常少仙	三五九
寄杜位	三六〇
送韓十四江東省覲	三六一
丈人山	三六一
送裴五赴東川	三六二
贈虞十五司馬	三六二
柟樹爲風雨所拔歎	三六三
茅屋爲秋風所破歌	三六四
逢唐興劉主簿弟	三六五
簡王明府	三六六
重簡王明府	三六六
百憂集行	三六六
徐卿二子歌	三六七

目　錄

一五

篇目	頁碼
戲作花卿歌	三六八
贈花卿	三六九
病柏	三六九
病橘	三七〇
枯棕	三七一
枯柟	三七二
所思	三七二
不見	三七三
草堂即事	三七三
野望	三七四
徐少尹見過	三七五
范員外吳侍御枉駕	三七五
王侍御許攜酒至草堂	三七五

卷之九

篇目	頁碼
王竟攜酒高亦同過	三七六
陪李司馬觀造竹橋	三七六
觀作橋成呈李司馬	三七七
高使君自成都回	三七七
入奏行贈竇侍御	三七八
段功曹到得楊長史書	三八〇
得廣州張判官書	三八〇
送段功曹歸廣州	三八一
魏侍御就敞廬相別	三八一
贈別何邕	三八二
贈別鄭錬赴襄陽	三八二
重贈鄭錬絕句	三八三

丁香……三六五	遭田父泥飲美嚴中丞……三九三
麗春……三六六	和嚴中丞西城晚眺……三九四
梔子……三六六	嚴公垂寄奉答二絕……三九四
鸂鶒……三六七	謝嚴中丞送乳酒……三九五
花鴨……三六七	三絕句……三九六
畏人……三六八	戲為六絕句……三九六
屏跡三首……三六八	野人送朱櫻……三九九
少年行二首……三六九	嚴公仲夏枉駕草堂……四〇〇
少年行……三六九	嚴公廳宴詠蜀道地圖……四〇〇
絕句……三七〇	戲贈友二首……四〇一
即事……三七〇	大雨……四〇二
酬嚴公寄題野亭 附嚴武作……三八〇	溪漲……四〇三
嚴中丞枉駕見過……三八二	大麥行……四〇三

目錄

一七

杜詩鏡銓

送嚴公入朝十韻……………………四四
送嚴侍郎到綿州 附嚴武作……………四五
奉濟驛重送嚴公………………………四六
送梓州李使君之任……………………四七
觀打魚歌………………………………四七
又觀打魚………………………………四八
越王樓歌………………………………四九
海椶行…………………………………五〇
姜楚公畫角鷹歌………………………四〇
觀江漲呈竇使君………………………四一
又呈竇使君 集外詩……………………四一
東津送韋諷錄事 集外詩………………四二
光祿坂行………………………………四三

一八

苦戰行…………………………………四二
去秋行…………………………………四三
宗武生日………………………………四三
寄高適 集外詩…………………………四四
題玄武禪師屋壁………………………四四
悲秋……………………………………四五
客夜……………………………………四五
客亭……………………………………四六
九日登梓州城…………………………四六
九日奉寄嚴大夫 附嚴武作……………四六
戲題寄上漢中王三首…………………四六
翫月呈漢中王…………………………四九
相從行贈嚴二別駕……………………四九

目錄	
秋盡	四〇
野望	四一
冬到金華山觀	四二
陳拾遺故宅	四三
謁文公上方	四四
贈射洪李四丈	四五
早發射洪縣南途中作	四六
通泉驛山水	四七
過郭代公故宅	四八
觀薛少保書畫壁	四九
通泉縣署薛少保畫鶴	五〇
陪王侍御宴東山野亭	五一
陪王侍御攜酒泛江	五一
漁陽	五二
聞官軍收河南河北	五二
遠遊	五三
卷之十	
春日梓州登樓二首	五五
春日戲題惱郝使君兄	五六
題郭明府茅屋壁 集外詩	五七
柳邊 集外詩	五七
花底 集外詩	五六
送崔都水翁下峽 集外詩	五六
送鄭城送李武赴成都	五八
涪江泛舟送韋班歸京	五八
送魏倉曹還京寄岑范	五九

送路六侍御入朝	四三九
涪城縣香積寺官閣	四四〇
泛江送客	四四〇
上牛頭寺	四四一
望牛頭寺	四四一
上兜率寺	四四二
望兜率寺	四四二
登牛頭山亭子	四四三
甘園	四四三
陪四使君登惠義寺	四四四
陪李梓州泛江二首	四四五
送何侍御歸朝	四四五
江亭送眉州辛別駕	四四五

行次鹽亭簡嚴氏昆季	四四六
倚杖	四四六
惠義寺送王少尹 集外	四四七
惠義寺送辛員外 集外	四四七
又送 集外詩	四四七
陪王漢州泛房公西湖	四四六
得房公池鵝	四四九
答楊梓州	四四九
舟前小鵝兒	四四九
官池春雁二首	四四九
投簡梓州幕府	四五〇
漢州王大錄事宅 詩集外	四五〇
贈韋贊善別	四五二

短歌行送祁錄事	四一
送韋司直歸成都	四二
寄題江外草堂	四二
喜雨	四三
迤古三首	四四
送王十五扶侍還黔中	四六
惠義寺餞崔都督	四七
陪章侍御宴南樓	四八
臺上得涼字	四九
章梓州橘亭餞竇少尹	四九
章梓州水亭	四九
隨章留後新亭會送 詩集外	四六〇
戲作寄上漢中王二首	四六〇

目　錄

二一

櫻拂子	四六一
客舊館 詩集外	四六二
送陵州路使君之任	四六二
送元二適江左	四六三
送竇九赴成都 詩集外	四六四
九日	四六四
倦夜	四六四
薄暮	四六五
送二十四舅赴青城 詩集外	四六六
王閬州筵酬十一舅	四六六
閬州東樓筵送十一舅	四六七
放船	四六七
薄遊	四六八

嚴氏溪放歌行	四六
與嚴二郎奉禮別	四六
贈裴南部 詩集外	四九
對雨 詩集外	四七〇
愁坐 詩集外	四七〇
警急	四七一
王命	四七一
征夫	四七二
西山三首	四七二
遣憂 詩集外	四七二
巴山 詩集外	四七四
早花 詩集外	四七五
江陵望幸	四七五
發閬中	四七六
天邊行	四七六
冬狩行	四七七
山寺	四七六
桃竹杖引贈章留後	四八〇
將適吳楚留別章使君	四八一
舍弟占歸草堂檢校	四八二
歲暮	四八三
卷之十一	
城上	四八五
送李卿曄	四八五
雙燕	四八六
百舌	四八六

傷春五首⋯⋯四七	泛江⋯⋯五○二
收京 詩集外 ⋯⋯四九○	渡江⋯⋯五○二
送班司馬入京二首 詩集外 ⋯⋯四九○	暮寒⋯⋯五○三
釋悶⋯⋯四九一	遊子⋯⋯五○三
有感五首⋯⋯四九三	滕王亭子二首⋯⋯五○四
寄賀蘭銛⋯⋯四九三	玉臺觀二首⋯⋯五○五
贈別賀蘭銛⋯⋯四九五	奉寄章十侍御⋯⋯五○六
憶昔二首⋯⋯四九六	將赴荆南別李劍州⋯⋯五○七
閬山歌⋯⋯四九八	寄別馬巴州⋯⋯五○八
閬水歌⋯⋯四九九	奉待嚴大夫⋯⋯五○九
南池⋯⋯五○○	閬州赴蜀山行三首⋯⋯五○九
王閬州筵餞蕭遂州⋯⋯五○一	別房太尉墓⋯⋯五一○
陪王使君筵餞蕭遂州⋯⋯五○一	將赴成都寄嚴公五首⋯⋯五一一

目錄

二三

春歸……五三	絕句二首……五三
歸來……五四	寄司馬山人十二韻……五三
草堂……五四	贈王侍御契四十韻……五三
題桃樹……五六	黃河二首……五六
四松……五七	揚旗……五七
水檻……五八	寄李員外布十二韻……五八
破船……五九	丹青引贈曹將軍霸……五九
過南鄰朱山人水亭……五九	韋諷錄事宅觀畫馬圖……六一
登樓……六十	送韋諷上閬州錄事……六二
奉寄高常侍……六十	張舍人遺織成褥段……六四
寄卭州崔錄事……六一	過故斛斯校書莊二首……六五
王錄事許修草堂貲……六二	寄董卿嘉榮十韻……六六
歸雁……六二	立秋雨院中有作……六七

二四

目錄	
和嚴鄭公軍城早秋 附嚴武作	五三六
院中晚晴懷西郭茅舍	五三七
到村	五三九
村雨	五四〇
宿府	五四〇
遣悶呈嚴公二十韻	五四〇
送舍弟穎赴齊州三首	五四二
嚴鄭公階下新松	五四三
嚴鄭公宅同詠竹	五四四
陪嚴鄭公摩訶池泛舟	五四四
陪鄭公北池臨眺 集外詩	五四四
嚴公廳事岷山沱江圖	五四五
送唐十五誡寄賈侍郎	五四六

卷之十二

初冬	五四七
觀李固山水圖三首	五四七
至後	五四八
懷舊	五四九
哭鄭司戶蘇少監 集外詩	五四九
送王侍御往東川	五五一
正月三日歸溪上有作	五五三
敝廬遣興奉寄嚴公	五五三
營屋	五五四
除草	五五四
春日江村五首	五五五
長吟 集外詩	五五七

二五

春遠	五五七
絕句六首	五五八
絕句四首	五五九
絕句三首 集外詩	五六〇
喜雨	五六〇
莫相疑行	五六一
赤霄行	五六一
三韻三首	五六二
去蜀	五六三
宿青溪驛懷張員外 集外詩	五六四
狂歌行贈四兄 集外詩	五六四
宴戎州楊使君東樓	五六五
渝州候嚴侍御不到	五六六
撥悶	五六六
聞高常侍亡	五六七
宴忠州使君姪宅	五六七
禹廟	五六八
題忠州龍興寺院壁	五六九
哭嚴僕射歸櫬	五六九
旅夜書懷	五七〇
放船 集外詩	五七〇
雲安九日鄭十八攜酒	五七一
答鄭十七郎一絕	五七一
別常徵君	五七一
長江二首	五七二
聞房相靈櫬歸葬二首	五七三

二六

目錄

篇名	頁碼
將曉二首	五四
懷錦水居止二首	五五
青絲	五六
三絕句	五六
遣憤	五七
十二月一日三首	五八
又雪	五〇
雨	五〇
南楚	五〇
水閣朝霽奉簡嚴明府	五一
杜鵑	五一
子規	五二
近聞	五三
客居	五三
客堂	五五
石硯	五六
贈鄭十八賁	五七
別蔡十四著作	五八
寄常徵君	五九
寄岑嘉州	五〇
移居夔州作	五一
船下夔州別王十二	五一
漫成一首	五二
引水	五二
示獠奴阿段	五二
寄韋有夏郎中	五三

二七

上白帝城	五九三
上白帝城二首	五九四
陪諸公宴越公堂	五九五
白帝城最高樓	五九六
武侯廟	五九六
八陣圖	五九七
謁先主廟	五九七
諸葛廟	五九九
古柏行	五九九
負薪行	六〇一
最能行	六〇一
同元使君舂陵行 附元結作	六〇二

卷之十三

峽中覽物	六〇九
憶鄭南	六〇九
贈崔評事公輔	六一〇
寄李祕書文嶷二首	六一一
貽華陽柳少府	六一二
雷	六一三
火	六一四
熱三首	六一六
七月三日呈元曹長	六一七
牽牛織女	六一八
毒熱寄崔評事	六一〇
信行遠修水筒	六二一
催宗文樹雞栅	六二一

二八

驅豎子摘蒼耳	六二三
種萵苣	六二四
雨	六二五
雨	六二六
雨	六二六
雨二首	六二七
雨不絕	六二八
晚晴	六二九
楊監示張旭草書圖	六二九
楊監又出畫鷹十二扇	六三〇
送楊監赴蜀見相公	六三一
贈李十五丈別	六三二
白鹽山	六三三
灩澦堆	六三四
白帝	六三四
黃草	六三五
夔州歌十絕句	六三六
諸將五首	六三八
秋興八首	六四一
詠懷古跡五首	六四九
聽楊氏歌	六五三
宿江邊閣	六五四
西閣雨望	六五五
西閣期嚴明府不到	六五五
西閣二首	六五六
西閣夜	六五七
夜	六五七

卷之十四

覆舟二首 ………………………… 六五九
奉漢中王手札 ………………… 六六〇
漢中王手札報韋蕭亡 ………… 六六一
存殁口號二首 ………………… 六六一
月圓 …………………………… 六六二
中宵 …………………………… 六六三
不寐 …………………………… 六六三
遠遊 …………………………… 六六四
垂白 …………………………… 六六四
雨晴 …………………………… 六六五
搖落 …………………………… 六六五
草閣 …………………………… 六六五
江月 …………………………… 六六六
江上 …………………………… 六六六
中夜 …………………………… 六六七
遣愁 …………………………… 六六七
九日諸人集於林 ……………… 六六八
返照 …………………………… 六六八
吹笛 …………………………… 六六九
秋日題鄭監湖亭三首 ………… 六七〇
八哀詩 李王思禮 李光弼 嚴武 汝陽王璡 李邕 蘇源明 鄭虔 張九齡 ……………… 六七一
壯遊 …………………………… 六九六
昔遊 …………………………… 七〇一
遣懷 …………………………… 七〇二
往在 …………………………… 七〇四

卷之十五

夔府書懷四十韻	七〇七
哭王彭州掄	七二一
偶題	七二三
贈高式顏	七二五
李潮八分小篆歌	七二六
峽口二首	七二六
天池	七一八
南極	七一九
瞿唐兩崖	七二〇
瞿唐懷古 集外詩	七二一
夜宿西閣呈元曹長	七二一
西閣口號呈元二十一	七二二
閣夜	七二二
瀼西寒望	七二三
白帝樓	七二三
白帝城樓	七二四
曉望白帝城鹽山	七二四
西閣曝日	七二五
不離西閣二首	七二五
覽柏中丞除官制詞	七二六
覽鏡呈柏中丞	七二七
陪柏中丞宴將士二首	七二六
送蜀州柏二別駕	七二六
荊南趙公大食刀歌	七二九
王兵馬使二角鷹	七三二

杜詩鏡銓

見王監說白黑鷹二首	七三三	卽事	七四一
縛雞行	七三五	懷灞上遊	七四一
折檻行	七三五	晴二首	七四二
立春	七三六	雨	七四二
江梅	七三七	月三首	七四二
庭草	七三七	晨雨	七四三
王十五前閣會	七三八	入宅三首	七四四
老病	七三八	赤甲	七四五
崔評事弟許相迎不到	七三八	卜居	七四五
愁	七三九	暮春題瀼西草屋五首	七四六
畫夢	七三九	江雨有懷鄭典設	七四七
遣悶戲呈路曹長 集外詩	七四〇	熟食日示宗文宗武	七四六
暮春	七四〇	又示兩兒	七四八

三二

得舍弟觀書已達江陵	七六一
喜觀即到復題二首	七六二
送惠二歸故居 集外詩	七六〇
寄薛三郎中據	七六〇
晚登瀼上堂	七六二
醉爲馬墜羣公攜酒	七六二
河北節度入朝十二首	七六四
卷之十六	
過客相尋	七六九
覽子至	七六九
園	七六〇
歸	七六〇
園官送菜	七六〇

園人送瓜	七六一
課伐木	七六二
柴門	七六四
槐葉冷淘	七六六
上後園山腳	七六六
送王信州崟北歸	七六七
送鄉弟韶陪從叔朝謁	七六九
送十五弟侍御使蜀	七六九
灩澦	七七〇
題終明府水樓二首	七七〇
張望補稻畦水歸	七七一
張望督促東渚耗稻	七七三
阻雨不得歸瀼西甘林	七七四

目錄

三三

又上後園山腳	七五
甘林	七六
暇日小園散病	七七
雨	七八
秋風二首	七九
見螢火	八〇
溪上	八一
樹間	八一
白露	八二
雨	八二
夜雨	八二
更題	八三
舍弟觀歸藍田二首	八三
覓寄第五弟豐二首	八四
送李功曹之荊州	八五
送王十六判官	八六
送李祕書赴杜相公幕	八六
贈李祕書別三十韻	八七
別李祕書始興寺所居	八八
君不見簡蘇徯	九〇
贈蘇四徯	九〇
別蘇徯	九一
別崔潩因寄薛孟	九二
巫峽敝廬贈侍御四舅	九三
孟氏	九三
吾宗	九三

卷之十七

酬薛判官見贈	七九四
寄狄明府博濟	七九六
寄韓諫議注	七九六
秋日夔府詠懷一百韻	八〇〇
寄劉伯華使君四十韻	八〇六
秋野五首	八一三
解悶十二首	八一五
復愁十二首	八二〇
課小豎鋤斫舍北果林三首	八二四
洞房	八三一
宿昔	八三一
能畫	八二四
鬪雞	八二四
歷歷	八二六
洛陽	八二六
驪山	八二七
提封	八二七
鸚鵡	八二六
孤雁	八二九
鷗	八二九
猿	八三〇
麂	八三〇
雞	八三一
黄魚	八三一
白小	八三一

目錄

三五

秋清……八三二
秋峽……八三二
自瀼西移居東屯四首……八三三
社日兩篇……八三四
八月十五夜月二首……八三五
十六夜翫月……八三六
十七夜對月……八三七
曉望……八三七
日暮……八三七
瞑……八三八
晚……八三八
夜……八三九
九月一日過孟倉曹……八三九

孟倉曹領新酒醬見遺……八三九
送孟倉曹赴東京選……八四〇
憑孟倉曹覓土樓舊莊……八四〇
九日五首……八四〇
登高……八四二
晚晴吳郎見過北舍……八四二
簡吳郎司法……八四三
又呈吳郎……八四三
覃山人隱居……八四四
柏學士茅屋……八四五
題柏大山居屋壁二首……八四五
寄柏學士林居……八四六
寄從孫崇簡……八四七

目錄

季秋江樓夜宴三首......八四七
戲寄崔蘇韋......八四九
賀陽城郡王太夫人......八四九
送田四弟將軍赴江陵......八五〇
寄杜位......八五〇
玉腕騮......八五一
季秋江村......八五一
小園......八五二
寒雨朝行視園樹......八五二
傷秋......八五三
即事......八五三
耳聾......八五四
獨坐二首......八五五

雲......八五六
月......八五六
雨四首......八五七
戲作俳諧體遣悶二首......八五八
昔遊......八五九
東屯月夜......八六〇
東屯北崦......八六一
從草堂復至東屯二首......八六二
暫往白帝復還東屯......八六二
茅堂檢校收稻二首......八六三
刈稻了詠懷......八六三
大曆二年九月三十日......八六四
十月一日......八六四

三七

篇目	頁碼
孟冬	八六五
反照	八六五
向夕	八六六
朝二首	八六六
夜二首	八六六
雷	八六七
悶	八六八
大覺高僧蘭若	八六八
謁眞諦寺禪師	八六九
上卿翁請修武侯廟	八六九
送卿二翁還江陵	八七〇
久雨期王將軍不至	八七〇

卷之十八

篇目	頁碼
虎牙行	八七三
錦樹行	八七四
自平	八七五
寄裴施州	八七五
鄭典設自施州歸	八七六
寫懷二首	八七六
可歎	八七九
觀舞劍器行	八八一
冬至	八八四
小至	八八五
柳司馬至	八八五
別李義	八八六
送高司直尋封閬州	八八七

奉送韋中丞赴湖南	八八九
送鮮于萬州遷巴州	八八九
奉送十七舅下邵桂	八九〇
弟觀妻子到江陵三首	八九〇
夜歸	八九二
前苦寒行二首	八九二
後苦寒行二首	八九三
晚晴	八九四
復陰	八九四
有歎	八九五
峽隘	八九五
江漲	八九六
元日示宗武	八九六
又示宗武	八九六
遠懷舍弟穎觀等	八九七
續得觀書迎就當陽	八九七
太歲日	八九八
人日二首	八九九
喜聞盜賊總退五首	九〇〇
送大理封主簿五郎	九〇一
贈南卿兄瀼西果園	九〇二
白帝城放船四十韻	九〇三
巫山縣唐使君宴別	九〇七
寄族弟唐十八使君	九〇八
春夜田侍御津亭留宴	九〇九
泊松滋江亭	九一〇

目錄

三九

行次古城店汎江作	九一〇
乘雨入行軍六弟宅	九一一
上巳日徐司錄宴集	九一一
宴胡侍御書堂	九一一
書堂既夜月下賦絕句	九一二
送蘇州李長史之任	九一二
送馬大卿恩命赴闕下	九一三
和宋少府宴書齋	九一四
暮春過鄭監湖亭汎舟	九一四
重汎鄭監湖亭	九一四
歸雁	九一五
短歌行贈王郎司直	九一六
憶昔行	九一七

卷之十九

惜別行送向卿之上都	九一九
夏日楊長寧宅	九一九
夏夜送宇文石首聯句	九二〇
多病執熱奉懷李尚書	九二一
水宿遣興奉呈羣公	九二一
遣悶	九二三
江邊星月二首	九二四
舟月對驛近寺	九二四
舟中	九二五
陽城郡王新樓成	九二五
又作此奉衞王	九二六
秋日荊南述懷三十韻	九二七

送石首薛明府三十韻	九三一
獨坐	九三四
暮歸	九三四
江漢	九三五
地隅	九三六
哭李尙書之芳	九三六
重題	九三七
哭李常侍嶧二首	九三六
出江陵南浦寄鄭少尹	九三八
移居公安山館	九三九
醉歌行贈公安顏少府	九四〇
送顧文學適洪吉州	九四〇
官亭夕坐簡顏少府	九四三
移居公安贈衞大郞	九四三
公安送韋二少府匡贊	九四四
公安縣懷古	九四四
宴王使君宅二首	九四五
呀鶻行 集外詩	九四五
送覃二判官	九四六
送李二十九弟入蜀	九四六
留別公安大易沙門	九四七
久客	九四七
冬深	九四八
曉發公安	九四八
發劉郞浦	九四八
別董頲	九四九

目錄

四一

夜聞觱篥	九五〇	祠南夕望	九五六
歲晏行	九五〇	上水遣懷	九五七
泊岳陽城下	九五一	遭遇	九五九
纜船苦風戲簡鄭判官	九五一	解憂	九五九
登岳陽樓	九五二	宿鑿石浦	九六〇
陪裴使君登岳陽樓	九五二	早行	九六〇
發白馬潭	九五三	過津口	九六一
南征	九五三	次空靈岸	九六二
歸夢	九五四	宿花石戍	九六二
過南岳入洞庭湖	九五四	早發	九六三
宿青草湖	九五五	次晚洲	九六四
宿白沙驛	九五六	野望	九六五
湘夫人祠	九五六	入喬口	九六五

四二

銅官渚守風	九六〇
岳麓山道林二寺行	九六六
清明二首	九六六
發潭州	九七〇
北風	九七一
雙楓浦	九七一
詠懷二首	九七二
望岳	九七四
衡州送李大夫赴廣州	九七六
酬郭十五判官 附郭受作	九七六
回棹	九七七

卷之二十

湘江讌裴端公赴道州	九七九
哭韋大夫之晉	九八〇
江閣臥病呈崔盧侍御	九八一
送韋員外牧韶州 附韋迢作	九八二
酬韋韶州見寄 附韋迢作	九八三
樓上	九八三
千秋節有感二首	九八四
奉贈盧五丈參謀琚	九八五
惜別行送劉判官 集外詩	九八六
重送劉十弟判官	九八六
登舟將適漢陽	九八八
湖南送敬使君適廣陵	九八九
蔡侍御飲筵送殷參軍	九八九
送盧侍御二十四韻	九九〇

目錄

四三

蘇大侍御渙訪江浦……………九九二
暮秋枉裴道州手札……………九九三
奉贈李八丈曛判官……………九九五
別張十三建封…………………九九六
送魏少府之交廣………………九九六
北風……………………………九九八
幽人……………………………一〇〇〇
舟中夜雪懷盧侍御……………一〇〇一
對雪……………………………一〇〇一
冬晚送長孫漸舍人……………一〇〇二
送蘇四谿兵曹適桂州…………一〇〇三
客從……………………………一〇〇三
䗶穀行…………………………一〇〇四

白鳧行…………………………一〇〇四
朱鳳行…………………………一〇〇五
追酬高蜀州人日詩附高適作…一〇〇五
送王砅評事使南海……………一〇〇八
清明……………………………一〇一一
風雨看舟前落花………………一〇一二
奉贈蕭十二使君………………一〇一三
送二十三舅之攝郴州…………一〇一四
送魏司直充掌選判官…………一〇一五
送趙十七明府之縣……………一〇一六
貽李員外賢子棐………………一〇一六
歸雁二首………………………一〇一七
江南逢李龜年…………………一〇一七

目錄

小寒食舟中作……………一〇一八
燕子來舟中作……………一〇一八
贈韋七贊善………………一〇一九
酬寇侍御錫見寄…………一〇二〇
入衡州…………………一〇二〇
白馬……………………一〇二三
舟中苦熱呈陽中丞………一〇二四
江閣對雨懷裴二端公……一〇二六
題衡山縣文宣王廟………一〇二六
轟未陽書致酒肉…………一〇二七
過洞庭湖 集外詩…………一〇二九

暮秋將歸秦留別親友……一〇二九
長沙送李十一銜…………一〇三〇
風疾舟中伏枕書懷………一〇三〇
附考定偽詩二首
巴西驛亭觀江漲 第二首…一〇三四
逃難……………………一〇三四
他集互見四首
哭長孫侍御………………一〇三五
虢國夫人…………………一〇三五
軍中醉歌寄沈八劉叟……一〇三五
杜鵑行…………………一〇三六

四五

讀書堂杜工部文集註解目錄

卷之一

天狗賦 序并 ……一〇三七
進鵰賦表 ……一〇四〇
鵰賦 ……一〇四一
進三大禮賦表 ……一〇四五
朝獻太清宮賦 ……一〇四六
朝享太廟賦 ……一〇五二
有事於南郊賦 ……一〇五七
進封西嶽賦表 ……一〇六五
封西嶽賦 序并 ……一〇六七
畫馬讚 ……一〇七三

卷之二

唐興縣客館記 ……一〇七三
雜述 ……一〇七六
秋述 ……一〇七六
說旱 ……一〇七九
東西兩川說 ……一〇八一
乾元元年華州試進士策問五首 ……一〇八五
奉謝口勅放三司推問狀 ……一〇九一
為遺補薦岑參狀 ……一〇九三
為華州郭使君進滅殘寇形勢圖狀 ……一〇九四
為閬州王使君進論巴蜀安危表 ……一〇九六

四六

目錄

為夔府柏都督謝上表……一一〇〇
前殿中侍御史柳公紫微仙閣畫太一天尊圖文……一一〇二
祭遠祖當陽君文……一一〇五
祭外祖祖母文……一一〇六
祭故相國清河房公文……一一〇八
唐故萬年縣君京兆杜氏墓誌……一一二二
唐故范陽太君盧氏墓誌……一一二七
唐故德儀贈淑妃皇甫氏神道碑……一一三一

附錄

一、傳誌……一一二九
二、年譜……一二四一
三、評論……一二五三

四七

杜詩鏡銓卷一

陽湖楊　倫西河編輯

遊龍門奉先寺

開元天寶間，公居東都，遊齊趙及歸京師作。

龍門即伊闕。元和郡縣志：伊闕山在河南府伊闕縣北，非禹貢之龍門。

已從招提遊，更宿招提境。題是遊詩只寫宿，僧輝記：招提者，梵言拓鬬提奢，唐言四方僧物，傳筆者訛拓爲招，去鬬奢字。即今十方住持是也。唐會要：官賜額爲寺，私造者爲招提蘭若。一作陰壑生虛籟，天籟、地籟、人籟。莊子有月林散清影。天闕闕。一作象緯逼，雲臥衣裳冷。陰壑生虛靈。籟，虛籟謂風也。欲覺聞晨鐘，令人發深省。古效楊愼曰：天闕雲臥乃倒字法，闕天則星辰垂地，臥雲則空翠溼衣，見山寺高寒殊於人境也。庚溪詩話引韋述東都記，謂天闕即指龍門，究於對屬未稱。王嗣奭曰：人在塵溷中終日碌碌，一當靜境，不覺萬慮皆空。結語具有解悟。

望嶽

元和郡縣志：泰山一曰岱宗，在兗州乾封縣西北三十里。

岱宗夫如何？齊魯青未了。史記貨殖傳：泰山之陽則魯，其陰則齊。李因篤云：青，嶽色也。造化鍾神秀，孫綽天台賦序：天

李子德云：氣體高妙，瀏然自足。

劉須溪云：只五字，雄蓋一世。

又云：盪胸句不必可解，登高意豁，自見其趣。

台山者，蓋山嶽之神秀。**陰陽割昏曉。**〇割字奇險。言陰陽之氣為昏曉之所分也。徐增曰：山後為陰，山前為陽，日光先臨故易曉，日光不到故易昏；通作一山前為陽，日光先臨故易曉。朱注：封禪記：泰山東南隅有日觀，雞鳴時見日出長三丈。**盪胸生層雲**〇層通作曾。張衡南都賦：盪其胸。**決眥**〇音恣。**入歸鳥。**決眥，目眶也。薛夢符曰：言登覽之遠，據決其目力入歸鳥之羣也。**會當凌絕頂，一覽眾山小。**

登兗州城樓

唐書：兗州魯郡屬河南道。蔡注：公父閑為兗州司馬，公時省侍。朱注：按舊譜不載省親事，當在下第後遊齊趙之時。

東郡趨庭日，南樓縱目初。浮雲連海岱，平野入青徐。唐書：青州北海郡，徐彭城郡，俱屬河南道。**孤嶂秦碑在，**秦本紀：始皇東行郡縣，上鄒嶧山刻石頌秦德。**荒城魯殿餘。**王延壽魯靈光殿賦：殿本景帝子魯共王所立，遭漢中微，未央建章悉隳，而靈光巋然獨存。後漢書注：殿在兗州曲阜縣城中。**從來多古意，臨眺獨躊躇。**

○三四承上縱目字寫景，五六起下古意字感懷。公少作已不同如此。此集中第一首律詩，氣象宏闊，感慨遙深。章法方不呆板。

題張氏隱居二首

次首當是數至後再題。

蔣弱六云：其居其人，皆寫迥絕塵凡，杳不可即。

酈修遠云：巧對蘊藉不覺。

春山無伴獨相求，伐木丁丁山更幽。邵子湘云：中有至理。王阮亭云：情景俱佳。與鳥鳴山更幽同旨。澗道餘寒歷冰雪，石門斜日到林坳。不貪夜識金銀氣，史天官書：敗軍場，亡國之墟，下有積錢，金寶之上皆有氣，不可不察。按南史載梁隱士孔祐至行通神，嘗見四明山谷中有錢數百斛，視之如瓦石，樵人競取，入手即成沙礫。又東坡謂深山大澤，有天地之寶，惟無意於寶者能識之，即此句義也。遠害朝看麋鹿遊。乘興杳然迷出處，桃源。謂如入對君疑是泛虛舟。謂無心與化。莊子：方舟而濟於河，有虛船來觸舟，雖褊心之人不怒。

之子時相見，邀人晚興留。霽潭鱣發發，春草鹿呦呦。用。經。不。隔。杜酒偏勞勸，注：杜康作秫酒。張梨不外求。潘岳閒居賦：張公大谷之梨。

劉九法曹鄭瑕邱石門宴集

唐書：府州各有法曹參軍事。又兗州治瑕邱縣，石門在兗東。李白集有魯郡東石門送杜甫詩。

秋水清無底，蕭然淨客心。櫟曹乘逸興，鞍馬到荒林。能吏逢聯璧，北史：韋孝寬與孝寬情好甚密，政術俱美，荊部吏人號爲聯璧。華筵直一金。史平準書：一金，黃金一斤。食貨志：黃金一斤值錢萬。臣結就宴集合到石門,應轉首句。

瓚曰:秦以一鎰為一金,漢以一斤為一金。晚來橫吹好,泓下亦龍吟。說文:泓,水深處。晉書:鼓角橫吹曲:蚩尤氏率魑魅與黃帝戰於涿鹿,帝乃命鼓角為龍吟以禦之。

與任城許主簿遊南池 唐書:任城縣屬兗州

秋水通溝洫,城隅進小船。<small>張上若云寫景甚細</small>晚涼看洗馬,森木亂鳴蟬。菱熟經時雨,蒲荒八月天。晨朝降白露,遙憶舊青氈。<small>結借秋意入鄉思。世說:王獻之夜臥齋中,有盜入室。獻之語曰:青氈我家舊物,可特置之。仇滄柱云:公詩善記節候,此詩晨朝降白露,明日白露節也。秦州詩露從今夜白,今日白露節也。</small>

對雨書懷走邀許主簿

東嶽雲峰起,溶溶滿太虛。<small>楚辭:雲溶溶兮雨冥冥。</small>震雷翻幕燕,驟雨落河魚。座對賢人酒,<small>魏志:太祖時禁酒而人竊飲之,故難言酒,以白酒為賢人,清酒為聖人。</small>門聽長者車。<small>陳平傳:平家負郭窮巷,以席為門,然門外多長者車轍。</small>相邀愧蔣云：五六是詩意亦是禪機，即用起下。

泥濘，騎馬到階除。張上若云：起四寫山中暴雨景，次第如畫。五六寫對酒懷人，工雅。末結到走邀，意又甚眞。○王阮亭云：驟雨落河魚，亦是即目妙境。

巳上人茅齋

吳曾漫錄：唐詩多以僧爲上人，按摩訶般若經云：佛言若菩薩一心行阿耨菩提心不散亂，是名上人。

巳公茅屋下，可以賦新詩。張云灑然而來 枕簟入林僻，茶瓜留客遲。江蓮搖白羽，朱注：白羽謂白羽扇，搖白羽狀蓮之迎風而舞也。華嚴會元記：青松爲塵尾，白蓮爲羽扇。 天棘蔓青絲。見天樂境 學林新編：天棘蔓青絲，蓋天門冬，亦名天棘。其苗蔓生，好纏竹木上，葉細如青絲，寺院庭檻中多植之可觀。後人改蔓字爲夢，又釋天棘爲柳，皆非也。杜田正謬：抱朴子及博物志皆云：天門冬一名顛棘，然不載天棘之名。蔡夢弼曰：天與顚聲相近也。空忝許詢輩，難酬支遁詞。遁講維摩經，遁通一義，詢無以厝難；詢設一難，遁亦不能復通。世說：支遁許詢共在會稽王齋，支爲法師，許爲都講。高僧傳：支遁講維摩經，遁通一義，詢無以厝難；詢設一難，遁亦不能復通。

房兵曹胡馬

胡馬大宛名，史記：得大宛汗血馬，名曰天馬。 鋒稜瘦骨成。所謂不比凡馬空多肉也。 竹批雙耳峻，齊民要術：馬耳於愛切。

耳欲小而銳,狀如削竹筒。風入四蹄輕。所向無空闊,眞堪託死生。上寫骨相,二句幷及性情。驍騰有如此,

赭白馬賦:料。萬里可橫行。末句謂兵曹得此馬,可立功武藝。品驍騰。萬里外,推開說方不重上。

趙汸曰:前輩言詠物詩戒粘皮帶骨,此詩矯健豪縱,飛行萬里之勢如在目前,區區摹寫體貼以爲詠物者,何足語此?○李子德云:五六如詠良友大將,此所謂沈雄。

王阮亭云:五字已攝畫鷹之神。

畫鷹

素練風霜起,蒼鷹畫作殊。攫同搦。身思狡兔,側目似愁胡。孫楚鷹賦:深目蛾眉,狀如愁胡。朱注:按西都賦:風毛雨血,灑野蔽天。因畫鷹而思見眞者之搏擊,卽進鵰賦意。

傅玄獼猴賦云:揚眉蹙頞,若愁若嗔,旣似老公,又類胡兒。所謂愁胡也。條鏃光堪摘,鏃也。條同縧。鏃,轉軸。以條縶鷹足而繫之於軒楹勢可呼。何當擊凡鳥,毛血灑平蕪。

傅玄鷹賦:飾五彩之華絆,結璇璣之金環。

王西樵云:命意精警,句句不脫畫字。○仇滄柱云:每詠一物,必以全副精神入之,故老筆蒼勁中時見靈氣飛舞。

過宋員外之問舊莊

原注:員外季弟執金吾見知於代,故有下句。唐書:宋之問字延清,景龍中遷考功員外郎,弟之悌以驍勇聞,開元中自右羽林將軍出爲

王西樵云：二語感慨情事，無所不包。

劍南節度使。

宋公舊池館，零落首陽阿。

一統志：首陽山在河南偃師縣。浦注：按之問有陸渾別業詩。陸渾首陽俱在洛陽之南，公亦有陸渾莊，當相去不遠也。

祇從入，吟詩許更過？

朱注：祇從入，言一任過客之入，見莊已無主也。許更過，可更過此乎？見重來未有期也。皆極歎其零落，故下接以淹留二語。

淹留問者老，寂寞向山河。更識將軍樹，悲風日暮多。

後漢馮異傳：諸將並坐論功，異獨屏樹下，軍中呼為大樹將軍。庾信哀江南賦：將軍一去，大樹飄零。壯士不還，寒風蕭瑟。

夜宴左氏莊

劉須溪云：最有遇神說。

風林纖月落，衣露淨琴張。

莊子有說劍篇。衣露謂衣霑露。

暗水流花徑，春星帶草堂。檢書燒燭短，

看劍引杯長。

詩罷聞吳詠，扁舟意不忘。

朱注：公弱冠曾遊吳越，故因聞吳詠而思其地也。

顧修遠云：一章之中，樂事皆具，而時地景物重疊鋪敍，卻渾然不見痕跡。○黃白山云：夜景有月易佳，無月難佳。三四就無月時寫景，語更精切。上句妙在一暗字，覺水聲之入耳；下句妙

題甚明悉。

邵云：大家起法。

寫景如畫。

臨邑舍弟書至，苦雨黃河泛溢隄防之患，簿領所憂，因寄此詩，用寬其意 〈唐書：臨邑縣屬齊州。〉

○二句說盡千古河患之由。

二儀積風雨，百谷漏波濤。〈嶽言防河有司〉 聞道洪河坼，遙連滄海高。職司憂悄悄，郡國訴嗷嗷。舍弟卑棲邑，防川領簿曹。 尺書前日至，版築不時操。〈二句彩版築之艱〉難假黿鼉力，〈下乃極言〉

竹書紀年：周穆王東至於九江，叱黿鼉以為梁。

空瞻烏鵲毛。

爾雅翼：涉秋七日，鵲首無故皆禿，相傳是日烏鵲為梁渡織女，故毛皆脫去。

燕南吹畎

畝，〈泛溢之患〉濟上沒蓬蒿。

浦注：燕南今順天保安州等地。濟上今山東濟南兗州等地。

碣石小秋毫。

山海經注：碣石山在右北平海邊。

白屋留孤樹，青天失萬

螺蚌滿近郭，蛟螭乘九皐。徐關深水府，〈徐關在齊州，公送弟穎詩：徐關東海西。〉

艘。吾衰同泛梗，

說苑：土偶謂桃梗曰：子東園之桃也，刻子以為梗，遇天大雨，水潦並至，必浮子泛泛乎不知所止。

利涉想蟠桃。〈記：十洲

東海有度索山，山有大桃樹，屈蟠三千里，名曰蟠桃。**賴倚天涯釣，猶能掣巨鼇。**列子：龍伯之國有大人，一釣而連六鼇。

朱鶴齡曰：新、舊史：開元二十九年七月，伊洛水溢，損居人廬舍，秋稼無遺。壞東都天津橋及東西漕河，南北諸州皆漂溺。此詩罨畫二句，誌橋毀也。燕南、濟上、徐關、碣石，誌諸州漂沒也。吹呿歔，失萬艘，誌害稼拤害漕也。末因臨邑濱海，故用蟠桃巨鼇事；言我雖泛梗無成，猶思垂釣東海以施掣鼇之力，水患豈足憂耶。蓋戲爲大言以慰之，題所云用寬其意也。

天寶初，南曹小司寇舅，唐志：吏部員外郎二人，一人判南曹。曹廳壁記云：高宗上元初，請外郎一人顓南曹之任，後或詔他司寇，當是以秋官權職者。**於我太夫人堂下，**太夫人盧氏，公祖審言繼室。**壘土爲山，一匱盈尺，以代彼朽木，承諸焚香瓷甌，甌甚安矣。旁植慈竹，**逸異記：南中生子母竹，即今之慈竹也。又謂之孝竹。**蓋茲數峰，嶔岑，**謂山。**嬋娟，**謂竹。**宛有塵外格，**一無此字。**致，乃不知興之所至，而作是詩**補序中所無

一匱功盈尺，三峰意出羣。望中疑在野，幽處欲生雲。慈竹春陰覆，香爐曉

體極生動。上四寫景,下四感懷。

龍門

前有遊龍門奉先寺五古,此當係途次再經作。

勢分。惟南將獻壽,佳氣日氤氳。

龍門橫野斷,邪云斷起。仇注:水經注:禹疏伊水,北流兩山相對,望之若闕。韋應物龍門遊眺詩亦云:鑿山導伊流,中斷若天闕。即所謂橫之樹也,舊解俱混。言山斷處遠望見城邊之樹也。氣色皇居近,承二唐書:東都皇城,前直伊闕,後據邙山。界,銀色世金銀佛寺開。舊注:佛地有金色世界,銀色世界。元人龍門記:舊有八寺。驛樹出城來。

往來時屢改,川陸日悠哉!相閱征途上,生涯盡幾回?歎未知何日方免奔馳也。

李監宅二首

一作李鹽鐵。朱注:後一首見吳若本逸詩,草堂本入正集。

尚覺王孫貴,李係宗室。豪家意頗濃。屏開金孔雀,舊唐書:高祖皇后竇氏父毅,於門屏畫二孔雀,有求婚輒與兩箭,潛約中目者許之。高祖後至,兩發各中一目,遂歸於帝。褥隱繡芙蓉。王僧孺逃夢詩:以親芙蓉褥,方開合歡被。且食雙魚美,誰看異味重。

門闌多喜色,女壻近乘龍。楚國先賢傳:孫雋與李元禮俱娶太尉桓焉女,時人謂桓叔元兩女俱乘龍,言得壻如龍也。觀後首末二句,李亦非得志者。篇李云：雅調亦近太白。○張上若云：機巧二字說盡世情可厭。

中尚字、頗字、且字，誇美中寓不足之意，舊說諷其豪奢者非。

華館春風起，高城烟霧開。雜花分戶映，嬌燕入簾回。一見能傾座，虛懷只愛才。**鹽車雖絆驥，**能進。〇戰國策：駪驥駕鹽車上吳坂，遷延負轅而不能進。〇庾信詩：絆驥猶千里，垂鵬更九飛。**名自漢廷來。**漢有鹽鐵使故云。

贈李白

朱注：按天寶三載，公在東都，太白以力士之譖，亦放還遊東都。此贈詩當在其時，故有脫身金閨之句。

二年客東都，唐書：東都隋置，武德四年廢，貞觀二年號洛陽宮，顯慶二年詔改東都。**所歷厭機巧。野人對腥羶，蔬食常不飽。**朱注：言腥羶非己所堪，寧不飽其蔬食，蓋惡機巧而思去之。**豈無青精飯，**陶隱居登真隱訣：太極真人青精乾石飢飯法，用南燭草木葉雜莖皮煮取汁，浸米蒸之，令飯作青色曝乾，日可服二升，勿復血食，塡胃補髓，消滅三蟲。**使我顏色好？苦乏大藥資，**丹書：抱陽人不復措意小小方書，抱朴子：覽金丹之道，令然大藥卒難辨得。又曰：余受金丹仙經二十年，資無儋石，無以爲之。山人大藥證曰：夫大藥者，須煉砂中汞，能取鉛裏金，黃芽爲根底，水火鍊功深。**脫身事幽討。亦有梁宋遊，**浦注：梁宋今開封**李侯金閨彥，**江淹別賦：金閨之諸彥。注：金閨，金馬門也。**白嘗供奉翰林，故云。

此及下首俱選體。

特注出古亭,與下新亭別。

寫留連佳境,意極飄緲。

歸德**方期拾瑤草**。江淹廬山詩:瑤草正翕翹。李善注:瑤草,玉芝也。

太白好學仙,故贈詩亦作出世語。卻前八句俱說自己,後方轉入李侯,可悟賓主虛實之法。

陪李北海宴歷下亭 汲郡北海太守。朱注:歷下亭在齊州,以歷山名。李邕傳:天寶初,邕爲

舊唐書地理志:天寶元年改青州爲北海郡。于欽齊乘:歷下

北渚歷下變起

東藩駐皂蓋,上林賦:齊列爲東藩。後漢書:太守秋二千石,皂蓋,朱兩轓。

亭在府城驛邸內,歷山臺上,面山背湖,實爲勝絶。少陵有陪李北海詩。

北渚臨淸河。杜氏通典:今東平、濟南、淄川、北海界中,有水流入海,謂之淸河,實菏澤汶水合流,亦曰濟河。原注:時邑人蹇處士等在座。唐書:齊州屬河南道,天寶五載改濟南郡,乾元二年復爲齊州。

海右此亭古,江淹恨賦:巡海右以送日。

次寫宴亭景事

濟南名士多。

雲山已發興,玉珮指侑酒者。

三齊記:歷水出歷祠下,衆源競發,與濼水同入鵲山湖。所謂交流也。

玉珮仍當歌。謝靈運詩:表靈物莫賞,蘊眞誰爲傳。又江淹詩:悠悠蘊眞趣。

蘊眞愜所遇,

落日將如

結○陪○字。

何!**貴賤俱物役,從公難重過**。

王阮亭云：唐人用字多異音：韓退之岳陽樓詩：軒然大波起，宇宙隘而防。防音訪。元微之店臥詩：一生長苦節，三省詎行怪。怪音乖。又苦思正旦酬白雪。旦音丹。白樂天寄裴晉公詩：金屑琵琶槽。琵字讀入聲。李義山石城詩：簟冰將飄枕。冰字讀去聲。如是不可枚舉。今按杜詩如從公難重過，幾時杯重把，君臣重修德，蒼生豈重攀，葉蒂辭枝不重蘇，皆以平讀去。細草偏稱坐，意內稱長短，乘輿恐未迴，皇極正乘輿，皆以去讀平。

同李太守登歷下古城員外新亭

原注：時李之芳自尚書郎出齊州製此亭。按：員外係太守從孫。

新亭結構罷，隱見<u>形甸切</u>。清湖陰。<u>原注：亭對鵲湖。一統志：鵲山湖在濟南府城北二十里。趙曰：或隱或見，言昏明異候。</u>跡籍<u>籍字與韻會古通。</u>臺觀舊，氣冥海嶽深。<u>言亭之氣象遠與海嶽冥接。</u>圓荷想自昔，遺堞感至今。<u>朱注：古齊歷下城，對歷山之下。</u>芳宴此時具，哀絲千古心。主稱壽尊客，<u>仇注：主員外，客太守。下筵秩宴北林。不</u>阻蓬蓽興，<u>合刊和詩彙切歷下</u>得兼梁甫吟。<u>諸葛武侯梁甫吟云：步出齊東門，遙望蕩陰里。蓬蓽興，則公自謂也。</u>

附 登歷下古城員外孫新亭

李邕

北海甚有文名,詩甚樸拙何也?

杜詩鏡銓

吾宗固神秀,體物寫謀長。形制開古跡,曾冰延樂方。
傅毅舞賦:冗音高歌,爲樂之方。仇注:此言夏時置冰,乃引樂之方也。

太山雄地里,巨壑眇雲莊。即指鵲湖。高興泊鵲湖也。煩促,永懷清典常。

含宏知四大,老子:域中有四大;道大、天大、地大、王亦大。出入見三光。班固典引:經緯乾坤,出入三光。負郭喜稉稻,

安時歌吉祥。

暫如臨邑,至嶦音宅。山湖亭,奉懷李員外,率爾成興。

王道俊杜詩博議:嶦山當即鵲山之訛。疑公將往臨邑,中道抵歷下登新亭,因懷李之芳也。

暫如臨邑,至嶦宅。山湖亭,奉懷李員外,率爾成興。浦注:先是有臨邑弟河泛書至,此當暫往省之。

野亭逼湖水,歇馬高林間。鼉吼風奔浪,魚跳日映山。沈○謝○句法平。杜臆:二句言湖亭欲雨景,偶然觸目,所云率爾成興也。

靄靄生雲霧,惟應促駕還。

暫遊阻詞伯,卻望臨青關。朱注:青關李員外所在。或云:即青州穆陵關。

公律詩每帶古意。末句言欲相訪未得也。

贈李白

秋來相顧尚飄蓬，未就丹砂愧葛洪。痛飲狂歌空

度日，飛揚跋扈為誰雄？

> 晉書：葛洪聞交趾出丹砂，求為勾漏令，至廣州，止羅浮山煉丹。北史侯景傳：常有飛揚跋扈之意。唐史謂李白好縱橫術，喜擊劍，為任俠，故以飛揚跋扈目之。按說文：扈，尾也。跋扈，猶大魚之跳跋其尾也。

蔣云：是白一生小像。公贈白詩最多，此首最簡，而足以盡之。

李云：古意亦超超元箸，同太白便類太白詩。

與李十二白同尋范十隱居

李侯有佳句，往往似陰鏗。余亦東蒙客，憐君如弟兄。

醉眠秋共被，攜手日同行。更想幽期處，還尋北郭生。

入門高興發，侍立小童清。

落景同。聞寒杵，屯雲對古城。向來吟橘頌，誰欲與。一作討蓴羹？

> 顧注：天寶三載三月，白自翰林放歸。四載，白在齊州，公與同遊歷下，所謂余亦東蒙客，憐君如弟兄也。後漢書：汝南廖扶，絕志世外，不應辟召，時號北郭先生。太白集尋魯城北范居士失道落蒼耳中詩云：忽憶范野人，閒園養幽姿。酸棗垂北郭，寒瓜蔓東籬。想即其人也。
> 南史：陰鏗字子堅，善五言詩，為當時所重。
> 張云：影。幽居。秋。景。寫。得。出。

入門句從對面寫，侍立句從側面寫，偶然事只拈出便妙。

楚辭有橘頌，大意言受命不遷。

晉書：張翰在洛，見秋風起，思吳中菰菜蓴羹鱸魚鱠，曰：人生貴適志，何能羈宦數千里以要名爵乎？遂命駕歸。**不願論簪笏，悠悠滄海情。**隱而動出世之思也。

邵云：拗體蒼秀。

鄭駙馬宅宴洞中

唐書：明皇臨晉公主下嫁鄭潛曜。公作公主母皇甫淑妃墓碑云：甫忝鄭莊之賓客，遊貴主之園林。朱注：按潛曜廣文博士鄭虔之姪，長安記：蓮花洞在神禾原，即鄭駙馬之居，所云主家陰洞者也。

主家陰洞細烟霧，留客夏簟青琅玕。言簟色也。**春酒杯濃琥珀薄，冰漿椀碧瑪瑙寒。**浦注：琥珀是酒是杯，瑪瑙是漿是椀，以雙關見其精麗。**悞疑茅堂過江麓，已入風磴霾雲端。**朱注：草堂疑過江麓，風磴霾入雲端，二句極狀洞中。如。此。用。古。亦。奇。**自是秦樓壓鄭谷，**列仙傳：秦穆公以女弄玉妻蕭史，日於樓上吹簫作鳳鳴，鳳止其屋。一旦，夫妻皆隨鳳去。上二句幾於鄭子眞耕於巖石之陰，解者都謬。**時聞雜佩聲珊珊。**杜臆：後半乃總四句作開合，知所之矣，迨佩響遙傳，始知身在主家也。揚子法言：谷口鄭子眞耕於巖石之下，名震京師。

飲中八仙歌

朱注：考唐史，蘇晉死開元二十二年，賀知章、李白去天寶三載。八仙歌當是綜括前後言之，非一時俱在長安也。

一六

沈確士云：前不用起，後不用收，參差歷落，似八章仍是一章，格法古未曾有。

知章騎馬似乘船，眼花落井水底眠。舊唐書：賀知章，會稽永興人，性放曠，晚年尤縱誕，無復規檢，自號四明狂客，又稱祕書外監。天寶三載，上疏請度爲道士還鄉里。眼花落井，乃極狀其狂態。騎馬似乘船，以知章吳人故云。汝陽三斗始朝天，道逢麴車口流涎，恨不移封向酒泉。舊唐書：讓皇帝長子璡，與賀知章、褚庭誨爲詩酒之交。郡城下有金泉，泉味如酒，故名酒泉。拾遺記：羌人姚馥嗜酒，輩輩呼渴羌。武帝擢爲朝歌宰，遷酒泉太守。三秦記：酒泉郡城下有金泉，泉味如酒。左相日興費萬錢，飲如長鯨吸百川，銜杯樂聖稱避賢。舊唐書：李適之雅好賓客，飲酒一斗不亂。天寶元年爲左丞相，五載罷，賦詩云：避賢初罷相，樂聖且銜杯。爲問門前客，今朝幾個來？魏志：醉客謂酒清者爲聖人，濁者爲賢人。宗之蕭灑美少年，舉觴白眼望青天，皎如玉樹臨風前。舊唐書：崔宗之，日用之子，襲封齊國公。李白傳：侍御史崔宗之謫金陵，與白詩酒唱和。蘇晉長齋繡佛前，醉中往往愛逃禪。新唐書：蘇晉，珦之子，數歲知爲文，歷官戶吏兩部侍郎，終太子左庶子。舊唐書蕭瑀傳：太宗以瑀好佛道，嘗賚繡佛像一軀。李白一斗詩百篇，長安市上酒家眠，天子呼來不上船，○四句○獨○群○八○人○以○此○人○寫○主○也。○自稱臣是酒中仙。范傳正李白新墓碑：玄宗泛白蓮池，公不在宴，皇懽旣洽，召公作序。時公已被酒，命高將軍扶以登舟。張旭三杯草聖傳，學崔杜之法，韋仲將謂之草聖。舊唐書：吳郡張旭善草書而好酒，每醉後，索筆揮灑，變化無窮，若有神助。金壺記：旭官右率府長史。**脫帽露頂王公前，揮毫落紙如雲烟。**獨以一不醉者作結。張旭善草書而元中家於崑山，自製三舟。客有前進士孟彥深、孟雲卿、布衣焦遂，共載遊山水。**焦遂五斗方卓然，高談雄辨驚四筵。**謠：陶峴開

蔡寬夫詩話：此歌眠字天字再押，前字三押，亦周詩分章之意也。○王右仲曰：描寫八公，各極平生醉趣而俱帶仙氣。○李子德云：似贊似頌，只一二語可得其人生平。妙是敘述，不涉議論，而八公身分自見，風雅中司馬太史也。

今夕行

今夕何夕歲云徂，更長燭明不可孤。言不可負此夕也。**咸陽客舍一事無，**唐書：咸陽縣屬京兆府相

與博塞為歡娛。蘇代：莊子：問穀奚事，則博塞以遊。馮音憑。**陵大叫呼五白，**仇注：馮陵，意氣發揚貌。**袒跣不**

肯成梟盧。梟盧皆貴采，晉謝艾曰：六博得梟者勝。招魂：成梟而牟，呼五白些。注：倍勝為牟，五白，博齒也。師氏曰：即今之骰子。程大昌演繁露：古惟斲木為之，一具凡五子，故

張上若云：二句便描出局戲之景。不肯成，謂不能取勝。

邵云：排律長篇，前此未有，此為老杜剏格，鋪敘勻穩，要波瀾老成，自不可及。

亦名五木。其法上黑下白，一子悉為兩面，一面塗黑畫犢，一面塗白畫雉。凡投子者五皆現黑，其名盧，在摴蒱為最高之采，其采名雉，比盧降一等，自此而降，二白三黑為塞，即為惡齒。御覽謂：六博五擲皆雉，不為不能是也。晉書劉毅傳：毅夜東堂聚摴蒱大擲，餘人並黑犢以還，惟劉裕及毅在後。毅次擲得雉大喜，繞牀叫謂同座曰：非不能盧，不事此耳。裕惡之，因按五木久之，曰：老兄試為卿答。既而四子俱黑，一子轉躍未定，裕厲聲喝之，即成盧。正用劉毅事，彙舉六博之梟者。原本楚辭語，以摴蒱本博類也。昌黎詩：六博在一擲，梟盧叱迴旋。朱注：按不肯成梟盧語與此同。又按音郍，說文：兩手相切摩也。

英雄有時亦如此，邂逅豈即非良圖？君莫笑，劉毅從來布衣願，家無儋石輸百萬。

南史：劉毅家無儋石儲，摴蒱一擲百萬。

贈特進汝陽王二十韻

舊唐書：讓皇帝長子璡封汝陽郡王，天寶初，終父喪，加特進。

特進羣公表，○起勢軒舉○為特進。唐書：文散階正二品，表，表率也。天人夙德升。○八句先書其才次言其忠

魏略：邯鄲淳見曹植才辯，歎為天人。霜蹄千里駿，風翮九霄鵬。服禮求毫髮，推思忘寢興。聲去聖情常有眷，朝退若無憑。○何，若失左右手意。仙體來浮蟻，釋名：酒有汎齊浮蟻。南都賦：浮蟻若萍。奇毛或賜鷹。陶詩：毛色奇可憐。鄭繼之曰：若

沈云:寫重文好士,接入自慼,滅去痕跡。

不雜,謂門無雜賓。中使日相乘。晚節嬉遊簡,平居孝義稱。自多親棣蕚,次○八○言○其○唐書:先天後,以隆慶舊邸為興慶宮,賜寧王及申薛諸王第,環列宮側,西置花蕚相輝之樓,聞諸王作樂,必亟召升樓,同榻宴飲。誰敢問山陵?讓皇帝,葬橋陵,號惠陵,璡上表懇辭,手制不許。朱注:言帝雖篤親親之誼,崇禮有加,而汝陽終恪守臣節,不敢問及山陵之名,所謂孝義足稱者此也。學業醇儒富,詞華哲匠能。筆飛鸞聳立,摛藻章罷鳳騫騰。張懷瓘書錄:許圉師見太宗書曰:鳳翥鸞迴,實古今書聖。吳質答太子牋:下筆,龍鸞之文奮矣。次○八○言○其○文○變○客○上○皆頌汝陽以下自鼓通談笑,忘形向友朋。寸長堪繾綣,一諾豈驕矜?已忝歸曹植,魏志:平原侯植好文學,山陽王粲與北海徐幹、廣陵陳琳、陳留阮瑀、汝南應瑒、東平劉楨,並見友善。至,崇重力難勝。披霧初歡夕,世說:衛玠見樂廣曰:見此人,若披雲霧而觀青天。何知對李膺。後漢書:杜密與李膺名行相次,時人亦稱李杜焉。招要恩屢極浦,凫雁宿張燈。言至夜尚留飲也。此四言以後。花月窮遊宴,炎天避鬱蒸。硯寒金井水,簷動玉壺冰。四句分春夏秋冬說,見遊於王門者久也。瓢飲惟三徑,自況高士傳:蔣詡移疾歸杜陵,荊棘塞門,舍中三徑,終身不出。嚴棲在百層。即入山惟恐不深意。謬持蠡測海，東方朔傳：以蠡測海，瓠勺也。言王德之深。注：況挹酒如澠。左傳：有酒如澠。言王恩之深。鴻寶寧全祕，劉向傳：淮南王有枕中鴻寶苑祕書。丹梯庶可陵。杜臆作凌。與上不複。淮王門有客，神仙傳：淮南王安好方術，養士數千人。終不愧孫登。○末○用○賓○主○襯○牧○各○兒○品○格。晉隱逸傳：孫登居汲郡北山，好讀易，撫一絃琴，時時遊人間，所經家或設衣食者，一無所受。嵇康幽憤詩：昔慚柳下，今愧孫登。朱注：言汝陽愛士固不下淮南，我則何敢有愧孫登乎？蓋不欲自居於曳裾之客也。

古今絕詣也。

胡元瑞曰：杜公贈汝陽、哥舒、李白、韋見素等作，格律精嚴，體骨勻稱。無論其人履歷，咸若指掌，且形神意氣，踴躍毫楮，如周昉寫生，太史敍傳，逼奪化工。而杜從容聲律間，尤為難事，真古今絕詣也。

贈比部蕭郎中十兄 原注：甫從姑之子。唐書：比部屬刑部，郎中、員外各一人。仇注：玩詩末意，當亦係應詔退下將歸東都作。

前八句敍蕭之傑。

有美生人傑，謂生人之傑。由來積德門。漢朝丞相系，梁日帝王孫。唐書世系表：蕭氏漢有丞相鄷文終侯何，定著二房：一皇舅房，一齊梁房，即梁武帝之後。蘊藉為郎久，魁梧秉哲尊。漢書周勃傳：魁梧奇偉。詞華傾後輩，風雅鬅孤鶱。宅相榮姻戚，（後八句自逑）晉書：魏舒爲外家甯氏所養，甯氏起宅，相宅者云：當出貴甥。舒曰：當爲外氏成此宅相。兒童惠討論。（承上起下）

知眞自幼，謀拙愧諸昆。漂蕩雲天闊，沈埋日月奔。致君時已晚，懷古意空存。中散山陽鍛，嵇康傳：康拜中散大夫，居山陽宅中，有一柳樹甚茂，每夏月居其下以鍛。愚公野谷村。說苑：齊桓公逐鹿入谷中，見一老公，問爲何谷？對曰：爲愚公之谷，以臣名之。水經注：時水又北迆杜山，北有愚公谷。寧紆長者轍，紆轍，猶言枉駕。蕭必有欲過訪之語。舊唐書韋濟傳，公奉寄河南韋尹丈人原注：甫故廬在偃師，承韋公頻有訪問，故有下句。仇注：觀詩中西東周流等語，公天寶七載爲河南尹，遷尙書左丞。歸老任乾坤。

此果以在都失意，或嘗浪跡近畿，聞韋垂問，因有此寄。下二首則入都後所贈也。

有客傳河尹，逢人問孔融。後漢孔融傳：河南尹李膺，不妄接士。融年十歲，造門與交。青囊仍隱逸，郭璞傳：璞嘗得青囊書九卷，遂開洞五行。章甫尙西東。莊子：宋人章甫而適越，越人斷髮文身，無所用之。鼎食分門戶，仇注：韋氏有大小兩逍遙房，故曰分門戶。

詞場繼國風。舊唐書：濟以詞翰聞，製宣德詩四章，詞致高雅。尊榮瞻地絕，疏放憶途窮。濁酒尋陶令，丹

濁酒八句，自敘途窮，以答所問之意。

仇云：上四迹存問之語，下四感垂注之情。

末稱頌河尹,仍歸結到見問上。

砂訪葛洪。江湖漂短褐,霜雪滿飛蓬。上二言隱逸之狀,下二言東西之跡。牢落乾坤大,周流道術空。謬慙知薊子,師,後漢書:薊子訓有神異之道,到京師,公卿以下候之者,常數百人。真怯笑揚雄。揚雄傳:雄草太玄,或嘲雄以玄尚白,雄作解嘲曰:子徒笑我玄之尚白,我亦笑子之病甚不遭與蚘、扁鵲。上二句對甫說,此二句對青囊說。盤錯神明懼,謳歌德義豐。尸鄉餘土室,誰話一作祝難說。祝一作雞翁?詩正義:河南偃師縣西二十里,有尸鄉亭。洛人也,居尸鄉,養雞至數千頭,皆有名字,列仙傳:祝雞翁,呼則種別而至。

說文解字:䳺,讀若祝,誘致禽畜之意。誰話者,言獨有韋公見問耳。

王嗣奭曰:公贈人詩多前半頌其人,後半自敍。此獨彼此錯寫,轉接呼應,脈理甚細。

贈韋左丞丈濟

左轄頻虛位,唐六典:左右丞掌管轄省事,糾察憲章。今年得舊儒。相門韋氏在,舊唐書:韋思謙子承慶、嗣立,父子三人皆經術漢臣須。漢書:韋賢兼通禮、尚書,以詩教授,號鄒魯大儒。子玄成,復以明經歷位丞相。時議歸前烈,天倫恨莫俱。

起○得○莊○重○至宰相。

鴒原荒宿草，舊唐書：嗣立三子：孚、恆、濟。孚至左司員外郎，恆拜殿中侍御史，為隴右道河西黜陟使，出為陳留太守，未行而卒。時恆必已先沒。鳳沼接亨衢。謝莊讓中書令表：璧門天邃，鳳沼神深。朱注：通典：光宅元年，中書省改曰鳳閣。濟父祖皆官鳳閣，故以接亨衢期之。

有客雖安命，衰容豈壯夫！言無如其已老也。家人憂几杖，甲子混泥塗。左傳：絳縣老人曰：臣生之歲，正月甲子朔，四百有四十五甲子矣。趙孟謝曰：使吾子辱在泥塗久矣，武之罪也。吳志注：張紘見陳琳武庫賦歎美之，琳答曰：河北率少文章，易為雄伯。今足下在彼，所謂小巫見大巫，神氣盡矣。

二句威憤難堪。

不謂衿餘力，還來謁大巫。歲寒仍顧遇，日暮且踟躕。老驥思千里，饑鷹待一呼。君能微感激，亦足慰榛蕪。榛蕪，猶人微感張儀。

張儀傳：蘇秦使人微感張儀。

埋沒意。

奉贈韋左丞丈二十二韻 杜臆：前詩有誦韋丞語，此詩全屬陳情，贈似宜作呈為是。按此詩係將歸東都時作。

樂府調開出全篇主。

紈袴不餓死，儒冠多誤身。丈人試靜聽，賤子漢書班伯傳：在綺襦紈袴之間。注：綺，細綾。紈，素也。並貴戚子弟服。請具陳。甫昔少年日，早充觀國賓；年譜：公遊吳越歸，赴鄉舉，時方二十三歲。讀書破萬卷，下筆

邵云：突兀二語，一肚皮年來憤激，信口衝出。

如有神。賦料揚雄敵，詩看子建親；李邕求識面，
王翰願卜鄰。唐書文苑傳：王翰，幷州晉陽人，及進士第。
張說輔政，召爲祕書正字，終道州司馬。自謂頗挺出，立登要路津；
致君堯舜上，再使風俗淳。此意竟蕭條，行歌非隱淪。桓譚新論：天下神人五，一曰神仙，二曰隱淪。騎
驢三十載，旅食京華春。朝扣富兒門，暮隨肥馬塵；殘杯與冷炙，到處潛
悲辛。顏氏家訓：殘杯冷炙之辱，戴安道猶遭之，況爾曹乎。主上頃見徵，欻忽然欲求伸。青冥卻垂翅，
蹭蹬無縱鱗。木華海賦：蹭蹬窮波。年譜：天寶六載，詔天下有一藝，李林甫命尚書省試，皆下之。公應詔退下。甚愧丈人厚，
甚知丈人眞。每於百僚上，猥誦佳句新。竊效貢公喜，劉峻廣絕交論：王
陽登則貢公喜。難甘
原憲貧。焉能心怏怏？祗是走踆踆。踆踆，走貌。浦注：二句乃心口問答，進退徘徊之狀。今欲東入海，卽
將西去秦。尙憐終南山，回首清渭濱。元和郡縣志：終南山在京兆府萬年縣南五十里。渭水在萬年縣北五十里。常擬報

一飯，一飯之報。注：謂靈輒也。況懷辭大臣，白鷗沒浩蕩，萬里誰能馴？

朱注：後漢李固傳：常懷古人一飯，妙在結處，忽縱身雲表，有海闊天空之致。

邵云：有此一結，全首敲岸。東坡志林：子

美白鷗沒浩蕩，言滅沒於煙波間耳。宋敏求謂鷗不解沒，改作波字，便覺神氣索然。

朱鶴齡曰：韋必嘗薦公而不達，故有駸駸去國之思，今猶未忍決去者，以眷眷大臣也。然去志終不可回，當如白鷗之遠汎江湖耳。意最委折，而語非乞憐，應與昌黎上宰相書同讀。范元實但稱其布置得體，未為知言。〇東皋雜錄：有問荊公，老杜詩何故妙絕古今？公曰：老杜固嘗言之：讀書破萬卷，下筆如有神。

冬日洛城北謁玄元皇帝廟

原注：廟有吳道子畫五聖圖。晉州人吉善，行於羊角山，見白衣老父呼謂曰：為語唐天子，吾是老君，即汝祖也。高祖即遣使致祭，立廟其地。唐書：高宗乾封元年幸亳州，詣老君廟，追尊為玄元皇帝。開元二十九年，制兩京諸州各置廟，改西京廟為太清宮，東京為太微宮，鶴注：天寶二年，親祀玄元廟，東都老君廟，臺殿高敞，下瞰伊洛。康駢劇談錄：東都老君廟。

配極元都閟，憑高禁禦長。

趙注：廟在洛城北，故曰配極。極，北極也。雲笈七籤：三洞經：元都上有九曲峻嶒。鳳臺、瓊房、玉室，處於九天之上，玉京之陽。憑高禁禦長。者，廟在北邙山上，故曰憑高。羽獵賦：禁禦所營。漢紀注：籞，謂折竹以繩懸連之，使人不得往來。守祧嚴

汪伯玉云：此詩清麗奇偉，勢欲飛動，可與吳生畫手並絕古今。

具禮,周禮:守祧掌守先王先公之廟祧。

掌節鎮非常。周禮:掌節,掌守邦節而辨其用。丞各一員。趙注:既尊老君爲聖祖,故監廟者得謂守祧,必有符驗,以防非常,故得借稱掌節。

碧瓦初寒外,金莖一氣旁。西都賦:擢雙立之金莖。注:銅柱也。山河扶繡戶,首記。廟

日月近雕梁。倒。聲。殿。

仙李蟠根大,神仙傳:老子生而能言,指李樹曰:以此爲我姓。有標李大如拳者,呼爲仙李。又云:瀨鄉老子祠有紅標李,一

猗蘭奕葉光。漢武故事:帝以七月七日旦生於猗蘭殿。句概言世緒綿遠,不必專指玄宗。世家遺舊史,言譜系次。攢。崇。失載於

李二色。庾信老子廟詩:盤根古樹低。

舊史也。舊謂史記不列世家,與下句不貫。道德付令王。封演聞見記:明皇親注道德經,令學者習之。畫手看前輩,吳生遠擅場。景朱

元名畫錄:吳道元字道子,東京陽翟人,明皇召入内供奉"凡畫人物佛像神鬼山水臺殿草木,皆冠絕於世。

森羅移地軸,妙絕動宮牆。五聖聯龍袞,通鑑:天寶八載六月,上以符瑞相繼,皆祖宗休烈,太宗曰文武大聖,高宗曰天皇大聖,中宗曰孝和大聖,睿宗曰元貞大聖。千官列雁行。

冕旒皆秀發,旌旆盡飛揚。翠柏深留景,補寫。冬日。景。影。亦足。與。上。畫。手。相。映。發。同。

紅梨迥得霜。風箏吹玉柱,樂府淮南王篇:後園鑿井銀作牀。名義考:銀牀乃轆轤架也。

露井凍銀牀。

古人殿閣簷甍稜間有風琴風箏,皆因風動成音,自叶宮商。袁淑正情賦:陳玉柱之鳴箏。丹鉛錄。仍就

身退邵云:接得高妙。

結語略含諷意,卻只以吞吐出之,渾然不覺。

王阮亭云:此子美少壯時作,無一句不精悍。

卑周室,

○玄○元。列仙傳:老子生於殷時,為周柱下史,後周德衰,乃乘青牛車去入大秦。

得清靜無為之道,故垂拱而治也。

谷神如不死,

○去○路○悠○然。老子:谷神不死,是謂元牝。注:谷,養也。神,五臟之神。

養拙更何鄉?

陳後山曰:敍述功德,反覆申意,事核而理長。○張悌菴曰:遙遙華胄,本屬荒唐,卻說得極纏綿鉅麗,文人彩筆,炳於龍鸞。○毛稚黃曰:此篇舊說皆屬諷刺,不知詩人以忠厚為心,如明皇失德致亂,子美於洞房夙昔諸作,及千秋節有感二首,何等含蓄溫和。況玄元致祭立廟,始於唐高祖,歷世沿祀,不始明皇。在洛城廟中,又五聖並列,臣子入謁,宜如何肅將者。且子美後來獻三大禮賦,其朝獻太清宮,即老子廟也,賦中竭力鋪張。若先刺後頌,不應自相矛盾若此。此論可一空前說。

經傳拱漢皇。

○詠○歎○作○收。老氏聖紀圖:河上公授漢文帝道德二經旨奧,帝齋戒受之。言

高都護驄馬行

黃鶴謂是高仙芝。按史:仙芝為安西副都護,天寶六載平小勃律,八載入朝。

安西都護胡青驄,

舊唐書:貞觀十七年,置安西都護府,于闐以西,波斯以東,十六都督府隸焉。

聲價欻然來向東。此馬臨

赭白馬賦:顧終惠養蔭本枝兮。

陣久無敵,與人一心成大功。功成惠養隨所致,飄飄遠自流沙

至。

天馬歌:天馬來,從西極,涉流沙。

雄姿未受伏櫪恩,猛氣猶思戰場利。腕促蹄高如踣鐵,

音甸。

邵云：結有老驥伏櫪之感。

相馬經：馬腕欲促，促則健。蹄欲高，高耐險峻。邵注：踏鐵，言馬蹄之堅。

交河幾蹴曾冰裂。元和郡縣志：貞觀四年，於漢車師前王地置交河縣，取界內交河爲名。

交河源出縣北天山，分流城下。一統志：今西番火州地。五花散作雲滿身，仇注：名畫錄：開元內廄有飛黃、照夜、浮雲、五花之乘。李白集注：五花，馬毛色也。又郭若虛云：五花者，翦鬃爲瓣，或三花或五花。白樂天詩所謂馬鬃翦三花是也。此另一說。萬里方看汗流血。漢書注：大宛舊有天馬種，蹋石汗血，汗從肩髆小孔中出如血。

古樂府：青絲纏馬尾，黃金絡馬頭。

長安壯兒不敢騎，走過掣電傾城知。青絲絡頭爲君老，應向何由

卻出橫孟康：漢西域傳：百官送至橫門外。三輔黃圖：長安城北出西頭第一門曰橫門。程大昌雍錄：自橫門渡渭而西，是趨西域之路。

門道？音光。

贈翰林張四學士垍舊唐書張說傳：二子均、垍，皆能文。唐會要：玄宗始選朝官有詞藝學識者入居翰林。開元二十六年，始以翰林供奉改稱學士，別建學士院，俾專內命。太常少卿張垍，起居舍人劉光謙等首居之。

翰林逼華蓋，唐會要：翰林院在麟德殿西廂。大帝上九星曰華蓋，所以蔽覆大帝之座。晉天文志：

天上張公子，徐陵詩：張星舊在天河上，由來張姓本連天。漢書：成帝時童謠曰：燕燕尾涎涎，張公子，時相見。宮中漢客星。後漢書：光武與嚴光共臥，

鯨力破滄溟。浦注：上句言其官貴，下句謂其才雄。

太史奏客星犯帝座甚急。舊唐書：坫尚寧親公主，玄宗特加恩寵，許於禁中置內宅，侍為文章。此句更似借用俗語女壻為嬌客意。**賦詩拾翠殿，佐酒望雲亭。**長安志：東內翰林門北有九仙門、大福殿、拾翠殿。西內有景福臺，臺西有望雲亭。西京雜記：漢以武都紫泥為璽室。鶴注：制誥本集賢學士領之，今翰林學士得分掌，**紫誥仍兼綰，**唐會要：開元三年，始用黃麻紙寫詔。似六經，美其文章典重也。**黃麻似六經。**朱注：貴妃嗜生荔枝，置驛傳送，坫在禁中，故得與賜。**恩與荔枝青。**內頒分。一作金帶赤，唐書：緋為四品服，淺緋為五品服，並金帶。故曰兼綰。

贈陳二補闕

世儒多汩沒，夫子獨聲名。獻納開東觀，後漢書：永光二年，帝幸東觀，覽書林，閱篇籍，博選藝術之士以充其官。**君王問長卿。**漢書：上讀子虛賦而善之曰：朕獨不得與此人同時哉！狗監楊得意侍上曰：臣邑人司馬相如自言為此賦。上驚，召問相如。**皂雕寒始急，**埤雅：鷹似

泣聚螢。晉書：車胤家貧，不常得油，夏月以練囊盛數十螢火照書讀。**此生任春草，**張必與公會，魏氏春秋：嵇康寓居河內山陽，與王戎、向秀同遊，秀後作思舊賦。**悲歌在一聽。**有舊。**垂老獨漂萍。偷憶山陽會，**而安。言隨遇**無復隨高鳳，**顏延之詩：椅梧顧高鳳**空餘**

三〇

鵰而大,黑色,俗呼皂鵰。唐書:王志愔除左臺御史,百僚畏憚,時人呼爲皂鵰。天馬老能行。自到青冥裏,休看白髮生。已言得遇,既老可無憾也。

浦二田云:詩是賀人,卻正爲己發慨,首句便含得自家在內。結句若曰:如我者,乃不能不有歎老嗟卑之感也。後半一片神行,意在言外。

冬日有懷李白 時白方遊吳越

寂寞書齋裏,終朝獨爾思。更尋嘉樹傳,不忘角弓詩。如此用古亦是斷章取義 左傳:晉韓宣子來聘,公享之,韓子賦角弓。既享,燕於季氏,有嘉樹焉,宣子譽之。武子曰:宿敢不封殖此樹,以無忘角弓,遂賦甘棠。朱注:公嘗與白同遊齊魯,故言已之不忘太白,猶季武之不忘韓宣也。短褐風霜入,還丹日月遲。神仙傳:藥之上者有九轉還丹,太乙金液。嘗從北海高天師授道籙於齊州紫極宮,故云。白未因乘興去,暗用子猷雪夜訪戴事。空有鹿門期。盛宏之荊州記:龐德公居漢之陰,司馬德操居漢之陽,望衡對宇,歡情自接。

春日憶李白

白也詩無敵,飄然思不羣。清新庾開府,周書:庾信留長安,遷驃騎大將軍開府儀同三司。俊逸鮑參軍。

宋書:臨海王子頊在荊州,鮑照為前軍參軍。

渭北春天樹,江東日暮雲。沈云:二句寫景而離情自見。渭北公所在,江東白所在也。何時一樽酒,重

與細論文?

首句自是閱盡甘苦上下古今,甘心讓一頭地語。竊謂古今詩人,舉不能出杜之範圍;惟太白天才超逸絕塵,杜所不能壓倒,故尤心服,往往形之篇什也。

蔣云:細字對三四句看,自有微意。

李云:寄元逸人超忽有神,此作極狂簡之致。

沈云:李杜多縹緲恍惚語,其原蓋出於騷。

送孔巢父謝病歸遊江東,兼呈李白

朱注:按詩云:南尋禹穴見李白,此江東乃淛江以東,即會稽也。仇注:孔之東遊,志在遯世引年,故詩中多言神仙事。

唐書:巢父字弱翁,冀州人。早勤文史,少與韓準、李白、裴政、張叔明、陶沔隱居徂徠,號

巢父掉頭不肯住,莊子:鴻濛拊髀雀躍掉頭曰:吾弗知。東將入海隨烟霧。詩卷長留天地間,釣

竿欲拂珊瑚樹。述異記:珊瑚碧色生海底,一樹數十枝,枝間無葉,大者高五六尺。深山大澤龍蛇遠,左傳:深山大澤,實生龍蛇。句借左語以見巢父歸隱之高遠者,謂遊方之外,無所覊束也。春寒野陰風景暮,蓬萊織女趙云:當從別本作玉女

人世光陰苦短意。

回雲車,指點虛無引歸是征。一作路。自是君身有仙骨,世人那得知其故?惜君
只欲苦死留,富貴何如草頭露? 蔡侯靜者意有餘,清夜置酒臨前除。罷琴
惆悵月照席,幾歲寄我空中書? 此補題中所無
然而去。或聞足下波浪聲,送至白土堆。 梁高僧傳:史宗不知何許人,常在廣陵白土堆。有一
史宗開書大驚曰:汝那得蓬萊道人書耶! 道人取小兒到一山,山上人作書付小兒,令其捉杖,飄
何。如。? 王士禛云:李受籙於高天師,言丹砂瑤草
其事何如也?正與中間有仙骨句照應。

仇云:置酒者蔡也,惆悵者公也,寄書道訊者孔也,末後賓主一齊收拾。

邵云:是唐詩史,亦古樂府。

兵車行

朱注:玄宗季年,窮兵吐蕃,徵戍繹騷內郡幾遍。詩故託爲從征者自愬之辭。

車轔轔,馬蕭蕭,行人弓箭各在腰。 敘起。一片慘。最。怔。勢。如。風。潮。驟。湧。耶孃妻子走相送, 不。可。追。親。 古樂府:不聞耶孃哭子聲,
塵埃不見咸陽橋。 一統志:西渭橋在舊長安西,唐時名咸陽橋。 但聞黃河水流濺濺。
牽衣頓足攔道哭,哭聲直上干雲霄。 墾小頓下再說起
道旁過者問行人,行人但云點行頻。 縣云三字一吞 或從十五北防河, 以吐蕃為邊害,徵關中
張云:骨、處、煙、波、無盡 史記自序:上會稽,探禹穴。 南尋禹穴見李白, 道甫問訊今

通篇設爲役夫問答之詞,乃風人遺格。

舊唐書:開元十五年制,

南尋禹穴見李白,道甫問訊今

兵萬人集臨洮防秋,便至四十西營田。唐食貨志:開軍府以捍要衝,因隙地至冬初,無寇而罷。以置營田,有警則以軍若夫千人助役。去時里正不敢斥言,故託漢武以諷。

與裹頭,歸來頭白還戍邊。邊庭流血成海水,武皇開邊意未已。一篇微旨

君不聞漢家山東二百州,閻若璩曰:山東謂華山以東也。通鑑:秦孝公時,河山以東強國六,乃通韓、魏、燕、趙、齊、楚言之,不專指今之山東。

村萬落生荊杞。縱有健婦把鋤犁,禾生隴畝無東西。作反襯 此概天下言。

戰,被驅不異犬與雞。長者雖有問,役夫敢伸恨?且如今年冬,未 此指今點行者。

休關西卒。縣官急索租,史記索隱:謂國家為縣官者,幾內縣即國都,王者官天下,故曰官也。 租稅從何出?朱注:名隸征伐,

則生當免其租稅矣。今以遠戍之身,復督其家之輸賦,豈可得哉?此承上更進一層語,亦與上村落荊杞相應。

女猶得嫁比鄰,生男埋沒隨百草。痛鶂語 君不見青海頭,水經注:金城郡南有湟水出塞外,又東南逕卑禾羌海,世謂之

青海。舊唐書:吐谷渾有青海,周圍八九百里。高宗龍朔三年,為吐蕃所併,開元中王君㚟、張景順、張忠亮、崔希逸、皇甫惟明、王忠嗣先後破吐蕃,皆在青海西。 古來白骨無

沈云:以人哭起,以鬼哭住,照應在有意無

意，章法最奇。

憑空寫意中語入，便爾聲特，亦早伏後一段意。

蔡寬夫曰：齊梁以來，文士喜爲樂府詞，往往失其命題本意。篇，皆因時事，自出己意，立題略不更蹈前人陳跡，眞豪傑也。○沈確士云：縱筆所之，猶龍夭矯，惟老杜兵車行、悲青坂、無家別等

人收。新鬼煩冤舊鬼哭，左傳：吾見新鬼大，故鬼小。天陰雨溼聲啾啾。

同諸公登慈恩寺塔 原注：時高適薛據先有作。時爲文德皇后立，故名西院。兩京新記：京城東慈恩寺，高宗在春宮浮圖六級，高三百尺，沙門元奘所立。

高標跨蒼穹，烈風無時休。自非曠士懷，登茲翻百憂。王屮頭陀寺碑：正法既沒，象敎凌夷。

方知象敎力，足可追冥搜。仰穿龍蛇窟，先寫登王粲登樓賦：登茲樓以四望兮，聊暇日以消憂。此謂塔間磴道屈曲而升，如穿龍蛇之窟也。

始出枝撐幽。王延壽魯靈光殿賦：枝撐杈枒而斜據。黃山谷曰：慈恩塔下數級，皆枝撐洞黑，出上級乃明。注：枝撐，交木也。

七星在北戶，四句俯望各極神妙。天漢秋漢漸轉西，以逼近，故若聞其聲也。

河漢聲西流。七星指北斗。

羲和鞭白日，楚辭注：羲和，日御也。鞭字見日行之速。

少昊行清秋。月令：孟秋之月，其帝少昊。

秦山忽破碎，涇渭不可求。朱注：秦山謂終南諸山，登高望之，大小錯雜如破碎然。涇

何義門云：此下意有所託，即所謂登茲翻百憂也。身世之感，無所不包，卻只是說塔前所見，別無痕跡，所以為風人之旨。

渭二水從西北來，遠望則不見其清濁之分也。俯視但一氣，焉能辨皇州？迴首叫虞舜，注：叫，呼也。蒼梧雲正愁。山海經：南方蒼梧之邱中有九疑山，舜所葬，本為文德皇后祝釐之所，蒼梧雲愁，以二妃比文德也。朱注：寺高祖號神堯皇帝，太宗受內禪，故以虞舜方之。博議云：左傳：或叫於宋太廟。

惜哉瑤池飲，日晏一作非。崑崙邱。列子：穆王升崑崙之邱，遂賓於西王母，觴於瑤池之上，明皇遊宴驪山，皆貴妃從幸，故以日晏崑崙諷之。按：上二感昔，以虞舜蒼梧比太宗昭陵；下二傷今，以王母瑤池比太真溫泉，卻俱在望中見得。程嘉燧曰：

陽雁，書禹貢注：陽鳥，隨陽之鳥，鴻雁屬。各有稻粱謀。朱注：末以黃鵠哀鳴自比，而歎謀生之不若陽雁，蓋憂亂之詞。又文章正宗引師尹注：黃鵠哀鳴，以比高飛遠引之徒；陽雁稻梁，以比附勢貪祿之輩。黃鵠去不息，哀鳴何所投。君看隨

陽雁，各有稻粱謀。

前半寫盡窮高極遠，可喜可愕之趣，入後尤覺對此茫茫，百端交集，所謂渾涵汪茫千彙萬狀者，於此見之。視同時諸作，其氣魄力量，自足壓倒群賢，雄視千古。○李子德云：岑作高，公作大；岑作秀，公作奇；岑作如浩然洞庭，終以公詩吳楚東坼，乾坤日夜浮為大。

投簡咸一作**成。華兩縣諸子** 安苦寒，又南山青門皆長安事，當是天寶間在京師簡咸寧華原鶴注：梁權道編成都詩，內以咸華為成都華陽兩縣。然詩云長

二縣者。

赤縣官曹擁才傑，元和郡縣志：唐縣有赤畿、望、緊、上、中、下六等之分。京都治為赤縣。軟裘快馬當冰雪。二語亦帶刺時。長安苦寒誰獨悲？杜陵野老骨欲折。漢地理志：杜陵屬長安，古杜伯國。宣帝葬此，因曰杜陵。南山豆苗早荒穢，楊惲傳：田彼南山，蕪穢不治，種一頃豆，落而為萁。青門瓜地新凍裂。三輔黃圖：長安霸城門其色青，故曰青門。秦東陵侯邵平隱居於此，種瓜五色。鄉里兒童能相呷，自然棄擲與時異，況乃疏頑臨事拙。饑臥動即向一旬，敝衣何曾聯百結。詩：四牡項領。注：項，大也。四牡者，人所駕，今但養大其領，不肯為用。後漢呂強傳：羣邪項領，能相咻也。朝廷故舊禮數絕。故舊指朝臣。禮數絕，言無項領成，杜陵野老骨欲折。君不見空牆日色晚，此老無聲淚垂血！

浦云：項領成，禮數絕，語太憤激矣，故以疏頑自任，而結復歸之不敢聲言。

用此起冒全意。

病後過王倚飲贈歌

麟角鳳觜世莫識，煎膠續弦奇自見。十洲記：鳳麟洲在西海中，洲上多鳳麟。仙家煮鳳喙及麟角合煎作膠，名為集弦膠，或云連金泥。

此病後過王而
流問答之詞。

仇云：乍見而
怪，久覷而哀，
見疾痛相關
意。

此王生留飲而
記款待之情。

仍歸感交誼作
收。

張云：結處語
有深味，情景
逼真。

此膠能屬連弓弩，斷弦折劍，亦以膠連之。盧元昌曰：此以煎膠喻交情，即所謂膠漆雖堅，不如雷與陳也。蓋王生敦篤士，尋常亦幾失之。及公以尪羸病軀，與之談情愫，留歡宴，不覺手足輕旋，沈疴為之頓起，真有似乎煎膠。

續弦者，比意最為切當。

尚看王生抱此懷，在於甫也何由羡？言王生果奇，而自愧已無可羡也。且過

王生慰疇昔，素知賤子甘貧賤。酷見凍餒不足恥，多病沈年苦無健。王生

怪我顏色惡，答云伏枕艱難遍：癉瘧三秋孰可忍？寒熱百日交相戰。頭

白眼暗坐有胝，音支。皮厚也。坐久肉黃皮皺命如線。惟生哀我未平復，為我力致美

肴膳。遣人向市賒香粳，可見亦非喚婦出房親自饌。從人。可見亦無有餘。

綠，周禮七菹注：全物若臠爲菹，細切爲齏。金城土酥淨如練。長安志：金城縣，至德二載更名與平。唐長安冬菹酸且

割鮮，畜豪即豪豬。密沽斗酒諧終宴。故人情義晚誰似？令我手脚輕欲旋。極寫感激辭變切。兼求畜豪且

老馬爲駒信不虛，詩：老馬反爲駒，不顧其後。注：已老矣，而孩童慢之。當時得意況深眷。言王生不以老而慢我，即此片時款洽，已

三八

邵云：真趣亦自漢魏出。

沈云：隨事比興，全得古樂府之神。

示從孫濟

平明跨驢出，未知適誰門。權門多噂沓，○詩：噂沓背憎。箋：噂噂，沓沓，相對語。背則乃相憎逐。兩自字，便寫出。且復尋諸孫。諸孫貧無事，客舍如荒村。○如荒村光景。堂前自生竹，堂後自生萱。草秋已死，竹枝霜不蕃。○仇注：此亦傷本支零落，賦而比也。淘米少汲水，汲多井水渾。刈葵莫放手，放手傷葵根。○趙云：時必淘米刈葵，故復以起興。水有源，勿渾之；葵有根，勿傷之。族之有宗，猶水之有源，葵之有根也。族有宗，則亦勿疏之而已。阿翁懶惰久，覺兒行步奔。所來為宗族，亦不為盤飧。小人利口實，薄俗難

詩開宋派，讀此歌見古人一飯之德不忘。○仇滄柱曰：此章及後贈姜七少府詩，皆用方言諺語。蓋王姜二子本非詩流，故用世俗常談發出懇摯真情，令其曉然易見。文章淺深，因人而施，此其所以有益也。

具論。勿受外嫌猜，同姓古所敦。

杜位宅守歲

守歲阿戎家，仇注：謝惠連初不為父所知，族兄靈運曰：阿戎才悟如此，何作常兒遇之？通鑑注：晉宋間多呼弟為阿戎，他本改作阿咸未是。椒盤已頌花。崔寔四民月令：正月一日以盤進椒飲酒，號椒盤焉。晉書：劉臻妻陳氏，元旦獻椒花頌。盍簪喧櫪馬，列炬散林鴉。困學紀聞：位，李椒盤焉。吳均詩：景林甫諸壻也。四十明朝過，年譜謂天寶十載，林甫方在相位，盍簪列炬，其炙手之徒歟。四十明朝過，飛騰暮景斜。吳均詩：景斜不可駐。誰能更拘束？爛醉是生涯。

顧修遠云：公目擊附勢之徒，見位而傴僂俯仰，不勝拘束，故有末二句。○趙汸曰：後半感慨豪縱，讀之可想公之為人。

元都壇歌寄元逸人

夢弼注：元都壇漢武帝所築，在長安南山子午谷中。

故人昔隱東蒙峰，在魯地。已佩含景蒼精龍。吐商。初學記：後漢公孫瑞劍銘：從革庚辛，含景吐商。史記索隱：文曜鈎云：東宮蒼帝，其

李云：高格徹言，咀詠不盡。

方虛谷云：四十飛騰，乃句中自對。

申鳧盟云：二語大類長吉。

精爲龍。春秋繁露：劍之在左，蒼龍象也。含景謂含日月之景。 故人今居子午谷，三秦記：長安正南，山名秦嶺，谷名子午。 獨在陰崖結茅屋。屋前太古元都壇，青石漠漠常風寒。子規夜啼山竹裂，言子規夜啼而山竹爲之欲裂也。王母晝下雲旗翻。列仙傳：穆王與王母會瑤池，雲旗霓裳擁簇，自天而下。一說：杜修可云：王母鳥名，故對子規。酉陽雜俎云：齊郡凾山有鳥，足青嘴赤黃，素翼絳頟，名王母使者。又王椿齡云：其尾五色，長二三丈許，飛則翩翻，正如旗狀。 知君此計誠長往，芝草琅玕日應長。漢武內傳：太上之藥，有廣庭芝草，碧海琅玕。 鐵鎖高垂不可攀，舊注：道藏經：晉時有戍卒屯於子午谷，入谷之西澗水窮處，忽見鐵鎖下垂約有百餘丈，戍卒欲挽引而上；有虎蹲踞焉。 致身福地何蕭爽。洞天福地記：終南山太乙峯在長安西南五十里，內皆福地。

杜詩鏡銓卷二 天寶中公在京師作。

樂遊園歌

原注：晦日賀蘭楊長史筵醉中作。漢書：神爵三年起樂遊苑。注：三輔黃圖云：在杜陵西北。長安志：樂遊苑在京兆萬年縣南八里，亦曰樂遊原。兩京新記：太平公主於原上置亭遊賞，每正月晦日、三月三日、九月九日，士女咸即此祓禊登高，詞人樂飲歌詩，翼日傳於都市。

樂遊古園崒森爽，烟綿碧草萋萋長。公子華筵勢最高，秦川對酒平如掌。

三秦記：秦川一名樊川。長安志：樂遊原居京城之最高，四望寬敞。

長生木瓢示眞率，偏有此閒筵 晉嵇含有長生木賦。 更調鞍馬狂歡賞。 首叙長史鑾宴。次及望中景事。

青春波浪芙蓉園，

雍錄：漢宣帝樂遊廟，唐世基跡尙存，與芙蓉園相並。南記：芙蓉園在曲江西南，園內有池，謂之芙蓉池，唐之南苑也。張禮遊城南記：芙蓉園，自大明宮夾亘羅城，複道經通化門觀以達興慶宮；次經春明延喜門，至曲江芙蓉園。

白日雷霆夾城仗。 兩京新記：開元二十年，築夾城，

閶闔晴開誅蕩蕩，曲江翠幕排銀牓。

張正見詩：銀牓映仙宮。

拂水低回舞袖翻，緣雲清切歌聲

漢禮樂志：天門開，誅蕩蕩。

張云：此指明皇遊幸，妙在渾含。

卻憶年年人醉時，只今未醉已先悲。數莖白髮那拋得？百罰深杯亦不辭。聖朝已亦。一作知賤士醜，一物自荷皇天慈。仇注：一物指酒，猶陶公云杯中物。謂朝已被棄而天猶見憐，假以一飲之緣也。

此身飲罷無歸處，獨立蒼茫自詠詩。邵云：悽叔可念。

此則當綰有感上。

劉須溪云：每誦此結不自堪。

辭。沈碻士云：極歡宴時，不勝身世之感。臨川蘭亭序所云：情隨事遷，感慨係之也。

曲江三章章五句

錄：曲江池本秦隑洲，開元中疏鑿為勝境，花卉環列，烟水明媚。都人遊賞，盛於中和、上巳二節。按隑音衎，曲岸也。

相如哀二世賦：臨曲江之隑洲。注：曲江在杜陵西北五里。康駢劇談

曲江蕭條秋氣高，菱荷枯折隨風濤。游子空嗟垂二毛。白石素沙亦相蕩，哀鴻獨叫求其曹。

前後四句寫景，將自己一句插在中間，章法錯落。

即事非今亦非古，杜臆：謂即事吟詩，五句成章，似古體七言成句，又似今體也。長歌激越捎林莽，莫補切。比屋豪華

此首接上起下。

承轉悲壯,一句截住,見筆力。

固難數。吾人甘作心似灰,弟姪何傷淚如雨?謂聞此歌也。自斷切。丁亂。此生休問天,翻用楚辭天問語。

王阮亭云:十字盡學詩之祕。

杜曲幸有桑麻田,雍錄:樊川韋曲東十里有南杜北杜,杜固謂之南杜,杜曲謂之北杜。二曲名勝之地。故將移住南山邊,杜:南山即終南山。短衣匹馬隨李廣,看射猛虎終殘年。李廣傳:廣屏居藍田南山中射獵,見草中石,以爲虎而射之,中石沒羽,視之石也。廣所居郡聞有虎,常自射之。

敬贈鄭諫議十韻 唐書:諫議大夫凡四人,屬門下省。

子湘云:短章蹜踔,空同極學此種。○邵題倣三百體,詩則公之變調。

諫官非不達,詩義早知名。破的由來事,世說:劉尹至王長史許清言,長史曰:韶音令詞不如我,往輒破的勝我。先鋒孰敢爭!思飄雲物動,律中鬼神驚。謂能神明於規矩之中也。毫髮無遺憾,杜。老。自。謂。書:十毫曰髮,十一作恨。賈子新髮曰鬒。波瀾獨老成。爾雅:大波爲瀾,小波爲淪。仇注:謂通篇結搆。野人寧得所,天意薄浮生。言薄命出於天賦。皆自敍 多病休儒服，冥搜信客旌。杜詩信字多作任字用。築居仙縹緲，海賦：羣仙縹緲，餐玉清涯。公獻賦後命待制集賢院，殆卽指翰苑諸公。旅食歲崢嶸。舞鶴賦：歲崢嶸而愁暮。注：崢嶸，高貌。言歲之將盡，如物之高。將期一諾重，史記：曹邱生曰：得黃金百斤，不如得季布一諾。時公必有所陳乞。欸使寸心傾。君見諸公厭禰衡，後漢書：禰衡氣剛傲，好矯時慢物。曹操懷忿，送劉表，表不能容，以江夏太守黃祖性卞急，送與之，為所殺。二句言主上憐才而執政見忌也。使者求顏闔，莊子：魯君聞顏闔得道之士也，使人以幣先焉。闔對曰：恐聽誤而遺使者罪，不若審之。使者反求之，則不得已。

途窮哭，宜憂阮步兵。阮籍傳：籍率意命駕，不由徑路，車跡所窮，輒慟哭而反。聞步兵廚人善釀，有貯酒三百斛，乃求為步兵校尉。

貧交行

翻手作雲覆手雨，朱注：雲合而雨散，一翻覆手間，雲雨已判，甚言交道之不可久也。○語○說○得○靈。紛紛輕薄何須數？君不見管鮑貧時交，此道今人棄如土。

王右仲云：作行止此四句，語短而恨長，亦唐人所絕少者。

蔣云：寫妙技不覺說入自家話，微乎其微。

慧心香口，直似飛卿，公詩真無所不有。

白絲行

繰絲須長不須白，首句乃有激之詞。喻奔競之徒，但希榮進，不須名節也。越羅蜀錦金粟尺。象牀玉手亂殷紅，萬草千花動凝碧。已悲素質隨時染，裂下鳴機色相射。食亦切。美人細意熨貼平，裁縫滅盡針線跡。媚人取競陟略之影。春天衣著切。爲君舞，蛺蝶飛來黃鸝語。落絮游絲亦有情，隨風照日宜輕舉。香汗清塵汙顏色，開新合故置何許？君不見才士汲引難，恐懼棄捐忍羈旅。起結無限悲慨。

邵子湘云：得梁陳樂府之遺。○白絲行，卽墨子悲素絲意也。歎士人媚時，徒失其身，終歸棄置。故有志者，寧守貧賤也。全首託興，正意只結處一點。

前出塞九首

朱鶴齡曰：天寶末，哥舒翰貪功於吐蕃，安祿山搆禍於契丹，於是徵調牛天下。前出塞爲哥舒發，後出塞爲祿山發。沈德潛曰：今按詩前九章多從軍愁苦之詞，後五章防強臣跋扈之漸，長孺所分，理或然也。○諸詩皆代爲從征者之言。

首章敘初發時辭別室家之情。

二章述上路後輕生自奮之狀。

三章中途感觸而爲自解之詞。

四章跋涉既遠而吐被驅之憤。

戚戚去故里，悠悠赴交河。鶴注：交河郡在隴右道，備吐蕃之處也。公家有程期，亡命嬰禍羅。君已富土境，開邊一何多？棄絕父母恩，吞聲行負戈。邵云：二句是前出塞詩旨。結語躍然。

出門日已遠，不受徒旅欺。骨肉恩豈斷？男兒死無時。二句言骨肉之恩，豈能遽絕。今所以決然舍去者，以男兒死地無常，不如死綏爲烈耳。此承上末二句，復作徘徊轉戀語。李陵書：斬將搴旗。走馬脫轡頭，手中挑青絲。梁簡文帝詩：劉須。溪。云：宛轉青絲鞚。捷下萬

仞岡，俯身試搴旗。注：拔取曰搴。

磨刀嗚咽水，水赤刃傷手。欲輕腸斷聲，心緒亂已久。蔣云：借磨刀。三秦記：隴頭歌：隴頭流水，鳴聲幽咽，遙望秦川，肝腸斷絕。又蔡琰胡笳曲：夜聞隴水兮聲嗚咽。言本不欲以此嗚咽之聲動心，無如心亂已久，故聞水聲觸耳而不覺手傷也。時將征吐蕃，故度隴而經此水也。奇。

憤惋復何有？功名圖麒麟，漢書：甘露三年，圖畫霍光等一十八人於麒麟閣。戰骨當速朽。末。句。反。言。見。慕。丈夫誓許國，

送徒既有長，遠戍亦有身。生死向前去，不勞更怒嗔。路逢相識人，前專。附書

與六親,哀哉兩決絕,不復同苦辛!言○父○母○此漢書注:六親,父兼及六親亦有次第。母兄弟妻子。作○平○心○語○愈○見○悲○痛○

迢迢萬里餘,領我赴三軍。軍中異苦樂,主將寧盡聞?隔河見胡騎,倏忽

數百羣。我始爲奴僕,幾時樹功勳?浦云結語足令寒士淚下。四○語○似○謠○疑○古○樂○府○妙○境○識○讀○非○詩○

挽弓當挽強,用箭當用長;射人先射馬,擒賊先擒王。張綖曰:上三句與下

一句卽起。末二句意言朝廷果有制敵之道,不在勞師以用武也。殺人亦有限,限,制也。即書不殄於人。語。六伐七伐乃止齊焉意。立列。大一作識。列。國自有疆。左傳:樂伯左射馬而右射人。

苟能制侵陵,豈在多殺傷?

驅馬天雨雪,軍行入高山。逡危抱寒石,指落曾冰間。已去漢月遠,何時築

城還?浮雲暮南征,可望不可攀。

單于寇我壘,百里風塵昏。雄劍四五動,彼軍爲我奔。烈士傳:楚王命鎮鋣鑄雙劍,一雌一雄。越絕書:

五章初到軍中而歎,亦見功名難就意,就三首末二句翻轉。

六章忽作閒評論一首,復提醒本意。

七章言戌守也。築城必依山險,兼帶述苦寒。

八章言戰陣也。聊作妄想快意,亦正見

杜詩鏡銓卷二

四九

晉國圍楚,三年不解。楚引太阿之劍登城麾之,三軍破敗,流血千里。虜其名王歸,漢書匈奴傳:虜名王貴人以百數。注:繫頸。名王謂有大名,以別於諸小王也。

授轘門。潛身備行列,一勝何足論?言立功如上四句,庶可望圖形麒麟矣;然方沉淪卒伍,未必爲封賞所及,即一勝亦何足論哉。此即爲下章前半引脈,下更作一轉。

從軍十年餘,能無分寸功?衆人貴苟得,欲語羞雷同。中原有鬭爭,況在狄與戎?丈夫四方志,安可辭固窮?後半言窮兵不已,非特邊疆多故,並恐釁起蕭牆;人臣果有志立勳,儘有可馳驅效命之處,不必一時妄希榮顯也。○從軍十年餘,能無分寸功?隱見得不償失,借軍士口中逗出,總是綿裹針之法。

當時主將無能如衛霍輩者,不過徒殘民命而已。

末章他手必作策勵行賞語。以苟得二字發邊將冒功邀恩之弊,以中原亂釁人主開邊黷武之心,託諷尤爲深婉。

蔣云:慣截取中幅語作起句,最見突兀。

送高三十五書記十五韻 舊唐書:高適字達夫,渤海人,解褐封邱尉,去遊河右。河西節度使哥舒翰表爲左驍衛兵曹,充翰府掌書記。借古題寫時事,深悉人情,秉明大義,當與東山采薇諸詩並讀,視太白樂府更高一籌。○吳昌祺曰:無意不深,無筆不健,掃絕依傍,獨有千古。○九首承接只如一首,杜詩多有此章法。

崆峒小麥熟,黃希曰:山名崆峒者三:一在臨洮,一在安定,一在汝州,此指在臨洮者。且願休王師。請公問主將:焉張云：寫高從戎裝束，似贊似嘲。

用。窮。荒。爲。？

朱注：通鑑：積石軍每歲麥熟，吐蕃輒來穫之，邊人呼爲吐蕃莊。天寶六載，哥舒翰先伏兵於其側，虜至斷其後夾擊之，無一人得返者。後遂因麥莊一捷，而黷武窮荒，屢致敗衂。今高之往，適當其時，公故戒其貪勝，欲適以之告翰也，此是送高本旨。

言待將軍譬如養虎，當飽其肉，不則噬人。公曰：不如卿言，譬如養鷹，飢則爲用，飽則颺去。

中，始與捶楚辭。 適封邱縣詩：鞭撻黎庶令人悲。當指他人言爲是。

寶元年，改武威郡。 答云一書記，所愧國士知。 人實不易知，更須愼其儀。

其衣冠，攝其威儀，何有亂頭養望，自謂曠達耶。十年出幕府，自可持旌麾。此行旣特達，足以慰所思。男

兒功名遂，亦在老大時。 唐佐 時高年已暮。 常恨結驩淺，各在天一涯。又如參與商，

慘慘中腸悲。 驚風吹鴻鵠，不得相追隨。 黃塵翳沙漠，念子何當一作歸。

邊城有餘力，到底熱處難忘 早寄從軍詩。

飢鷹未飽肉，側翅隨人飛。 先作此比 魏志：陳登喻呂布曰：登見曹公

高生跨鞍馬，有似幽幷兒。 脫身簿尉

借問今何官，觸熱向武威？ 問答亦本樂府體 舊唐書：涼州屬河西道，天

參佐當正 陶侃傳：諸

結言送別之意

期以大用

忠告之言

前四格高，倒起有憑虛御風之致。

觀詩直有家人骨肉之愛，公於同時諸詩人，無不惓惓如此。

送裴二虬尉永嘉 唐書：永嘉縣屬溫州。

孤嶼亭何處？天涯水氣中。謝靈運有登江中孤嶼詩。寰宇記：孤嶼在永嘉江中，嶼有二峯，謝靈運所遊，後人建亭其上。故人官就此，絕境與誰同？隱吏逢梅福，漢書：梅福補南昌尉，棄妻子去隱於會稽，至今傳爲仙。遊山憶謝公。扁舟吾已具，把釣待秋風。

送張十二參軍赴蜀州，因呈楊五侍御 唐書：都督諸州，俱有參軍事掌出使贊導。又蜀州屬劍南道。

好去張公子，通家別恨添。兩行秦樹直，秦樹言所經之途，萬點蜀山尖。蜀山言所至之境。御史新驄馬，後漢書：桓典拜侍御史，常乘驄馬。參軍舊紫髯。晉書：郗超爲桓溫參軍，超有髯。獻帝春秋：張遼閉吳降人，有紫髯將軍是誰？曰：是孫會稽。皇華吾善處，猶云相好處。於汝定無嫌。

送韋書記赴安西

夫子歘通貴,雲泥相望懸。白頭無藉在,朱紱有哀憐。欲浮江海去,此別意茫然。

唐書:元帥節度府有掌書記一人,掌朝覲、聘問、慰薦、祭祀、祈祝之文與號令升絀之事。關預軍中機密。安西注見一卷。

韋必兼官御史。

書記赴三捷,公車留二年。漢書注:公車令屬衞尉,上書者所詣。時公方待制集賢。

二句言向日趙注:謂無所倚藉。

朱紱,唐制,御史賜金印朱紱,時

二句言當下

意茫然。言知已去而已亦將遜矣。

寄高三十五書記

此別後寄候之作。

歎息高生老,新詩日又多。唐書:適年過五十,始留意篇什,數年之間,體格漸變,以氣質自高。

美名人不及,佳句法如何？即欲與細論文意。

主將收才子,崆峒足凱歌。樂府詩集:哥舒翰破吐蕃收九曲,黃河置洮陽郡,適爲作九曲詞。

朱紱,且得慰蹉跎。聞君已

杜詩鏡銓

浦二田云：首着歎息二字。彼此詩人，一遇一否，言外有不遇者在，即遇者亦慨與幸俱有。

故武衞將軍挽詞三首

唐書：左右衞將軍各二員，掌統領宮禁警衞之法。

嚴警當寒夜，前軍落大星。晉陽秋：有星赤而芒角，自東北往西南投於諸葛亮營，俄而亮卒。壯夫思果決，哀詔惜精靈。王者今無戰，書生已勒銘。後漢吳祐傳：殺靑簡寫書。注：殺靑以火炙簡令汗，取其靑易書，且不蠹。朱注：將軍大抵嘗立功塞外而未加爵賞者，故言班固爲竇憲作燕然山銘，勒石紀功。此句亦當作偃武意，即上崆峒凱歌之類。仇注謂指墓碑，與上下不合。封侯意疏闊，編簡爲誰靑？當此太平不尙武之秋，封侯之志雖未得遂，然編簡不爲之靑而誰靑乎？許其功名之必垂於史冊也。

舞劍過人絕，鳴弓射獸能。銛　音纖。鋒行愜順，謂投之所向，無不如意。猛噬失蹻騰。邱妖赤羽千夫膳，家語：子路曰：願得白羽若月，赤羽若日。羽旌旗也。黃河十月冰。橫行沙漠外，神速自今稱。朱注：赤羽之下，會食千夫，見以孤軍轉鬭，又値塞外苦寒，冰堅難渡之時，當此而能橫行沙漠，其神速誠可稱矣。舊解都謬。

此首指初沒時。

此首又追敍身前，上四帶表技能，下四實指勞績。

末首紀送葬情事,乃哀挽正文。

邵曰:起手大好氣概,自負不淺。

李子德云:三詩沉雄悲壯,足慰鬼雄,此篇尤有生造之力。

哀挽青門去,新阡絳水遙。水經注:應劭曰:絳水出絳縣西南。邵注:去長安六百里。路人紛雨泣,曹植誄:延首歎息,雨泣交頤。無由覿雄略,大樹日蕭蕭!用馮異事。注見一卷。

天意颯風飆。部曲精仍銳,匈奴氣不驕。劉辰翁曰:匈奴尚畏其部曲,則逝者可知,此為書生善頌之官,玩詩意恐非是。

奉留贈集賢院崔國輔于烈二學士浦注:公獻賦後命待制集賢院,時因召試不遇,意將辭別而歸。二學士乃集賢院長。舊說崔于當是試文

昭代將垂白,途窮乃叫閽。獻賦時公年四十。氣衝星象表,詞感帝王尊。天老書題目,聖賢羣輔錄:黃帝七輔,其一曰天老,天老謂宰相,春官謂禮部也。春官驗討論。二句指召試文章而言。倚風遺鶂同。鶂,左傳:六鶂退飛過宋都,風路,飛

隨水到龍門。三秦記:龍門在河東界,每暮春有黃黑鯉魚自海及諸川來赴,得上者化為龍,否則曝腮點額而退。仇注:遺鶂路,言期免退飛;到龍門,言志在騰躍。

張云：蛟螭謂為欛奸所阻，燕雀指同時小人得志者，却俱用喻說，故自渾然。末敘留贈之意。

二段頌鮮于。○首從多士形起，稱其才氣傑出。

次從侯伯形起，見其位望特優。

竟與蛟螭雜，徒聞燕雀喧。青冥猶契闊，陵厲不飛翻。朱注：公以詞賦為人主所知，再降恩澤，止送隸有司

四句分承

參列選序，故有青冥契闊之歎。 儒術誠難起，家聲庶已存。故山多藥物，公族在杜陵而田園在洛陽，此指東都故居言。 勝

概憶桃源。桃源在武陵，此借言欲如秦人之避世也。 欲整還鄉旆，長懷禁掖垣。謬稱三賦在，難述致○威○只○淡○淡○二語○自○覺

二公恩。原注：甫獻三大禮賦出身，二公常謬稱述。曠○然○無○限。

奉贈鮮于京兆二十韻 唐書楊國忠傳：國忠無行檢，不為姻族齒，蜀大豪鮮于仲通頗資給之，國忠拜御史大夫，引通為京兆尹。朱注：通鑑：天寶十

一載十一月，國忠為右相，仲通諷選人請為刻頌，立於省門。此殆公謁選時所上。

王國稱多士，賢良復幾人？異才應間出，爽氣必殊倫。始見張京兆，宜居蔣○云○曠○對○自○家○雙○管○齊○下之○筆

漢近臣。漢書：張敞守京兆尹，略循趙廣漢之迹。 驊騮開道路，鵰鶚離風塵。朱注：史稱仲通輕財好施，其人必豪邁有才氣，故以驊騮

鵰鶚目之。 侯伯知何算，文章實致身。奮飛超等級，容易失沈淪。脫略磻溪釣，

水經注：渭水之右，蟠溪水注之，水次平石，即太公垂釣之所。顏魯公墓碑：仲通年近四十，舉鄉貢進士，五十始擢一第，從官十年而後超登四岳。可見其晚年始遇。操持郢匠

斤。莊子：郢人堊墁其鼻端若蠅翼，匠石運斤成風盡堊而鼻不傷。仇注：上句言遇合之遲，此句言鋒鋩之利。雲霄今已逼，台袞更誰親？鳳

穴雛皆好，顏魯公墓碑：子儀六人皆有令聞。龍門客又新。李膺傳：膺性簡亢，被容接者名曰登龍門。義聲紛感激，敗績自

逡巡。途遠欲何向，天高難重陳。學詩猶孺子，國賓意。鄉賦忝嘉賓。不得

同晁錯，晁錯傳：文帝詔舉賢良文學對策者百餘人，惟錯為高第。吁嗟後郤詵。晉書：泰始中舉賢良直言之士，詵以對策上第，拜議郎。計

疏疑翰墨，時過憶松筠。晚節也。獻納紆皇眷，中間謁紫宸。且隨諸彥集，

方覬薄才伸。音仲。破膽遭前政，前政謂李林甫也。林甫傳：天寶六載詔天下通一藝以上者，皆詣京師，林甫恐

對策者斥言其奸，乃委尚書省覆試，遂無一人及第。陰謀獨秉鈞。微生霑忌刻，萬事益酸辛。交合丹青地，鹽鐵論：公卿者神化之丹青，謂與國

忠交。恩傾雨露辰。有儒愁餓死，早晚報平津。平津謂國忠也。漢公孫弘傳：元朔中代薛澤為丞相，封平津侯。

好。

───

四句結上起下。○

二段自敘。○

此敘開元末應鄉舉下第之事。

此敘天寶中初應詔而見黜，後召試而仍棄之事。仇云：只陰謀忌刻四字，極盡奸邪情狀。

二句寫上士子窮途心事。

末望汲引，乃贈詩本意。

李安溪云：歐陽文忠言春秋之義，則詞益隱，痛之深則卒是也。刺之切則旨益微，君子偕老是也。此詩實與美目巧笑象揥綢絺同旨。詩至老杜乃可與風雅代興耳。

麗人行

困學紀聞：王無功三月三日賦：聚三都之麗人。杜語本此。

三月三日天氣新，長安水邊多麗人。朱注：此刺諸楊遊宴曲江也。舊唐書：玄宗每幸華清宮，國忠姊妹五家扈從，每家為一隊，著一色衣。五家合隊，照映如花，遺鈿墜舃，瑟瑟珠翠，燦爛芳馥於路。而國忠私於虢國，不避雄狐之刺，聯鑣方駕，不施帷幔。其從幸華清如此，度上巳修禊，亦必爾也。

態濃意遠淑且眞，此下言天姿之美。肌理細膩骨肉勻。繡羅衣裳照暮春，蹙金孔雀銀麒麟。此下言服飾之麗。淑眞，淑眞婦人美德，公反言以刺之也。

頭上何所有？翠為㔩葉垂鬢脣。㔩音罨，合切。烏玉篇：㔩綵，婦人頭花髻飾。爾雅：㔩謂之裾。注：衣後裾也。蓋衣裾以珠綴之。背後何所見？珠壓腰衱穩稱身。

就中雲幕椒房親，西京雜記：成帝設雲帷雲帳雲幕於甘泉殿。三輔黃圖：椒房殿在未央宮，以椒和泥塗壁。賜名大國虢與秦。唐書：太眞姊三人，皆有才貌，並封國夫人。長姨韓國、三姨虢國、八姨秦國，同日拜命。此下言饌飲

紫駝之峯出翠釜，晉樂之精，漢書：大月氏出一峯橐駝。注：脊上有一封高也，如封土然，今俗呼為犎。酉陽雜組：衣冠家名食有將軍曲，良翰能為駝峯炙。水精之盤行素鱗。犀筯厭飫久未下，鸞刀縷切空紛綸。黃門又添一波非常助色飛鞚不動塵，漢書注：禁中黃門謂閹人，在內給事

者。御廚絡繹送八珍。朱注：唐書貴妃傳：帝所得珍奇貢獻，分賜諸嬪，使者相銜於道，五家如一。二句正詠其事也。簫鼓管一作繼。乃。備。言。狎。昵。之。懇。仇注：頂。要。津。字。下。鬼神，賓從雜遝實要津。後來鞍馬何逡巡！當軒下馬入錦茵巡，見賓從伺候之多。當軒下馬，爾雅翼：萍，大者曰蘋。樂府楊白花歌：白楊花，飄蕩落南家。又曰：願銜楊花入窠見旁若無人之象。楊花雪落覆白蘋，廣雅：楊花入水化爲萍。裏。此胡太后淫辭，用之亦以託諷楊氏也。青鳥飛去銜紅巾。漢武故事：七月七日王母至，有二青鳥如烏夾侍王母旁。倫，憤。莫近前丞相嗔！○微。詞。

宋轅文曰：唐人不諱宮掖，擬之樂府，亦羽林郎之亞也。○陸時雍曰：詩言窮則盡，意藝則醜。少陵麗人行，太白楊叛兒，一以雅道行之，故君子言有則也。又曰：色古而厚。○蔣弱六曰：美人相，富貴相，妖淫相，後乃現出羅刹相，真可笑可畏。

歎庭前甘菊花

庭前甘菊移時晚，謂移植已晚。青蕊重陽不堪摘。明日蕭條醉盡醒，謂無菊飲不歡也。殘花

沈云：態濃意遠下倒插秦號，當軒下馬下倒插丞相，他人無此筆法。
何云：國忠孽子而淫亂若此，是以無根之楊花，覆有根之白蘋也。青鳥紅巾，幾於感悅矣。

邵云：此與秋雨三首，短章蕭散，三復耐人把玩。

張云：開手以富貴形貧賤，起得排宕。

爛漫開何益？籠邊野外多衆芳，采擷細瑣升中堂。念茲空長大枝葉，結根失所纏風霜。

此公自喻負經濟才，過時而無以自見，反不如小人之見用也。

醉時歌

原注：贈廣文館博士鄭虔。

虔傳：玄宗愛虔才，欲置左右，以不事事，更置廣文館，以虔爲博士，在官貧約，甚淡如也。

諸公衮衮登臺省，唐制：御史臺、中書省、尚書省、門下省，皆清要之職。廣文先生官獨冷；舊書：天寶九載，國子監置廣文館。新書鄭虔傳：玄宗愛虔才，欲置左右，以不事事，更置廣文館，以虔爲博士，在官貧約，甚淡如也。甲第紛紛厭粱肉，張衡西京賦：北闕甲第，當道直啓。漢書注：凡列侯居邑，皆有甲乙次第。廣文先生飯不足。先生有道出羲皇，先生有才過屈宋。德尊一代常坎軻，楚辭七諫：年既已過大牛兮，愁轗軻而留滯。王逸云：轗軻，不遇也。軻一作坎。名垂萬古知何用？杜陵野客人更嗤，被褐短窄鬢如絲。日糴太倉五升米，唐書：天寶十二載八月，京城零雨米貴，出太倉米十萬減糶。時赴鄭老同襟期。得錢卽相覓,沽酒不復疑,忘形到爾汝,痛飲眞吾師。清夜沈沈動春酌,燈前細雨簷花落。但覺高歌有鬼神,焉知餓死塡溝壑？相如逸才親滌器,漢書:司馬相如令文君當壚,身著犢鼻褌,滌器於市中。子雲識字終投閣。揚雄傳:雄校書天祿閣,上使者來收雄,雄從閣上自投下,幾死。莽問其故,乃劉棻嘗從雄學作奇字,雄不知情,詔勿問。二句言自古文人不遇者多,非獨我兩人也。先生早賦歸去來,石田茅屋荒蒼苔。儒術於我何有哉？孔邱盜跖俱塵埃。不須聞此意慘愴,生前相遇且銜杯。〈乃結到飲酒〉

悲壯淋漓之至,兩人卽此自足千古。○王嗣奭曰:此詩總屬不平之鳴,無可奈何之辭,非眞謂垂名無用,非眞謂儒術可廢,亦非眞欲孔跖齊觀,非眞欲同尋醉鄉也。公詠懷詩云:沈飲聊自遣,放歌頗愁絕。卽可移作此詩之解。

醉歌行 原注:別從姪勤落第歸。

陸機二十作文賦,臧榮緒晉書:機少襲父兵為牙門將軍,年二十而吳滅,退臨舊里,與弟雲勤學。機妙解情理,心識文體,故作文賦。汝更小年能

李云:眞氣溢於行間。

沈云：送別情景突然接入，開後人無限法門。

劉須溪云：人有此情，寫得不濃至而止。

綴文。　總角草書又神速，世上兒子徒紛紛。驊騮作駒已汗血，鷙鳥舉翮連青雲。　詞源倒流三峽水，〔盌州記：明月峽、巫山峽、廣谿峽，謂之三峽〕筆陣獨掃千人軍。〔王羲之題衛夫人筆陣圖：紙者陣也，筆者刀稍也，墨者鍪甲也，硯者城池也，本領者將軍也，心意者副將也。〕只今年纔十六七，射策君門期第一。舊穿楊葉眞自知，〔戰國策：楚有養由基者，去柳葉百步而射之，百發百中。〕暫蹶霜蹄未爲失。偶然擢秀非難取，會是排風有毛質。〔仇注：蹶蹞應驊騮，惜其不遇也。排風應鷙鳥，望其終達也。〕汝身已見唾成珠，〔趙壹詩：咳唾自成珠。〕汝伯何由髮如漆？　嗚呼！二句謂汝自無慙，但我年不再少也。春光潭沱〔一作池〕秦東亭，〔富嘉謨詩：春光潭沱度千門。潭沱，猶淡蕩也。〕渚蒲芽白水荇青。　風吹客衣日杲杲，樹攪離思花冥冥。〔陳子高詩：花片擾春心。〕酒盡沙頭雙玉瓶，衆賓皆醉我獨醒。　乃知貧賤別更苦，吞聲躑躅涕淚零。

此一首〇醉〇歌〇慰〇只〇末〇處寫景極其慘憺。

浦二田云：以半老人送少年，以落魄人送下第，情緒自爾纏綿愷惻。〇首贊其才，中慰其遇，後惜其別，章法易明。

陪李金吾花下飲

勝地初相引，徐行得自娛。 仇注：稱字義從去聲，讀作平聲，端午賜衣詩意內稱長短同此。一作稱偏坐。**見輕吹鳥毳，**毳，鳥細毛也。**隨意數花鬚。細草偏稱坐，**二句。在。徐。行。得。中。見。得。**怕李金吾。**唐六典：金吾將軍掌宮中及京城晝夜巡警之法。**香醪懶再沽。**二句言花氣薰人，不覺易醉也。**醉歸應犯夜，**妙諧。**可**高也。

杜詩大含元氣，細入無倫。如此詩三四句，及仰蜂粘落絮，行蟻上枯梨，青蟲懸就日，朱果落封泥之類，往往於無意中摹寫入細，如化工之肖物，即所謂毫髮無遺憾者，不當以此論格律是十首緣起，宜居第一。仇云：前半乃

陪鄭廣文遊何將軍山林十首

東方朔傳：竇太主曰：迴輿枉路，臨妾山林。注：園中有山，故言山林。通志：少陵原乃樊川之北原，自司馬村起至何將軍山林而盡。其高三百尺，在杜城之東，韋曲之西，上有浮圖亦廢，俗呼爲塔陂。張禮遊城南記：第五橋在韋曲西，橋以姓名。

不識南塘路，今知第五橋。二。句。參。錯。成。文。是。初。來。口。氣**名園依綠水，野竹上青霄。**山。林。之。勝。在。水。第。三。句。乃。十。首。眼。目谷

杜詩鏡銓

口舊相得，濠梁同見招。平生為幽

興，未惜馬蹄遙。

揚子法言：谷口鄭子真耕於巖石之下，名著京師。謂廣文也。莊子：莊子與惠子同遊濠梁之上。

百頃風潭上，千章夏木清。鮮鯽銀絲鱠，香芹碧澗羹。

史記貨殖傳：山居千章之萩。注：大樹曰章。二句承風潭夏木

朱注：卑枝接葉二句，古人所謂疊韻詩也。

晚飯越中行。公年二十時，曾遊吳越。見羹鱠而思越，亦猶聞吳詠而思吳也。

萬里戎王子，何年別月支？漢使徒空到，神農竟不知。

本草：日華子云：獨活一名戎王使者，此花當是其類。漢張騫傳：匈奴破月氏王。師古曰：西域外國也，氏音支。趙曰：漢使空到，謂張騫至西域，卑枝低結子，接葉暗巢鶯。二句承夏木○何云：落句所謂徒可切，翻疑栀同柂。樓底，有柂樓。濠。儻間想也。南方大船尾

花開與下不復。杜臆作來，一作離披。

絕域，滋蔓匝清池。露翻蕖雨打，開拆漸日。

止得安石榴種。神農

不知，謂本草不載也。○蔣弱六云：五六謂

後牛即異花見無知己意，並寓零落之感，見遺於無意搜羅之人不足怪，遺於搜羅已盡之人為可恨耳。

異花第三。○十首全寫山林，便覺呆板，忽詠一物，忽憶舊遊，自是連章錯落法。

全首寫潭，潭最大，故特提出居二。

未至而遙望之詞，自塘至橋，橋畔有園，園中有竹，層次如畫。

六四

總說山林第四。○前半乃園林外邐迤而行所見之景，後半入意中語發感。

山林第五。○首二景之大者，次二景之小者，後半紀樹下小酌，亦見主人雅趣高致。

山林第六。○上四壯其高寒，下四美其淳樸。

山林第七。○上四紀其物產，下四歎其景幽。

旁舍連高竹，疏籬帶晚花。○劉須溪云：又極幽僻。碾渦深沒馬，當指水磨，仇注非。藤蔓曲藏蛇。詞賦工無益，山林迹未賒。賒，遠也。時方在獻賦不遇之後。盡捻書籍賣，來問爾東家。家語：魯人有東家邱，東家當即指旁舍。言以讀書無益，故欲結避世之鄰也。

臘剩云：寫得閻大方。是山林非陳剩。水滄江破，殘山碣石開。小小園林可比。仇注：言此間穿池壘石，特大地中剩水殘山耳，然其勢之雄闊，恍若破滄江而開碣石也。折笋，紅綻雨肥梅。銀甲彈箏用，古詩：十五學彈箏，銀甲不曾卸。金魚換酒來。唐會要：魚袋著紫者金裝，緋者銀裝。晉書：阮孚李云結語寫出流連酣適之致為散騎常侍，以金貂換酒。興移無灑掃，隨意坐莓苔。

風磴吹陰雪，雲門吼瀑泉。此風潭百習之源。二句申講，言飛瀑之濺，乍疑吹雪。蔣云：言何不縶人遊，不禁人取，即所謂淳樸也。酒醒思臥簟，衣冷欲裝綿。野老來看客，河魚不取錢。只疑淳樸處，自有一山川。

棘一作栜。樹寒雲色，爾雅注：白棘葉圓而歧為大木，似當作栜為是。茵蔯春藕香。本草：茵蔯，蒿類，經冬不死，更因舊棘音色。

憶舊第八。○

清晨出，山精白日藏。脆添生菜美，陰益食單涼。野鶴

苗而生，故云。李時珍曰：氣芳烈，昔人多蒔為蔬。 承二 元中記：山精如人，一足，長三四尺，夜出晝藏。 承 鄭望膳夫錄：韋僕射巨源有燒尾宴食單，謂鋪地布單也。 石林蟠水府，百里獨蒼蒼。 言其氣象

之遠。

憶過楊柳渚，走馬定昆池。 承上○末二句，闖叙。 丁去聲。 昆池。 唐書安樂公主傳：嘗請昆明池為私沼不得，乃自鑿定昆池。定言可抗定也。 雍錄：定昆池在長安西南十五里。

醉把青荷葉， 酉陽雜俎：魏鄭公慤取大荷葉盛酒，刺葉令與柄通，吸之，名碧筒杯。 狂遺白接䍦。 晉山簡傳：每臨高陽池未嘗不大醉而還，時人為之

歌曰：時時能騎馬，倒著白接䍦。接䍦謂白巾也。 刺切。 船思郢客，解水乞吳兒。 解水，識水性也。 郢客善操舟，吳兒善泅水。圓本以水

勝，顧氏謂此遊有馬無舟，故欲思而求之也。 坐對秦山晚，江湖興頗隨。 打轉前半 舊說上六句通指昔遊，今按下半當另轉一意。

牀上書連屋，階前樹拂雲。將軍不好武，稚子總能文。 上俱出遊此 醒酒微風入，聽詩靜

夜分。 謂夜中 也。 結 夏 絺衣挂蘿薜，涼月白紛紛。 言月色照於衣上，其光零亂也。

憶舊第八。○著此一首，更覺波瀾飛動。

將軍第九。○補寫主人，非此與山林不稱。

歸期第十。○結到知己縱情,並無聊自遣,情懷如話。

結語

幽意忽不愜,歸期無奈何。言歸正不愜之故。出門流水住,回首白雲多。結水與名園二句對看。自笑燈前舞,拖起後文天然湊合。誰憐醉後歌。祗應與朋好,風雨亦來過。語語切時景,無一字落空,無

此首說大概。○前四句一句一層一轉。

全首認舊,於此中此外,一一生情。

是十首結語

王右仲云:合觀十首,分明一篇游記。有首有尾,中間或賦景,或寫情,經緯錯綜,奇正互用,不可方物。○陳秋田云:十首已盡連章之法,而鍊字鍊句之法亦盡。語語犯複。世以潦草湊才,架屋疊牀,徒誇繁富耳。○按連章律詩,亦他人集中所少,惟杜章法整嚴中亦極變化,熟此可以類推。

重遊何氏五首

朱注:前詩云千章夏木清,後詩云春風啜茗時,蓋前遊在夏,後遊在明年之春也。

問訊東橋竹,將軍有報書。蓋有約重遊之語。倒衣還命駕,顧注:倒衣,言速往也。高枕乃吾廬。花妥鶯捎蝶,句。逗。出。春。候。曲禮正義:妥,頷下之貌。捎,掠也,取也。又關中人謂落為妥。溪喧獺趁魚。重來休沐地,真作野人居。

問。竹。便。韻。

三四寫賓至如歸,早令重遊意躍出。申解第四句,惟其為野人居,故竟稱吾廬,不嫌唐突也。○蔣弱六云:末二句

山雨樽仍在,沙沈榻未移。樽仍在,謂置酒之處。沙沈,言水漲也。如。畫。犬迎曾宿客,鴉護落巢兒。言春

述現在景,獨提出平臺作一首,亦是前遊所未及。

此首專贊主人,下首專說自家,與前末二首表裏。

來鴉已。雲薄翠微寺。二句屬追說山寺也。顧注:長安志:翠微寺在終南山上。雨沙沈霽薄天清也。天清皇子陂。十道志:秦葬皇子,起冢陂北原上,故名皇子陂,地在韋曲之西。反相映。

向來幽興極,步屧過東籬。承前遊幽興字。說文:屧,履中薦也。又展也。

○李子德云:五六宕開,惟大家有此筆力。

王阮亭云:語語重過,喜其自然,不則小家矣。

落日平臺上,春風啜茗時。石欄斜點筆,桐葉坐題詩。二句謂倚石欄而點筆題詩桐葉上也。翡翠鳴衣桁,下浪切。韻會:桁,竹竿也,所以晒衣。蜻蜓立釣絲。自今幽興熟,來往亦無期。承上首幽興字。

劉須溪云:五六與花妥鶯捎蝶二句,閒趣畫景,並極自然。○李子德云:鳴衣桁,立釣絲,正寫熟字意,見魚鳥相親相忘之樂。

頗怪朝參懶,王右軍帖:吾怪足下朝參少晚。應耽野趣長。雨拋金鎖甲,軍不好武意。薛蒼舒曰:軍頻秦晉;苻堅造金銀細鎧,金爲綫以縷之。今謂甲之精細者爲鎖子甲,言相銜之密也。苔臥綠沈槍。西溪叢語:武庫賦:綠沈之槍。以調綠漆之,其色深沈也。手自移蒲柳,注:古今

蒲柳生水邊,葉似青楊,一曰蒲楊。家纔足稻粱。看君用幽意,白日到羲皇。陶潛傳:夏日高臥北窗之下,清風颯至,自謂羲皇

上人。此句乃翻用陶語。

何義門云:家縴足稻粱,非但言其知足,正羨其無求於世,意與下買田對映。

到此應常宿,相留可判年。顧注:判與拚通,可判年猶云可卒歲也。 蹉跎暮容色,悵望好林泉。何日霑微祿,歸山買薄田? 斯游恐不遂,把酒意茫然。

張上若云:末首無限低徊,既欲終年留賞,又以遲暮悵別。忽思霑祿買田,復恐蹇乖不遂。種種心事,每二句一折,一往情深。○以此結前後十五首,尤見餘音嫋嫋。

陪諸貴公子丈八溝攜妓納涼,晚際遇雨二首 鶴注:丈八溝,天寶元年韋堅所通漕渠。通志:下杜城西有第五橋丈八溝。

落日放船好,輕風生浪遲。 竹深留客處,荷淨納涼時。 公子調冰水,佳人雪藕絲。家語:黍以雪桃。注:雪,拭也。 片雲頭上黑,應是雨催詩。

仇滄柱云：輕遲深淨四字，詩眼甚工。○胡夏客云：公子作詩催之，亦未必卽就，應是雨催詩，調笑中卻有含蓄。

雨來霑席上，風急打船頭。越女紅妝溼，燕姬翠黛愁。

後漢書：明帝宮人拂青黛蛾眉。越女，燕姬，妓彙南北，見公子尚豪華意。北人不慣乘船而遇風，故愁也。

纜侵堤柳繫，

張溍注：風急故避舟岸旁，侵，迫近也。

幔卷浪花浮。歸路翻

蕭颯，陂塘五月秋。

張上若云：二首當合作一首看。首聯泛舟，次納涼，三聯陪公子攜妓，末句是雨將至。次首前六句是舟中避雨倉皇之景，結是歸時天氣陡涼。放船歸路，各有情景，互爲起結。

九日曲江

綴席茱萸好，

荊楚歲時記：茱萸九月九日熟，味辛色赤，摘其房插頭，可辟惡氣。

浮舟菡萏衰。

爾雅：荷，芙渠，其花菡萏。

百年秋已半，十餘。

九日意兼悲。言悲秋彙傷老也。

江水清源曲，

夢弼曰：曲江以江水屈曲故名。

荊門此路疑。

〈九域志〉：江陵府龍山上有孟嘉落帽臺，其地在荊門東，言風景似龍山也。

晚來高興盡，

殷仲文詩：獨有清秋日，能使高興盡。

搖蕩菊花期。

淡而悲，律中陶句。

七〇

投贈哥舒開府翰二十韻 舊唐書哥舒翰傳：翰突騎施首領，哥舒部曲之後，哥舒本蕃將，因以爲氏。新書天寶十一載，翰自隴右節度副大使加開府儀同三司。

今代麒麟閣，何人第一功？○邨云：起得亮。又得體。○君王自神武，駕馭必英雄。朱鶴齡曰：哥舒本蕃將，必駕馭之而成功，故以神武歸美天子，此立言之體也。開府當朝傑，論兵邁古風。舊唐書：翰初事河西節度使王倕，倕攻新城，使翰經略。又事王忠嗣，遷郎將。吐蕃寇邊，翰拒之於苦拔海，其衆三行，從山差池而下。翰持半段鎗迎擊，所向披靡。先鋒百勝在，略地兩隅空。舊唐書：翰代王忠嗣爲隴右節度，築神威軍於青海上，又築城於青海中龍駒島，吐蕃屏跡。趙注：右節度副使，設伏殲吐蕃於積石軍。兩隅空，蓋指河西隴右言之。青海無傳箭，唐書：翰代王忠嗣爲隴右節度，築神威軍於青海中龍駒島，吐蕃屏跡。寇兵起則傳箭爲號。天山早挂弓。史記索隱：祁連山一名天山，在張掖酒泉界。唐書：開元二年，置天山軍隸河西道。廉頗仍走敵，史記：廉頗趙良將，破以上括翰大概齊攻魏。魏絳已和戎。左傳：晉魏絳說悼公和戎有五利，公賜之女樂田園，故以廉、魏爲比。舊號每提出大事說惜河湟棄，舊唐書吐蕃傳：湟水抵龍泉與河合，世謂西戎地，曰河湟。新書：睿宗時楊矩爲鄯州都督，奏請黃河九曲地爲公主湯沐，九曲水甘草良，宜畜牧，近與唐接。自是虜益張雄，易入寇。新策節制通。使，十二載，翰進封涼國公，加河西節度攻破吐蕃，悉收九曲地，置洮陽郡。智謀垂睿想，出入冠諸公。

李云：英詞壯采，可勒鼎鐘。

杜詩鏡銓

日月低秦樹，言朝廷清明。乾坤繞漢宮。言四方效順。胡人愁逐北，宛馬又從東。宛馬注見一卷。

又。得。此。壯。句。句。作。樞。下紀其人朝封王也。

受命邊沙遠，歸來御席同。軒墀曾寵鶴，張。云。寓。諷。妙。左傳：衞懿公好鶴，鶴有乘軒者。注：軒，大夫車也，與墀字不協。朱注：按韻會：檐宇之末曰軒，取車象也。借用無害。史齊世家：文王將獵，卜曰所獲非龍非彲，非虎非羆，乃帝王之輔。果遇太公於渭陽，載與俱歸。按史記及六韜並無非熊語。爾雅翼：熊之雌者爲熊，則熊羆殆可互用。舊唐書：翰與安祿山、安思順並爲節度。祿山在范陽，思順、翰素與二人不協，十一載並來朝，使高力士於駙馬崔惠童山池宴會，賜熱洛河以和解之。以衞懿公託玄宗，譏其不能屏祿山、思順而專任翰也。言祿山、思順軒墀之鶴耳，豈如翰爲敗獵之非熊乎。敗獵舊非熊。

山誓始終。舊唐書玄宗紀：十二載九月，翰進封西平郡王，食實封五百戶。策行遺戰伐，契合動昭融。二句言策命之行，自有獨契

茅土加名數，漢書：徒名數於長安注：名數，戶籍也。河勳業青冥上，交親氣槪中。二。句。拏。上。搭。下。轉。接。有。力以戰功顯也。天心處，不徒舊唐書：翰倜儻任俠，好然諾，縱蒱酒，疏財重氣，士多歸之。成都記：司馬相如初西去，題昇仙橋柱曰：不乘駟馬車，不復過此橋。史記：春申君客三千人，上客皆躡珠履。已見白頭翁，言盧擲景光。壯節初題柱，未爲珠履客，

獨轉蓬。幾年春草歇，今日暮途窮。軍事留孫楚，小開晉書：孫楚爲石苞參軍，楚負其才氣，頗侮易苞。

王阮亭云：入自敘，一句一轉，脫手如彈丸。

七二

投詩本因獻納,故先表兼官次。

初至長揖曰:天子命我參卿軍事。舊注:翰奏侍御史裴冕爲河西行軍司馬,嚴挺之子武爲節度判官,河東呂諲爲度支判官,前封邱尉高適爲掌書記,又蕭昕亦爲翰掌書記,是皆委之軍事也。

間識呂蒙。吳志:呂蒙幼隨姊夫鄧當擊賊,策引置左右,張昭薦蒙拜別部司馬。

行○隴右十將皆加封。若王思禮爲翰押衙,魯炅爲別將,郭英乂亦策名河隴間,又奏安邑曲環爲別將,是皆裨之行間也。

防身一長劍,將欲倚崆峒。結句氣岸不凡,首尾方工力悉敵 宋玉大言賦:長劍耿耿倚天外。舊唐書:隴右道岷州溢樂縣有崆峒山,在縣西二十里。倚劍崆峒,蓋言欲入戎幕。

胡元瑞曰:排律,沈宋二氏藻贍精工,太白、右丞明秀高爽,然皆不過十韻,且體在繩墨之中,調非畦徑之外。惟少陵大篇鉅什,雄偉神奇。如此首與謁先主廟等作,閶闔馳驟,如飛龍行雲,鱗鬣爪甲,自中矩度;又如淮陰用兵,百萬掌握,變化無方,盡排律之能事矣。

贈獻納使起居田舍人澄 唐六典:延恩匭,凡懷材抱器,希於聞達者投之。唐書:以諫議大夫補闕拾遺一人充使知匭事。天寶中改爲獻納使,又仗下議政事,置起居舍人分侍左右秉筆。時田蓋以起居舍人知匭事。

獻納司存雨露邊,地分清切任才賢。舍人退食收封事,宮女開函近御筵。陪說一句瀾出榮近寫山亭又別。

唐書：內官有掌書三人，掌傳宣啓奏。**曉漏追趨青瑣闥，**宮闕簿：青瑣門在南宮。漢書注：晴窗檢點白雲篇。薛夢符注：漢武帝秋風詞：秋風起兮白雲飛。指舍人所編制誥言。一說：朱注：陶淵明和郭主簿詩：遙遙望白雲，懷古一何深。郞士元詩有陶令好文嘗對酒，相招一和白雲篇。則指在野文章，舍人皆得上揚雄傳：上陛西岳以望八荒，迹殷周之達，更於起下為順。**揚雄更有河東賦，**虛思唐虞之風。雄還上河東賦以勸。**惟待吹嘘送上天。**時公旣獻三賦投延恩匭，又欲獻封西岳賦，故云。

崔駙馬山亭宴集 唐書：玄宗女晉國公主，下嫁崔惠童。

李子德云：工整中自饒流麗，近初唐應制之篇。

蕭史幽棲地，林間踏鳳毛。蕭史注見一卷。**洑流何處入，**海賦：洄洑萬里，洑洄流也。**亂石閉門高。**

客醉揮金椀，詩成得繡袍。舊唐書：則天幸洛陽龍門，令從官賦詩，先成者以錦袍賜之。**清秋多宴會，終日困香醪。**

與鄂戶縣源大少府宴渼陂 唐書：鄂縣屬京兆府。容齋隨筆：唐呼縣令爲明府，尉爲少府。長安志：渼陂在鄂縣西五里。

應爲西陂好，金錢罄一餐。飯抄雲子白，仇注：北人謂匕爲抄，公詩譽稻雪翻匙可以互證。漢武內傳：太上之藥，有風實、雲子、玉津、金漿。葛洪丹經：雲子，碎雲母也。蓋擬飯色之白。瓜嚼水精寒。無計迴船下，空愁避酒難。張衡四愁詩：美人贈我靑琅玕，何以報之雙玉盤。翠琅玕以況云：憐君公事後，陂上日娛賓。按：岑參亦有少府蓋好客而喜縱飮者。此題詩，結句主人情重，故欲以詩相答耳。

　主人情爛漫，持荅翠琅玕。

　城西陂泛舟 西陂即渼陂，上詩已見。

青蛾皓齒在樓船，橫笛短簫悲遠天。二句承樓船。春風自信牙檣動，古詩：象牙作帆檣。遲日徐看錦纜牽。吳志：甘寧嘗以繒錦維舟，去輒割棄。張正見詩：金堤分錦纜。魚吹細浪搖歌扇，仇注：搖指水中扇影。燕蹴飛花落舞筵。不有小舟能蕩槳，百壺那送酒如泉？末二正以襯出樓船容與。

濃麗猶近初唐。○此詩當有所指，如麗人行之類。觀在字自是望中，不必身與。

杜詩鏡銓卷二

七五

渼陂行

杜臆:胡松遊記云:渼陂上為紫閣峯,峯下陂水澄湛,環抱山麓,方廣可數里,中有芙蕖鳧雁之屬。

岑參兄弟皆好奇,攜我遠來遊渼陂。天地黯慘忽異色,波濤萬里堆琉璃。

此言泛舟惡景。

琉璃汗漫泛舟入,此琉璃只當波濤字用。事殊興極憂思集。鼉作鯨吞不復知,惡風白浪

此言泛舟佳景。

何嗟及。主人錦帆相為開,陰鏗詩:平喜疊二字詩眼起後哀樂字卽云光怪中舟子喜甚無氛埃。

湖錦帆張。 時已風恬浪靜矣。鳧鷖散亂

此云事殊興極奇處,卽下所云殊興極景。

棹謳發。須得。此秀句倉頡解詁:鷖,鷗也。絲管啁啾空翠來。沉竿續蔓深莫測,舊注:沉竿續蔓,戲測水之深淺也。菱葉

此從水邊泛入中央。

荷花淨如拭。宛在中流渤澥。切。清,漢書注:渤澥,海別鼉䆞,謂山影動搖微烟波遠近變,沖融,謂水波溶漾。懸。俱。足。下歸無極終南黑。雍錄:渼陂

際寺,寺在鄂縣東南。半陂以南純浸山,動影裊䆞沖融間。船舷暝戛雲。

此從中流移近南岸。

亦吐珠,莊子:千金之珠,必在水面月出藍田關。長安志:關在藍田縣,卽秦嶢關此時驪龍

源出終南山言山峯倒映。

亦吐珠,莊子:千金之珠,必在九重之淵,驪龍領下。馮 音憑夷擊鼓羣龍趨。楚辭:嶢關在渼陂東南洛神賦:馮夷擊鼓,女媧清歌。西京賦:馮夷,河伯也。

劉須溪云：慘愴之容，窈渺之思。吾嘗遊西湖過風雨，誦此句，如同舟同時。

萬騎龍。沈云：此是虛景。本甫遊江漢，見二女解佩與之。**湘妃漢女出歌舞**，之楚騷湘妃，舜二妃也。列仙傳：鄭交**金支翠旗光有無**。漢房中歌：庶旄翠旌。注：樂上衆飾，有流翅羽葆，以黃爲支，其首敷散，若草木之秀華也。一說：仇注：此指月下見聞之狀。燈火遙映，如驪龍吐珠。音樂遠聞，如馮夷擊鼓。晚舟移棹，如羣龍爭趨。美人在舟，依稀湘妃漢女。服飾鮮麗，彷彿金支翠旗。金支秀華，漢房中歌：張綖謂月出而樂作，恍若神遊異境是也。

幾時奈老何，向來哀樂何其多？漢武帝秋風辭：歡樂極兮哀情多，少壯幾時兮奈老何。

只平敍一日遊景，而混漾飄忽，千態並集，極山岫海潮之奇，全得屈騷神境。○通篇首以好奇二字領起，岑生人奇，渼陂景奇，故詩語亦奇。末用哀樂二字總束全文，章法有草蛇灰線之妙。○朱長孺曰：始而天地變色，風浪堪憂；既而開霽放舟，沖融裊窕；終而神靈冥接，雷雨蒼茫。只一遊陂時，情境迭變已如此，況自少壯至老，哀樂之感，何可勝窮。此孔子所以歎逝水，莊生所以悲藏舟也。

渼陂西南臺

高臺面蒼陂，六月風日冷。蒹葭離披去，去字入神。詩中有畫。何云：昌黎多祖此句法。天水相與永。懷新目似擊，接要沿云：前半景，後半情。俄頃登臨，便有戀而不舍之意，即起下半首。

心已領。莊子：仲尼見溫伯雪子而不言，子路問之，曰：夫人者目擊而道存矣。 仿像識鮫人，搜神記：南海有鮫人，水居如魚，不廢績紡。 空濛辨漁艇。 錯磨終南翠，束晳詩：如磨如錯。錯磨，言水漾山光也。 顛倒白閣影。通志：紫閣、白閣、黃閣三峯，俱在圭峯東。紫閣旭日射之爛然而紫，白閣陰森積雪不融。朱注：終南白閣，皆臨澳陂，即前詩所謂牛陂以南純浸山者。又秋興詩：紫閣峯陰入澳陂，亦此意。 崒嵂增光輝，乘陵惜俄頃。 勞生愧嚴鄭，自保。漢書：谷口有鄭子真，蜀有嚴君平，皆脩身稽康幽憤詩：仰慕嚴鄭，樂道閑居。 外物慕張邴。以物為外也。謝靈運詩：偶與張邴合。注：張謂張良，邴謂邴漢及曼容也。漢書：邴漢以清行徵用，兄子曼容，亦養志自脩。 世復輕驊騮，吾甘雜鼃黽。語：國蠹鼃黽之與同渚。說文：蠹即蛙，黽大於蛙者，即青蛙也。 知歸俗可忽，取適事莫並。身退豈待官，時公雖參列選序，尚未授官，故云。 老來苦便牧攏起處 靜。平聲。謝靈運詩：還得靜者便。浦注：苦便猶云苦愛，言深便此寂靜之境也。 況資菱芡足，庶結茅茨迥。從此具扁舟，彌年逐清景。

此詩句法，多本謝公，所謂熟精文選理者。

起語古健,情景宛然。

九日寄岑參

通考:岑參南陽人,天寶三載進士,釋褐爲右衛率府兵曹參軍。

出門復入門,雨腳但如舊。所向泥活活,音括。思君令人瘦。沈吟坐西軒,飲食錯昏晝。張云:積雨真景。寸步曲江頭,難爲一相就。吁嗟乎蒼生,稼穡不可救。安得誅雲師?樊闌隔喻時事。張衡思玄賦:雲師颮以交雜兮。注:雲師卽雨師屏翳也。疇能補天漏?梁益記:雅州有大小漏天。大明韜日月,曠野號禽獸。君子強逶迤,小人困馳驟。維南有崇山,恐與川浸溜。周禮注:水流而趨海者曰川,深積而成淵者曰浸。是節東籬菊,紛披爲誰秀?岑生多新詩,性亦嗜醇酎。酎,重釀酒也。采采黃金花,何由滿衣袖?八句

仇滄柱云:按通鑑天寶十三載秋八月,淫雨傷稼,國忠取禾之善者獻之。高力士侍側,上曰:淫雨不止,卿可盡言。對曰:自陛下以權假宰相,賞罰無章,陰陽失度,臣何敢言。詩中蒼生稼穡一段,確有所指。雲師惡宰相之失職,天漏譏人君之闕德。韜日月,國忠蒙蔽也,號禽獸,祿山恣橫也。君子小人,貴賤俱不得所也。崇山二句,言國家危難將至,恐有載胥及溺之憂也。

承沈八丈東美除膳部員外郎，阻雨未遂馳賀，奉寄此詩

沈東美，佺期之子。朱注：唐書：佺期以起居郎兼修文館直學士，與公祖審言同事武后，故有舊史通家等語，而比東美為諸父。唐書：膳部屬禮部，郎中、員外各一人。

今日西京掾，多除南省郎。原注：府掾四人，同日拜郎。按掾謂京兆府掾，氏，謁帝似馮唐。漢書：馮唐年九十餘為郎。如司錄功曹之類。通典：時謂尚書省為南省。通家惟沈遷非異數，而沈獨傷遲暮也。見

詩律羣公問，儒門舊史長。後漢書：郎官上應列宿。清秋

便聲。寓直，賁中郎將，寓直於散騎之省。列宿頓輝光。多。少。或。慨。未暇申安慰，

含情空激揚。司存何所比，膳部默悽傷。原注：甫大父昔任此官。貧賤人事略，經過霖

潦妨。禮同諸父長，恩豈布衣忘？天路牽驥驥，雲臺引棟梁。徒懷貢公喜，

颯颯鬢毛蒼。

首八句賀沈除官，次八句阻雨失賀，卻俱以世誼夾敘，其間情致縷縷。末四句復就沈合到自家，結出奉寄之意。

苦雨奉寄隴西公兼呈王徵士

原注：隴西公即漢中王瑀，徵士琅琊王徹。舊唐書：瑀，讓皇帝第六子，初封隴西公，十五載從玄宗幸蜀，因封漢中王，乃汝陽王璡之弟。

今秋乃淫雨，仲月來寒風。羣木水光下，萬家雲氣中。所思礙行潦，九里信不通。悄悄素滻_{音產。}路，_{潘岳西征賦：南有玄灞，素滻。長安志：滻水在萬年縣流入渭。}迢迢天漢東。_{三輔黃圖：渭水貫都，以象天漢。}

以下寄隴西

願騰六尺馬，_{周禮：馬八尺以上為龍，七尺以上為騋，六尺為馬。}背若孤征鴻。_{趙曰：鴻孤飛則逐伴而急疾，此言身跨馬背若飛鴻孤征也。}劃見公子面，超然懽笑同。奮飛既胡越，局促傷樊籠。一飯四五起，憑軒心力窮。

以下呈王

嘉蔬沒溷濁，時菊碎榛叢。鷹隼亦屈猛，_{張華鷦鷯賦：蒼鷹鷙而受緤，屈猛志以服養。}烏鳶何所蒙。言求食無所。

式瞻北鄰居，_{謂王。}取適南巷翁。_{自指。}掛席釣川漲，焉知清興終。_{四句欲約王同游以遣愁寂。}

張云：二句寫盡久雨氤氳光景。

秋雨歎三首

先就一物寄慨,別韻蕭疏,可歌可泣。申鳧盟云:涼風二句,說君子處亂世甚危。

雨中百草秋爛死,階下決明顏色鮮。本草圖經:決明子夏初生,苗葉似苜蓿而大。七月開黃花,其子似青葉豆而銳。日華子云:治頭目。○邵○云○叫○得○親○切。

著葉滿枝翠羽蓋,開花無數黃金錢。涼風蕭蕭吹汝急,恐汝後時難獨立。

次方及淫雨。○蔣云:暗影昏昏世界,是一篇愁慘賦。

堂上書生空白頭,臨風三嗅馨香泣。

蘭風伏雨秋紛紛,趙曰:蘭珊之風,沈伏之雨,言風雨不已也。四海八荒同一雲。去馬來牛不復辨,莊子濁涇清渭何當分?關中記:涇水入渭,清濁不相雜。禾頭生耳黍穗黑,朝野僉載:諺:秋雨甲子,禾頭生耳。秋興賦:談話不過農夫田父之客。農夫田父無消息。城中斗米換衾裯,詩:抱衾與裯。謂結婚也,舊注非。相許寧論兩相直?晤影辱身之士

長安布衣誰比數,反鎖衡門守環堵。老夫不出長蓬蒿,稚子無憂走風雨。反○形○亦○曲○蓋○稚○子○無○

三首方正說自家苦雨塞落之況。

雨聲飅飅催早寒,胡雁翅溼高飛難。秋來未曾見白日,泥污后土何時乾?

九辯:皇天淫溢而秋霖兮,后土何時得乾?

仇滄柱云:此感秋雨而賦詩,當與寄岑參看。房琯上言水災,國忠使御史按之,故曰恐汝時難獨立。國忠惡言災異,而四方匿不以聞,故曰農夫田父無消息。帝以國事付宰相,而國忠每事務為壅蔽,故曰秋來未曾見白日。三章各有諷刺,語雖微婉,而寓意深切,非泛然作也。

蔣云:起法奇突,令人不可端倪。

奉贈太常張卿垍二十韻

舊唐書張垍傳:十三載出垍為盧溪司馬,歲中召還為太常卿。

方丈三韓外,史記:海中有三神山,名曰蓬萊、方丈、瀛洲,仙人居之。十洲記:方丈洲在東海中央。魏志東夷傳:韓在帶方之南,東西以海為限。有三種:一曰馬韓,二曰辰韓,三曰弁韓。**崑崙萬國西**。河圖:崑崙之墟五城十二樓,河水出焉。水經:崑崙墟在西北,去嵩高五萬里。**建標天地闊**,天台賦:赤城霞起而建標。**詣絕古今迷**。朱注:言方丈崑崙為天地闊絕之境,古今共迷其處,豈若禁掖承恩者,能迴得神仙之氣乎?因埳壈主,有宅在禁中,故云。**氣得神仙迥,恩承雨露低**。邵云:氣勢又別。然方丈崑崙乃假像為辭,公嶽麓道林詩:方丈涉海費時節,玄圃尋河知有無?暮年且喜經行近,春日兼蒙暄暖扶。與此詩起語正相類。一作諷刺解,殊非贈人之體。

上俱頌張，以下自敘。

相門清議眾，儒術大名齊。 垍父說相玄宗，言張能以文章纘先烈，不徒用帝戚貴顯。

詩箋：介珪長尺有二寸。句指立朝品格。"言軒冕雖多，而清卿特重也。"

軒冕羅天闕，琳瑯識介珪。

伶官詩必誦，先點本職。漢禮樂志：誦六詩，習六舞。**夔樂典猶稽。** 爾雅注：鵾鷄似鳧而小，膏中瑩刀劍。謂詞鋒如劍也。

筆淩鷗鵾， 後漢書：禰衡在黃祖座作鸚鵡賦，筆不停綴，文不加點。**銛鋒瑩切。鵾鷄。** 音四題。

友于皆挺拔， 亦及乃兄 曹植求通親親表：今之否隔，友于同憂。**公望各端倪。** 朱注：通鑑：均垍兄弟，及蕭嵩韋安石之子，皆以才望至大官。上嘗曰：吾命相當得人。

亨衢照紫泥。 青瑣紫泥注已見前。二句言張供奉翰林掌綸翰之事。

通籍跡青瑣， 四句重邀向來恩遇 漢文帝紀：令從官給事官，得為大父母父母兄弟通籍。籍者為二尺竹牒，記其年紀名字物色，懸之宮門，按驗相應，乃得入。

歸馬散霜蹄。 二句言其入直禁中，向夕始歸也。

能事聞重譯，嘉謨及遠黎。弼諧方一展， 鵷諧謂助其和諧也，當即指太常。

班序更何躋。 言無能出其右者。

適越空顛躓， 莊子：宋人章甫而適越，越人斷髮文身，無所用之。

遊梁竟慘悽。 史記：相如因病免客遊梁。

謬知終畫虎， 馬援傳：畫虎不成反類狗也。**微分是醯雞。** 莊子注：醯雞，甕中蠛蠓也。二句謂獻賦終落萍。

泛無休日,桃陰想舊蹊。李廣傳贊:桃李不言,下自成蹊。 吹噓人所羨,騰躍事仍睽。碧海眞難涉,青雲不可梯。謝靈運詩:共登青雲梯。 顧深慚鍛鍊,材小辱提攜。檻束哀猿叫,枝驚夜鵲棲。魏武樂府:月明星稀,烏鵲南飛。繞樹三匝,無枝可依。 幾時陪羽獵,應指釣璜溪。文因獵得遇太公。尚書大傳:文王至磻溪見呂尙拜之,答曰:望釣得玉璜,刻曰:姬受命,呂佐檢。 道志櫟陽有釣璜浦。朱注:坷必嘗薦公而不達,故有吹噓提攜等語。陪羽獵而指璜溪,則終以汲引望之也。

浦云:碧海青雲用仙家語,亦暗與起處對照。

劉須溪云:頌相業多矣,未有如此之軒豁快意者。○命相從君上說。

上韋左相二十韻

舊書職官志:開元元年十二月,改尙書左右僕射爲左右丞相。玄宗紀:天寶十三載秋八月,文部侍郞韋見素爲武部尙書同中書門下平章事,代陳希烈。鶴注:見素天寶十五載從玄宗幸蜀,詔兼左相。此詩是十三載初入相時投贈,題或後來追書耳。

鳳歷軒轅紀,左傳:郯子曰:我高祖少皞摯之立也,鳳鳥適至,故紀於鳥,爲鳥師而鳥名。鳳鳥氏,歷正也。注:少皞,黃帝子,鳳鳥知天時,故以名歷正之官。龍飛四十春。時玄宗在位四十二年,此舉成數也。 八荒開壽域,漢書王吉傳:敺一世之民,登之仁壽之域。仇注:御世久,故八荒 一氣轉洪鈞。

起,最爲得體,與贈哥舒篇俱有高屋建瓴之勢。

同壽。春和至,故一氣鈞陶。時必歲初所作。**霖雨思賢佐**,用事精切朱注:唐書:天寶十三載秋,大霖雨害稼,六旬不止,帝恐宰相非其人,爲罷陳希烈,相韋見素。**丹青憶老臣。**原注:公之先人,遺風餘烈,至今稱之。按見素父湊,開元中封彭城郡公,累官太原尹,卒諡曰文。**應圖求駿馬**,曹植獻文帝馬表:形法騏驥於市。此與麟麟帶好兒俱兼用徐陵天樂之圖,求之汰之,瓦礫在後。二句謂韋以世臣登用也。**驚代得麒麟。**句指陳希烈。希烈柔佞,乃李林甫之黨。**調和鼎鼐新。韋賢初相漢**,漢韋賢傳:本始三年,代蔡義爲丞相。**范叔已**歸秦。史記:范睢字叔,王稽載入秦,昭王逐穰侯乃拜爲相。姜宸英謂冢韋與范同出,故用范叔事對,終覺擬不於倫。舊注:謂見素雖爲國忠引薦,公深望其秉正以去國忠,故有范叔之喻。蓋國忠以外寵擅國,猶穰侯之擅秦也。今范叔已歸秦矣,穰侯其可少避乎?玩詩似果有微意,不同曲說。亦用韋賢事。注見一卷。**豫章深出地**,高士傳:豫章之木,本於高山。**滄海闊無津。北斗司喉舌**,補銓官位後漢書李固傳:北斗爲天之喉舌,尚書亦爲陛下喉舌。**東方領縉紳**,書康王之誥:畢公率東方諸侯入應門右。司馬第四,畢公領之。時見素以兵部尚書爲相。按顧命注:**持衡留藻鑑**,唐書:見素天寶五載爲吏部侍郎,銓敘平允,人士稱之。**聽履上星辰。**上漢鄭崇傳:哀帝時爲尚書僕射,每見曳革履。上笑曰:我識鄭尚書履聲。殿廷象太微帝座,

浦云:二句一以世胄萬高意,東上,一以襪度宏遠意起下,不同泛頌。

生涯似眾人，感慨，真名士語。結處興會激昂。

獨步才超古，餘波德照鄰。聰明過管輅，魏志：管輅喜仰視星辰，能明天文地理變化之數。按唐書：肅宗至德十載日上星辰。故曰上星辰。見素決祿山必敗，月，有星犯昴。此雖後事，諒其平日必明於五行。尺牘倒陳遵。漢書陳遵傳：遵善與人尺牘，主者藏弄以爲榮。倒即傾倒之倒。○四○句○又物？以吳周瑜傳：蛟龍得雲雨，終非池中物也。由來席上珍。廟堂知至理，風俗盡還淳。才傑俱登，轉接無痕愚蒙但隱淪。長卿多病久，西京雜記：相如素有消渴疾。子夏索居頻。列子：鄭有神巫自齊來，曰季咸，知人生死禍福壽夭，期以歲月。生涯似眾人。巫咸不可問，鄒魯莫容身。感激時將晚，蒼茫興有神。爲公歌此曲，涕淚在衣巾。

李子德云：上宰相詩，其體自宜典重，而有一氣流注之妙。○浦二田云：獨步下八句，全以好賢意作頌。蓋用人爲相臣第一要事，故言其以獨步之才而有照鄰之德；雖復聰明絕世，還當尺牘下交。凡若此者，正以此日池中之物，皆將來席上之珍，惟宰執知急親賢，斯士風彌息奔競，所謂知至理盡還淳者此也。昌黎上宰相書：誦菁莪，稱樂育，以爲舍此宜無大者焉。與此同意。轉入自家，只歷敘寥落，不須更作乞憐語，而聞者之心頭已動，作者之地步亦高，用意非餘子所及。

夜聽許十一誦詩愛而有作

一作許生誦詩之妙

許生五臺賓，先敘禪宗。水經注：五臺山五巒巍然，故謂之五臺。其北臺即文殊師利常鎮毒龍之所。寰宇記：在代州五臺縣東北。想許向嘗居五臺學佛。業白出壁。寶積經：若純黑業得純黑報，若純白業得純白報。翻譯名義集：五戒、十善、四禪、四定，此屬於善，名為白業。余亦師粲可，唐書：達摩傳慧可，慧可嘗斷其左臂以求法。慧可傳璨，璨傳道信，道信傳宏忍。何階子方便，言何所階梯而得子之慧。維摩經：有方便慧解，無方便慧縛，言未能悟徹也。謬引為匹敵。易蒙卦：九二，包蒙，上九，擊蒙。

座皆辟易。應手看捶鉤，莊子：大馬之捶鉤者，年八十矣，而不失毫芒。句喻功之純熟。離索晚相逢，包蒙欣有擊。中段正誦詩渾遊衍，四寫誦詩之妙。公詩每好用經語。

機之迅捷。名響箭。句喻精微穿溟涬，莊子：大同乎溟涬。注：自然氣也。飛動摧霹靂。史記注：鳴鏑，響箭也，今俗名響箭。句喻風騷共推激，謂推尊而激揚之。紫燕自超詣，西京雜記：文帝自代來，有良馬九四，其一曰紫燕騮。陶謝不枝梧，敢枝梧。注：小柱為枝，邪柱為梧。仇注：枝梧猶抵當意。清心聽鳴鏑。

翠駁駮同。誰翦剔？子虛賦：楚王乃駕馴駁之駟。剔謂刷其毛。浦注：二句言許詩自佳，而抉剔其妙者少也。君意人莫末以知音自

〔杜集諸論詩處，即可悟詩法。〕

知,人間夜寥閴。許並結出夜聽意

戲簡鄭廣文虔兼呈蘇司業源明。唐書蘇源明傳:出爲東平太守,召爲國子司業。

廣文到官舍,繫馬堂階下。醉則騎馬歸,可見並無一事。頗遭官長罵。才名三十蔣云:嬉笑之音,過於慟哭。年,坐客寒無氈。賴有蘇司業,時時乞邱既切,一作與。酒錢。朱買臣傳:吏卒更乞丐之。師古曰:乞讀氣,與也。又廣韻:乞,與人也。

夏日李公一云李見訪仇注:宗室世系考:蔡王房炎家令。仇注:宗室世系考:蔡王房炎爲太子家令。疑卽此人。

遠林暑氣薄,公子過我遊。貧居類村塢,僻近城南樓。朱注:公居在長安城南,所謂城南韋杜也。傍舍頗淳樸,所須亦易求。隔屋喚西家,借問有酒不?切。牆頭過濁醪,展防鳩。村。居。眞。南。光。席俯長流。清風左右至,客意已驚秋。巢多衆鳥鬪,葉密鳴蟬稠。苦遭此景眞語曠,絕似淵明。巢多六句,總見所居幽靜,最。如。畫。

卻以一反一正出之,便非恒筆。

王西樵云:入手揭清題目,以是何喚起全神。先贊驃騎之雄俊。再敘牧養之始末。

天育驃騎圖歌

舊注:天育,廄名。仇注:按驃,疾走也。驃騎猶云飛騎。又唐貞觀間,骨利幹所貢馬十疋,太宗爲製名。其六日飛霞驃。

吾聞天子之馬走千里,穆天子傳:天子之馬走千里,勝猛獸。今之畫圖無乃是?是何意態雄且傑,

駿尾蕭梢風起。說文:驃,青白色。穆天子傳注:魏時鮮卑獻千里馬,白色,兩耳黃,名曰黃耳。

毛爲綠縹兩耳黃,眼有紫燄雙瞳方。矯矯龍性合變化,卓立天骨森開張。伊昔太

僕張景順,監牧攻駒閱清峻。張說隴右監牧頌德碑序:開元元年,牧馬二十四萬四,十三年乃四十三萬四。上顧謂太僕少卿兼秦州都督張景順

曰:吾馬蕃息,卿之力也。周禮夏官:庚人掌教駣攻駒。注:大奴,奴之尤長大者,此當即指牧馬之人。遂令大奴守天育,

養驥子憐神駿。當時四十萬匹馬,張公歎其材盡下。故獨寫眞傳世人,

謂寫此驥見之眞。**見之座右久更新。**張○云○見○畫○馬○不○及○翼○馬○有○用○即○起○下○又○傳○到○有○**年多物化空形影，**遇○結○處○寄○託○深○遠○**嗚呼健步無由騁！如今豈無**

騕褭與驊騮，應劭曰：赤喙黑身，一日行萬里。瑞應圖：腰裏神馬，明君有德則至。**時無王良伯樂死卽休！**

公好以驊騮鶻鵰況人，又集中題鷹馬二項詩極夥，想俱愛其神駿故耶。

沙苑行

元和郡縣志：沙苑在同州馮翊縣南東西八十里，南北三十里，其處宜六畜，置沙苑監。

君不見左輔白沙如白水，漢書：京兆尹、左馮翊、右扶風，謂之三輔。同州屬馮翊，故曰左輔。寰宇記：同州白水縣，其東南谷多白土。**繚以周牆百餘里。**西都賦：西郊則有上囿禁苑，繚以周牆，四百餘里。**龍媒昔是渥洼生，**漢禮樂志：天馬徠，龍之媒。武帝紀：元鼎四年，馬生渥洼水中。**汗血今稱獻於此。苑中騋牝三千匹，豐草青青寒不死。食之豪健西域無，每歲攻駒冠邊鄙。王有虎臣司苑門，入門天廐皆雲屯。驌驦一骨獨當御，**

左傳：唐成公如楚，有兩肅霜馬。馬融疏：肅霜，雁也。其羽如練，高首脩頸，馬似之故云。

春秋二時歸至尊。言驌驦乃御用之馬，故每年春秋兩次進獻。**至**

仇云：首敍苑中水草，見良馬所由產。次從廐中多馬，表驌驦之獨異。

尊內外馬盈億，伏櫪在坰空大存。逸羣絕足信殊傑，儵儻權奇難具論。〈沃

歌：志倜儻，纍纍塠都回精權奇。切。

角壯翻同麋鹿遊，浮深蔽蕩䍐罳窟。阜藏奔突，往往坡陀縱超越。

比人，丹砂作尾黃金鱗。豈知異物同精氣，雖未成龍亦有神。出巨魚長

驄馬行

鄧公馬癖人共知，晉書：王濟初得花驄大宛種。夙昔傳聞思一見，牽來左右

神皆竦。雄姿逸態何崷崒，顧影驕嘶自矜寵。隅目青熒夾鏡懸，

蔣云:愛良馬如美人,爲辭字傳神。

目謂目有角也。夾鏡注已見。有深淺斑駁如魚鱗。今連錢驄也。礧礧謂肉駿突起。連錢謂馬文點綴。

肉駿礧烏罪切。**礧**力罪切。**連錢動**,駿,馬鬣也。李邕獻馬,肉駿麟臆。舊唐書:開元二十九年,滑州刺史李邕獻馬,肉駿麟臆。爾雅:青驪驎曰驒。注:色

朝來少試華軒下,未覺千金滿高價。赤汗微

卿家舊賜公取之,天廄真龍此其亞。畫洗須

生白雪毛,銀鞍卻覆香羅帕。

騰涇渭深,夕趨可刷幽并夜。

刷幽并,言其疾也。

赭白馬賦:旦刷幽燕,晝秣荊楚。說文:刷,刮也。張潛注:涇渭二水在西,幽并二州在北,相去幾千里。畫洗涇渭,夜

吾聞良驥老始成,此馬數年人更驚。豈有四蹄疾於鳥,不與八駿俱

先鳴。穆天子傳:八駿曰赤驥、盜驪、白義、踰輪、山子、渠黃、驊騮、騄耳。

時俗造次那得致,雲霧晦冥方降精。

考異記:地生月精爲馬,月數十二,故馬十二月而生。雲霧晦冥,龍馬降生時也。

近聞下詔喧都邑,肯使騏驎地上行。朱注:言時方

下求馬之詔,此馬必當騰躍天衢,殆以況李鄧公也。

沈確士云:老杜詠馬詩並皆佳妙,而用意用筆無一處相似,此老胸中具有造化。

魏將軍歌

將軍昔著從事衫,姜宸英曰:魏孝肅詔有司不得以務衫從事。從事衫,乃戎衣也。鐵馬馳突重兩銜。說文:銜,馬勒也。被音披。堅執銳略西極,長楊賦:西壓月窟。注:嵎音窟,月所出也。吳崑崙月窟東崟。險句。崟仕咸切。嚴。子良曰:崑崙月窟在西,而云東崟嚴者,言魏將軍略地至西方之極,回顧崑崙月窟反在東也。君門羽林萬猛士,惡若哮虎子所監。呼交切。越絕書:吳王許句踐行成,子胥大怒;目若夜光,聲若哮虎。五年起家列霜戟,朱注:唐制,官至上柱國,門列棨戟。一日過海收風帆。過海收帆承上略西極言之,蓋過青海也。平生流輩徒蠢蠢,長安少年氣欲盡。魏侯骨聳精爽緊,華嶽峰尖見秋隼。星纏寶校金盤陀,校當作鉸。赭白馬賦:寶鉸星纏,鏤章霞布。注:鉸,裝飾也。鮑照詩:金銅飾盤陀,日照光蹀躞。杜詩博議:唐書食貨志:先是諸鑪鑄錢窳薄,鎔破錢及佛像,謂之盤陀。蓋雕飾鞍勒以銅雜金為之。夜騎天駟超天河。令人目眩是但如。漢書:房曰天駟。河東賦:乘翠龍而超河兮。檋槍熒惑不敢動,漢天文志:檋槍妖星,熒惑火星。翠蕤雲旄相蕩摩。子虛賦:錯翡翠之葳蕤,亦言旗也。西京賦:樓罌鳶,曳雲旄。四句皆狀其宿衛軍容。吾為

魏將軍歌

將軍昔著從事衫,鐵馬馳突重兩銜。被音披。堅執銳略西極,崑崙月窟東崟。險句。崟仕咸切。嚴。君門羽林萬猛士,惡若哮虎呼交切。五年起家列霜戟,一日過海收風帆。平生流輩徒蠢蠢,長安少年氣欲盡。魏侯骨聳精爽緊,華嶽峰尖見秋隼。星纏寶校金盤陀,夜騎天駟超天河。光怪陸離令人目眩是但如。檋槍熒惑不敢動,翠蕤雲旄相蕩摩。吾為

末稱其忠勇可以大用,並自明會飲贈歌之意。

子起歌都護;古樂府有丁都護歌。宋武帝歌云:督護北征去,前鋒無不平。朱門垂高蓋,永世揚功名。酒闌插劍肝膽露,鈎陳蒼玄武暮。

漢書音義:鈎陳,紫宮外營星也。宮衞之位亦象之。漢書:北宮玄武虛危,其南有衆星曰羽林天軍。浦注:按玄武暮見,正是秋天。鈎陳、玄武,以星象映宿衞,且顯時令也。趙曰:以鈎陳則蒼蒼,以玄武則暮,言當酒闌插劍之時。萬歲千秋奉聖明,臨江節士安足數!

朱注:漢藝文志有臨江王及愁思節士歌四篇。景帝廢太子爲臨江王,後自殺,時人悲之,故爲作歌。其愁思節士無考,與臨江本各爲一事;宋陸厥乃作臨江王節士歌曰:節士慷慨,髮上衝冠。彎弓挂若木,長劍竦雲端。誤合爲一。公詩亦襲用韓卿語,乃相沿之誤。

劉須溪云:起伏音節,壯麗甚偉。○此等詩以鍊詞鍊句勝,亦所謂光燄萬丈者;其氣魄沈雄,卻非長吉輩所及。

杜詩鏡銓卷三

天寶至德間,公居京師授率府參軍,及陷賊中,間道歸鳳翔官左拾遺作。

贈田九判官梁邱

在哥舒翰幕。

崆峒使節上青霄,

從主人說起。言崆峒地勢之高。

河隴降王款聖朝。

王師禮傳:十三載吐谷渾蘇毗王款塞,詔翰至磨環川接應之。仇注:使節西往,而降王入款,見翰能威名遠服也。

宛馬總肥春苜蓿,

漢書:大宛馬嗜苜蓿,上遣使者持千金請宛馬,采苜蓿歸,種之離宮。

將軍只數漢嫖姚。

承使節。音飄颻。漢書:霍去病為嫖姚校尉。

郎早見招。

三輔決錄:田鳳為郎,容儀端正。靈帝目送之,題柱曰:堂堂乎張,京兆田郎。

陳留阮瑀誰爭長,

魏志:陳留阮瑀字元瑜,太祖辟為軍謀祭酒、管記室。仇注:指高適也。

麾下賴君才並美,獨能無意向

一作入。

反句

漁樵。

浦二田云:用事典切,風格高渾,律詩正法眼藏。○朱瀚曰:苜蓿嫖姚,亦用疊韻作對。

九七

送蔡希魯一作曾。都尉還隴右，因寄高三十五書記

原注：時哥舒入奏，勒蔡子先歸。舊唐書：諸府折衝都尉各一人，季冬教軍陣戰鬪之法。朱注：天寶十四載春，哥舒翰入朝，道得風疾，遂留京師。故蔡都尉先歸而公送之也。

蔡子勇成癖，彎弓西射胡。健兒寧鬪死，壯士恥爲儒。先。形。容。志。氣。官是先鋒得，材緣

挑切徒了戰須。身輕一鳥過，槍急萬人呼！雲幕隨開府，春城赴上都。馬頭

金匼匝，韻會：匼匝，周繞次寫往來行色貌，謂金絡馬頭。駝背錦模糊。唐書：哥舒翰在隴右，每遣使入奏，常乘白橐駝，日馳五百里。錦模糊，謂以錦帕蒙之。咫尺

雪山路，元和郡國志：雪山在瓜州，南連吐谷渾界。歸飛青海隅。上公猶寵錫，指哥舒。突將且前驅。漢使

一作水。黃河遠，涼州白麥枯。唐志：涼州爲武威郡。通典：涼州貢白小麥十石。因君問消息，好在阮元瑜？

朱注：好在乃存問之詞。通鑑：高力士宣上皇誥曰：諸將士各好在。

橋陵詩三十韻因呈縣內諸官

舊唐書：開元四年十月，葬睿宗於橋陵。奉先縣本同州蒲城縣，以管橋陵，改屬京兆府，仍改爲奉先，制官

全首聳拔。○蔣云：代說二句，如聞其聲。

李子德云：整齊可誦，初唐遺風。○古詩亦似排律，昌黎如縣齋有懷答張徹等作皆舉此體。張云：先言地勢之勝，宮闕之崇。

四句見官守之虔，儀物之盛。又發出今王之孝，且頌且祝，此段尤有關係。

員同赤縣。新書：橋陵在奉先縣西北三十里豐山。按：天寶十三載，物價暴貴，人多乏食。公因留京久困，不能自存，絕意引去，故先往奉先置家，詩當是其時作。

先帝昔晏駕，漢書：宮車晏駕。注：天子初崩，臣子之心，猶謂宮車晚出。茲山朝百靈。崇岡擁象設，招魂：象設居室，靜安閑些。

直。起。莊。重。得。體。

沃野開天庭。仇注：象設，石馬之類。天庭，壇宇之高。即事壯重險，論功超五丁。華陽國志：蜀有五丁力士，能移山。每一王死，

遠。看。陵。外。

輒爲立大石，長三丈，重千鈞爲墓誌。坡陀因厚地，玉篇：坡陀，險阻也。卻羅峻屏。古樂府：卻略再拜跪。趙曰：卻略乃退身之義，言山之退而在

近。看。陵。前。

後，其勢亦然。雲闕虛冉冉，闕高入雲，故憑虛欲動。松風肅泠泠。石門指墓門。霜露白，玉殿莓苔青。

石門冷，故霜露常凝。玉殿空，故莓苔常綠。宮女晚知曙，朱注：廟宇深嚴，故晚而後知曙。祠官朝見星。空梁簇畫戟，陰

井敲銅瓶。祠官早入，故梁間簇戟。宮女奉浣，故銅瓶吸井。二句分承。唐六典：凡朔、望、元正、冬至、寒食，皆修享於諸陵。若橋陵則日獻羞焉。

李。云。有。體。一。作。夜。繼，維王心不寧。豈徒卹

備享，尚謂求無形。孝理敦國政，神凝推道經。

舊唐書：天寶十四載，頒御註老子道德經幷義疏於天下。句言深明玄理，故能通微合漠。瑞芝產廟柱，好鳥鳴巖扃。高嶽前崒崪，

杜詩鏡銓

嶽謂華山。蒲城在華陰北不遠。洪河左瀠胡洞切。瀔切。河。烏營切。瀠瀔，水回旋貌。河謂黃水經注：河水又南經蒲城東。沙苑交迴汀。沙苑注見二卷。蒲城皆屬同州。與永與奧區固，川原金城蓄峻趾，寰宇記

補寫橋陵形勝拱衛。

秦孝公元年築長城，今沙苑長城是也。三秦記云：在蒲城東五十里。

四句過脈。

紛眇冥。眇冥乃彷彿可見之義，即指上四句言。居然赤縣立，臺榭爭岧亭。官屬果稱是，聲華眞可聽。王劉美竹潤，裴李春蘭馨。鄭氏才振古，啖侯筆不停。遣詞必中律，文章

此段頌縣內諸官。

利物常發硎。莊子：刀刃若新發於硎。注：硎，砥石也。秉德崔瑗銘。後漢書：崔瑗爲汲令，作座右銘。綺繡相展轉，琳琅愈靑熒。側聞魯恭化，治行後漢書：魯恭爲中牟令，專以德化爲理，不任刑罰。太史候鳧影，後漢書：王喬爲葉令，入朝數。帝令朝儀限霄漢，時公

魯恭爲中牟令，專以德化爲理，不任刑罰。

太史候望，言有雙鳧飛來，乃舉網張之，但得雙鳧。詔尚方診視，則四年中所賜尚書官屬履也。

借用列仙傳王子喬事。

飄颻淩濁涇。朱注：涇水在長安北，

尙未授官。客思迴林坰。轆轤辭下杜，長安志：下杜城在長安縣南，城在杜陵之下，故名。

公自杜陵往奉先，故渡此水。

諸生舊短褐，旅泛一浮萍。荒歲兒女瘦，暮途涕淚零。主人念

末段自敍不能無望於諸公之存卹也，卻不作乞憐語。

一○○

老馬，韓詩外傳：田子方出見老馬於道，喟然嘆曰：盡其力，老棄其身，仁者不為也。束帛贖之。少廄宇容秋螢。流寓理豈愜，窮愁

醉不醒。何當擺俗累，浩蕩乘滄溟？

前半誦橋陵，後半呈縣內諸官，兩截不用照應，乃別為一體。

九日楊奉先會白水崔明府 唐書：白水縣屬同州。

今日潘懷縣，同時陸浚儀。晉書潘岳傳：岳為河陽令轉懷令。又陸雲傳：以太子舍人出補浚儀令。坐開桑落酒，水經注：河東郡

民劉白墮，采挹河流，醞成芳酎，熟於桑落之辰，故酒得其名。庾信就蒲州使君乞酒詩：蒲城桑葉落，灞岸菊花秋。蓋桑落正菊開之時也。來把菊花枝。天宇清

霜淨，言其時。公堂宿霧披。言其地。晚來留客醉，鳧鳥共差池。

白水明府舅宅喜雨，得過字 邵注：舅是崔十九翁。按：後高齋詩崔少府而此稱明府者，其時或以尉攝令。

吾舅政如此，古人誰復過。碧山晴又濕，虚對實 白水雨偏多。精禱既不昧，歡娛

既切九日，又關合奉先，用事巧切。

頗近率筆。

將謂何？湯年旱頗甚，今日醉絃歌。

官定後戲贈 原注：時免河西尉爲右衛率府兵曹。膻：戲贈，戲自贈也，後人自贈題本此。杜之。晉書：陶潛爲彭澤令，郡遣督郵至，吏白應束帶見。潛歎曰：吾不能爲五斗米折腰。即解印去。 老夫怕趨

不作河西尉，淒涼爲折腰。老夫怕趨走，率府且逍遙。耽酒須微祿，狂歌託聖朝。故山歸興盡，回首向風飇。一言

後出塞五首 時徵東都之兵赴薊門而作。祿山以邊功市寵，重賞要士，朝廷曲意徇之，志益驕而反遂決矣，故作是詩以諷。此當在祿山將叛之時，編從浦本。

男兒生世間，及壯當封侯。戰伐有功業，焉能守舊邱？召募赴薊門，〔點眼〕志：一統古薊門在今順天府薊州。水經注：武王封堯後於薊，今城內西南隅有薊邱，因名薊門。軍動不可留。千金裝馬鞍，鞭，一作百金裝刀頭。二句亦見用財如糞土意。 閭里送我行，親戚擁道周。斑白居上列，酒酣進庶羞。

張云：耽酒句是就率府之故。狂歌句又幸時無忌諱，可以縱吟。寓諷而渾。

首章言應募。〇前出塞迫於官遣，其情慽，故事就苦一邊形容。此志在立功，其氣豪，故轉借樂一邊翻出，境界迥然不同。

二章言入軍。
〇五首只如一首,章法相銜而下。
前詩何等高興,至是束於軍令,乃慘不驕矣。

三首全用空說,承上起下。
〇仇云:當時朝廷好大,以致邊將邀功,

少年別有贈,含笑看吳鉤。吳越春秋:闔閭命國中作金鉤,有人殺其二子以血釁金,成二鉤獻之,王曰:何以異乎?鉤師呼二子名:吳鴻、扈稽,我在此。聲絕於口,兩鉤俱飛著父之胸。吳王大驚,賞之百金。夢溪筆談:吳鉤,刀名也;刃彎。今南蠻用之,謂之葛黨刀。

朝進東門營,寰宇記:上東門,洛陽東面門也。暮上河陽橋。通典:河陽縣,古孟津,亦曰富平津,跨河有浮橋,杜預所建。落日照大旗,馬鳴風蕭蕭。又點明徵兵之所。

悲笳數聲動,壯士慘不驕。氣勢。平沙列萬幕,部伍各見招。引霍去病事,亦取開邊勤遠意。中天懸明月,令嚴夜寂寥。邵云:寫出軍。中嚴肅,大好

悲笳數聲動,壯士慘不驕。又八哀詩:汝陽讓帝子,眉宇真天人。虬髯似太宗,色映塞外春。此等力量,不容他人到。

借問大將誰,恐是霍嫖姚。〇許彥周詩話:詩有力量,如弓之鬭力,未挽時不知其難也;及其挽之,力不及處,分寸不可強。〇劉須溪云:其時、其境、其情,真橫槊間意,復欲一語似此,千古不可得。若出塞詩云:落日照大旗,馬鳴風蕭蕭。悲笳數聲動,壯士慘不驕。

古人重守邊,今人重高勳。豈知英雄主,出師亘長雲。六合已一家,四夷且孤軍。遂使貔虎士,奮身勇所聞。言輕生賈勇者,皆聞主上意旨而起。拔劍擊大荒,日收胡馬

杜詩鏡銓

誓開玄冥北，帝顓頊，其佐玄冥。持以奉吾君。淮南子：北方水也，其

獻凱日繼踵，兩蕃靜無虞。

舊唐書北狄傳：奚與契丹兩國，常遞爲表裏，號曰兩蕃。新書安祿山傳：天寶四載，奚契丹叛，祿山起兵擊之，八月給契丹諸酋，大置酒，毒焉，旣酣悉斬其首，獻馘闕下。通鑑：十三載四月，祿山奏擊破奚契丹。十四載四月，奏破奚契丹。

擊鼓吹笙竽。雲帆轉遼海，故曰遼海。遼東南臨渤海，

稉稻來東吳。朱注：隋唐時於揚州置倉，以備海運，饒東北邊。左傳：士

越羅與楚練，照耀輿臺軀。

山鎮范陽，江淮輓輸，千里不絕。昔游詩：幽燕盛用武，供給亦勞哉。吳門轉粟帛，泛海凌蓬萊。與此同意。

主將位益崇，氣驕凌上

都。唐書：七載祿山賜鐵券，封柳城郡公，九載進爵東平郡王。祿山事蹟：祿山鎭范陽，隸臣僚，僕臣臺。

臣輿，輿臣隸，隸臣僚，僚臣僕，僕臣臺。祿山事蹟：祿山自歸范陽，逆節漸露，使者至，稱疾不迎，成備而後見之，無復臣禮。

邊人不敢議，議

者死路衢。祿山事蹟：或言祿山反，玄宗必縛送之，道路相目，無敢言者。

我本良家子，出師亦多門。郡云二句是後出塞詩口

將驕益愁思，身貴不足論。躍馬二十年，恐孤

祿山事蹟：祿山包藏禍心，畜單于護眞大馬，習戰鬥者數萬匹。

日豈知，日遂使，正見上行下效也，此章特探本言之。此章言竭天下之力，借寇兵而齎盜糧也。○當邊廷獲勝，日恣歡娛，厚賞以結軍心，而嚴刑以箝衆口，祿山叛逆之勢成矣。

末章亦以諷諸人之從逆者。

一〇四

張愓菴云:情急詞危,不啻祖伊奔告,卻託之逃軍之言,所謂言之者無罪,聞之者足戒也。

俗作辜。**明主恩。**李陵書:陵雖孤恩,漢亦負德。**坐見幽州騎,**唐范陽屬幽州。**長驅河洛昏。中夜間道歸,故里但空村。惡名幸脫免,窮老無兒孫。**

此句亦帶諷獻中。原瀾。

張綖曰:左傳:兵猶火也,不戢自焚。前四章著明皇黷武不戢,過寵邊將,啟其驕恣輕上之心。末則直著祿山之叛,以見明皇自焚之禍也。○劉後村曰:前後出塞詩筆力高古,可與十九首並傳。○范梈曰:前後出塞皆傑作,有古樂府之聲而理勝。

去矣行

君不見韝上鷹,史記滑稽傳注:韝,臂捍也。**一飽卽飛掣。焉能作堂上燕,銜泥附炎熱?野人曠蕩無覥顏,豈可久在王侯間?未試囊中飡玉法,明朝且入藍田山。**

後魏書:李預居長安,羨古人飡玉之法,乃采訪藍田,掘得若環璧雜器者大小百餘,預乃椎七十枚為屑食之。長安志:藍田山在長安縣東南三十里。

奉同郭給事湯東靈湫作

湯東,驪山溫湯之東也,以龍所居,故謂之靈湫。此往奉先時作。

王阮亭云:胸次海闊天空。

杜詩鏡銓卷三

一〇五

邵云：靈秀渀溔，實杜集之奇作。

四句言水之深潔，極寫戀字。

杜詩鏡銓

東山氣鴻濛，(光。從。溫。湯。紋。起。)東山卽驪山也。逐征記：長安東則驪山。寰宇記：驪山在臨潼縣東南二里。溫湯在山下。氣鴻濛，言高入雲際。宮殿居上頭。唐書：天寶六載更溫泉為華清宮，治湯井為池，環山列宮室。君來必十月，長安志：開元後，玄宗每歲十月幸溫湯，歲盡而歸。朱注：護非時也。樹羽臨九州。江海詩：君王淡以思，樹羽望楚城，樹羽謂立羽葆蓋。陰火煮玉泉，海賦：陽冰不冶，陰火潛然。博物志：凡水源有硫黃，其泉則溫。噴薄漲巖幽。有時浴赤日，山海經：日出於暘谷，浴於咸池。此借日以言君也。光抱空中樓。長安志：驪山有觀風樓、羯鼓樓。閶風入轍跡，十記：崑崙三角，其一角正北，名曰閶風巓。曠原延冥搜。穆天子傳：自西王母之邦，北至於曠原之野，千九百里。以周穆為比，取諷荒遊，卽日宴崑崙意。沸天萬(渡。入。)乘動，(紋。湫。)蕪城賦：歌吹沸天。觀水百丈湫。幽靈斯可怪，王命官屬休。穆天子傳：天子以寒之故，命王屬休。杜臆：劇談錄：咸通九年，華陰縣南十餘里，一夕風雨暴作，有龍移湫，自遠而至，碧波迴塘，湛若疏鑿。初聞龍用壯，以致祭。(追紋原委此，易大壯：小毀係龍湫正文人用壯。)肇石摧林丘。(井及祭典之盛)倒懸瑤池影，下映。謂宮殿屈注滄江流。長門賦：澹偃蹇而待曙兮。李奇注：雲(謂眾水奔赴)味如甘露漿，揮弄滑且柔。江賦：揮弄灑珠。翠旗澹偃蹇，澹，猶動也。七發：旌旗偃蹇車紛少留。漢郊祀歌：靈之車，駕玄雲。此句言神降也。簫鼓蕩四溟，張載詩：雨足灑四溟。異香泱切烏朗渟浮。鮫人獻微綃，任昉述異記：鮫人即泉先也，南海出鮫綃紗，一名龍紗。以爲服，入水不濡。泉先潛織，曾祝沉豪牛。穆天子傳：天子大朝於燕然之山，奉璧南面，曾祝佐之，祝沉牛馬豕羊。注：曾，猶重也。又曰：文山之人歸遺，乃獻良馬十駟，天子與之豪馬豪牛龍狗豪羊，以三十祭文山。注：豪，猶髭也。夢弼曰：獻綃以爲幣，沉牛以爲牲也。百祥奔盛明，古先莫能儔。坡陀金蝦蟆，出見蓋有由。鈕琇曰：按瀟湘錄：唐高宗患頭埤雅：蝦蟆一名蟾蜍，或作詹諸。風，宮人穿池置藥爐，忽有蝦蟆躍出，色如黃金，背有朱書武字，宮人奏之，帝頗驚異，放之苑池。子美當用此事。舊注所引俱未當。收。仇注：詩：此宜無罪，女反收之。注：收，拘也，此收字所本。復歸虛無底，水，即湫。化作長黃虯。玉篇：虯，無角龍也，俗至尊顧之笑，王母不肯作虹。按：此正與上龍湫相應，舊引張衡靈憲，謂始終以蝦蟆事爲比，殊於上意不協。飄颻青瑣郎，和詩只末處一點漢舊儀：給事黃門侍郎，每日暮向青瑣門拜，謂之夕郎。文采珊瑚鉤。吳注：纂典記：相如見校叔文，稱曰：如珊瑚之鉤，瑤瑰之器，非世間尋常可見。此言文采之可貴也。浩歌淥水曲，淥水，古曲名，暗指靈湫。清絕微旨畢露聽者愁。

沈云：難顯言者，每以隱語出之，最得詩人之體。

宋張表臣有珊瑚鉤詩話，取此。

李安溪云：此篇金聲玉振，可爲壓卷。

朱鶴齡曰：此詩直陳溫湯事，而風刺自見。其憂亂之意，情見乎辭，當與慈恩寺迴首叫虞舜數語，及奉先詠懷凌晨過驪山一段參看。○浦二田云：明皇每與貴妃行幸湯泉，因而駐蹕靈湫，蔞舉祀禮，此詩陳其事以爲諷也。按長安志：湯泉在漢陰盤縣故城東門外。貞觀中，乘輿自東門入，開元八年，乘輿自南入，水暴漲，見物狀如猪，命有司致祭，其物起向北，因失所在。學士王翰以爲龍躍雲從，無足異者，作客問上之。又按祿山事蹟：玄宗嘗夜宴祿山，祿山醉臥化爲猪而龍頭，左右遽言之。玄宗曰：渠猪龍耳，無能爲也。故下文又幻出蝦蟆化虯一段以深惕之。

明皇毫不知警，漫遊嬉遊，可嘆也。夫月爲陰精，后妃之象，祿山將入朝，乃令於溫泉造宅至溫湯賜浴。據此則淑中之物，信爲祿山之應矣。淮南子：月照天下，食於詹諸。又通鑑：國忠言祿山必反，陛下試召之必不來。祿山聞命即至，上益親信之，續遣之蝕月者乎。

祿山驚喜，疾驅出關，明年遂反。詩曰：至尊顧笑，王母不收，意舉朝議收之，而妃陰勸上縱遣之歟。歸虛無而化黃虯，則言祿山之勢已成，有不可復制者，詩人之託喻微矣。

通宵禁掖，濁亂宮闈，豈非同蝦蟆歸范陽。

自京赴奉先縣詠懷五百字

長安志：奉先縣西南至京兆府二百四十里。朱注：公赴奉先，玄宗時正在華清宮，故詩中言驪山事特詳。牽府，其家先在奉先，至是往省之也。魯曰：公在

杜陵有布衣，老大意轉拙。許身一何愚？竊比稷與契。居然成濩落，白首

首從詠懷敍起,每四句一轉,層層跌出。自許稷契本懷,寫仕旣不成,隱又不遂,百折千迴,仍復一氣流轉,極反復排蕩之致。

次敍自京赴奉先道途所聞見,而致慨於國奢民困,此正憂端最切處。

甘契闊。契音挈。詩注:契闊,勤苦也。 蓋棺事則已, 宋書:劉毅曰:大丈夫蓋棺事乃定矣。 此志常覬豁。 窮年憂黎

元, 歎息腸內熱。 取笑同學翁, 浩歌彌激烈。 非無江海志, 蕭灑送日月。妙句。生

逢堯舜君, 不忍便永訣。 當今廊廟具, 構廈豈云缺? 葵藿傾太陽, 物性固莫

奪。 曹植表:葵藿之傾葉,太陽雖不為迴光,然終向之者,誠也。 顧惟螻蟻輩, 但自求其穴; 指瑣瑣事干謁者,舊解非。 胡為慕自朝

大鯨, 輒擬偃溟渤? 海賦:其魚則橫海之鯨,突兀孤游,戛巖嶅,偃高濤。 以茲誤生理, 獨恥事干謁。 兀兀

遂至今, 忍也。甘 為塵埃沒。一作 謂,遂至塵沒也。因不求穴,故不干 終愧巢與由, 未能易其節。 言不能起而隱去。 沉飲聊自遣, 放歌破 頗。一作 愁絕。 歲暮百草零, 疾風高岡裂。 公赴奉先在天衢。十一月初。

陰崢嶸, 言陰盛 客子中夜發。 霜嚴衣帶斷, 指直不得結。 凌晨過驪山, 記:寰宇

驪山在昭應縣東南,自京至此六十里。 御榻在嶔岑。徒結切 嵽。 雍錄:溫泉在驪山。玄宗卽山建立百司,十月往,至歲盡乃還宮。又緣楊妃之故,奢蕩益著,宮包驪山,牆周

杜詩鏡銓卷三

一〇九

其外,下又有夾城通禁中。蚩尤塞寒空,帶干將,稟玉戚。

甘泉賦:蚩尤之倫,蹴踏崖谷滑。二句言衞士之苦。

羽林相摩戛。唐兵志:高宗置左右羽林軍,朝會以衞階陛,行幸則夾馳道。

君臣留懽娛,瑤池氣鬱律,

西京賦:玉津。

賜浴皆長纓,諷其不揚側陋,明皇雜錄:上嘗於華清宮中置長湯數十,賜從臣浴。

與宴非短褐。

形庭所分帛,階彤庭。

本自寒女出,孫楚與孫皓書:愛民活國,道家所尚。言欲得賢輔。

鞭撻其夫家,聚斂貢城闕。聖人筐篚恩,實欲邦國活。多士盈朝廷,仁者

治。臣如忽至理,君豈棄此物?浦注:在位者如其佚豫不恤國事,則厚賜爲虛擲矣,此責臣以諷君。

宜戰慄。況聞內金盤,盡在衞霍室。器用。衞霍皆漢內戚,以比國忠。

中堂有神仙,指貴妃及諸姨。

烟霧蒙玉質,拍到路上無痕。煖客貂鼠裘,悲管逐清瑟。樂府法亦用隔句對勸客駝蹄羹,香橙壓金橘。朱門

酒肉臭,路有凍死骨。榮枯咫尺異,惆悵難再述。逶接前凌晨句更追憶北轅就涇渭,官渡又改轍。

樂動殷音隱。膠葛。上林賦:張樂乎膠葛之㝢。膠葛,廣大也。謂其聲遠聞。

陽門詩注:除供奉兩湯外,更有湯十六所,長湯每賜諸嬪御。

江賦:氣滃渤以霧杳,時鬱律其如烟。言溫泉之氣上升也。

蔣云:敍事中夾議論,不覺變上指冠,大聲如吼,卽所謂激烈愁絕也。

李云:四句束上起下,並有含蓄,是長篇斷犀手。

末敍抵家事,仍歸到憂黎元作結,乃是詠懷本意。

張云:只此家常事,曲折如話,亦非人所能及。

窮困如此,而惓惓於國計民生,非希踪稷契者,詎克有此。

朱鶴水從西下,極目高崒兀。疑是崆峒來,恐觸天柱折。

途次會皐之狀浦注:過驪山向北往奉先。注:官渡卽涇渭二水渡口。

疑來自崆峒也。

涇渭諸水皆從隴西而下,故疑來自崆峒也。

列子:共工氏怒而觸不周之山,折天柱,絕地維。

杜臆:句乃隱語,憂國家將覆也。

枝撐聲窸窣。窸窣,聲不安也。

行李相攀援,川廣不可越。老妻寄異縣,

先。指奉

河梁幸未坼,

浦云:坼字複,下當作破。

十口

隔風雪。誰能久不顧?庶往共饑渴。入門聞號咷,幼子餓已卒。

吾寧捨一哀?禮記:孔子曰:遇於一哀而出涕。

言以達觀自解。

里巷亦嗚咽。所愧為人父,無食致夭折。

豈知秋禾登,貧窶有倉卒。

生常免租稅,名不隸征伐。撫跡猶酸辛,

音猝

平人固騷屑。

劉向九嘆:風騷屑以搖木兮。

默思失業徒,租稅失業,卽指前出塞者言。因念遠戍卒。憂端齊終

屑以搖木兮。

魏武樂府:明

南,頫切。胡孔切。洞切。徒摠不可掇。

明如月,何時可掇。憂從中來,不可斷絕。

五古前人多以質厚清遠勝,少陵出而沉鬱頓挫,每多大篇,遂為詩道中另闢一門徑。無一語蹈襲漢魏,正深得其神理。此及北征,尤為集內大文章,見老杜平生大本領;所謂巨刃摩天,乾坤

一二一

杜詩鏡銓

雷硠者，惟此種足以當之。牛山、後山，尚未望見。○張上若云：文之至者，但見精神，不見語言。此五百字懇切至，淋漓沉痛，俱是精神，何處見有語言？豈有唐諸家所能及！○李子德云：太史公謂國風好色而不淫，小雅怨誹而不亂，離騷兼之。公詠懷足以相敵。

奉先劉少府新畫山水障歌

堂上不合生楓樹，怪底江山起煙霧。〇〇兀。聞君掃却赤縣圖，劉為奉先尉，先寫其邑之山水為圖。乘興遣畫滄洲趣。即指本畫障。畫師亦無數，好手不可遇。對此融心神，知君重毫素。筆跡遠過楊契丹。張彥遠名。豈但祁岳與鄭虔，李嗣真畫錄：不見蹤跡二十五人，祁岳在李國恆之下。唐書：鄭虔善圖山水。得非元圃裂？穆天子傳：乃為銘迹於元圃之上，以詔後世。悄然坐我天姥下，吳越郡國志：天姥山與栝蒼相儀同，畫在閤立本下。畫記：隋楊契丹官至上儀同，畫在閤立本下。耳邊已是聞清湘。瀟者水清深之名也。圖經：湘水至零陵而營水會。○波未平一波又起。詩亦若有神助。反思前夜風雨急，乃是蒲城鬼神入。蒲城即奉先。元氣

猿公壯游詩歸帆拂天姥，蓋舊遊之地，故因畫而思及之。

何云：跌斷上文，忽入反思四句，變化曲折之極，不過夜雨之後見此新畫障耳，一

張云：以畫作真落想甚奇。先疏明緣起，下贊畫並極其形容。

運筆便十分離奇。

以上都是空際盤旋之筆，以下方入畫實境。

此段贊劉並及二子，即申前重毫素意，章法疏密相間。

結到移情處，宛入眞境，神遊題外，尤覺去路邈然。

淋漓障猶濕，眞宰上訴天應泣。|莊子：若有眞宰而不得其眹。仇注：言其巧奪天工，亦暗用倉頡造字，天雨粟，鬼夜哭意。野亭春邵云

雜花遠，漁翁瞑踏孤舟立。忽接忽轉妙指點極纏綿。還

滄浪水深清且闊，欹岸側島秋毫末。不見

湘妃鼓瑟時，至今斑竹臨江活。|楚辭：使湘靈鼓瑟兮。博物志：舜崩於蒼梧，二妃啼，以淚揮竹，竹盡斑。劉侯天機精，

愛畫入骨髓。自有兩兒郎，揮灑亦莫比。大兒聰明到，能添老樹巓崖裏。

小兒心孔開，貌音莫得山僧及童子。若耶溪、雲門寺，水經注：若耶溪上承嶕峴麻溪，溪水至清，照衆山倒影，窺之如畫。又云：山陰縣南有玉笥、竹林、雲門、天柱精舍，盡泉石之好。南史：何胤以會稽多靈異，往游焉，居若耶山雲門寺。吾獨何爲在泥滓？青鞋布襪

從此始。舊注：公前送孔巢父詩云：南尋禹穴見李白。時方遭亂，思孔李輩或在剡中，欲往從之而不可得也。如此看則語意更有着落。○沈確士云：題畫詩自少陵開出異境，後人往往宗之。字字飛騰跳躍，篇中無數山水境地人物，縱橫出沒，幾莫測其端倪。

晦日尋崔戢李封

鶴注：唐以正月晦日爲令節，詩有喜結仁里懽，當在奉先作。

朝光入甕牖，尸寢驚弊裘。張云：想披裘而臥，見日驚起耳。起行視天宇，春氣漸和柔。興來不暇懶，今晨梳我頭。出門無所待，徒步覺自由。杖藜復恣意，免值公與侯。晚定崔李交，會心眞罕儔。每過得酒傾，二宅可淹留。喜結仁里懽，況因令節求。李生園欲荒，舊竹頗脩脩。引客看掃除，隨時成獻酬。崔侯初筵色，已畏空樽愁。未知天下士，至性有此不？草芽旣青出，蜂聲亦煖遊。思見農器陳，何當甲兵休？上古葛天氏，帝王世紀：大庭氏至葛天氏皆號炎帝。不貽黃屋憂。漢書音義：黃屋，車上蓋。非○尋○常○詩○人○語○。至今阮籍等，熟醉爲身謀。阮籍傳：魏晉之際，天下多故，名士少有全者，籍由是不與世事，遂酣飲爲常。朱注：言上古之世，黃屋始可無憂，今何時乎？而阮籍之流止沉飮以謀身，歎己與崔李輩無能與天子分憂也。威鳳高其翔，威鳳漢孝景紀：南海獻白虎，晉灼曰：鳳之有威儀者。句謂賢人隱遯。長鯨吞九州。地軸爲之翻，百川皆亂流。天寶十四載十一月祿山反，陷河北諸郡，十二月陷東京。

邵云：詩亦似陶，入後則公本色。首敘晦日出遊。
次述尋崔李二家。
末對春景而感時事。所謂舉杯消愁愁更愁也。

當歌欲一放,淚下恐莫收。濁醪有妙理,庶用慰沉浮。恣,浮沉俗間。

送率府程錄事還鄉

原注:程攜酒饌相就取別。典:太子左右衛率府有錄事參軍。唐六

鄙夫行衰謝,抱病昏忘集。常時往還人,記一不識十。張云:與下聰明相反。程侯晚相遇,與語才傑立。對衰謝薰然耳目開,頗覺聰明入。千載得鮑叔,末契有所及。意鍾老柏青,義動修蛇蟄。易:龍蛇之蟄,以存身也。言己之避亂潛踪,如修蛇之蟄,而程之義足以相感動也。若人可數見,慰我垂白泣。告別無淹晷,百憂復相襲。內愧突不黔,庶羞以賙給。言程行,己不能設餞,而反蒙饋遺也。觸,彼情觸。黔,黑也。素絲挈長魚,碧酒隨玉粒。二句感此觸然,宛然。途窮見交態,世梗悲路澀。東風吹春冰,泱漭后土濕。二句逃時景彙影世事。念君惜羽翮,既飽更思戢。盧注:鴒開人呼則向禽而擊。朱注:上云與語才傑立,意程錄事莫作翻雲鶻,聞呼向禽急。必負才敢爲者。然世難方殷,當思斂戢,故又以向禽之鶻戒之。

白水崔少府十九翁高齋三十韻 公去秋曾往白水,至是挈家往依。

客從南縣來,〔寰宇記:後魏分白水縣置南白水縣,以白水之南爲名,後改蒲城,卽奉先也。〕浩蕩無與適。旅食白日長,況當朱炎赫。高齋坐林杪,信宿遊衍間。〔謂無人遊也。〕清晨陪躋攀,傲睨俯峭壁。崇岡相枕帶,曠野迴咫尺。始知賢主人,贈此遣岑寂。泉聲聞復息,動靜隨所激。鳥呼藏〔記:鳥〕其身,有似懼彈射。吏隱適情性,茲焉其窟宅。白水見舅氏,諸翁乃仙伯。杖藜長松下,作尉窮谷僻。爲我炊彫胡,〔大招:菰粱只。注:菰粱,蔣實,謂彫胡也。〕{賦}:主人之女,爲臣炊彫胡之飯。〕逍遙展良覿。坐久風頗怒,晚來山更碧。相對十丈蛟,欻翻盤渦坼。〔海賦:盤渦谷轉,波濤山頹。注:渦,水旋流也。〕何得空裏雷,殷殷尋地脈。煙氛

仇云:首敍來蹤,兼記時候。

此高齋遠景。

此高齋近景。

此記舅氏款待之情。

起下○吏○隱亦○暗寫自家匿跡景象。

仇注:崔翁作尉,諸舅在焉,故避亂而喜良覿也。仙伯猶言桃源中人。宋玉諷〔賦〕:主人之女,爲臣炊彫胡之飯。

此記山中變幻之狀,語亦暗影時事。○俞犀月云:寫得風烟慘淡,總爲櫬出兵氣來。

靄崒崟，魍魎森慘戚。崑崙崆峒巔，回首如不隔。朱注：崑崙、崆峒在白水西北。前軒顉反照，顉，下。嶽絕華嶽赤。華嶽在白水東南，故見於前軒。兵氣漲林巒，川光雜鋒鏑。知是相公軍，鐵馬雲霧積。唐書：祿山反，以哥舒翰為太子先鋒兵馬元帥，明年正月，進位尚書左僕射。時翰統兵二十萬守潼關。潼關屬華州，與白水近，故見兵氣之盛如此。觸淡無味，胡羯豈強敵？唐書：顏杲卿罵祿山曰：汝本營州牧羊羯奴。生牛哀樂，天地有順逆。慨彼萬國夫，休明備征狄。寇亂，所謂有順有逆也。將紛填委，廟謀蓄長策。東郊何時開？書序：淮夷、徐戎並興，東郊不開。時東京已陷於賊。欲告清宴罷，難拒幽明迫。張綖注：幽明即指上文征狄數句，謂天道人事皆可憂也。昔！

自早至晚，備寫所歷多少奇景奇情，結歸傷時正意，尤見深識隱憂。敘次錯綜，波瀾萬狀。○盧元昌曰：高齋旅食，時哥舒正守潼關，李郭皆請固關而守。國忠恐翰圖己，促之出戰，將相不和，

結到少府席上，有倉卒徬徨之意。

杜詩鏡銓

潼關危矣。詩云：知是相公軍，鐵馬雲霧積。謂守關猶足恃也。猛將紛填委，廟謀蓄長策。謂當將相協和，兼任李郭，以圖萬全不敗之道也。東郊何時開，帶甲且未釋。謂宜枕干柣革，勿懈於防也。終日三歎酒食旁，何由似平昔。又知閫任不專，廟謨失策，潼關必潰也。

三川觀水漲二十韻

舊唐書：三川縣屬鄜州。鶴注：時公自白水之鄜州，道出華原，聞肅宗即位，遂寄家口於鄜，已欲詣靈武。是年史不書大水，可以補史之闕。

首從山行敘起

我經華原來，長安志：華原縣屬雍州。不復見平陸。北上惟土山，連天走窮谷。連天謂張云北方山川如此

此記山水之漲

雲無時出，飛電常在目。多雨乃水漲之由自多窮岫雨，行潦相豗。音灰。豗，水相擊。海賦：磊䂻匌而相豗。䎗

烏孔切。口答切。川氣黃，䎗匌謂水氣䎗匌而匌匝也。羣流會空曲。浦云：色帶山土故黃。連山屈蟠，故空曲。二句確是山內暴水。清晨

望高浪，忽謂陰崖踣。音去聲。恐泥竅蛟龍，韻：泥，滯也；陷也。恐泥借用論語字，廣登危聚麋鹿。枯查

槎同卷拔樹，礔洛罪切魂力罪切。共充塞。叶粟。查，水中浮木。礔磢，砂石也。聲吹鬼神下，勢閱邵云譽絕寫得駭人人代速。

一一八

不有萬穴歸,何以尊四瀆。及觀泉源漲,反懼江海覆。漂砂坼岸去,朱注:謝靈運詩:坼岸屢崩奔。按玉篇:坼,一音魚斤切,與垠同。岸也,界也。文選注音祈,恐誤。漱齧松柏禿。乘陵破山門,迴幹裂地軸。抱子……地有三千六百軸,名山大川,孔穴相連。交洛赴洪河,舊唐書:洛交縣屬鄜州,洛水之交,故名。及關豈信宿。關謂潼關也,關在華山之東。穢濁殊未清,風濤怒猶蓄。何時通舟車?陰氣不黲䮾。按黲當作槮,楚錦切。陸機高祖功臣贊:芒芒宇宙,下墋上黷。注:墋,不澄清貌。黷,嫷也。沉數州沒,如聽萬室哭。洛水發源鄜州白於山,合漆沮水至同州朝邑縣入河,其勢最大而疾,故有數州沉沒之懼。

浮生有蕩汨,吾道正羈束。人寰難容身,石壁滑側足。雲雷屯不已,艱險

路更跼。普天無川梁,寓言拯溺無人。欲濟願水縮。因悲中林士,未脫眾魚腹。舉

頭向蒼天,安得騎鴻鵠?

此記川水之漲。

以悶亂意作結,復有舉世淪胥之慨。

浦二田云:每述一事,必極其情狀,仿像飛動,雕鏤刻深,遂為昌黎門雞石鼎等聯句及宋元以來體物諸詩之祖。

杜詩鏡銓

避地 集外詩，見趙次公本。

避地歲時晚，竄身筋骨勞。詩書遂牆壁，<孔安國尚書序：及秦滅典籍，我先人用藏其家書於屋壁。言值世亂，詩書將無所用也。>

奴僕且旌旄。<盧注：當時賊黨如田乾眞、蔡希德、崔乾祐之徒，各擁旌旄。舊注謂指朝廷將士，非是。>

隨所遭。神堯舊天下，<唐高祖稱神堯皇帝。>會見出<猶逐出也。>腥臊。<腥臊，也，指祿山犬羊>行在僅聞信，時肅宗已即位靈武。此生

哀王孫

<舊唐書：十五載六月九日，潼關不守，十二日，凌晨，上自延秋門出，親王妃主王孫以下，皆從之不及。通鑑：上從延秋門出，妃主王孫之在外者，多委之而去。此見王孫顛沛而作也。>

長安城頭頭白烏，夜飛延秋門上呼；<楊愼曰：三國典略：侯景篡位，令飾朱雀門。其日有白頭烏萬計，集於門樓。童謠曰：白頭烏，拂朱雀，還與吳。杜蓋用其事，以侯景比祿山也。長安志：苑中宮庭凡二十四所，西面二門，南曰延秋門，北曰玄武門。>又向人家啄大屋，屋底達官走避胡。金鞭斷折九馬死，<宋本作馬死，代來，有良馬九四，號爲九逸。西京雜記：文帝自>骨肉不得<一作待。>同馳驅。

汪飴翁云：天寶間達官皆楊李私人，借作襯起，明此輩不足哀，所可哀者高帝子孫耳。此卽微寓衮鉞之意。

張戒曰：烏朝飛而夜宿，今夜飛延秋門上呼，又向人家啄大屋者，長安城中兵亂也。鞭至於斷折，馬至於九死，骨肉不得同馳驅，則達官走避胡之急也。

可憐王孫泣路隅。問之不肯道姓名，但道困苦乞爲奴。

叩頭乞爲奴，張云：敎諭辭形容不許而死。

已經百日竄荆棘，浦注：自明皇六月出狩，至此百日，蓋在九月間。身上無有完肌膚。奔馳困辱之狀始露。高帝子孫

盡龍準。龍顏。漢高祖紀：帝隆準。李斐曰：準，鼻也。龍種自與常人殊。豺狼在邑龍在野，王孫善

千金軀。至德元載七月，祿山使人殺霍國長公主及王妃駙馬等八十人，又殺王孫及郡縣主二十餘人。此云善保千金軀，危之亦戒之也。不敢長語臨交衢，

且爲王孫立斯須。昨夜春風吹血腥，先惕以賊東來橐駝滿舊都。橐駝運御府珍寶於范陽。史思明傳：祿山陷兩京，以

朔方健兒好身手，檢極恨處寫二句。顏氏家訓：頃世亂離，衣冠之士雖無身手，或聚徒衆，昔何勇銳今何

愚？朔方健兒指哥舒翰。關拒賊，戰敗於靈寶西原。火拔歸仁等絀翰出關，執以降賊。竊聞天子已傳位，聖德

北服南單于。光武紀：匈奴薁鞬日逐王，比自立爲南單于。建武二十五年，遣使詣闕貢獻，奉藩稱臣。舊唐書：肅宗卽位，九月南幸彭原，遣使與回紇和親。二載二月，其首

蔣云：見其寶玦倘存，故疑爲王孫。問其姓名不得，又因見龍準而斷爲高帝之子孫。敍次語意曲折。

張云：當時降逆之臣，必有爲賊耳目搜捕宗室以獻媚

者，故詩云云，欲其深藏謹默以避禍也，忠愛之意，溢於言表。

蔣云：苦音急調，千古魂消。

領入**花門剹面請雪恥**，花門即回紇。剹，割也，謂割面流血以示信。句口勿宛然

朝。**慎勿出口他人狙。**忽然絕口。急接。此史記留侯傳：秦皇東遊，良與客狙。索隱：狙，伺伏也，狙之伺物，必伏而候之。又：佽反。呼二。語。具。見。丁寧反。復。

哀哉王孫慎勿疏，五陵佳氣無時無。唐紀：高祖葬獻陵，太宗葬昭陵，高宗葬乾陵，中宗葬定陵，睿宗葬橋陵，是為五陵。光武紀：蘇伯阿為王莽使至南陽，遙望春陵郭，喑曰：氣佳哉，鬱鬱蔥蔥然！言有中興之象。

劉須溪云：忠臣之盛心，倉猝之隱語，備盡情態。○沈確士云：一韻到底，波瀾變化，層出不窮，似逐段轉韻者。七古能事，至斯已極。

哀江頭 此公在賊中時，覩江水江花哀思而作，因帝與貴妃常遊幸曲江，故以哀江頭為名。

少陵野老吞聲哭，杜臆：長安城東有霸陵，文帝所葬。霸南五里即樂遊原，宣帝築以為陵，曰杜陵。杜陵東南十餘里，又有一陵差小，許后所葬，謂之少陵。其東即杜曲，西即子美舊宅。

春日潛行曲江曲。江頭宮殿鎖千門，曲江南有紫雲樓、芙蓉苑，西有杏園、慈恩寺。**細柳新蒲為誰綠？**言無主也。劇談錄：曲江池入夏則菰蒲蘢翠，柳陰四合，碧波紅蕖，湛然可愛。**憶昔霓旌下南苑，**苑，即芙蓉苑。**苑中萬物生顏色。昭陽殿裏第一人，**漢書：飛燕立為皇后，寵少衰，女弟絕幸，為昭儀，居昭陽殿。李白詩：漢宮誰第一，飛燕在昭陽。亦指貴妃也。**同輦隨君**

邵云:轉折矯健,略無痕跡。
蘇黃門謂如百金戰馬,注坡驀澗,如履平地,信然。

王西樵云:亂離事只敍得兩句,清渭以下純以唱嘆出之,筆力高不可及。

侍君側。輦前才人帶弓箭,唐百官志:內官才人七人,正四品。白馬嚼齧黃金勒。翻身向天仰射雲,一笑箭。一作正墜墮。一作雙飛翼。亦暗用如皋射雉事。明眸皓齒今何在?血污遊魂歸不得。國史補:玄宗幸蜀至馬嵬驛,縊貴妃於佛堂梨樹之前,外傳:妃死瘞於西郭之外一里許道北坎下,時年三十八歲。太眞。清渭東流劍閣深,去住彼此無消息。清渭,貴妃縊處,劍閣,明皇入蜀所經。彼此無消息,即長恨歌所謂一別音容兩渺茫也。朱注:作公自言,恐與上下文不相連屬。人生有情淚霑臆,江水〔沈云:結出心迹。日亂。奧。起。潛。行。壹。闊。照〕一作江花豈終極?黃昏胡騎塵滿城,欲往城南望城北。舊注:公家居城南。往城南,乃向城北,亦不能記南北之意。一作忘南北。

張戒歲寒堂詩話:楊太眞事,唐人吟咏至多,然類皆無禮。惟杜子美則不然。哀江頭詩:昭陽殿裏第一人,同輦隨君侍君側;不待云嬌侍夜,醉和春,而太眞之專寵可知。不待云玉容梨花,而太眞之絕色可想也。至於言一時行樂事,不斥言太眞,但言輦前才人,此意尤不可及。如云:翻身向天仰射雲,一笑正墜雙飛翼;不待言緩歌慢舞凝絲竹,盡日君王看不足,而一時行樂可喜事,筆端畫出,宛在目前。江水江花豈終極?不待云比翼鳥、連理枝,此恨綿綿無盡期,而無窮之恨,黍離麥秀之悲,寄於言外。其詞婉而雅,其意微而浦云：官軍之聊草敗沒，賊軍之驕橫得志，只數語兩兩如生。

有禮，真可謂得風人之旨者。元白數十百言竭力摹寫，不若子美一句，人才高下乃如此。

悲陳陶

唐書：至德元載十月，房琯自請討賊，分軍為三；南軍自宜壽入，中軍自武功入，北軍自奉天入，琯自將中軍為前鋒。辛丑，中軍北軍遇賊於陳陶斜，接戰敗績。癸卯，琯自以南軍戰又敗。通鑑注：陳陶斜在咸陽縣東，又名陳陶澤。

孟冬十郡良家子，漢書趙充國傳：六郡良家子，選給羽林期門。血作陳陶澤中水。野曠天清無戰聲，

仇注：言不戰而自潰也。

四萬義軍同日死。唐書：時琯效古法用車戰，賊縱火焚之，人畜大亂，官軍死傷者四萬餘人。

羣胡歸來血洗箭，仍唱胡歌飲都市。謂祿山之衆。都人迴面向北啼，日夜更望官軍至。

悲青坂

去陳陶不遠，所謂以南軍又敗者也。

我軍青坂在東門，天寒飲馬太白窟。三秦記：太白山在武功縣南。朱注：史云琯敗陳陶，殘卒數千不能軍。帝使哀夷散，復圖進取。青坂東門，駐軍之地也。飲太白，蓋言依山而守。黃頭奚兒日向西，唐書：室韋，東胡之北邊，分部凡二十餘，黃頭部，強部也。奚亦東胡種。祿山事蹟：祿山反，發同羅、

奚、契丹、室韋曳落河之衆,號父子軍。數騎彎弓敢馳突。見彼壯之怯。山雪河冰野蕭瑟,青是烽烟白人骨。寫出戰敗慘景。安得附書與我軍,時公陷賊中故云。忍待明年莫倉卒?堅忍也。待明年莫倉卒,戒其毋蹈前轍也。其後香積寺之捷,果在至德二載。

朱鶴齡曰:考史琯既敗,猶欲持重有所伺。而中使邢延恩促戰,遂大敗,故末二句云云。又陳陶之敗與潼關之敗,其失皆在以中人促戰,不當專爲琯罪也,故子美深悲之。○邵子湘云:日夜更望官軍至,人情如此;忍待明年莫倉卒,軍機如此。此杜所以爲詩史也。

對雪

戰哭多新鬼,時方在陳陶敗後。愁吟獨老翁。亂雲低薄暮,急雪舞迴風。瓢棄樽無綠,爐存火似紅。正言無火也。寫意中妙。數州消息斷,結句明首句意。愁坐正書空。世說:殷浩坐廢,終日書空作咄咄怪事四字。

李子德云:苦語寫來不枯寂,此盛唐所以擅長。正如善畫者,古木寒鴉,一倍有致。

邵云:沉着悽惋。

月夜

今夜鄜州月，閨中只獨看。遙憐小兒女，未解憶長安。香霧雲鬟濕，清輝玉臂寒。何時倚虛幌，雙照淚痕乾？

邵云：一氣如話。

獨音。雙二字一詩之眼。唐書：鄜州屬關內道。時公之家寓焉。仇注：鬟濕臂寒，見看月之久。江海詩：鍊藥照虛幌。幌，帷也。

王右仲云：公本思家，反想家人思己，已進一層。至念及兒女不能思，又進一層。五六語麗情悲。末想到聚首時對月舒愁之狀，詞旨婉切。公之篤於伉儷如此。

方陷賊中。

張云：杜詩中往往直書人名。

○頷○句○突○兀○至○理○名○言○。

薛端薛復筵簡薛華醉歌

文章有神交有道，端復得之名譽蚤。愛客滿堂盡豪傑，一作翰。開筵上日思芳草。漕：正月上日，朔日也。注：安得健步移遠梅，亂插繁花向晴昊？千里猶殘舊冰雪，百壺且試開懷抱。垂老惡聞戰鼓悲，急觴為緩憂心擣。

承交有道

謝靈運詩：急觴蕩幽默。少年努力

又云：老杜此等處極天然，極老到，眞不可及。

淋漓盡致。

縱談笑，看我形容已枯槁。座中薛華善醉歌，歌詞自作風格老。近來海內為長句，汝與山東李白好。

朱注：白本隴西成紀人，此稱山東者，太白父為任城令，因家焉。生平客齊兗間最久，故時人以山東李白稱之。

沈謝力未工，

梁書：何遜文章與劉孝綽並見重於世，世謂之何劉。著編論之云：詩多而能者沈約，少而能者謝朓，何遜。

才兼鮑照愁絕倒。

此乃致簡薛華為長句，汝與山東李白好。

宋書：鮑照嘗為古樂府，文甚遒麗。計東曰：長句謂七言歌行，太白所最擅場者。於鮑照，故言何劉沈謝但能五言，於七言則力有未工，必若鮑照七言樂府如行路難之類，方為絕妙耳。世說：衞玠談道，平子絕倒。謂其言愁處足使人絕倒也。舊注非。

遞接少年二句，再一跌轉以盡醉歌之意。

西風來，願吹野水添金杯。如澠之酒常快意，

注見一卷。

諸生頗盡新知樂，萬事終傷不自保。氣酣日落亦知窮愁安在哉！忽憶雨時秋井塌，古人白骨生青苔；

單句住，別有神味。

如何不飲令心哀？

元日寄韋氏妹

鶴注：此至德二載元日作。妹嫁韋氏，即同谷詩所云有妹有妹在鍾離者。

張上若云：縱橫排宕中法律井井，想見得心應手之妙。

近聞韋氏妹,迎在漢鍾離。漢地理志:鍾離縣屬九江郡。郎伯殊方鎮,朱注:婦人稱其夫曰郎曰伯。邵注:今爲鳳陽府臨淮縣。

詩:自伯之東。京華舊國移。秦。一作春。城迴北斗,浦注:長安城本似斗形,見三輔黃圖,是用斗柄東而天下皆春意,既紀時,又切地,杜詩用事,往往如此。鄴樹發南枝。黃希曰:楚辭哀郢:望長楸而太息兮。此鄴樹所自來也。鍾離,春秋時屬楚地。秦城已所在,鄴樹妹所在也。不見朝正使,並取元日隨京官例序立便見。句當即指韋郎爲是,因家事而感國事也。唐書:朝集使位都督刺史三品以上。唐會要:天寶六載,勅自今以後諸道應賀正使,啼痕滿面垂。

春望

國破山河在,城春草木深。感時花濺淚,恨別鳥驚心。烽火連三月,承感時。浦注:謂亂後兩月。家書抵萬金。承恨別逢三。白頭搔更短,渾欲不勝簪。

溫公詩話:羣羊犢首,三星在罶。言不可久也。古人爲詩貴於意在言外,使人思而得之。近世惟杜子美最得詩人之體。如此言山河在,明無餘物矣;草木深,明無人矣;花鳥平時可娛之物,

邵云:全首沉痛,正不易得。

見之而泣,聞之而悲,則時可知矣。他皆類此,不可徧舉。

得舍弟消息二首

近有平陰信,朱注:唐書:平陰縣隋屬濟州。天寶十三載州廢,縣屬鄆州。遙憐舍弟存。側身千里道,寄食一村。烽舉新酣戰,啼垂舊血痕。不知臨老日,招得幾時魂。仇注:楚辭有招魂篇,恐死期將至,不復相會也。

汝儒歸無計,吾衰往未期。浪傳烏鵲喜,西京雜記:乾鵲噪而行人至。深負鶺鴒詩。承○二。生理何顏面,言憔悴不堪。憂端且歲時。言銷憂無日。兩京三十口,張遠注:兩京,公在西京,弟在東京也。雖在命如絲。與弟家屬而言。

三十口,應合公與弟家屬而言。

邵子湘云:憶弟諸作,全是一片眞氣流注,不能摘句稱佳。○俞犀月云:杜公至性人,每於憂國思家,各見衷語。若徒爲一飯不忘君而不動心骨肉者,必僞人也。

憶幼子 公幼子宗武,小名驥子。

驥子春猶隔,鶯歌暖正繁。即所謂恨別離驚節換,聰慧與誰論。澗水空山

道,柴門老樹村。趙曰:二句指言鄜州羌村置家之地。憶渠愁只睡,炙背俯晴軒。

一百五日夜對月

荊楚歲時記:去冬至一百五日,即有疾風甚雨,謂之寒食。注:據歷合在清明前二日。

無家對寒食,有淚如金波。漢郊祀歌:月穆穆以金波。斫卻月中桂,斫灼。音邵。云:無賴語。酉陽雜俎:月桂高五百丈,下有一人常斫之,樹創隨合。人姓吳名剛,學仙有過,謫令伐樹。清光應更多。謂可照見家中也。仳或云當作披。離放紅藥,想像顰青蛾。娥,一作

紅藥,丹桂花也。青蛾,當借姮娥以影閨人。牛女漫愁思,秋期猶渡河。世說:牛女二星,隔河而居,每七夕則渡河而會。○按此詩格起於六朝

夢溪筆談:此詩首二對起,三四散承,謂之偷春格,如梅花偷春色而先開也。初,唐人亦多有之。梁簡文夜聽妓詩:合歡蠲忿葉,萱草忘憂條。何如明月夜,流風拂舞腰。乃

此體所託始也,大家偶一用之。

李云:如節制之師,偶用一奇。末正借牛女以自寬也。

杜詩鏡銓

一三〇

遣興

驥子好男兒,前年學語時:問知。人客姓,誦得老夫詩。世亂憐渠小,家貧仰

母慈。鹿門攜不遂,妻子登鹿門山,采藥不返。雁足繫難期。

塞蘆子

天地軍麾滿,山河戰角悲。偷歸免相失,見日敢辭遲。

五城何迢迢?邊兵盡東征,城內空荊杞。

秀嚴西未已,

思明割懷衞,

迴略大荒來,嶒函

張○云○二○句○情○事○百○

後漢書:龐德公襄陽人也,攜
帛書,知武所在。

蘇武傳:漢使者言天子
射上林中得雁,足有繫

○眞○情○苦○語○

元
迢迢隔河水。

懷
州,

杜詩鏡銓卷三

一三一

浦云：插入四句，一見設守有成效，一見助守有聲援，岐在延西，尚且得力，況延州尤據形勝而逼賊衝者乎？

蓋虛爾。嶓山函谷俱在潼關之東。仇注：**延州秦北戶，關防猶可倚**。舊唐書：延州中都恐寇來西突，不由近關也。督府屬關內道，在京師東北六百三十一里。**焉得一萬人，疾驅塞蘆子**。通鑑：至德元載七月，以陳倉令薛景仙為扶風太守兼防禦使，"賊寇扶風，景仙擊却之，京畿豪傑往往殺賊官吏，遙應官軍。江淮奏請之蜀之靈武者，皆自襄陽取上津路抵扶風，道路無壅，景仙力也。"**岐有薛大夫，**扶風即古岐周地，今鳳翔府。**旁制山賊起。近聞昆戎徒，為退三百里**。**蘆關扼兩寇，深意實在此。誰能叫帝閽，胡行速如鬼！**末見遲則無及，蓋危之也。

以韻語代奏議，洞悉時勢，見此老碩畫苦心。學者熟讀此等詩，那得以詩為無用，作詩為閒事。

○朱鶴齡曰：此詩首以五城為言，蓋憂朔方之無備也。高史二寇合力攻太原，克太原則渡河而西，即延州界，北出即朔方五城。靈距延才六百里爾。靈武為興復根本，公恐二寇乘虛襲之，故欲以萬人守蘆關，牽制二寇使不得北。時太原幾不守，幸祿山死，思明走歸范陽，勢甚岌岌，公故深以為慮也。

大雲寺贊公房四首

長安志：大雲經寺本名光明寺，武后幸此，沙門宣政進大雲經，經中有女主之符，因改名焉。

此初過寺中而記其勝槩。

邵云:自在可想,得陶之神。

心在水精域,江總大莊嚴寺碑,影徹琉璃之道,光遍水精之域。衣霑春雨時。漢書董賢傳:重殿洞門盡徐步,洞門。注:言門門相當也。深院果幽期。果字猶言踐約意。撰征賦:果歸期於顧言。謝靈運撰征賦。到扉開復閉,不欲俗人從也。撞鐘齋及茲。注:仇僧家設齋,每擅鐘而會食。醍醐長發性,王洙注:釋經言聞正法如食醍醐。唐本草:醍醐出酥中,乃酥之精液。潘鴻曰:按涅槃譬云:從熟酥出醍醐,譬於佛性,佛性即是如來。又止觀輔行云:見是慧性,發必依觀,禪是定性,發必依止。此發性二字所本。飲食過扶衰。過謂相待禮意有加。黃鸝度結搆,賦:其結構則修梁彩制。紫鴿下罘罳。音浮思。禮記:疏屏天子之廟飾。鄭注:屏謂之樹,今罘罳也。雍錄:罘罳鏤木為之,其中疏通,或為方空,或為連瑣;又有網戶者,連文綴屬,形如網,世遂有直織絲網,張之簷窗,以護禽雀者。此句亦暗用釋氏鴿入佛影,心不驚怖之語。無愧辭。謂所架臺閣。何晏景福殿賦:其結構則修梁彩制。把臂有多日,開懷愚意會所適,花邊行自遲。湯休起我病,湯氏,善屬文。南史:沙門惠休姓微笑索題詩。傳燈錄:釋迦拈起一花,迦葉微笑,遂授以正法眼藏。

鍾伯敬云:詩有一片幽潤靈妙之氣,浮動筆端。○李子德云:此選體也,竟陵以入排律,何可與讀庾鮑。

杜詩鏡銓卷三

一三三

杜詩鏡銓

細軟青絲履，爾雅釋草：綸，似綸。注：綸，糾青絲也，音關。張華云：綸草如宛轉繩。方言：草作謂之履，麻作謂之不借。

光明白氎巾。注：外國傳曰，諸薄國女子，織作白氎花布。後漢書

深藏供老宿，取用及吾身。高僧傳：支遁字道林，聰明秀徹，每至講肆，善標宗會，一代名流，皆著塵外之狎。惠遠性度宏偉，風鑒朗拔，居廬阜三十餘年，化彙道俗。

自顧轉無趣，交情何尚新。道林才不世，惠遠德過人。才德二字品評不苟

雨瀉暮簷竹，風吹春井芹。天陰對圖畫，最覺潤龍鱗。張彥遠名畫記：大雲寺東浮圖有三寶塔，東壁北壁鄭法輪畫，西壁田僧亮畫，外邊四壁楊契丹畫。朱注：畫斷：吳道子嘗畫殿內五龍，鱗甲飛動，每欲大雨，即生烟霧。此云潤龍鱗，殆類是耶。維摩經：菩薩各坐香樹下，聞斯妙香，即獲一切，得藏三昧。

燈影照無睡，心清聞妙香。○劉○須○漢○云○近○儔○超○倫○

夜深殿突兀，風動金琅璫。漢西域傳注：琅璫，長鎖也，今殿塔皆有之。一曰：殿角懸鈴，其聲琅璫也。

天黑閉春院，地清樓暗芳。玉繩迴斷絕，鐵鳳森翱翔。西京賦：鳳騫翥於甍標，咸遡風而欲翔。薛綜注：謂作鐵鳳凰，令張兩翼，舉頭敷尾以函屋上，當棟中央，下有轉樞，常向風如將飛者。春秋元命苞：玉衡南兩星為玉繩。迴斷絕，言殿宇之高，玉繩不為所蔽而斷絕也。瑀字複

梵放時出寺，句自內而外。鐘殘仍殿廊。句自外而內。二句是昧爽時事

一三四

此首謝贈物而帶言雨景。

此述通夜見聞之狀。

明

此敘早晨惜別之情。

朝在沃野,苦見塵沙黃。

黃白山云:夜景無月最難寫,惟杜能入妙,夜深殿突兀,摹寫逼真,亦在暗中始覺其然耳。以下句句是暗中景象。

童兒汲井華,○張○云○細○事○寫○本草:井華水,平旦第一汲爲井華水,令人好顏色。 慣捷瓶在手。霈灑不濡地,掃除似無帚。得逼真又極大雅

明曰:不濡地,似無帚,言灑掃之輕且潔也。

明霞爛複閣,霽霧墮高牖。梁元帝詩:能令雲霧墮。選注:墮,開也。長安志:大雲寺當中寶閣,崇百尺,俊金時人謂之七寶臺。 側塞被徑花,側塞,花多貌。 飄颻委墀柳。仇注:上四朝起之事,此四曉時之景。艱難世事迫,隱遯

佳期後。晤語契深心,那能總鉗口?奉辭還杖策,暫別終回首。泱泱切。于黨

泥汙人,狺狺音銀。與獧通, 國多狗。九辨:猛犬狺狺而迎吠兮。左傳:國狗之瘈,無不噬也。朱注:是時賊將張通儒收錄衣冠,汙以僞命,不從者殺之。公晦迹寺中,故有那能總箝口,及泥汙人、國多狗等語。 旣未免羈絆,時來憩奔走。近公如白雪,執熱煩何有? ○結○慮○恰○與○起○慮○相○應復訂後期也。

雨過蘇端 原注：端。

雞鳴風雨交，久旱雲亦好。一作雨。張云：無食起，早寫劉忙。可笑。杖藜入春泥，無食起我早。諸家憶所歷，一飯跡便掃。蘇侯得數過，歡喜每傾倒。也復可憐人，呼兒具梨棗。濁醪必在眼，盡醉攄懷抱。紅稠屋角花，蠹家春，景宛然。碧委牆隅草。親賓縱談謔，喧鬧慰衰老。況蒙霈澤垂，糧粒或自保。妻孥隔軍壘，三川。謂家在撥棄不擬道。

杜詩隻字片句，後人多據爲故實。山谷詩：月黑虎夔藩，謬誤可笑。東坡送梁左藏詩云：東方健兒虓虎樣，泣涕懷思廉恥將，乃用杜遣興詩中語，亦恐非原文。不如放翁詩：無復短衣隨李廣，但思微雨過蘇端，爲新而工也。

李云：眞率有味。〇此及下首皆陶句。

喜晴

皇天久不雨，旣雨晴亦佳。出郭眺四郊，蕭蕭春增華。青熒陵陂麥，莊子：青青之麥，生於陵陂。窈窕桃李花。春夏各有實,我飢豈無涯。干戈雖橫放,慘澹鬭龍蛇。甘澤不猶愈,且耕今未賒。言甘雨之後,及此耕鉏,猶未緩也。丈夫則帶甲,婦女終在家。力難及黍稷,得種菜與麻。千載商山芝,高士傳:四皓避秦入商雒山,作歌曰:曄曄紫芝,可以療飢。往者東門瓜。蕭何傳:邵平故秦東陵侯,秦破為布衣,貧,種瓜長安城東,甘美,世謂東陵瓜。白玉有瑕。英賢遇轗軻,遠引蟠泥沙。顧慚昧所適,回首白日斜。言已年已暮。漢陰有鹿門,黃希曰:鹿門在漢水之陰,地屬襄陽,非指漢陰郡。滄海有靈查。博物志:舊說天河與海通,近有人居海上,年年八月,見浮查去來不失期,多齎糧乘查而往。十餘日至一處,遙望宮中有織婦,一丈夫牽牛渚次飲之,驚問何由至此?此人具說來意,并問此是何處?答曰:君還至蜀郡訪嚴君平則知之。因還問君平,曰:某年某月,有客星犯牽牛宿。計年月正是此人到天河時也。焉能學眾口,咄咄空咨嗟!朱注:先言古人之道可尚,既以不能遠引為憾,末言必欲追踪高隱,不徒付之咨嗟已也。

鄭駙馬池臺喜遇鄭廣文同飲 鄭駙馬當即鄭潛曜。

邵云：十字沉痛，語有開合。

張云：燃臍四句，敍陷賊中情事，卽寓爲慶昭雪意。

劉須溪云：荒村岐路之間，望樹而往，並山曲折，非身歷顧沛不知其

朱注：鳳翔在京師西，故曰當落日。

西憶岐陽信，無人遂卻回。○四句陟略。○追號。眼穿當落日，心死著寒灰。霧樹行相引，連山峯。一作蓮望忽開。所親驚

喜達行在所三首 原注：自京竄至鳳翔。舊唐書：至德二載二月，肅宗自彭原幸鳳翔。浦注：遂却猶言卽便。岐陽卽行在處，憶之而無一人來，故思之迫切如此也。

與兄子咸居道南，諸阮居道北。○句亦寓痛惜。別離經死地，披寫忽登臺。帶敍駙馬池臺。重對秦簫發，注見一卷。俱過阮宅來。晉書：阮籍

稱之。○句乘用之。慮本被拘東都，此時想乘間脫歸也。白髮千莖雪，危。言其愛丹心一寸灰。慮雖僞授水部郎中，能詐稱風疾，旋綬以密章達靈武，故以丹心

漢書：蘇武仗漢節牧羊，臥起操持，節毛盡落，留十九年而還。楊升菴引張衡傳：蘇武以禿節效貞，謂公詩正用此。然握節本出左傳，襄公之難，公子卬握節以死。又祖孫登詩：握節暮看羊。公詩蓋

卓素充肥，守尸吏燃火置卓臍中，光明達曙。唐書：至德二載正月，嚴莊與祿山子慶緒謀殺祿山，使帳下李豬兒以大刀斫其腹，腸潰於牀而死。事與卓類。握禿。一作節漢臣回。

不謂生戎馬，○二句。藏。無。限。謂當此戎馬而層。折。猶得生存也。何知共酒杯。燃臍郿塢敗，後漢書：董卓築塢於郿，號萬歲城，及呂布殺卓，尸卓於市，

杜詩鏡銓

一三八

言之工也。

張云：脫險回思，情景逼真。只影靜心蘇字，以前種種奔竄驚危之狀，俱可想見。

老瘦，辛苦賊中來。

愁思胡笳夕，淒涼漢苑春。三輔黃圖：漢有三十六苑。

○兩首起句，俱○接○得○氣○色，光武紀：更始以帝行司隸校尉，置官屬，作文移，一如舊章。

生還今日事，沈。著。語。有。深。痛。昨日還未知，決有是事。間道暫時人。時當猶不知是人是鬼也。司隸章初覩，

南陽氣已新。前。注已見 喜心翻。

倒極，嗚咽淚霑巾。末句言喜極反悲也。

死去憑誰報，歸來始自憐。猶膽太白雪，唐書：鳳翔府郿縣有太白山。地圖記：太白山甚高，上常積雪，無草木。喜遇武功。天。○承○前○首○末○說○下○。長安志：京兆武功縣，以武功山得名。三秦記：武功太白，去天三百。二句猶復見天日意。影靜千官裏，心蘇七校前。漢書：京師有南北軍屯，至武帝平百越，內增七校。注：中尉、屯騎、步兵、越騎、長水、胡騎、射聲、虎賁，凡八校尉。胡騎不常置，故言七也。今朝漢社稷，新數中興。年。朱注：按中興本讀平聲，或作去聲。東皋雜錄：毛公詩序：蒸民，任賢使能，周室中興焉。陸德明釋文：中，張仲反。故老杜此詩及萬里傷心嚴譴日，百年垂死中興時，皆作去聲讀。古人留意音訓如此。

張上若云：三首艱難之情，忠愛之念，一一寫出，讀之惻惻動人。○李子德云：三詩於倉皇情事，寫得到，推得開，老氣橫披，真絕調也。仇滄柱云：首句見親知，次章至行在，末章對朝官，次第李云：其妙處有一唱三嘆，朱絃疏越之遺。

述懷

去年潼關破，妻子隔絕久。今夏草木長，脫身得西走。陶潛詩：孟夏草木長。公至鳳翔在夏四月。麻鞋見天子，衣袖露兩肘。張云：寫出微服瑣尾景。朝廷慜生還，親故傷老醜。涕淚授拾遺，流離主恩厚。通典：武后置左右拾遺二人，掌供奉諷諫。柴門雖得去，未忍即開口。時公已有請急之意。寄書問三川，不知家在否？舊注：三川在鄜州南，公之家寓焉。比聞同罹禍，殺戮到雞狗。山中漏茅屋，庾信小園賦：穿漏茅茨。誰復依戶牖。摧頹蒼松根，地冷骨未朽。言新死者衆。幾人全性命？盡室豈相偶？嶔岑崟一作猛虎場，鬱結迴我首。朱注：按通鑑：祿山反後，京畿鄜坊所在寇奪；故以家之罹禍爲憂。自寄一封書，亦自井井。

今已十月後。趙云:自去年寄書已經十月。 反畏消息來,寸心亦何有?張云:經歷患難,黃有此最耽酒。沈思歡會處,恐作窮獨叟。漢運初中興,生平老

亦以朴勝,詞旨深厚,卻非元白率意可比。公詩只是一味眞。○李子德云:如子長敍事,遇難轉佳,無微不透。而忠厚之意,纏綿筆端,公至性過人,不易企如此。

得家書

去憑遊客寄,來爲附家書。意帶書來者,卽公前次所託寄書之人。 今日知消息,他鄉且定居。熊兒幸無恙,驥子定憐渠。熊兒,宗文。驥子,宗武也。 臨老羈孤極,月賦:羈孤遞進。 傷時會合疏。二

毛趨帳殿,一命待鸞輿。謂初授拾遺 北闕妖氛滿,方熾。 西郊白露初。涼風新過雁,秋雨欲生魚。農事空山裏,眷言終荷鋤。終思歸隱完聚也。

送樊二十三侍御赴漢中判官

唐書:漢中郡屬山南道,本梁州漢川郡,天寶元年改漢中郡。浦注:其地係當日鳳翔行在,通江淮饋運之樞

李云:括景好,又帶出時序。

氣。全首沈鬱有奇

喉，即今漢中府。

威弧不能弦，起鑒借說，是易：弦木為弧，剡木為矢，弧矢之利，以威天下。河東賦：彍天狼之威弧。弧不直狼，則盜賊起，所謂不能弦也，下故有豺狼沸相噬之句。言明皇不能早除祿山，以致禍亂。**自爾無寧歲。**變雅詩人遺法。天官書：西宮七宿觜星，東有大星曰狼，狼下四星曰弧。弧屬矢，擬射於狼。法言：原野厭人之肉，川谷流人**川谷血橫流，**之血。**豺狼沸相噬。**天子從北來，自靈武至**長驅振彭鐵。**爾雅：東至於泰遠，西至於邠國，南至於濮鉛，北至於祝栗，謂之**頓兵岐梁下，**鳳翔。二山俱在卻**跨沙漠裔。**仇注：謂回紇方許助順。

二京陷未收，四極我得制。西都賦：其東則有通溝大漕，清渭洞河，泛舟山東，控引淮湖。通鑑：至德元載，第五琦請以江**緬也。通淮湖稅。**漢水在漢中。**蕭索漢水清，**四極。

淮租庸市輕貨，泝江漢而上，令**使者紛星散，王綱尚旗綴。**劉琨勸進表：國家之危，有若綴旒。

漢中王瑀陸運至扶風以助軍。**南伯從事賢，**玄宗以隴西公瑀為漢中王梁州都督。通鑑：至德元載七月，**君行立談際。坐知七曜歷，**梁元帝纂要：日月藝文志：吳伯善**陳七曜歷五卷。手畫三軍勢。冰雪淨聰明，雷霆走精銳。**言其明斷彙優。**幕府輟諫官，**

邵云：二語惟諸葛武侯足以當之。首從夔亂說到興復。

次詳樊才略,委任以厭其匡濟。

末敍別景而致自謙之詞。

張云:起得不衫不履,歷落有致。

朝廷無此例。言以邊防警急,故破格用人。 至尊方旰食,仗爾布嘉惠。補闕暮徵入,柱史晨

征憩。通典:侍御史於周爲柱下史。樊蓋以補闕授御史也。 正當艱難時,實藉長久計。迴風吹獨樹,白日

照執袂。慟哭蒼烟根,山門萬重閉。居人莽牢落,遊子方迢遞。徘徊悲生

離,局促老一世。陶唐歌遺民,左傳:季札請觀周樂,爲之歌唐。曰:思深哉,其有陶唐氏之遺民乎?句指岐西風俗淳厚。 後漢更

列帝。列帝謂明章以下諸帝,以比唐祚中興。 我無匡復姿,聊欲從此逝。

送判官諸詩,看每篇首尾結構各不相同,無一贈行套語。○胡夏客曰:此及送從弟亞及韋評事三詩,感慨悲壯,使人懦氣亦奮,此聲音之通乎時命者也。

送長孫九侍御赴武威判官 武威注見二卷。浦注:此下二篇皆屬西路備禦,地逼羌蕃,與安史事各別。

驄馬新鑿蹄,周禮:頒馬攻特。注:壯馬蹄齧,不可乘用,故因夏乘馬而攻鑿其蹄。 銀鞍被來好。繡衣黃白郞。漢書:帝遣直指使者,衣繡衣杖斧,分部逐捕羣盜。黃白,或云卽漢書銀黃。師古曰:銀,銀印也。黃,金印也。北齊樂曲:懷黃紆白,鵷鷺成行。 騎向交河道。交河注見一卷。 問

一四三

送從弟亞赴河西判官

君適萬里，取別何草草！天子憂涼州，嚴程到須早。去秋羣胡反，朱注：通鑑：至德二載正月，河西兵馬使蓋庭倫與武威九姓商胡安門物等殺節度使周泌，武威小城據其五。度支判官崔稱討平之。日去秋者，討平在正月，發難則在去秋也。時武威雖復而餘亂尚有未戢，故欲其早到涼州，安屯黎而按城堡也。不得無電掃。此行牧遺甿，風俗方再造。族父領元戎，唐書至德二載五月，以武部侍郎杜鴻漸爲河西節度使。名聲國中老。奪我同官良，公與長孫同爲諫官。使我不能餐，令我惡懷抱。若人才思闊，溟漲浸絕島。樽前失詩流，塞上得國寶。皇天悲送遠，雲雨白浩浩。東郊尙烽火，浦注：東郊兼兩京言，俱在鳳翔行在之東也。朝野失枯槁。西極柱亦傾，如何正穹昊。

送從弟亞赴河西判官

舊唐書：杜亞字次公，京兆人，少涉學，善言歷代成敗事。肅宗在靈武，上書論時政，擢校書郎。其年杜鴻漸節度河西，辟爲從事。朱注：貞觀元年，分隴坻以西爲隴右道，景雲二年，自黃河以西分爲河西道。

一四四

南風作秋聲,殺氣薄炎熾。盛夏鷹隼擊,禮記:立秋之日,鷹乃擊。時危異人至。句,乃一篇之主起法,又別

謝靈運酬從弟惠連詩:末路值令弟。蒼然請論事。詔書引上殿,奮舌動天意。兵法五十家,

漢書藝文志:兵權謀十三家,兵形勢十一家,陰陽十六家,兵技巧十三家,凡兵書五十三家,七百二十篇。爾腹爲篋笥。足以正神器。宗廟尙爲灰,接警動此處

來,詩:末路值令弟。

略文字。經緯皆新語,陸賈傳:粗述存亡之徵,凡著十二篇奏之,帝稱善,號曰新語。君臣俱下淚。崆峒地無軸,青海天軒輊。崆峒青海注已見前,皆河西節度所統。軒輊乃

翻覆之義。西極最瘡痍,連山暗烽燧。烽,漢書音義:晝則燔燧,夜則舉。時方有九姓商胡之叛。帝曰大布衣,藉卿佐備述天語,丁寧典

元帥。重有禮謂杜鴻漸。坐看淸流沙,元和郡縣志:居延澤在張掖縣東北一千六百里,卽古流沙。所以子奉使。歸當再前席,

適遠非歷試。須存武威郡,爲畫長久利。朱注:按武威郡地勢西北斜出,隔斷羌戎,乃控扼要地。河西有事,則隴右朔方皆擾,故

云。孤峯石戴驛,爾雅:石戴土謂之崔嵬,土戴石謂之砠。石戴驛謂驛路在山上,殆卽送別之處。快馬金纏轡。借邊塞風景又

然。黃羊飫不羶,

杜詩鏡銓卷三

一四五

申悔盟曰:疏通略文字,便是英雄本色。若兩脚書廚濟得甚事?此段敍弟亞,承異人來。

此段赴河西,承時危來。

李云:讀之有猛氣烈風。

李安溪云：踸踔若不能慘澹，則喜事，不足以當大任。末盡以歸朝大用期之。

蘆酒多還醉。寫出許多。

蔡曰：大觀三年，郭隨出使，舉黃羊蘆酒問外使時立愛，立愛云：黃羊，野物，可獵取，食之不難。蘆酒，麋穀醞成，可撥醅，取不醉也，但力微，飲多則醉。信子美之言驗矣。楊慎曰：蘆酒以蘆爲筒，吸而飲之，今之啞酒也。又名鈎藤酒。見溪蠻叢笑。

踸踔常人情，慘澹苦士志。蔣云：慘澹謂經營顧慮，結，皆用。視踸踔更進一層。安邊敵何有，反正計始遂。張綖注：安邊應上佐元帥，反正應上正神器。

吾聞駕鼓車，不合用騏驥。王右仲云：起。奇語。

後漢書：建武十三年，異國有獻名馬者，日行千里，詔以馬駕鼓車。龍吟迴其頭，夾輔待所致。杜詩博議：騏驥駕鼓車，比亞不當爲判官。回首京闕，思成夾輔之功，喻亞雖在河西，乃心不忘朝廷也。馬長吟。

邵子湘云：沈鬱頓挫，少陵本色。○蔣弱六云：極意鼓舞，極意感動，使其竟日汗流，終夜膽戰，自不能不努力竭心，以爲誇祝之詞，失之千里。

送韋十六評事充同谷防禦判官

舊唐書：成州同谷郡，秦隴西郡，天寶元年改爲同谷郡。通鑑：天寶十四載冬安祿山反，郡當賊衝者，始置防禦使。

昔沒賊中時，潛與子同遊。今歸行在所，王事有去留。去指韋，留自謂。偪側兵馬間，從交情敍起。

主憂急良籌。之由。子雖軀幹小，晉載記：劉曜討陳安於隴城，安死，人歌曰：隴上壯士有陳安，軀幹雖小腹中寬。老氣橫。去聲。

九州。挺身艱難際，張目視寇讎。朝廷壯其節，奉詔令參謀。鑾輿駐鳳翔，

同谷為咽喉。西扼弱水道，禹貢：弱水旣西。寰宇記：弱水自甘州刪丹縣界流入張掖縣北。南鎮枹罕。音孚。枹罕。金城郡有枹罕縣。應劭曰：故罕羌侯邑。唐書：河州治枹罕縣。此邦承平日，剽刦吏所羞。況乃胡未滅，控帶莽悠悠。府中韋使君，時防禦使蓋卽評事之叔。道足示懷柔。令姪才俊茂，二美又何求？受詞太白脚，太白山在鳳翔。走馬仇池頭。舊唐書：成州白馬羌所處，州南八十里有仇池山。古邑沙土裂，積陰雲一作雪稠。本草圖經：豪猪鬣間，有豪如箭，能射人，陝、洛、江東諸山中並有之。霜。羌父豪猪鞾，長楊賦：拕熊羆，拕豪猪。蒼山旌旆愁。鳥驚出死樹，張云：險句畫出窮邊荒涼之景。龍怒拔老湫。見屯兵之怒也。

吹角向月窟，月窟西極之地，注見二卷。

古來無人境，今代橫戈矛。傷哉文儒士，憤激馳林邱！中原正格鬭，後

表評事素日忠勇，寫得勃勃有生氣。

此言同谷防禦之重。

郡有枹罕縣。應劭曰：故罕羌侯邑。唐書：河州治枹罕縣。

帶敘

補敍羌俗風景於寂寞邊地，偏有生色。
蔣云：與前子雖四句呼應也。

盛鳥驚龍

杜詩鏡銓卷三

一四七

杜詩鏡銓

奉送郭中丞兼太僕卿充隴右節度使三十韻

會何緣由。百年賦命定，豈料沈與浮。且復戀良友，握手步道周。論兵遠
壑靜，亦可縱冥搜。題詩得秀句，札翰時相投。○言論兵既定，亦可寄詩以相慰也。結處仍不脫本意。
詔發山西將，○起。○得○鄭○重。漢趙充國傳贊：秦漢以來，山東出相，山西出將。安定、北地皆爲山西。　鮑曰：郭英乂也。浦注：隴右在今鞏昌臨洮之境。
淒涼餘部曲，○一作赫舊家聲。舊唐書：英乂，郭知運之季子也，知運爲鄯州都督隴右諸軍節度大使，甚爲蕃夷所憚，開元九年卒於軍。至德初，英乂以將門子特見任用。朱注：英乂繼其父節度隴右，故有部曲家聲之句。　鵰鶚乘時去，驊騮顧主鳴。艱難須上策，容易
即前程。○斜日當軒蓋，高風卷斾旌。松悲天水冷，唐書：天寶元年改秦州爲天水郡。　沙亂雪山
清。一統志：雪山在河州衞，西南接洮州蕃境，一名雪嶺。　和虜猶懷惠，防邊詎敢驚。○言吐蕃和好，久懷舊恩，故防邊之法，不在驚擾。　古
來於異域，鎭靜示專征。○言鎭將安邊，然後可幷力爲討賊計。　燕薊奔封豕，○敍內亂特詳左傳：吳爲封豕長蛇，薦食上國。謂祿山反幽州

一四八

唱嘆，怒氣哀容，歔哭並下。末致臨別繾綣之情。

蔣云：只開首八句，含多少情事曲折。

驊騮句代寫忠誠，即爲下文伏脈，下二句復加勉勵。

四句了却題目正文，末二字旋趨下段。

周秦觸駭鯨。陳琳檄:若駭鯨之觸細網。中原何慘慘。當作䐖。注已見前。遺孽尚縱橫。謂謂陷河北及洛陽、長安。

箭入昭陽殿,笳吹細柳營。括地志:細柳營在咸陽縣西南,周亞夫屯兵處。邵云:寓京師失陷光

宸極祅醯堅切。一作妖。星動,說文:祅,胡神也。出三年,其下有軍。句指祿山僭位。漢天文志:祅星,不

空餘金盌出,注詳諸將詩。舊唐書:東都太廟九室,神主共二十六座,舊廟爲軍營,神主棄階巷。

無復綵帷輕。鄴都故事:魏武遺令西陵施六尺牀,張綵帷。

園陵殺氣平。光武紀:赤眉發掘園陵。注:園謂山墳言殺氣高與之平也。

毀廟天飛雨,蘇鶚演義:祟恩,織絲爲之。象羅網交文之狀,蓋宮殿簷戶之間。太廟爲軍營,天飛雨,猶言雨泣。

焚宮火徹明。罘注:總,細疏布也。

檿桷夜同傾。爾雅注:檿,木名,梗桷,椽也。

瘡痍。

三月師逾整,羣凶勢就烹。盧注:肅宗至鳳翔,隴右、河西、安西、西域兵皆會。時王思禮軍武功,王難得軍西原,郭英乂軍東原,所謂三月師逾整也。

妙譽期元宰,通鑑:是年二月,安守忠寇武功,英乂戰不利,流矢貫頤而走。趙曰:二句微言英乂之敗,激其再立功也。

幾時迴節鉞,戮力掃欃槍?

親接戰,勇決冠垂成。

殊恩且列卿。秉銜帶鉞朱注:唐制御史中丞二人正四品,下太僕寺卿一人從三品。中丞兼卿,所以爲加恩也。

此段送郭而敍交情。

浦云:是時帝在鳳翔,兩京未復,綏在邊備,急在中原,故特於送郭發之。

張云：安邊謂屯隴右，總前一段。仍屢從謂迴節鉞成勤王之功，承後一段。只五字該括前文，何等周匝。

抽庚切。爾雅：彗星為欃槍。注：亦謂之孛。言其形字字似掃彗。 圭竇三千士，雲梯七十城。耻非齊說客，鼢入自家 食其說田 漢書：叔孫通曰：臣願徵魯諸生共起朝儀。朱注：齊說客申 廣罷歷下守備，馮軾下齊七十餘城。 愧似魯諸生。七十城，魯諸生申三千士。後漢書：宣秉拜御史中丞，光武特詔與司隸校尉尚書令，並專席而坐，京師號三獨坐。 時賊尙據長安，故用下城事。 通籍微班忝，周行列坐榮。 詩箋：周行，周之列位也。 魏志：王粲字仲宣，以西京擾亂，乃之荊州依劉表。 還疑厭禰衡。見注 肩趨漏刻，短髮寄簪纓。 徑欲依劉表， 隨卷。 漸衰那此別，忍淚獨含情。 廢邑狐狸語，空村虎豹爭。 人頻墜塗炭，公 豈忘。 精誠。 浦注：四句申舉京邑之殘破，以勉其竭誠而率先恢復。 元帥調新律，前軍壓舊京。 元帥指廣平王，前軍指 本。薏。再。一。振。 醒。 李嗣業，詳見後。 安邊仍屢從，莫作後功名。 言毋使功名在人後也。 官軍臨賊境詩。

王嗣奭曰：此詩本送郭之隴右，而語意輕外重內，其於隴右也，但以懷惠鎮靜勗之。至於中原慘黷，餘孽縱橫，亹亹而談，有人臣所不忍言者，未幾吐蕃果遣使來，並請討賊，蓋有先見矣。後云幾時迴節鉞，又曰安邊仍屢從，蓋深以討賊大事，望之英乂矣。激中丞，使知發憤而戮力也。

送楊六判官使西蕃

朱注：舊唐書：至德元載，吐蕃遣使請和親，願助國討賊。二載三月，吐蕃遣使和親，遣給事中南巨川報命。詩云：愼爾參籌畫，楊

蓋贊巨川以行者。

送遠秋風落，西征海氣寒。○竟從途別說起格變 青海在唐鄯州，往吐蕃當渡青海。 帝京氛祲滿， 左傳：吾見赤黑之祲，祲妖氛也。時京師尙未復。人世別離難。 絕域遙懷怒，和親願結歡。 敕書憐贊普，此明出使之故 唐書：吐蕃俗謂強雄曰贊，丈夫曰普，故號君長曰贊普，贊普妻曰末蒙。 兵甲望長安。 宣命前程急，惟良待士寬。仇注：指巨川爲正使。博議：漢書：宣帝曰：與我共理者，其惟良二千石乎。詩用惟良本此，亦友于貽厥之類，明南或以郡守徵入爲給諫，銜命出蕃也。李嘉祐送五叔守歙州詩：新安江自綠，明主重惟良，可證。 子雲清自守，揚傳：雄三世不徙官，有以自守泊如也。 今日起爲官。謂楊被辟入幕。 垂淚方投筆，想見出門慷慨 班超傳：超爲官傭書，投筆嘆曰：丈夫當立功異域，安能久事筆硯乎。 傷時卽據鞍。馬援傳：援請討五溪蠻，據鞍顧盼以示可用。 儒衣山鳥怪，漢節野童看。 邊酒排金盞，夷歌捧玉盤。 草肥蕃馬健，雪重拂廬乾。唐書：吐蕃贊普聯毦帳以居，號大拂廬。 愼爾參籌畫，

從茲正羽翰。朱注:楊蓋以徵兵而往,然借兵非美事,又恐其屈節外夷,故以慎謀畫、正羽翰戒之,欲其申中國之威不辱命也。歸來權可取,酌其可用否。九萬一朝摶。莊子:摶扶搖而上者九萬里。

送靈州李判官 集外詩,見郭知達黃鶴本。靈州卽靈武。

羯胡腥四海,回首一茫茫。血戰乾坤赤,氛迷日月黃。將軍專策略,仇注:唐書:藤山

幕府盛才良。近賀中興主,神兵動朔方。將

羅大經曰:子雲淸自守二句,雲日借對,兩句一意,乃詩家活法。今按公詩如江村建子月,獨樹老夫家;非尋戴安道,似向習家池;次第尋書札,呼兒檢贈詩。皆用假對,亦大家偶作狡獪耳。

至太白送內尋廬山女道士詩:水舂雲母碓,風掃石楠花。張賁酬魯望和吳門旅泊詩:淸秋將落帽,子夏正離羣。借對尤爲工雅。

反,以郭子儀爲靈武太守,充朔方軍節度使。陳陶斜之敗,帝惟倚朔方軍爲根本。

大舉興復。

杜詩鏡銓卷四 至德乾元間,公官左拾遺作。

奉贈嚴八閣老

鮑曰:嚴武也,時爲給事中。蔡曰:國史補:宰相相呼爲堂老,兩省相呼爲閣老。困學紀聞:給事中屬門下省,開元曰黃門省,故曰黃閣。左拾遺亦東省之屬,故曰官曹可接聯,後世用此詩爲宰輔事,誤矣。

扈聖登黃閣,**明公獨妙年。**蛟龍得雲雨,鵰鶚在秋天。**客禮容疏放,官曹可許。**接聯一作接聯。**新詩句好,應任老夫傳。**顧注:武父挺之與公友善,故稱武妙年而自稱曰老夫。

蔣云:自是前輩口吻,然所以爲嚴重者至矣。

武爲給事中。年三十一。

月

天上秋期近,人間月影清。入河蟾不沒,張衡靈憲:姮娥奔月,是爲蟾蜍。說文:蟾蜍,蝦蟆也。**搗藥兔長生。**傅玄擬天問:月中何有,白兔搗藥。**只益丹心苦,能添白髮明。干戈知滿地,休照國西營。**

邵云：清眞。

朱注：時官軍屯於長安西，恐征人見月而悲也。

王嗣奭曰：此詩為肅宗而作，天運初回，新君登極，將有太平之望，秋期近而月影清也。然嬖倖已為熒惑，貴妃方敗，復有良娣，入河而蟾不沒也。國忠既亡，又有輔國，擣藥之兔長生也。所以心愈苦，而髮增白耳。雖近穿鑿，亦有會意。

留別賈嚴二閣老兩院補闕　一作兩院遺補諸公。　得雲字

賈至時為中書舍人，遺補謂拾遺補闕。此往鄜州省家時作。

田園須暫住，戎馬惜離羣。去遠留詩別，愁多任酒醺。一秋常苦雨，今日始無雲。山路晴吹角，那堪處處聞！　上二句是喜意，末二句又未免觸著憂端矣。

晚行口號　平聲。顧注：隨口號吟也。梁簡文有和衞尉新渝侯巡城口號詩。

三川不可到，歸路晚山稠。落鴈浮寒水，饑烏集戍樓。市朝今日異，喪亂幾時休？遠愧梁江總，還家尙黑頭。

浦注：考陳書：江總濟陽考城人，仕梁，侯景陷臺城，避亂會稽，憩龍華寺，寺卽其上世都陽里居舊基。公以自

況遭亂而歸寓宅也。總避亂時縂三十餘,而公年已望五,故曰遠愧。

邵云:杜每自道得意。

獨酌成詩 此將到家時作。

燈花何太喜?酒綠正相親。醉裏從爲客,詩成覺有神。兵戈猶在眼,儒術豈謀身?苦被微官縛,低頭愧野人。

蔣弱六云:前半是初酌時,不覺一切放下。後半是酒後,又不覺萬感都集,心事如畫。

徒步歸行

原注:贈李特進,自鳳翔赴鄜州途經邠州作。李特進,趙次公曰:李嗣業也。嗣業有宛馬千匹,或公從之借乘。

明公壯年值時危,經濟實藉英雄姿。國之社稷今若是,武定禍亂非公誰?鳳翔千官且飽飯,衣馬不復能輕肥。青袍朝士最困者,白頭拾遺徒步歸。人生交契無老少,論心何必先同調。妻子山中哭向天,須公櫪上追風驃。

蔣云:借馬帖,亦寫得慷慨淋漓。

古今注：秦始皇七馬，一曰追風。廣韻：馬黃白色曰驃。

九成宮

唐書：九成宮在鳳翔麟遊縣西五里，本隋仁壽宮，貞觀間修之，以避暑更名焉。宮周垣千八百步，並置禁苑及府庫官寺等。太宗高宗嘗臨幸，山有九重，故曰九成。

蒼山八百里，崖斷如杵臼。〇奇。〇最寫得出。楊敬之華山賦：坳者似池，洼者似臼。張云：如臼言其深而圓，是谷中景。

土囊口。注：風賦：風起於地，浸淫谿谷，盛怒於土囊之口。仇注：山高宮敞，此遙望之勢。

翠開戶牖，〇劉須溪云：二語雄稀。**魯靈光殿賦：神靈扶其棟宇。**

曾宮憑風迴，炭嶪〇鑿。

立神扶棟梁，魚列切。**怪石走。**〇魯靈光殿。

紛披長松倒，揭嶫

賦：飛陞揭嶫，緣雲上征。揭嶫，崔嚴貌。

哀猿啼一聲，客淚迸林藪。〇有股豔，不遠意。

荒哉隋家帝，通鑑：隋開皇十三年，詔營仁壽宮，使楊素監之。夷山堙谷，以立宮殿，崇臺累榭，宛轉相屬。役使嚴急，丁夫多死。**製此今頹朽。**海賦：昔在

向使國不亡，焉為巨唐有。

雖無新增修，尚置官居守。舊唐書：九成宮總監一人，副監一人，丞簿錄事各一人。

巡非瑤水遠，王融曲水

帝嬀巨唐之世。

仇云：對故宮而念新君，舍

張云：四句為本朝回護，最得體，却又寓諷。

無限興亡之感。

張文潛謂此詩風雅鼓吹,未易為人言,得其音響節奏,始知其妙。

劉須溪云:起結淒黯,殆難為懷。

詩序:穆滿八駿,跡是雕牆後。我行屬時危,仰望嗟嘆久。天王狩太白,〔末意更深〕〔春秋:天王狩於河陽。時肅宗在鳳翔,故云。〕駐馬更搔首。

玉華宮

舊唐書:貞觀二十一年,作玉華宮,制度務從菲薄,更令卑陋。明年詔曰:卽潤疏堭,憑巖建宇,矯鋪首以荊扉,變綺窗於甕牖。《地理志》:在坊州宜君縣北七里鳳凰谷,永徽二年廢為玉華寺。按鄜至坊百四十五里。

溪回松風長,〔歇。張溍注:溪回,言回遠也。惟回遠故松風不歇。他解深求反失之。梅聖俞曰:玉華宮前有溪曰釀酴溪。〕蒼鼠竄古瓦。不知何王殿,遺構絕壁下。〔只極言荒涼之意。〕陰房鬼火青,〔梅聖俞云:玉華宮近有晉苻堅墓。〕壞道哀湍瀉。萬籟真笙竽,〔句。插。得。妙。點。綴。无為淒繩〕秋色正蕭灑。美人為黃土,況乃粉黛假。〔邵注:謂殉葬木偶人也。〕當時侍金輿,〔蔣云…〕〔賦:恨喪金輿,〕故物獨石馬。〔趙曰:當時必有隨輦美人沒葬宮旁者,故詩中及玉乘。四句言富貴倏忽已盡,卽起末句意。〕憂來藉草坐,浩歌涙盈把。冉冉征途間,誰是長年者?〔管子:導血氣以求長年。舊引淮南子誤。〕

邵子湘云：簡遠淒涼，正以少許勝人多許所建，故明誌來歷，有借秦為喻之意；一為本朝所作，故不忍斥言，有黍離行邁之思。○浦二田云：九成、玉華，用意各別，一為隋代

羌村三首

{鄜州圖經：州治洛交縣，羌村，洛交村塢。元和郡國志：隋開皇十六年，分三川、洛川二縣，置洛交縣。}

崢嶸赤雲西，日腳下平地。柴門鳥雀噪，歸客千里至。妻孥怪我在，驚定還拭淚。世亂遭飄蕩，生還偶然遂。鄰人滿牆頭，感歎亦歔欷。夜闌更秉燭，相對如夢寐。

晚歲迫偷生，還家少歡趣。嬌兒不離膝，畏我復却去。憶昔好追涼，故繞池邊樹。蕭蕭北風勁，撫事煎百慮。賴知禾黍收，已覺糟牀注。魯詈曰：糟牀即酒醡也。如今足斟酌，且用慰遲暮。

羣雞正亂叫，客至雞鬭爭。驅雞上樹木，始聞叩柴荊。父老四五人，問我久

此歸後比鄰贈物之景。○李云：敘事之工不必言，尤妙在筆力高古，愈質愈雅；司馬子長之後身也。

遠行。手中各有攜，傾榼濁復清。苦辭酒味薄，黍地無人耕。兵革既未息，

○雖○逃○父○老○厚○意○而○時○事○艱○雖○已○帶○出○

兒童盡東征。四句代述父老語。請爲父老歌，艱難愧深情。述。歌罷仰天嘆，四座

蘇東坡曰：北征詩識君臣之大體，忠義之氣，與秋色爭高，可貴也。

淚縱橫。二句主客都在。

劉須溪云：當時適然，千載之淚，常在人目，咸發人心，此便是漢魏三百篇一家的髓傳也。新城尙書所以未滿人意者，只是未詣斯境。○語語從眞性情流出，故足

北征 注：班彪作北征賦，用以爲題。

輿地圖：鄜州在鳳翔府東北。 仇

皇帝二載秋，閏八月初吉，詩註：初吉，朔日也。杜子將北征，敍起。老氣無敵。蒼茫問家室。維時遭艱

○李○云○古○調○高○文○竟○用○文○筆

○先○伏○中○段○意

虞，朝野少暇日。顧慚恩私被，詔許歸蓬蓽。拜辭詣闕下，怵惕久未出。

○張○云○曲○折○沈○至

雖乏諫諍姿，恐君有遺失。君誠中興主，經緯固密勿。漢劉向傳引詩：密勿從事，不敢告勞。師古曰：密勿，

伏結末意緊接上句榦旋得妙

猶黽勉也。東胡反未已，謂安慶緖。臣甫憤所切。揮涕戀行在，道途猶恍惚。乾坤含

伏後段意

首述辭朝戀主之情,即總伏一篇意。

此歷敘征途所見之景。

周甸云：途中所歷，有可傷者，有可喜者，有可畏者，有可痛者，一一寫出。

瘡痍，憂虞何時畢？靡靡踰阡陌，人烟眇蕭瑟。所遇多被傷，呻吟更流血。

回首鳳翔縣，旌旗晚明滅。一路敘述用無限低佪出之 前登寒山重，屢得飲馬窟。是顧後景 邠郊入地底，唐書：邠州新平郡,屬關內道。浦注：涇水中蕩潏。括地志：涇水發源涇州，東南流邠州界，至高陵入渭。

猛虎立我前，蒼崖吼此是最僻之路時裂。菊垂今秋花，石戴古車轍。青雲動高興，幽事亦可悅。山果多瑣細，

羅生雜橡栗。廣韻：橡,櫟實也,似栗而小。 或紅如丹砂，或黑如點漆；雨露之所濡，甘苦齊

結實。緬思桃源內，益嘆身世拙。坡陀望鄜時，漢郊祀志：秦文公作鄜時，用三牲郊祀白帝。鄜時即鄜州巖

谷互出沒。我行已水濱，我僕猶木末。鴟鴞鳴黃桑，野鼠拱亂穴。夜深經

戰場，寒月照白骨。潼關百萬師，往者散何卒？本意跌入自家眞化工之筆 哥舒翰傳：翰率兵出關,灰靈寶縣之西原,爲賊所乘,自相踐蹋,墜黃河死者數萬人。遂令秦民，殘害爲異物。此處從國人家況我墮胡塵，及歸盡華髮。經年

文字，偏向極不要緊極閒處傳神，乃夕陽反照之法，惟老杜能之。如篇中靑雲幽事一段，他人於正事實事尚鋪寫不了，何暇及此。此仙凡之別也。○申涪盟曰：丹砂數句，混然元化。我行二句，儼若畫圖。此備寫歸家愁喜之狀。

敍兒女事可悲可笑，乃從東山詩果飄瓜苦等得來，故不嫌瑣悉傷ရ雅。突接偶字，亦從上且字生來，節拍甚警。

至茅屋，妻子衣百結。慟哭松聲迴，悲泉共幽咽。一作咽。平生所嬌兒，顏色白勝雪。見耶背面啼，垢膩腳不韤。牀前兩小女，補綻才過膝。海圖拆波濤，舊繡移曲折。天吳及紫鳳，顚倒在裋褐。老夫情懷惡，數日臥嘔泄。一作嘔泄臥數日。日字複韻。那無囊中帛，救汝寒懍慄？粉黛亦解包，衾裯稍羅列。瘦妻面復光，癡女頭自櫛。學母無不為，曉妝隨手抹。移時施朱鉛，狼籍畫眉闊。生還對童稚，似欲忘飢渴。問事競挽鬚，誰能即嗔喝？翻思在賊愁，甘受雜亂聒。新歸且慰意，生理焉得說？至尊尙蒙塵，幾日休練卒？仰觀天色改，坐覺妖氛豁。陰風西北來，慘澹隨回紇。一作鶻

出俱作奇文。○方言：關西謂襜襦短者短褐。天吳，紫鳳，皆所繡之物，以舊繡補綻為豎衣，故波濤拆，繡紋移，天吳、紫鳳皆顚倒也。山海經：朝陽之谷有神曰天吳，是為水伯，虎身人面。丹穴之山有鸞鳥，鳳之屬也，五色而多紫。朱注：海圖、褐，毛布也。漢書注：裋，謂童豎所著之襦。隨手寫。顚倒。同。○脫。云忽然戢住。萬鈞之力。此老亦善誠諧，乃爾慰情。此處又從家人國。

此段目擊時艱，而致其祝頌，因借兵回紇，望以兩京收復，直搗賊巢，為當時反正之急務。

邵滄來云：極寫回紇助順，而接以此輩少為貴句，正留花門之所以作也。獨此不極斥言者，以天子正賴之耳。

趙曰：當以紇爲正。德宗時，始請易號回鶻。

其王願助順，其俗善馳突。

唐書回鶻傳：其先匈奴，元魏時號高車部，〔隋日回紇。至德元載遣其太子葉護率兵助國討賊，肅宗宴賜甚厚，命廣平王約爲兄弟。

送兵五千人，驅馬一萬匹。

回紇傳：其人驍強，初無酋長，逐水草轉徙，善騎射，喜盜鈔。張云：回紇以馳突取勝，一人兩馬，此古法也。此輩少

爲貴，四方服勇決。

〇二語○規○調○，不○露○。

心頗虛佇，時議氣欲奪。伊洛指掌收，西京不足拔。官軍請深入，蓄銳

可一作俱發。此舉開青徐，伊洛東。恆山、碣石俱屬燕，指安賊巢穴。朱

旋瞻略恆碣。注：當時李泌之議，欲命建寧並塞

北出，與光弼犄角以取范陽，所見正與公同。昊天積霜露，正氣有肅殺。禍轉亡胡歲，勢成擒胡月。○應○起○處○東○胡○，○二○句○時○作○，○快○。胡

命其能久？皇綱未宜絕。憶昨狼狽初，事與古先別。姦臣竟葅醢，同惡隨

蕩析。不聞夏殷衰，中自誅褒妲。○語○，皇○綱○句○，剎○又○開○下○。胡仔云：當作殷周。魏道輔詩話：唐人詠馬嵬事多矣。世所稱者，劉禹錫：官軍誅佞倖，天子

哲。捨妖姬。白居易：六軍不發爭奈何，宛轉蛾眉馬前死。此乃言官軍背叛逼迫，明皇不得已而

周宣、漢光比肅宗。

誅貴妃也。非特不曉文章體裁,而造語蠢拙,亦失事君之禮。老杜則曰:不聞夏殷衰,中自誅褒妲。乃是明皇畏天悔禍,賜妃子以死,無與官軍也。立言有體,深得為君諱惡之義。自亂,終以開創之大業,屬望中興,以今皇帝起,以太宗結,是始終大章法。李云:不聞夏殷衰,中自誅褒妲。不言周,妙,正不必作誤筆,自八股興,無人解此法矣。○此虞仍不言妹喜,此古人互文之妙,殷襄、褒妲。未復追述初亂,終以開創之大業,屬望中興,以今皇帝起,以太宗結,是始終大章法。李云:不聞夏殷衰,中自誅褒妲。不言周,妙,正不必作誤筆,自八股興,無人解此法矣。如此長篇,結勢仍復了而不了,所謂篇終接混茫也。

將軍,仗鉞奮忠烈。○失實是為詩史 舊唐書:上幸蜀至馬嵬驛,左龍武大將軍陳玄禮整比六軍以從,以禍由國忠,欲誅之。會吐蕃使者遮國忠馬,訴無食,軍士呼曰:國忠與虜謀反。遂殺之。上出驛門,令收隊,不應。玄禮對曰:國忠謀反,貴妃不宜供奉,願陛下割恩正法。上令力士引貴妃於佛堂縊殺之。玄禮首議誅國忠貴妃,無此舉,雖有李郭不能奏匡復之功,故以活國許之。 微爾人盡非,於今國猶活。許彥周詩話:禍亂既作,惟賞罰當則再振,否則不可支矣。

慶宮勤政樓之北曰大同門,其內大同殿。朱注:即白獸門。三輔黃圖:未央宮有白虎殿,唐避太祖諱改為獸。時長安尚為賊據。 凄涼大同殿,長安志:南內興慶宮勤政樓之北曰大同門,其內大同殿。

佳氣向金闕。園陵固有神,掃灑數不闕。○言收京之後,掃灑園陵,禮數可以不缺。 煌煌太宗業,樹

立甚宏達! ○語○千○鈞 ○李○云○結○得○住○一○。

范溫曰:孫莘老嘗謂老杜北征詩勝退之南山詩,王平甫以為南山勝北征,終不能相服。時山谷尚少,乃曰:若論工巧,則北征不及南山,若書一代之事,與國風雅頌相為表裏,則北征不可無,而南山雖不作未害也。二公之論遂定。○盧德水云:赴奉先及北征,肝腸如火,涕淚橫流,讀此而不感動者,其人必不忠。○李子德曰:上關廟謨,下具家乘。其材則海涵地負,其力則排山倒

一六三

起十字精警突兀,括隋末唐初多少情事。四句於貞觀治績尤能舉要,亦暗對當日言之。

岳。有極尊嚴處,有極瑣細處;繁處有千門萬戶之象,簡處有急絃觸柱之悲。元河南謂其具一代興亡,與風雅頌相表裏,可謂知言。○鍾伯敬云:讀少陵奉先、詠懷、北征等篇,常於潦倒淋漓,忽反忽正,時斷時續處,得其篇法之妙。

行次昭陵

朱注:唐書:京兆府醴泉縣有九嵕山,太宗昭陵在西北六十里。

舊俗疲庸主, 疲謂凋是還鄜道中所經。黃鶴編天寶五載,謂西歸應詔時作,大謬。 **羣雄問獨夫。** 庸主獨夫,皆指隋煬。羣雄指李密、竇建德輩。 **讖歸龍鳳質,** 舊唐書:太宗方四歲, 有書生見之曰:龍鳳之姿,天日之表,年將二十,必能濟世安民。 **威定虎狼都。** 顧炎武曰:天官書:西宮參為白虎,東一星曰狼。秦本紀贊:據狼弧,蹈參伐,乃是秦之分野。 舊引蘇秦 李云不略 李云不略 傳,未當。 **天屬尊堯典,** 莊子:彼以利合,此以天屬 承天屬句。 謂受高祖禪位。 **神功協禹謨。** 太宗樂有九功舞。 **風雲隨絕足,** 承神功句。 **日月繼高衢。** 登樓賦:冀王道之一平兮,假高衢而騁力。此句亦言繼統,取光華復旦意。

句言房杜諸公贊治之盛。 **文物多師古,朝廷半老儒。** 朱注:天寶 言不難於進用。 **直辭寧戮辱,賢路不崎嶇。** 承天寶句。 **往者災猶降,蒼生喘未蘇。** 朱注:天寶 之亂,乃隋末之災,再見於今日。 **指麾安率土,蕩滌撫洪鑪。** 張云:二句以昔日戡亂之易,慨今日平賊之難,所謂流恨滿山隅也。 **壯士悲**

一六四

陵邑，西都賦：三選七遷，充奉陵邑。幽人拜鼎湖。漢郊祀志：黃帝鑄鼎荆山下，鼎成，有龍垂胡髯下迎，帝騎龍上天，後人名其地爲鼎湖。玉衣晨自舉，霍光傳：宣帝賜光玉衣梓宮。故事：高皇廟中御衣，自篋中出舞於殿上。王莽傳：杜陵便殿，乘輿虎文衣廢藏在室匣者，出自樹立外堂上，良久乃委地。莽惡之。又按北史后妃傳：齊武明妻太后寢疾，衣忽自舉。乃知二字亦有出也。石鐵一作馬汗常趨。唐會要：高宗欲闢石爲常所乘破敵馬六匹於昭陵闕下。祿山事蹟：潼關之戰，我軍旣敗，賊將崔乾祐領白旗馳突，又見黃旗軍數百隊，與乾祐鬪，後昭陵奏是日靈宮前石人馬汗流。二句只是言神靈如在意。一說：浦云：公深憤於陷京之事，而欲乞靈於在天之神，故必玉衣舉，鐵馬趨，佑子孫以殺賊而後快也。亦有意。松柏瞻虛殿，塵沙立暝途。寂寥開國日，歎太宗之功，無人能繼。流恨滿山隅。

前半頌昭陵，喬皇典重；後半慨時事，沉鬱悲涼。當是以正雅之體裁，寫變雅之情緒者。○李子德云：贊述得體，繁簡合宜，如周頌漢章，有典有則。

彭衙行 元和郡縣志：同州白水縣，漢彭衙縣地，春秋秦晉戰於彭衙是也。寰宇記：彭衙故城在白水縣東北六十里。按：同家窪當卽孫宰所居，公去歲自白水往鄜州，曾經留宿；意還鄜時路經彭衙西，追憶款洽之情，未能枉道相訪，聊作此寄謝，非紀行詩可比。

憶昔避賊初，北走經險艱。鄜州在白水縣北。夜深彭衙道，月照白水山。謂白水縣之山。盡室久徒步，逢人多厚顏。參差谷鳥吟，不見遊子還。仇注：鳥鳴無人，見一路荒涼之景。癡女饑咬我，啼畏虎狼聞。懷中掩其口，反側聲愈嗔。曲盡逃亂之態。小兒強解事，故索苦李餐。一旬半雷雨，泥濘相率攀。既無禦雨備，徑滑衣又寒。有時經契闊，一作勤苦解。竟日數里間。野果充餱糧，卑枝成屋椽。早行石上水，暮宿天邊烟。少留同家窪，浦注：同家窪，地名，當即在彭衙境。更在彭衙北，相去甚遠，是達靈武之路。欲出蘆子關。注已見前。故人有孫宰，高義薄曾雲。延客已曛黑，張燈啓重門。煖湯濯我足，翦紙招我魂。朱鶴齡曰：古人招魂之禮，不專施於死者，公詩如翦紙招我魂、老魂招不得、魂招不來歸故鄉、南方實有未招魂，皆招生時之魂也。本王逸楚辭注。按招魂章句，宋玉哀屈原忠而斥棄，恐其魂魄放佚，厭命將落，故作招魂。從此出妻孥，相視涕闌干。息夫躬絕命詞：涕泗流兮崔蘭。瓚曰：崔中云欄。蘭，涕泗闌干也。王洙注：闌干，淚墮多貌。眾雛爛熳此極言其接待體恤之周。

睡，喚起霑盤飱。誓將與夫子，永結爲弟昆。

○爆○二○字○寫○稚○子
睡○態○入○神 杜臆：二句乃代逑孫宰語，所謂豁達露心肝也。遂空所坐

堂，安居奉我歡。誰肯艱難際，豁達露心肝。別來歲月周，胡羯仍搆患。何

末四句結出本意

時有翅翎，飛去墮爾前？

邵子湘云：彭衙羌村是眞漢魏古詩，但不襲其面目耳，解人得之。○考宋鄭庠古音辨眞、文、元、寒、刪、先六韻皆協先音，此詩合六韻於一篇，及石壕村起句兼用元、眞、寒三韻，乃皆古韻同用，非

叶也。

喜聞官軍已臨賊境二十韻 唐書：至德二載閏八月，賊寇鳳翔，崔光遠行軍司馬王伯倫等率衆捍賊，乘勝追擊，賊燒營而去。九月丁亥，廣平

四句就題直起，先作一頓。

王將朔方等軍及回紇西域之衆十五萬發鳳翔，壬寅至長安城西，與賊將安守忠等戰於香積寺之北，賊大敗，斬首六萬，賊帥張通儒棄京城走陝郡。癸卯大軍入京師，甲辰捷書

至鳳

翔。

胡虜潛京縣，官軍擁賊壕。鼎魚猶假息，

南史：邱遲與陳伯之書：將軍魚遊於沸鼎之中。後漢謝夷吾傳：遊魂假息，無所施刑。

一六七

次預言羣臣奉車駕還京，是意中極緊要語，故先揚於此。

今日四句直接首四句便少味，於插入八句下又作一倒頓宕，方見章法之妙。上半幅先在空中極力寫一番，以下再用實敍。

又用空句排宕，與今日四句相應。

穴蟻欲何逃。帳殿羅玄冕，唐書：武德中令侍臣服有袞冕、鷩冕、毳冕、繡冕、玄冕。轅門照白袍。梁書：陳慶之所著白袍，所向披靡。秦山當警蹕，前漢書：出稱警，入稱蹕。漢苑入旌旄。古今注：周制后夫人車，緝雉尾為扇翣，漢乘輿服之。唐書：天子大駕鹵簿，有雉尾障扇。

橫雉尾高。

五原空壁壘，長安志：長安萬年二縣外有畢原、白鹿原、少陵原、高陽原、細柳原，謂之五原。壁壘皆空，言餘孽已靖也。

路失羊腸險，漢志：上黨壺關縣有羊腸坂。雲

遊魂貸爾曹。復赦。乞降那更得，尚詐莫徒勞。元帥歸龍種，唐書：二載九月，以廣平王俶為天下兵馬元帥，肅宗太子，即代宗。司空握豹韜。時郭子儀為副元帥，先進位司空。隋書經籍志：太公六韜五卷。小學紺珠：文、武、龍、虎、豹、犬為六韜。前軍蘇武節，唐書：李嗣業統前軍陳於香積寺北。胡夏客曰：嗣業所將皆蕃夷四鎮，故以蘇武之典屬國為比。

左將呂虔刀。僕固懷恩為朔方左廂兵馬使擊賊，剪滅殆盡。晉書：呂虔有佩刀，工相之，以為必三公可服。

兵氣迴飛鳥，威聲沒巨鰲。戈鋋開雪色，東都賦：戈鋋彗雲。鋋，小矛也。弓矢

向秋毫。言雖微必中。天步艱方盡，時和運更遭。誰云遺毒螫，秦之毒螫已是沃

八水散風濤。關中記：涇、渭、灞、滻、灃、滈、潦、潏為關內八水。

今日看天意，

此首遡前說來。

腥臊。睿想丹墀近，_{到底歸功主上}言行師皆由廟略。神行羽衞牢。_{帥及外域陣之整}花門騰絕漠，_{助順不煩人靈臣內尤}拓羯。_{唐書作羯}渡臨洮。_{得體}

唐西域傳：安西者即康居小君長罽王故地，慕勇健者爲柘羯，猶中國言戰士也。通鑑：是年二月，安西、北庭及拔汗那、大食諸國兵至涼鄯。唐書：洮州臨洮郡屬隴右道。

此輩感恩至，羸俘何足操。_{執時長安尚陷賊中}鋒先衣染血，騎突劍吹毛。_{言其利也。}喜覺都城動，悲連子女號。_{倒裝句法。更警}家家賣釵釧，祗待獻春醪。_{浦注：取壺漿迎師意。漢董卓傳：呂布殺董卓，百姓歌}

字字精彩，句句雄壯，全是喜極涕零語。逐色鋪張，覺一片快情，飛動紙上。○俞犀月云：可作軍中露布讀。

舞於道，長安士女，賣其珠玉衣裝，市酒肉相慶者，塡滿街肆。

收京三首

指西京也。仇注：觀第二首起句，明是在家聞詔。肅宗於二載十月還京，公時尙在鄜州。

仙仗離丹極，_{謂上皇幸蜀}妖星照玉除。_{謂賊入長安。}祿山事蹟：祿山生，夜赤光旁照，羣獸四鳴，望氣者見妖星芒熾，落其穹廬。須爲_承下殿走，_{妖星}不可好樓居。_{承仙仗}漢武帝紀：公孫卿曰：仙人好樓居。於是令長安作飛廉、桂觀，甘梁武帝紀：以諺云：熒惑入南斗，天子下殿走。乃跣足下殿走。以禳之。

此首全借自家說。○劉須溪云：沈著敦厚，讀之隨淚。

泉作益壽、延壽觀。朱注：玄宗晚節怠荒，深居九重，政由妃子，以致播遷之禍。公不忍顯言，而寓意於仙人之樓居，因貴妃常爲女道士，故舉此況之。連昌宮詞：上皇正在望仙樓，太眞同凭闌干立。

此一的證。二句追維禍本，婉詞以歎息之，言當知警戒而不可耽逸樂也。**暫屈汾陽駕，**莊子：堯往見四子藐姑射之山，汾水之陽，窅然喪其天下焉。句言上皇回。**聊飛燕將書。**史記：燕將下聊城，田單攻之，歲餘不下，仲連乃爲書約之，矢射城中遺燕將。時嚴莊來降，史思明亦叛慶緒納土，河北折簡可定，故以魯連射書言之。**依然七廟略，**言削平禍難，不減祖烈。**更**蔡：讀平聲。**與萬方初。**

生意甘衰白，天涯正寂寥。忽聞哀痛詔，又下聖明朝。眞。社稷臣語。天寶十五載八月，上皇御蜀都府街宣詔罪己，大赦天下。明年十月，肅宗還京，十一月朔，御丹鳳樓下制曰：早承聖訓，嘗讀禮經，義切奉先，恐不負荷。前後兩次開詔，故曰又下也。**羽翼懷商老，**張良傳：四人者，隱商雒山，從太子。上召戚夫人指示曰：彼羽翼已成，難動矣。朱注：此指廣平王言，肅宗先以良娣輔國之譖，賜建寧王倓死。至是廣平新立大功，又爲良娣所忌，潛搆流言，雖李泌力爲調護，而時已還山，公恐復有建寧之禍，故不能無思於商老也。以致劫遷西內，子道不終。此時猜嫌未起，公已若有深見其微者，曰憶帝堯，欲其篤於晨昏之戀，時上皇尙未還京，故曰憶。**文思憶帝堯。**左傳：禹湯罪己，其興也勃焉。**叨逢罪己日，**霑灑望青霄。邵云：卽喜極霑巾意。

此首預擬。

末後一轉，尤見摯情切慮。

浦二田云：五六於正始之日就朝覲君德，舉其重且大者以爲頌禱。言我君從此安儲位，戀寢門，和氣薰蒸，太平坐致，小臣何幸能不望青霄而感泣哉。公爾時身遠闕廷，忽聞新詔，此心何等雀躍，乃逆料其君以犲子逆親，遽加誹刺，當必無是理。

汗馬收宮闕，蕭何傳：未有汗馬之勞。春城鏟賊壕。賞應歌枒杜，詩序：枒杜，勞還役也。歸及薦櫻桃。月令：仲夏之月，天子乃羞以含桃。先薦寢廟。注：含桃，櫻桃也。雜虜橫戈數，謂回紇諸番助順者。功臣甲第高。通鑑：安史亂後，法紀隳弛，將相競治第宅，時謂之木妖。萬方頻送喜，易林：謳歌送喜。毋乃聖躬勞。浦注：晉羊祜既請伐吳，乃曰：正恐吳平之後，方勞聖慮耳。意與此同，非無使君勞之謂。

重經昭陵　此當係鄜州省家後，復至長安時作。

是時王師復兩京，圍安慶緒於鄴城未下，故言方春必可平賊，正值櫻桃薦廟之時，蓋預期之也。但恐回紇恃功邀賞，諸將僭奢無度，將萬方送喜之時，毋乃卽聖躬焦勞之漸乎。蓋憂虜橫臣驕，復成蹂躪跋扈之勢。厥後邊方猾夏，藩鎮擅權，果如所料。公之有遠識如此，而語意仍含蓄不露。

一七一

蔣云：首二句見神器有定，不可以智力爭也，與班彪王命論同旨。

張云：處之受知，特因善畫，第二句正是牢騷。

草昧英雄起，謳歌歷數歸。風塵三尺劍，社稷一戎衣。翼亮貞文德，丕承戢武威。言以武功起，而以文德治也。聖圖天廣大，蘇頲應制詩：聖圖恢萬縣。宗祀日光輝。再窺松柏路，還見五雲飛。

志：昭陵因九嵕山為陵。熊羆守翠微。熊羆謂護陵之軍。翠微，山杪。爾雅：山未及上曰翠微。京房易飛候：宣太后陵前後數有光，又有五彩雲在松下如車蓋。此言復見太平氣象也。

瑞應圖：景雲一日慶雲，非氣非烟，氤氳五色。陵寢盤空曲，安得有體有力。

李子德云：典重高華，直追三頌。〇此收京之後，絕是喜詞，與前首各別。

送鄭十八虔貶台州司戶，傷其臨老陷賊之故，闕為面別，情見於詩

此下還京後作。通鑑：至德二載，詔陷賊官六等定罪，三等者流貶，虔在次三等，故止貶台州。

鄭公樗散鬢成絲，樗樹，散木，見莊子，言材不合世用也。酒後常稱老畫師。萬里傷心嚴譴日，百年垂死中興時。張仲興時。顧宸云：人生百年，孰能無死，死亦安足惜，獨惜其於垂死於中興之時耳。倉皇已就長途往，邂逅無

端出錢遲。便與先生成永訣，九重泉路盡交期！

盧德水云：此詩萬轉千迴，清空一氣，純是淚點，都無墨痕。詩至此直可使暑日霜飛，午時鬼泣，在七言律中尤難。末竟作永訣之詞，詩到真處，不嫌其直，不妨於盡也。

臘日

趙大綱測旨：唐以大寒後辰日為臘。

臘日常年暖尚遙，今年臘日凍全消。侵陵雪色還萱草，漏洩春光有柳條。縱酒欲謀良夜醉，還家初散紫宸朝。口脂面藥隨恩澤，酉陽雜俎：臘日賜口脂臘脂，盛以碧鏤牙筩。朱瀚翠管銀罌下九霄。管罌乃盛脂藥之器。

注：口脂面藥以禦寒凍。

下四句倒序先盧後實

顧修遠云：元日至人日，未有不陰時。占亂象而憂也。臘日常年暖尚遙，今年臘日凍全消。占治象而喜也。

奉和賈至舍人早朝大明宮

唐書：賈曾景雲中擢中書舍人，子至字幼隣，從玄宗幸蜀，拜起居舍人知制誥。帝傳位，至撰冊進藁，帝曰：昔先天誥命，乃父所為，今茲命冊，又爾為之，可謂濟美矣。雍錄：唐都城有三大內。太極宮在西，故名西內；大明宮在東，故名東內；別有興慶宮號南內也。三內更迭受朝，而大明最數。

杜詩鏡銓

五夜漏聲催曉箭，〔戊〕殷夔刻漏法：鑄金爲司晨，具衣冠，以左手抱箭，右手指刻。〔漢舊儀：畫漏盡，夜漏起，省中黃門持五夜。五夜者，甲、乙、丙、丁、九重春色醉仙桃。仇注：唐時殿庭多植桃柳。朱注：言春色之濃，桃花如醉，以在禁內，故曰仙桃，非用王母事。旌旗日煖龍蛇動，〔鑿〕彩〕壯〕麗〕妙〕復〕生〕動〕宮殿風微燕雀高。朝罷香煙攜滿袖，詩成珠玉在揮毫。欲知世掌絲綸美，原注：舍人先世嘗掌絲綸。

池上於今有鳳毛。宋書：謝鳳子超宗，有文詞，帝大嗟賞，謂謝莊曰：超宗殊有鳳毛。

附 早朝大明宮呈兩省僚友　賈　至

張綖曰：初聯早朝之候；次聯大明宮景；三聯言退朝作詩，稱賈至之才；結聯言父子繼美，切舍人之事。比諸公所作，格法尤爲謹嚴。

銀燭朝天紫陌長，禁城春色曉蒼蒼。〔起〕獨〕聯〕勝〕句〕千條弱柳垂青瑣，百囀流鶯繞建章。〔承〕次〕句〕

劍佩聲隨玉墀步，衣冠身惹御爐香。〔承〕首〕句〕共沐恩波鳳池上，晉書：荀勖久在中書，及失之，悵悵。或

朝朝染翰侍君王。

有賀者，勖曰：奪我鳳凰池，諸君何賀耶！

楊仲宏曰：賈至諸公早朝諸篇，氣格雄深，句意嚴整，熟之可洗寒儉。

和前　　　　　　　　　　　　王　維

絳幘雞人報曉籌，_{漢官儀：夜漏未明三刻，雞鳴，衛士候於朱雀門外，著絳幘，專傳雞唱。}尙衣方進翠雲裘。_{唐百官志：尙衣掌供冕服。}

九天閶闔開宮殿，萬國衣冠拜冕旒。日色纔臨仙掌動，香烟欲傍袞龍浮。

朝罷須裁五色詔，佩聲歸向鳳池頭。

和前　　　　　　　　　　　　岑　參

雞鳴紫陌曙光寒，鶯囀皇州春色闌。金闕曉鐘開萬戶，玉階仙仗擁千官。

花迎劍佩星初落，柳拂旌旗露未乾。獨有鳳凰池上客，陽春一曲和皆難。

○二○句。早○朝○合○寫。

宣政殿退朝晚出左掖

朱注：唐會要：宣政殿在含元殿後，卽正衙殿也。唐六典：殿東有東上閣門，西有西上閣門。按東上閣門門下省在焉，西上閣門中書省在焉，公時爲左拾遺屬門下，故出左掖。漢書注：掖門在兩旁，若人之臂掖。

劉須溪云：佳處自在可想。

劉須溪云：從容富麗，六句有意外意。

杜詩鏡銓

天門日射黃金榜，_{殿外}春殿晴曛赤羽旗。_{殿前}宮草霏霏_{一作微}承委佩，爐烟細細駐。_{殿中莊}〇_{屬語}仇注：無風則烟不遊絲。即寫得函細動，故如絲駐。雲近蓬萊常五色，雪殘鳷鵲亦多時。_{寒注：皆觀名，在雲陽，甘泉宮外。}〇上林賦：過鳷鵲，望露句言春和之景。侍臣緩步歸青瑣，退食從容出每遲。歸青瑣，謂退朝回院。出每遲，則出掖還邸也。

紫宸殿退朝口號 唐六典：紫宸殿即內朝正殿。雍錄：含元之北為宣政，宣政之北為紫宸。楊慎曰：唐之朝制，宣政、前殿也，謂之衙。衙有仗，所謂春旗簇仗齊是也。紫宸、便殿也，謂之閣。朔望不御前殿而御紫宸，謂之入閣，所謂還家初散紫宸朝是也。張綖注：此內殿也，故所詠皆宮中景，與大明宣政自別。

戶外昭容紫袖垂，_{邵云唐時朝儀尙可想見}雙瞻御座引朝儀。唐制昭容正二品，係九嬪。酉陽雜俎：今閤門有開元禮疏：晉康獻后臨朝不坐，則宮人傳帛引百僚拜。周隋相沿，國家因之不改。花下香飄合殿春風轉，花覆千官淑景移。吳注：據朱注：長安志：含元殿東南有翔鸞閣，西南有棲鳳閣，與飛廊相接。報，謂傳呼畫刻。紫宸內衙，故稀聞畫畫漏稀聞高閣報，仇注：諫官隨宰相入，得近御前。天顏有喜近臣知。宮中每出歸東省，即左刻，必待外庭之報也。天顏之喜近臣先見奏對之久。轉，言殿宇之寬。影移，見奏對之久。按。會送夔龍集鳳池。又自東省而集西省,就政事堂見宰相也。

春宿左省

花隱掖垣暮,啾啾棲鳥過。星臨萬戶動,月傍九霄多。九霄,天也,比宮殿高遠,故得月獨多。不寢一作寐。聽金鑰,因風想玉珂。張華詩:乘馬鳴玉珂。珂,馬飾也。明朝有封事,唐書:補闕拾遺掌供奉諷諫,大事廷諍,小則上封事。數問夜如何?

仇滄柱云:自暮至夜,自夜至朝,敘述詳悉,而忠勤爲國之意卽在其中。

鍾伯敬云:明朝有封事,諫臣之心。避人焚諫草,大臣之體。

晚出左掖

晝刻傳呼淺,陸倕新漏刻銘:衞宏載傳呼之節。注:衞宏著漢儀,使夜漏起,宮衞傳呼以爲備。趙曰:淺,謂傳呼在晝,不若夜之遠也。春旗簇仗齊。退朝花底散,歸院柳邊迷。樓雪融城濕,宮雲去殿低。張溍云:樓在城上,故雪融而濕;殿高逼雲,故去殿若低。

此鍊字法也。避人焚諫草,騎馬欲雞棲。詩:雞棲於塒,日之夕矣。

首二入朝,次二朝退,五六未進院路上景,七句在院中事,出院只末句一點。與前首專寫宿字者,格法各不相同。

題省中院壁

掖垣竹埤皮音梧十尋,蔡曰:竹埤,言竹編爲儲胥,若城埤然,如今竹籬竹屏之類。王褒詩:圍竹茂成埤。洞門對霤舊作雪,正異定作霤。常陰陰。吳都賦:玉堂對霤,石室相距。說文:霤,屋水流也。落花游絲白日靜,鳴鳩乳燕青春深。腐儒衰晚謬通籍,退食遲迴違寸心。袞職曾無一字補,許身愧比雙南金。張載擬四愁詩:美人贈我綠綺琴,何以報之雙南金。言無足貴重也。

浦二田云:前半想見省中清邃,下四寫懷,又是純臣心事。○張綖曰:白日靜,慨素餐也。青春深,惜時邁也。二句景中有情,故接下半首。

送賈閣老出汝州今屬河南南陽府

杜好作拗體七律,自覺意致翛然。

起句妙在破空而來,入結聯則常調矣。

浦云:堂皇而綿邈,自是傑作。

西掖梧桐樹,〔初學紀:中書省在右,因謂中書爲右曹,又稱西掖。買至時爲中書舍人。〕空留一院陰。〔何云:起句特言從此掖垣無人也。黃白山云:亦用卷阿詩意而無其跡。〕艱難歸故里,〔鶴注:至河南洛陽人,汝州與河南府爲鄰。〕去住損春心。〔一句說多少。楚辭:目極千里兮損春心。〕宮殿青門隔,雲山紫邐〔音邐。〕路深。〔九域志:汝州梁縣有紫邐山。〕人生五馬貴,〔結處又作慰詞。漢官儀:太守四馬,行部加一馬,故曰五馬。〕莫受二毛侵。〔諷其不以怨苦自老也。〕

送翰林張司馬南海勒碑〔浦注:唐志:翰林無司馬,時或奉詔勒碑,兼授新銜。姜氏謂卽新書所載詔呂向爲鐫勒使之類。黃鶴謂或是待詔鐫刻之流,公不須作詩推重矣。〕

冠冕通南極,〔冠冕指翰林,言極海之南素與中華不通,今司馬去而冠冕始通南極也。書:廣州南海郡屬嶺南道。〕文章落上台。〔兩京新記:大明宮有麟德殿,此殿三面,故以三殿爲名。李肇翰林志:翰林院在少陽院南,其東當三殿。〕碑到百蠻開。〔文運開也。〕詔從三殿去,〔原注:相國製文。〕野館濃花發,春帆細雨來。〔二句寫路上景。〕不知滄海上,天遣幾時迴?〔落句點化乘槎事,切張司馬,又切往海上。〕

杜詩鏡銓

一八〇

李空同云：疊景者意必二，闊大者半必細，此最律詩三昧。如登兗州城樓中四句，前景寓目，後景感懷也；此詩中四句，前半闊大，後半工細也。唐法律甚嚴惟杜，變化莫測亦惟杜。

邵云：亦是寫景耳，作起語妙絕，若寫入中聯，便覺平平。

曲江陪鄭八丈南史飲

雀啄江頭黃柳花，顧注：柳始生嫩蘂，其色黃，故曰黃柳，未葉而先花，故雀啄之。鶖鶄鸂鶒滿晴沙。爾雅注：鶬鶄狀似鳧，腳高毛冠；鸂鶒毛有五色，皆水鳥。○黃○白○山○云○一○氣○轉○。○下○勢○若○連○景○格○法○甚○別○。自知白髮非春事，且盡芳樽戀物華。二句即所謂春事物華也。跡，此身那得更無家？朱注：卽笑爲妻子累意，時已有去官之志，故云然。種瓜？時鄭當亦必有歸隱之語，故以勉之。丈人才力猶強健，豈傍青門學

劉須溪云：二詩落落酬暢，如不經意，而首尾圓活，生意自然，有不

曲江二首

一片花飛減卻春，風飄萬點正愁人。且看欲盡花經眼，莫厭傷多酒入脣。
○蔣○云○只○一○落○花○連○寫○三○句○極○反○復○層○折○之○妙○接○入○第○四○句○魂○消○欲○絕○。

江上小堂巢翡翠，苑邊高塚臥麒麟。逸異記：丹陽大姑陵石麟二枚，不知年代。傳曰秦漢間公卿墓，則以石

言莫以傷多而不飲也。

可名言之妙。

邵云：已逗宋派。

二詩以送春起，以留春住。

麒麟鎮之。堂無主故鳥巢，塚無主故獸臥，二句寫曲江亂後荒涼之景。細推物理須行樂，何用浮名絆此身？賈誼傳：彼尋常之汙瀆兮，應劭曰：八尺曰尋，倍尋曰。對句活變，開後人無限法門言縱酒正以年之易老也。人生七十古來稀。穿花蛺蝶深深見，點水蜻蜓款款飛。二句

正春盡夏初景。傳語風光共流轉，暫時相賞莫相違。朱注：公祖審言詩：寄語洛城風月道，明年春色倍還人。即此意。

葉夢得云：深深字若無穿字，款款字若無點字，亦無以見其精微。然讀之渾然，全似未嘗用力，所以不礙氣格超勝。使晚唐人為之，便涉魚躍練川拋玉尺，鶯穿絲柳織金梭矣。○王阮亭云：宣政等作，何其春容華藻；游賞詩乃又跌宕不羈如此，蓋各有體也。

曲江對酒

苑外江頭坐不歸，水精宮殿轉霏微。謂遙望迷離也。述異記：閶闔一作扶水精宮，此借言宮殿近水。桃花細逐楊梨

花落，黃鳥時兼白鳥飛。蔡注：次聯桃自對楊，白自對黃，謂之自對格。縱飲久判普官切，人共棄，懶朝

杜詩鏡銓卷四

一八一

真與世相違。吏情更覺滄洲遠，謂牽於薄宦，更覺高隱為難。老大徒傷未拂衣。謝靈運詩：拂衣五湖裏。

張上若云：此與曲江二首，流便真率，已開長慶集一派，但其中仍有變化曲折，視元白務取平易者不同耳。○觀數詩，公在諫垣必有不得行其志者，所以不久即出。

曲江對雨

城上春雲覆苑牆，江亭晚色靜年芳。唐地理志：興慶宮謂之南內，築夾城入芙蓉園。浦云：對雨則景益寂寥，故回首繁華，不堪俯仰，一靜字含通首意。林花著雨燕支濕，舞舊地宛然脂一作濕，一作落。水荇牽風翠帶長。龍武新軍深駐輦，唐兵志：高宗置左右羽林軍，玄宗改為龍武軍。仇注：園與曲江相接，二句有懷上皇之在南內也。玄宗以萬騎平韋氏，改龍武軍，出則扈從，入則宿衛，此芙蓉別殿謾焚香。唐地理志：玄宗迴鑾，深居南內不出，故曰深駐輦；當時遊幸芙蓉園，別殿宮人焚香以待，今無復此事，故曰謾焚香。何時詔此金錢會，劇談錄：開元中，上已賜宴臣寮，會於曲江山亭，暫爛一作。醉佳人錦瑟旁？

借以言乘輿所在。時遊幸芙蓉園，別殿宮人焚香以待，今無復此事，故曰謾焚香。何時詔此金錢會，顧注：舊唐書：開元間宴王公百寮，令左右於門下撒金錢，許中書五品以上及諸司三品以上官爭拾之。恩賜教坊聲樂。時京師新復，遊宴之會，無復開元之盛，雖對酒感嘆，意亦在上皇也。

結語無限低徊。

趙云:起用俗語,豪縱跌宕。

全祖望云:肅宗惑於悍婦,承歡闕如,詩有感於此,而含毫邈然,真溫柔敦厚之遺。○以麗句寫其哀思,尤玉溪所心摹手追者。

奉陪鄭駙馬韋曲二首

韋曲花無賴,家家惱殺人。通志:韋曲在樊川,唐韋安石之別業。綠樽須盡日,白髮好禁春。朱注:禁猶言禁當之禁,言我已白髮,無奈此春何!即上惱殺人意。二句言老畏見春,惟恃痛飲以消愁耳。石角鉤衣破,藤梢刺眼新。音七。何時占叢竹,頭戴小巾?南史:劉巘隱逸不仕,常著緇衣小烏巾。

○此首全反言,以見其佳。

野寺垂楊裏,春畦亂水間。美花多映竹,好鳥不歸山。言即宿此間也。石角鉤衣破,藤梢刺眼新。見前。事?風塵豈駐顏?言勞勞塵世,徒斁精神也。誰能共公子,薄暮欲俱還?

○次首方實寫景。

蔣弱六云:此與漫興江畔尋花諸絕,同是一種奈何不得光景。此老癡情狂興,真絕世風流。

奉答岑參補闕見贈

一八三

李云：此詩殊遜岑作。

窈窕清禁闥，罷朝歸不同。君隨丞相後，我往佳〔一作非〕。日華東。朱注：補闕屬中書省，拾遺屬門下省。唐六典：宣政殿前有兩廡，廡各有門，東曰日華，日華之東，即門下省也。西曰月華，月華之西，即中書省也。凡兩省官繫銜以左右者皆分屬焉。罷朝則分東西班各歸本省，故不同也。

冉冉柳絲碧，娟娟花蘂紅。〔多少意思俱未說出〕故人有佳句，獨贈白頭翁。

[附] 寄左省杜拾遺　　　　　岑　參

聯步趨丹陛，分曹限紫微。曉隨天仗入，暮惹御香歸。白髮悲花落，謂自

青雲羨鳥飛。杜指。聖朝無闕事，自覺諫書稀。

奉贈王中允維　　　唐書：天寶末，維官給事中，為賊所得，服藥取痢，詐稱瘖疾。至洛陽，拘於普施寺，迫以偽署。賊平，維以凝碧詩聞於行在，肅宗特宥之，責授太子中允。

中允聲名久，〔只一句稱，憎都在〕如今契闊深。詩毛傳：契闊，勤苦也。共傳收庾信，收，收錄也。周書：侯景作亂，臺城陷，信奔於江陵，元帝承制除

御史中丞。此蓋以侯景比祿山也。 不比得陳琳。魏志:琳避亂冀州,袁氏使典文章,袁敗,琳歸太祖,太祖曰:卿昔爲本初移書,但可罪狀孤而已,何乃上及祖父耶?琳謝罪。太祖愛其才,不之責。仇注:維初繫洛陽而肅宗復用,與庾信之奔竄江陵元帝收用者相似。作凝碧詩能不忘故主,與陳琳之爲紹草檄後事魏武者不同;蓋琳更事二姓,大節已虧,維雖同以文士見宥,故不當以相比也。 一病緣明主,三年獨此心。 窮愁應有作,試誦白頭吟。舊注:引卓文君白頭吟:願得一心人,白頭不相離。以喻維之事君無貳。今按鮑照代白頭吟有直如朱絲繩,清如玉壺冰語。詩當兼用此意,以見維之不汚僞命,心跡可白也。至謂譏肅宗之失刑,恐無此懟上之理。

王右仲曰:此詩直是王維辨寃疏。○黃白山云:三四用古人作影,故敍事無痕。凡詩寫景易而敍事難,易至直致而拖沓,緣無少陵萬卷書、如神筆耳。

送許八拾遺歸江寧覲省。 甫昔時嘗客遊此縣,於許生處乞瓦棺寺維摩圖樣,志諸篇末。唐書:昇州江寧郡屬江南東道。公開元末嘗遊此。朱注:瓦官寺本晉武帝建,以陶官故地在秦淮北,故名。後訛作棺耳。

天語許 一作詔 辭中禁,慈顏拜 一作赴 北堂。 聖朝新孝理,仇注:去冬迎上皇回京,春加尊號。 祖席倍輝光。 內帛擎偏重,宮衣著更香。 淮陰清夜驛,唐書:楚州淮陰郡屬江南東道。 京口渡江航。縣郡賜書誇父老，壽酒樂城隍。看畫曾饑渴，追踪恨淼茫。虎頭金粟影，神妙獨難忘。

春隔雞人畫，秋期燕子涼。二句一作城隍。

《周禮》：雞人夜嘑，旦以嘂百官。

《志》：建安十四年，孫權自吳治丹徒，號曰京城。十六年遷都建業，於此爲京口鎮。

顧炎武曰：北齊書：慕容儼鎮郢城，城中有神祠，號城隍神，儼率來禱之。此城隍始見史傳者。朱注：按城隍之神，祀典不載，後人因其保障民生，以義而起也。

《名畫記》：愷之工丹青，傳寫形像，莫不妙絕。曾於瓦棺殿畫維摩詰，畫訖光耀月餘。

一云：愷之小字虎頭。

畫像碑：瓦棺寺變相，乃晉虎頭將軍顧愷之所畫。

舊注：唐瓦棺寺維摩詰之子，過去成佛，號金粟如來。

《淨名經義鈔》：梵語維摩詰，此云淨名，鄔提之子，過去成佛，號金粟如來。

因許八奉寄江寧旻上人

不見旻公三十年，封書寄與淚潺湲。舊來好事今能否，老去新詩誰爲傳？棋局動隨幽澗竹，袈裟憶上泛湖船。聞君話我爲官在，頭白昏昏只醉眠。

朱瀚注：旻居幽澗，公攜棋局以相隨，公在湖船，旻著袈裟而同泛，卽所謂舊來好事也。

王阮亭云：清空如話，東坡半山七律多祖此。

186

邵云：亦是老手起法，六一謂有俗氣，非也。

題李尊師松樹障子歌

老夫清晨梳白頭，玄都道士來相訪。唐會要：京城朱雀街有玄都觀。握髮呼兒延入戶，手提新畫青松障。障子松林靜杳冥，憑軒忽若無丹青。寫狀入神。朱注：言無異真松，不知其為丹青也。陰崖卻承霜雪幹，偃蓋反走虬龍形。老夫生平好奇古，對此興與精靈聚。已知仙客意相親，謂李尊師。更覺良工心獨苦。松下丈人巾屨同，偶坐似是商山翁。接前松林四句脈絡。望聊歌紫芝曲，卷，注見三卷。時危慘澹來悲風。

張上若云：畫中所有作兩層寫，末說到感時思隱，寓意甚深，方不是拘拘題畫。唐人為詩皆量己力以致功，常積情思數十年然後各自名家。今人不然，未有小得於己，自以為無敵。然知音之難，萬事悉然。杜工部云：更覺良工心獨苦，用意之妙，有舉世莫知之者，此其所以為獨苦歟。

得舍弟消息

○熟○事○運○得○新○鏡○有○古○意

風吹紫荊樹,色與春庭暮。言花色下地,與薄暮春光同一慘黷。花落辭故枝,風迴返無處。骨肉恩書重,漂泊難相遇。猶有淚成河,經天復東注。

劉須溪云:苦心怨調,使人悽然。

仇注:荊花吹落,喻兄弟分張;風迴不返,喻漂泊難遇。

世說:顧長康哭桓宣武,聲如震雷破山,淚如傾河注海。時公弟在河南,故云。

續齊諧記:田廣、田眞、田慶兄弟三人欲分財,其夜庭前三荊便枯。兄弟嘆之,却合,樹還榮茂。

送李校書二十六韻

唐書宗室世系表:舟字公受,岑,水部郎中,眉州刺史。

代北有豪鷹,生子毛盡赤。 魏彥深鷹賦:白如散花,赤如點血。 喻起

渥洼騏驥兒,尤異是龍脊。 極寫欣談

人間好少年,不必須白皙。 李舟想貌不揚。

十五富文史, 古樂府調 十八足賓客。柳宗元石表先友記:李舟隴西人,有文學,俊辨,高志氣。

名父子,清峻流輩伯。謂公子宗文、宗武。

十九授校書,二十聲輝赫。衆中每一見,使我潛動魄。

自恐兩男兒,辛勤養無益。乾元元年春,萬姓始安宅。

舟也衣綵衣,列士傳:老萊子行年七十作嬰兒娛親,著五色斒斕衣。 告我欲遠適。倚門固有望,斂衽

蔣云:自恐二句,看似閒文襯筆,正其所以感激作詩處。

就行役。仇注:舟父向為眉州刺史,天寶之亂,必寓家於此。南登吟白華,詩序:白華,孝子之潔白也。已見楚山碧。朱注:校書自京師歸省母,道經漢中,漢中在長安南,為楚北境,故曰楚山碧,觀後襃斜漢水語可見。又史記秦紀:楚自漢中,南有巴黔。據此則蜀漢本屬楚地。藹藹咸陽都,冠蓋日雲積。何時太夫人,堂上會親戚?四句幷及其迎母而來,乃後話預說。汝翁草明光,漢官儀:尚書郎直宿建禮門,奏事明光殿,下筆為詔策,出言為誥命。天子正前席。歸期豈爛漫,曲筵頓挫。一作燋,琴賦:流連爛漫。別意終感激。顧我蓬屋資,謬通金閨籍。小來習性懶,晚節慵轉劇。每愁悔吝作,如覺天地窄。羨君齒髮新,行已能夕惕。臨岐意頗切,對酒不能喫。迴身視綠野,慘澹如荒澤。老驥春忍饑,哀號待枯麥。結復用喻。自況。後漢順帝紀:罷子午道,通襃斜路。注:襃斜,漢中谷名。時哉高飛燕,絢練新羽翮。況李白。赭馬賦。漢水饒巨石。漢水亦在漢中。無令軒車遲,衰疾悲夙昔!徐幹詩:夙昔悲離別。期校書以早還京師也。長雲濕襃斜,絢練復絕。別輩越羣,

此段現身說法,正見相愛之至。

杜詩鏡銓卷四

一八九

五字突然而起，下意俱從此生出。

只是不能親來訪舉一意，既貧難具馬，又不可徒步，至告假後更不便出門，作三層寫出，語意曲折。

偪側行贈畢曜

偪側何偪側！我居巷南子巷北。可恨鄰里間，十日不一見顏色。自從官馬送還官，行路難行澀如棘。我貧無乘非無足，昔者相過今不得。實不是愛微軀，又非關足無力。徒步翻愁官長怒，此心炯炯君應識。曉來急雨春風顛，睡美不聞鐘鼓傳。東家蹇驢許借我，泥滑不敢騎朝天。無馬，故久不出門，今日欲上朝，適晏起而又逢風雨也。已令請急會通籍，男兒性命絕可憐。焉能終日心拳拳，憶君誦詩神懍然。辛夷始花亦已落，況我與子非壯年。街頭酒價常苦貴，方外酒徒稀醉眠。徑須相就飲一斗，恰有三百青銅錢。

贈畢四曜

才大今詩伯，家貧苦宦卑。饑寒奴僕賤，_{張溍注：言以窮爲奴僕所賤也，最是眞情。}按：孟郊送韓愈從軍詩有親賓改舊觀，僮僕與新敬。可與此互證。 顏狀老翁爲。_{所謂憂令人老也。}同調嗟誰惜，論文笑自知。_{言索解人不得也。}流傳江鮑體，_{江淹、鮑照。}相顧免無兒。_{晉書鄧攸傳：天道無知，使伯道無兒。謂公與曜皆有子傳其詩，惟此一端堪慰耳。}

觀一相字，知上七句俱是兩人合說。

是招畢飲小簡，坦率開宋人之先。

題鄭十八著作丈

_{鄭虔時貶台州司戶。朱注：鄭以陷賊得罪，故題此詩以澆雪之也。杜臆：觀結句，丈下疑脫故居二字。}

台州地闊海冥冥，雲水長和島嶼青。亂後故人雙別淚，春深逐客一浮萍。_{就當下喫起}_{四句憮舊}酒酣懶舞誰相拽，詩罷能吟不復聽。第五橋邊流恨水，皇陂岸北結愁亭。_{第五橋、皇子陂注俱見二卷。公昔與鄭同游何將軍山林，此追憶其事也。}賈生對鵩傷王傅，_{四句辮冤}_{賈誼鵩鳥賦序：誼爲長沙王太傅，三年，有鵩飛入舍，止於坐隅，鵩似鴞，不}

張云：七排如此流轉如意爲難。

蔣云：是讀書人最不幸結局，千古大家一哭。

仇云：寫鷹能訴冤於鶻事甚奇，寫鶻能爲鷹報響事更奇。

懷直道，也。下音。霑新國用輕刑。朱注：是時六等定罪，虔貶台州，於刑爲輕矣。然虔稱風稜，以密章達靈武，不當議罪，故公於此深惜之。蘇武看羊陷賊庭。注見三卷。以比虔之不附賊也。可念此翁祥鳥也。誼以謫居卑濕，自傷悼，以爲壽不得長，乃爲賦以自廣。此句比虔之貶官。

衡實恐遭江夏，禰衡爲江夏太守黃祖所殺，注見一卷。方朔虛傳是歲星。漢武內傳：西王母使者至，朔死，使者曰：朔是木帝精，爲歲星下游人中，以觀天下，非陛下臣也。二句憂其遂貶死台州。又禰以喻其狂，方朔喻上之不見知也。窮巷悄然車馬絕，結到故居住長安志：韓莊在韋曲之東，鄭莊又在其東南，鄭十八虔之居也。李商隱有過鄭虔舊隱詩：案頭乾死讀書螢。晉書：車胤囊螢讀書。

義鶻行

陰崖有蒼鷹，養子黑柏顛。白蛇登其巢，吞噬恣朝餐。雄飛遠求食，雌者鳴辛酸。力強不可制，黃口無半存。其父從西歸，翻身入長烟。斯須領健鶻，痛憤寄所宣。謂痛憤之心，託於宣訴。斗上捩寫出練結猛勢切。孤影，嚄古弔切哮許交切來九天。嚄哮，吼

畫鶻行

高堂見生鶻，颯爽動秋骨。朱注：秋骨，鶻至秋而善擊也。初驚無拘攣，何得立突兀！○邵云：便爾生動。言鶻無條鏇拘拘

修鱗脫遠枝，巨顙拆老拳。朱注：如有段氣英風凶勁紙上。巨顙，白蛇之頭；老拳，鶻翼下勁骨也。晉載記：石勒引李陽臂笑曰：往日厭卿老拳，卿亦飽孤毒手。得蹭蹬，言下墜也。短草辭蜿蜒。折尾能一掉。左傳：尾大不掉。飽腸皆已穿。生雖滅衆雛，且怒曰死亦垂千年。言蛇雖滅衆鷄，旋死於義鶻，可垂鑒千年之後也。笑鳥最，急難心炯然。謂義鶻。 功成失所往，一作在。又拈出奇中之奇用舍何其賢！近經灛水湄，漢書音義：灛水陂西北流入渭。水在長安杜陵，自皇子陂西北流入渭。此事樵夫傳。飄蕭覺素髮，凜欲衝儒冠。史記：藺相如髮上衝冠。人生許沈云：與分，去聲。只在顧盼間。聊爲義鶻行，一作激壯士肝。漫叟詩話：肝主怒，故曰永激壯士肝。

記異之作，憤世之篇，便是聾政荆軻諸傳一樣筆墨，故足與太史公爭雄千古。得之韻言，尤爲空前絕後。○王嗣奭曰：借端發議，時露作者品格性情。

王仲樵云：直目此鶻爲魯仲連輩人矣。

鍾伯敬云：是近臣謝表。

乃知畫師妙，巧刮造化窟。寫此神俊姿，充君眼中物。烏鵲滿樛枝，軒然恐其出。側腦看青霄，寧為眾禽沒。長翮如刀劍，人寰可超越。乾坤空崢嶸，高曠。也。粉墨且蕭瑟。緬思雲沙際，自有烟霧質。即就畫鶻寄慨。結法又別。舞鶴賦：烟交霧凝，若無毛質。吾今意何傷，顧步獨紆鬱。言真鶻當高舉雲沙，而此鶻獨不能飛去，故未免鬱鬱傷懷耳。公殆自喻其志之不得伸乎？

仇滄柱云：首八句從生鶻突起轉到畫鶻，頓挫生姿。以下烏鵲恐其出擊，疑於真鶻矣，乃仰天而不肯沒去，則畫鶻也。長翮可任超越，又疑真鶻矣，乃墨痕空帶蕭瑟，則仍畫鶻也。語意層層跌宕。

端午日賜衣

宮衣亦有名，亦字有出自望外意。端午被恩榮。細葛含風軟，香羅疊雪輕。自天題處承。首聯。濕，題，謂題名衣上也。當暑著來清。意內稱身，長短，終身荷聖情。結聯。作恰稱。善致感恩意。見賜之新。

酬孟雲卿 唐詩紀事：孟雲卿河南人，與杜子美、元次山最善。浦注：此出華州將行時作，雲卿亦當有他行也。

樂極傷頭白，更長愛燭紅。○○○○○言不肯睡也。相逢難袞袞，告別莫匆匆。但恐天河落，寧辭酒盞空？明朝牽世務，揮淚各西東。

首二委折入情，全首眞切。

杜詩鏡銓卷五

乾元中,公出為華州司功,棄官客秦州作。

至德二載,甫自京金光門出間道歸鳳翔。乾元初,從左拾遺移華州掾,與親故別,因出此門,有悲往事

長安志:唐京師外郭城西面三門::北開遠,中金光,南延平。唐書:華州華陰郡屬關內道,在京師東一百八十里。按:公去歲疏救房琯,琯雖罷相猶在朝。至乾元元年六月,琯貶邠州刺史,公遂以琯黨出,自是不復至京師矣。

此道昔歸順,謂赴行在。西郊胡正煩。至今猶破膽,應有未招魂。近侍歸京邑,

此句言去拾遺而赴華州也。華五字怨。而不怨

陰為京師旁縣,故曰京邑。

移官豈至尊。無才日衰老,駐馬望千門。

顧宸遠云:移官豈至尊,不敢歸怨於君也。當時讒毀,不言自見。又以無才自解,更見深厚。○趙汸云:結句言雖遭貶黜,不忘朝廷也。

首四句明述已忠心苦節,妙在不露。

寄高三十五詹事

唐書:至德二載,高適除揚州大都督府長史,淮南節度使。李輔國惡其才,數短毀之,下除太子少詹事。

一九七

安穩高詹事,兵戈久索居。時來知宦達,歲晚莫情疏。天上多鴻雁,池中足鯉魚。相看過半百,不寄一行書?

應晚字

張云:二句跟懸高來,一明一暗,景各入妙。

浦二田云:慰而候之,後四若作怪詞,彌見交厚。

題鄭縣亭子

唐書:華州倚郭爲鄭縣。老學菴筆記:華之鄭縣有西溪,在官道旁七八十步,澄深可愛,亭曰西溪亭,即杜詩鄭縣亭子。

鄭縣亭子澗之濱,戶牖憑高發興新。雲斷岳蓮臨大路,

邊歇起上 承

書:岳蓮西岳蓮花峯也。晉書:檀道濟伐後秦至潼關,秦遣姚鸞屯大路,絕道濟糧道。通鑑注:自澠池西入關有兩路;南路由回谿阪,自漢以前皆有之。曹公惡南路之險,更開北路,遂以北路爲大路。句言雲斷故山容露出。

天晴宮柳暗長春。

寰宇記:周宇文護所築。 唐書:同州朝邑縣有長春宮。

巢邊野雀欺羣燕,花底山蜂趁遠人。

近歇起下 如畫

二句寓意君子孤危,小人趨媚,故不免自傷幽獨耳。

更欲題詩滿青竹,晚來幽獨恐傷神。

望岳

唐書:華陰縣有華山。

西岳崚嶒竦處尊,諸峰羅立似兒孫。〈一作奇〉安得仙人九節杖,〈劉根外傳:漢武帝登少室,見一女子以九節杖仰指日。真誥:楊羲夢蓬萊仙翁拄赤九節杖而視白龍。〉拄到玉女洗頭盆?〈詩舍神霧:華山上有明星玉女,手持玉漿,得上服之,即成仙,道險僻不通。集仙錄:明星玉女居華山,祠前有五石臼,號曰玉女洗頭盆。其中水色碧綠澄澈,不溢不耗。〉車箱入谷無歸路,〈寰宇記:車箱谷一名車水渦,在華陰縣西南,深不可測。此句言其回〉箭栝〈等〉通天有一門。〈韓非子:秦昭王令工施鉤梯而上華山,以松柏心爲博箭,勒之曰:王與天神博於此。又岐山有箭筈嶺,詩或借用其字,以形山之險峻。朱注:以箭栝爲列柏之訛,亦恐未然。水經注:華山中路名天井,縈容人行,迂迴頓曲而上,可高六丈餘。山上有微涓細水,流入井中,上者皆所由涉,更無別路,所謂有一門也。〉稍

待秋風涼冷後,高尋白帝問眞源。〈洞天記:華山名太極總仙之天,即少昊爲白帝治西岳。梁劉孝儀詩:降道訪眞源。〉

邵子湘云:語語是望岳,筆力蒼老渾勁,此種氣候極難到。○黄白山云:玉女洗頭盆五字本俗,先用九節杖引起,而句法更覺森挺,有擲米丹砂之巧。

早秋苦熱堆案相仍

七月六日苦炎蒸,對食暫餐還不能。每愁夜中自足蠍,況乃秋後轉多蠅。

邵云:作律詩饒兀老。

束帶發狂欲大叫,簿書何急來相仍。南望青松架短壑,江淹詩:風散松架險。注:松橫生曰架。安

得赤腳踏層冰?

張上若云:公以近侍出爲外橡,簿書瑣悉,非所能堪,故因苦熱欲棄官南遊以避之也。

觀安西兵過赴關中待命二首 二字,史筆

緒。浦注:此自懷州赴闕,道經華州,乃八月以前未赴討時事。

通鑑:乾元元年六月,李嗣業爲懷州刺史充鎮西北庭行營節度使,八月,同郭子儀等將步騎二十萬討安慶

四鎮富精銳,舊唐書:龜茲、畋沙、疏勒、焉耆四鎮都督府,皆安西都護所統。摧鋒皆絕倫。還聞獻士卒,足以靜風塵。老馬夜知道,韓非子:齊桓公伐孤竹還,迷失道,管仲曰:老馬之智可用也。乃放馬而隨之。蒼鷹饑著人。晉載記:慕容垂猶鷹也,饑則附○李○云○五○六。寫惡盡妙人,飽則高飛。朱注:老馬饑鷹比其慣戰而深入。今按著人,譬樂爲主用也。臨危經久戰,唐書:嗣業討小勃律,執一旗,緣險先登,力戰大破之。及收西京時,官軍幾敗,嗣業執長刀陷陣,賊遂潰。用急始如神。邵長蘅云:急字兵法所謂巧遲不如拙速也,一作意非。

起勢突兀。

奇兵不在眾，萬馬救中原。談笑無河北，唐書：河北道領孟、懷、魏、博、相、衞、貝、澶等二十九州。時安慶緒據相、衞、心。奇肝奉至尊。孤雲隨殺氣，飛鳥避轅門。竟日留歡樂，城池未覺喧。其軍威，其節制。

下二句言

留花門 唐地理志：甘州寧寇軍東北有居延海，又北三百里有花門山堡，又東北千里至回紇衙帳。舊唐書：肅宗還西京，葉護辭歸。奏曰：回紇戰兵留在沙苑，今且歸靈夏取馬，更為陛下收范陽餘孽。浦注：此當是寧國出塞後，回紇復遣騎入助時作，故有傾國至之語，諸本失編。

北方一作花門天驕子，漢書匈奴傳：胡者天之驕子也。飽肉氣勇決。漢匈奴傳：匈奴居北邊，君王以下咸食畜肉，衣其皮。高秋馬肥健，挾矢射漢月。自古以為患，詩人厭薄伐。言常勞侵伐。脩德使其來，羈縻固不絕。胡為傾國至？出入暗金闕。中原有驅除，隱忍用此物。張溍云：此物二字言不得比於人類也。公主歌黃鵠，漢西域傳：元封中，以江東王建女為公主，妻烏孫。公主悲愁作歌曰：居常土思兮心內傷。願為黃鵠兮歸故鄉。舊唐書：乾元元年七月，上以幼女寧國公

其二句言

首敘花門氣習
強梁可畏。
此段敘古來馭
夷，正見當時
相反，可當名
臣奏議。
此下寫其騷擾
剽悍之狀。

杜詩鏡銓卷五

二〇一

主妻回紇可汗,送至咸陽磁門驛,公主辭訣曰:國家事重,死且無恨。上流涕而還。**君王指白日。連雲屯左輔,**謂沙苑。**百里見積雪。**樓鑰曰:回紇之俗,衣冠皆白。又朱注:回紇旗幟用白,故云。

長戟鳥休飛,哀笳曙幽咽。田家最恐懼,麥倒桑枝折。沙苑臨清渭,泉香草豐潔。渡河不用船,千騎常撇烈。上林賦:騰撇列。**雜種抵京室。**雜種即指回紇,舊注非。

胡塵踰太行,逖征記:太行山首始河內,自河內至幽州凡有八陘。按:連山中絕曰陘。浦注:胡塵謂安史,時慶緒在鄴,猶據七郡地,皆在太行之旁。**花門既須留,原野轉蕭瑟。**

張上若云:經國之計,憂深慮遠,豈尋常韻言可及。○唐仲言曰:肅宗以回紇兵收京,久留不遣。子美慮其為害而作是詩。公主君王二語,說得可憐可羞;田家原野二語,說得亦憂亦憤。

九日藍田崔氏莊

唐書:藍田縣屬京兆府,在長安東南七十里。

老去悲秋強自寬,興來今日盡君歡。許。曲。折。**羞將短髮還吹帽,笑倩旁人為正冠。**用。事。入。化。王隱晉書:孟嘉為桓溫參軍,九日溫遊龍山寺,風至,吹嘉帽落,溫命孫盛為文嘲之。**藍水遠從千澗落,**三秦記:藍田有川,方三十里,其水北流,出玉石,合溪谷之水

四句總收。

陳後山云:顏聯文雅曠達,不減昔人,故韻詩非力學可致,正須胸中

度世耳。

看字卽指茱黃,意更微妙。

邵云:格老而秀。

爲藍水。

玉山高並兩峰寒。朱注:玉山卽藍田山也。華山志:岳東北有雲臺山,兩峯崢嶸,四面懸絕,上冠景雲,下通地脈。藍田山去華山近,故曰高並兩峯寒,寒字見秋光蕭瑟意。明年此會知誰健?醉把茱萸仔細看。西京雜記:漢武宮人賈佩蘭,九日佩茱萸,飲菊花酒,令人長壽。

異鄉佳節,寫得十分慷慨纏綿。○楊誠齋云:此詩句句字字皆奇,唐律如此者絕少。首聯對起,方說悲,忽說歡,頃刻變化。領聯將一事翻騰作兩句,嘉以落帽爲風流,此以不落爲風流,最得翻案妙法。人至頸聯,筆力多衰,復能雄杰挺拔,喚起一篇精神。結聯意味深長,悠然無窮矣。

結處仍與老去悲秋相應靜字承

崔氏東山草堂。邵注:東山卽藍田山,又名玉山,在長安藍田縣東南。王維輞川莊在藍田,必與崔莊東西相近。

愛汝玉山草堂靜,高秋爽氣相鮮新。有時自發鐘磬響,落日更見漁樵人。王阮亭云:領聯止正承

盤剝白鴉谷口栗,長安志:白鴉谷在藍田縣東南,中有翠微寺,其地宜栗。飯煮青泥坊底芹。按芹韻在十二文,疑當作蓴字。長安志:青泥城在藍田縣南,又青泥驛在縣郭下。邵注:飯煮芹謂菜雜米爲飯也。朱注:公贈維詩,窮愁應有作,試誦白頭吟。維之再仕必非得志者,故此以柴門空鎖諷其歸老藍田也。何爲西莊王給事,柴門空閉鎖松筠?王維傳:乾元中,晚年得宋之問藍田別墅,在輞川。

青泥城在藍田縣南,又青泥驛在縣郭下。邵注:飯煮芹謂菜雜米爲飯也。

杜詩鏡銓卷五

二〇三

王右仲云：前詩悲壯，此篇蕭散，各見其妙。

瘦馬行

舊注：爲房相作。蔡興宗云：是華州詩，詳其語意，似是罷拾遺後作此自況。

東郊瘦馬使我傷，骨骼_音_{下再細說}硉兀如堵牆。絆之欲動轉欹側，此豈有意仍騰驤？_{開口先極致嗟歎形容}細看六印帶官字，_{唐六典：諸牧監馬皆印，印右髀以小官字，右髀以年辰，尾側以監字印其左髀髀；細馬、次馬，以龍形印印其項左；送上乘者，尾側印以三花。若形容端正，擬送上乘，不用監名。二歲始春，則量其力，以飛}衆道三軍遺路旁。皮乾剝落雜泥滓，毛暗蕭條連雪霜。去歲奔波逐餘寇，驊騮不慣不得將。士卒多騎内廄馬，惆悵恐是病乘黃。_{唐六典：乘黃，署令一人。}當時歷塊誤一蹶，_{王襃頌：過都越國，蹶如歷塊。}委棄非汝能周防。見人慘澹若哀訴，失主錯莫無晶光。天寒遠放鴈爲伴，日暮不收烏啄瘡。誰家且養願終惠，更試明年春草長。_{赭白馬賦：願終惠養，蔭本支兮。}

張云：雖是借題寫意，而寫病馬寂寞狠狠光景亦盡。

劉須溪云:展轉沉着,忠厚惻怛,感動千古。

遣興三首

我今日夜憂,諸弟各異方。不知死與生,何況道路長。避寇一分散,饑寒永相望。豈無柴門歸?欲出畏虎狼。仰看雲中鴈,禽鳥亦有行。

仇云:思兄弟也。

蓬生非無根,漂蕩隨天風。天寒落萬里,不復歸本叢。客子念故宅,三年門巷空。悵望但烽火,戎車滿關東。生涯能幾何,常在羈旅中!

念故居也。

昔在洛陽時,親友相追攀。送客東郊道,遨遊宿南山。烟塵阻長河,樹羽成皋間。迴首載酒地,豈無一日還?丈夫貴壯健,慘戚非朱顏。

懷舊友也。

比用倒煞

謂函關以東。

人。有。此。感。

陸機洛陽記:洛陽四關,東有成皋關,在氾水縣東南。

朱注:言豈無得還之日,特悲非壯健耳。

杜詩鏡銓 卷五

二〇五

毛西河云：追憶告語如訴，且於敘事擴意中不廢壯浪跳擲之致，與劉白相去何等。

由來只在四字，含許多悵望意，不勝君門萬里之感。

公諸遣興詩，亦自漢魏出，但蹊徑易尋，不及漢魏之縱橫變化耳。

至日遣興，奉寄北省舊閣老、兩院故人二首。通典：唐謂門下中書爲北省。

去歲茲辰捧御牀，五更三點入鵷行。欲知趨走傷心地，趨謁上官。正想氤氳。句言心意迷亂，正寫窮愁之況，似不必拘定詩旨。

滿眼香。無路從容陪笑語，有時顛倒著衣裳。

一作錯。憶窮愁日，日日。一作愁愁隨一線長。歲時記：魏晉間，宮中以紅線量日影，冬至後日影添長一線。何人卻

憶昨逍遙供奉班，去年今日侍龍顏。麒麟不動爐烟上，舊注：晉禮儀：大朝會卽填宮皆以金鍍九尺麒麟

香爐。上，謂騰上。孔雀徐開扇影還。六典：大朝會則孔雀扇一百五十有六。仇注：初

升御座則合扇，旣升則羽扇兩開而影還左右矣。玉几由來

天北極，顧命：皇后遷玉几。西京雜記：天子

玉几，冬則加錦其上，謂之締几。朱衣只在殿中間。唐會要：李適之奏：冬至大

禮朝參，幷六品清官服

朱衣，以下通服袴褶。孤臣此日腸堪斷，愁對寒雲雪白。一作滿山。

邵云：詩代尺牘，亦自有致。

蔣弱六云：兩作俱首尾呼應，另為一格。○前首悵懷，次首追溯。前首全用虛筆，次首全用實筆。結處一愁將來，一愁當下，亦相表裏。

路逢襄陽楊少府入城，戲呈楊四員外綰

原注：許員外為求茯苓。○傳：綰字公權，華州華陰人。"肅宗卽位"，除起居舍人歷司勛員外郎。此下六首皆冬自華歸東都途次作。

寄語楊員外，山寒少茯苓。唐書：華州上輔，土貢茯苓茯神。唐本草：茯苓第一出華山，形極龐大。歸來稍暄暖，當為斸青冥。說文：斸，斫也。圖經本草：茯苓生大松下，二月八月采，陰乾。翻動神仙窟，封題鳥獸形。陶隱居本草：茯苓形如鳥獸龜鼈者良。兼將老藤杖，扶汝醉初醒。仇注：藤杖亦華山所產，楊必嗜酒，故結用以戲之。

贈衛八處士

人生不相見，動如參與商。左傳：遷閼伯於商邱主辰，故辰為商星。遷實沈於大夏主參，故參為晉星。曹植詩：曠若參與商。今夕是何夕，共此燈燭光？少壯能幾時？鬢髮各已蒼。訪舊半為鬼，驚呼熱中腸。

問我來何方下,他人必尚有數句,看他翦裁淨鍊之妙。結處對處士感客子,隱然無限。

張云:寫途中風沙之苦,字字逼真。

焉知二十載,重上君子堂?昔別君未婚,男女忽成行。怡然敬父執,問我來何方。問答未及已,兒女羅酒漿。夜雨翦春韭,新炊間黃粱。

蔣云:處士家風宛然。

聞一作黃粱。舊注:招魂:稻粢稻麥,挐黃粱些。注:挐,糅也。此詩間字即挐字之義。按本草:黃粱香美,逾於諸粱,號為竹根黃,以和而柔姸且香滑也。主稱會面難,一舉累十觴。

十觴亦不醉,感子故意長。明日隔山岳,世事兩茫茫!

張上若云:全詩無句不關人情之至,情景逼真,兼極頓挫之妙。

冬末以事之東都,湖城東遇孟雲卿,復歸劉顥宅宿,宴飲散因為醉歌

唐書:湖城縣屬虢州,漢湖縣,後改湖城。水經注:河水又北逕湖縣東,故曰河縣。

疾風吹塵暗河縣,行子隔手不相見。

隔手謂以手遮目。

湖城城東一開眼,駐馬偶識雲卿面。

順出孟,逆出劉。

向非劉顥為地主,懶迴鞭轡成高宴。劉侯歡我攜客

來，置酒張燈促華饌。且將款曲終今夕，休語艱難尚酣戰。時九節度之師圍安慶緒於鄴。

○鍊○句○襯○出○佳○景○。

照室紅爐促曙光，榮膻素月垂文練。謝莊詩：秋月明如練。天開地裂長安陌，朱注：按京房易占：天開陽

○二○句○時○事○交○情○兩○面○寫○到○。

不足，地裂陰有餘，皆兵起下害上之象。寒盡春生洛陽殿。寒盡春生，喻亂極將治。二句言長安昔爲賊陷，今則洛陽幷收復也。

同軌，可惜刻漏隨更箭。人生會合不可常，庭樹雞鳴淚如綫。一作霰。古別離：雞鳴張衡豈知驅車復

○三○人○合○結○。

盧德水云：公既飲畢而去，又拉孟而回，寫出賓主忘形，從殘局中翻出新興。此段光景，至今令人迴環，詩欲不佳得乎？

庭樹枝，客子振衣起。別淚落如霰，相顧不能止。

閿音文。鄉姜七少府設鱠，戲贈長歌元和郡國志：閿鄉本漢湖縣地，隋開皇中移湖城縣於今所，改名閿鄉，屬陝州。唐屬虢州。

姜侯設鱠當嚴冬，昨日今日皆天風。河凍未漁一作味。不易得，潘淳詩話：韓玉汝云：河中府三面黃河，惟有味魚，似鯽而肥短，味亦美。鑿冰恐侵河伯宮。饔人受魚鮫人手，西征賦：饔人細切，鸞刀若飛。鮫人謂捕魚者。洗魚

磨刀魚眼紅,言猶生也。無聲細下飛碎雪,言猶生也。有骨已剉觜追音。春蔥。朱注:廣韻:剉,斫剉也。
鱠,噪也。剉其骨使鱠如春蔥,言尖而脆也。偏勸腹腴愧年少,說文:腴,腹下肥也。愧年少,卽艱難愧深情意。軟炊香飯緣老翁。落
箸同。何曾白紙溼,張溍注:礁,割魚之案石。白紙溼,凡作鱠以灰去血水,又用紙以隔灰也。齊民要術:切鱠不得洗,洗則鱠溼。放箸未覺金
盤空。放箸謂縱意食之,上句言制治之精,此句言供之侈。新歡便飽姜侯德,清觴異味情屢極。東歸貪路
自覺難,欲別上馬身無力。杜臆:貪路本宜急往,今反覺難行而上馬無力者,以不忍相別故也。可憐為人好心事,於
我見子真顏色。不恨我衰子貴時,悵望且為今相憶。末二句言後日窮通皆可不論,只今情誼長足相憶耳。

俗事雅句,寫得出色。

蔣云:全在顏色上看,禮輕人意重也,此一篇微意所在。

戲贈閿鄉秦少府短歌

去年行宮當太白,在鳳翔。朝回君是同舍客。同心不減骨肉親,每語見許文章
伯。今日時清兩京道,謂東西京俱收。相逢苦覺人情好。昨夜邀歡樂更無,多才依

舊能潦倒。

嵇康書：知吾潦倒，不切事情。此承上邀歡句，"潦倒"當指酣嬉淋漓意，舊說俱支離。

李云：朴老中有激發之致。

李鄠縣丈人胡馬行

丈人駿馬名胡騮，前年避胡過金牛。揚雄蜀王記：秦欲伐蜀無路，遣人告蜀王曰：秦有金牛，其糞成金。蜀王使五丁力士開山路通，秦遂取蜀，因號其國曰金牛。舊唐書：梁州金牛縣，漢葭萌地，此指其扈從明皇入蜀。迴鞭卻走見天子，朝飲漢水暮靈州。漢水在漢中近蜀，靈州即靈武，乃肅宗即位處，此言其走謁肅宗。自矜胡騮奇絕代，乘出千人萬人愛。一聞說盡急難才，

趙注：急難才，如劉備的顱躍過檀溪，以免劉表之追；劉牢之馬跳五丈澗，以免慕容之逼。此處指避胡言。

迴盆愁向駑駘輩。自傷所乘皆駑駘也。頭上銳耳批秋竹，注見一卷。脚下高蹄削寒玉。言其堅有如削玉。始知神龍別有種，不比凡俗一作載馬空多肉。洛陽大道時再清，累日喜得俱東行。鳳臆麟一作龍。鬐未易識，記：苻堅時大宛獻千里駒，朱鬐五色，鳳臆麟身。側身注目長風生。

張云：側身注目，寫出英雄未遇，磊落自賞光景。

憶弟二首

原注:時歸在河南陸渾莊。〈唐書〉:陸渾縣屬河南府。

喪亂聞吾弟,饑寒傍濟州。濟州在河南之東。惟共水東流。憶昨狂催走,言避亂之時。無時病去憂。言憂弟之病無時解去也。即今千種恨,

浦注:時河南雖復,而討鄴之兵尚往來不絕。

前有得舍弟消息詩云:人稀書不到,兵在見何由。近有平陰信,即此。

且喜河南定,不問鄴城圍。百戰今誰在?三年望汝歸。故園花自發,春日鳥還飛。斷絕人烟久,東西消息稀。

仇滄柱云:次首申上首意,上四望弟歸鄉,承前兵在見何由;下四望弟音書,承前人稀書不到。

李云:高處每以淡語寫悲情。

得舍弟消息

起句又轉一意,語出至情,不嫌樸率。

亂後誰歸得,他鄉勝故鄉。直為心厄苦,久念與存亡。言與之俱為存亡也。汝書猶在壁,汝妾已辭房。舊犬知愁恨,垂頭傍我牀。

蔣云:後半即是念與存亡感觸處,妾亡之一,書、犬、我皆是存之一也。

觀兵

乾元元年十一月,郭子儀等九節度討安慶緒圍鄴城,此方赴討時作。

北庭送壯士,貔虎數尤多。二句完題 顧注:北庭謂李嗣業,時統四鎮之兵,故曰尤多。精銳舊無敵,邊隅今若何?二句用詰問開下

朱注以邊隅為鄴城,浦注謂指延州雁門等,今按只渾說為是。妖氛擁白馬,二句陳邊隅形勢南史侯景傳:童謠曰:青絲白馬壽陽來。時史思明自范陽引兵來救慶緒,陷魏州。莫守鄴城下,斬鯨遼海波。二句設策 遼東南臨渤海,故曰遼海。言當直搗范陽傾思明之巢穴,則彼將自顧不暇,援兵絕而鄴城亦可拔,不當因守鄴城,老師乏餽以待思明之救也。公詩司徒急為破幽燕,即此意。漢書古鼎銘:賜爾旂鸞,黼黻珮戈。仇注:郭子儀曾為副元帥收復東京,又元勳當有珮戈之賜,今望朝廷以元帥授子儀,故云。待珮戈。元帥

此如諸將五首之類,皆以議論為詩,具見才識。○是時頓兵鄴城,軍無統制,公早知其有覆敗之患,故借所見嗣業之兵以發之。

想見空城無人，浮葬其中，不勝懷惻。

正意反從喻意帶出，亦屬變格。

不歸

河間尚征戍，汝骨在空城。唐書：河間郡屬河北道，公從弟必死於河間。從弟人皆有，終身恨不平。

數金憐俊邁，蔡夢弼曰：數金，謂幼時識數錢也。漢時童謠有河間姹女工數錢語，公偶憶弟幼時聰慧，與河間事相合，故及之。總角愛聰明。面

上三年土，春風草又生。獨立 此因獨立偶有所見而作，又凡題有不便明言者，則摘詩內字爲題。

空外一鷙鳥，河間雙白鷗。飄颻搏擊便，容易往來遊。仇注：鷙鳥方恣行搏擊，白鷗可容易往來乎？危

草露亦多溼，蛛絲仍未收。意，二句較上更深一層。天機近人事，獨立萬端憂。

疾讒也，若詩之有比體。○劉須溪云：此必有幽人受禍而羅織仍未已者，如太白、鄭虔諸人。今按當指房琯、嚴、賈輩，後有寄賈嚴兩閣老詩云：浦鷗防碎首，霜鶻不空拳。語意正相似也。

洗兵馬 原注：收京後作。左思魏都賦：洗兵海島，刷馬江洲。浦注：時慶緒圍困，官軍勢張，公在東都作此詩以鼓其氣，多欣喜願望之語，當在相州未潰時。

中興諸將收山東，〔從本事敘起〕山東，河北也，注見一卷。捷書夜報清晝同。見報之的。河廣傳聞一葦過，胡危命在破竹中。杜預傳：今兵威已振，勢如破竹，數節之後，迎刃而解。〔郭子儀自杏園渡河至獲嘉，破安太清。太清走保衞州，子儀進圍之，遣使告捷。魯炅、季廣琛、崔光遠與李嗣業兵皆會於衞。慶緒來救，復大破之，遂拔衞州，追至鄴，許叔冀、董秦等皆引兵繼至。慶緒收餘兵拒戰於愁思岡，又敗。慶緒乃入城固守，子儀等圍之。〕祇殘鄴城不日得，〔舊唐書：相州屬河北道，天寶改鄴郡，乾元改鄴城。〕獨任朔方無限功。朱注：是時命九節度討安慶緒，又以魚朝恩為觀軍容使，雖圍相州，而兵柄不一。此曰獨任朔方無限功，蓋舉前事以風之，欲其專任子儀也。〔舊唐書：祿山反，以郭子儀為靈武太守充朔方節度使，自陳濤斜之敗，帝惟倚朔方軍為根本。〕京師皆騎汗血馬，回紇餧〔插人○四○句○尤○極○帥〕食委肉蒲萄宮。漢張耳傳：如以肉餧虎何益。即留花門所謂飽肉氣勇決也。〔揚順宕之致〕匈奴傳：元帝元壽二年，單于來朝，舍之上林苑蒲萄宮。通鑑：是年八月，回紇遣驍騎三千助討安慶緒，上命僕固懷恩領之。已喜皇威清海岱，〔插○八○句○尤○帥〕禹貢：海岱惟青州，海岱與燕冀接壤。朱注：蕭宗自馬嵬經彭原、平涼至靈武，合兵興復，道必由崆峒，及南回，亦自原州入。此欲常思仙仗過崆峒。括地志：笄頭山一名崆峒山，在原州平涼縣西百里。

唐仲言云：洗兵馬一篇有典有則，雄渾闊大，足稱唐雅。鄴城竟以無元帥致潰。安不忘危，大臣之識。

杜詩鏡銓

其以起事艱難爲念也。

三年笛裏關山月，{月},傷離別也。{樂府解題：關山}**萬國兵前草木風。**{再詳敘諸將品評,}{不苟}{晉載記：苻堅與苻融登城而望,見八公山}

草木皆類人形，風聲鶴唳，疑以爲兵。此言與師以來，笛咽關山，兵驚草木，征戍之勤，鋒鏑之慘，爲不可忘也。

成王功大心轉小，{唐書：廣平王俶進爵楚王,徙封成王,}

乾元元年四月立爲皇太子。浦注：收復兩京廣平爲帥，今圍鄴未與，而詩首及之者，誌元勳尊主器也。

郭相謀深古來少。{子儀時進中書令。}**司徒清**

鑒懸明鏡，李光弼先加檢校司徒。

尚書氣與秋天杳。王思禮時遷兵部尚書，公哀思禮詩云：爽氣春淅瀝，與此詩語合。

爲時出，整頓乾坤濟時了。東走無復憶鱸魚，翻用張翰語。**南飛覺有安巢鳥。**用

靑春復隨冠冕入，紫禁正耐烟花繞。鶴駕通宵鳳輦備，

魏武{劉須溪云：有氣骨,}{有風韻。}

太子之駕曰鶴駕。唐書儀衞志：輦有七，一曰大鳳輦。雞鳴問寢龍樓曉。漢書：上嘗急召，太子出龍樓門，不敢絕馳道。張晏曰：門樓上有銅龍，若白鶴飛廉之爲名也。雍錄：桂宮南面有龍樓門。言鶴駕通宵，備鳳輦以迎上皇，雞鳴報曉，趨龍樓以伸問寢也。蓋移仗事雖在後，而是時張李用事，重整朝儀，人主復脩子道，皆將見之寇盡之餘，語亦以頌寓規。靑春當已有先見其端者，與收京詩：文思憶帝堯同旨，此更以濫恩宜抑引起任相需賢正見公忠愛切摯處。深文固非，即泛說亦非也。

攀龍附鳳勢莫當，天下盡化爲侯王。

蔡聞之云：是時將帥恃功驕

邵云：鶴駕二句，自見書法。

王西樵云：氣勢如春潮三折，排山倒海。

縱,必釀尾大不掉之禍,先生豫知之,故正詞以警。

鎬之才勝於琯,乃公所尤注意,以贊中興者,故申說獨詳。

漢書敍傳:攀龍附鳳,並乘天衢,雲起龍驤,化爲侯王。

汝等豈知蒙帝力?時來不得誇身強。朱注:時加封扈從功臣,二句卽介之推貪天功以爲己力意。

關中旣留蕭丞相,史記蕭何傳:漢王引兵東定三秦,何以丞相留收巴蜀,使給軍食。蕭丞相謂房琯自蜀奉冊,留相肅宗。一說:蔡夢弼謂指杜鴻漸。唐書:肅宗按軍平涼,鴻漸首建朔方興復之謀,且錄軍資器械儲廥上之。肅宗喜曰:靈武吾關中,卿乃吾蕭何也。按鴻漸爲人無勳德,且非公所喜,自當指琯爲是。

張子房,謂張鎬也。至德二載,琯罷相,以張鎬代。

風雲會,扶顚始知籌策良。舊唐書:張鎬風儀魁岸,廓落有大志,自褐衣拜左拾遺。玄宗幸蜀,徒步扈從,玄宗遣赴行在,至鳳翔,奏議多有宏益,拜諫議大夫,尋代房琯爲相。封氏聞見記:張鎬起自布素,不二年而登宰相,正身特立,不肯苟媚閹人,羣閹疾之,稱其無經濟才,改荆府長史。朱注:按史是年五月鎬已罷相,此盛稱其籌策者,惜其去而功不就也。觀史思明許叔冀之叛,鎬先料之,則比以子房,豈爲過哉。

青袍白馬更何有,南史侯景傳:先是大同中童謠曰:青絲白馬壽陽來。景渦陽之敗,求錦,朝廷給以青布,悉用爲袍。以漢光周宣比肅宗,言能專用鎬,則餘寇不足平而太平可坐致也。

後漢今周喜再昌。

寸地尺承上天皆入貢,奇祥異瑞爭來送。不知何國致白環,竹書紀年:帝舜九年,西王母來朝,獻白環玉玦。復道諸沈云：結出題目，通篇得力。

山得銀甕。瑞應圖：王者宴不及醉，刑罰中則銀甕出焉。隱士休歌紫芝曲，當指李泌，泌詞人解角。一作撰清時歸衡山。

河頌。南史：宋元嘉中河濟俱清，當時以為瑞，鮑照作河清頌。趙曰：收京後，嵐州、合關河清，蓋紀實事也。

催春種。爾雅：鳲鳩，鶌鶋。注：今之布穀也。御覽：崔實曰：夏扈趣耕鋤，即鵊脂。田家望望惜雨乾，布穀處處

懶，蓋速其成功。城南思婦愁多夢。安城南。淇上健兒歸莫懶，結仍應轉起處淇水在衛地，衛與相州相鄰，指圍鄴之兵也。歸莫

伐紂，風霽而乘以大雨，王曰：天洗兵也。安得壯士挽天河，淨洗甲兵長不用！說苑：武王

此及古柏行多用偶句，對仗工整，近初唐四家體，少陵偶一為之，其氣骨沈雄，則仍係公本色。○朱鶴齡曰：中興大業，全在將相得人，前曰：獨任朔方無限功；中曰：幕下復用張子房，此是一詩眼目。使當時能專任子儀，終用鎬，則洗兵不用，且夕可期，而惜乎肅宗非其人也。王荊公選工部詩以此詩壓卷，其大旨不過如此。若玄肅父子之間，公爾時不應遽加護切。○陶開虞曰：三年笛裏關山月，萬國兵前草木風，雄亮悲壯，恍如江樓聞笛，關塞鳴笳。青春復隨冠冕入，紫禁正耐烟花繞，寫得收京後，春日暄妍，百官忭豫，一種氣象在目。

重題鄭氏東亭字，原注：在新安界。此詩明是亂後無人之景，一片荒涼，且注有在新安界四字，當亦自東都返華時作，諸本失編，今改正。曰重題者，或先有詩而

華亭入翠微,翠微注見四卷。一秋日亂清輝。當作晴暉,與下不複。崩石欹山樹,清漣曳水。紫鱗衝岸躍,蒼隼護巢歸。向晚尋征路,殘雲傍馬飛。

今逸之。

○張協詩:堂上水衣生。注:水衣,苔也。仇注:亭枕山,故有崩石;亭瞰水,故有清漣。

○說:山氣之輕縹也。

顧修遠云:此詩得力處全在詩腰:數實字着一欹字,如見巉巖錯落,着一曳字,宛然藻荇交橫。曰衝岸,則跳突排湧惟恐墮岸;曰護巢,則疾飛急赴惟恐失巢;幷魚鳥精神俱爲寫出,此詩家鍊字法也。

新安吏

原注:收京後作。雖收兩京,賊猶充斥。唐書:新安縣屬河南府。師氏曰:從新安吏至無家別,蓋紀當時鄴師之敗,朝廷調兵益急也。皆乾元二年自東都回華州,道途所經次感事而作。

客行新安道,喧呼聞點兵。借問新安吏:縣小更無丁? 客問 更無丁,言豈無更答 餘丁可遣乎。府帖昨

浦云:起提明點兵,末詳言

軍潰,是首章體。

措詞得體,即詩人父母孔邇意。

杜詩鏡銓

夜下,次選中男行。顧炎武曰:唐制人有丁、中、黃、小之分,天寶三載,令民十八以上為中男,二十三以上成丁。中男絕短小,何以守王城?仇注:唐之東都,即周之王城。肥男有母送,無父在言外尤慘 瘦男獨伶俜。蔣云:就中男中又分出兩種,有母則男肥,絕短小者,類皆無母也。白水暮東流,喻行者。青山猶哭聲。喻居者也。莫自使眼枯,收汝淚縱橫。眼枯卻一作初。極其悲憤。見骨,天地終無情。杜臆:不言朝廷而言天地,諱之也。我軍取相州,即鄴城。日夕望其平。豈意賊難料,歸軍星散營。言軍散各歸其營也。通鑑:九節度圍鄴,自冬涉春,慶緒食盡,克在旦夕,而諸軍既無統帥,城久不下,上下解體。思明自魏州引兵趨鄴,日於城下抄掠,諸軍乏食思潰。三月,戰於安陽河北,大風晝晦,官軍潰而南,賊潰而北。子儀以朔方軍斷河陽橋保東京,築南北兩城而守之。歐事敘得渾 練卒依舊京。即東都也,見非臨陣。掘壕不到水,牧馬役亦輕。此皆言子儀留守之事。況乃王師順,撫養甚分明。仇注:師順則能制勝,撫養則能優恤。送行勿泣血,僕射如父兄。邵云:結意深厚。郭子儀傳:至德二載五月,子儀敗於滻水,詣闕請貶,從司徒降為左僕射。舊注:汾陽在乾元初已進位中書令,此復稱僕射者,本相州之潰舉其初貶之官,亦春秋書法也。洗兵馬則目之曰郭相。

先以惻隱動其君上,後以恩誼勉其丁男,仁至義盡。此山谷所云論詩未覺國風遠也。

潼關吏

雍錄:潼關在華州華陰縣東北,此因相州敗後,築潼關以備寇也。○浦二田云:篇中守王城,依舊京,皆點清成守眉目處。

士卒何草草,勞苦貌。詩疏:草草,勞苦貌。上句言堅,下句言高,其意互見。 築城潼關道。大城鐵不如,小城萬丈餘。朱注:城在山上,故曰萬丈餘。 借問潼關吏:脩關還備胡。張溍云:此在潼關失守之後,故着一還字。 要我下馬行,為我指山隅:連雲列戰格,飛鳥不能踰。戰格即戰柵,所以捍敵者。下八句皆設為關吏之言。 丈人視要處,窄狹容單車。艱難奮長戟,千古用一夫。劍閣銘:一人荷戟,萬夫趦趄。 哀哉桃林戰,左傳:守桃林之塞。注:今潼關是也。元和郡國志:桃林塞自靈寶以西至潼關皆是。 百萬化為魚!請囑防關將,慎勿學哥舒!哥舒翰傳:翰率兵出關,次靈寶縣之西原,為賊所乘,自相踐踏,墜黃河死者數萬人。

石壕吏

王應麟曰:石壕吏蓋陝州陝縣之石壕鎮也。一統志:在今陝州城東七十里。

杜詩鏡銓

李云：響悲意苦，最近漢魏。

暮投石壕村，有吏夜捉人。老翁踰牆走，老婦出門看。吏呼一何怒！婦啼〈頓挫〉一何苦！聽婦前致詞：三男鄴城戍。〈漏逗過老翁家中人〉一男附書至，二男新戰死。存者且偷生，死者長已矣。室中更無人，惟有乳下孫。〈偏一數出〉孫有母未去，出入無完裙。〈一云：孫母未便出，見吏無完裙。〉老嫗力雖衰，請從吏夜歸。急應河陽役，〈朱注：唐書：河陽縣屬孟州，儀兵既潰，用都虞候張用濟策守河陽。〉猶得備晨炊。夜久語聲絕，如聞泣幽咽。〈孫母在內〉天明登前途，獨與老翁別。〈三吏兼問答敍事，三別則純託為送者行者之詞，並是古樂府化境。〉

浦二田云：丁男俱盡，役及老婦，較他首更慘。

新婚別

李安溪云：小窗嚅喏，可泣鬼神，此小戎板屋之遺調。

兔絲附蓬麻，〈比，起〉引蔓故不長。〈一作不固。古詩：與君為新婚，兔絲附女蘿。埤雅：在木為女蘿，在草為兔絲。此言兔絲當施於松柏，今附蓬麻，故引蔓不長也。〉嫁女與征夫，不如棄路旁。結髮為君妻，席不煖君牀。暮婚晨告別，無乃

二二二

太匆忙。君行雖不遠，守邊赴河陽。妾身未分明，何以拜姑嫜？_{漢書：背尊章，嫖以忽。師古曰：尊章謂舅姑也。章與嫜通。}夢弼曰：婦人嫁三日告廟上墳，謂之成婚。婚禮既明，然後稱姑嫜。今嫁未成婚而別，故云。父母養我時，日夜令我藏。生女有所歸，雞狗亦得將。_{用諺語。}君今往死地，沉痛迫中腸。誓欲隨君去，形勢反蒼黃。_{與倉皇同。北山移文：蒼黃反覆。}勿爲新婚念，努力事戎行。婦人在軍中，兵氣恐不揚。_{李陵傳：我士氣少衰而鼓不起者何也！軍中豈有女子乎？搜得皆斬之。}自嗟貧家女，久致_{一作致此。}羅襦裳。羅襦不復施，對君洗紅妝。_{卽誰適爲容意。}仰視百鳥飛，大小必雙翔。人事多錯迕，與君永相望。終望夫婦相聚也。

既勉其夫，且復自勵，乃所謂發乎情止乎禮義者也。

垂老別

四郊未寧靜，垂老不得安。子孫陣亡盡，焉用身獨完？投杖出門去，同行邵云：互相憐痛，聲情宛然。

為辛酸。幸有牙齒存，所悲骨髓乾。男兒既介冑，長揖別上官。仇注：此敍出門時慷慨前往之狀，乃答同行者。周亞夫傳：亞夫持兵揖曰：介冑之士不拜。老妻臥路啼，歲暮衣裳單。孰知是死別？且復傷其寒。此去必不歸，還聞勸加餐。此敍臨別時夫婦繾綣之情，乃對其妻者。土門壁甚堅，浦注：土門未詳所在，大約即在河陽左近，舊引鎮州獲鹿縣之土門關，非是。杏園度亦難。九域志：衞州汲縣有杏園鎮。舊唐書：郭子儀自杏園渡河圍衞州。勢異鄴城下，縱死時猶寬。正深傷鄴城之敗也。人生有離合，豈擇衰盛端。憶昔少壯日，遲迴竟長歎。萬國盡征戍，烽火被岡巒。積屍草木腥，流血川原丹。何鄉為樂土？安敢尚盤桓？棄絕蓬室居，塌然傷肺肝。朱注：土門四句，寬解其妻；人生以下，又自為寬解，而終之以決絕。

無家別

蔣弱六云：通首心事，千迴百折，似竟去又似難去。至土門以下，一一想到，尤肖老人聲吻。

寂寞天寶後,(追敍起)園廬但蒿藜。我里百餘家,世亂各東西。存者無消息,死者爲塵泥。賤子因陣敗,(當卽指鄴城之潰。)歸來尋舊蹊。久行見空巷,日瘦氣慘悽。(日瘦,謂日色無光。)但對狐與狸,豎毛怒我蹄。四隣何所有?一二老寡妻。宿鳥戀本枝,安辭且窮棲。方春獨荷鋤,日暮還灌畦。縣吏(一作令)知我至,召令習鼓鞞。雖從本州役,內顧無所攜。(雖從役本州,內顧而無與離別,則已傷矣。)近行止一身,遠去終轉迷。家鄉旣盪盡,遠近理亦齊。(然總是無家,亦不論遠近矣。此處語意共有三層轉折,強作曠達而愈益悲痛,舊注非。)永痛長病母,五年委溝豁。生我不得力,終身兩酸嘶。(黃生注:詩言內顧無妻也,永痛無母也,母亡妻去,曲盡無家。)人生無家別,何以爲蒸黎?

自六朝以來,樂府題率多摹擬剽竊,陳陳相因,最爲可厭。子美出而獨就當時所感觸,上憫國難,下痛民窮,隨意立題,盡脫去前人窠臼,茖華草黃之哀,不是過也。樂天古樂府秦中吟等篇,亦

劉須溪云:寫至此無復餘恨,可以泣鬼神矣。

浦云:結點題,章法又別,何以爲蒸黎五字,直可作六篇總結。

李云：夏日匪風下泉之慨，夏夜悲天憫人之懷。

追想太平，無限心事，隱然言外。

自此出，而語稍平易，不及杜之沈警獨絕矣。○王嗣奭曰：目擊成詩，遂下千年之淚。一一刻畫宛至，同工異曲，隨物賦形，真造化手也。○盧元昌曰：先王以六族安萬民，使民有室家之樂。今新安無丁，石壕遭嫗，新婚怨曠，垂老訣絕，至戰敗逃歸者亦不免焉。唐之百姓，幾於靡有孑遺矣，其不亡也幸哉。

夏日歎

下三首復歸華州詩。舊唐書：乾元二年四月，以久旱徙市，雩祭祈雨。○按是時關輔饑。

夏日出東北，陵天經中街。朱光徹厚地，鬱蒸何由開？上天久無雷，無乃號令乖。雨降不濡物，良田起黃埃。飛鳥苦熱死，池魚涸其泥。萬人尚流冗，舉目惟蒿萊。至今大河北，化作虎與豺。浩蕩想幽薊，王師安在哉？對食不能餐，我心殊未諧。眇然貞觀初，難與數子偕！

杜臆：夏至日出寅入戌，寅，東北方也。中街謂亭午。又浦注：天官書有街南街北，街南畢主之，街北昴主之，四五月之交，日行正在昴畢之界，故可云中街也。

楚辭：陽杲杲其朱光。

漢書郎顗傳：易傳曰：當雷不雷，陽德弱也。雷者號令，其德生養。

盧注：時李輔國專掌禁兵，制勅皆其所爲，詩曰號令乖，當指此。

漢成帝詔：水旱爲災，關東流冗者衆。散也。

據《安史》所

唐書：幽州

河北道，薊州漁陽郡，皆屬河北道，時方在鄴城潰後。

范陽郡，

蔣云：前首借死漚興起，此卻從自適翻出，各有意境。

夏夜歎

永日不可暮，炎蒸毒中我。[一作腸。]安得萬里風，飄颻吹我裳？昊天出華月，[張云：月。夜。眞。景。]江[淹]照方池。茂林延疏光。仲夏苦夜短，開軒納微涼。虛明見纖毫，羽蟲亦飛揚。物情無巨細，自適固其常。念彼荷戈士，窮年守邊疆。何由一洗濯，執熱互相望？[鍾惺曰：考亭解詩執熱作執持之執，今人以水濯手，豈便能執持熱物乎？蓋熱曰執熱，猶云熱不可解，此古文用字奧處。濯卽洗濯之濯，浴可解熱也。杜詩屢用執熱字，皆作實用，是一證據。]竟夕擊刁斗，[漢書注：以銅作鐎受一斗，晝炊飯食，夜擊持行，名曰刁斗。]喧聲連萬方。青紫雖被體，不如早還鄉。[朱注：通鑑：至德二載，郭子儀敗於清渠，復以官爵收散卒，由是應募入軍者，一切衣金紫。]北城悲笳發，[應轉苦夜短意]鸛鶴號且翔。

謂房、杜、王、魏之流。盧注：時宰相李揆子禮於輔國，又呂諲、第五琦等碌碌庸臣，此所以思貞觀諸賢也。

王嗣奭曰：二歎俱以旱熱起興，而所以歎在河北之賊未平，蓋憫旱憂時之作。○此詩係齊、佳、灰同用。

況復煩促倦，激烈思時康。

邵云：音節簡古。張華詩：煩促每有餘。

立秋後題

唐書本傳：甫為華州司功，屬關輔饑，棄官客秦州，此詩蓋欲棄官時作。

日月不相饒，節序昨夜隔。玄蟬無停號，秋燕已如客。平生獨往願，惆悵年半百。罷官亦由人，何事拘形役？

二句帶興。時公年四十八。

貽阮隱居

防○以下秦州詩。

陳留風俗衰，世說：王平子嘗經陳留郡界曰：舊名此邦有風俗。人物世不數。晉書：阮籍，陳留尉氏人。父瑀，魏丞相掾。子渾，姪咸，咸子瞻，瞻弟孚，皆知名當世，推人物第一。咸從子修，字族弟放，放弟裕，塞上得阮生，迥繼先父祖。貧知靜者性，自知靜者性，白一作益毛。髮古。車馬入鄰家，蓬蒿翳環堵。清詩近道要，識子用心苦。尋我草徑微，襃裳踏寒雨。更議居遠村，避喧甘猛虎。足明箕潁客，榮貴如糞土。

邵云：音節簡古。

李云：中多悟道之語。

張云：二句相形見妙。

所謂避俗如仇。

遣興三首

下馬古戰場,四顧但茫然。風悲浮雲去,黃葉墮墜。我前,朽骨穴螻蟻,又

為蔓草纏。故老行歎息,今人尚開邊。漢虜互勝

負,封疆不常全。安得廉頗將,三軍同晏眠？ 降虜東擊胡,壯

健盡不留。穹廬莽牢落,上有行雲愁。老弱哭道路,願聞甲

兵休。鄴中事反覆,死人積如邱。諸將已茅土,載驅誰與謀？

高秋登塞山,南望馬邑州。

豐年孰云遲,甘澤不在早。耕田秋雨足,禾黍已映道。春苗九月交,顏色

者,遣興意在結末。

以上述佳人之遭遇,以下寫佳人之志節。

同日老。即日至皆熟意。 勸汝衡門士,勿悲尚枯槁。時來展才力,先後無醜好。但

訝鹿皮翁,忘機對芳草。自喻。謂甘心隱遯也。列仙傳:鹿皮翁淄川人也,少為府小吏。岑山上有神泉,作祠屋留止其旁。食芝飲泉,七十餘年。淄水來山下,呼宗族家室上山牢,水漂一郡。遺宗家令下山,著鹿皮衣,去復上閣。後百餘年下,賣藥齊市。

佳人 此因所見有感,亦帶自寓意。

絕代有佳人,幽居在空谷。自云良家子,零落依草木。關中昔喪敗,一作亂。兄

弟遭殺戮。官高何足論?不得收骨肉。世情惡衰歇,萬事隨轉燭。庾肩吾詩:聊

持轉風燭,暫映廣陵琴。 夫婿輕薄兒,新人美如玉。言以兄弟既喪,遂為夫所棄。 合昏尚知時,風土記:合昏,欃也,華

晨舒而暮合。本草:合歡即夜合也,人家多植庭除,一名合昏。 鴛鴦不獨宿。但見新人笑,那聞舊人哭?皆逃語。自云至此

在山泉水清,出山泉水濁。○接轉又一插一○喻○諧○淺義 仇注:謂守正清而改節濁也,他說皆未當 侍婢賣珠迴,牽蘿補茅屋。摘樂府神理

郝楚望云：讀此段，千載之下，怳若夢中，真傳神之筆。

花不插鬢，采柏動盈掬。云落落穆穆寫出幽貞本色心亦取其貞亦不改。天寒翠袖薄，日暮倚修竹。

沈確士云：結處只用寫景，不更著議論，而清潔貞正意，自隱然言外，詩格最超。

夢李白二首 曾鞏李白集序：白臥廬山，永王璘迫致之。璘敗，白坐繫潯陽獄得釋。乾元元年，終以污璘事，長流夜郎。至巫山，以赦得還。

死別已吞聲，生別常惻惻。江南瘴癘地，趙注：瀋陽今之江州也，屬江南西路。今按當渾說為是。逐客無消息。故人入我夢，明我長相憶。蔣云便陰風忽來慘澹難慰彷彿欣慰恐非平生魂，路遠不可測。惑。旋又惶魂來楓林青，招魂一篇抵宋玉所作公在。魂返關塞黑。君今在羅網，何以有羽翼？二句又疑其非。落月滿屋梁，猶疑照顏色。二句又信其是。水深波浪闊，無使蛟龍得。末二憂其遠謫而遭患也，自潯陽至夜郎，當泛洞庭上峽江，故屢以風波為慮。

浮雲終日行，遊子久不至。三夜頻夢君，情親見君意。補前所未及 告歸常局促，苦道來劉須溪云:結極慘黯,情至語塞。

蔣云:空中落筆,起勢極警。

不易。江湖多風波,舟楫恐失墜。出門搔白首,若負平生志。仇注:六句代述夢中心事,曲盡倉皇悲憤情狀。以下公冠蓋滿京華,斯人獨憔悴。孰云網恢恢,將老身反累。言為白咸歎,是醒後語。

廷宜加。千秋萬歲名,寂寞身後事。言所相許朝寬典。獨此耳。

陸時雍曰:是魂是人,是真是夢,都覺恍惚無定,親情苦意,無不備極,真得屈騷之神。○仇云:次首因頻夢而作,故詩語更進一層。前云明我憶是白知公,此云見君意是公知白。前云波浪蛟龍是公為白憂,此云江湖舟楫是白又自為慮。前章說夢處多涉疑詞,此章說夢處宛如目擊。千古交情,惟此為至。然非公至性不能有此至情,非公至文不能傳此至性。

有懷台州鄭十八司戶

遙憶台州景事

首。憂。共。不。歸。

天台隔三江, 仇注:三江謂長江、浙江、曹娥江也。風浪無晨暮。鄭公縱得歸,老病不識路。

水上鷗,今如罝中兔。性命由他人,悲辛但狂顧。

山鬼獨一腳, 亦本招魂。曰夔,魍魎也。博物志:一足越人謂之山魈。 蝮蛇長如樹。 山海經:蝮蛇色如綬紋,一名反鼻蛇。嚴助傳:越地林中多蝮蛇猛獸。

呼號傍孤城,歲月誰與

張惕菴云：五詩懷賢、思友，自嘲，寄託遙深。○此章言士不遇知己，則不得展舒其抱負，爲下四首發端。

度？從來禦魑魅，左傳：投之四裔，以禦魑魅。多爲才名誤。夫子嵇阮流，更被時俗惡。海隅微小吏，眼暗髮垂素。黃帽映杖近，一作鳩杖上，賜鳩杖黃帽。青袍，隋禮儀志：年七十以非供折腰具。暮歲不應爲結出懷念之情迴彼此大家一哭入坤抄此卑官。平生一杯酒，見我故人遇。言只杯酒見我與故人相遇也。相望無所成，乾坤莽迴互。海賦：乖蠻隔夷，迴互萬里。言此乾坤莽莽中，我兩人在其間，既俱流落無成，且不得相見，其傷痛爲何如耶！王嗣奭曰：此詩想像鄭公孤危之狀，如親見亦如身歷，總從肺腑交情流露出來，幾於一字一淚，與夢李白篇同一眞切。

遣興五首

蟄龍三冬臥，老鶴萬里心。古時賢俊人，未遇猶視今。意中語含吐入妙。嵇康不得死，謂不得其死。孔明有知音。蜀志：諸葛亮躬耕隴畝，徐庶言於先主曰：孔明臥龍也，將軍宜枉駕過之。先主遂詣亮。朱注：言同爲臥龍而遇不遇有異。晉書：鍾會言於文帝曰：嵇康臥龍也，不可起；公無憂天下，顧以康爲慮耳。因譖康欲助毋邱儉，殺之。又如隴坻松，都禮鶡鶉賦：松松，秦人謂阪曰坻。用舍在所尋。

大哉霜雪幹，歲久爲枯林。朱注：言松在隴坻，必匠石尋求乃得之，不用則棟梁之幹久成枯株。士之有才而爲世所棄者，何以異此。

第一首雖有兩古人作骨，卻多說自家話。又臥龍用老鶴配說，獨爲離奇。下四章則一律矣。○起結俱用比意，章法最古。

昔者龐德公，未曾入州府。襄陽耆舊間，處士節獨苦。豈無濟時策？終竟畏網罟。二句亦兼自寓。林茂鳥有歸，水深魚知聚。擧家隱鹿門，劉表焉得取。後漢書：龐德公居峴山南，未嘗入城府，荆州刺史劉表就候之。謂曰：夫保全一身，孰若保全天下乎？龐公笑曰：鴻鵠巢於高林，暮而得所棲；黿鼉穴於深淵，夕而得所聚。夫趣舍行止，亦人之巢穴也，且各得其棲而已。表歎息而去。後遂攜妻子登鹿門山，採藥不返。因釋耕隴上。

此章言不能如孔明之救時，則當如龐公之高隱也。張云：取字見避世之識力。

陶潛避俗翁，未必能達道。觀其著詩集，頗亦恨枯槁。陶飲酒詩：雖留身後名，一生亦枯槁。達生豈是足？默識蓋不早。蔣云：恨枯槁，未達生也，然達生亦未是足。能達道，更何事不看破。二句申上卽起下，較前義更進一層。

此首獨借陶自懺。

有子賢與愚，何其挂懷抱？陶責子詩：雖有五男兒，總不好紙筆。又有命子詩及與五子疏。

賀公亦是能達生者。

賀公雅吳語,在位常清狂。上疏乞骸骨,黃冠歸故鄉。郎,取舍非允,門廕子弟,

> 黃山谷云:子美嘗因於三川,爲不知者詬病,以爲拙於生理。又往往譏議宗文宗武失學,故寄之淵明以解嘲耳。俗人不領,便以爲護病淵明,所謂癡人前不得說夢也。舊唐書:賀知章爲禮部侍

> 世說:王徽之以手板拄頰云:西山朝來,致有爽氣。

> 天寶三載,因病恍惚,乃上疏請度爲道士,求還鄉里,仍捨本鄉宅爲觀,上許之。

> 喧訴盈庭,於是以梯登牆,首出決事,時人咸嗤之。晚尤縱誕,自號四明狂客。

斯人今則亡。山陰一茅宇,江海日清涼。爽氣不可致,

吾憐孟浩然,短褐卽長夜。賦詩何必多,往往凌鮑謝。以詩自適,年四十遊京師,

> 張○云○觀第○三○句○著○作○不○以○多

> 舊唐書:孟浩然隱鹿門山,

應進士不第,還襄陽卒。清江空舊魚,一作舊美魚。浩然詩:試垂竹竿釣,果見槎頭鯿。春雨餘甘蔗,

> 漢水中出鯿魚甚美。

> 張載詩:江南郡蔗,體液豐

沛。王士源浩然集序:每望東南雲,令人幾悲吒。歎也。郭璞詩:撫心獨悲吒。

灌園藝圃以全高。

諸詩皆從漢魏出,自成杜體。嗣宗詠懷,太沖詠史,延年五君詠,公蓋彙而用之。○蔣弱六云:

子美本襄陽人,諸葛、龐、孟皆以襄陽,故思之也。而山陰尤所注念,見於詩者極多,故又獨稱

賀。作詩首推陶謝,而人文並美,尤莫如陶。至引稽康特與孔明同號,而鮑謝亦附見孟詩,公之雅志大略可見矣。

浩然之窮,公亦似之,憐孟正以自憐也。

遣興二首

蔣云：二詩一戒一勸，意亦尋常，而語最奇特。

天用莫如龍，地用莫如馬。漢食貨志：天用莫如龍，地用莫如馬，人用莫如龜。有時繫扶桑。劉向九嘆：維六龍於扶桑。十洲記：扶桑在碧海中，樹長數千丈，一千餘圍，兩兩同根，更相依倚，故曰扶桑。頓轡海徒湧，曹植與吳質書：思抑六龍之首，頓羲和之轡。神人身更長。神異經：西北海外有人焉，長二千里，兩脚中間相去千里，腹圍一千五百里。性命苟不存，英雄徒自強。吞聲勿復道，眞宰意茫茫。

朱鶴齡曰：六龍本以駕日，有時恃其強陽，則頓轡扶桑之上，徒使海波鼎沸，神人之力更足以制之。此可見人臣而敢行稱亂者，雖英雄自命，終必不保其身，事後飲泣，亦何及矣！且天意茫茫，非可妄覬，彼獨不以跋扈不臣爲懼乎？此詩乃深警祿山之徒。或曰爲僕固懷恩而發。懷恩既反，代宗使裴遵慶諭之，懷恩抱其足而號泣，所以有吞聲之句。

地用莫如馬，無良復誰記？此日千里鳴，追風可君意。君看渥洼種，態與駑駘異。不雜蹄齧間，逍遙有能事。言能從容制勝以立大功。

朱云：渥洼之種，既非駑駘，又不蹄齧，所謂追風可君意者也。當時惟郭子儀李光弼足以語此。肅宗不能專任，公詩蓋以風之。

遣興五首

朔風飄胡鴈,慘澹帶沙礫。長林何蕭蕭,秋草萋更碧。北里富薰天,高樓夜吹笛。焉知南鄰客,九月猶絺綌。

長陵銳頭兒,出獵待明發。驊弓金爪鏑,

白馬蹴微雪。未知所馳逐,但見暮光滅。歸來懸兩狼,

門戶有旌節。

漆有用而割,膏以明自煎;蘭摧白露下,桂折秋風前。府中羅舊尹,

首章見旅客悲秋之旨。

此章諷勵貴豪縱之習。○下三首皆追憶長安事。

〔長陵〕漢書:高祖葬長陵。長安志:在咸陽縣東。〔銳頭〕春秋後語:平原君曰:武安君小頭而銳。〔金爪鏑〕梁元帝詩:金爪鬭雞場。此言箭鏃之利如金爪然。〔旌節〕唐車服志:大將出,賜旌以專賞,節以專殺。旌以絳帛五丈,粉畫虎,有銅龍一,首纏緋幡,紫綾為袋,油囊為表。節垂畫木盤三,相去數寸,隅垂尺帛,餘與旌同。

此章慨趨炎附勢之徒。

〔煎也〕莊子:山木自寇也,膏火自煎也。桂可食故伐之,漆可用故割之。世說:寧為蘭摧玉折,不作蕭敷艾榮。首四借物託興,言才智難恃,盛衰無常,如蕭艾可鑒矣。〔舊注〕唐京兆尹多宰相私人,若蕭炅與鮮于仲通皆是,故

沙道故依然。○國史補:凡宰相禮絕班行,府縣載沙填路,自私第至於城東街,號曰沙堤。○于競大唐傳:天寶三載,因蕭京兆炅奏,於要路築甬道,載沙實之,謂之沙道。

赫赫蕭京兆,今為人所憐。○漢書:成帝時童謠:故為人所羨,今為人所憐。寶八載,京兆尹蕭炅坐贓,左遷汝陰太守。炅,林甫所親善,國忠誣奏譴逐,林甫不能救。

猛虎憑其威,往往遭急縛。○後漢呂布傳:縛虎不得不急。

寢處,其肉而寢處其皮矣。○左傳:譬於禽獸,臣食其肉而寢處其皮。【解頤寒體妙。句】

無復睒閃爍。○雷吼徒咆哮,枝撐已在腳。忽看皮

人有甚於斯,足以勸元惡。○舊注:此指吉溫之流,唐書吉溫傳:李林甫當國,溫與羅希奭鍛獄,相勉以虐,號羅鉗吉網,公卿見者莫敢耦語。後貶端溪尉,俄遣使殺溫。一說:即指安史輩。

朝逢富家葬,前後皆輝光。共指親戚大,緦麻百夫行。○杭,葉音。

送者各有死,不

須羨其強。君看束縛去,亦得歸山岡。○吳志:孫峻殺諸葛恪,以葦席裹身,用篾束其腰,投之於石子岡。

五章亦係古雜詩體,信手拈來,自覺可歌可泣。

此章戒憑威肆虐之輩。

末章言貧富貴賤強弱皆同歸於盡,為諸首總結。

杜詩鏡銓卷六

乾元中公客秦州作。

首章言初至秦事，為二十首總冒。

秦州雜詩二十首

舊唐書：秦州在京師西七百八十里。仇注：今屬陝西鞏昌府。寰宇記：秦州本秦隴西郡，漢武帝分隴西置天水郡。王莽末，隗囂據其地。後漢更天水為漢陽郡。張溍云：隨意所及，為詩不拘一時，不拘一境，不拘一事，故曰雜詩。

○二○句○赴○秦○之○由○。滿目悲生事，因人作遠遊。時公以關輔大饑，棄官西去。

二○句○入○秦○之○難○。遲迴度隴怯，晉地道記：漢陽有大坂名曰隴坻，亦曰隴山。三秦記：隴坂九迴，欲上者七日乃得越。浩蕩及關愁。關，在隴山，本大震關更名。唐書：隴州汧源縣西有安戎關。

秦風景二○句○寫○到○水○。水落魚龍夜，水經注：汧水出汧縣西山，其水東北流，歷澗注以成淵。潭漲不測，出五色魚，俗以為龍，而莫敢採捕，因謂魚龍水，在以夜聽之尤悲。山空鳥鼠秋。水經：渭水出隴西首陽縣渭谷亭南鳥鼠山。爾雅：鳥鼠同穴，其鳥為鵌，其鼠為鼵。按：隴頭歌：隴頭流水，鳴聲幽咽。亦通謂之魚龍川。

二句，留秦之故。西征問烽火，時吐蕃未靖。心折此淹留。別賦：心折骨驚。言畏前途烽火，故中路淹留也。二句亦係倒句法，時地合說，幷見作客淒涼之況。

杜詩鏡銓

二章詠城北寺
也，首句明點
秦州，結仍逗
出客感。

三章總寫秦州
形勢。

四章詠鼓角
也，并帶憂邊
警意。

秦州城北寺，勝跡是。一作傳〔隗囂宮〕。方輿勝覽：秦州麥積山之北，舊有隗囂避暑宮。杜苔

承寺

蘇山門古，丹青野殿空。月明垂葉露，雲逐度溪風。清渭無情極，愁時獨向

承宮

寫。古。寺。荒。寂。道。尤。雋。臆：地志：州東北山上有崇寧寺，乃隗囂故居。

東。渭水在秦州，東流於長安，嘆已之不得趨朝也。

州圖領同谷，唐書：秦州都督府督領

天水隴西同谷三郡。

驛道出流沙。朱注：驛道西出吐蕃之道。唐六典：隴

右道東接秦州，西逾流沙。流沙在沙

州以北，連

延數千里。降虜兼千帳，居人有萬家。馬驕朱汗落，梁簡文帝紫騮馬：

朱汗染香衣。

胡舞白題

斜。漢灌嬰傳：斬胡白題將一人。白題，西域國名。薛夢符曰：題

者額也。其俗以白塗堊其額因名，舞則首偏，故曰白題斜。

年少臨洮子，臨洮在秦

州西。

來亦自詡。即閻閻聽聰小子，談笑竟封侯意。言習俗驕悍，

居民亦然，尤見此邦可憂，舊謂諷詞非是。

鼓角緣邊郡，川原欲夜時。秋聽殷

二句承數上

角聲。

地發，風散入雲悲。上句見聲之深入，

此句見聲之高舉。

抱葉寒蟬靜，歸山獨鳥遲。萬方同一概，吾道竟何之！言本因避亂而來到此，

二句承夜時

仍無寧宇，亦更有何地

二四〇

醫意。

容意。

五章借傷馬致慨。

南使宜天馬，南使猶言漢使。由來萬匹強。西京雜記：文帝自代還，有良馬九，一曰浮雲。漢書：張騫使西域還，得烏孫天馬。浮雲連陣沒，漢天馬歌：簫浮雲，晻上馳。秋草徧山長。聞說眞龍種，仍殘老驌驦。哀鳴思戰鬥，迥立向蒼蒼。

朱鶴齡曰：通鑑：是年春三月，九節度之師潰於鄴城，戰馬萬四，惟存三千。此詩浮雲連陣沒，正其事也。秦州乃出西域之道，故感天馬事而賦之。○張溍曰：九節度師潰，郭子儀獨保河陽，詔留守東都。此詩眞龍種，老驌驦，皆指子儀言，望其戮力王室，以建大功也。

六章傷防河戍卒也，亦在驛道所見。

城上胡笳奏，山邊漢節歸。指徵兵之使。防河赴滄海，朱注：唐河北道滄景等州，皆古渤海郡地，黃河入海於此。士苦形骸黑，播人空句添毫。林疏鳥獸稀。發金微。唐地理志：羈縻州有金微都督府，隸安北都護府。時發金微之卒防禦河北，途經秦州，故賦其所見。那堪往來戍，恨解鄴城圍。浦注：末句點明徵兵之由，圍不日潰而日解，諱之也。

仇注：言軍士遠涉，適當林木風凋之候。

可托足耶？

七章憂吐蕃之不庭。○吳昌祺云：如鵾鷞盤空，雄健自喜。

八章懷古傷今，格法用上卜呼應一氣。

九章詠秦州驛亭也，卽借傳

莽莽萬重山，孤城山谷間。○沈云○起○手○豐　○立○萬○似　無風雲出塞，不夜月臨關。○神○句　

二句寫出邊境蒼涼景象。舊注以無風不夜爲地名，無論穿鑿可笑，而意亦索然矣。

屬國歸何晚？漢書：蘇武使匈奴歸，拜爲典屬國。樓蘭斬未還。

漢書：傅介子持節至樓蘭，斬其王，持首還。西域傳：鄯善國本名樓蘭。時必有出使吐蕃，留而未還若李之芳者。

烟塵一作長望，衰颯正摧顏。獨。

聞道尋源使，從天此路回。牽牛去幾許，第三卷，言不見路遠乘槎至牽牛渚，出博物志，詳見荊楚歲時記載作張騫事。

張騫使大夏尋河源，乘槎經月而至一處云。迢迢牽牛星，皎皎河漢女。河漢清且淺，相去復幾許。古詩：迢　宛馬至今來。漢武帝令

一望幽燕隔，何時郡國開。朱注：時河北幽、薊諸州，皆陷史思明。東征健兒盡，唐書：天寶十四載冬，以安祿山反，京師募兵十萬，號天武健兒，此亦謂鄴城之敗。羌笛暮吹哀。

趙汸曰：因秦州爲西域驛道，歎漢以一使窮河源，且通大宛，如此其易；而今以天下之力，不能定幽燕，至使壯士幾盡，一何難耶？是可哀也。

今日明人眼，臨池好驛亭。叢篁低地碧，高柳半天青。稠疊多幽事，喧呼

閱使星。後漢李郃傳：和帝遣使者二人到益部，郃曰：有二使星入蜀分野。晉天文志：流星，天使也。　老夫如有此，不異在郊坰。

一說：浦注：此間直可作幽人別墅，其奈何爲侘傺之區何？反看亦好。

雲氣接崐崙，括地志：崐崙山在肅州酒泉縣西南八十里。　涔涔塞雨繁。羌童看渭水，張溍注：看者測其淺深，有覬覦秦州意。

使節向河源。唐書：鄯州鄯城縣有河源軍，屬隴右道。　烟火軍中幕，牛羊嶺上村。二句言其地軍民雜處。　所居秋

草靜，正閉小蓬門。

○忽○作○變○調

蕭蕭古塞冷，漠漠秋雲低。黃鵠翅垂雨，仇注：鵠垂翅，見奮飛無路；鷹啄泥，憫一飽難蒼鷹饑啄泥。期。二句亦帶興意。　薊門誰自北，指思明自北，當卽用毛詩，以其不服，故作此反詰。　漢將獨征西。後漢光武紀：以偏將軍馮異爲征西將軍。

不意書生耳，臨衰厭鼓鼙。

山頭南郭寺，水號北流泉。寰宇記：天水縣界有水一泒，北流入長安縣界。　唐書：秦州州前有湖水，冬夏無增減，故名天水郡。○承○首○句　老樹空庭

十章詠秦州雨景，兼傷邊事。

十一對兩而傷寇亂也，前四律帶古意。

十二章詠南郭寺也。

舍逗出謀家室意。

十三章思遊東柯谷也。○下四首專爲所居言。

得，清渠一邑傳。承。次。句。謂傳注於一邑也。秋花危石底，晚景臥鐘邊。寫。廢。寺。如。畫。俛仰悲身世，溪風爲颯然。寫。景。幽。細。

傳道東柯谷，通志：東柯谷在秦州東南五十里，杜甫有洞於此。宋栗亭令王知彰記云：工部棄官寓東柯谷姪佐之居。趙傁曰：天水圖經載秦州隴城縣有杜工部故居，及其姪佐草堂，在東柯谷之南，麥積山瑞應寺上。按：此則公居特與佐相近，當另是一處，觀後示姪佐及佐還山後寄等詩可見。深藏數十家。對門藤蓋瓦，映竹水穿沙。瘦地翻宜粟，陽坡可種瓜。陽坡，坡之向日者。朱注：阮籍詩：昔日東陵瓜，今在青門外。五色耀朝日，子母相鉤帶。可見種瓜之宜陽地矣。二句見不惟山水幽勝，兼有謀生娛老之資。船人近相報，但恐失桃花。

趙汸曰：起用傳道二字，則以下景物皆是未至谷中，先迻所聞。末方言泛舟往遊，恐如桃源之迷路也。

萬古仇池穴，水經注：仇池絕壁峭峙孤險，其高二十餘里，羊腸蟠道，三十六迴，山上豐水泉，所謂清泉湧沸，潤氣上流者也。潛通小有天。名山記：王屋山有洞，周迴萬里，名小有清虛之天。東坡志林：趙德麟曰：仇池，小有洞天之附庸也。王仲至謂余曰：嘗奉使過仇池，有九十九泉，萬山環之，可以避世如桃源。神魚今不見，

十四詠仇池之勝也。○東柯近仇池稍遠，故東柯三首，仇池只一首。

舊注：世傳仇池穴出神魚，食之者仙。

福地語真傳。近接西南境，

浦注：仇池山在秦州西南二百餘里，二句亦係句中對。

朱注：按舊志：仇池上有田百頃，泉九十九眼，此云九十九泉，豈舉其最勝者耶？觀卒章讀記憶仇池，則前六句皆是引記中語。

長懷十九泉。何當一茅屋，送老一作白雲邊。

朱注：仇池勝地，詩之高老，足以發之。李子德云：

未暇泛滄海，悠悠兵馬間。塞門風落木，客舍雨連山。阮籍行多興，龐公隱不還。謂無心出仕也。

東柯遂疏懶，休鑷鬢毛斑。髮，生於鬢垂，將拔將鑷，好醉是縻。左思白髮賦：星星白

東柯好崖谷，不與眾峯羣。蔣云：將前後不堪之最，對此二句看方見好處。

落日邀雙鳥，晴天卷一作片雲。野人矜險絕，水竹會平分。

朱注：言野人久占水竹之居，欲與之平分其勝。

採藥吾將老，兒童未遣聞。

邊秋陰易夕，不復辨晨光。

簷雨亂淋幔，驟。見雨之**山雲低度牆。**濃。見雲之**鸂鶒窺**

十五在秦而羨東柯也。

十六定計卜居東柯也。

十七詠山居苦雨也。

淺井，鸕鷀食魚。陶隱居云：今謂之水
老鴉。久雨井生魚，故覘之。蚯蚓上深堂。車馬何蕭索，門前百草長。〔臆〕杜

十八客秦而憂吐蕃也。○此與下首又及國事。

地僻秋將盡，山高客未歸。塞雲多斷續，邊日少光輝。警急烽常報，傳聞

櫬屢飛。西戎外甥國，唐書：景龍四年，以金城公主下嫁吐蕃。冊府元龜載吐蕃書俱自稱外甥，稱上為皇帝舅。顧炎武曰：反言以見和親之無益也。何得迕天威。

十九憂亂而思良將也。

鳳林戈未息，水經：河水又東歷鳳林北。注：鳳林，山名也，五巒俱峙。舊唐書：鳳林縣屬河州，本漢白石縣地，屬金城郡。魚海路常難。朱注：魚海地在河州之西，屬吐蕃境。候火雲峰峻，一作𡶶，舊烽火多在山上。懸軍幕井乾。易：井收勿幕。注：井口曰收，勿遮幕之。此借言軍幕之井。二句指軍深入。風連西極動，月過北庭寒。唐書：北庭大都護府屬隴右道。故老思飛將，何時議築壇？漢書：李廣為右北平太守，匈奴號曰飛將軍。飛將舊指子儀，與上六句不洽，當指從前征吐蕃有功者。

末章慨世不見用,而鶺鴒異地也,爲二十首總結。

淒楚不堪多讀。

唐堯眞自聖,野老復何知。曬藥能無婦?應門亦有兒。言欲攜家而來。二句見心口相商意。

一作兒。

藏書聞禹穴,吳越春秋：禹登宛委之山,發石得金簡玉字之書,山中有一穴,深不見底,謂之禹穴。句係陪說,取與仇池穴相類耳。仇注非。讀記憶仇池。

爲報鴛行舊,鶺鴒在寄。一作一枝。

張上若云：是詩二十首,首章敘來秦之由,其餘皆至秦所見所聞也。或遊覽,或感懷,或卽事,間有帶慨河北處,亦由本地觸發。大約在西言西,反復於吐蕃之驕橫,使節之絡繹,無能爲朝廷效一籌者。結以唐堯自聖,無須野人,惟有以家事付之婦與兒,此身訪道探奇,窮愁卒歲,寄語諸友,無復有立朝之望矣。公之志可知也。

月夜憶舍弟

戍鼓斷人行,秋邊一雁聲。一作邊秋。起突兀。露從今夜白,月是故鄉明。是夜逢白露節。謂猶是故鄉月色。

有弟皆分散,無家問死生。寄書長不達,況乃未休兵。

王彥輔曰：子美善用故事及常語,多顛倒用之,語峻而體健,如露從今夜白,月是故鄉明之類是也。

黃白山云：不日弔日贈，說得冤魂活現。

天末懷李白 陸機詩：佳人眇天末。

涼。風。起。天。末。，君。子。意。如。何。？鴻雁幾時到，信，望其音。江湖秋水多。波，慮其風。文。章。憎。千。古。
命。達。傷心語。文人多遭困躓，反似憎命之達者，即詩能窮人意。魑魅喜人過。白流夜郎，乃魑魅之地。黃生注：喜人過即招魂中甘人意。注言此物食人以為甘美也。

應。共。冤。魂。語。，投。詩。贈。汩。羅。音。羅。湘水係中途所經，亦見白幾與屈同冤也。水經注：湘水又北，汩水注之。汩水東出豫章艾縣恆山，西經羅縣北，謂之羅水，又西為屈潭，屈原懷沙自沈於此。一統志：汩羅江在長沙湘陰縣北。

邵子湘云：如此詩可以懷李。○蔣弱六云：向空遙望，喃喃作聲，此等詩真得風騷之意。

宿贊公房

原注：京中大雲寺主，謫此安置。趙汸曰：贊公亦房相客，公故與之欵曲如此。

杖。錫。何。來。此。，邵注：杖錫，禪家以錫為杖也。釋氏稱遊行僧為飛錫，安住僧為掛錫。秋。風。已。颯。然。。雨。荒。深。院。菊。，霜。倒。牛。
池。蓮。。放。逐。寧。違。性。？虛。空。不。離。聲。去禪。。言諸事久已悟徹，當不以遷謫動心。相。逢。成。夜。宿。，隴。月。向。人。便打一禪語結是秋日僧房景有王孟之清幽，在公集中亦為變調。

李云：三謝正格，可稱雋永。

圓。 仇注：華嚴經：如來於此四天下中，或名圓滿月。

赤谷西崦人家

地理志：秦州有崦嵫山在赤谷之西，故曰西崦。一統志：赤谷在秦州西南七十里。此公偶留宿山家而作。

躋險不自安，出郊已清目。 二句言從山行而來。 溪迴日氣暖，邐轉山田熟。 二句說西崦。 鳥雀

依茅茨，藩籬帶松菊。 二句說人家。 如行武陵暮，欲問桃源宿。

西枝村尋置草堂地，夜宿贊公土室二首

公已卜居東柯矣，以贊公故，意欲移居西枝，觀後別贊詩知仍未果耳。仇注：溪止一水，以左右往來，故須屢渡，此首言獨往訪贊。 贊公湯休徒，注見二卷。 張○云：二句寫盡卜居緣起盧山溪籽曲之狀。

出郭眒細岑，披榛得微路。 溪行一流水，曲折方屢渡。 昨枉霞上作，盛論巖中趣。 怡然共

攜手，恣意同遠步。 捫蘿澀先登，陟巘眩反顧。 要求陽岡煖，苦涉陰嶺泝。

朱注：山南向日故煖，山北背日故寒洟。 惆悵老大藤，沈吟屈蟠樹。 公意在尋向陽地方，而山南竟無隙地，故不免惆悵沈吟耳。 卜居意

劉須溪云：自然境，自然語。

未展，杖策迴日暮。言旦去而暮方迴也。層嶺餘落日，草蔓已多露。謝靈運詩：牽葉入松門。

天寒鳥已歸，月出山人更靜。土室延白光，松門耿疏影。仇注：燃薪代燭，汲井煮茶，此山居清況。

攀倦日短，語樂寄夜永。明燃林中薪，暗汲石底井。興趣江湖迥。數奇

京國舊，德業天機秉。從來支許遊，謂支遁、許詢，注見一卷。此言公與贊交好有素。

所其諦關塞，史記：李廣數奇。孟康曰：奇，隻不耦也。朱注：贊公不知以何事謫秦州？師道廣氏注：贊公與房琯遊從，琯既得罪，贊亦被謫。此語未詳所本，姑存其說。切。諦關塞，言能隨遇而安。何知戎馬間，復接塵事屏。幽尋豈一路，遠色有諸嶺。晨光稍朦朧，更越西南頂。

寄贊上人 此別後更寄之作，玩詩意似是前此卜居未遂，今聞西谷有可居處，復寄詩與商確耳。

前首從尋置草堂帶起宿土室，次首從夜宿土室環轉尋草堂，章法整密。

杜詩鏡銓

二五〇

一昨陪錫杖，卜鄰南山幽。謂在山結得瀟灑有致。年侵腰腳衰，未便陰崖秋。重岡北面起，南。竟日陽光留。茅屋買兼土，斯焉心所求。六句卽前詩要求陽岡燠二句意。此處方點出西枝近聞西枝西，有谷杉梁元帝纂要：日在午曰亭午，高貌，午時日正高也。石田又足收。當期塞雨乾，宿昔齒疾瘳。徘徊虎穴上，陝西通志：虎穴在成縣城西。面勢龍泓頭。朱注：龍泓一在飛龍峽，一在天井山，總是與西枝相近之地。柴荊具茶茗，神農食經：早收曰茶，晚收曰茗。逕路通林邱。與子成二老，來往亦風流。

蔣弱六云：此首全是虛擬，卻說得十分熱鬧，十分暢適，如已在草堂上共話，足見相知之眞。

太平寺泉眼

招提憑高岡，疏散連草莽。莫補切。出泉枯柳根，汲引歲月古。石間見海眼，眼海注見後卷石笋行。此寺泉從石中而出，亦如海眼也。天畔瀠水府。言其高。廣深丈尺間，宴息敢輕侮。只此丈尺之間，人不敢

仇云：首從寺泉敍起。

青白二小蛇，幽姿可時覩。李云：漢有神龍，纏其筆端。朱注：二蛇乃龍類，故

此形容泉眼之靈異。

如絲氣或上，爛漫為雲雨。

水經注云：漢水又東合洛谷，其地有神蛇吐氣為雲雨。

此羲山泉而仍動卜居之興也。

青白二小蛇，幽姿可時覩。

左右山溪多五色蛇，性馴良不為毒。豈即此耶。

此言其味美而色清。

十方僧，

法華經：十方佛土中，惟有一乘法。

香美勝牛乳。

言其白而甘。念昔時世尊身小有疾，當用牛乳。

維摩經：阿難白佛言，憶

山頭到山下，鑿井不盡土。取供

寒文，弱藻舒翠縷。

寫。景。細。

明涵客衣淨，細蕩林影趣。

何當宅下流，餘潤通藥圃。

北風起

三春溼黃精，

本草：黃精，陽草，久服輕身延年。

一食生毛羽。

拾遺記：昭王夢有人衣服皆毛羽，因名羽人。抱朴子：韓終服菖蒲，身生毛。杜臆：惟乳泉

香美，故引潤黃精而一服可仙。

東樓

樓跨府城上

萬里流沙道，

注見前。

西行過此門。但添新戰骨，不返舊征魂。樓角凌風迥，城

蔣云：括盡唐人征戍佳語。

陰帶水昏。傳聲看驛使，送節向河源。

說從前，此四說當下。

又添襯倅句

恐復有興師之事也。上四

邵云：寫景疏散。

雨晴

天際_{永一作}秋雲薄，從西萬里風。今朝好晴景_{晨字出韻}，久雨不妨農。塞柳行疏翠，山梨結小紅。二句亦從日光乍映中見出。胡笳樓上發_{晴景如繪謂笳聲因晴而倍響也}，一鴈入高空。

寓目

一縣蒲萄熟，_{二句言物產之異}永徽圖經：蒲萄生隴西五原燉煌山谷，今處處有之，汁可釀酒。秋山苜蓿多。爾雅翼：苜蓿似灰藋，秋後結米可爲飯，亦可釀酒。_{二句言地氣之殊以山多故}關雲常帶雨，塞水不成河。仇注：塞外地高，四下荒涼無阻，故不成河。羌女輕烽燧，_{二句言人性之悍}胡兒制_{一作掣}駱駝。自傷遲暮眼，喪亂飽經過。言不堪再逢亂離也。

何義門云：公先欲卜居秦州，以其逼吐蕃必亂，故去而之蜀。○朱鶴齡曰：此詩當與州圖領同谷一首參看。關塞無阻，羌胡雜居，乃世變之深可慮者，公故感而嘆之。未幾秦隴果爲吐蕃所陷。

山寺

方輿勝覽：麥積山在秦州東南百里，爲秦地林泉之冠。姚秦時建瑞應寺在山之後，姚興鑿山而修，千崖萬象，轉崖爲關。又有隋時塔，杜甫有詩。

野寺殘僧少，謂餘僧無幾。山園細路高。麝香眠石竹，稽康養生論：麝食柏而香。圖經本草：麝香出秦州文州，諸蠻中尤多。酉陽雜俎：衛公言蜀中石竹有碧花。鸚鵡啄金桃。鸚鵡亦隴右所產。舊唐書：貞觀中，康國獻金桃銀桃。亂水通人過，絕流曰亂。懸崖置屋牢。天水圖經：麥積山有瑞應寺，山形如積麥。佛龕剜石，閣道縈旋，上下千餘丈，山下水縱橫可涉。上方重閣晚，邵注：上方謂方丈，在山頂也。百里見秋毫。

何義門云：麝以香焚，逃竄無所；鸚以言累，囚閉不放。非此山高峻，人迹不至，安得適性如此。三四以奇麗寫幽寂，真開府之嗣音。

卽事

舊唐書：乾元二年三月，回紇從郭子儀戰於相州城下，不利，奔西京。四月，可汗死，其牙官都督等欲以寧國公主殉葬，公主以中國禮拒之。然猶依本國法，剺面大哭，竟以無子得歸。八月詔百官於鳴鳳門外迎之。

聞道花門破，和親事卻非。言回紇本不足恃，至此方知和親無益耳。人憐漢公主，生得渡河歸。秋思。李云：當作愁思。拋雲髻，腰肢膁剩音寶衣。羣凶猶索戰，朱注：是年九月，史思明分兵四道濟河，李光弼棄東都守河陽。回

三四係直下格，又公詩每不拘對偶。

朱鶴齡曰：此詩言和親之無益也。時公主不肯殉葬，又以無子歸唐，則回紇之好失矣。然向者結婚回紇，實欲資其力以討賊，今賊方索戰而回紇之好中絕，其如和親之本意何？結句正與次句相應。

首意多違。

遣懷

愁眼看霜露，寒城菊自花。天風隨斷柳，客淚墮清笳。水靜樓陰直，山昏塞日斜。趙汸注：水靜句下因上，山昏句上因下。夜來歸鳥盡，啼殺後樓鴉。顧注：即上林無限樹，不借一枝棲意，蓋嘆卜居無地也。

仇云：此詩句句詠景，卻句句言情，酸心處讀之淚下。

天河

常時任顯晦，秋至轉最。一作分明。二句即士窮見節義意。縱被浮雲掩，猶能永夜清。含星動雙闕，心之所注，即依斗望京意。伴月落邊城。身之所居。牛女年年渡，何曾風浪生。

洪仲曰：天河初月二詩，皆暗寫題意，不露題字。○浦二田云：只寫天河而戀闕之誠，遠遊之感，"與讒口中傷之不足相累，言外都隱隱見之，粘着則成鈍漢矣。

初月

光細弦欲初。一作上，歷書：月至八日上弦，至二十三日下弦。 影斜輪未安。 微升古塞外，已隱暮雲端。切地。 河漢不改色，月明則河漢當為所奪，今一上即落，故仍不改色也。 關山空自寒。樂府有關山月題，句謂月光沒後。 庭前有白露，暗滿菊花團。亦在月隱中見出微光閃爍。團當與溥通。謝朓詩：猶霑餘露團。皆作團字用。○朱鶴齡曰：按肅宗即位靈武，旋為張后李輔國所蔽，故舊注以古塞二句為託喻，後人將下四句俱牽合作比，如何可通。

山谷詩話：王原叔說此詩為肅宗作。謝惠連詩：團團滿葉露。毛詩：零露溥兮。說文：溥，切時。露多貌。

擣衣 浦注：古樂府擣衣篇皆託為從軍者之婦言。

亦知戍不返，秋至拭清砧。 已近苦寒月，況經長別心。 寧辭擣衣倦，一作熨。一

寄塞垣深。邵云：起語悲，黃。遠也。蔡邕疏：秦築長城，漢築塞垣。塞垣即長城也。 用盡閨中力，君聽空外音。朱注：末句即王灣擣衣詩風響傳

聲不到君意。

沈確士云：一氣旋折，全以神行。○劉須溪云：此晚唐所竭力彷彿之者。

歸燕

仇云：傷羈旅也。

不獨避霜雪，其如儔侶稀。當時賈至嚴武等皆因房琯而出，所謂儔侶稀也。四時無失序，八月自知歸。月令：二月玄鳥至，八月玄鳥歸。春色豈相訪？眾雛還識機。故巢儻未毀，會傍主人飛。詞，上二似問似答詞。盧元昌曰：末句見身雖棄官而心還戀主，忠厚之至也。

促織

感客思也。爾雅釋：蟋蟀一名蛬，今促織也。

鍾伯敬云：少陵如苦竹、蒹葭、胡馬、病馬、鸂鶒、孤雁、促織、螢火、歸雁、歸燕、鸚鵡、白小、猿、雞、鷃諸詩，有讚羨者，有悲憫者，有痛惜者，有懷思者，有慰藉者，有嗔怪者，有嘲笑者，有勸戒者，有計議者，有用我語詰問者，有代彼語對答者，蠢者靈，細者巨，恆者奇，默者辨，詠物至此，神佛聖賢帝王豪傑具此難著手矣。

促織甚微細,哀音何動人。草根吟不穩,言非定一處。牀下意相親。久客得無淚?

謂聽之而夜不能眠也。朱買臣傳:故妻與夫家,見買臣飢寒呼飯之。顧注:故妻指棄婦孀婦。

故妻難及晨。悲絲與急管,感激異天眞。

朱注:絲管感人,不如促織之甚,以聲出天眞故也。

螢火 刺閹宦也。

幸因腐草出,敢近太陽飛。未足臨書卷,用車胤事。時能點客衣。隨風隔幔小,帶雨傍林微。十月清霜重,飄零何處歸。

仇滄柱云:此詩黃鶴謂指李輔國輩,今按腐草譬刑餘之人,太陽乃人君之象,比義顯然。隔幔傍林,言其潛形匿跡。末謂不久自當漸滅也。

蒹葭 此傷賢人之失志者。

摧折不自守,言其生質脆弱。秋風吹若何?暫時花戴帶。一作雪,幾處葉沈波。體弱春

苗早,_{潮其盛時作一曲}叢長夜露多。江湖後搖落,|仇注:北方風氣早寒,故兼葭望秋先零;；南方地氣多暖,故在江湖者後落。亦恐歲蹉

跎。言遠託江湖者搖落雖遲,但恐歲月易過,不能自立,亦終不免於摧折耳。

顧脩遠云:此詠秋日兼葭,而兼及四時:苗早言春,露多言夏,後落則又涉冬矣。末二句有自傷意。

苦竹 此嘉君子之苦節者。齊民要術:竹醜者有四:曰青苦,白苦,紫苦,黃苦。

青冥亦自守,_{張衡南都賦:青冥芊眠。此言筠色也。}軒墀曾不重,翦伐欲無辭。幸近幽人屋,霜根結在茲。味苦夏蟲避,_{莊子:夏蟲不可語冰。}叢卑春鳥疑。

軒墀曾不重,翦伐欲無辭。讀二詩知公去就之間,善於審處也。○中四句言世已見棄,末欲以隱居全晚節也。翦伐欲無辭,何等謙厚。

王右仲云:前章不自守,言遭時之窮;此章亦自守,見保身之哲。

除架 瓜架也。二首亦公自寓,皆自傷零落之意。

束薪已零落,_{仇注:束薪所以構架者。}瓠葉轉蕭疏。幸結白花了,_{杜臆:瓠與瓜有別。瓜乃總名,瓠是開白花者}寧辭

邵云：結有遠神。

青蔓除，秋蟲聲不去，猶在。暮雀意何如？喻勢交已離。寒事今牢落，起句。人生亦有初。

黃白山云：風霜日纏，日月擁，常字新用，俱出意外。

詩：靡不有初，鮮克有終。言始盛終衰，即人生亦然也。

王阮亭云：天涯逐客，落寞窮途，不覺觸物寄慨，以為譏刺則非。寧辭青蔓除，能代物揣分；豈敢惜凋殘，能代物安命。○仇滄柱云：唐人工於寫景，杜詩善於摹意。

廢畦

秋蔬擁霜露，豈敢惜凋殘。暮景數枝葉，天風吹汝寒。綠霑泥滓盡，香與歲時闌。生意春如昨，悲君白玉盤。

葉，深可悲也。

浦注：公詩云：春日春盤細生菜，蓋唐制有立春頒賜之典。言春盤之薦猶如昨日，今乃僅存凋殘之

夕烽

夕烽來不近，每日報平安。

唐六典：凡烽候所置，大率相去三十里，其放烽有一炬、二炬、三炬、四炬者，隨賊多少而為差焉。近畿烽二百七十所。朱注：

唐鎮戍每日初夜放烟一炬，謂之平安火。祿山事跡：潼關失守，是夕平安火不至，帝懼焉。塞上傳光小，雲邊落點殘。照秦通警急，過隴自艱難。聞道蓬萊殿，千門立馬看。

浦二田云：五六從平安內看出警急，深致戒於守者。蓋惟邊將照秦知警，則蕃兵過隴斯難，所謂將軍且莫破愁顏也。結更將廊廟憂虞，警其時刻準備，曰蓬萊立馬，恍見君心安不忘危之象，足使聞者矍然。

秋笛 此塞上聞笛，有感征人而發。

清商欲盡奏，宋玉笛賦：吹清商，發流徵。奏苦血霑衣。他日傷心極，征人白骨歸。言笛本欲然方秋時商音悽愴，易動哀思，若又惟恐其盡奏者，以此間慘景本觸目傷心故也。相逢恐恨過，故作發聲微。就○發○聲○寫○微○倒○轉○出○不○盡○奏○曲○意○。韓非子：師曠奏清徵，有玄雲從西北方起，再奏之，大風不見秋雲動，悲風稍稍飛。至。朱注：言笛聲雖微，其悲猶感入風雲，況可盡奏乎？

浦二田云：詩用逆局，筆筆凌空，着紙飛去，律體至此，超神入化。

王右仲云：起似尾後餘意，而用作起句，語突而意倍慘。

日暮

日落風亦起,城頭烏尾訛。後漢書:桓帝時童謠曰:城上烏,尾畢逋。詩傳:訛,動也。黃雲高未動,塞雲故多黃。白水已興波。見風伺小而勢已震。羌婦語還笑,哭,一作。胡兒行且歌。將軍別換馬,夜出擁雕戈。

王右仲云:日落風起,雲屯波撼,此虜將入寇之象,故羌婦笑而胡兒歌。羌胡蓋降夷也。邊將擁戈夜出,其惶急可知矣。

野望

清秋望不極,迢遞起層陰。句頭下中望見者。下六總在層陰。遠水兼天淨,孤城隱霧深。葉稀風更落,山迥日初沈。獨鶴歸何晚?語含比興。昏鴉已滿林。言凡鳥有巢而鶴獨遲歸,以況己之無家也。

唐仲言云:杜公下字善於用虛,如晚出左掖詩融、溼、去、低,此篇兼、淨、隱、深,俱沈細可想。

空囊

翠柏苦猶食,明霞高可餐。列仙傳:赤松子好食柏實,齒落更生。相如大人賦:呼吸沆瀣餐朝霞。二句乃自嘲自解之詞,言直欲學仙人辟穀也,作實講非是。 世人共鹵莽,吾道屬艱難。即眾人貴苟得意。 不爨井晨凍,無衣牀夜寒。言僅存歇欻故不煖。 囊空恐羞澀,留得一錢看。趙壹詩:文籍雖滿腹,不如一囊錢。杜臆:看乃看守之看。

寫窮況妙在詼諧瀟灑。

病馬

乘爾亦已久,天寒關塞深。塵中老盡力,歲晚病傷心。毛骨豈殊眾?馴良猶至今。杜臆:二句即不稱力而稱德之意?再溯到從前,所謂沉吟也。 物微意不淺,感動一沉吟!

蕃劍

蔣弱六云:貧賤患難中,只不我棄者,便生感激,寫得真摯。

邵云：精悍蹲厲，氣格蒼然。

仇云：突起一句，至結尾方挽合，乃古文遙呼徐應之法。

致此自僻遠，又非珠玉裝。西京雜記：高帝斬白蛇劍，劍上有七采珠，九華玉。如何有奇怪，每夜吐光芒。虎氣必騰上，劍，一作趙。吳越春秋：闔閭死，葬以扁諸之劍，金精上揚，為白虎踞其上，號曰虎邱。龍身寧久藏。雷次宗豫章記：有紫氣見牛斗間，張華問雷孔章，孔章言寶物之精，在豫章豐城。遂以為豐城令，掘獄得二劍，其夕牛斗氣不復見。孔章乃留其一，匣而進之。華遇害，此劍飛入襄城水中。孔章臨亡，戒其子恆以劍自隨。後為建安從事，經淺瀨，劍忽於腰間躍出，見二龍相隨近焉。又殷芸小說：有人盜發王子喬墓，惟有一劍懸在空中，欲取之，劍便作龍吟虎吼，俄而飛上天。風塵苦未息，持汝奉明王。

浦二田云：借薔劍聊一吐氣，作作有芒。○顧修遠云：豐城獄底，秦州旅次，同一感慨。

銅瓶 汲水器。唐汝詢曰：張籍楚妃怨：梧桐落葉黃金井，橫架轆轤牽素綆，美人初起天未明，手拂銀瓶秋水冷。讀籍詩，杜義自明。

亂後碧井廢，時清瑤殿深。銅瓶未失水，百丈有哀音。四句承。時清。風俗通：甃，聚甄修井也。言此哀音即轆轤牽轉之音。側想美人意，美人指汲井宮人。應悲非。一作寒。螫沈。瓶失水，當時不知若何珍惜。蛟龍半缺落,後師尹曰:蛟龍蓋瓶上刻鑄者。猶得折黃金。楊愼曰:折,當也。以屬舊宮古物,故雖缺落,而猶爲可貴耳。

洪容齋云:此篇蓋見故宮井內汲者得銅瓶而作,首句便說廢井,則下文反覆敍述爲難,而曲折宛轉如是,全在時淸瑤殿深句,追想宮中情景,便覺如許生動,他人畢一生摹寫不能到也。○黃白山云:因銅瓶思美人,因美人思瑤殿,注意在太平之時,不可復見耳。如此詩乃可當沈鬱頓挫四字。

送遠

此詩當是旣別後作詩以追送者,上四昨日送行之事,下四今朝惜別之情。

帶甲滿天地,何爲君遠行?親朋盡一哭,鞍馬去孤城。草木歲月晚,關河霜雪淸。二句途中景。別離已昨日,因見古人情。仇注:江淹古別離:黃雲蔽千里,遊子何時還。送君如昨日,簷前露已團。不惜蕙草晚,所悲道里寒。末四句借此作案,言古今有同悲也。

送人從軍 原注:時有吐蕃之役。

邵子湘云:一幅出塞圖,看他一氣轉折。○王西樵云:感慨悲壯,不減蕭蕭易水之句。

似太白。

弱水應無地，浦注：弱水今自甘州界流入肅州之西南出塞。應無地，謂當地盡處。陽關已近天。漢西域傳：隘以玉門、陽關。孟康曰：二關皆在燉煌西界。

今君度沙磧，累月斷人烟。好武寧論命，謂不顧生死。封侯不計年。謂不論遲速。馬寒防

失道，雪沒錦鞍韉。

示姪佐 原注：佐草堂在東柯谷。

浦二田云：若將前兩聯倒轉便平坦，如此起勢，分外突兀。上四悲其遠道獨行，下代逃其壯懷，復囑以小心謹慎，恩誼備至。

多病秋風落，君來慰眼前。自聞茅屋趣，只想竹林眠。稽康傳：康與阮籍、阮咸、山濤、向秀、王戎、劉伶特相友善，號竹林七賢。滿谷山雲起，侵籬澗水懸。顧注：澗水自高流下，故曰懸。嗣宗諸子姪，早覺仲容賢。

籍字嗣宗，咸字仲容，乃籍之姪。

佐還山後寄三首 按：圖經：公與佐同居麥積山，想佐更在山上。

山晚黃雲合,歸時恐路迷。澗寒人欲到,林黑鳥應棲。野客茅茨小,田家樹木低。舊諳疏懶叔,須汝故相攜。

浦二田云:首章追念其還山之景,歷歷具見關情。結言以疏懶拙於生計,故須佐相攜。次章專望寄黃粱,三章兼及寄霜薤,俱申此二句之意。

白露黃粱熟,言黃粱熟於秋後。分張素有期。朱注:分張,分別時也。王羲之帖:秋當解禍,行復分張。謂別時曾有分餉之約。已應春得細,頗覺寄來遲。味豈同金菊,本草:菊一名金蕤。香宜配綠葵。帶起下首詩:七月烹葵及菽。老人他日愛,正想滑流匙。

幾道泉澆圃,交橫幔落坡。顧注:設幔於坡以防鳥雀,是為瓜果而設者。交橫乃坡上幔影。葳蕤秋葉少,隱映野雲多。隔沼連香芰,武陵記:兩角曰菱,三角四角曰芰。通林帶女蘿。甚聞霜薤白,唐本草:薤是韭類,有赤白二種,白者補而美。重惠意如何。

蔣云:只如白話,韻言化境。

寫田園野景又別。

從人覓小胡孫許寄

廣志：猴一名王孫，一名胡孫。

人說南州路，顧注：兩粵為南州路。山猿仇云：當作猴。樹樹懸。舉家聞若咳，舊作駭。猨猴，喜怒飲食常作咳。山谷別集：禺屬為寄小如拳。崇安志：武彝山多獼猴，小者僅如拳。預哂愁胡面，愁胡注見一卷。初調見馬鞭。齊民要術：常繫獼猴於馬坊，令馬不畏，辟惡消百病。許求聰慧者，童稚捧應癲。急就篇注：顛亦作癲。

秋日阮隱居致薤三十束

隱者柴門內，畦蔬繞舍秋。盈筐承露薤，不待致書求。束比青芻色，圓齊玉筯頭。衰年關鬲冷，味暖併無憂。言薤根之白。本草：陶隱居曰：薤性溫補，仙方及服食家皆須之。

秦州見勑一作日，次也。目，除官目次也。薛三據授司議郎，唐書：東宮官屬有司議郎四人，掌侍從規諫，并錄東宮記注。畢四曜除監察，御史也。與二子有故，遠喜遷官，兼述索居，凡三十韻駕初還下按此詩法

首段賓主並提,已索居而喜人遷官,大意已說完。因其久屈後伸,故從前聞話反敘述許多,乃正益見其可喜耳。

此申彼此舊交,及遭逢亂離之故。

諸解,俱有未合,今訂正。

大雅何寥闊,斯人尚典刑。交期余潦倒,才力爾精靈。遷擢潤朝廷。同日,諸生困一經。文章開奧窔,舊好何由展,新詩更憶聽。別來頭併白,相見眼終青。棲遑分半菽,浩蕩逐流萍。俗態猶猜忌,俱議哭秦庭。妖氛忽杳冥。獨憨投漢閣,投閣注見一卷。還蜀祇無補,固局。華夷相混合,宇宙一羶腥!帝力收

一作陛。謂足為朝廷生色。杜廳:公罷職,故自比諸生。爾雅:室西南隅謂之奧,東南隅謂之窔。阮籍見佳客則為青眼。仇注:上四承才力句,身困漢書項羽傳:歲飢,人貧,卒食半菽。承歲不寧皆甚。下四承交而喜彼陞擢也。伊昔貧皆甚,同憂歲不寧。注:士卒食蔬菜以菽雜半之。指李林甫。朱注:揚雄為莽大夫,以比降賊諸臣,如陳希烈、張垍兄弟是也。指安祿山。左傳:吳入郢,申包胥如秦乞師,立依庭牆而哭,日夜不絕聲,七日,秦師乃出。以比宗遣使徵兵回紇也。浦注:句自謙脫賊謁上鳳翔任拾遺之事。魏志:黃權降魏曰:臣降吳不可,還蜀無路,是以歸命。漢書:梁孝王下鄒陽獄,陽從獄中上書,王立出之。謂二子亦嘗被賊拘於洛陽也。囚梁亦勤。接

此記其抱屈明時,及方喜選官之事,以下乃所謂彙述索居者也。

三統,天威總四溟。舊都俄望幸,清廟肅維馨。謂收復長安。雜種雖高壘,長驅甚

建瓴。漢高紀:地勢便利,其以下兵於諸侯,若居高屋之上建瓴水也。

一法駕初還日,羣公若會星。猶云聚星。朱 焚香淑景殿,長安志:西南綵絲院西,有淑景殿。宮臣仍點染,八哀鄭虔詩云:點染無滌盪。謂被誣仍未湔洗。 漲水望雲亭。注

柱史正零丁。史記:老子爲柱下史。浦注:肅宗還京時,衆慶彈冠,而兩人尙困,想因其曾被賊拘,又遭讒妒,遂致嫌疑蹭蹬。曰宮臣柱史者,特就今日之官稱之。若謂薛畢於當時已授此官,不應至秦州始見勅目也。 官忝趨棲鳳,康駢劇談錄:含元殿左右立棲鳳翔鸞兩閣。 朝回歎聚螢。喚人看腰裹,

不嫁惜娉婷。言我是時忝官拾遺,歎二子好學而貧,逢人爲之吹薦,而無如罕遇知音,深惜過時不字。 掘劍知埋獄,注見前。 提刀見

發硎。莊子:提刀而立,如新發於硎。二句方及除官,言刀劍之光氣,至今始發。 休儒應共飽,此處過慊二公帶入自己 漁父忌偏

醒。楚詞漁父:屈原曰:衆人皆醉吾獨醒。漁父曰:何不餔其糟而歠其醨。此又言朝廷倖祿者多,以二子之才,反至久遭屈抑也。 旅泊窮清渭,長吟望濁

涇。朱注:渭水在秦州,涇水在長安,言寓秦州而憶長安也。二句諸解多屬上段,今按當另提起下。 羽書還似急,烽火未全停。師老

又帶歎息時事,正與前幅相應。

何云:萍字兩用,字義各別,古有此體。

仍結到當下住。

資殘寇,戎生及近坰。時鄴圍既潰,史思明且濟河會汴。忠臣詞憤激,烈士涕飄零。陳琳答曹植牋:君侯秉青萍干將之器。注:劍名也。

鄙,元勳溢鼎銘。仰思調玉燭,爾雅:四時調謂之玉燭。誰定握青萍。

言欲佐太平不知誰爲救時利器,蓋欲以濟世功業望之二子。

句言交情有如同氣。秋風動關塞,高臥想儀形。隴俗輕鸚鵡,句言邊俗不知愛才,當用禰衡賦事,又鸚鵡本出隴右,故云。原情類鶺鴒。舊作刑,從仇本,與前不複。世說:東海王曰:閒習禮度,不如式瞻儀形。末乃自感遠遊,而有懷

薛畢也。

寄彭州高三十五使君適、虢州岑二十七長史參三十韻 唐書:彭州濛陽郡屬劍南道,虢州弘農郡屬河南道。按彭州今成都府彭縣。虢州今河南府盧氏縣。浦注:高岑雖典州郡,亦可謂官職聲名俱入手矣。公在羈旅沈痾中,慨然遠想,故寄此詩。

故人何寂寞?仇注:何嘗寂寞也。今我獨淒涼。老去才難盡,南史:江淹晚節才思微,退,時人謂之才盡。秋來興〔二〕句亦彼我。張云:詞客二字一篇要領。潘岳有秋興賦。甚長。物情尤可見,詞客未能忘。海內知名士,雲端各

以故人別出今我,卻仍以老興呼起詞客,賓主互用,筆如游龍。

邵云：意愜二句，杜詩實有此境地，他人不能到。反跌波瀾横溢，亦是自家一肚牢騷，反借前人觸發耳。

羈旅二句，又爲第二段之綱，三年八句承沈綿，無錢八句承羈旅。
蔣云：瑣屑怪幻，一一俱能寫出。

異方。高岑殊緩步，沈鮑得同行。〔沈約，鮑照。〕意愜關飛動，篇終接混茫。舉天悲富駱，近代惜盧王。〔此法公當獨步。〕

〔唐書：富嘉謨武功人，舉進士，文章本經術，中興初，官監察御史卒。駱賓王義烏人，七歲能賦詩，武后時除臨海丞，棄官去；徐敬業舉兵署爲府屬，後亡命，不知所之。盧照鄰范陽人，爲鄧王典籤，王重其文，調新都尉，病去官，自沈穎水死。王勃龍門人，六歲善文辭，年二十九補虢州參軍，渡海溺水，悸而卒。〕

似爾官仍貴，前賢命可傷。諸侯非棄擲，〔通典：武德元年，罷郡置州，改太守爲刺史，即古諸侯。〕牛刺已翱翔。〔職原：別駕、長史，司馬通謂之上佐。庾亮答郭豫書：別駕舊與刺史別乘，其任居刺史之牛。〕

貴，前賢命可傷。

客子翫身強，〔起沈〕羈旅推賢聖，沈綿抵咎殃。〔訴苦中仍善占地步。〕詩好幾時見，書成無使將。〔一作信。〕男兒行處是，〔人主接得健起羈旅，即志在四方意。〕

一鬼不消亡。〔後漢禮儀志注：顓頊氏有三子，生而亡去，爲疫鬼。一居江水，爲瘧鬼。朱注：潛隙地，屢鮮妝，爾即晝易容貌。賓退錄曰：高力士流巫州，李輔國授詔制，力士方逃瘧功臣閣下。則避瘧之說，自唐已然。〕

潛隙地，有靦屢鮮妝。〔青箱雜記：古語有二聲合爲一字者，蓋起於西域二合之音，如龍鍾切爲癃，潦倒切爲老。謂人之癃老，以龍鍾潦倒目之，〕

何太龍鍾極，隔日搜脂髓，增寒抱雪霜。徒然三年猶瘧疾，〔原注：時患瘧疾。〕

以秦州不可居,跌起二君所居佳勝。

晉義取於今出處妨。謂出處兩難。

無錢居帝里,盡室在邊疆。劉表雖遺恨,龐公至死藏。注見五卷。言當時雖有惜之者,而已則無心復出矣。

傍魚鳥,肉瘦怯豺狼。隴草蕭蕭白,洮

雲片片黃。彭門劍閣外,水經注:李冰爲蜀守,見氏道縣有天彭山,兩山相對,其形如闕,謂之天彭門。劍閣注別見。虢略鼎湖旁。

又人客心微也。幽也。

荊玉簪頭冷,寰宇記:荊山在鼎湖縣南,卽黃帝鑄鼎之所。巴牋染翰

左傳:東盡虢略。注:從河內而東,盡虢界也。唐書:虢州先曰鼎州,以鼎湖名。

光。紙譜:蜀牋紙盡用蔡倫法,有玉牋、貢餘、經屑、表光之名。

烏麻蒸續曬,本草:胡麻生中原山谷。陶隱居曰:胡麻當九蒸九曬,熬搗充餌,以烏者爲良。丹

橘露應嘗。蜀都賦:戶有橘柚之園。豈異神仙宅?俱兼山水鄉。竹齋燒藥竈,花嶼讀書

堂。從朱本。別本皆作林。上四記物產之佳,此四言景地之勝。更得清新否?遙知對屬忙。李因篤云:對屬有二義,詞欲其對,情欲

四句分貼

仍挽應到詩

吾祝

其屬也。若詞對而情不屬,雖工無益。舊官寧改漢,漢百官志:武帝初置部刺史,掌奉詔條察諸州。淳俗本歸唐。詩傳:成王封叔虞於唐,其俗有堯之

遺風,以虢本晉地,故云。濟世宜公等,安貧亦士常。者,民之終也。居常得終,當何憂哉?列子:榮啟期曰:貧者,士之常也。死螢尤終

略開起下

仍轉上二句

賓主,摹擬,恰應

結到太平聚首,仍扣定論文,章法最密。

王阮亭云：雙起健筆凌雲，唱嘆而入。仇云：首段總挈大旨。

戮辱，史記：黃帝擒殺蚩尤於涿鹿之野。胡羯漫猖狂。統指安史輩。會待妖氛靜，論文暫裹糧。○此詩只開手兩句喝盡通篇大意：前後說高岑文章官職及致羨所居，應上故人何寂寞，中段自言邊方遠客，貧病交攻，應上今我獨悽涼。敍法卻用彼此錯綜，條理中正極其變化。○高岑特以詞客見懷，故只於結末略及世事，篇中帶定言詩處，脈理一絲不走。

李子德云：高岑偉人，兼公鳳契，故其詩渾雄沈着，冠絕古今。

寄岳州賈司馬六丈、巴州嚴八使君兩閣老五十韻 唐書地理志：岳州巴陵郡屬江南西道，巴州清化郡屬山南西道。浦注：巴州今爲縣，屬重慶府，岳州今爲府，在洞庭湖北。肅宗紀：九節度師潰，汝州刺史賈至奔於襄鄧。王道俊曰：至貶岳州，因棄汝之故。嚴武傳：坐房琯事

貶巴州刺史。

衡岳猿啼裏，巴州鳥道邊。故人俱不利，謫宦兩悠然。開闢乾坤正，舊作啼猿。從浦本。○盧云：二句全切姓

遠，漢書：賈誼以大中大夫謫長沙王太傅。西征賦：賈生洛陽之才子。釣瀨客星懸。爲嚴陵瀨，後漢書：嚴光耕富春山中，後人名其釣處。又光武與嚴光共臥，太史奏

榮枯雨露偏。仇注：二句謂乾坤反正，人各沾恩，因貳有榮枯，故受此雨露者偏異耳。舊注：直謂不得蒙恩而見謫，未免語涉懟上矣。長沙才子

收復謂兩京。

憶昨趨行殿,殷憂捧御筵。謂鳳翔行在帝座。客星犯帝座。

討胡愁李廣,朱注:愁李廣當指哥舒翰,謂其以老將敗績也。

奉使待張騫。謂肅宗即位,即遣使回紇,脩好徵兵。

無復雲臺仗,謂明皇出奔。庾信哀江南賦:非虛修水

蒼茫城七十,城事。謂河北皆陷,借用樂毅下齊七十餘,祿山反,河北二十餘郡皆棄

戰船。謂西京失守。西京雜記:武帝作昆明池以習水戰,中有戈船樓船數百艘。

畫角吹秦晉,旄頭俯澗瀍。

浪作禽填海,山頭,妖星也。澗瀍。

小儒輕董卓,有識笑苻堅。董卓殺於呂布,苻堅亡於鮮卑,喻安史必滅。

那將血射天。殷本紀:帝乙為偶人謂之天神,與之搏,令人為行,天神不勝,為革囊盛血,仰而射之,命曰射天。二

城走,故流落劍三千。喜劍,劍客來者三千餘人。莊子,趙文王

句更惡其不自量而敢於犯上也。

萬方思助順,一鼓氣無前。陰散陳倉北,唐書:鳳翔府寶雞縣,本陳倉更名。晴熏太

白嶺。太白山亦在鳳翔。亂麻屍積衞,史記:死人如亂麻。衞謂衞州。破竹勢臨燕。謂范陽也。法駕還雙闕,王

師下八川。上林賦:八川分流,指關內八水,詳四卷注。此時霑奉引,插人自家與憶昨二句相應漢郊祀志:禮月之夕,奉引復迷,韋昭曰:奉引前導引車。時公為拾遺扈從還京,故云。

佳氣拂周旋。貌虎開閑。一作金甲，謂將士暫休。麒麟受玉鞭。謂乘輿更駕。侍臣諳入仗，復備。

廄馬解登仙。謂舞馬仍歸。通典：晉制，太僕有典收乘黃等廄令。齊職儀：乘黃獸名，龍翼馬身，黃帝乘之而仙，後因以名廄。舊注：上皇敎舞馬百四，銜杯上壽。祿山克長安，皆運載詣洛陽，收京後當復舊也。

花動朱樓雪，城凝碧樹烟。二句言初春景色。衣冠心慘愴，故老淚涔溇。

淺。哭廟悲風急，舊唐書：太廟爲賊所焚，子儀復京師，權移神主於大內長安殿，上皇還，謁廟請罪，肅宗素服向廟哭三日。朝正霽景鮮。新書：

乾元元年正月戊寅朔，上皇御宣政殿，授皇帝受命傳國寶。月分梁漢米，謝承後漢書：章帝分梁漢儲米給民。此言月俸也。春給水衡錢。漢書：

年春，以水衡錢爲平陵徒民起第宅。應劭曰：水衡與少府皆天子私藏。拾遺記：方丈山有莎蘿草，細如髮，一莖百尋，柔軟香滑。

莎，草名。恩榮同拜手，出入最隨肩。內蕊繁於縟，內蕊謂宮花。說文：縟，結也，繁彩繪爲文也。宮莎軟勝綿。本始二

被眠。轡齊兼秉燭，謂同遊每至日晚。書柱滿懷牋。每覺昇元輔，深期列大賢。指房。秉

鈞方咫尺。謂房相當國未幾。鍛翮再聯翩。謂同官遷謫多人。鍛，殘羽也。禁掖朋從改，微班性

浦云：四句特揭主盟之房，以表諸人升黜之因，爲開闔乾坤正也。

以上言天寶之末，目擊亂離，收京以後，同爲近侍，所謂收京後當復舊也。

李○五君詠：從云○句○得。鵬寫。到○人。○自。尤○自。威。珰。慨指。激房。昂。秉

大神力。以下言方欣
以下言諷諫畏讒，在己則又衰頹
茅茹，旋見諦畏讒，在賈嚴不
還，不至有烏臺之
免憂讒畏譏，所謂榮
禍。
張云：此段囑
其纖默深藏，
言言忠告，足
見公與二子相
與之厚，不是尋
常投贈。

使東坡知此，
枯雨露偏也。

命全。青蒲甘受戮，謂疏救房琯。丹伏青蒲上泣諫。漢書：元帝欲易太子，史_{極言吾道之孤引起舊好}白髮竟誰憐？_{四句}謂罷官。弟子
貧原憲，諸生老伏虔。注：青緣，蒲席也。服虔字子愼，少入太學受業，有雅才，著春秋左氏傳解後漢書：腸斷來誠齋詩話：詩有實字而虛用之者，老服虔，蓋用趙充國
請行，上老之。顧炎武日知錄：古人經史皆是寫本，子美久客四方，未必能攜，一時用事之行於世。
誤，自所不免。詩云諸生老伏虔，本用濟南伏生事，伏生名勝非虔，後漢有服虔，非伏也。
未達，鄉黨敬何先？仇注：弟子二句，公蓋以原憲、服虔自比，而後輩嫌其貧老，因言師資雖不敢居，鄉黨獨不當先敬乎？舊好腸堪斷，師資謙
新愁眼欲穿。翠乾危棧竹，紅膩小湖蓮。朱注：巴在棧閣之外，岳多湖泊。賈筆論孤憤，嚴詩
賦幾篇。趙注：賈曰筆，以能文；嚴曰詩，以能詩；南史有三筆六詩故也。定知深意苦，莫
陸放翁云：南朝詞人，謂文為筆。然賈亦非不能詩者，不必泥。
使眾人傳。貝錦無停織，詩：萋兮斐兮，成是貝錦。箋云：喻讒人集己_{遣語尤警雋}朱絲有斷絃。照鮑
過以成於罪，猶女工之集采色以成錦文。
詩：直如朱
絲繩。浦鷗防碎首，霜鶻不空拳。地僻昏炎瘴，山稠
周甸曰：鶻拳堅處，大如彈
丸，鳩鴿中其拳，隨空中墮。
隘石泉。且將葄度日，應用酒為年。典郡終微
二句敘以遠害全身之
按賈嚴皆以琯黨貶，故雖移官郡，而尙恐讒慝中傷，未能一日安枕也。

渺，治中實棄捐。通典：高宗改諸州治中並爲司馬。仇云：前彭州虢州乃除授也，故曰諸侯非棄擲，牛剌已翺翔。此巴州岳州乃貶謫也，故曰典郡終微渺，治中實棄捐。

意各有屬，立言故不同如此。安排求傲吏，莊子：安排而去化，乃入於寥天一。郭璞詩：漆園有傲吏。比興展歸田。張衡有歸田賦。

才難得，蒼蒼理又玄。老子：玄之又玄。古人稱逝矣，漢書：楚元王敬禮穆生，常爲設醴，及王戊即位，忘設醴。穆生退曰：可以逝矣，遂謝去去去

病。吾道卜終焉。王羲之傳：初渡浙江便有終焉之志。六句通是揣摹太息語，恐二公亦因失志而無意用世也。隴外翻投跡，又敘入自己謂身在秦州。漁

陽復控弦。漁陽即范陽，時史思明復反。笑爲妻子累，甘與歲時遷。親故行稀少，兵戈動接

聯。他鄉饒夢寐，失侶自迍邅。仇注：鶱字作騫方合，而鶱字不在韻中。今按考工記：梓人爲筍虡，小體鶱腹，則鶱字亦可作掀舉之義。此段就上傲吏歸田翻

志在必鶱。注：身小而腹縮，可以鶱舉也。兩意重押

。他郷饒夢寐⋯⋯（略）

轉說，見已則甘心遯世，而二公不久仍當大用也。

李子德云：敘事整贍，用意深苦，章法秩然，五十韻無一失所，如左馬大篇文字，精神到底，卓絕百代矣。○子美近體長篇，多至千言而氣力愈壯。全局既審，段落斯分，縱橫開合，任其所止而

仇云：首言山人奉母入關，往時得以相遇。○公所深感在此，下多藝學仙，皆屬襯義。

次言山人才具出人，故得伸其孝養。

寄張十二山人彪三十韻

唐詩紀事：彪蓋潁洛間靜者，天寶末，將母避亂。孟雲卿詩曰：善道居貧賤，潔服蒙塵埃。慈母憂犹疾，室家

休，真使人有望洋之歎。樂天長排亦好學杜，雖變化宏麗不及，然如代書詩東南行等作，直寫胸懷，渾灝流轉，無一語牽湊，才力亦自不同。溫李而下，率多壞砌套語耳。

念栖栖。又有神仙詩曰：五穀無長年，四氣乃靈藥。

李云：發端。深渾觀離二句一篇大旨逃征記：嵩山東太室，西少室，嵩其總名。

獨臥嵩陽客，謝氏尋山屐，水經：潁水出少室山，東南入於淮。艱難隨

浦注：在今河南登封縣界。謝靈運傳：尋山必造幽峻，嘗著木

老母，慘澹向時人。人如許售妙羣凶彌宇宙，此物在風塵。歷下辭姜被，陶公漉酒巾。潛

傳：郡將候潛，逢其酒熟，取頭上葛巾漉酒畢，還復着之。浦注：關西謂潼關以西，當指華州。列女傳：孟子之母，凡三徙而舍學宮之旁。

奉母之孝。海內先賢傳：姜肱事繼母年少，肱兄弟同被而寢，不入室，以慰母心。

關西得孟鄰，靜者心多妙，先生藝絕倫。草書

早通交契密，晚接道流新。公蓋交山人於歷下，而再遇之於華州也。

羊欣論書：弘農張芝高尚不仕，善草書，精勁絕倫，人謂之草聖。

何太古，詩興不無神。曹植休前輩，張芝更後身。四句分承

數篇吟可老，一字賣堪貧。猶云字值千金。將恐曾防寇，詩：將恐深潛託所親。將懼

倚門夕，言不暫相違。盡力潔飧晨。疏懶為名誤，○說○人○自○家○眞○切。驅馳喪我眞。言不如山人之為母也。索居尤寂

寞，時方在謫官之後。相遇益愁悲。一作辛。流轉依邊徼，逢迎念席珍。時來故舊少，亂後

別離頻。世祖修高廟，武建武二年，立高廟於洛陽。世祖，光武廟號。後漢書：光商山猶入楚，十道志：商洛山在商縣東南九十里，亦名楚山。又王維詩：商山包楚鄧。文公賞從臣。至德二年十二月，蜀郡靈武元從功臣皆

不離秦。按：商山四皓隱處。上句喻兩都定亂，山人仍隱嵩陽。下句則自嘆流落窮邊，不能高蹈如渭水之不離秦也。二句各就所處之地言，與贈別何邕詩：綿谷元通漢，沱江不向渭水。

加封爵。次年四月九廟成，自長安迎神主入新廟。二句借漢晉為喻也。

秦同旨。舊解多屬牽強。存想青龍祕，雲笈七籤：老君存思圖：凡行道時所存，清旦思青雲之氣，匝滿齋室，青龍獅子，備守前後。三輔決錄：青龍東方甲乙木，潛藏變化，故

言龍。騎行白鹿馴。神仙傳：衛叔卿嘗乘駕白鹿見漢武帝。辛繕隱居弘農華陰，所居旁有鹿甚馴，不畏人。

結草卽河濱，神仙傳：河上公結草菴於河濱，讀老子。肘後符應驗。神仙傳：張道陵弟子趙昇七試皆過，乃授肘後丹經。囊中藥

寄李十二白二十韻

未陳。言尚新也。後漢方術志：王初平性好道術，有書百餘卷。"藥數囊"後人言其尸解。

旅懷殊不愜，良覿眇無因。以下正申旅懷不愜之故，言山人以世事粗安，已得伸學道娛親之志，而己則仍所懷未展也。自古多

悲恨，浮生有屈伸。論語古注：仁者功施於人，故可倚。

且依仁。鼓角凌天籟，天籟謂風也。賊火近洮岷。唐書：洮岷二州皆屬隴右道。關山倚月輪。句言地勢之高。官場羅鎮

磧，唐書：隴右道北庭都護府有神仙鎮，又有大漠小磧。趙曰：四鎮皆置官場收賦斂以供軍需。

仇注：上四言吐蕃之侵，下四憂思明之亂。謂邊方又逢亂世也。

州，廓州與洮岷連接。

蕭索論兵地，蒼茫鬭將辰。

高興知籠鳥，秋興賦序：猶池魚籠鳥，有江湖山藪之思。言己困如籠鳥，惟藉窮愁著書，正對

斯文起獲麟。

山人已出世外，且身隱焉文也。

窮秋正搖落，回首望松筠。

李子德云：清圓雅正，彙諸公之長，無所不有，如太廟明堂；無所不空，如霜天霽宇。

邵云：兵分櫂散，餘孽難除，相州九節度之潰，病正坐此。杜老實有深識，非儒生語。此自敘樓泊他鄉，思山人而寄意也。

此言山人得還故居，惜已不復相見。

張云：起筆眞而縱。

王阮亭云：善寫榮遇。

首敍太白詩才，能傾動於朝宁。

此敍白辭歸後，兩相交契之情。

昔年有狂客，號爾謫仙人。是太白竄地。賀知章傳：知章自號四明狂客。孟棨本事詩：白自蜀至京師，賀監知章聞其名，首訪之，請所爲文。白出蜀道難示之，稱歎數四，號爲謫仙人。解金貂換酒，與傾盡醉，自是聲譽光赫。范傳正新墓碑：賀知章吟公烏棲曲云：此詩可以泣鬼神矣。筆落驚風雨，詩成泣鬼神。

聲名從此大，汩没一朝伸。文彩承殊渥，流傳必絕倫。唐書：知章言白於玄宗，召見金鑾殿，奏頌一篇，賜食，帝爲調羹，召供奉翰林。樂史別集序：上命李龜年持金花牋宣賜李白，白宿醒未解，援筆賦之，立進清平調三章。

錦袍奪新。獸錦袍，織錦爲獸文也。舊唐書：武后令從臣賦詩，東方虬先成，賜以錦袍。宋之問繼進，詩尤工，於是奪袍賜之。此借言恩賜也。龍舟移棹晚，用玄宗泛白蓮池事，詳見一卷。白日來深殿，

青雲滿後塵。仇注：指文士之追隨者。

錦袍乞歸優詔許，唐書：白爲高力士所譖，自知不爲親近所容，懇求還山，帝賜金放還。遇我夙心親。

二句早寫下。拼題伏脈。未負幽棲志，兼全寵辱身。言其寵辱不驚，獨能全身而退。

乞歸優詔許，劇談憐野逸，公自謂。嗜酒見天眞。

上二乃乞歸之故，此二見夙心之投。醉舞梁園夜，一統志：梁園一名兔苑，在今歸德府城東。行歌泗水春。唐書：泗水縣屬兖州。浦注：天寶初，白東遊，

公亦在梁齊間與之遇。才高心不展，道屈善無鄰。處士禰衡俊，諸生原憲貧。稻粱求未

足，薏苡謗何頻。馬援傳：援征交趾，載薏苡種還，人謗之以為明珠大貝。蔡注：此以喻永王璘反，謂白為參屬與謀也。五嶺炎蒸地，鄧德康記：始與大庾嶺，桂陽騎田嶺，九眞都龐嶺，臨賀萌浩嶺，始安越城嶺，是為五嶺。明南在沙州燉煌縣東南二十里，山有三峯，故曰三危。朱注：太白時流夜郎，三危去夜郎甚遠，此特借言其放逐耳。按：漢夜郎縣屬牂牁郡，唐屬珍州。牂牁郡在今播州界，珍州在今施州。三危放逐臣。山海經：三危之山，廣圓百里，在鳥鼠山西，與岷山相接。括地志：三危山遭鵩鳥，注見四卷。獨泣向麒麟。用西狩獲麟事，言將絕筆也。蘇武元還漢，謂不受迫脅。黃公豈事秦？幾年夏黃公，四皓之一，避秦商山，以比白之高卧廬山也。楚筵辭醴日，梁獄上書辰。注皆見本卷。以比白不與其謀。按：太白書懷詩云：半夜水軍來，尋陽滿旌旃。空名適自誤，迫脅上樓船。徒賜五百金，棄之若浮烟。辭官不受賞，翻謫夜郎天。可與此詩相發明。已用當時法，誰將此議爭。一作陳。老吟秋月下，病起暮江濱。莫怪恩波隔，乘槎與問津。朱注：末嘆如白之才而恩波不

別贊上人 將去秦州赴同谷

還潯陽。白時以赦後及，故欲乘槎以問之天也。然曰莫怪，亦有喻以安命意。

張云：用事精切，回護語何等渾妙。此痛其見汙永王而抱枉莫伸也。

結到當下，無限悲愴。

百川日東流,客去亦不息。我生苦漂蕩,何時有終極?贊公釋門老,放逐來上國。還爲世塵嬰,頗帶憔悴色。楊枝晨在手,豆子雨已熟。是身如浮雲,安可限南北。異縣逢舊友,初欣寫胸臆。天長關塞寒,歲暮饑凍逼。野風吹征衣,欲別向曛黑。馬嘶思故櫪,歸鳥盡斂翼。古來聚散地,宿昔長荊棘。相看俱衰年,出處各努力!

先自傷
次傷贊

華嚴淨行品:手執楊枝,當願衆生皆得妙法,究竟清淨。涅槃經:諸大比邱等於晨朝日初出,離常住處嚼楊枝,遇佛光明,疾速漱口澡手。

叶熟。華嚴疏鈔:譬如春月,下諸豆子,得煖氣色,尋便出土。句喻言禪行已成。

維摩經:是身如浮雲,須臾變滅。

二句去秦之故。

蔣云:隔夕曰宿,三日曰昔。二句卽俯仰之間,已爲陳迹意。

相勉語極眞至。

兩當縣吳十侍御江上宅

舊唐書:鳳州兩當縣,漢故道縣地,今屬輦昌府。吳十侍御名郁,見後成都詩。杜臆:時侍御尚在長沙,公過其空宅,思及往事而作。

張云：開手寫慘淡之景，還客憂危寂寞行徑俱已傳出，寫景即是寫情。

蔣云：窮途失意時，回首生平，越多懺悔，四句最是真情。

寒城朝煙淡，山谷落葉赤。陰風千里來，吹汝江上宅。趙注：兩當縣枕嘉陵江上。鶡雞號枉渚，楚辭：鶡雞啁哳而悲鳴。注：鶡雞似鶴，黃白色。枉渚，曲渚也。陸雲詩：通波激枉渚。日色傍阡陌。借問持斧翁，漢書王訢傳：繡衣御史暴勝之使持斧逐捕盜賊。亦暗用吳剛事切姓。矯矯避弓翮。亦知故鄉樂，未敢思宿昔。昔在鳳翔都，共通金閨籍。幾年長沙客？哀哀失木狖，淮南子：猿狖失木而擒於狐狸，非其處也。天子猶蒙塵，東郊暗長戟。兵家忌間諜，此輩常接跡。臺中領舉劾，君必慎剖析。不忍殺無辜，所以分白黑。朱注：時必有賊間中傷朝臣，吳為分剖是非，以此失執政意，雖權許而終斥之。公特為表出耳。上官權許與，失意見遷斥。後漢書：向長字子平，讀易至損益卦，喟然嘆曰：吾已知富不如貧，貴不如賤，但未知死何如生耳？言當安於義命。仲尼甘旅人，向子識損益。況遷斥非人主意，又何所怨乎？四句所以慰之。朝廷非不知，閉口休歎息。余時忝諍臣，丹陛實咫尺。時將赴同谷。相看受狼狽，謂不能救也。至死難塞責。行邁心多違，出門無與適。

於公負明義,惆悵頭更白。言補過無日也。

劉須溪云:子美心事如此,固宜一出言而傳不朽,非徒言也。〇申鳧盟云:余時忝諍臣四句,眞情實語,聲淚俱下。王麐詰云:知爾不能薦,羞稱獻納臣。兩公心事如靑天白日,他人便多迴護矣。

杜詩鏡銓卷七

乾元、上元間，公赴同谷，居成都作。

發秦州

原注：乾元二年自秦州赴同谷縣紀行。鶴注：秦州西南至成州二百六十五里，同谷其附邑。

我衰更懶拙，生事不自謀。無食問樂土，無衣思南州。_{同谷在秦州南。}漢源十月交，_{唐書：漢源縣屬成州。}天氣涼如秋。草木未黃落，況聞山水幽。朱注：此言同谷風土之媺，利於無衣。栗亭名更嘉，_{九域志：栗亭在成州東五十里。}下有良田疇。充腸多薯蕷，_{本草：薯蕷俗名山藥，補虛勞，充五臟，久服輕身不飢。注：蜀道者良。}崖蜜亦易求。_{圖經本草：石蜜即崖蜜，其蜂黑色，作房於巖崖高峻處或石窟中，以長竿刺令蜜出，承取之，味醶色綠，入藥勝於他蜜。此言同谷物產之佳，利於無食。}密竹復冬笋，清池可方舟。_{西都賦：方舟並騖。注：方，並也。}雖傷旅寓遠，庶遂平生遊。此邦俯要衝，實恐人事稠。應接非本性，登臨未銷憂。谿谷無異名，塞田始微

仇云：首敍啟行大意。

此言同谷之當居。

二八七

此言秦州之當去。末寫臨發情景,是第一首起法。

收。豈復慰老夫?惘然難久留。仇注:人事稠雜,則風土不幽;塞田薄收,則物產不饒,與上緊相應。日色隱孤樹,烏啼滿城頭。中宵驅車去,飲馬寒塘流。磊落星月高,蒼茫雲霧浮。大哉乾坤內,吾道長悠悠!言以乾坤之大,無容身之所,長此奔馳,未知何日方得休息耳?

蔣弱六云:此詩亦用遯局,文格故不平直。自此看到七歌,分明初欲往時意中有多少好處,直謂可安身立命,及既到了,又一刻不自安,情景最真。○韓子蒼曰:子美秦州紀行諸詩,筆力變化,當與太史公諸贊方駕。朱文公語錄:杜詩初年甚精細,晚年曠逸不可當,如自秦州入蜀諸詩,分明如畫,乃其少作也。按:此詩變化精細,當彙而有之,但已非少作耳。

赤谷 一統志:赤谷在鞏昌府秦州西南七十里。

接上首說下

天寒霜雪繁,遊子有所之。豈但歲月暮?重來未有期。蔣云:前已說秦州不可居矣,此仍不無戀戀,亦是眞情。晨發赤谷亭,險艱方自茲。亂石無改轍,我車已載脂。山深苦多風,落日童稚饑。悄然村墟迥,烟火何由追?貧病轉零落,故鄉不可思。三字悲甚。常恐死道路，永爲高人嗤。

此語遂成詩讖。

說到窮途生死語尤哀慘。

李子德云：古調鏗然，有空山清磬之音。○浦二田云：此纔是發足之始，故景少情多，而赤谷風景，自可想見。

鐵堂峽塚，傳是姜維祖塋。

說文：山陿夾水曰峽。通志：峽有鐵堂莊，四山環抱，面有孤峰。方輿勝覽：鐵堂山在天水縣東五里。

山風吹遊子，縹緲乘險絕。峽與峽通。形藏堂隍，隍，漢書作皇。堂皇上。注：室無四壁曰皇。壁色立險句。

邵云：起語亦爾縹緲。○鐵堂二字有此刻劃。

積精。一作鐵。言石色黑也。徑摩穹蒼蟠，石與厚地裂。上句言山路之險，此句言山石之峻。修纖無垠竹，嵌

空太始雪。太始猶云太古。威遲哀壑底，峽之下也。殷仲文詩：哀壑叩虛牝。潘岳詩：峻坂路威遲，言回遠也。徒旅慘不悅。水寒

長冰橫，我馬骨正折。生涯抵弧矢，趙曰：抵，當也，謂當用兵之時。盜賊殊未滅。飄蓬踰三

年，浦注：總計奉先、白水、鄜州以來。回首肝肺熱。

前寫地險，末帶及憂亂之情。

黃白山云：諸詩寫蜀道之艱難，與行役之辛苦，每章結句，各有出場，無一相同處。

此首獨作述事體。

鹽井

唐食貨志：唐有鹽井六百四十，成州雋州井各一。元和郡國志：鹽井在成州長道縣東三十里，水與岸齊，鹽極甘美。

鹵中草木白，張遠注：謂鹵氣浸漬，草木凋枯也。青者官鹽烟。說文：鹵，鹽地也，東方謂之斥，西方謂之鹵。官作既有程，煮鹽烟在川。汲井歲榾榾，莊子：榾榾然用力甚多而見功寡。出車日連連。自公斗三百，轉致斛六千。玉篇：十斗爲斛。官賣斗三百，商販石六千，倍其利也。君子愼止足，言不當與小民爭利。小人苦喧闐。我何良歎嗟，物理固自然。言厚利所在，民必爭趨，無足怪也。

此歎公私趨利者衆也，諷喑含蓄。○按乾元初，第五琦爲鹽鐵使，盡搉天下鹽，斗加時價百錢，詩正其時作。

寒峽

宋書氏胡傳：安西參軍魯尚期追楊難當出寒峽。

寒峽不可度，我實衣裳單。況當仲冬交，泝沿增波瀾。泝逆流沿順流也。野人尋烟語，行邁日悄悄，山谷勢多端。雲門轉絕岸，雲門謂峽口。積阻霾天寒。險阻重疊，以天寒均爲雲霧所霾也。

至極不堪處，忽又作自解語，翻轉前篇死道路、肝肺熱等句意,筆極縹幻。

此首畏途中忽得清涼世界。

蔣云:結聯幽絕,正為神傷二字添毫。

行子傍水餐。積阻寒霾,故尋烟語;地逢絕岸,故傍水餐。二句暗承前二句。劉須溪云:悽愴忠厚得詩人之正。此生免荷殳,未敢辭路難。

陳眉公云:此與鐵堂青陽二篇,幽奧古遠,多象外異想,悲風泣雨,入蜀人不堪多讀。

法鏡寺

身危適他州,勉強終勞苦。神傷山行深,愁破崖寺古。寒檑聚秋興賦:庭樹摵以洒落。回回山根水,二句寺前景。王褒九懷:上乘雲兮回回。冉冉松上雨。蟬娟碧蘚淨,蕭摵洩雲蒙清晨,魏都賦:窮岫泄雲,日月恆翳。初日翳復吐。朱甍半光炯,朱注:甍,棟也。所以承瓦。沈佺期詩:紅日照朱甍。戶牖粲可數。二句寺內景。挂

策忘前期,出蘿已亭午。記時亦藏短景意。冥冥子規叫,微徑不復敢。一作取。

青陽峽

鍾伯敬云:老杜入蜀詩,非徒山川陰霽,雲日朝昏,寫得刻骨;即細草敗葉,破屋危垣,皆具性情,千載之下,宛如身歷。

二九一

邵云：寫景奇壯。

塞外苦厭山，南行道彌惡。岡巒相經亘，經言縱，亘為橫。雲水氣參錯。林迴峽角來，奇句。

天窄壁面削。上句得之遠望，此句得之近見。天窄即公詩峽外絕無天意。

看日車側，漢李尤歌：安得力士翻日車。俯恐坤軸弱。魑魅嘯有風，霜霰浩漠漠。謂山深陰慘。磴西五里石，奮怒向我落。言石勢傾險。仰

蹠隴坂，高秋視吳嶽。周禮：雍州其鎮曰嶽山。注：吳嶽也。山在汧縣西，古文以為岍山。秦都咸陽，以為西岳。東笑蓮華卑，

北知崆峒薄。浦注：蓮華，華山峯名，在東。崆峒，近今平涼府城，在吳嶽北。超然侔壯觀，已謂殷隱一作寥廓。此句殷字舊作上聲讀，於義難通。按史記天官書：衡殷南斗。索隱注：殷，當也，似當用此義。宋均曰：殷，當也。殷寥廓，猶云其高極天。突兀猶趁人，及茲歎冥寞。本多作漠，重。上言吳嶽之險，已非他山所及，其突兀之狀，猶若逐人而來，今到青陽，其險有勝於吳嶽者，乃不覺爽然如失也。正應前南行道彌惡意，不必作冥漠解。

江盈科曰：少陵秦州以後詩，突兀宏肆，迴異前作，非有意換格，蜀中山水自是挺特奇岨，獨能象景傳神，如春蠶結繭，隨物肖形，乃為眞詩人，眞手筆也。

龍門鎮

一統志：龍門鎮在鞏昌府成縣東，後改府城鎮。

細泉兼輕冰，沮洳棧道溼。元和郡國志：褒斜道一名石牛道，張良令燒絕棧道卽此。不辭辛苦行，迫此短景急。仇注：此往龍門之路。○一作溼。蜀都賦：岨以石門。注：在漢中之西，褒中之北，蜀同。浦注：石門當卽指龍門，地在兩當成縣之間，正是龍門之路。石門雲雪隘，○寫入神。之險隘。

漢西褒北。古鎭峯巒集。○響山荒戍井。旌竿暮慘澹，風水白刃澀。○至此直不假自悲矣。胡馬屯成皋，成皋在東都東。唐書：乾元二年九月，史思明陷東京及齊、汝、鄭、滑四州。防虞此何及！嗟爾遠戍人，山寒夜中泣！

黃淳耀曰：時東京為思明所據，秦成間密邇關輔，故龍門有兵鎭守。然旌竿慘澹，白刃鈍澀，旣無以壯我軍容，況此地又與成皋遠不相及，則亦徒勞吾民而已。

石龕

蔣云：寫萬慘。○楚辭招隱：虎豹。畢集抵一篇招魂韻。

熊羆咆我東，豳兮熊羆咆。虎豹號我西。我後鬼長嘯，我前狨又啼。○鬼，山鬼也。埤雅：狨，猿屬，輕捷善緣木，生川峽深山中。此悲嘯呼號，都從天寒無日中見得。天寒昏無日，山遠道路迷。驅車石龕下，仲添

冬見虹蜺。出怕人朱注：月令：孟冬之月，虹藏不見。今仲冬見之，紀異也。伐竹者誰子？悲歌上雲梯。為官採美

申鳧盟云：起勢奇崛，若安放在中間，亦常語耳。

此及上首俱於題外生波。蔣云：將到未到，中間又添此一段波折。

記地之作，朴老如古樂府。

箭，五歲供梁齊。浦注：安史之亂，起天寶十四載，至是五年，梁齊謂河北官軍也。苦云直犇盡，無以充提攜。奈何漁陽騎，颯颯驚蒸黎！下半偶因所見而歎世亂之不得平也。

積草嶺 原注：同谷界。

連峯積長陰，白日遞隱見。颸颸林響交，慘慘石狀變。旅泊吾道窮，衰年歲時倦。卜居尙鳴 舊體作明。水縣。舊唐書：鳴水縣屬興州。蔡注：從此嶺分路，東則同谷，西則鳴水。山分積草嶺，路異記程

百里，休駕投諸彥。邑有佳人，情如已會面。朱注：時同谷宰蓋以書迎公。來書語絕妙，遠客驚深眷。食蕨不願餘，食，索隱注：蕨，薇也。史記：伯夷叔齊採薇而茅茨眼中見。泥功山 浦注：元和郡國志：青泥嶺在興州長舉縣西北五十三里，接溪山東，懸崖萬仞，上多雲雨，行者屢逢泥淖。泥功或卽青泥嶺之別名，舊引唐書未合。

朝行青泥上，暮在青泥中。言隤成卽壞，如朝暮之速。泥濘非一時，版築勞人功。不畏道途

永,乃將泪沒同?白馬爲鐵驪,小兒成老翁。謂小兒陷泥中,力竭不能出如老翁也。哀猿透卻墜,亦極刻畫

死鹿力所窮。○只○淡○淡○一○語○自○足。寄語北來人,後來莫忽忽。

鳳凰臺 原注:山峻,人不至高頂。水經注:鳳溪水上承蜀水於廣業郡,南巡鳳溪,中有二石雙高,其形若闕,漢世有鳳凰樓其上,故謂之鳳凰臺。

亭亭鳳凰臺,北對西康州。唐書:武德初置西康州,貞觀初,州廢爲同谷縣,屬成州。方輿勝覽:在同谷東南十里。

文王時鳳鳴岐山。浦注:是臺非岐山鳴鳳處,特因鳳聲觸發,早逗出下文,注想太平之意。山峻路絕蹤,石林氣高浮。西伯今寂寞,鳳聲亦悠悠。

爲君上上聲。上頭?恐有母無雛,饑寒日啾啾。我能剖心血,飲啄慰

孤愁。心以當竹實,炯然無外求。心血又分出兩項奇幻血以當醴泉,豈徒比清流?幻出奇波

不飲。所重王者瑞,敢辭微命休。坐看綵翮長,舉縱一作。意八極周。自天銜瑞圖,詩疏:鳳凰非竹實不食,非醴泉

飛下十二樓。漢郊祀志:方士言黃帝時爲五城十二樓,以候神人於執期。圖以奉至尊,

春秋元命包:黃帝遊洛水之上,鳳凰銜圖置帝前,帝再拜受。

杜詩鏡銓

等句明犯,古樂府中有此。

鳳以垂鴻猷。○劉敬叔異苑:晉隆安中,鳳凰集劉穆之庭,韋藪謂曰:子必協贊鴻猷。再光中興業,一洗蒼生憂。深衷○蔣云○直○人○奇○老○之○策○

正為此,羣盜何淹留。

張上若云:此公欲舍命荐賢以致太平,因過鳳凰臺而有感也。殆卽指房琯、張鎬輩。○浦二田云:是詩想入非非,要只是鳳臺本地風光,亦只是杜老平生血性,奇情横溢,與會淋漓,為十二詩意外之結局。

申鳧盟云:七歌頓挫淋漓,有一唱三歎之致,是集中得意作。

乾元中寓居同谷縣作歌七首 舊唐書:成州治同谷縣。

有客有客字子美,白頭亂髮垂過耳。一作髮垂過耳。歲拾橡栗隨狙公,莊子:狙公賦芧。芧卽橡子,狙公謂畜狙之人。天寒日暮山谷裏。中原無書歸不得,手腳凍皴七倫切。皮肉死。說文:皴,皮細起也。嗚

呼一歌兮歌已哀,悲風為我從天來。

浦二田云:七詩章法本極整密,舊解每於第六首若贅疣,然今按第一首係總攝諸章,白頭肉死,乃作客傷老本旨,故應在末章。其曰拾橡栗,則二章之家計也。天寒山谷,則五章之流寓也。中

劉須溪云：一歌喚子美，二歌喚長鑱，豈不奇崛。

原無書，則三章四章之弟妹也。歸不得則六章之值亂也。下各章一一承說，條理井然，結獨逗一哀字、悲字，以下諸歌不復言悲哀，而聲聲悲哀矣。每章結句亦多貼定。

長鑱，仕衫切。長鑱白木柄，吳人云犂鐵。我生託子以爲命。黃獨一作無苗山雪盛，叫○得○親○切○。張潛曰：既曰呻吟，又

山谷別集：黃獨狀如芋子，肉白皮黃。梁漢人蒸食之，江東人謂之土芋。陳藏器云：黃獨遇霜雪枯無苗，蓋蹲鴟之類。又蔡夢弼引別注：歲飢土人掘以充糧，根惟一顆而色黃，故謂之黃獨。若黃精雖能止飢，究恐於此不合。

短衣數挽不掩脛。此時與子空歸來，男呻女吟四壁靜。曰靜，言除呻吟外，別無所有，別無所聞也。

有弟有弟在遠方，三人各瘦何人強？嗚呼二歌兮歌始放，隣一作里爲我色惆悵。
後漢書：趙孝弟禮爲賊所得，將食之，孝自縛詣賊曰：禮餓羸瘦，不若孝肥飽。賊感其意，俱赦之。
趙曰：公四弟，曰穎，曰觀，曰豐，曰占。穎、觀、豐各在他郡，惟占從入蜀。後有舍弟占歸草堂詩。子虛賦：弋白鵠，連駕鵝。陶隱居曰：野鶖大於雁，梁元帝與武陵王書：兄肥弟瘦，無復相見之期。

胡塵暗天道路長。前飛駕鵝後鶖鶬，亦樂府句謂之駕鵝，楚辭大招：鴻鶬羣晨，雜鶖鶬只。詩：鳧鷖在梁。生別展轉不相見，安得送我置汝旁？二句特言道路阻絕，欲假翼飛鳥耳，鳥名

毛萇曰：鷖，鳧屬。埤雅：狀如鶴而大。物類相感志：玄鶴，鶴類，以其色蒼，故曰鶖。

李子德云:嗚咽悱惻,如聞哀弦。○淡至矣,而文彩爛然;雄至矣,而聲色俱化。

此首寫同谷實景,上四確是谷裏孤城,說得悽慘可畏也。

言無人。我生何為在窮谷?中夜起坐萬感集。

歸故鄉。言欲招魂同歸故鄉,而驚魂欲散,故招之不來也。楚辭:魂兮歸來,反故居些。結語翻用更深。

沈云:木葉黄落,冬日愁慘之象,故寫其迴春姿,着意在陽長陰消,所感者大。

不必。嗚呼三歌兮歌三發,汝歸何處收兄骨?

有妹有妹在鍾離,浦注:唐為濠州,今鳳陽府。良人早歿諸孤癡。公有元日寄韋氏妹詩。時已嫠居矣。長淮浪高蛟龍怒,濠在淮南。十年不見來何時?扁舟欲往箭滿眼,杳杳南國多旌旗。嗚呼四歌兮歌四奏,林猿為我啼清晝。朱注:猿多夜啼,今啼清晝,極言其悲也。舊作竹林解,穿鑿難信。

四山多風溪水急,寒雨颯颯枯樹溼。黄蒿古城雲不開,白狐跳梁黄狐立。嗚呼五歌兮歌正長,魂招不來

南有龍兮在山湫,有龍,此借以起興。古木巃嵸枝相樛。力董孔切。嵸子孔切。木葉黄落龍正蟄,蝮蛇東來水上游。抱朴子:蝮蛇中人至急,一日不治則殺人。我行怪也。此安敢

劉安招隱士:山氣龍嵸兮石嵳峩。

出,拔劍欲斬且復休。漢書:高祖夜徑澤中,有大蛇當道,拔劍斬之。嗚呼六歌兮歌思遲,溪壑爲我迴春姿。

浦二田云:此章慨世亂,乃作客之由也,不敢斥言在位,故借南湫之龍爲比。蓋龍蟄山湫,主威不振也。蝮蛇東來,史孽寇偪也。我安敢出,所以遠避也。欲斬且休,力不能殄也。舊注牽扯玄肅父子,固爲不倫,即泛咏龍湫,亦屬無謂。

男兒生不成名身已老,三年饑走荒山道。長安卿相多少年,富貴應須致身早。山中儒生舊相識,浦注:時必有舊交寓同谷者。但話夙昔傷懷抱。嗚呼七歌兮悄終曲,仰視皇天白日速。

朱子謂此歌七章,豪宕奇崛,兼取九歌、四愁、十八拍諸調而變化出之,遂成創體。○李薦師友記聞:太白遠別離、蜀道難與子美寓居同谷七歌,皆風騷極致,不在屈宋之下。○艾千子論文曰:如海外奇香,風相嚙所斷滅欲盡,獨留眞液,公七歌足以當之。

末章仍歸到窮老作客之感,是收結體。

杜詩鏡銓

萬丈潭

舊注：同谷縣作。方輿勝覽：在同谷縣東南七里，俗傳有龍自潭飛出。杜臆：同谷有龍峽，峽旁有潭，其深莫測，曰萬丈潭。

青溪合　一作冥寞，神物有顯晦。承神物。龍依積水蟠，窟壓萬丈內。承青溪。跼步淩垠堮， 此自山上而及南淮杜臆：指嘉陵江，蓋同谷之東河，南許愼曰：垠堮，端崖也。子：出於無垠堮之門。側身下烟靄。前臨洪濤寬，杜臆：河，皆入龍峽而注於嘉陵江也。蔡夢弼曰：潭值兩山危立，其下澄泓萬丈。削成根。卻立蒼石大。山危一徑盡，狹，言路之岸絕兩壁對。言嚴之峭。黑知灣澴底，此自潭中而及四旁廣韻：澍，清也。澴也。玉篇：澴，聚流也。清見光炯碎。仇注：黑言淵底，清言波面。虛無，倒影垂澹瀩。寫峽中。即寫潭。仍寫峽。孤雲到來深，飛鳥不在外。朱注：言潭上石高，鳥飛不能過也。神句寫潭。高蘿成帷幄，陸機詩：輕條象雲構，密葉承翠幄。寒木壘壘。一作旌旆。康協終南行：楓丹杉碧，壘旌立旆。遠川曲通流，嵌竇潛洄瀨。波近穴。二句言其遠境，發興自我輩。告歸遺恨多，將老斯遊最。閉藏脩鱗蟄，出入巨石礙。何當暑天過，快意風雲會。雨一作會。言方冬龍蟄，未能擘石而出，還思乘暑過此，觀其騰躍風雲之會也。

首二句領全篇。

中間詳敍潭景，申上青溪合冥寞。

末歎遊潭之勝，應轉神物有顯晦。

三〇〇

蔣弱六云：字句章法，一一神奇，發秦州後詩，此首尤見搏虎全力。○楊德周曰：山水間詩，最忌庸膚。杜公此詩及青陽峽、飛仙閣、龍門閣諸篇，幽靈危險，直令氣浮者沉，心淺者深。刻畫之中，元氣渾淪；窈冥之內，光怪迸發。

發同谷縣

原注：乾元二年十二月一日，自隴右赴成都紀行。朱注：公居同谷不盈月，即赴成都。

賢有不黔突，聖有不煖席。〔突，孔子無黔。淮南子。墨子無煖席。〕況我饑愚人，焉能尚安宅？始來茲山中，休駕喜地僻。奈何迫物累，一歲四行役！〔趙曰：是年春，公自東都回華，秋自華客秦，冬自秦赴同谷，又自同谷赴成都，是四行役也。〕停驂龍潭雲，迴首虎崖石。〔龍潭即萬丈潭。一統志：有虎穴在成縣西。〕臨歧別數子，握手淚再滴。交情無舊深，窮老多慘慽。平生懶拙意，偶值棲遯跡。去住與願違，仰慚林間翮。

邵子湘云：發同谷縣後十二首，較秦州詩更爾刻畫精詣，奇絕千古。

言此間地僻，正與懶拙相宜，顧本欲住而捨之去，反不如鳥之得所棲也。

開手如何自解，至此仍不能不嗚咽。

以議論起，又一法。此下十二首之發端。

邵云：詩文亦然，學者正須放開眼孔。

木皮嶺

《方輿勝覽》：在同谷縣東二十里。杜甫發同谷，取路栗亭南入郡界，歷當房村，度木皮嶺，由白水峽入蜀，即此。《黃巢之亂》，王鐸置關於此以遮秦隴，路極險阻。《一統志》：木皮嶺在鞏昌府徽州西十里。

首聲。去。路栗亭西，〖即剣門。〗顏延之詩：首路踟蹰。〖栗亭注見前。〗險。尚想鳳凰村，〖朱注：鳳凰村當與鳳臺相近，在同谷。〗季冬攜童稚，

辛苦赴蜀門。〖寫眞高。〗南登木皮嶺，艱險不易論。〖張云登山眞景。〗汗流被我體，祁寒為之暄。

遠岫爭輔佐，千巖自崩奔。〖四句遇景最正。〗始知五嶽外，別有他山尊。一作塞大明，

〖廣雅：日名輝靈，一名大明。謂山高蔽日也。〗

摧折如斷轅。下有冬青林，石上走長根。

〖八句又忽轉出好景，所謂嶮巇之狀。亦言度嶺〗西崖特秀發，煥若靈芝繁。〖謂五色璀璨。〗

潤聚金碧氣，清無沙土痕。憶觀崑崙圖，目擊玄圃存。〖劉孝綽詩：玄圃樓金碧。神仙傳：崑崙一名玄圃。此

借仙境以形其絕勝，故留戀而不忍去也。〗對此欲何適？默傷垂老魂。

六句入畫。

白沙渡 浦注：舊據方輿勝覽，以白沙水回二渡俱屬劍州，誤也。劍州在劍門南，此去劍門尚遠，當即成州渡嘉陵江處。

此記渡口登舟。

畏途隨長江，嘉陵江也。寰宇記：嘉陵江去興州長舉縣南十里。渡口下絕岸。差池上舟楫，窈窕入雲漢。仇注：嘉陵江即西漢水，故比之雲漢。

此下記舟中之景。亦見過渡之難。

水清石礧礧，沙白灘漫漫。迥然洗愁辛，多病一疏散。高壁抵嶔崟，

此捨舟而陸行

一作岑。

洪濤越凌亂。臨風獨回首，攬轡復三歎。朱注：言水清沙白，風景可娛，及已渡回首，見高壁洪濤之可畏，故爲之三歎也。

張上若云：一渡分作三層寫，法密心細。○此首是畫渡，下首是夜渡。

水會 浦注：一統志：嘉陵江東歷兩當、略陽，會東谷等水。恐即此處。

一云渡

此從山行說到渡水處也。

山行有常程，言無宿處也。中夜尚未安。微月沒已久，崖傾路何難！大江動我前，

張云：四句寫黑夜險景甚眞。

杜詩鏡銓

亦指嘉陵江。 泃若溟渤寬，篙師暗理楫，歌笑輕波瀾。其可危。 霜濃木石滑，風急此又從渡水說險句朱注：言水勢洶湧，星漢之到登岸江。手足寒。入舟已千憂，陟巘仍萬盤。迴眺積水外，始知眾星乾。遠遊令人瘦，衰疾慚加餐。

行，若出其裏，非登岸而回眺水外，幾不知天水之為二也。

飛仙閣 方輿勝覽：飛仙嶺在興州東三十里，相傳徐佐卿化鶴跧泊之所，故名。朱注：在今漢中府略陽縣東南四十里。華陽國志：諸葛亮相蜀，鑿石駕空，為飛梁閣道。水經注：大劍戍至小劍三十里，連山絕險，飛閣相通，謂之閣道。蓋架閣山間，閣上為道也。

土門山行窄，微徑緣秋毫。此登閣道之路。壘石為棧。棧之旁。萬壑欹疏林，積陰帶奔濤。寒日外澹泊，長風中怒號。如畫。朱注：幽深則日不及照，故曰外澹泊。棧雲闌干峻，梯石結構牢。仇注：棧雲謂高棧連雲，梯石謂梯石為梯。棧之下。二語總見閣道之險，非身歷不能形容。空大則風從內出，故曰中怒號。 歇鞍在地底，始覺所歷高。往來雜坐臥，人馬同疲勞。浮生有定分，饑飽豈可逃。歎息謂妻子：我何隨汝曹？計，亦何至

王阮亭云：倒醒飛仙妙甚。歎息處正為地險添毫。

此下四篇皆記棧道之景。

五盤

棧道盤曲有五重。一統志：七盤嶺在保寧府廣元縣北一百七十里，一名五盤嶺。

五盤雖云險，山色佳有餘。仰凌棧道細，俯映江木疏。地僻無網罟，水清 寫。淳。朴。意。妙。反多魚。 揚雄答客難：水至清則無魚。 好鳥不妄飛，野人半巢居。喜見淳朴俗，坦然心神舒。東郊尚格鬬，巨猾何時除？ 謂思明未平。 故鄉有弟妹，流落隨邱墟。 成都萬事好，豈若歸吾廬？

蔣弱六云：是險極中略見可喜，反因此生出別感來，分明一路恐懼驚憂，萬苦在心，俱記不起；至此心神略閒，不覺兜底觸出，最為神到。

龍門閣

元和郡國志：龍門山在利州綿谷縣東北八十二里。寰宇記：一名蔥嶺山。梁州記云：蔥嶺有石穴高數十丈，其狀如門，俗號龍門。一統志：在保寧府廣元縣嘉陵江上。

清江下龍門，謂江在龍門之下。絕壁無尺土。方輿勝覽：他閣道雖險，然在山腰，亦微有徑可以增置閣道。惟此閣石壁斗立，虛鑿石竅，架木其上；比他處極險。

長風駕高浪，李云：雄渾。浩浩自太古。危途中縈盤，仰望垂線縷。滑石欹誰鑿，浮梁裊相拄。目眩隕雜花，頭風吹過雨。一云過飛雨。水經注：棧道俗謂千梁無柱。諸葛孔明與兄瑾書曰：其閣梁一頭入山腹，其一頭立柱於水中，水大而急，不得安柱。後孔明卒，魏延先退而焚之。自後按修舊路者悉無復水中柱，迴涉者，浮梁振動，無不搖心眩目。浦注：臨迅駛之流，故目眩如花隕。騰澎湃之響，故頭風若雨吹。二句亦承江險意，說作實講恐非。

百年不敢料，一墜那復取！飽聞經瞿塘，峽名，在夔州。足見度大庾。嶺名，在江西南安府。

終身歷艱險，恐懼從此數！謂從前所歷之險，皆算不得也。

石櫃閣 方輿勝覽：石欄橋在綿谷縣北一里，自城北至大安軍界，營欄橋閣共一萬五千三百一十六間，其著名者為石櫃閣、龍門閣。浦二田云：飛仙之險在山，龍門之險尤在下臨急水。起四揭清，中八先逑閣道之獻危，次逑臨江之恐墜，意以承逑而下，末四乃涉險而歎也。

季冬日已長，山晚半天赤。蜀道多早草，一作花，江間饒奇石。石櫃曾波上，臨

一幅棧道圖。○何云：寫艱難險峻，乃爾細麗。

他處極險。

險。

庾。西南安府。

若雨吹。二句亦承江

險意，說作實講恐非。

其一頭立柱於水中，水大而急，不得安柱。後孔明卒，魏延先退而焚之。自後按修舊路者悉無復水中柱，迴涉者，浮梁振動，無不搖心眩目。浦注：臨迅駛之流，故目眩如花隕。騰澎湃之響，故頭風

入畫似小謝佳句。○蔣云：

二句亦見清暉猶在水，暝色已在山意，寫水間道上傍晚時景宛然。

虛蕩高壁。清暉回羣鷗，暝色帶遠客。仇注：日落鷗還，則暝色侵客矣。羈棲貪幽意，感歎向絕跡。信甘屑懦嬰，謂高蹈不勇。不獨凍餒迫。優游謝康樂，放浪陶彭澤。吾衰未自由，謝爾性所適。

上八敘景，下八逃懷。○浦二田云：此亦臨江之棧也，復言幽，不言險。四篇一苦一愉，以相間成章，總見章法變化處。

桔柏渡 方輿勝覽：在利州昭化縣。

浦云：前半可作長橋行旅圖。俞犀月云：此與前二渡作法又別，獨見清曠之氣。結句仍入險途。

青冥寒江渡，架竹爲長橋。竿溼烟漠漠，江永風蕭蕭。連筒動嫋娜，筧橋連竹索爲之，亦名繩橋。征衣颯飄飄。急流鷦鶒散，倒承上二句。西都賦：鶬鴰鴇鶄。注：鷦，水鳥。似雁，無後趾。鷦，水鳥。絕岸黿鼉驕。流急故散，岸絕故驕。西轅自茲異，東逝不可要。○寫得縹紗恍惚。高通荊門路，闊會滄海潮。舊注：桔柏渡乃文州嘉陵二江合流處，東下入渝，合達荊州。朱注：言我西行而水但東注，通荊門，下滄海，不可要之使止也。戴叔倫詩：沅湘日夜東流去，不爲愁人住少時。即此意。孤光隱顧盼，遊

三〇七

邵云：大山水詩須得此氣概。○宋祁知成都至此，詠杜詩首四句，歎伏，以爲實錄。

子憾寂寥。無以洗心胸，前登但山椒。釋名：山頂曰冢，亦曰椒。謝靈運詩：稅駕登山椒。

劍門 舊唐書：劍州劍門縣界大劍山，即梁山也，其北三十里有小劍山大劍山，有閣道三十里。一統志：大劍山在保寧府劍州北二十五里，蜀所恃爲外戶。其山峭壁中斷，兩崖相嵌，如門之闢，如劍之植，故又名劍門山。

惟天有設險，劍門天下壯。連山抱西南，石角皆北向。朱注：石角北向，言有面内之義。按玄宗幸蜀，後以蜀郡爲南京，故云。兩崖崇墉倚，刻畫城郭狀。一夫怒臨關，百萬未可傍。以上正義以下發感珠玉走中原，岷峨氣悽愴。蔣云：忽接入意。中語突兀。趙注：岷山在成都之西，即青城山。峨山在成都西南，即峨嵋山也。朱注：蜀爲天府，故珠玉皆歸中原，然物力有窮，岷峨亦爲之悽愴矣。按：仇本珠玉上有二句，庸濫決非公筆。三皇五帝前，雞犬莫相放。一作各史記貨殖傳序：老子曰：至治之極，鄰國相望，雞狗之聲相聞，民各安其俗，樂其業，至老死不相往來。後王尚柔遠，職貢道已喪。言蜀地當上古之世，本與中國不通，自秦開金牛之後，務以柔遠；職貢修而淳樸道喪，蜀所以遂爲多事之國。至今英雄人，高視見霸王。霸如公孫述輩，王如後漢先主。并吞與割據，極力不相讓。吾將赤谷入險,此乃出險。

罪真宰,意欲鏟疊嶂。恐此復偶然。言割據之事恐偶然復有之也,後段子璋、徐知道、崔旰、楊子琳之徒,果據險為亂。臨風默惆悵。

以議論為韻言,至少陵而極,少陵至此等詩而極,筆力雄肆,直欲駕劍閣銘而上之。○朱鶴齡曰:蜀為財賦所出,自明皇臨幸,供億不貲,民力盡矣;民力盡而寇盜乘之,晉李特流人之禍,可為明鑒。此詩故有岷峨悽愴,與英雄割據之慮也。公豈徒詩人已哉?

鹿頭山

唐書:漢州德陽縣有鹿頭關在鹿頭山上,南距成都百五十里。

鹿頭何亭亭?是日慰饑渴。連山西南斷,俯見千里豁。遊子出京華,劍重發歎直從第門不可越。一番上路說起及茲險阻盡,始喜原野闊。王洙曰:自秦入蜀,川嶺重複,極為險阻。及下鹿頭關,東望成都,沃野千里,蔥鬱之氣,乃若煙霞然。殊方昔三分,大感慨三國時。霸氣曾間發。蜀都賦:華天下今一家,雲端失雙闕。闕雙邈,重門洞開。悠然想揚馬,繼起名硴兀。切感慨。華陽國志:司馬相如耀文上京,揚子雲齊聖廣淵,斯蓋華岷之靈標,江漢之精華也。有文令人入境頌邦君,自體當如此,而依劉之意,即在其中。

傷,何處埋爾骨!紆餘脂膏地,{此幸撫蜀得人}遠邈。{蜀都賦:內函要害於膏腴。}{上林賦:紆餘逶迤。高曰:紆餘,廣華陽}仗鉞非老臣,宣風豈專達?{周禮:大事則慘澹豪俠窟。}冀公柱石姿,論道邦國活。{裴冕亦首倡朔方興}

{國志:秦克六國,輒徙其豪俠於蜀,家有鹽銅之利,人擅山川之材,簫鼓歌吹,擊鐘肆縣,富侔公室,豪過田文。四句言蜀本善地,經亂後不免凋殘,必得老臣坐鎮,方足播宣風教而上達朝廷耳。}

復之斯人亦何幸也。{指蜀人}公鎮踰歲月。{舊唐書:至德二載,右僕射裴冕封冀國公,乾元二年六月拜成都尹,充劍南西川節度使。}議。

{李長祥曰:自秦州至此,山川之奇險已盡,詩之奇險亦盡,乃發為和平之音;使讀者至此,別一世界,情移於境,不可強也。}

成都府 {十○九○首}

翳翳桑榆日,照我征衣裳。我行山川異,忽在天一方。但逢新人民,未卜見故鄉。大江東流去,{浦注:此當指岷江。}遊子日月長。曾城塡華屋,季冬樹木蒼。{蜀都}喧然名都會,吹簫間笙簧。{朱注:盛稱都會,愈見故鄉可懷,即所謂成都萬事好,豈若歸吾廬也。}信美無與適,

{楊德周云:此詩寄興舍情,悲涼激壯,正復有俯仰六合之意。}

冬馥。寒卉

是二十四首總結語。

登樓賦：雖信美而非吾土兮，"謂弟妹等不可見。

出．不．門．高．時．，衆．霾．星．落．向．星．爭．月．光．又．。困學紀聞：二句謂肅宗初立，盜賊未息也，亦不必泥。

側．身．望．川．梁．。鳥．雀．夜．各．歸．，中．原．杳．茫．茫．。中原公故鄉所在。自．古．有．羈．旅．，我．何．苦．哀．傷．！言世亂未平，亦且暫謀安息耳。

李子德云：萬里之行役，山川之夷險，歲月之暄涼，交游之違合，靡不曲盡，眞詩史也。○蔣弱六云：少陵入蜀詩，與柳州柳子厚諸記，剔險搜奇，幽深峭刻，自是千古天生位置配合，成此奇地奇文，令讀者應接不暇。○大處極大，細處極細，遠處極遠，近處極近，奧處極奧，易處極易，兼之化之，而不足以知之。

酬高使君相贈 鶴注：公初到成都寓浣花溪寺，時高適爲彭州刺史，以詩寄贈，公酬以此詩。趙清獻玉壘記：公寓沙門復空所居。

古．寺．僧．牢．落．，空．房．客．寓．居．。故．人．分．祿．米．，杜廳：故人當指裴冕。鄰．舍．與．園．蔬．。雙．樹．容．聽．法．，翻譯名義集：娑羅樹，東西南北四方各雙，故曰雙樹，方面悉皆一榮一枯。涅槃經：世尊在雙樹間演法。三．車．肯．載．書．。法華經：長者以牛車、羊車、鹿車立門外，引諸子出離火宅。王勃釋迦成道記：羊鹿牛之三車出宅。注：法華三車喻也，羊車喻聲聞乘，鹿車喻緣覺乘，牛車喻菩薩乘，俱以運載爲義。前二乘方便施設，惟大白牛車是實，引重致遠，不遺一物。

按：此句當襲用莊子惠施多方，其書五車事言佛法在語言文字之外也。

草玄吾豈敢，賦或似相如。漢書揚雄傳贊：經莫大於易，故作太玄。又本傳：孝成時有薦雄文似相如者，召雄待詔承明之庭。

仇滄柱云：此詩與高詩逐聯分答，句句相應：空房客居，見無詩書可討。鄰友供給，見非取資僧飯。但容聽法，則不能設難。未肯載書，亦何用翻經乎？末則謝草玄而居作賦，言詞人不敢擬經也。

附 贈杜二拾遺　　　　高　適

傳道招提客，詩書自討論。佛香時入院，僧飯屢過門。聽法還應難，尋經剩欲翻。廬山記：謝靈運卽遠公寺翻涅槃經，名其臺曰翻經臺。草玄今已畢，此後更何言？言當別有著作。

卜居

浣花溪水水西頭，寰宇記：浣花溪在成都西郭外，屬犀浦縣，一名百花潭。主人為卜林塘幽。已知出郭少塵事,更有澄江銷客愁。趙曰:公居在浣花溪水西岸江流曲處,公詩所謂田舍清江曲也。無數蜻蜓齊上下,一雙鸂鶒對沈浮。

張云:齊字對字寫出物情。

東行萬里堪乘興,須向山陰上小舟。華陽國志:蜀使費禕聘吳,孔明送之。禕歎曰:萬里之行,始於此矣。世說:王子猷居山陰,雪夜忽憶戴安道,時戴在剡溪,即乘輕船就之。既造門,不前便返,人問其故,曰:吾本乘興而來,興盡而返。東遊乃公素志,因此溪直通吳會,故云。亦是初到,故作快心語。

蔣云:且訴且謝且祝,只如白話自妙。

王十五司馬弟出郭相訪兼遺營草堂貲

客裏何遷次?浦注:言何所藉以爲遷次之貲。左傳:廢日共積,一日遷次。陳樂昌公主詩:今日何遷次,新官對舊官。謂所遷次舍也。江邊正寂寥。

肯來尋一老,愁破是今朝。憂我營茅棟,攜錢過野橋。他鄉惟表弟,還往莫辭遙。

蕭八明府實處覓桃栽

奉乞桃栽一百根,春前爲送浣花村。鶴注:數首俱上元元年初營草堂作。按:栽卽種也。仇注作桃秧解,於松樹子不可通。河陽縣裏雖無數,白帖:潘岳爲河陽令,遍樹桃李。濯錦

諸作以詩代簡,俱屬戲筆。

三一三

江邊未滿園。錦江注見後。

從韋二明府續處覓綿竹 蔡注：綿竹產漢州綿竹縣之紫巖山。

華軒藹藹他年到，想韋嘗為綿竹令。綿竹亭亭出縣高。江上舍前無此物，幸分蒼翠拂波濤。

憑何十一少府邕覓榿木栽 丘宜公有贈別何邕詩。齊東野語：榿，前輩讀若欹。榿木惟蜀有之，不材木也。宋祁益部方物記：榿木蜀所宜，民家蒔之，不三年可為薪，疾種急取，里人以為利。

草堂塹西無樹林，非子誰復見幽心？飽聞榿木三年大，與致溪邊十畝陰。

憑韋少府班覓松樹子栽 後有涪江泛舟送韋班詩。

落落出羣非櫸柳，爾雅注：柜柳似柳，皮可煮飲。徐氏曰：柜或作櫸。青青不朽豈楊梅？浦注：櫸柳高可及松而易凋，楊梅不凋類松而榦矮,故兩用爲襯。欲存老蓋千年意,歲方頂平偃蓋。爲覓霜根數寸栽。 酉陽雜俎:松千歲方頂平偃蓋。

又於韋處乞大邑瓷盌

大邑燒瓷輕且堅,唐書:大邑縣屬邛州。扣如哀玉錦城傳。徐陵賦:哀玉發於新聲。君家白盌勝霜雪,急送茅齋也可憐。愛也。

詣徐卿覓果栽 公有徐卿二子歌。一有子字。

草堂少花今欲栽,不問綠李與黃梅。石筍街中卻歸去,注見後。果園坊裏爲求來。 浦注:石筍街,公自徐歸草堂之路,果園坊徐所居。

堂成

背郭堂成蔭白茅,緣江路熟俯青郊。謝朓詩:結軫青郊路。榿林礙日吟風葉,籠切。力鍾竹和

仇云:林礙日,葉吟風,竹和

烟滴露梢。山谷別集：蜀人名大竹曰籠竹。朱注：竹有數種，節間空八九寸者曰籠竹，一尺者曰苦竹，弱梢垂地者曰釣絲竹。暫止飛鳥將數子，

古樂府：烏生八九子，端坐秦氏桂樹間。將，領也。頻來語燕定新巢。旁人錯比揚雄宅，懶惰無心作解嘲。

寰宇記：子雲宅在華陽縣少城西南角，一曰草玄堂。揚雄傳：哀帝時丁傅董賢用事，雄方草太玄，或嘲雄以玄尚白，而雄解之，號曰解嘲。

王嗣奭曰：此章與卜居相發，前詩寫溪前外景，此詩寫堂前內景；前景是天然自有者，此景則人工所致者，此卜居堂成之別也。○羅大經曰：詩莫尚乎興，與者因物感觸，意在於此而意在於彼，非若比賦之直言其事也。故興多兼比賦，比賦不兼興，古詩皆然。今以杜陵詩言之，發潭州云：岸花飛送客，檣燕語留人。蓋因飛花語燕，傷人情之薄，言送客留人止有燕與花耳。此賦也，亦興也。若感時花濺淚，恨別鳥驚心。則賦而非興矣。蓋因烏飛燕語而喜己之攜雛卜居，其樂與之相似。此比也，亦興也。堂成云：暫止飛烏將數子，頻來語燕定新巢。若鴻雁影來聯峽內，鶺鴒飛急到沙頭。則比而非興矣。

烟，梢滴露，六字本相對，將風葉露梢倒轉，句法便覺變化。

邵云：牢壯渾勁，此爲七律。

蜀相

丞相祠堂何處尋？錦官城外柏森森。顧注：成都先主廟側有諸葛武侯祠，祠前有大柏，係孔明手植。華陽國志：成都西城故錦官城也，錦

正宗。自始至終，一生功業心事，只用四語括盡，是如椽之筆。

江流錦濯其中則鮮明，他江則不好，故命曰錦里。出師表：三顧臣於草廬之中。頻煩卽點三顧說，當指先主，舊注非是。天下計，言非爲一己之私。

國，以後主之昏庸而能嗣位，皆武侯一片苦心也。

與司馬懿對於渭南，相持百餘日，疾卒於軍。

俞犀月云：眞正痛快激昂，八句詩便抵一篇絕大文字。

梅雨 四時纂要：梅熟而雨曰梅雨，江東人呼黃梅雨。

南京犀浦道， 唐書：玄宗幸蜀遷，改成都府，置尹視二京，號曰南京。犀浦縣屬成都府。四月熟黃梅。湛湛長江去，冥冥寫。懸。入。化。卷。

細雨來。茅茨疏易溼，雲霧密難開。竟日蛟龍喜，盤渦與岸回。盤渦注見二卷。謂水盤

仇云：茅茨二句，見細雨濛濛之景；蛟龍二句，見長江淘淘之勢。

江織錦濯其中則鮮明，他三四堂柏分承

映階碧草自春色，隔葉黃鸝空好音。三。顧。頻。煩。天。下。計，兩朝開濟老臣心。 晉劉琨傳：琨忠亮開濟。言以先主之彈丸而能立出。師。未。捷。身。先。死，長使英雄淚滿襟！ 諸葛亮傳：亮悉大衆由斜谷出據武功，五丈原，宗。忠。簡。臨。終。誦。此。二。語。

聚而回洑者，與岸迴旋也。

杜詩鏡銓卷七

三一七

爲農

杜臆：此喜避地得所而作。

錦里烟塵外，江村八九家。圓荷浮小葉，細麥落輕花。卜宅從茲老，爲農去國賒。遠慚勾漏令，不得問丹砂。一統志：勾漏山在今安南，古勾漏縣在其下。葛洪事見一卷。

王嗣奭曰：首句烟塵外爲一詩之骨。遍地兵戈，江村獨在烟塵之外，故有終焉之志。烟塵不到，便同仙隱，乃以不得丹砂爲慚，戲詞也。

有客

患氣經時久，師氏曰：公嘗有肺疾。臨江卜宅新。喧卑方避俗，疏快頗宜人。有客過茅字，呼兒正葛巾。自鋤稀荠甲，說文：草木初生曰甲。小摘爲情親。謝靈運永嘉記：百卉正發時，聊以小摘供日。

賓至

八句一氣直下，自有一種散淡眞率之趣，必妄加賞歎，無謂也。

幽棲地僻經過少，老病人扶再拜難。豈有文章驚海內？漫勞車馬駐江干。竟日淹留佳客坐，百年粗糲<small>音辣</small>腐儒餐。不嫌野外無供給，乘興還來看藥欄。<small>藥欄，花藥之欄也。</small>

邵云：對起老致又別。

杜詩七律間有失嚴者，尚沿初唐體。

沈云：二句自謙，實自任也。

讀末二句，見此老倔強猶昔。

朱瀚曰：通首一主一賓，對仗成篇而錯綜照應，極結構之法。○顧宸曰：此詩詞人聲價，高士性情，種種具見。

狂夫

萬里橋西一草堂，<small>華陽國志：郡治少城西南兩江有七橋，南渡流曰萬里橋，在成都縣南八里，卽諸葛亮送費禕處。</small>百花潭水卽滄浪。風含翠篠娟娟淨，<small>一作靜。</small>雨裛紅蕖冉冉香。厚祿故人書斷絕，恒飢稚子色淒涼。欲填溝壑惟疏放，自笑狂夫老更狂。

邵子湘云：賓至蒼老，狂夫蕭散，各是一種風格。

田舍

田舍清江曲,柴門古道旁。草深迷市井,地僻懶衣裳。櫸_{一作}柳枝枝弱,枇杷樹樹香。鸕鷀西日照,曬翅滿漁梁。_{王洙注:鸕鷀水鳥,蜀人以之捕魚。}

浦云:敍意在前,綴景在後,倒格見致。

江村

清江一曲抱村流,長夏江村事事幽。自去自來梁上燕,相親相近水中鷗。老妻畫紙為棊局,稚子敲針作釣鉤。_{二句人事之幽。}多病所須惟藥物,_{蜀中多出藥材。}微軀此外更何求?

詩亦瀟灑清眞,遂開宋派。

江漲

江漲柴門外,兒童報急流。下牀高數尺,倚杖沒中洲。細動迎風燕,輕搖

寫出水勢迅疾,後四句更

添頰毫。

逐浪鷗。謂急流中燕鷗,皆不能自主,故但見其細動輕搖也。漁人縈小楫,容易拔一作捼。趙音蒲撥切,船頭。容易,容易也,此亦言急流之勢,仇注非。

野老

野老籬邊一作前。江岸迴。張云:偶然事寫出便妙。柴門不正逐江開。漁人網集澄潭下,網也,謂下賈客船。

四句可畫。

隨返照來。長路關心悲劍閣,片雲何意傍琴臺?對句活,變喻,留蜀玉壘記:相如琴臺在浣花溪北。王師未報收。

邵云:非此一結,全首味淺。

東郡,東郡謂京東諸郡。浦注:是年雖破思明於河陽,而東都尚未收復。城闕秋生畫角哀。原注:南京同兩都,得稱城闕。

所思

苦憶荊州醉司馬,原注:崔吏部潩。蔡夢弼曰:崔謫官一作居。樽酒定常開。九江日落

側句入突兀,通首亦一片神行,不爲律縛。

醒何處?朱注:禹貢:過九江至於東陵。注:江分爲九道,在荊州。一柱觀頭眠幾回。渚宮故事:宋臨川王義慶鎮江陵,於羅公洲立觀甚大,而惟

一柱。杜臆:或醒或眠,想。可憐懷抱向人盡,此人字當卽指自家,思其平日相知也。欲問平安無使來。故見崔公顛狂落拓之趣。

奇。語。

憑錦水將雙淚,好過瞿唐灩澦堆。瞿唐峽在夔州峽口,有灩澦石,過此則達荆州。二句劉須溪云:肆筆縱橫有疏野氣,大家數不可無此。○李子德云:極悲涼又極排宕,負才獨大,故其運筆最高。卽太白詩:我寄愁心與明月,隨風直到夜郎西意。

雲山

京洛雲山外,京謂長安,洛謂洛陽。音書靜不來。神交作賦客,指相如,亦見時無同調意。力盡望鄉臺。成都記:望鄉臺,隋蜀王秀所築。衰疾江邊臥,親朋日暮迴。黯然。白鷗原水宿,末復爲自解,言疏野性成,本宜浪跡江湖也。何事有餘哀?

遣興

干戈猶未定,弟妹各何之!拭淚沾襟血,梳頭滿面絲。言髮落多也。地卑荒野大,天遠暮江遲。地平無山，故見野寬；江水縈流，故望天益遠。二句正寫一身寥落之景，起下。衰疾那能久，應無見汝期。

石笋行

君不見益州城西門，一統志：成都府秦置蜀郡，漢武帝置益州。陌上石笋雙高蹲。古來相傳是海眼，苔蘚蝕盡波濤痕。謂歲久而苔蘚生不見濤痕也。華陽風俗記：蜀人曰：我州之西有石笋焉，天地之堆，以鎮海眼，動則洪濤大濫。成都記：距石笋二三尺，每夏月大雨，往往陷作土穴，泓水瀁然，以竹測之，深不可及，以繩繫石投其下，愈投而愈無窮，凡三五日忽然不見，故有海眼之說。雨多往往得瑟瑟，此事恍惚難明論。絲，瑟瑟，碧珠也。博雅：瑟瑟，碧珠也。趙清獻蜀都故事：石笋街真珠樓基也。成都記：石笋之地雨過必有小珠，或青黃如粟，亦有細孔，可以貫絲。昔有胡人於此立大秦寺，其門樓十間，皆以真珠翠碧貫之為簾，後摧毀墜地。至今基腳在每大雨後，人多拾得珠翠等物。據此則瑟瑟與石笋無與。恐是昔時卿相墓，立石為表今仍存。

仇注：世以石笋爲海眼，遂云雨後有珠，此語恍惚不足憑也，墓前石表，乃公之獨斷。姚寬以公爲未見華陽國志，故有此說。今按杜田所云丈尺，與志本不相符，公故臆是卿相墓前物耳。

華陽國志：蜀五丁力士，能移山，舉萬鈞。每王薨，輒立大石長三丈重千鈞為墓誌，號曰笋里。杜田曰：石笋在成都西門外，二株雙蹲，一南一北。北笋長一丈六尺，圍九尺五寸；南笋長一丈三尺，圍一丈二尺。

今石笋是也。

詠石筍說及此,似有指斥。

惜哉俗態好蒙蔽,亦如小臣媚至尊。言俗人為石筍所蒙蔽,猶至尊為小臣所蒙蔽也。若以石筍比至尊,於前後語脈不貫。

錯迕失大體,坐看傾危受厚恩。極言蒙蔽之害,必至政舛國危。嗟爾石筍擅虛名,後來未識猶駿奔。張衡溫泉賦:殊方跋涉,駿奔來臻。安得壯士擲天外,使人不疑見本根。末欲逐而去之也。

趙彥材曰:上元元年,李輔國離間兩宮,擅權蒙蔽,故賦石筍以譏之。

石犀行

華陽國志:李冰作石犀五頭,以厭水精,穿石犀溪於江南,命曰犀牛里。全蜀總志:李冰五石犀在成都府城南三十五里。此詩特咏古跡,舊注謂託諷時事,殊可不必。

君不見秦時蜀太守,刻石立作三五,後同。犀牛。蔡云:當作五。按酈道元水經注:李冰作石犀五頭,後轉犀牛二頭在府中,一頭在市橋;二頭沈之於淵,公詩缺訛只與長川逝語,正與此合。三犀殆據所見言之,可不必改作五字。自古雖有厭壓,音。勝法,漢匈奴傳:上以太歲厭勝所在。天生江水向東流。蜀人矜誇一千載,泛溢不近張儀樓。華陽國志:張儀築成都城,屢頹不立,忽有大龜旋走,巫言依龜行處築之得堅。城西南樓百有餘尺名張儀樓，臨山瞰江。成都志：李冰爲蜀郡守，化爲牛形，入水戮蛟，故冬春設鬭牛之戲。祠南數千家，邊江低坻，雖甚秋潦亦不移。灌口鎮在縣西六十里，灌口鎮城內有望帝祠，西有李冰祠。鶴注：按是年八月霖雨不止。**今日灌口損戶口**，元和郡國志：灌口山在彭州導江縣西北二十六里，文翁穿湔江灌漑，故名。灌口鎮在縣西六十里，灌口鎮城內有望帝祠，西有李冰祠。鶴注：按是年八月霖雨不止。**此事或恐爲神羞！修築隄防出衆力，高擁木石當清秋。先王作法皆正道，詭怪何得參人謀。**朱注：言厭勝乃詭怪之說，不如人力隄防之爲正。**但見元氣常調和，自免洪濤恣彫瘵。**彫音際。海賦：天綱浡潏，爲彫爲瘵。　**嗟爾三犀不經濟**，經濟。　**缺訛只與長川逝。**缺謂損其數。　探原之論更進一層。　訛謂易其處。　洪濤瀾汗，萬里無際。

安得壯士提整天綱，再平水土犀奔茫。

杜鵑行

華陽國志：魚鳧王後有王曰杜宇，敎民務農。七國稱王，杜宇稱帝，號曰望帝。會有水災，其相開明決玉壘山以除水患，帝遂禪位於開明，升西山隱焉。成都記：望帝死，其魂化爲鳥，名曰杜鵑，亦曰子規。華陽風俗錄：杜鵑大如鵲而羽烏，聲哀而吻有血。

君不見昔日蜀天子，化爲杜鵑似老烏。寄巢生子不自啄，羣鳥至今與　一作爲。

首六正其名分,次六推其他,〔巢〕羣鳥爲飼之。
隱微,
末致感慨悲痛之意。

哺雛。《博物志》:杜鵑生子寄之

雖同君臣有舊禮,骨肉滿眼身覊孤。業工竄伏深

樹裏,四月五月偏號呼。其聲哀痛口流血,所訴何事常區區。

發憤,羞帶羽翮傷形愚。

杜臆:傷形愚,傷其有情而不能自達也。

蒼天變化誰料得,萬事反覆何所

無。萬事反覆何所無,豈憶當殿羣臣趨?

○黃鶴曰:上元元年七月,輔國遷上皇,高力士及舊宮人皆不得留;尋置如仙媛於歸州,出玉真公主居玉真觀,上皇不懌寢成疾。詩曰:雖同君臣有舊禮,骨肉滿眼身覊孤。蓋謂此也。

《容齋隨筆》:時明皇爲李輔國劫遷西內,肅宗不復定省,子美作杜鵑行以傷之。

題壁上韋偃畫馬歌

〔記作鷗。〕

朱景元畫斷:韋偃京兆人,寓居於蜀。常以越筆點簇鞍馬,千變萬態,其小者或頭一點,或尾一抹,巧妙精奇,韓幹之匹也。偃,名畫

李云:朴老絕倫。

韋侯別我有所適,知我憐君畫無敵。戲試一作拈禿筆掃驊騮,欻見騏驎出東

首贊畫品,先從空際形容,又一起法。中段敘畫山水正文,即上所謂壯哉,下所謂遠勢也,地名不必泥。末將看畫咏歎作結。

壁。一匹齕草一匹嘶,坐看千里當霜蹄。時危安得眞致此,與人同生亦同死?

戲題王宰畫山水圖歌 張彥遠名畫記:王宰蜀中人,多畫蜀山,玲瓏嵌空,巉嵯巧峭。

十日畫一水,五日畫一石;能事不受相促迫,王宰始肯留眞跡。壯哉崑崙○起○便○奇○編

方壺圖,一作。拾遺記:三壺海中三山也,一日方壺則方丈,二日蓬壺則蓬萊,三日瀛壺則瀛洲,形如壺器,上廣中狹下方。杜臆:崑崙方壺,乃舉極西極東言之,非眞畫此兩山也。下

掛君高堂之素壁。巴陵洞庭日本東,山海經注:長沙巴陵縣西有洞庭陂,潛伏通江。唐書外國傳:日本者,倭文曰本銀河,亦卽此意。

赤岸水與銀河通,七發:凌赤岸,篲扶桑。善曰:山謙之南徐州記:京江,禹貢北江。國之別種也,以其日在國邊,故名日本。仇注:巴陵日本,言水亦自西而東。

中有雲氣隨飛龍。舟人漁子入浦漵,山木盡亞洪濤風。浦○云○寫○水○勢○兼○帶○風○勢○筆○墨○生○動。春秋分朔,輒有大濤至江,乘北激赤岸,尤更迅猛。

尤工遠勢古莫比,咫尺應須論萬里。焉得幷州快翦刀,翦取吳山木盡爲低亞。王右仲云畫中景像,一語盡之,末帶戲意。

淞一作牛江水？

吳郡志：松江在郡南四十五里，禹貢三江之一。朱注：末二句即上咫尺萬里意。公少時嘗遊吳地，思之不忘，故因題畫而及之。劉少府畫障詩：悄然坐

我天姥下，亦此意也。

劉須溪云：冥思玄構，畫者不及此。

戲韋偃為雙松圖歌

名畫記：韋鶠工山水高僧奇士老松異石，筆力勁健，風格高舉。

天下幾人畫古松，畢宏已老韋偃少。

封演聞見記：畢宏天寶中御史，善畫古松。

絕筆長風起纖末，

邵云：起法又別。

滿堂動色嗟神妙！兩株慘裂苔蘚皮，屈鐵交錯迴高枝。

賦：其應清風也，纖末奮梢。

史記索隱：極南為太陽，極北為太陰。朱注：皮裂故幹之剝蝕如龍虎骨朽，枝迴故氣之

白摧朽骨龍虎死，黑入太陰雷雨垂。

屈鐵，松也。鐵如雷雨下垂。

森如雷雨下垂。

松根胡僧憩寂寞，龐眉皓首無住著。

漢書：武帝過郎署，見顏駟龐眉皓髮。楞嚴經：名無住行，名無著行。偏袒

蔣云：寫人定僧宛然。

右肩露雙腳，葉裏松子僧前落。韋侯韋侯數相見；我有一匹好東絹，

庾肩吾答賓絹

啓：關東之妙，潛織陋其卷綃。又唐志：東川陵州，土貢鷲溪絹。

重之不減錦繡段。

四愁詩：美人贈我錦繡段。

已令拂拭光凌亂，請

公放筆為直幹。杜臆：韋之畫松以屈曲見奇，直便難工。匹絹幅長，汝能放筆為直幹乎？戲之也。

李子德云：老筆奇氣，足排萬人。○沈確士云：突兀起不妨平接，如堂上不合生楓樹，掃卻赤縣圖是也。平調起必須用警語接，如天下幾人畫古松，下接絕筆長風起纖末是也。學者於此求之，思過半矣。

北鄰

明府豈辭滿，謝靈運詩：辭滿豈多秩。藏身方告勞。青錢買野竹，白幘岸江皐。晉書：謝奕為桓溫司馬，岸幘嘯咏。愛酒晉山簡，晉書：山簡，濤之子，假節鎮襄陽，惟酒是耽。習氏有佳園池，簡置酒輒醉，號曰高陽池。能詩何水曹。借對 梁書：何遜八歲能賦詩，為建安王水曹，行參軍兼記室。時來訪老疾，步屧到蓬蒿。

南鄰

錦里先生烏角巾，四皓中有角里先生，此當用以相比。園收芋栗未全貧。慣看賓客兒童喜，得

蕭云：只就兒童鳥雀，寫先

生好客忘機,情懷自妙。

食階除鳥雀馴。秋水纔深添。一作然入。四五尺,野航恰受兩三人。白沙翠竹江村暮,

豐意最幽總在自路。相送對。一作柴門月色新。下半言秋水初生,偶出同游,至月上而歸也。○申鳧盟云:秋水二句,語疏落而不酸。讀杜諸律,可悟不整爲整之妙。劉須溪云:淺溪小艇,本是實景,然寫此有至足之味。今人作七律,堆砌排耦,全無生氣,而矯之者又單弱無體裁。

因崔五侍御寄高彭州一絕 成都九十二里。九域志:彭州南至

百年已過半,秋至轉饑寒。爲問彭州牧:何時救急難? 詩:兄弟急難。注:如字,又乃旦反。

奉簡高三十五使君

當代論才子,如公復幾人。 傾倒幾同太白。驊騮開道路,鷹隼出風塵。 一作對。 此殆意欲訪高而作,末句思一吐胸中鬱勃也。仇注:二句喻才人得位,可以大行其志。行色

和裴迪登新津寺寄王侍郎 原注:王時牧蜀。地理志:新津縣屬蜀州。

秋將晚,交情老更親。天涯喜相見,披豁道吾眞。

何恨倚山木，吟詩秋葉黃。蟬聲集古寺，鳥影度寒塘。風物悲遊子，登臨憶侍郎。老夫貪佛日，隨意宿僧房。

蕭統旻法師義疏序：佛日團空，正流蕩垢。

上六句皆述裴詩，末句打一轉語，言我在此，雖亦曰遊招提，然頗悟解脫之理，幾忘卻悲秋之興矣。意以翻寫見超，仇注謬甚。

李子德云：此與暗水流花徑，俱為盛唐正聲。

贈蜀僧閭邱師兄

原注：太常博士均之孫。舊唐書：成都人閭邱均，以文章稱，景龍中為太常博士。

大師銅梁秀，山又有銅梁縣。十道志：銅梁山在涪江南七里。籍籍名家孫。嗚呼先博士，炳靈精氣奔。炳靈，世載其英。惟昔武皇后，臨軒御乾坤。多士盡儒冠，墨客藹雲屯。長楊賦序：藉翰林為主人，子墨為客卿以諷。當時上紫殿，不獨卿相尊。

蜀都賦：外負銅梁於宕渠。唐書：合州石鏡縣有銅梁山。

蔣云：寫武后好士，亦見雄城殿。武后嘗親策貢士於洛城殿。三輔黃圖：武帝於甘泉宮起紫殿，雕文刻鏤，以玉飾之。

世傳閭邱筆，峻極逾崑崙。鳳藏丹霄暮，龍去白水渾。京東閬邱文，公必有獨契處，所以傾心之至。

賦：龍飛白水。朱注：二句比閬邱之沒，丹霄暮，白水渾，蓋言朝廷自此無色也。仇注：北魏段承根贈李寶詩：鳳戢崑邱，龍藏玄漠。又三鳳八龍，古人以比賢士，原不必專指人君也。青熒雪嶺東，雪嶺即雪山。注見下。碑碣舊製存。杜田曰：東蜀牛頭山下有閬邱均撰瑞聖寺磨崖碑。晚看作意者，妙絕與誰論。吾祖詩冠古，同年蒙主恩。公祖審言傳：武后朝授著作郎，遷膳部員外郎。史稱均拜太常在中宗景龍間，據公詩所云，則武后時已擢用。豫章夾日月，言其高大。歲久空深根。言枝葉凋零。一揮淚，相遇即諸昆。

一作愁。我住錦官城，兄居祇翹移切。樹園。金剛經注：須達長者施園祇陀太子，施樹爲祇園，亦曰給孤園。說法之處，故後人名曰祇園。地近慰旅愁，往來當邱樊。天涯歇滯雨，張云：是久雨。稉稻臥不翻。禾臥之最。漂然薄游倦，始與道侶敦。景晏步脩廊，而無車馬喧。全用陶句。落月如金盆。景。公蓋以雨後晤閬邱，嘗亦隱寓圓覺意，不但寫景晏步脩廊耳。夜闌接軟語，法維摩經：所言誠諦，常以輭語。眷屬不離，善和爭訟。經：如來能種種分別，巧說諸法，言詞柔輭，悅可衆心。一至寺中相訪留宿也。漠漠世界黑，驅驅爭奪繁。惟有摩尼珠，圓覺經：譬如清淨摩尼寶珠，映於五色，隨方各現。翻譯名義

泛溪 浣花溪也。杜臆：自卜居
浣花，至此始溯溪西遊。

落景下高堂，進舟泛迴溪。誰謂築居小？未盡喬木西。 未盡謂喬木以西
尚有餘地也。
纖纖雲表霓。童戲左右岸，罟
弋畢提攜。翻倒荷芰亂，指揮徑路迷。仇注：攜罟用以得
魚，翻荷所以採藕。得魚已割鱗，採藕不
洗泥。人情逐鮮美，物賤事已睽。 言得魚未可傷鱗，採藕則必洗泥。
事與常異；以況人情厭故喜新，
今以物非鮮美，歎已之年老身賤而
不為世重也。
吾村靄暝姿，異舍雞亦棲。蕭條欲何適，出處庶可齊。 日暝返棹，猶之身
老息機，故曰出處
可齊。衣上見新月，霜中登故畦。濁醪自初熟，東城多鼓鼙。 成都城在草堂之東，故
曰東城。浦注：末句正

信荒僻，秋色有餘淒。 吳均詩：練
練峯上雪，練波中白。

古樂府

佳句

帶興亦本

集：摩尼或云蹻摩，正云末尼，
即珠之總名也，此云離垢。 宣室志：馮翊嚴生家漢南，得一珠如彈丸，胡人曰，
此西國清水珠也，若至濁水，泠然洞徹矣。 末慨世
難多故，而欲以佛法普
度眾生也，舊注非。

可照濁水源。

上四是溪上遠
見之景，此段
乃溪上近見之
事。

末寫回舟情
景。

杜詩鏡銓

喜身超事外也。

出郭

霜露晚淒淒，高天逐望低。○真景如畫。遠烟鹽井上，蜀都賦：家有鹽泉之井。劉注：蜀都臨邛、江陽、漢安縣皆有鹽井。斜景雪峯西。○元和郡國志：雪山在松州嘉城縣東，春夏積雪。故國猶兵馬，時東都復爲賊陷。他鄉亦鼓鼙。以西逼吐蕃故。江城今夜客，還與舊烏啼。末句亦見無人作伴意。

恨別

洛城一別四千里，胡騎長驅五六年。○承首句。草木變衰行劍外，朱注：九辨：草木搖落而變衰。蜀在劍門之外，故曰劍外。兵戈阻絕老江邊。○承次句。思家步月清宵立，憶弟看雲白日眠。○蔣云：清宵反立，白日反眠，二句曲盡憂懷。聞道河陽近乘勝，進圍懷州。李光弼傳：乾元二年冬十月，光弼悉軍赴河陽，大破賊衆。上元元年，通鑑：上元元年三月，光弼破安太清於懷州城下。夏四月，

邵云：格老氣蒼，律家上乘。

三三四

沈云：結語見公將略。

又破史思明於河陽西渚。**司徒急為破幽燕**。光弼時為檢校司徒。舊注：當時用兵之失，在於專事河陽，與賊相持，而不為直擣幽燕之舉，公詩蓋屢言之。嘗制郭子儀自朔方直取范陽還定河北。制下旬日，為魚朝恩所阻，次年光弼遂有邙山之敗。此云急為者，見此機會更不可失也。下首司徒下燕趙亦此意。

散愁二首

久客宜旋旆，興王未息戈。**蜀星陰見少，江雨夜聞多**。百萬傳深入，寰區望匪他。司徒下燕趙，收取舊山河。

聞道幷州鎮，唐書：太原府本幷州。尚書訓士齊。肅宗紀：乾元二年七月，以兵部尚書李泌為節度使王思禮兼太原尹。思禮傳：光弼徒河陽，思禮代為河東節度，用法嚴整，人不敢犯。幾時通薊北？當去日報關西。浦注：當日猶云卽日，關西謂京師。戀闕丹心破，霑衣皓首啼。老魂招不得，歸路恐長迷。言太平不久可望，但恐已老不能歸耳。

王阮亭云：三四不至蜀者不知其確。

此詩係二首合為起結，脫盡律詩常套。前後各四句皆思歸意，首尾循環相應。中八句敍實處，將司徒尚書聯絡上下，兩首只如一首。○朱鶴齡曰：於中興諸將中獨屬望王李者，史鄴城之潰，惟光弼與思禮軍獨完。又公意思明在東都,范陽必虛,欲光弼乘勝長驅,傾其根本,思禮以澤潞之兵會之,即前詩斬鯨遼海波意也。以徹愁命題,深旨可見。

杜詩鏡銓卷八

上元、寶應間,公居成都作。

建都十二韻

通鑑:至德二載以蜀郡為南京,鳳翔為西京,西京為中京。上元元年九月,改置南都於荊州。唐書:上元初以呂諲為荊州刺史,諲請以荊州置南都,帝從之,於是荊州號江陵府,以諲為尹。

蒼生未蘇息,胡馬半乾坤。議在雲臺上,東觀漢紀:桓譚拜議郎,詔令議雲臺。江淹獄中書:高議雲臺之上。誰扶黃屋尊?言誰能為天子分憂者。黃屋,天子之車,注見三卷。建都分魏闕,入題 周禮注:象魏,宮門雙闕。下詔闢荊門。唐書:荊州有荊門縣,以荊門山名。寰宇記:荊門之地,乃荊襄要津。恐失東人望,句原分建之意。荊州在京師東南。其如西極存。冷句。極嚴。西極當卽指長安。按:是時廟謨之失,無有以江陵為南都之甚者,遷洛陽,郭子儀尚堅持不可,況江陵愈趨而南,是直以宗廟陵寢為可棄矣,故曰其如西極存。時危當雪恥,計大豈輕論?言無與本圖,所以譏諲之無識也。雖倚三階正,東方朔傳:願陳泰階六符。注:泰階,天之三階也。謂三台六星,兩兩而居,形如階級。終愁萬國翻。句二

浦云:起四勢提頓宜急,諲如高屋建瓴,建都之非,不言自見。

言乘輿縱不輕動,魏志:辛毗諫,文帝不答,起入內,毗隨而引其裾。
羣情難免危疑也。牽裾恨不死,遙憐湘水魂。原也。謂屈窮冬客江劍,隨事有田園。衣
獲免。永貧漢庭哭,賈誼傳:可為痛哭者。

二。句。帶。興。牽裾以下皆自敘。公以陷賊孤臣,擢居兩省,凡國大政,義當直言。此段正傷己之削迹流離,不能參預朝議以進諫也。

風斷青蒲節,霜埋翠竹根。關輔,謂近京地。

冠空攘攘,關輔久昏昏。

光輝照北原。蔡曰:北原河北之地也。朱注:言中原淪陷,天子當迴陽光以照之,奈何汲汲建都之舉耶！

浦二田云:是時思明尚據東都,朝廷不能專意進取,長驅北向,乃反納荊州之議,張賊勢而惑衆心,失策甚矣。是詩沈痛切摯,可作一篇諫止南都疏讀。

願枉長安日,答曰日遠。明日重問之,乃答曰日近。世說:明帝數歲,元帝問日與長安孰遠,

村夜

風色蕭蕭暮,江頭人不行。村春雨外急,何云:村春,謂水碓也。鄰火夜深明。胡羯何多

難？漁樵寄此生。中原有兄弟,萬里正含情。

寄楊五桂州譚

原注：因州參軍段子之任。唐書：桂州始安郡屬嶺南道。

五嶺皆炎熱，宜人獨桂林。五嶺注見六卷。舊唐書：江源多桂，不生雜木，故秦時立為桂林郡。鶴注：白樂天云：桂林無瘴氣，茲所以宜人也。嶺南無雪，獨桂林有之。梅花萬里外，南康記：大庾嶺多梅，而先發，亦曰梅嶺。雪片一冬深。聞此寬相憶，為邦復好音。

李云：佳句又象王孟。

江邊送孫楚

仇注：孫楚為石苞參軍，以比段。

遠附白頭吟。久要之意。

宜公與裴頻有和寄。

和裴迪登蜀州東亭送客逢早梅相憶見寄

唐書：蜀州唐安郡，析益州置。黃鶴曰：按九域志：蜀州東至成都繞百里，時在廣陵為建安王記室，以迪在王侍郎幕中，故用以相比。

東閣觀梅動詩興，東閣即指東亭。還如何遜在揚州。趙曰：何遜詠早梅詩曰：兔園標物序，驚時最是梅。枝橫卻月觀，花遶凌風臺。遜詩在王侍郎幕中，故用以相比。此時對雪遙相憶，送客逢春。一作情。一句即呼勳代他寫。下文。可自由？幸不折來。仇注：陸凱詩：折梅逢驛使，寄與隴頭人。裴詩中必有不及折贈語。若為看去亂鄉愁。若為看去，更亂鄉愁。只寄傷歲暮，頭人。二句言幸未折來，已傷歲暮，

王沅亭云：本非專詠，卻句句是和詠梅，句句是和詠梅，又全不着迹，斯為大家。

一詩,已令人魂消欲絕,不知見梅花當更何如也。**江邊一樹垂垂發**,楊愼曰:梅花放皆下垂,故曰垂垂。**朝夕催人自白頭**。初見春花,不覺感年光易逝,即所以易動鄉愁也。朱注:言只此江梅獨發,已催人老,況又見東亭之早梅乎?

黃白山云:此詩直而實曲,樸而實秀;其暗映早梅,婉折如意,往復盡情,王元美以爲古今詠梅第一。○吳東巖云:用意曲折飛舞,自是生龍活虎,不受排偶拘束者,然亦開宋人門庭。

寄贈王十將軍承俊

將軍膽氣雄,臂懸兩角弓。纏結青驄馬,出入錦城中。時危未授鉞,勢屈難爲功!賓客滿堂上,何人高義同?

浦二田云:將軍當是駐成都屬郡,嘗往來成都者。詩則以古爲律,壯之惜之,一氣貫注,筆力甚雄。結聯作問辭曰:同君氣誼者幾人乎?蓋微以相知自許。○楊升菴曰:五言律詩,起句最難。六朝人稱謝朓工於發端,如大江流日夜,客心悲未央,雄壓千古矣。唐人多以對偶起,雖森嚴而乏高古。余愛蘇頲:北風吹早雁,日日渡河飛。張東之:淮南有小山,嬴女隱其間。杜子美:將軍膽氣雄,臂懸兩角弓。孟浩然:八月湖水平,涵虛混太清。雖律也,而含古意,皆起句之可法者。然杜之佳者,實不止此。

奉酬李都督表丈早春作

力疾坐清曉，仇注：晉書：習鑿齒著論一篇。謂扶病強起也。來詩悲早春。轉添愁伴客，更覺老隨人。

紅入桃花嫩，青歸柳葉新。望鄉應未已，四海尚風塵。

蔣弱六云：首句幾不知春至矣，忽接來詩，乃悲早春，於是又添出春愁，又因愁傷老。五六略用實筆，言早春之景，非不可娛，無如歸期未卜，世亂未靖，此其所以尤不免於傷春傷老也。下半係申上半，通首一氣，抒寫中有無限曲折。

西郊 此偶至城中來歸作。

西郊向草堂。草堂在成都記：府西七里。市橋官柳細，承首句 華陽國志：成都西南石牛門外曰市橋。陶侃傳：都尉夏施，盜官柳種之己門。江路承次句 一作岸。野梅香。傍架齊書

時出碧雞坊，梁益記：成都之坊百有二十，第四日碧雞坊。漢宣帝時，或言益州有金馬碧雞之神，遣王襃持節醮祭，故名。

峽，看題減劉辰翁曰：看有無，減一作檢。藥囊去無用。作檢字淺近。無人覺來往，疏懶意何長。公此番入城，想竟

芥隱筆記：荊公詩綠攪寒蕪出，紅爭暖樹歸，本於杜句。

劉須溪云：風韻閒淡。

三四一

王介甫曰：老杜之無人覺來往，下得覺字大好；瞑色赴春愁，下得赴字大好；若下得見字、起字，即是小兒言語，足見吟詩要一字兩字工夫。按：瞑色赴春愁，乃皇甫冉歸渡洛水詩。

邵云：超脫有眞趣。

未候客，故覺其疏懶。

便是王韋佳句。

客至 原注：喜崔明府相過。

舍南舍北皆春水，但見羣鷗日日來。花徑不曾緣客掃，蓬門今始爲君開。盤飧市遠無兼味，樽酒家貧只舊醅。韻會：醅，酒未漉也。肯與鄰翁相對飲，隔籬呼取盡餘杯。

陳秋田云：賓是貴介之賓，客是相知之客，與前賓至首各見用意所在。

四句言無客至，亦不輕延客也。

遣意二首

囀枝黃鳥近，泛渚白鷗輕。一徑野花落，孤村春水生。衰年催釀黍，細雨更移橙。漸喜交遊絕,幽居不用名。名盛。

簷影微微落,津流脈脈斜。野船明細火,宿鷺起圓沙。舊作雁。杜臆:雁當作鷺,蓋因建子月詩句同而兩誤也。春來則雁北向,白露降則鷺飛去。雲掩初弦月,香傳小樹花。暗中不見樹,故止聞香也。鄰人有美酒,稚子也一作賒,能賒。

浦二田云:二詩輕圓明秀,在集中另爲一格。

漫成二首

野日荒荒白,春流泯泯清。渚蒲隨地有,村徑逐門成。只作披衣慣,常從妙語舊。漉酒生。漉酒注見六卷。眼邊無俗物,世說:嵇、阮、山濤在竹林酣飲,王戎後往,阮曰:俗物已復來,敗人意。多病也身輕。

申鳧盟云:杜詩善用疊字,如野日荒荒白,春流泯泯清;及江市戎戎暗,山雲淰淰寒之類,皆非意想所及。

仇云:上首記草堂春日景,此記草堂春夜景。

邵云:俗物之可厭如是,爲之啞然。

劉須溪云：偶然語偶然道之，自見天趣。

江皋已仲春，花下復清晨。仰面貪看鳥，回頭錯應人。讀書難字過，浦注：卽靖節不求甚解意，亦見懶趣。對酒滿壺傾。近識峨嵋老，原注：東山隱者。知余懶是眞。

解杜舊多穿鑿，宋人有以三四爲相業者，殊屬可笑。

春夜喜雨

好雨知時節，當春乃發生。隨風潛入夜，潤物細無聲。仇注：曰潛，曰細，寫得脈脈綿綿，見造物發生之妙。野徑雲俱黑，江船火獨明。曉看紅濕處，花重錦官城。

邵云：十字詠夜雨入神。是春雨。上二屬聞，此二屬見。

李子德云：詩非讀書窮理，不至絕頂，然一墮理障書魔，拖泥帶水，宋人遠遜晉人矣。公深入其中，掉臂而出，飛行自在，獨有千古。

春水生二絕

二月六夜春水生，門前小灘渾欲平。鸂鶒鸕鶿先喜莫漫喜，吾與汝曹俱眼明。

邵云：絕句別致自老。○山谷好學此種。

一夜水高二尺強，數日不可更禁聲。平當。南市津頭有船賣編以應，無錢卽買繫籬旁。仇注：無錢買船，蓋恐水沒草堂也。

江上值水如海勢聊短述

吳瞻泰云：此公自負其平生有驚人句而傷老邁也。蓄意在未落筆之先，故值此奇景，不能長吟，聊爲短述。顧宸作翻案。

劉須溪云：此與漫興及江畔尋花絕句，皆放蕩自然，足洗凡陋，何必竹枝樂府。○孫季昭云：子美善以方言諺語點化入詩句中，正不傷雅，如此類甚多。

邵云：首二句見此老苦心，今人輕易作詩何也？前半俱說聊短述處，五六方入題。

爲人性僻耽佳句，語不驚人死不休。老去詩篇渾漫與，一作興。謂隨意付與。春來花
　　　○自、負、甚、奇。
鳥莫深愁。趙注：詩人形容刻露，即花鳥亦應愁怕。 新添水檻供垂釣，公後有水檻詩。朱注：說文：檻，櫳也。軒牕之下，爲櫳曰欄，以板曰檻。
故著浮槎替入舟。焉得思如陶謝手，令渠述作與同遊。末句因已偶無佳句，而思及古人也。
　舊

說固非，即謂偶然思澀，亦屬無味。

水檻遣心　一作憑檻眺望以遣心也。二首

邵注：草堂水亭之檻，言

去郭軒楹敞，無村眺望賒。澄江平少岸，幽樹晚多花。細雨魚兒出，微風

杜詩鏡銓

燕子斜。城中十萬戶，此地兩三家。

葉石林云：詩語固忌用巧太過，然緣情體物，自有天然工巧而不見其刻劃之痕，如此詩細雨二句，殆無一字虛設。細雨着水面爲漚，魚常上浮而唼，若大雨則伏而不出。燕體輕弱，風猛則不能勝，惟微風乃受以爲勢，故又有輕燕受風斜之句，精微至此。

蜀天常夜雨，江檻已朝晴。葉潤林塘密，衣乾枕席清。不堪祗支音支。老病，何得尚浮名？淺把涓涓酒，深憑送此生。

題新津北橋樓得郊字 下四首間至新津作。

望極春城上，開筵近鳥巢。極言樓之高也。 西川供客眼，惟有此江郊。 白花簷外朵，青柳檻前梢。池水觀爲政，廚烟覺遠庖。 謂不比城中喧雜也。杜臆：時新津令蓋設宴樓上。

暮登四安寺鐘樓寄裴十迪

蜀志：新津縣南有四安寺，神秀禪師所建。浦注：此係至蜀州詩，或於寺中期裴不至而作，舊與和早梅詩編同一

劉須溪云：結細潤有味。

三四六

暮倚高樓對雪峯，僧來不語自鳴鐘。孤城返照紅將斂，近市浮烟翠且重。多病獨愁常闃寂，故人相見未從容。知君苦思緣詩瘦，太向交遊萬事慵。

邵云：杜屢屢自信。

遊脩覺寺

全蜀總志：脩覺山在新津縣治東南五里，山有脩覺寺、絕勝亭。

野寺江天豁，山扉花竹幽。詩應有神助，吾得及春遊。徑石相縈帶，川雲自去留。禪枝宿衆鳥，漂轉暮歸愁。

庚信安昌寺碑：禪枝四靜，慧窟三明。

蔣云：若怨若責，淒惋獨寄。

謂不如鳥之安棲也。

後遊

寺憶曾遊處，橋憐再渡時。江山如有待，花柳更無私。野潤烟光薄，沙暄日色遲。客愁全爲減，捨此復何之？

張云：潤字從薄字看出，暄字從遲字看出。寫景極細。

妙得。 見道語。

春水 復歸草堂作。

三月桃花浪,江流復舊痕。朝來沒沙尾,_{一作岸。}碧色動柴門。接縷垂芳餌,連筒灌小園。_{李實曰:川中水車如紡車,以細竹為之,車首之末,傳以竹筒,旋轉時低則舀水,高則瀉水。按:舀,遙上聲,挹水也。仇注:水深則線短,故釣須接縷;水高則近岸,故車可連筒。}已添無數鳥,爭浴故相喧。

李云:結語俊宕,添毫妙手。

沈云:有理趣,無理語。

一妙在無私,一正妙在有私,可以意會。

江亭

坦腹江亭臥,長吟野望時。水流心不競,雲在意俱遲。寂寂春將晚,欣欣物自私。_{劉辰翁曰:物自私與花柳更無私實一意,物物自以為有私,則無私矣。今按物自私謂物各遂其性也,更無私謂物同適其天也。}故林歸未得,排悶強裁詩。

而予心欲動,不覺與之俱遲。二句意同語異,真為沂水春風氣象。

杜公性稟高明,故當閒適時,道機自露,不必專講道學也。堯夫擊壤集中多有此意致,而超妙不及矣。

三四八

方虛谷云：此等句千鍛百鍊，乃晚唐之祖。

早起

春來常早起，幽事頗相關。帖石防隤頹同岸，開林出遠山。吳注：岸懼江隤，故帖石以防之；山爲樹翳，故薙林以出之。一邱藏曲折，緩步有躋攀。童僕來城市，瓶中得酒還。下四言偶爾登陟回，適逢沽酒之人，俱見幽事意。

落日

落日在簾鉤句眼下，溪邊春事幽。空中忽作動邊之筆。芳菲緣岸圃，樵爨盡景倚灘舟。史記：樵蘇後爨。啅雀爭枝墜，飛蟲滿院遊。濁醪誰造汝？一酌散千愁。

謝茂秦云：五律首句用韻宜突然而起，如落日在簾鉤是也。○李子德云：本是鬱鬱無聊，寫來更饒興象。

可惜

花飛有底急？朱注：俗謂何物爲底。有底急，言有底事而飛之急也。老去願春遲。可惜歡娛地，都非少壯時。寬心應是酒，遣興莫過詩。此意陶潛解，吾生後汝期。

邵云：起四語頓挫曲折，甚足情致。

大手筆人偏善狀此幽微之景。

李子德云：烈士暮年，壯心不已，一心牢騷感寄，於言外得之。

獨酌

步屧深林晚，開樽獨酌遲。仰蜂粘落絮，行蟻上枯梨。薄劣慚眞隱，南史：何尚之致仕方山，後還攝職。袁淑錄古隱士有跡無名者，作眞隱傳以嗤焉。幽偏得自怡。本無軒冕意，不是傲當時。仇注：上四獨酌之景，下四獨酌之情。

徐步

整履步青蕪，杜臆：公疏懶，閒臥時多，故須整履而起。荒庭日欲晡。廣雅：日晚曰晡。芹泥隨燕觜，花蕊一作蕊粉後半寫出與俗相安,亦見眞趣。

上。蜂鬚。燕銜泥而至,蜂採蕊而回,皆在日晡以後。把酒從衣溼,仇注:步而把酒,故至傾衣。吟詩信杖扶。敢論才見忌?實有醉如愚。承酒

承詩

寒食

懶眞子曰:古人命題,絕不草草。如此二詩,云獨酌則無獻酬也,徐步則非奔走也,故蜂蟻之類,細微之物,皆能見之。若與客對談,或急趨而過,則何暇致詳至是。東山詩:伊威在室,蠨蛸在戶,町畽鹿場,熠燿宵行。此物尋常亦有之,但人獨居閒處時乃見得親切耳。杜詩之原,蓋出於此。

寒食江村路,風花高下飛。汀煙輕冉冉,竹日淨暉暉。田父要皆去,鄰家問不違。趙注:言鄰家問贈,亦不違而受之。地偏相識盡,雞犬亦忘歸。

石鏡

華陽國志:武都有一丈夫化爲女子,美而豔,蓋山精也。蜀王納爲妃,無幾物故,遣五丁之武都擔土作冢,高七丈,上有石鏡表其門,今成都北角武擔是也。後王悲悼,作臾邪之歌,龍歸之曲。寰宇記:冢上有一石,厚五寸,徑五尺,瑩徹號曰石鏡。

蜀王將此鏡，送死置空山。冥寞憐香骨，提攜近玉顏。眾妃無復歎，千騎亦虛還。

千騎言送葬者。

獨有傷心石，埋輪月宇間。

結有神韻。江總詩：月宇照方疏。

琴臺

成都記：相如琴臺在城外浣花溪之海安寺南，今為金花寺。

茂陵多病後，尚愛卓文君。

史記：相如常有消渴疾，既病免，家居茂陵。

琴臺日暮雲。

言酒肆尚在人間，可想見長卿慢世，如琴臺但有暮雲，則亦付之遷弔耳。

酒肆人間世，

蜀記：相如宅在市橋西，即文君當壚滌器處。莊子內篇有人間世，所言乃齊得喪，忘物我，故以比相如寄傲之意。

蔣云：千古情種，風流佳話，盡此二語。

野花留寶靨，

益涉切。說文：靨，頰輔也。寶靨謂花鈿。李賀詩：花合靨朱紅是也。朱注：唐時婦女多貼花鈿於面，謂之靨飾。

蔓草見羅裙。

江總妻賦庭草詩：雨過草芊芊，連雲鎮南陌。門前君試看，似妾羅裙色。

邵云：野花十字，已開溫李。

歸鳳求凰意，寥寥不復聞。

玉臺新詠：相如琴歌曰：鳳兮鳳兮歸故鄉，遊遨四海求其凰，時未通遇無所將。何悟今日升斯堂，有豔淑女在此房。室邇人遐愁我腸，何緣交頸為鴛鴦。

承三

承四

朝雨

涼氣曉蕭蕭,江雲亂眼飄。風鴛藏近渚,雨燕集深條。_{是將雨景 二句亦}二物亦覺羇棲蕭索,與起下文。黃綺終辭漢,_從夏黃公、綺里季,乃商山四皓之二。巢由不見堯。草堂樽酒在,幸得過清朝。

晚晴

村晚驚風度,庭幽過雨霑。夕陽薰細草,_{蔣云:初晴,日射處溼氣上騰,薰字如畫。}江色映疏簾。_謂書亂誰能帙,杯乾自可添。時聞有餘論,_{謂聽外人議論。}未怪老夫潛。_{潛字倒押得奇}王符有潛夫論。

高柟

高柟_{上林賦:梗柟豫章。俗作楠。公有柟樹為風雨所拔歎即此。}

柟樹色冥冥,江邊一蓋青。近根開藥圃,接葉製茅亭。_{見樹之大。}落景陰猶合,微風韻可聽。尋常絕醉困,臥此片時醒。

惡樹

_{邵云:詠物老境。}

獨繞虛齋裏，常持小斧柯。幽陰成頗雜，惡木翦還多。枸杞因吾有，{道書：千年枸杞，其形似犬，故以枸名。顧注：枸杞向為惡木遮蔽，不能遂其生，今經翦伐，因為吾有也。}雞栖奈汝{一作}何？{急就篇注：皂莢樹，一名雞栖。魏志：劉放、孫資久典樞要，夏侯獻、曹肇心不平。殿中有雞栖樹，二人相謂：此亦久矣，其能復久。仇注：殿仲文與眾在聽，枸杞延年。故曰因吾有；雞栖賤樹，故曰奈汝何。枸杞雞栖，亦用借對法。}方知不材者，生長漫婆娑。{言其生而無用也。世說：殷仲文與眾在聽，視槐良久，歎曰：此樹婆娑，無復生意。}

江畔獨步尋花七絕句

獨空林。

江上被花惱不徹，無處告訴只顛狂。{慘語不免逗出}走覓南鄰愛酒伴，{原注：斛斯融吾酒徒。}經旬出飲獨空林。

稠花亂蕊裏江濱，行步欹危實怕春。{旋自驚張得妙}詩酒尚堪驅使在，未須料理白頭人。{世說：韓康伯母聞二吳哭母哀，語子曰：汝若為選官，當好料理此人。}

{首二句綰下六章。止一酒伴，又尋不著，明所以獨步尋花之故。}

江深竹靜兩三家,多事紅花映白花。報答春光知有處,應須美酒送生涯。

東望少城花滿烟,百花高樓更可憐。誰能載酒開金盞,喚取佳人舞繡筵?

黃師塔前江水東,春光懶困倚微風。桃花一簇開無主,可愛深紅愛淺紅?

黃四娘家花滿蹊,千朵萬朵壓枝低。留連戲蝶時時舞,自在嬌鶯恰恰啼。

不是愛花卽欲死,只恐花盡老相催。繁枝容易紛紛落,嫩蕊商量細細開。

絕句漫興九首

一路尋去,由近及遠。

此首係遙望,更尋出奢想。

上四首皆以酒陪說。

又尋到偏僻冷處。

又尋到人家。

末章總結,深情無限。

懟得妙。寫佗儜不徹。故

蜀都賦:亞以少城,接乎其西。城西,市在其中。元和郡國志:在成都縣西南一里。

陸游老學菴筆記:余以事至犀浦,過松林甚茂,問馭卒此何處?答曰:師塔也。蜀人呼僧爲師,葬所爲塔,始悟少陵黃師塔前之句。朱注:言桃花稠密,可是愛深紅乎,抑愛淺紅乎? 作淺紅。 佳人卽樓上之人。

劉須溪云:點湧稱情。

出。春。光。之。神。綺。靡。合。人。欲。死。疊。用。愛。字。有。致。

應。稠。花。

○。砥。風。蕩。

明。明。供。出。又。不。肯。承。認。妙。

王阮亭云:讀七絕,此老是何等風致。○劉須溪云:每誦數過,可歌可舞,能使老人復少。

杜臆:興之所到,率然而成,故曰漫興,亦竹枝樂府之變體也。

蔣云：罵春色。

眼見客愁愁不醒，無賴春色到江亭。即遣花開深造次，便教鶯語太丁寧。

客愁二字乃九首之綱

即所謂江上被花惱不徹也。因再三與他論道理，妙絕。劉須溪云：即旅況無聊，故用反言見意。

手種桃李非無主，野老牆低還是家。

是感是怨。沈佺期詩：別離頻破月。

熟知茅齋絕低小，江上燕子故來頻。

疏野有佳致。數出罪過。

銜泥點污琴書內，更接飛蟲打著人。

杜廳：遠客孤居，一時遭遇，多有不可人意者。此與下顛狂輕薄二句，俱帶寓言。

恰似春風相欺得，夜來吹折數枝花。

二月已破三月來，

破，殘也。

漸老逢春能幾回。莫思身外無窮事，且盡生前有限杯。

腸斷春江欲盡頭，杖藜徐步立芳洲。顛狂柳絮隨風舞，輕薄桃花逐水流。

又罵桃柳。

懶慢無堪不出村，呼兒自在掩柴門。蒼苔濁酒林中靜，碧水春風野外昏。

忽作自得語。

此處似一束。如此則樂天矣。

劉須溪云：總花開既恨，此花折又恨，總是奈何不得光景，罵燕子。

林中靜,又反上顧狂薄之景,承上句掩門說。野外昏,則綠暗春陰時也,此時僅可遊玩,特因懶未出村耳。

糝徑楊花鋪白氈,點溪荷葉疊青錢。筍根稚─一作子──無人見,舊注:稚子,筍也。趙曰:漢鐃歌有雉子斑。又雉性好伏,其子身小,在筍旁難見。世本訛作稚子,遂起紛紛之說。沙上鳧雛傍母眠。

舍西柔桑葉可拈,江畔細麥復纖纖。人生幾何春已夏,不放香醪如蜜甜。

隔戶楊柳弱嫋嫋,恰似十五女兒腰。俚句是樂府體 瑯琊王歌:新買五尺刀,懸著中梁柱,一日三摩娑,劇於十五女。謂誰朝來作意?憐惜。謂不見狂風挽斷最長條。

絕句以太白、少伯為宗,子美獨創別調,頗然自放中,有不可一世之槪,盧德水所謂巧於用拙,長於用短者也。後空同多好學之。

進艇

南京久客耕南畝,北望傷神坐北窗。南京謂成都,北望指長安。畫引老妻乘小艇,晴看稚

此及下首,皆寫入夏景。

此處又似一束。

此與第二首本一意,特用分置,始終見春光不能少留之感。

邵云:疊字易涉惡道,語亦頗村氣。

子浴清江。俱飛峽蝶元相逐,並蒂芙蓉本自雙。爾雅:荷,芙蕖。注:別名芙蓉,江東呼荷。二句係夫婦相慶慰之詞,舊分貼妻子非是。茗飲蔗漿攜所便,瓷罌無謝玉爲缸。無謝,猶言不讓。

葛常之曰:北征詩云:經年至茅屋,妻子衣百結。慟哭松聲迴,悲泉共幽咽。是時方脫身於萬死一生,以得見妻兒爲幸。至秦州則云:曬藥能無婦,應門亦有兒之句,已非北征時矣。及成都卜居後,江村詩云:老妻畫紙爲棋局,稚子敲針作釣鈎;;進艇詩云:晝引老妻乘小艇,晴看稚子浴清江。其優游愉悅之情,見於嬉戲之際,則又異於客秦時矣。

一室 此詩在蜀而思楚也。

一室他鄉遠,空林暮景懸。二句景在情中。正愁一讀。聞塞笛,獨立見江船。巴蜀來三字一讀。多病,荊蠻去幾年?蠻,注:荊蠻喻荊州。王粲七哀詩:遠身適荊蠻。應同王粲宅,留井峴山前。襄沔記:王粲宅在襄陽縣西二十里峴山坡下,宅前有井,人呼爲仲宣井。仇注:以襄陽本公祖居,故欲留跡其地。

聞斛斯六官未歸 卽斛斯融,官,想當時俗稱。

故人南郡去，南郡謂江陵府。去索作碑錢。本賣文爲活，翻令室倒懸。二句倒懸荊扉深蔓

草，之狀土銼粗臥切。冷寒烟。朱注：說文：銼，鍑也。按：鍑音副，釜大者曰鍑，土銼是

顚甑之屬，即今行鍋也。因學紀聞：土銼乃黔蜀人語。老罷休無

賴，南史蔡興宗傳：太尉沈慶之曰：加老罷私門，兵力頓闕。仇注：老罷言老則百事皆罷。歸來省醉眠。

仇滄柱云：此因斛斯耽酒而諷之也。得錢即飲，不顧其家，近於少年無賴，故囑其早歸以爲善後之計，見朋友相規之義也。

赴青城縣出成都寄陶王二少尹唐書：青城縣屬蜀州，因山爲名，今爲灌縣。時成都稱南京，故如京兆置少尹。下五首至青城作。

老被樊籠役，一云老恥妻孥笑。貧嗟出入勞。客情投異縣，詩態憶吾曹。承客情句東郭滄江承詩懸句

合，浦注：青城在成都西，向西而行，故以成都爲東郭，其城西亦緣江也。舊引二江合於城東，非是。西山白雪高。即指雪嶺文章差底病，承

朱注：謂差在何病？差字乃差錯之差。回首興滔滔。言跋涉勞苦如此，豈文章不若人乎？所以回首故人，詩興猶覺滔滔耳。

野望因過常少仙容齋隨筆：杜詩過常少仙，蜀本注云：應是言縣尉，而梅福爲尉，有神仙之稱，猶今俗呼仙尉也。浦注：按詩曰入村，曰幽

浦云：逐層引出景事，情意俱到。

人，似是青城隱者，少仙或其名字。

野橋齊渡馬，秋望轉悠哉！范成大吳船錄：將至青城，當再渡繩橋，橋長百二十丈，分為五架，橋之廣十二繩排連之。**青**入村樵徑引，當果栗皺切。開。宋祁益部方物贊：天師栗生青城山中，味美，以獨房為貴，久食已風攣。漢上題襟周繇詩：開栗伐之紫皺。謂栗蓬也。**落盡高天日，幽人未遣回。**

中四一句一轉，玩通首全用虛寫，具見纏綿愴惻。

合，江從灌口來。灌口注見七卷。青城與導江接界。**竹覆青城**側尢

寄杜位　原注：位京中宅近西曲江，詩尾有逃位李林甫壻，林甫以天寶十一載卒，位是時當以林甫故貶官，至上元二年已十年也。

近聞寬法離去**新州，**道，至京師五千五十二里。**見遠同而久獨也。**唐書：新州屬嶺南里去，**指同時貶官者。**悲君已是十年流！干戈況復塵隨眼，鬢髮還應雪滿頭。玉壘題書心緒亂，**一統志：玉壘山在灌縣西北。按：灌縣即唐青城。**何時更得曲江遊？**公有位宅守歲詩在長安作。

**襲芝麓曰：同一貶竄也，鄭虔台州之流，自論死滅等，猶曰嚴譴；杜位在新州，去國萬里，長流十年，始離貶所，乃曰寬法。蓋虔陷賊中不得已，其情可原；杜為李黨，僅加貶謫，復得量移，實曠年，始離貶所，乃曰寬法。

張上若云：百行以孝爲本，亂離至使人不能養父母，則天下事可知。二句多少感慨。〇轉字從靜字看出，稀字從寒字看出，甚細。

恩也。只嚴譴寬法四字，便見春秋之筆。

送韓十四江東省觀

張綖注：韓蓋公同鄉人，必其父母避亂江東而往省之，觀次聯及結可見。

兵戈不見老萊衣，太息人間萬事非。我已無家尋弟妹，君今何處訪庭闈？

○氣○旋○折○挫○沈○鬱○頓○挫○之○致。

黃牛峽靜灘聲轉，白馬江寒樹影稀。

水經：江水又東逕黃牛山。注：下有灘，名曰黃牛灘，南岸高崖間，有石如人負刀牽牛，人黑牛黃，成就分明。行者謠曰：朝發黃牛，暮宿黃牛。言水路紆深，迴望如一矣。一統志：黃牛山在夷陵州西九十里，卽黃牛峽。趙曰：白馬江在蜀州。朱注：一統志：白馬江在崇慶州東北十里。按：唐蜀州今爲崇慶州。仇注：黃牛白馬皆途中所經，兼寫冬日之景。

此別應須各努力，故鄉猶恐未同歸。

朱瀚曰：灘聲樹影二句，在韓是一片歸思，在杜是一片離情。氣韻淋漓，滿紙猶溼。

丈人山

御覽：玉匱經云：黃帝遍歷五岳，封青城山爲五岳丈人，爲第五大洞寶仙九室之天。寰宇記：山在青城縣西北三十二里。

自爲青城客，不唾青城地。

張云：似古語。

爲愛丈人山，

劉勳妻王氏雜詩：千里不唾井，況乃昔所奉。智度論：若入寺時，當歌唄讚歎，不唾僧地。

杜詩鏡銓

丹梯近幽意。謝朓敬亭山詩：即此凌丹梯。注：丹梯，山也。四句言因屬仙境，故不敢輕褻若此。**丈人祠前佳氣濃，**青城山記：昔甯封先生棲於北巖之上，黃帝築壇拜為五岳丈人，晉代置觀。按：此與御覽所載不同，當亦傳聞異辭耳。**緣雲擬住最高峰。掃除白髮黃精在，**見注卷。**君看他時冰雪容。**莊子：藐姑射之山，有神人焉，肌膚若冰雪，綽約若處子。

浦云：結作遊仙語，而以詼諧出之，趣甚。

送裴五赴東川 下復歸成都作。

故人亦流落，高義動乾坤。裴必有志匡扶者，故以高義稱之。**何日通燕塞，**時史朝義未平。**相看老蜀門。東行應暫別，北望苦銷魂。凜凜悲秋意，非君誰與論？**

起句突兀。

贈虞十五司馬 承三

遠師虞祕監，唐書：虞世南為祕書監，封永興縣子。世南歿，太宗勅圖其像於凌烟閣。時稱世南五絕，四曰文詞，五曰書翰。**今喜得元孫。**形

公於舊家，往往致意。

承四

象丹青逼，言司馬之貌逼似其祖。**家聲器宇存。淒涼憐筆勢，**筆勢論。王羲之有**浩蕩問詞源。爽**

三六二

氣金天豁,清談玉露繁。董仲舒有繁露篇。佇鳴南嶽鳳,劉楨詩:鳳凰集南嶽,徘徊孤竹根。欲化北溟鯤。莊子:北海有魚,名曰鯤,化爲大鵬。交態知浮俗,儒流不異門。過逢連客位,日夜倒芳樽。沙岸風吹葉,雲江月上軒。百年嗟已半,四座敗辭喧。仇注:謂同飲與豪。書籍終相與,魏志:蔡邕聞王粲在門,倒屣迎之,謂座客曰:此王公孫也,有異才,吾家書籍文章,盡當與之。按粲乃王暢孫。青山隔故園。時當有相約北歸之語。

李子德云:氣象軒翥,詞格老成,好德懷賢,風人之雅致。

枏樹爲風雨所拔歎

倚江枏樹草堂前,故老相傳二百年。誅茅卜居總爲此,哀江南賦:誅茅宋玉之宅。五月髣髴聞寒蟬。東南飄風動地至,江翻石走流雲氣。幹排雷雨猶力爭,根斷泉源豈天意?又追救未拔之先。滄波老樹性所愛,浦上亭亭一青蓋。野客頻留懼雪霜,行人不

朱羅大經鶴林玉露取此。

蔣云:寫枏樹耳,不覺寫出一篇離騷,兩道出師表。

張云:二句盡風木。泪激之狀。

過聽竽籟。高唐賦：纖條悲鳴，聲似竽籟。 虎倒龍顚委荊榛。一作棘，言柟樹之拔也。 涙痕血點垂胸臆。

我有新詩何處吟，草堂自此無顏色。

浦二田云：結四具有深痛，虎倒龍顚，英雄失路，涙痕血點，人樹兼悲。末二句歎柟耶，自歎耶？殷仲文有言：樹猶如此，人何以堪。

茅屋爲秋風所破歌

八月秋高風怒號，卷我屋上三重茅。茅飛渡江灑江郊：高者掛罥長林梢，下者飄轉沉塘坳。南村羣童欺我老無力，忍能對面爲盜賊。公然抱茅入竹去，脣焦口燥呼不得，歸來倚杖自歎息。俄頃風定雲墨色，秋天漠漠向昏黑。布衾多年冷似鐵，嬌兒惡臥踏裏裂。牀牀一作屋漏無乾處，雨脚如麻未斷絕。自經喪亂少睡眠，長夜霑溼何由徹？徹，曉也。夜雨之苦，乃因屋破而究極言之。安得

蔣云：此處若再加歎息，不成文矣，妙竟推開自家，向大處作結，於極潦倒中正有興會。○邵云：此老襟抱自闊，與蠅蟻輩迥異。

三六四

廣廈千萬間,大庇天下寒士俱歡顏,風雨不動安如山?嗚呼!何時眼前突兀見此屋?吾廬獨破受凍死亦足。朱注:白樂天詩:安得大裘長萬丈,與君都蓋洛陽城,即此意。

○邵子湘云:前篇峻整,此篇奇崛,不可軒輊。

浦二田云:詩亦以樸勝,遂開宋派。

逢唐興劉主簿弟

唐書:唐興縣屬遂州,天寶元年改蓬溪。此詩及唐興縣客館記,俱循舊名也。按:公未嘗至唐興,劉或有事來成都。浦謂為王宰求作記,誤。

太鑿。

分手開元末,連年絕尺書。江山且相見,戎馬未安居。劍外官人冷,杜詩博議:官人乃隋唐間語。舊唐書高祖紀:高祖即位,官人百姓,賜爵一級。武宗紀:中書奏赴選官人多京債,到任填還,致其貪求,固不由此。則官人乃州縣令佐之稱。關中驛騎疏。

蔣云:商定行止,宛如面談。

浦注:即所謂厚祿故人書斷絕也。句乃自述旅況,故欲有東下之意。

何如?

二 扁舟下吳會,音桂。魏文帝詩:吹我東南行,行行至吳會,謂吳門、會稽也。主簿意

敬簡王明府

鶴注：公嘗爲唐興縣宰王潛作客館記，當即其人，此詩或因劉附寄。

葉縣郎官宰，葉縣，王喬事，注見二卷。後漢書：湖陽公主爲子求郎，明帝曰：郎官上應列宿，出宰百里。明府必以郎官出爲宰。周南太史公。以句自比。司馬遷傳：天子始建漢家之封，而太史公留滯周南，不得與從事。後漢書注：古之周南，今之洛陽。神仙才有數，承一流落意無窮。驥病思倒字偏秣，鷹愁怕苦籠。看君用高義，恥與萬人同。末望王破格加惠也。

重簡王明府

想因寄前詩無濟，故復促之。

甲子西南異，朱注：甲子謂歲序。沈佺期詩：洛陽新甲子，何日是清明。冬來只薄寒。江雲何夜盡，蜀雨幾時乾？行李須相問，顧注：左傳注：行李，行人也。欲王遣使相存問。窮愁豈自有。一作寬。君聽鴻雁響，恐致稻粱難。用比結不盡

百憂集行

憶年十五心尚孩,健如黃犢走復來。庭前八月梨棗熟,一日上樹能千迴。形容絕倒正爲襯出下文 即今倏忽已五十,坐臥只多少行立。寫憔悴言少意多 強將笑語供主人,悲見生涯百憂集。入門依舊四壁空,老妻覩我顏色同。癡兒不知父子禮,叫怒索飯啼門東。亦帶詼諧

聊以洩憤,不嫌徑直。

仇云:笑語供主人,說窮途作客之態最苦。

漫叟詩話:庖廚之門在東,故曰啼門東,非趁韻也。

徐卿二子歌

君不見徐卿二子生絕奇,感應吉夢相追隨。孔子釋氏親抱送,其夢 此句正述並是天上麒麟兒!陳書:徐陵年數歲,家人攜候寶誌上人,寶誌摩其頂曰:天上石麒麟也。大兒九齡色清澈,秋水爲神玉爲骨。小兒五歲氣食牛,尸子:虎豹之駒,雖未成文,已有食牛之氣。滿堂賓客皆回頭。吾知徐卿百不憂,積善袞袞生公侯。丈夫生兒有如此二雛者,名位豈肯卑微休!

此詩未免俗氣。

申鳧盟云：此等題雖老杜亦不能佳，今人刻詩集，生子祝壽，套數滿紙，豈不可厭。

戲作花卿歌

舊唐書肅宗紀：上元二年四月，梓州刺史段子璋反，襲東川節度使李奐於綿州，自稱梁王，改元黃龍，以綿州爲黃龍府，置百官。五月，成都尹崔光遠率將花驚定拔綿州，斬子璋。高適傳：西川牙將花驚定恃勇，既誅子璋，大掠東蜀。天子怒光遠不能戢軍，乃罷之。山谷詩話：花卿家在丹稜縣之東館鎮，至今有英氣，血食其鄉，宜將子美爲之作歌也。

成都猛將有花卿，學語小兒知姓名。用如快鶻風火生，弓弦作霹靂聲，逐塵數肋射之，覺耳後風生，鼻端火出。仇注：唐六典：隋文帝著柘黃袍，巾帶聽朝。

見賊惟多身始輕。綿州副使著柘黃，子璋時僭節度副使，著柘黃，謂僭天子服

我卿掃除即日平。子璋髑髏血糢糊，手提擲還崔大夫。李奐以子璋亂奔成都，及平得復之鎮。

人道我卿絕世無！既稱絕世無，天子何不喚取守東都？

唐書：上元二年三月，史朝義殺其父思明而自立，時據東都，恃勇剽掠，不過成都一猛將耳，使移守東都，安能掃除大寇？末語刺之，意甚

張云：至理奇情，他人説不出，久在行間方知。

邵云：子璋二顆，至今讀之凜凜有生氣，當時愈癰不虛耳。

王西樵云：花卿功罪不相

李侯重有此節度，不喚取守東都？

掩,少陵筆亦雙管齊下。

又張溍曰:在遠故縱掠,至內地則不敢妄行,亦所謂因材器使之道。

贈花卿

錦城絲管日紛紛,半入江風半入雲。此曲祗應天上有,人間能得幾回聞?

楊升菴曰:花卿在蜀頗僭用天子禮樂,子美作此譏之,而意在言外,最得詩人之旨。○似諛似諷,所謂言之者無罪,聞之者足戒也。此等絕句,亦復何減龍標、供奉。

病柏

有柏生崇岡,童童狀車蓋。蜀志:先主舍東南角籬上有桑樹,高五丈,遙望見童童如小車蓋。偃蹇龍虎姿,主當風雲會。寫。得。肅。然。神明依正直,故老多再拜。再。回。想。盛。時。多。少。沈。吟。感。歎。豈知千年根,中路顏色壞。叶去聲。丹鳳領九雛,哀鳴翔其外。蟠據亦高大。歲寒忽無憑,日夜柯葉改。

杜臆:四句言正人摧折,故善類傷心而小人快意也。

樂府隴西行:鳳凰鳴啾啾,一母將九雛。鴟鴞志意滿,養子穿穴內。客從何鄉來？佇立久吁怪。靜求元精理，漢郎顗傳：元精所生，王之佐臣。浩蕩難倚賴。朱注：以柏之才大得地而顗顩如此，是難倚賴也。

李西崖曰：此傷房次律之詞。中興名相，中外所仰，一旦竟爲賀蘭進明所壞也。房爲融之子，再世秉鈞，故曰出非不得地。〇四詩寄託深遠，語意沈鬱，不襲漢魏之迹，而能得其神髓。

病橘

羣橘少生意，雖多亦奚爲？惜哉結實小，酸澀如棠梨。爾雅注：棠，今之杜梨。陸曰：其子有赤白美惡，白爲甘棠，赤色者澀而酢。剖之盡蠹蟲，蝕，一作蛀。采掇爽所宜。言病則本不應採。紛然不適口，豈止存其皮。橘皮可入藥。蕭蕭半死葉，未忍別故枝。玄冬霜雪積，況乃迴風吹。嘗聞蓬萊殿，羅列瀟湘姿。鮑照詩：橘生瀟湘側。此物歲不稔，朱注：橘結實一年多，必一年少，故曰歲不稔。玉食失光輝。寇盜尙憑陵，當君減膳時。汝病是天意，吾恐罪有司。仇注：病橘不供，適當減膳之時，疑是天意使然；但恐責

以上正寫病橘，以下發論。
二句一詩之主。

王右仲云：二句於無知之物偏寫出有情。
小題說得爾許關係。

有司而疲民力,故下引獻荔事爲證。**憶昔南海使,奔騰獻荔枝。百馬死山谷,到今者舊悲。**後漢和帝紀:南海獻龍眼荔枝,十里一置,五里一候。唐國史補:貴妃生於蜀,好食荔枝,南海所生尤勝蜀者,每歲飛馳以進。

此首傷貢獻之勞民也。時或尙食頗貴遠物,以口腹之故病民,故因病橘而諷朝廷罷貢也。

枯椶

蜀門多椶櫚,廣志:椶一名栟櫚,狀如蒲葵,有葉無枝。陳藏器云:其皮作繩,入水千年不爛。**徒布如雲葉,青青歲寒後。交橫集斧斤,凋喪先蒲柳。**蒲柳注見二卷。世說:蒲柳之質,望秋先零。**傷時苦軍乏,一物官盡取。**齊高帝紀:時軍容寡闕,乃編椶皮爲馬具。**嗟爾江漢人,**指巴蜀。**生成復何有!有同枯椶木,使我沈歎久。死者卽已休,生者何自守?啾啾黄啄雀,側見寒蓬走。念爾形影乾,摧殘沒藜莠。**

此首傷民困於重斂也。首八句敍檞枯之故,次八句言軍興賦重,剝民同於剝檞,乃嗟歎本旨。末四句收還本題,仍帶興意,言民窮財盡,直將坐以待斃而已。

此章多實賦枯字,與第一首有別。

浦云:只就小材咏歎,若合若離,結法冷雋。

枯枏

梗枏枯崢嶸,鄉黨皆莫記。〔三字領下寫枯字皆見崢嶸處〕不知幾百歲,慘慘無生意。上枝摩蒼天,下根蟠厚地。巨圍雷霆拆,萬孔蟲蟻萃。凍雨落流膠,〔音襄落中偏寫得精采句句寓意〕〔楚辭:使凍雨兮灑塵。爾雅注:江東呼夏月暴雨為凍雨。庾信詩:枯楓乍落膠。〕衝風奪嘉〔一作氣〕風〔楚辭:衝風至兮水揚波。注:衝風,隧風也。以枏木有香故云。〕。猶含棟梁具,無復霄漢志!良工古昔少,識者出涕淚。種榆水中央,成長何容易?截承〔想頭奇〕金露盤,〔亦奇〕良工謂工師也。〔三輔故事:武帝於建章宮立銅柱,高二十丈,上有仙人掌、承露盤。〕裊裊不自畏。白鵠遂不來,天雞為愁思。〔爾雅:鶾天雞。注:赤羽鳥。若彩雞,成王時蜀人獻之。按:鶾古翰字。逸周書:文翰也。〕

末首亦爲用人者發,枯枏比大材不見用,水榆比小材當重任。時房琯自禮部出晉州,張鎬再貶辰州司戶,肅宗所相者乃呂諲苗晉卿之屬,公故惜而悲之。

所思

原注：得台州司戶虔消息。

鄭老身仍竄，台州信始傳。爲農山澗曲，臥病海雲邊。世已疏儒素，人猶乞音。酒錢。徒勞望牛斗，無計斸龍泉。

張華傳：華見斗牛間有紫氣，補雷煥爲豐城令，到縣掘獄得石函，中有雙劍，一曰龍泉，一曰太阿。張遠注：台州乃牛斗分野，鄭貶其地，如寶劍之埋土，故苦無計以出之耳。

不見李生久，佯狂眞可哀！世人皆欲殺眞知己語，以其狂也。吾意獨憐才。敏捷詩千首，飄零酒一杯。匡山讀書處，頭白好歸來。

原注：近無李白消息。曾鞏李集序：乾元元年，長流夜郎，以赦得釋，憩岳陽江夏，復如潯陽，過金陵，族人陽冰爲當塗令，白過之，以病卒，年六十有四，寶應元年也。杜田補遺：白之先客居蜀之彰明，太白生焉，幼讀書於大匡山，其讀書堂尙存，宅在清廉鄉，後爲僧房，號隴西院。語出楊天惠彰明逸事。彰明綿州屬邑，有大小匡山。按：太白蜀人，而公亦在蜀，自不當指潯陽之匡廬，楊升菴亦主此說。

草堂卽事

結語抵一篇大招。

畫不能到。

○荒○村○建○子○月，肅宗紀：上元二年九月，詔去上元號稱元年，以十一月爲歲首，月以斗所建辰爲名。建子月壬午朔，上受朝賀，如正旦儀。○獨○樹○老○夫○家。假對

○雪。一作霧。○裏○江○船○渡，○風○前○竹○徑○斜。○寒○魚○依○密○藻，○宿○雁○聚○舊作鷺起，從杜臆。○圓○沙。○蜀○酒○禁

○愁，謂可以消愁。○無○錢○何○處○賒？

浦二田云：詩眼在首句，全因建子月發感想；此日朝班上賀，新象蔚然，而我則雪江風竹，寥落羈棲，宛似魚依雁聚之淒然矣。此愁非酒曷消，況又無錢沽酒乎！一片寫來，無限悲愴。

野望 思○家○憂○國○首○二○聯

○西○山○白○雪○三○城○戍， 提起勢最健 西山卽雪嶺，三城在松維等州界，時爲吐蕃所擾。○南○浦○清○江○萬○里○橋。注見七卷。○海○內○風○塵○諸

○弟○隔，○天○涯○涕○淚○一○身○遙。○惟○將○遲○暮○供○多○病，○未○有○涓○埃○答○聖○朝。○跨○馬○出○郊○時

○極○目，○不○堪○人○事○日○蕭○條！

朱鶴齡曰：按史是時分劍南爲兩節度，而西山三城列戍，百姓疲於調役，高適嘗上疏論之。公詩當爲此作，故有人事蕭條之歎。

李云：可稱高渾，顧況湖南客中春望詩：鳳塵海內憐雙鬢，淚天涯隔一身，全襲杜語。

三七四

徐九少尹見過

晚景孤村僻，行軍數騎來。舊注：唐以少尹爲行軍長史，若有節度使，即謂之行軍司馬。 交新徒有喜，禮厚愧無才。想少尹有周急之誼。 賞靜憐雲竹，忘歸步月臺。 何當看花蕊，欲發照江梅？謂照江之梅來在冬月，故期以花發再過也。

范二員外邈吳十侍御郁特枉駕，闕展待，聊寄此作

暫往比鄰去，空聞二妙歸。晉書：尚書令衞瓘與尚書郎索靖俱善草書，號一臺二妙。 野外貧家遠，村中好客稀。 論文或不愧，重肯款柴扉。含情。無限。承一。公過兩當吳宅，時郁尚謫楚，時必放還遊蜀也。 幽棲誠簡略，衰白已承二。光輝。

王十七侍御掄許攜酒至草堂，奉寄此詩，便請邀高三十五使君同到

王掄終於彭州刺史，後有哭王彭州掄詩。高適時爲蜀州刺史，或以事至成都。黃鶴謂爲攝尹，無據。

亦代簡戲筆。

老夫臥穩朝慵起，白屋寒多煖始開。白屋謂白茅覆屋。江鸛巧當幽徑浴，鄰雞還過短牆來。四句先自寫索居之況。繡衣屢許攜家醞，皂蓋能忘折野梅？續漢志：二千石皂蓋，朱兩幡。戲假霜威促山簡，須成一醉習池迴。注見前。

王竟攜酒，高亦同過，共用寒字

臥疾荒郊遠，通行小徑難。故人能領客，攜酒重相看。自愧無鮭一作荼，集韻：鮭，吳人魚菜總稱。空煩卸馬鞍。移樽勸山簡，高，指高。頭白恐風寒。原注：高每云：汝年幾小，且不必小於我。故此句戲之。言老易畏寒，故宜多飲，蓋高以老戲公，公亦以老答戲也。

陪李七司馬皂江上觀造竹橋，即日成，往來之人免冬寒入水，聊題短作，簡李公元和郡國志，鄟江一名皂江。晏公類要：今在新津，此復至蜀州作。

王阮亭云：詩近俗套，今人大牛應酬做此。

伐竹爲橋結搆同，襄裳不涉往來通。天寒白鶴歸華表，日落青龍見水中。

○用○事○俱○切○。異苑：晉太康二年冬大雪，南洲人見二白鶴語於橋下曰：今茲寒不減堯崩年。搜神後記：丁令威本遼東人，後化鶴歸集城門華表柱，徘徊空中而言曰：去家千年今始歸，城郭如故人民非。此華表乃言橋柱。

朝野僉載：趙州石橋甚工，望之如初月出雲，長虹飲澗。天后時，默啜欲南過橋，馬跪地不進。但見青龍臥橋上，奮迅而怒，賊乃遁去。浦注：句卽杜牧阿房宮賦：長橋臥波，未雲何龍意。

顧我老非題柱客，知君才是濟川功。

相如題橋柱事，注見二卷。從正異，諸本作歎，非。

合觀卻笑千年事，驅石何時到海東？

謂聚觀橋成之速，而笑驅石之誕也。齊地記：秦始皇作石橋，欲過海觀日出處，有神人能驅石下海，石去不速，神輒鞭之，石皆流血。

觀作橋成，月夜舟中有述，還呈李司馬

把燭橋成夜，迴舟客坐時。天高雲去盡，江迥月來遲。衰謝多扶病，招邀屢有期。

○佳○句○。與前詩當另是一日。

異方乘此興，樂罷不無悲？

李司馬橋成，高使君自成都回

向來江上手紛紛，謂經營者衆。三日功成事出羣。已傳童子騎青竹，總擬橋東待使君。後漢書：郭伋爲幷州牧，始至行部，有童兒數百，騎竹馬道次迎拜。

起段縱橫長短，拉雜寫來，此公之變體，開盧仝劉叉一種詩派。

入奏行贈西山檢察使竇侍御 朱注：按會要有西山運糧使檢校戶部員外郎，詩云：運糧繩橋壯士喜，疑卽此官。竇

竇侍御，驥之子，鳳之雛。年未三十忠義俱，骨鯁絕代無！ 荀子：君有忠臣，謂之骨鯁。炯如

一段清冰出萬壑，置在迎風露寒 舊作寒露。之玉壺。西京賦：旣新作於迎風，增露寒與儲胥。注：皆館名。長安志：在雲陽甘泉宮。

蔗漿歸廚金盌凍，洗滌煩熱足以寧君軀。朱注：清冰寒蔗，實之玉壺金盌，足以滌君王之煩熱。想竇侍御以清望稱於時，故比之如此。

政用疏通合典則，戚聯豪貴耽文儒。 二句兼美其學術性情。

蓋以侍御出耳。

推本世家。早伏後𨽻服庭闈句。

上贊侍御。

接筆健入本事。

二句正侍御檢察。

天子亦念西南隅。吐蕃憑陵氣頗麤，竇氏檢察應時須。運糧繩橋壯士喜，

尤鄭重有體。

即白駒詩人之驥下再推說
意。中幅頗似
板實，妙在結
得逸致翩翩。

興地紀勝：繩橋在維州保寧縣東十五里，辦竹為繩，其上施木板，長三十丈，通蕃漢路。**斬木火井窮猿呼。**蜀都賦注：火井欲出其火，先以竹筒盛之，接其光而無炭，取井火還煮井水，一斛得四五斗，鹽家火煮之不過二三斗。鶴曰：寰宇記：水涸時以火投井中即焰出，移時方滅。今在蓬州，此指蓬州火井言。仇注：斬木於火井之地。言除道以通運，無木可依，故猿呼也。**八州刺史思一戰，**舊唐書：劍南西川節度統松、維、恭、蓬、雅、黎、姚、悉八州兵馬。公東西兩川說：八州素歸心於其世襲刺史。**三城守邊皆可圖。**浦注：高適論西山三城列戍疏：平戎以西數城，皆窮山之顛，蹊隧險絕，運糧束馬之路，坐甲無人之境。按其地今為威、保、松、潘等處，即唐史廣德初，吐蕃所陷之松、維、保三州也，三城當在其處。朱注指彭州三守捉城，非是。二句言或戰或守，皆當相機宜，畫長策以入奏朝廷也。**此行入奏計未小，密奉聖旨恩宜殊。繡衣春當霄漢立，**言當以春抵京。**綵服日向庭闈趨。**寶之父必官於朝。**省郎京尹必俯拾，**祝其增秩也。寶此時或未兼戶銜，並卽望為成都尹，成都時號南京。**江花未落還成都，肯訪浣花老翁無？為君酤酒滿眼酤，**舊注：蜀人以竹筒酤酒，上有筒穿繩眼。滿眼酤，言其滿迫筒眼。**與奴白飯馬青芻。**俞云：趣甚。
蔣弱六云：頗似諛人文字，卻一團忠愛，無限激昂。

杜詩鏡銓 卷八

三七九

邵云：數詩雖非諢語，章法穩稱，要不作小家數。

杜詩鏡銓

得廣州張判官叔卿書，使還以詩代意

唐書：京尹及諸都督府並有功曹參軍，廣州為中都督府，故置。鮑曰：前有寄楊五桂州詩，楊蓋自桂而徙廣也。

廣州段功曹到，得楊五長史書，功曹卻歸，聊寄此詩

衛青開幕府，東觀漢紀：衛青大克匈奴，武帝拜大將軍於幕中，因號幕府。楊僕將樓船。漢南越傳：主爵都尉楊僕為樓船將軍，出豫章，下橫浦。漢一統志：廣州，秦為南海郡。銅梁書遠及，銅梁注見七卷。珠浦使將旋。唐書：廣州有合浦縣出珠。節梅花外，廣州在梅嶺之外。春城海水邊。貧病他鄉老，煩君萬里傳。

〔補出主將〕

李子德云：題有數層，不用虛字斡旋，而一一寫得暢足，可云才大如海矣。

朱注：叔卿魯人，見公雜述及舊唐書李白傳。

鄉關胡騎滿，時史朝義據東都。宇宙蜀城偏。忽得炎州信，楚辭：嘉南州之炎德。遙從月峽傳。十〔判官張姓〕〔切判官〕〔切張姓〕道：渝州有明月峽，三峽之始。雲深驃騎幕，漢書：霍去病為驃騎將軍。夜隔孝廉船。世說：張遷嘗謁丹陽尹劉惔，惔留宿，明日還船，須臾惔出，傳

三八〇

教覚張孝廉船同。卻寄雙愁眼，相思淚點懸。言無物可寄，惟有淚點，具見情深。雙愁眼亦載，時人榮之。兼繪起處遭亂遠客意，不獨離情也。詩本易明，向多謬解。

送段功曹歸廣州

南海青天外，功曹幾月程。峽雲籠樹小，湖日蕩船明。一作落。仇注：三峽山高，故雲籠樹而小；洞庭湖闊，故日蕩船而明。二句言自蜀至廣途中經歷之景。交趾丹砂重，唐書志：交趾郡屬嶺南道。韶州白葛輕。韶在廣州之東。幸君因旅客，時寄錦官城。

魏十四侍御就敝廬相別

有客騎驄馬，江邊問草堂。遠尋留藥價，惜別倒文場。此人殊不易得。謂傾倒其詩章也。杜預傳贊：元凱文場，號為武庫。入幕旌旗動，歸軒錦繡香。魏之去亦當就幕職。時應念衰疾，書疏及滄浪。

贈別何邕

沈著：便含末句意。

生死論交地，何由見一人？悲君隨燕雀，薄宦走風塵！綿谷元通漢，沱江不向秦。五陵花滿眼，傳語故鄉春。

鶴注：邕時為綿谷尉赴長安。

句意

翟方進傳：一死一生乃見交情。

句意

句意：邕可至京。唐書：綿谷縣屬利州。禹貢注：漢出為潛。郭璞云：有水從漢中沔陽縣南流至梓潼漢壽縣入大穴中，通罡山下西南潛出。舊云即禹貢潛水也。史記正義：潛水出利州綿谷縣東龍門山大石穴下。朱注：按綿谷即蜀漢之漢壽，今保寧府廣元縣。是綿谷元通漢，謂綿谷潛水本上合於沔陽之漢水也，漢中北直長安，故云。

句言已猶滯蜀。漢地理志：沱水在蜀郡郫縣西，東入大江，其一在汶江縣西南，東入江。金履祥曰：江至永康軍導江縣，諸源既盛，遂分為沱，東至眉州彭山縣，復合於江。

顧宸云：不曰傳語鄉人，而曰傳語故鄉春，非惟風物關心，亦見人情惡薄同調，寂寥故國之思，亦託之無情花鳥而已。

贈別鄭鍊赴襄陽

戎馬交馳際，柴門老病身。把君詩一讀，過日，念此別驚神。地闊峨眉晚，天高峴首春。

白描三字。入神。

西山時有吐蕃之警。

元和郡國志：峴山在襄陽縣東南九里。陳後主歸魂賦：映峴首之沈碑。仇注：峨眉公所在，峴首地闊天高，猶云水遠山長，隱寓難於會面意。

黃白山云：闊貼眉，高貼首，各見匠心。

此首詞悲意隱。

鄭所往。臨別躊躇,故日色將晚;歸覽景物,當已及春時。晚春二字,亦不空下。為於耆舊內,晉習鑿齒有襄陽耆舊傳。試覓姓龐人。龐德公隱

鹿門山在襄陽,言耆舊中倘有如龐公之高蹈者,則吾亦將與之偕隱襄陽矣。

張愓菴云:一氣如話,在王孟集中絕調,在公集中馴耳,卽此可見身分。

重贈鄭鍊絕句

鄭子將行罷使臣,囊無一物獻尊親。江山路遠羈離日,裘馬誰為感激人?

趙曰:言裘馬輕肥之人,誰是感激而念其貧者乎?上章敍惜別之情,此更表其清況。

杜詩鏡銓卷九 寶應中,公居成都、客梓州作。

江頭五詠

丁香

> 圖經本草:丁香木類桂,高丈餘,葉似櫟,凌冬不凋,花圓細黃色。結實如釘,長三四分。齊民要術:雞舌香世以其似丁子,故一名丁子香,即今丁香是也。日華子云:丁香治口氣,所以郎官含之。

丁香體柔弱,亂結枝猶墊。○若。護。若。誡。深。婉。可。味。

> 義山詩:本是丁香樹,春條結始生。蓋其枝常相結也。說文:墊,下也。凡物之下墊,皆可云墊。

深栽小齋後,庶使幽人占。細葉帶浮

毛,疏花披素豔。晚墮蘭麝中,休懷粉身念。注:朱

> 丁香與幽僻相宜,晚而墮於蘭麝,則非其類矣。雖粉身豈足惜哉。

> 張上若云:此公自喻見棄遠方,安分隱退,不復更懷末路之榮以賈禍也。

浦云:五首觀我觀物,非實於身心世故有得者,不能為此。

麗春 圖經本草：麗春草，一名仙女蒿。羣芳譜：麗春罌粟別種，根苗一類而數色咸具，即今虞美人花。

百草競春華，麗春應最勝。言麗春雖少，須知顏色自好，彼桃李之多，漫剩枝條耳，並非能勝於麗春也。顧桃李隨移隨活，獨罌粟之種，移植他處則槁。如何。少須顏色好，多漫枝條賸。顧注：桃李隨移隨活，獨罌粟之種，移植他處則槁。如何。紛紛桃李枝，處處總能移。李能移而麗春不能移何哉？顧桃

一作稀。此貴重？卻怕有人知。此句正狀其如。不可移也。

此公自喻競進者多，己獨耿介自守，不移其性，故人之知公者少也。

梔子 圖經本草：梔子，南方及西蜀州郡皆有之，木高七八尺，二三月生白花，花皆六出，甚芬香。俗說即西域薝蔔也。夏秋結實如訶子狀，生青熟黃，中仁深紅。

梔子比眾木，人間誠未多。於身色有用，與道氣傷和。

趙曰：蜀人取其色以染帛與紙，故云有用。其性大寒，食之傷氣，故曰傷和。浦注：傷和則有用而見忌，故止可安於僻處，公殆自悔其秉性之孤直歟。談。。理。不。屬。紅取風霜實，青看雨露柯。無情移得

汝，貴在映江波。謝朓梔子樹詩：有美當階樹，霜露未能移，還思照綠水，君家無曲池。結正翻用謝意。言但取映江波，更無心移植上苑也。

此公自傷以有用之材而孤冷不合於時,甘自老於江湖也。

鸂鶒

陳藏器本草:鸂鶒,水鳥,形小如鴨,毛有五采。

故使籠寬織,須知動損毛。看雲莫悵望,失水任呼號。六翮曾經翦,孤飛卒未高。且無鷹隼慮,留滯莫辭勞。

此公自喻失位於外,無心求進,有留滯之歎,但當安於義命也。

花鴨

花鴨無泥滓,階前每緩行。羽毛知獨立,黑白太分明。二句一揚一抑。稻粱霑汝在,作意莫先鳴。尸子:戰如鬭雞,勝者先鳴。

此公自喻以直言救珀外斥,惟恐易招世忌而欲有心韜晦也。○顧脩遠云:五詠據是日江頭所見而言:丁香持末路也,麗春守堅操也,梔子遂幽性也,鸂鶒安留滯也,花鴨戒多言也。雖詠物實

蔣云:此屬同病相憐之詞,故尤激切。

杜詩鏡銓卷九

三八七

仄韻之律。

自咏也。前二詩作古體,杜每不拘如此。

畏人 曹植詩:客子常畏人。

早花隨處發,春鳥異方啼。萬里清江上,三年落日低。日也。言日復一日也。畏人成小築,褊性合幽棲。門徑從榛草,無心待馬蹄。

對時育物,意思寫得深厚。

屏跡三首

衰顏一作年。甘屏跡,幽事供高臥。鳥下竹根行,龜開萍葉過。年荒酒價乏,日併園蔬課。謂賣之以充酒直也。獨酌甘泉歌,歌長擊樽破。趙曰:酌甘泉以無酒也。末句亦暗用王大將軍酒後擊碎睡壺事。

用拙存吾道,幽居近物情。桑麻深雨露,燕雀半生成。謂一半方生,一半已成也。村鼓時時急,漁舟箇箇輕。杖藜從白首,心跡喜雙清。謝靈運詩:心跡雙寂寞。

晚起家何事，無營地轉幽。竹光團圍一作野色，舍影漾江流。失學從兒懶，長

蔣云：須於早晚煙日微茫時，想見此二句之妙。

貧任婦愁。百年渾得醉，一月不梳頭。

嵇康絕交書：頭面常一月十五日不洗。

少年行

二首皆及時行樂之意，因次首有年少句，即用為題，借以自鼓衰興，與尋常少年行有別。

莫笑田家老瓦盆，自從盛酒長兒孫。傾銀注玉驚人眼，共醉終同臥竹根。

銀玉皆富貴家飲器。言瓦盆雖與金玉有異，及用以盛酒，亦同醉臥竹根之旁耳。上詩即有鳥下竹根行，可無須徵引故實。

李云：有古樂府意。

巢燕養一作引。雛渾去盡，江花結子已無多。黃衫年少來宜數，共醉終同臥竹根。

北史麥鐵杖傳：將度遼，呼其三子曰：

阿奴當備淺色黃衫。

不見堂前東逝波。

少年行

此乃實指少年。

馬上誰家白面郎？臨軒階，一作下馬坐人牀。不通姓氏麤豪甚，指點銀瓶索

略似太白。

酒嘗。

絕句

江邊踏青罷,回首見旌旗。風起春城暮,高樓鼓角悲。

卽事 盧注:此爲舞妓作。

百寶裝腰帶,眞珠絡臂韝。同韝。漢書馬后傳:蒼頭衣綠韝。注:臂衣以縛左右手,於事便也。笑時花近眼,舞罷錦纏頭。通鑑注:舊俗賞歌舞人以錦綵置之頭上,謂之錦纏頭。

奉酬嚴公寄題野亭之作

拾遺曾奏數行書,懶性從來水竹居。二句敍客蜀之由。奉引濫騎沙苑馬,漢官儀:大駕則公卿奉引。注:奉引謂引道者。幽棲眞釣錦江魚。謝安不倦登臨賞,謝安傳:安於東山營墅,樓館林竹甚盛,子弟遊集,肴膳亦屢費百金,

何等風度。

杜集中豔體只此。

仇滄柱云:此詩與嚴詩句句相應,乃古人酬和體也。因嚴曰:何須不著鵷鷟冠,蓋勸之仕也。公故曰:拾遺奏書,奉引騎馬,見斥官之後無復此興矣。因嚴曰:漫把釣竿,懶眠沙草,謂不當隱也。公故曰:懶性從來,幽棲眞釣,見託此亭,習而安之矣。因嚴有直到句,公故曰:杜沐旌麾,茅徑欲鋤,急待其來也。阮籍句,乃先致謙詞,亦因莫倚善題鸚鵡賦,有相諷意,而微託此以解嘲耳。

阮籍焉知禮法疏。 阮籍傳:籍性疏懶,禮法之士疾之如讎。 枉沐一作何旌麾出城府,草茅無徑欲鋤。

附 寄題杜二錦江野亭 嚴 武

漫向江頭把釣竿,懶眠沙草愛風湍。莫倚善題鸚鵡賦,注見二卷。何須不著鵷鷟儀。音峻。冠。漢書:孝惠時郎侍中皆冠鵷鷟。注:鵷鷟,鳥名,以其羽飾冠。腹中書籍幽時曬,世說:郝隆七月七日出日中仰臥,人間其故。曰:我曬書。肘後醫方靜處看。葛洪抄肘後急要方四卷,二句憐其好學而多病。興發會能騎駿馬,終須直

到使君灘。

盛宏之荆州記：魚復縣界有羊腸虎臂灘，楊亮爲益州至此舟覆，至今名爲使君灘。九域志：使君灘在萬州，以堂在江干，故借用耳。

朱鶴齡曰：唐小說家以嚴詩有莫倚善題之句，遂起鉤簾欲殺之誣。今按莫倚善題鸚鵡賦，盧其恃才傲物，愛而規之也。何須不著鸚鵡冠，勸之出而仕也。二語正見嚴杜交情之厚。○洪容齋曰：子美集中詩凡爲嚴者幾三十篇，送還朝曰：江村獨歸處，寂寞養殘生。喜再鎮曰：得歸茅屋赴成都，眞爲文翁再剖符。此猶武在時語。至哭歸櫬曰：一哀三峽暮，遺後見君情。及八哀詩云：空餘老賓客，身上愧簪纓。若果有欲殺之怨，不應眷眷若此，況武肯以黃祖自比乎？

嚴中丞枉駕見過

原注：嚴自東川除西川，敕令兩川都節制。舊唐書嚴武傳：武初以御史中丞出爲綿州刺史，遷東川節度使，再拜成都尹兼御史大夫，充劍南節度使。朱注：武初鎮劍南，二史俱云兼御史大夫。今公詩止云中丞，史當屬有誤。

黃生云：小隊謂簡於騎從，足見風趣。

元戎小隊出郊坰，問柳尋花到野亭。川合東西瞻使節，

王阮亭云：起句亦莊重，亦瀟灑。

地分南北任流萍。 公自長安至代崔光遠鎮蜀，時敕兼攝兩川。東川節度至廣德二年始廢。上元二年十二月，武二載，始分劍南爲東、西川，各置節度。

而南，鄭玄戒子書：黃巾爲害，萍浮南北。扁舟不獨如張翰， 注見一卷。**皂帽應兼似管寧。** 魏志：管寧居海上，常著皂帽，布襦袴，寫嚴公志分下交處,用反結意更深長。

布裙,隨時單複。杜臆:翰棄官而寧避世,故有不獨應兼之別。

寂寞江天雲霧裏,何人道有少微星?隋書天文志:少微四星在太微西,一名處士星。末句意在言外,若曰知我者惟嚴公耳。

劉須溪云:語有天趣,正爾苦索不能到。

李子德云:氣概雄放,絕非推崇軒冕之陋。

遭田父泥飲美嚴中丞

泥飲,謂強之飲。美嚴中丞,指田父之言,非公美之也。

步屧隨春風,村村自花柳。田翁逼社日,邀我嘗春酒。酒酣誇新尹,畜眼未○妙○寫○春○光○亦○便○見○政○成○民○和○意見有。迴頭指大男,渠是弓弩手。名在飛騎籍,長番歲時久。唐書兵志:擇材勇者爲番頭,習弩射。又有羽林軍飛騎,亦習弩。張遠注:舊兵一萬五千分爲六番,以次更代。今日長番,是長在籍,無更代者,故尤以放歸爲感。前日放營農,放歸務農也。辛苦救衰朽。差科死則已,誓不舉家走。○善○寫○感○激仇注:雜色差科在長番之外者。今年大作社,拾遺能住否?叫婦開大瓶,盆中爲吾取。感此氣揚揚,須知風化首。言愛民爲風化之首。語多雖

借田父以美中丞,此爲善頌。

三九三

雜亂,說尹終在口。朝來偶然出,自卯將及酉。久客惜人情,如何拒鄰叟?

高聲索果栗,欲起時被肘。指揮過無禮,未覺村野醜。月出遮

我留,仍嗔問升斗。升斗酒量也。

邵子湘云:樸老眞率,開張王樂府派。○夾敍夾述,情狀聲吻,色色描畫入神,正使班馬記事,未必如此親切,千載下讀者無不絕倒。

史記:魏桓子肘韓康子於車上。

情事最眞,只如白話。

寫景雄闊,能顯出重鎭規模。○何云:樹暗入浮秦句浮字寫縹緲之意。望京,起下帝念。

奉和嚴中丞西城晚眺十韻

汲黯匡君切,先頌嚴中丞。漢書:汲黯,武帝召爲大中大夫。數切諫。句指昔爲中丞。廉頗出將頻。句言再爲節度。直詞才不世,雄承一

略動如神。政簡移風速,詩清立意新。呂氏童蒙訓:詩清立意新,是作詩用力處。蓋不可循習陳言,只規摹舊作也。

臨眺景,絕域望餘春。旗尾蛟龍會,樓頭燕雀馴。二句城上近景,亦見氣象嚴肅,風化大行意。地平江承二

動蜀,天闊樹浮秦。二句城外遠景。黃生注:動字寫洶湧之狀,浮字寫縹緲之意。

帝念深分閫,軍須遠算緡。去聲

以自家遠祖事業相期,逗出奉和意無跡。

漢書:元狩四年,初算緡錢。李斐曰:緡,絲也,以貫錢。一貫千錢,出税二十。張遠注:遠算緡,謂不事科斂。按史稱武在蜀用度無藝,峻掊亟斂,此句蓋以諷也。**花羅封蛺蝶,**

舊注:蛺蝶麒麟,繡之羅錦者。言嚴公以此入貢,不忘朝廷也。四句言其不剝民而能奉君。**瑞錦送麒麟。** 辭第輸高義,此句暗合到西城晚眺 杜預傳:預卒贈治第,對曰:匈奴未滅,何以家為。**觀圖憶古人。** 朱注:言觀蜀之地圖,輒以古人為期也。公有同嚴公詠蜀道畫圖詩。**征南多興緒,** 征南大將軍,公十三世祖。多興緒,近也。預傳稱其博學多通,明於籌略,比嚴公亦以文人而為節鎮也。**事業闇相親。** 霍去病傳:上為治第,如立碑峴山之類。

中丞嚴公雨中垂寄見憶一絕,奉答二絕

雨映行宮辱贈詩, 通鑑:玄宗離蜀,以所居行宮為道士觀。**元戎肯赴野人期。** 想詩中有欲見過意。**江邊老病雖無力,** 寫設譔意韻 **強擬晴天理釣絲。**

何日雨晴雲出溪,白沙青石洗無泥。只須伐竹開荒徑,倚杖穿花聽馬嘶。承上首說下 一作拄。穿花謂出相迎也。

謝嚴中丞送青城山道士乳酒一瓶

山瓶乳酒下青雲，氣味濃香幸見分。鳴鞭走送憐漁父，公自指。洗盞開嘗對馬軍。舊注：軍州謂驅使騎為馬軍，即走送者。句言急於欲飲，兼暗用謝奕引老兵共飲事。舊引羊祜飲陸抗酒事，甚謬。

三絕句

楸樹馨香倚釣磯，斬新花蕊未應飛。爾雅：椅梓，郭璞注：即楸也。經本草：梓木似桐而葉小花紫。圖與花使性妙不如醉裏風吹盡，可忍醒時雨打稀。

門外鸕鶿去不來，一作久。沙頭忽見眼相猜。猜眼生故。自今已後知人意，一日須來一百迴。裹也。正極寫寂

無數春笋滿林生，柴門密掩斷人行。會須上番毛晃增韻讀甫患切。看成竹，朱注：斬新、上番，皆唐

邵云：老人情語。

張上若云：六詩便為詩學指南。趨今議古，世世相同，惟大家持論極平，著眼極正。

人方言。元稹詩：飛舞先春雪，因依上番梅。獨孤及詩：舊日霜毛一番新，皆作去聲讀。杜臆：竹初番出者壯大，後出漸小。看，謂看守也。**客至從嗔不出迎。**

戲為六絕句

六首逐章承遞，意思本屬一串，舊注多錯雜，今並正之。○庾信、四傑，特借作影子，非謂詩道以此為至也。下四章俱屬推開，舊解仍粘定前文，故多輥三首一片無賴意思，有託而言，字字令人心醉。○亦開宋元詩派。

庾信文章老更成，蔣云：公每以庾信自比，殆亦彙遭時言之。**凌雲健筆意縱橫。**當指哀江南賦而言。**今人嗤點流傳賦，**干寶晉紀論：蓋共嗤點以為灰塵而相詬病矣。庾信傳贊：揚子雲有言：詩人之賦麗以則，詞人之賦麗以淫。若以庾氏方之，斯又詞賦之罪人也。**不覺前賢畏後生。**

轉不合。

王楊盧駱當時體，王勃、楊炯、盧照鄰、駱賓王、唐初號為四傑。**輕薄為文哂未休。**玉泉子：王、楊、盧、駱有文名，人議其疵曰：楊好用古人姓名，謂之點鬼簿。駱好用數對，謂之算博士。**爾曹身與名俱滅，不廢江河萬古流。**浦注：首章下二反言以未免過譽，亦屬有激之詞。下章仍稍帶抑，不失分寸。警醒之，此又正言以點破之。

縱使盧王操翰墨,劣於漢魏近風騷。謂不如漢魏之風騷也。

龍文虎脊皆君馭,漢西域傳贊:蒲梢、龍文、魚目、汗血之馬,充於黃門。天馬歌:虎脊兩,化若鬼。句謂超軼絕塵,只在人之自致。君字泛指,下爾曹乃專指後生。

歷塊過都見爾曹。王襃頌:過都越國,蹶如歷塊。朱注:龍文虎脊,雖堪充馭,然必試之歷塊過都,爾曹方可自見耳。極言前賢之未易貶也。或謂仍贊王楊按:此二句謂果能力追漢魏,方足跨軼盧王,不然而漫加嗤點,終未免陷於輕薄也。者,非。

才力應難跨數公,此又總上三。凡今誰是出羣雄。或看翡翠蘭苕上,郭璞詩:翡翠戲蘭苕,容色更相鮮。注:蘭苕,蘭秀也。言珍禽芳草輝映可悅也。未掣鯨魚碧海中。此其所以難跨數公也,而可輕議乎?十洲記:扶桑東萬里有碧海,水不鹹苦,正作碧色。舊注:翡翠蘭苕,指當時研揣擊病尋摘章句之徒,鯨魚碧海,則所謂渾涵汪茫,千彙萬狀,兼古今而有之者也。

不薄今人愛古人,此句又作一揚承第一首來,並跟上凡今句。清詞麗句必爲鄰。言我非敢薄今人而專愛古人也,但庚
俗子多好爲高論,得少陵痛

信,四傑體格雖似略卑,其清詞麗句,終必有近於風騷者,所以能長久不廢;今人好自矜詡,其果有卓卓可傳者乎?竊攀屈宋宜方駕,恐與齊梁作後塵。

顏氏家訓:傳相祖述,尋問莫知源由。謂時輩自相學擬,無能相尚也。別裁僞體親風雅,別裁,謂區別而裁去之。轉益多師是汝師。風騷有眞風騷,漢魏有眞漢魏,下而至於齊梁初唐,莫不有眞面目焉。循流溯源以上追三百篇之旨,則皆吾師也。苟徒放言高論,而不能虛心以集益,亦終不離於僞體而已矣。此公之所以爲集大成歟。

昌黎詩:李杜文章在,光燄萬丈長,不知羣兒愚,那用故謗傷,蚍蜉撼大樹,可笑不自量。當公之世,其排訾者亦不少矣。故偶借庾信、四子以發其意,皆屬自寓意多,非如遺山論詩絕句通論古今人之詩也。然別裁僞體,轉益多師,學詩之道,實不出此。

未及前賢更勿疑,遞相祖述復先誰?

○李云:中原七子,病大言相高,正坐此。下針砭。

野人送朱櫻

西蜀櫻桃也自紅,野人相贈滿筠籠。數回細寫愁仍破,前半俱即對賜櫻下筆。禮記:器之溉者不寫,其餘皆寫。注:寫,謂傳置他器。**萬顆勻圓訝許同。憶昨賜霑門下省，早朝擎出大明宮。**唐李綽歲時記：四月一日，內園薦櫻桃寖廟詑，頒薦賜各有差。**金盤玉筯無消息，此日嘗新任轉蓬。**

託與深遠，格力矯健，此為詠物上乘。○開手擎此動彼，入後一氣直下，獨往獨來，小題具如此筆力。

嚴公仲夏枉駕草堂，兼攜酒饌，得寒字

竹裏行廚洗玉盤，神仙傳：麻姑降蔡經家，坐定各進行廚，皆金盤玉杯。**花邊立馬簇金鞍。非關使者徵求急，**用顏闔事，注見二卷。時嚴或即欲公入幕，而公猶未許，故有此句，謂不相強也。**自識將軍禮數寬。**廉頗傳：不知將軍寬之至此也。黃生注：句亦暗用漢書大將軍有揖客事。**百年地僻柴門迥，五月江深草閣寒。看弄漁舟移白日，老農何有罄交歡。**

嚴公廳宴，同詠蜀道地圖，得空字

蔣云：富貴氣象，寫得極風雅。

日臨公館靜,畫滿地圖雄。劍閣星橋北,華陽國志:李冰沿水造橋,上應七宿。世祖謂吳漢曰:安軍宜在七星連橋間。松州

劉須溪云:開闔古今,渺在言外。畫不足言矣。

吳蜀水相通。興與烟霞會,清樽雪嶺東。唐書:松州交川郡屬劍南道,"取界內甘松嶺爲名"。華夷山不斷,

俚詞記事,亦是一體。○李云:亦借二作以見用干支紀月之異。

幸不空。

仇滄柱云:劍閣在星橋之北,松州則雪嶺居東,山自西南而來,水從東方而去。只四句,全蜀地形,如指諸掌。

戲贈友二首

元年建巳月,朱注:時肅宗去上元號稱元年,以建子月爲歲首,月以斗所建辰爲名。至建巳月,肅宗寢疾,詔皇太子監國,改元年爲寶應元年,復以正月爲歲首。詩作於未改元之先,故仍稱建巳月。郎有焦校書。唐書:崇文館有校書郎二人。自誇足膂力,能騎生馬駒。謂馬駒之生者。一朝被馬踏,脣裂板齒無。壯心不肯已,欲得東擒胡。

元年建巳月,官有王司直。唐書:東宮官司直一人,又大理寺司直六人。馬驚折左臂,骨折面如墨。鷙

駘漫深泥,何不避雨色?勸君休歎恨,未必不爲福。叶音偏。言鹵莽如此,不可無此懲戒。淮南子:塞上翁馬亡入胡,人皆弔之,曰:何知非福。居數月,其馬引胡駿馬而歸,人皆賀之,曰:何知非禍。及家富馬良,其子好騎,墮而折髀,人又弔之,曰:何知非福。居一年,胡人大入,丁壯戰死者十九,其子獨以跛故,父子得相保。

大雨

鶴注:寶應元年,公上嚴武說旱云:今獨自十月不雨,抵建卯非雩之時,奈久旱何?詩正其時作,蓋至入夏方雨。

首敘久旱而雨。

西蜀冬不雪,春農尚嗷嗷。上天回哀眷,朱夏雲鬱陶。趙曰:鬱陶出尚書,蓋如陶窰之氣鬱結,此形容夏雲。執熱乃沸鼎,纖絺成縕袍。風雷颯萬里,霈澤施蓬蒿。敢辭茅葦漏?已

次言雨後之景。

喜黍豆高。○張。○雲。驟。雨。○江。張。眞。景。三日無行人,二江聲怒號。左傳:有汾澮以流其惡。注:惡,垢穢。水經注:成都有二江,雙流郡下。宋史:初,李冰開二渠,一由永康過新繁入成都,謂之外江。一由永康過郵入成都,謂之內江。剗茲遠江皋,空庭步鸛鶴,隱几望波濤。謂水漫入戶也。沈疴聚藥餌,頓忘所進勞。言雨涼神爽,可以不煩進藥。則知潤物功,可以

末誌喜雨之情。

邵云：放翁極學此種。

溪漲

此阻於溪水，不得歸草堂而作也。

貸也施不毛。陰色靜隴畝，勸耕自官曹。四鄰有耒耜，何必吾家操。結廬見仁人，大公心事。當時浣花橋，謂萬里橋也。溪水纏尺餘。淺水之景，如畫。白石明可把，水中有行車。華陽風俗錄：浣花亭在州之西南，江流至清，其淺可涉。秋夏忽泛濫，豈惟入吾廬。蛟龍亦狠狠，況是鼈與魚。茲晨已半落，歸路跬步疏。謂人跡稀也。馬嘶未敢動，是行。泥濘中景。前有深填淤。青青屋東麻，散亂牀上書。不意一作知。遠山雨，夜來復何如？仇注：若山雨夜至，則更阻歸途矣。我遊都市間，晚憩必村墟。即指草堂。杜臆：末四只言平日歸家，而阻雨思歸，自見於言外，更有蘊藉。乃知久行客，終日思其居。仇注：憂邊寇而作也，故思東歸以避之。

大麥行

大麥乾枯小麥黃，婦女行泣夫走藏。東至集壁西梁洋，舊唐書：梁州都督督梁、洋、集、壁四州，屬山南西道。一統志：今爲**問誰腰鐮胡與羌。**唐書黨項傳：上元二年，黨項羌與渾奴剌連和寇鳳州，保寧漢中二府地。明年又攻梁州，進寇奉天。又代宗紀：寶應元年，吐蕃陷秦成渭等州，亦與集壁等四州接壤。蔡夢弼曰：後漢桓帝時童謠曰：小麥青青大麥枯，誰當穫者婦與姑，丈夫何在西擊胡。公詩句法蓋出於此。**豈無蜀兵三千人，**謂蜀兵調發策應山南者。**部領辛苦江山長。**謂賓主之勢不敵。**安得如鳥有羽翅，託身白雲歸故鄉？**

奉送嚴公入朝十韻

鼎湖瞻望遠，漢郊祀志：黃帝採首山銅鑄鼎於荆山下，鼎旣成，龍有垂胡髯下迎，後世因名其處曰鼎湖。謂上皇及肅宗俱以四月晏駕。**四海猶多難，中原憶舊臣。**時嚴武召還，拜京兆尹，爲二聖山陵橋道使。謂代宗初立。**絲綸**指靈武扈從時。**感激張天步，**謂復京。嚴武傳：至德初赴肅宗行在，已收長安，拜京兆少尹。**象闕憲章新。**

與時安反側，自昔有經綸。蜀在長安南。莊子：大鵬九萬里而圖南。**北極捧星辰。漏鼓還思晝，**承南圖句指蜀人思舊署也。**宮鶯罷囀春。**承北極句

迴翔指蜀人思**空留玉帳術，**抱朴子外篇：兵在太一玉帳之中，不可攻也。唐藝文志：兵家有玉帳經一卷。雲谷雜記：玉帳乃兵家厭勝之方，主將於其方置軍帳，則堅不可

言以夏時入覲。

張云：端嚴簡括，排體之正。只四句，將從前當下才略忠悃俱包入。

四〇四

法言忠告,令人蕭然,非相知之深,不敢作此語。

犯。其法出於黃帝遁甲,以月建前三位取之。

詩:戟戟趨丹地。江潭隱白蘋。此身那老蜀,自歛亦極簡切。不死會歸秦。途當道。公若登台輔,詩有此想見古人交誼。臨危莫愛身。

愁殺錦城人。閣道通丹地,閣道即劍閣道。漢官儀:省中皆胡粉塗壁,以丹塗地,謂之丹墀。張正見

按:新舊史俱稱武遷黃門侍郎在赴召之後,亦與公詩不合,恐史有誤。一統志:綿州在成都府東北三百餘里。唐天寶初改巴西郡,乾元初復爲綿州。

送嚴侍郎到綿州,同登杜使君江樓宴,得心字

野興每難盡,江樓延賞心。倒從江樓起法變歸朝送使節,落景惜登臨。稍稍烟集渚,微微風動襟。重船依淺瀨,輕鳥度曾陰。檻峻背幽谷,牕虛交茂林。燈光散遠近,月彩靜高深。仇注:上四薄暮景,下四入夜景。城擁朝來客,天橫醉後參。春秋元命苞:參伐流爲益州,則參分本在蜀。窮途衰謝意,苦調短長吟。此會共能幾,諸賢至今。杜使君蓋於公爲孫行也。不勞朱戶閉,自待白河沈。

黃白山云:燈光散遠近與城擁朝來客,見幕府駐節傾城奔奉之狀。

又古樂府:月沒參橫,北斗闌干。見之則夜向闌矣,亦切江樓上所見。此時白河指銀河,謂宴畢而天將曙也,亦寓難爲別意。

四〇五

附 酬別杜二 嚴武

仇注：此當是在綿州途中作，因杜送行至此，而酬詩以答也。

獨逢堯典日，指受終之日。再覩漢官儀。亦謂代宗新立。未效風霜勁，起先自哉入朝空慚雨露私。夜鐘清萬戶，曙漏拂千旗。並向殊庭謁，俱承別館追。斗城憐舊路，渦當作涔。水惜歸期。

朱注：渦水在譙縣西，非二公別處。按元和郡國志：綿州城治漢涪縣，依山作州，東據天池，西臨涪水，形如北斗，臥龍伏焉。渦水是涪水傳寫之誤。峯樹還相引，江雲更對誰？試回滄海棹，莫妬敬亭詩。勸杜無終隱也。圖經：敬亭山在宣城縣北十里。謝朓有敬亭山詩。祇是書應寄，無忘酒共持。但令心事在，未肯鬢毛衰。中諗臨別情景最悵巴山裏，未寫別後心事清猿惱夢思。

奉濟驛重送嚴公四韻 驛去綿州三十里。

遠送從此別，青山空復情。幾時杯重把？昨夜月同行。列郡謳歌惜，三朝

○五○字○愴○超

可憐,嚴杜交情至此。

列郡謂東西兩川,三朝謂玄、肅、代。

出入榮。

送梓州李使君之任

原注:故陳拾遺射洪人也,篇末有云。唐書:梓州梓潼郡屬劍南道。乾元後蜀分東西川,梓州恆為東川節度使治所。公後有陪李梓州四使君登惠義寺,陪李梓州泛江諸詩,此在綿送其赴任也。

籍甚黃丞相,能名自潁川。

漢書:黃霸拜潁川太守,咸稱神明,後徵入為丞相。

近看除刺史,還喜得吾賢。

五馬何時到?雙魚會早傳。老思筇杖掛,

一作竹杖。蜀都賦:筇杖傳節於大夏之邑。

冬要錦衾眠。

亦近應酬之作,注意全在一結。

公殂,於今蜀道憐。

送人之官有此,可見古人無忌諱。

觀打魚歌

公行射洪縣,為我一潸然!

唐書:射洪縣屬梓州。舊唐書:子昂父在鄉為縣令段簡所辱,

二物皆蜀產,欲李以此相寄也。

不作臨歧別,惟聽舉最先。火雲揮汗日,山驛醒心泉。遇害陳公殂,於今蜀道憐。君行射洪縣,為我一潸然!

聞之,遽還鄉里,簡乃因事收繫獄中,憂憤而卒。

綿州江水之東津，魴魚鱍鱍〔音〕撥。鱍色勝銀。〔爾雅注：江東以魴魚為鯿。〕〔詩：鱣鮪發發。〕〔韓詩作鱍。〕漁人漾舟沈大網，截江一擁數百鱗。眾魚常才盡卻棄，赤鯉騰出如有神。〔陶弘景本草：鯉為魚中之王，神變，至飛越山湖。〕潛龍無聲老蛟怒，迴風颯颯吹沙塵。〔朱注：物惡傷類，故蛟龍亦不安其居，見殘生之可畏如此。〕〔詩義疏：鱮似魴而大頭，魚之不美者，徐州謂之鏈，禿尾殆指此。〕魴魚肥美知第一，既飽歡娛饗子左右揮霜刀，鱠飛金盤白雪高。徐州禿尾不足憶，漢陰槎頭遠遁逃。〔襄陽耆舊傳：峴山下漢水中出鯿魚肥美，常禁人採捕，以槎斷水，謂之槎頭縮項鯿。〕亦蕭瑟。君不見朝來割素鬐，咫尺波濤永相失？

二詩體物既精，命意復遠，一飽之後，仍歸蕭瑟，數語可當一篇戒殺文。

又觀打魚

蒼江漁子清晨集，設網提綱萬魚急。能者操舟疾若風，〔列子：津人操舟若神。〕撐突波濤

〔沈云：功名富貴，何獨不然。〕

〔寫一事必極其情狀。〕

四〇八

挺叉入。西征賦：垂餌出入，挺叉來往。小魚脫漏不可記，半死半生猶戢戢。大魚傷損皆垂頭，

邵云：作詩必有關係是大家數。

屈通。強泥沙有時立。奇句人神。東津觀魚已再來，主人罷鱠還傾杯。日暮蛟龍改窟

穴，山根鱣鮪隨雲雷。言皆逐蛟龍而去，亦見因兩番故。東京賦：王鮪岫居。注：干戈格山有穴名岫。鮪岫居而能變化，故有山根雲雷之句。

鬭尚未已，鳳凰麒麟安在哉？朱注：二句即家語覆巢破卵，則鳳凰不翔；剖胎刳孕，則麒麟不至意。吾徒胡為縱此

樂？暴殄天物聖所哀。

越王樓歌 綿州圖經：州城外西北有臺高百尺，上有樓，下瞰州城。唐高宗顯慶中，太宗子越王貞任綿州刺史日作。

綿州州府何磊落！顯慶年中越王作。孤城西北起高樓，碧瓦朱甍照城郭。

沈云：彷彿王子安滕王閣詩，見此老無所不有。

樓下長江百丈清，樓頭落日半輪明。君王舊跡今人賞，懷古之思妙在轉見千秋萬古情。甕合不臺

朱注：按史越王為蔡州刺史，則天時起兵興復，不克死，蓋賢王也。故詩末言豈特今人遊賞，即後人豈無千秋萬古之思乎？

海棕行

宋祁益部方物贊：海棕大抵椶類，理緻幹堅，風雨不能撼。一種波斯棗木，無旁枝，直聳三四丈，至顚四向，生十餘枝，葉如椶櫚，土人呼爲海棕。

左綿公館清江濆，

浦注：蜀都賦：於東則左綿巴東。

蒼稜白皮十抱文。

威。撫。豪。宕。謂綿在蜀都之左也。

自是衆木亂紛紛，海棕焉知身出羣。龍鱗犀甲相錯落，北辰謂禁苑。時有西域胡僧識。

以海棕種來自波斯國，故云。

得，黃白山云：公抱經濟大才而不能用，故借詠海棕以自負，亦以自歎也。

姜楚公畫角鷹歌

名畫記：姜皎上邽人，善畫鷹鳥，玄宗卽位，累官太常卿，封楚國公。埤雅：鷹鶻頂有角毛微起，今通謂之角鷹。

楚公畫鷹鷹戴角，殺氣森森到幽朔。

一作貪。觀者徒驚愁，搦臂飛，畫師。故云。

楚公畫鷹鷹戴角，

注明

不是無心學。

蔣云：想見姜公多少奇懷雄志，發洩於此。

此鷹寫眞在左綿，

陸游曰：畫鷹在錄參廳。

卻嗟眞骨遂虛

傳。梁間燕雀休驚怕,亦未摶空上九天。

此詩若有所譏笑,用意又別。○集中題畫鷹畫馬詩極多,看總無一首相同處。

巴西驛亭觀江漲呈竇十五使君 綿閬皆稱巴西,此指綿州也。

宿雨南江漲,舊注:南江即綿江。波濤亂遠峯。孤亭凌噴薄,吳都賦:噴薄沸騰。萬井逼春容。霄漢愁高鳥,見水勢拍天意。泥沙困老龍。謂爲水所衝激。天邊同舍客,仇注:合下浮萍句,想竇亦寄跡者。攜我豁心胸。

又呈竇使君 集外詩,見郭知達,黃鶴本。

向晚波微綠,連空岸腳卻一作青。日兼春有暮,愁與醉無醒。漂泊猶杯酒,躊躅此驛亭。相看萬里外,同是一浮萍。

句法近晦。

景四句亦近畫。

東津送韋諷攝閬州錄事

集外詩，見郭知達、黃鶴本。東津在綿州，閬州今保寧府。唐制諸州有錄事參軍。後有韋諷宅觀曹將軍畫馬詩。

聞說江山好，公後有閬山、閬水歌。憐君吏隱兼。籠行舟遠泛，惜別酒頻添。推薦非承乏，謂以賢攝官也。操持必去嫌。他時如按縣，不得慢陶潛。朱注：白帖：錄事參軍，即古郡督郵之職，故以慢陶潛戒之。

光祿坂行

下入梓州作。蔡曰：坂在梓州銅山縣。梓州，今為潼川州。

山行落日下絕壁，南望千山萬山赤。樹枝有鳥亂鳴時，瞑色無人獨歸客。馬驚不憂深谷墜，草動只怕長弓射。時蜀有徐知道之亂，山賊多乘險竊發。安得更似開元中，玄宗本紀：開元間海內富安，行者雖萬里不持寸刃。道路卽今多擁隔。

苦戰行

苦戰行傷戰死之將也。鶴注：上元二年，段子璋反，陷遂州、綿州，馬將軍會兵攻之，為所敗，死於遂州。仇注：據史子璋以五月誅，與詩木落時不合，史當或有誤。

苦戰身死馬將軍，自云伏波之子孫。後漢書：馬援拜伏波將軍。干戈未定失壯士，使我歎恨傷精魂。去年江南行。行,一作南討狂賊,遂在涪江之南。臨江把臂難再得。別時孤雲今不飛,時獨看雲淚橫臆。

去秋行 傷戰敗之士也。

去秋涪切。扶鳩江木落時,寰宇記:涪江自涪城縣東南合中江東流入射洪縣,屈曲二十里,北通遂州。遂州城中漢節在,遂州今爲遂寧縣,屬潼川州。漢節在,鮑欽止謂指號王巨被殺,節在,即指前首馬將軍,殆領涪江之兵以救遂州而戰沒於城外者,與去年江南討狂賊相應。臂槍走馬誰家兒?到今不知白骨處,部曲有去皆無歸。遂州城外巴人稀。巴人即指自涪江而來者。戰場冤魂每夜哭,空令野營猛士悲。

宗武生日 朱注:公時避徐知道亂入梓州,以宗武在成都,故思之也。

小子何時見?高秋此日生。自從都邑語,已伴老夫名。言知公者無不知有宗武也。詩是吾

杜詩鏡銓

家事,人傳世上情。張溍注:言傳家以詩,而人徒知為世上尋常父子之情耳。

戲意。彤瘝筵初秩,敧斜坐不成。流霞分片片,熟精文選理,休覓綵衣輕。借言

　四句言病中因為宗武生日開筵,聊欲少飲應景也。

　抱朴子:項曼都自言到天上遇紫府仙人,以流霞一杯飲之,輒不饑渴。涓滴無嬉

就徐傾。

寄高適

楚隔乾坤遠,難招病客魂。詩名惟我共,世事與誰

論!北闕更新主,南星落故園。定知相見日,爛熳倒芳樽。

按公祖審言和韋承慶過義陽公主山池五首,乃杜連章律詩之祖;和李大夫嗣真奉使存撫河東四十韻,乃杜詩長排律之祖,所謂詩是吾家事也。

集外詩,宋朝奉大夫員安宇所收。嚴武召還後,適代尹成都,公寄此詩,蓋欲歸相依之意,特因亂未果耳。

仇注:七國時蜀本屬楚,時高與公家屬俱在成都,故云。

宗初立。是年四月代

本南郡,蜀州又在成都南也。公後稱杜鴻

浦注:南星指高,西川

邵云:自負語

漸亦曰南極一星。故園當即指成都,公後有將赴草堂寄嚴鄭公詩:故園猶得見殘春,可證。句言高以蜀州刺史為成都尹也。

題玄武禪師屋壁

謂畫壁也。唐書:玄武縣屬梓州。華陽國志:玄武山一名三隅山,在玄武縣東二里。

邵云:公於文選實有得力處。

靈境寫得有聲有色，語絕似太白。○五六用事入化，巧而不纖。

張愓菴云：贊畫兼贊禪師，靠墨全無痕迹。

邵云：上下語不相蒙卻妙。

何年顧虎頭，滿壁畫滄洲。顧注：言畫之佳，非名手不能，非必出顧手也。赤日石林氣，青天江水海。一作流。畫有石林，赤日射之，而忽若有氣；畫有江水，青天映之，而忽若奔流。錫飛常近鶴，承石林。天台賦：應眞飛錫以躡虛。高僧傳：舒州潛山最奇，山麓尤勝，誌公與白鶴道人欲之，同白武帝；帝俾各以物識其地，得者居之。道人以鶴，誌公以錫，已而鶴先飛去，至麓將止，忽聞空中錫飛聲，誌公之錫，遂卓於山麓。杯渡不驚鷗。承江水。高僧傳：劉宋時，杯渡者，不知姓名。常乘木杯渡水，無假風棹，輕疾如飛。仇注：不驚鷗，亦參用列子海鷗事。似得廬山路，眞隨惠遠游。高僧傳：惠遠住廬山。彭城劉遺民、豫章雷次宗等，並棄世遺榮，依遠游止。

悲秋

涼風動萬里，羣盜尚縱橫。家遠傳書日，秋來爲客情。愁窺高鳥過，即不能奮飛意。老逐衆人行。始欲投三峽，何由見兩京？浦注：公前在綿州聞蜀亂，不回家而東入梓，其意卽思出峽，而中原猶未靖，故云。

客夜

此當因得家書後有感不寐而作，書中必有催歸之語，故末句云然。

客睡何曾著?秋天不肯明。入簾殘月影,高枕遠江聲。

> 趙訪注:惟夜久見月殘,惟夜靜聞江遠。

計拙無衣食,途窮仗友生。

> 二句正作客未歸之故。

老妻書數紙,應悉未歸情。

> 邵云:怨而不著不肯字妙,眞景只說得出爲難。

> 沈云:比不才明主棄,蘊藉何如。

客亭

秋牕猶曙色,落木更天高(一作風)。日出寒山外,江流宿霧中。

> 寫峽中秋曉,如畫。

聖朝無棄物,衰老(一作怒見詩)已成翁。

> 人忠厚。

多少殘生事,飄零任轉蓬。

> 時將欲迎家至梓。

九日登梓州城

伊昔黃花酒,如今白髮翁。追歡筋力異,望遠歲時同。弟妹悲歌裏,乾坤醉眼(一作朝廷)中。兵戈與關塞,此日意無窮。

> 趙曰:句言遭亂而羈遠客也。

九日奉寄嚴大夫

> 趙曰:嚴武歸朝,以御史中丞進爲大夫,時因徐知道反,武阻兵,九月尙未出巴。

九日應愁思,經時冒險艱。不眠持漢節,何路出巴山。小驛香醪嫩,重嚴

細菊斑。遙知簇鞍馬,回首白雲間。

蔣云:不眠五字,有多少憂勞經略在。

杜廳:以己之思嚴,卻反說嚴之思己,從對面寫來,正是深於憶者。

嚴亦頗以詩自負。

附 巴嶺答杜二見憶 嚴 武

臥向巴山落月時,兩鄉千里夢相思。可但步兵偏愛酒,也知光祿最能詩。

宋書顏延之傳:世祖踐阼,以為金紫光祿大夫,領湘東王師。

江頭赤葉楓愁客,自指。籬外黃花菊對誰?杜。跋馬

望君非一度,冷猿秋雁不勝悲。

邵云:淺語自佳。

戲題寄上漢中王三首 原注:王時在梓州,初至斷酒不飲,篇中戲逃。按三詩皆索飲意,或未會面而先寄以此詩也。

西漢親王子,用賓主對說,起便帶戲意。皇帝子。成都老客星。百年雙白鬢,老也。一別五秋螢。朱注:唐書:

肅宗詔收羣臣馬助戰,漢中王瑀與魏少游持不可,帝怒,貶瑀蓬州長史,事在乾元二年。公以是年出華州,因與王別,至寶應元年為五年也。浦注:蓬州今屬順慶府,在梓州之東。忍斷杯

中物，陶潛詩：且進祇看座右銘。注見三不能隨皁蓋，鶴注：史載漢中王貶蓬州長史，今杯中物。卷。據詩云皁蓋，又奉手札詩云剖符，所貶當是刺史，而史誤耳。

自醉逐浮萍。李子德云：三詩有潦盡水清，木落天空之致，傷離感故，惻惻動人。

策杖時能出，王門異昔遊。謂己既失官，王亦遭貶也。已知嗟不起，未許醉相留。嗟不起，舊注病酒不起，極可笑。按晉書殷浩傳：於時比之管葛，王濛、謝尚伺其出處，以卜江左興亡，相謂曰：深源不起，當如蒼生何！蓋用此言。已知王歎我之不起矣，獨未許一醉而相留乎？杜詩博議：山簡傳：日夕倒載歸，茗艼無所知。集韻：茗艼通作酩酊。蜀酒濃無敵，江魚美可求。終思一酩酊，淨掃雁池頭。西京雜記：梁孝王兔園有雁池。

羣盜無歸路，衰顏會遠方。尚憐詩警策，文賦：立片言以居要，為一篇之警策。猶記一作憶。酒顛狂。

魯衞彌尊重，王。阮。李。云。十字情事可感。宗立，漢中當為王叔，故曰彌尊也。明皇幸寧王憲宅詩：魯衞情先重，按：代徐陳略喪亡。魏文帝與吳質書：昔年疾疫，親故多罹其災，徐、陳、應、劉，一時俱逝。空餘枚叟在，雪賦：召鄒生、延枚叟。漢書：枚乘爲弘農都尉，去官遊梁，梁客皆善屬詞賦，乘尤高。應念早升堂。憶舊遊，尤見不可不飲意。

翫月呈漢中王

夜深露氣清，江月滿江城。浮客轉危坐，睿浮客心。歸舟應獨行。朱注：歸舟謂漢中王；時蓋自梓歸。關山同一照，烏鵲自多驚。魏武詩：月明星稀，烏鵲南飛，繞樹三匝，何枝可依。黃生注：二句即萬象皆春氣，孤槎自客星意。欲得淮王術，風吹量已生。淮南子：畫蘆灰而月暈闕，許愼注：有軍士相圍守則月暈，以蘆灰環月，闕其一面，則月暈亦闕於上。廣韻：暈，日月旁氣，月暈則多風。二句係倒文。言風吹暈生，正可驗淮王畫灰之術也。

李云：淡語有深致，咀之無窮。○三四正寫出月色爛然，故羈客難爲懷，而歸舟比日日也。下二句即申此意。

相從行贈嚴二別駕

我行入東川，十步一回首。成都亂罷氣蕭索，浣花草堂亦何有？通鑑：寶應元年秋七月，劍

四一九

梓中豪俊大者誰？本州從事知名久。舊注：別駕古稱從事，與刺史別乘。 嚴二梓州人，即爲本州別駕也。烏帽拂塵青驄騾，一作粟，不如雷與陳。

把臂開樽飲我酒，酒酣擊劍蛟龍吼。紫衣將炙緋衣走。紫衣、緋衣，殆指其子弟之供役者。銅盤燒蠟光照倒補敘出初見

日，夜如何其初促膝。黃昏始叩主人門，誰謂俄頃膠在漆？後漢書：陳重與雷義爲友，鄉里語曰：膠漆自謂堅，不如雷與陳。萬事盡付形骸外，百年未見歡娛畢。神傾意豁眞佳士，久客多憂

今愈疾。更用感歎作結見高視乾坤又可愁，一軀交態同悠悠。言知心者少也。垂老遇君未恨晚，似

君須向古人求。

秋盡

想公於潦倒中，嚴能極致周旋，不覺感激如此，前所云途窮仗友生，豈卽此人耶？

朱注：青驪粟，即與奴白飯馬青芻意。言主人待客之厚如此也。

南兵馬使徐知道反，八月知道爲其將李忠厚所殺，劍南悉平。

秋盡東行且未迴,梓州在東,故曰東行。茅齋寄在少城隈,少城在成都,注見八卷。籬邊老卻陶潛菊,

楊愼曰:鄭玄傳:袁紹總兵冀州,遣使要玄,大會賓客,玄最後至,乃延升上座,飲酒一斛,容儀溫偉。公以玄自況,爲儒而遭世難也。袁紹杯,仇

江上徒逢袁紹杯。

注謂指李梓州,今按只泛指作客爲是。公詩有云:甫也諸侯老賓客。雪嶺獨看西日落,劍門猶阻北人來。時徐知道爲其下所殺,其兵

方虛谷云:文氣總爾悲壯。

尚據劍閣,故云。不辭萬里長爲客,懷抱何時得好開?

野望

金華山北涪水西,方輿勝覽:金華山在梓州射洪縣。元和郡國志:涪江水西自郪縣界流入,在射洪縣東一百步,縣有梓潼水,與涪江合流。仲冬風日

張上若云:自然壯麗,七子之祖。

始淒淒。山連越巂蟠三蜀,漢書:越巂郡本益州西南外夷,武帝初開置。唐書:巂州越巂郡屬劍南道。御覽永昌郡傳云:越巂郡在建寧西北千七百里,自建寧高山相連至川中平地,東西南北八千餘里。常璩蜀志:秦置蜀郡,漢高祖置廣漢郡,武帝又分置犍爲郡,後人謂之三蜀。水散巴渝下五溪。寰宇記:巴州北水一名巴嶺水,一名渝州水,一名宕渠水。夾溪悉是蠻左右所居,故謂五溪蠻也。朱注:按寰宇記云:黔州涪陵水西北酉溪也;辰溪其一焉。

承○首○句○
音○
蟠○
音○
髓○

注涪州入蜀江。黔州今辰州地,即五溪水也。涪水至渝州與岷江合,至忠涪以下,五溪水來入焉。此云下五溪,蓋約略大勢言之。

似欲向人啼。射洪春酒寒仍綠,元和郡國志:梓潼水與涪江合流,急如箭奔,射涪江口,蜀人謂水口爲洪,因名射洪。顧注:酒煖則綠,射洪寒輕,故春酒仍綠。極目傷神誰爲攜?點明望字獨鶴不知何事舞?饑烏承次句。

酒仍綠。極目傷神誰爲攜?

浦二田云:此亦羈棲之歎也。一二風土之殊,三四區域之遠,寄跡此鄉,有何鼓舞,但欲悲啼耳。五六蓋賦而比也,春酒莫攜,更結出無依苦況。○蜀西南山不斷,東南水所會,三四盡之。

冬到金華山觀,因得故拾遺陳公學堂遺跡仇注:地志:金華山上拂雲霄,下瞰涪江,有玉京觀在本山上。東晉陳勳學道山中,白日仙去。唐書:陳子昂字伯玉,梓州射洪人,少讀書於金華山,武后時擢麟臺正字,遷右拾遺。興地紀勝:陳拾遺書堂在射洪縣北金華山玉京觀後。射洪係梓屬縣,在州南。

涪右衆山內,梓州在涪江之右,故曰涪右。金華紫崔嵬。上有蔚藍天,杜田曰:度人經:三十三天,三十二帝,諸天皆有隱名。第一太黃皇曾天,鬱繼玉明。繼音藍,蔚藍,即鬱繼也。按:此題仙觀,自當用道書事,亦借指天之青色。垂光抱瓊臺。太平經:太空瓊臺,洞門列真之殿。金華之內,侍女衆真

寫道觀光怪又別。

蔣云：淡然字配得妙，與上蔚藍等字映，亦即起下二句。

李云：悲壯之篇，足爲陳公吐氣。

蔣云：用聖賢字擡起才高，卽舍下忠義意。

顧俯層巔，淡然川谷開。之所處。天台賦：瓊臺中天而懸居。吳注：言山色上映，若天光上垂而迥抱於丹臺。瓊，赤玉也。與上紫字相應。 繫舟接絕壁，杖策窮縈迴。四

焚香玉女跪，曹植詩：仙人翔其隅，玉女戲其阿。 霧裏仙人來。寰宇記：縣巖在射洪縣南十五里，遠望懸巖，皎如白雪。 霜鴻有餘哀。

苦。悲風爲我起，激烈傷雄才。帶寫冬景。 蔡曰：二句言觀中之景。 陳公讀書堂，石柱仄青

陳拾遺故宅 注：一統志：陳子昂宅在射洪縣東七里東武山下。仇 注：碑目云：陳拾遺故宅，有趙彥昭、郭元振題壁。

首四記山觀，中八敍登山瞻眺，後四記學堂遺跡。○釋典道藏，觸處有故實供其驅使，故能盡態極妍，所謂讀破萬卷，下筆有神，良非虛語。

拾遺平昔居，大屋尚脩橡。舊書本傳：子昂家世豪富獨苦節讀書。 悠揚荒山日，慘澹故園烟。位

下曷足傷？所貴者聖賢。有才繼騷雅，哲匠不比肩。

公生揚馬後，皆蜀人故用相比。 名與日月懸。盧藏用子昂別傳：經史百家，罔不該覽，尤善屬文，雅有相如、子雲風骨。 同遊英俊人，

多秉輔佐權。〔彥昭超玉價〕胡震亨曰:趙有美玉,故比彥昭。〔郭振起通泉。〕舊唐書:趙彥昭甘州人,少以文詞名,中宗時累遷中書侍郎同中書門下三品。郭元振事見後,嘗為梓州通泉縣尉。〔到今素壁滑,灑翰銀鉤連。〕索靖草書狀:婉若銀鉤,飄若驚鴻。〔盛事會一時,此堂豈千年。言當以人重也。終古立忠義,感遇有遺篇。〕舊書本傳:子昂為感遇詩三十首,王適見而驚曰:此子必為天下文宗。朱注:感遇詩多感歎武后革命事,寓旨神仙,故公以忠義稱之。

譯大亦見仰止微情。

謁文公上方

野寺隱喬木,山僧高下居。石門日色異,絳氣橫扶疏。〔服○云:是○山○寺,錯○居○景。〕江淹詩:絳氣下縈薄。注:絳氣,赤霞氣。謂日映霞光。窈窕入風磴,長蘿紛卷舒。庭前猛虎臥,高僧傳:惠永住廬山西林寺,屋中嘗有一虎,人或畏之,輒驅出令上山,人去後還。復馴伏。又潭州善覺禪師以二虎為侍者。遂得文公廬。僧傳:法雲講法華經,忽感天花,狀如飛雪,滿空而下。又勝光寺道宗講大論,天雨衆花,旋繞講堂,飛流戶外。俯視萬家邑,烟塵對階除。吾師雨花外,續高

首記上方景物。

蔣云:雖鳳用典,若有神助。

又不下十年餘。長者自布金,〔記:西域

此段言文公戒行之高。

末段自述解悟，求其接引。

昔善施長者拯乏濟貧，哀孤惜老，時號給孤獨。願建精舍，請佛降臨。惟太子逝多園地爽塏，太子戲言金遍乃賣。善施即出藏金，隨言布地，建立精舍，塔下。**大珠脫玷翳，白月當空虛。**法苑珠林：西方一月分爲黑白，初月一日至十五日名爲白月，十六日已去至於月盡名爲黑月。王洙注：佛書有禪龕只晏如。廣

牟尼珠及水月之說，言其性之圓明也。**甫也南北人，蕪蔓少耘鋤。**荒穢。言性地佛門最先重懺悔**久遭詩酒汙，何事忝簪裾。**

王侯與螻蟻，同盡隨邱墟。**願聞第一義**，涅槃經：出世人所知，名第一義諦，世人所知，名爲世諦。**迴向心地初。**華嚴經：菩薩摩訶薩有十種迴向。華嚴論：有心地法門。按地之初，本空無一物。迴向者，言復返於空虛也。舊說似支。**金篦刮眼膜**，涅槃經：如盲目人爲治造詣良醫，良醫即以金篦刮其眼膜。**價重百車渠。**法華經：或有行施金銀，珊瑚，珍珠，硨磲，瑪瑙。廣志：車渠出大秦及西域諸國，乃石之次玉者。**無生有汲引**，楞嚴經：是人即獲無生法忍。疏云：眞無生法。無漏眞智名爲忍。**茲理儻吹噓。**如實相，名無生法。

蔣弱六云：信手拈來都是，然非讀破五千四十八卷，不能說出。○浦二田云：詩有似偈處，爲坡公佛門文字之祖。

奉贈射洪李四丈

丈人屋上烏,人好烏亦好。○起語如謠。○尚書大傳:愛其人者愛其屋上之烏,憎其人者憎其儲胥。 人生意氣豁,不在相逢早。 南京亂初定,南京謂成都。所向色枯槁。遊子無根株,茅齋付秋草。東征下月峽,明月峽,三峽之始。掛席窮海島。公素有東遊之興。萬里須十金,揚雄傳:家產不過十金。舊注:古者一兩金直十千,今日十金,則為百千。妻孥未相保。八句言蜀亂既不可居,欲出峽而又苦無貲也。蒼茫風塵際,蹭蹬騏驎老!志士懷感傷,心胸已傾倒。仇注:騏驎自喻,志士謂李,以李有知己之語,故贈此詩。

早發射洪縣南途中作

將老憂貧窶,筋力豈能及?征途乃侵星,○劉須溪云:人有此歎,十字盡之。○傷起。鮑照詩:侵星赴早路。得使諸病入。鄙人寡道氣,在困無獨立。仇注:窮難自立,逐隊依人,此早行之故。僕裝逐徒旅,張衡思元賦:簡元辰而僕裝。注:僕,始也。達曙凌險澀。○寫途間早。○最入妙句。寒日出霧遲,清江轉山急。謂江為山所激也。僕夫行不進,驚馬若維縶。汀洲稍

申飛盟云:少時謀生顏易,然正爾負氣,豈厝及此,至老方憂已無可奈何矣。起語悵然。鄙人二句,他人不肯自言,然正是高處。

眉批：眼前景寫來有致。

疏散，風景開快怏。空慰所尚懷，謂意所好尚。終非羣遊集。衰顏偶一破，勝事難屢挹。茫然阮籍途，更瀝楊朱泣。淮南子：楊朱見歧路而泣之，謂其可以南可以北。

通泉驛南去通泉縣十五里山水作 此自射洪至通泉作也。舊唐書：通泉縣屬梓州。九域志：縣在州東南百三十里。魯訔曰：去縣

十五里有佳山水，名沈家坑。承上。早行。說來

溪行衣自溼，以霑霧也。亭午氣始散。冬溫蚊蚋集，人遠覺鴨亂。景，亦從氣散後見得。登頓生曾陰，自溪邊上山。謝靈運詩：山行窮登頓。欹傾出高岸。又自山下烟畔。上言通泉驛南，下方及通泉山水。一川何綺麗！盡日窮壯觀。山色遠寂寞，江光夕滋漫。寰宇記：通泉山在縣西北二十里，東臨涪江，絕壁二百餘丈，水從山頂湧出，下注涪江。傷時愧孔父，去國同王粲。我生苦飄蓬，所歷有嗟歎。

驛樓衰柳側，縣郭輕

浦云：上八句總挈生平，中八句特表勸伐。

忠貞知勇，俱在臨事斷三字中，公之尚論有識如此。

過郭代公故宅

朱注：按史元振魏州貴鄉人。長安志：宅在宣陽里。今日故宅，當是尉通泉時所居。

豪儁初未遇，其跡或脫略。代公通泉尉，放意何自若！唐書：郭元振傳：郭震字元振，以字顯。舉進士授通泉尉。任俠使氣，撥去小節。及夫登袞冕，直氣森噴薄。張說撰行狀：太平公主，竇懷貞潛結兇黨，謀廢玄宗，睿宗猶豫不決，惟公廷爭不受詔。磊落見異人，豈伊常情度？定策神龍後，宮中翕清廓。俄頃辨尊親，指揮存顧託。唐書：玄宗誅太平公主，睿宗御承天門，諸宰相走伏外省，獨元振總兵扈從，事定宿中書省。二十四日以功封代國公。趙次公曰：定策神龍後，蓋太平擅寵始中宗朝，則禍胎在神龍而下也。俄頃二句謂太平既誅，則尊位有歸，親傳不失，所以成睿宗付託之意也。邵○云。語○有。斤○兩。羣公有慚色，王室無削弱。迴出名臣上，丹靑照臺閣。丹青謂畫像也。唐會要：元振配饗玄宗廟。我行得遺址，池館皆疏鑿。壯公臨事斷，顧步涕橫落。精魄凜如在，所過故宅只一點。一作跡。歷終蕭索。二句從草堂本，一本無此二句似更老。高詠寶劍篇，唐書：武后召元振與語奇之，索其文章，上寶劍篇，后覽嘉歎，遂得擢用。神交

觀薛稷少保書畫壁

唐書薛稷傳：稷字嗣通，好古博雅，外祖魏徵家多藏虞褚舊跡，稷銳精模倣，遂以書名天下，畫又絕品。睿宗踐阼，遷黃門侍郎歷太子少保。

少保有古風，得之陝郊篇。

稷有秋日還京陝西十里作曰：驅車越陝郊，北顧臨大河。

惜哉功名忤，本傳：竇懷貞伏誅，稷坐知謀，賜死萬年獄。

但見書畫傳。我遊梓州東，遺跡涪江邊。畫藏青蓮界，謂佛寺。書入金牓懸。

輿地紀勝：薛稷書慧普寺三字，在通泉縣慶善寺聚古堂。張遠注：謂三尺許。

仰看垂露姿，

四句書

王愔文章志：懸針、小篆體也。垂露書如懸針，而勢不遒勁，阿那如濃露之垂，故名。法書要錄：漢曹喜工篆隸，善懸針垂露之法。

鬱鬱三大字，蛟龍岌相纏。

狀。得。出。

詩注：鴌，鴌也。

不崩亦不騫。

四句畫

又揮西方變，

趙曰：稷書慧普寺三字，徑乃眞書，旁有鼠鳳纏捧。陽雜俎：唐人謂畫亦曰變。西發地扶屋椽，陽雜俎：言所畫西方諸佛變相。

慘澹壁飛動，到今色未塡。此行疊壯觀，郭薛俱才賢。不知百載起自地面，直至屋椽。

李云：高古絕倫，馳騁左馬，帶說郭，是史公合傳體。

付冥漠。

子少保。

李云：寫馬得其神駿，寫鶴得其高逸，皆絕擅也。

蔣云：高堂未傾覆，不顧署中人忌耶？明是惡其暴露，不勝感憤耳。

後，誰復來通泉？言尚有如郭薛之動人欣慕者乎？語帶感慨。

通泉縣署屋壁後薛少保畫鶴

名畫記：稷尤善花鳥人物雜畫，畫鶴知名，屏風六扇鶴樣自稷始。名畫錄：今祕書省有稷畫鶴。又蜀郡亦有，并佛像菩薩，並稱神品。

薛公十一鶴，皆寫青田真。晉永嘉郡記：沐溪野去青田九里，此中有雙白鶴，年年生子，長大便去，只餘父母一雙在耳。粉白可愛，多云神仙所養。畫色久欲盡，蒼然猶出塵。低昂各有意，磊落如長人。佳此志氣遠，豈惟粉墨新？萬里不以力，羣遊森會神。仇注：勢可萬里，正見志氣遠處；森然會神，不在粉墨之跡矣。

禽經：白鳳非是倉鶊鄰。高堂未傾覆，常得會嘉賓。暴露牆壁外，終嗟風雨頻。赤霄有真骨，恥飲洿池津。此以真鶴比畫鶴也。冥冥任所往，法言：鴻飛冥冥，弋人何篡焉。即天空任鳥飛意。脫略誰能馴？言此地既無人知賞，鶴亦將破壁而飛去矣，聊帶自寓意。此四句舊解亦多未合。

陪王侍御宴通泉東山野亭

江水東流去,清樽日復斜。異方同宴賞,何處是京華? 亭景當讀一水字。臨山水,近率筆,且覆村烟對浦沙。狂歌遇形勝,得醉即爲家。

陪王侍御同登東山最高頂宴姚通泉晚攜酒泛江

一統志:東山在潼川州東四里,隔涪江,層巖脩阜,勢若長城,杜甫有詩。

姚公美政誰與儔?不減昔時陳太邱。〔先出姚〕後漢書:陳寔除太邱長,脩德清淨,百姓以安。史記:老子爲柱下史。指侍御。多暇日陪驄馬游。仇注:東山之宴,侍御爲主,而曰姚日陪遊者,蓋前此已迭爲賓主也。東山高頂羅珍羞,〔次出王〕邑中上客有柱史,下顧城郭銷我憂。清江白日落欲盡,復攜美人登綵舟。美人,官妓也。笛聲憤怨哀中流,妙舞逶迤夜未休。燈前往往大魚出,聽曲低昂如有求。荀子:昔者瓠巴鼓瑟,而游

蔣云:妙是色不動,若云色動,便是醉意,忘反意俱借三

魚出。三更風起寒浪湧,取樂喧呼覺船重。謂浪湧不行。滿空星河光破碎,四座賓客無使霜露霑人衣。謂無至竟夜也。請公臨深莫相違,謂毋違臨深之戒也。迴船罷酒上馬歸。人生歡會豈有極!

漁陽朱注:此公聞雍王授鉞,作此以諷河北諸將,言當急歸本朝,無蹈祿山之覆轍也。

漁陽突騎猶精銳,後漢書:吳漢說彭寵曰:以為天下兵馬元帥,統河北朔方及諸道行營回紇等兵十餘萬進討史朝義,會軍於陝州,漁陽突騎,天下所聞也。即德宗也。赫赫雍王都節制。唐書:寶應元年九月,魯王适改封雍王。冬十月,猛將翻然恐後時,仇注:時河北將薛嵩、張忠志各以州來降。

本朝不入非高計。冷句 二句又假歸順者以動之。祿山北築雄武城,舊唐書:祿山反時築壘范陽北,號雄武城,峙兵聚糧。舊防敗走歸其營。繫書請問燕耆舊,繫書用魯連事。今日何須十萬兵。言以祿山之猖獗尚防退守,況今更不比祿山時耶!末用進一層繳足。

字輕輕逗出。沈云:結出好樂毋荒意,而措詞含蓄,耐人咀諷。

聞官軍收河南河北

唐書：寶應元年十月，僕固懷恩等屢破史朝義兵，進克東京，其將薛嵩以相、衞等州降，張忠志以恆、趙等州降。次年春正月，朝義走，至廣陽自縊，其將田承嗣以莫州降，李懷仙以幽州降。

劍外忽傳收薊北，初聞涕淚滿衣裳。即喜極涕零意。卻看妻子愁何在？四字一句一折。漫卷詩書喜欲狂。蔣云：寇亂削平，愁懷頓釋，一時無可告訴，但目視其妻子，至書卷無心復向，且卷而收之。二語確肖當日情狀。白日一作首。放歌須縱酒，青春作伴好還鄉。黃生注：青春句尤妙。謂一路花明柳媚，更不寂寞也。即從巴峽穿巫峽，便下襄陽向洛陽。原注：余田園在東京。

沈確士云：一氣流注，而曲折盡情，篇法之妙，不可思議。○黃白山云：杜詩強牟言愁，其言喜者，惟寄弟數首及此作而已。言愁者使人對之亦復太息欷歔，言喜者使人讀之亦復鼓舞歡躍，蓋能以其性情達之紙墨，而後人之性情亦爲之感動也。舍此而徒討論其格調，剽擬其字句，抑末矣。

遠遊

邵云：一片真氣流行，此爲神來之作。

毛西河云：即實從歸途一直快數作結，大奇。且兩峽兩陽作跌宕句，律法又變。

賤子何人記？迷方著處家。鮑照詩：南國有儒生，迷方獨淪誤。竹風連野色，江沫擁春沙。仇注：風竹江沙，亦自況飄搖流蕩意，卽景寓情。種藥扶衰病，吟詩解歎嗟。似聞胡騎走，猶未敢確信也。失喜問京華。失喜猶云失聲失笑。顧注：着一失字，從前之揣摹憂慮，當日之驚疑踊躍，種種如畫。

杜詩鏡銓卷十 廣德中,公往來梓閬作。

春日梓州登樓二首

行路難如此,登樓望欲迷。言不知所歸向也。身無卻少壯,顧注:卻猶重字意。跡有但羈棲。江水流城郭,春風入鼓鼙。雙雙新燕子,依舊已銜泥。感物歎己之無家。

仇滄柱云:杜律首句有語似承上卻是突起者,如此詩及杖錫何來此,秋風已颯然,故人亦流落,高義動乾坤之類。既飄忽,又陡健,語皆入化境。

天畔登樓眼,隨春入故園。戰場今始定,新復。移柳更能存?一作豈存?哀江南賦:釣臺移柳,非玉關之可望。言亂雖定,而家未必存,故下復思他適也。○起亦○好。厭蜀交游冷,思吳勝事繁。公少曾遊吳越。應須理舟楫,長嘯下荊門。

春日戲題郝使君兄 王趙必郝使君家妓，去年冬在通泉嘗出以侑樽，故作此戲之。

使君意氣凌青霄，憶昨歡娛常見招。細馬時鳴金騕褭，唐書：凡馬有左右監以別其龕良，細馬稱左，龕馬稱右。盧照鄰詩：漢家金騕褭。黃希曰：馬謂之金騕褭，因漢武鑄金爲麟趾褭蹄也。佳人屢出董嬌饒。玉臺新詠：宋子侯有董嬌饒詩。

東流江水西飛燕，可惜春光不相見！古樂府：東飛伯勞西飛燕，黃姑織女時相見。願攜王趙兩紅顏，再騁肌膚如雪練。通泉百里近梓州，請公一來開我愁。樽前還有錦纏頭，注見八卷。

花底 下四首集外詩，並見郭知達、黃鶴本。

紫萼扶千蕊，黃鬚照萬花。忽疑行暮雨，何事入朝霞？所詠當是絳梅也，在下首點明。周宏正詩：帶啼疑暮雨，含笑似朝霞。

恐是潘安縣，白帖：潘岳爲河陽令，多植桃李，號曰花縣。堪留衞玠車。晉書：衞玠風神秀異，乘羊車入

用花子，起自昭容上官氏所製，以掩點跡。

花蒂也。顧注：萼，花蒂也。

酉陽雜俎：今人面飾

上首平鈍,頗不類公筆,次首較勝。

市,見者以爲玉人。浦注:潘縣衞車亦寓思洛陽意。深知好顏色,莫作委泥沙。

柳邊

只道梅花發,誰知柳亦新。枝枝總到地,葉葉自開春。紫燕時翻翼,黃鸝不露身。仇注:枝動故翻燕,葉密故藏鸝,二句分承。漢南應老盡,枯樹賦:昔年楊柳,依依漢南,今看搖落,悽愴江潭。霸上遠愁人。三輔黃圖:霸橋在長安東,漢人送客至此,折柳贈別,名曰銷魂橋。上句自況淹留,下句遙憶長安也。

題郪縣郭三十二明府茅屋壁 唐志:梓州治郪縣。

江頭且繫船,爲爾獨相憐。雲散灌壇雨,搜神記:文王以太公爲灌壇令,期年風不鳴條。文王夢一婦人當道哭,問其故,曰:我泰山之女,嫁爲西海婦,欲歸,灌壇令當道有德,廢吾行,吾行必有大風疾雨。文王覺,召太公問之,果有急風暴雨從邑外過。春青彭澤田。陶潛傳:潛爲彭澤令,公田五十畝種秫,五十畝種秔。頻驚適小國,左傳:楚文王戒申侯毋適小邑。言郭之長才屢困小邑。一擬問高天。別後巴東路,顧注:謂自梓往聞時作。按杜安簡地志云：巴東夔忠、巴西綿閬，閬字複則閬州亦不應稱巴東，豈此時固即有南下意耶？

奉送崔都水翁下峽 唐書：都水監使者二人，正五品，上總河渠諸津監署。崔為公之舅，故稱翁。

無數涪江筏，鳴橈總發時。邵注：編竹木為桴，大者曰筏。橈，短棹也。十道志：白狗峽在歸州，黃牛峽在夷陵州。別離終不久，宗族忍相遺？朝雲暮雨祠。注：仇

下峽想當北歸，故驚心橈發。因言己亦將出峽，以親族在京，不忍遺棄故也。白狗黃牛峽，句中對

賦：朝為行雲，暮為行雨。所過憑問訊，到日自題詩。盧注：張籍詩：顧君到處自題名，他日知君從此去，即末句意。

鄭城西原送李判官兄、武判官弟赴成都府

憑高送所親，久坐惜芳辰。遠水非無浪，他山自有春。言一路風浪可憂，而春光亦可賞也。野花

隨處發，官柳著行新。天際傷愁別，離筵何太頻？

涪江泛舟送韋班歸京，得山字

追餞同舟日,傷春一水間。飄零爲客久,衰老羨君還。花遠重重樹,雲輕處處山。天涯故人少,更益鬢毛斑!

蔣弱六云:五六只是寫景,卻令三春客子神魂飛去也。○宋牧仲云:花遠二句,王摩詰繪成圖,杜詩已爲當時所重如此!按此圖見董元宰畫禪室跋語。

泛舟送魏十八倉曹還京,因寄岑中允參、范郎中季明

唐書:諸衞府各有倉曹參軍。岑參集序:參出爲虢州長史,改太子中允。

遲日深江水,輕舟送別筵。帝鄉愁緒外,春色淚痕邊。見酒須相憶,將詩莫浪傳。

仇注:公詩多傷時語,故囑其莫浪傳以取忌。

若逢岑與范,爲問各衰年。

送路六侍御入朝

童稚情親四十年。中間消息兩茫然。更爲後會知何地,忽漫相逢是別筵。

無限曲折,正以一氣滾出,人妙。

李云:一氣滾注,只如說話,

而渾成不可及。

言方逢而即別也。**不分**音問。**桃花紅似錦，不分猶云不合。**徐擒詩：恆斂羅袖拂，不分秋風吹。盧照鄰詩：生憎**生憎柳絮白於綿。**

帳額繡孤鸞。花柳本屬好景，以在離筵，故皆成愁況，即所謂無賴春色也。

王元美曰：七言律篇法，有起有束，有放有斂，有喚有應，大抵一開則一闔，一揚則一抑，一象則一意，無偏用者；句法有直下者，有倒插者，倒插最難，非老杜不能也。篇法之妙，有不見句法者；句法之妙，有不見字法者；此是法極無跡，人猶能之，至境與天會，未易求也。有俱屬象而妙者，有俱屬意而妙者，有俱作高調而妙者，有直下不偶對而妙者，皆與詣而神合氣完使之然。

涪城縣香積寺官閣

唐書：涪城縣屬梓州。寰宇記：香積山在涪城縣東南三里，北枕涪江。

先說江 寺下春江深不流，閣在山腰 山腰官閣迴添愁。

二句從閣邊寫 含風翠壁孤雲細，二句就閣仰觀 背日丹楓萬木稠。

春無丹楓，以反照映之故赤。仇注：輕風散雲則漸細，落日映楓則更稠，此乃從一淡一濃對說。

寺在山上 諸天合在藤蘿外，昏黑應須到上頭。

小院迴廊春寂寂，浴鳧飛鷺晚悠悠。

陳勾山云：前詩言情婉摯，此詩寫景曲折可尋，俱是律詩入手。

泛江送客

二月頻送客，東津江欲平。<small>打魚歌：綿州江水之東津。輿地紀勝：東津在郪縣東四里，渡涪江水。</small>烟花山際重，舟楫浪前輕。<small>重字妙。</small>淚逐勸杯下，愁連吹笛生。離筵不隔日，那得易為情。

方虛谷云：後四句工麗清婉。

上牛頭寺

<small>寰宇記：牛頭山在梓州郪縣西南二里，形似牛頭，四面孤絕，俯臨州郭，下有長樂寺，樓閣烟花，為一方勝概。</small>青山意不盡，袞袞上牛頭。<small>謂巒嶂層疊。</small>無復能拘礙，真成浪出遊。<small>浪謂放浪，心目至此而一曠也。二句中彙寓禪意。</small>花濃春寺靜，竹細野池幽。何處啼鶯切，移時獨未休。

望牛頭寺

牛頭見鶴林，<small>涅槃後分：佛入涅槃已，東西二雙合為一樹，南北二雙亦合為一，皆垂覆如來，其樹慘然變白。經云：樹色如鶴之白，故名鶴林。句謂望山而見寺也。</small>梯徑繞幽深。春色浮山外，天河宿<small>一作沒。</small>殿陰。<small>高。</small>傳燈無白日，<small>釋書有傳燈錄，以燈喻法，謂能破暗也。趙</small>

曰：此借言長明燈。無白日，言燈長照。

看不住心。衆香偈：轉不住心，退無因果。**布地有黄金**。朱注：布金注見九卷。又彌陀經：極樂國土有七寶蓮池，池底純以金沙布地。**休作狂歌老，迴**臆：公以作客之窮，眞有學佛之想，不住猶言無著也。杜記：兜率寺前瞰郡城，拱揖如畫。後詩故屢言之。

上兜率音律**寺**釋迦成道記注：梵云兜率陀，此云知足，即欲界第四天也。州浮圖大小十二，慧義居其北，兜率當其南，牛頭據其西，觀音距其東。寰宇

兜率知名寺，眞如會法堂。圓覺經略疏：圓覺自性，本無僞妄，變易即是眞如。眞謂眞實，顯非虛妄；如謂如常，麥無變易。言此間乃會法之堂，以見其爲禪宗也。**江山有巴蜀**，謂形勝可一覽而得。**棟宇自齊梁。庾信哀雖久，**北史：庾信位望通顯，常有鄉關之思，乃作哀江南賦。**周顒誤。**舊作何，顧好不忘。南史：周顒音詞辨麗，長於佛理，於鍾山西立精舍，清貧寡欲，終日長蔬，雖有妻子，獨處山舍。

且欲上慈航。清涼禪師般若經序：般若者苦海之慈航，昏衢之巨燭。言於卷七。任荷大法，尙不知遠近何如？聊欲籍佛力，以脫離苦海也。

葉石林曰：詩人以一字爲工，世固知之，惟老杜變化開闔，出奇無窮，殆不可以形跡捕詰。如此詩江山二句，遠近數千里，上下數百年，只在有與自兩字，而吞吐山川之氣，俯仰今古之懷，皆見於

言外。今人多取其已用字模倣用之,偃蹇狹陋,盡成死法;;不知意與境會,言中其節,凡字皆可用也。

望兜率寺

樹密當山徑,江深隔寺門。霏霏雲氣重,閃閃浪花翻。不復知天大,空餘見佛尊。

朱注:二語言佛之尊於天也。闞澤云:孔老二教,法天制用,不敢違天;;佛之設教,諸天奉行,不敢違佛,故佛號人天師。可證此二句之義,他說皆支離。

盥罷,隨喜給孤園。注見七卷。

登牛頭山亭子

路出雙林外,松下建寺,因名雙林。亭窺萬井中。江城孤照日,春谷遠含風。兵革身將老,關河信不通。猶殘數行淚,忍對百花叢。

傅大士傳:大士捨宅於

甘園

甘柑通。李實曰:柑園在梓州城南,今猶名柑子鋪,園廢。

浦云:由孤字影出身字,由遠字影出信字,情景一片。

春日清江岸,千甘二頃園。青雲羞葉密,白雪避花繁。結子隨邊使,開筒近至尊。唐書:梓州土貢有柑。後於桃李熟,終得獻金門。以興己之不然也。

陪李梓州、王閬州、蘇遂州、李果州四使君登惠義寺 唐書:閬州屬山南西道,遂州屬劍南道,果州屬山南西道。蔡曰:地志:惠義寺在梓州郪縣北長平山。

春日無人境,虛空不住天。鶯花隨世界,樓閣寄倚。一作山嶺。隨世界,有而實無也。寄山嶺,實而皆空也。遲暮身何得,登臨意惘然。誰能解金印,瀟灑共安禪。即起下牛首意。

數陪李梓州泛江,有女樂在諸舫,戲為豔曲二首贈李

上客迴空騎,佳人滿近船。江清歌扇底,野曠舞衣前。秀句。玉袖臨風並,梁簡文詩:風承野曠。吹玉袖承江清。金壺隱浪偏。競將明媚色,偷眼豔陽天。

四四四

張云:初下船則迴騎,今迴船又將上馬,故立馬以待也。兩首只如一首,情景如畫。

三四一喧一寂,景中帶比,杜詩善用此法。

白日移歌袖,見爲永日之遊。青霄近笛牀。謂笛聲穿雲也。翠眉縈度曲,漢紀注:度曲,謂曲終更換其次也。雲鬟儼成行。立馬千山暮,迴舟一水香。使君自有婦,羅敷行:使君自有婦,羅敷自有夫。莫學野鴛鴦。

盧注:鴛鴦本有定耦,若野鴛則亂羣矣。李梓州耽於女樂,故以此戲而規之。

送何侍御歸朝 原注:李梓州泛舟筵上作。

舟楫諸侯餞,李。車輿使者歸。何。山花相映發,水鳥自孤飛。春日垂霜鬢,天隅把繡衣。故人從此去,寥落寸心違。

江亭送眉州辛別駕昇之得蕪字 眉在蜀州之南。

柳影含雲幕,江波近酒壺。異方驚會面,終宴惜征途。沙晚低風蝶,天晴喜浴鳧。別離傷老大,意緒日荒蕪。

行次鹽亭縣，聊題四韻，奉簡嚴遂州蓬州兩使君、咨議諸昆季 唐書：鹽亭縣屬梓州。

九域志：在梓州東九十里。唐書：蓬州蓬山郡屬山南西道。朱注：兩使君無考，咨議或云卽嚴震。舊書：震字遐聞，梓州鹽亭人，至德乾元中，屢出家財助軍，授州長史王府諮議參軍，嚴武移西川，署押衙。震從弟礪字元明，官至尚書左僕射。

馬首見鹽亭，高山擁縣青。仇注：首二乃遠望，次二乃近見。 雲溪花淡淡，春郭水泠泠。寰宇記：鹽亭縣因井爲名，負戴山在縣西，龍盤虎踞，起伏四百餘里。山有飛龍泉，噴下南流入梓潼江，水色清泠，其味甘美。 全蜀多名士，嚴家聚德星。異苑：陳仲弓與諸子姪造荀季和父子，於時德星聚，太史奏五百里內有賢人聚。長歌意無極，好爲老夫聽。

邵云：起手軒豁。

倚杖 原注：鹽亭縣作。

倚杖卽溪邊。言郊外也。 山縣早休市，江橋春聚船。一作舟。 承郊。承溪。 看花雖郭內，倚杖卽溪邊。近。 狎鷗輕白浪，歸雁喜青天。 下四情與景會。 物色兼生意，淒涼憶去年。謂去年避亂於此。

張云：寫出山縣簡僻光景。

率筆。

惠義寺送王少尹赴成都 下三首皆集外詩，此首見郭知達、黃鶴本。

苒苒谷中寺，娟娟林表峰。仇注：楊烱惠義寺銘：長平山兮建重閣，山穹窿兮下磅礴。可知寺高路遠。集韻：苒，草盛貌。杜臆：苒苒，狀寺之幽蔚。娟娟，狀山之高秀。騎馬行春徑，衣冠起暮 一作晚。 鐘。 言暮鐘動，衣冠皆起也。 闌干上處遠，結搆坐來重。

雲門青寂寂，此別惜相從。 惜不與之偕行也。

惠義寺送辛員外 下二首俱見下圍、吳若、黃鶴本。

朱櫻此日垂朱實，郭外誰家負郭田？萬里相逢貪握手，高才仰望足離筵。

又送 魯訔年譜謂公送辛員外暫至綿。朱鶴齡謂所見皆逸詩，未可深信。

雙峯寂寂對春臺，萬竹青青照客杯。細草留連侵坐軟，殘花悵望近人開。

同舟昨日何由得？並馬今朝未擬回。直到綿州始分首， 一作手。 江頭樹裏共誰

來？謂獨自歸途也。二句乃預道惜別之詞

前半景中之情,後半寫別緒,尤覺綢繆懇摯。

李云:感慨流連,當得之言外。

陪王漢州留杜綿州泛房公西湖

漢州今隸成都府,在綿州西南。舊唐書房琯傳:上元元年四月,即廣德元年也,其雲夏召誤,據詩元元年四月,以禮部尚書出為晉州刺史,八月改漢州。寶應二年四月,拜特進刑部尚書。仇注:寶應二年四月,即廣德元年也,其雲夏召誤,據詩春已赴召矣。按:王漢州蓋繼房之任者,杜綿州見九卷。方輿勝覽:房公湖又名西湖。

壁記云:房牧此邦時鑿,有詩存焉。

舊相恩追後,春池賞不稀。闕庭分〔承一音〕問,未到,朱注:時房公方赴召在途,故曰分未到。 舟楫有光輝。〔承二〕鼓化尊絲熟,說文:鼓,配鹽幽尗也。世說:陸機詣王武子,有羊酪。問:吳中何以敵此?曰:千里蓴羹,但未下鹽豉耳。 刀鳴鱠縷飛。使君雙皁蓋,灘淺正相依。

得房公池鵝

房相西亭鵞一羣，眠沙泛浦白於 一作雲。鳳凰池上應迴首，房向在中書，對知茲復內召。爲報

籠隨王右軍。己作一笑 法書要錄：王羲之性好鵞，山陰曇穰村有道士養好者十餘，王往求市易，道士言府君若能書道德經各兩章，便合羣以奉。羲之爲寫畢，籠鵞而歸。

答楊梓州 仇注：前有李梓州，後有章梓州，此又有楊，一歲三更，代何速也。

悶到房公池水頭，坐逢楊子鎮東州。卻向青溪不相見，楊當有來漢相約同遊之說。迴船應

載阿戎遊。晉書：阮籍謂王渾曰：與卿語不如與阿戎談。阿戎，渾子戎也。

舟前小鵞兒 原注：漢州城西北角官池作。按官池即房公湖。

鵞兒黃似酒，對酒愛新鵞。方輿勝覽：鵞黃，漢州酒名。蜀中無能及者。引頸嗔船過，無行亂眼多。二句工於體物。翅

開遭宿雨，力小困滄波。客散層城暮，狐狸奈若何。末二亦寓愛屋及烏意。

官池春雁二首

自古稻粱多不足，至今鴻鵠亂爲羣。且休悵望看春水，更恐歸飛隔暮雲。

春時則雁將歸矣。

青春欲盡急還鄉，紫塞寧論尚有霜？影世未平意。翅在雲天終不遠，也。勉之。力微繒繳絕須防。危之也。

承上首末句下

二詩舊解作自比，詳其語意似是爲房公，言欲其早退以爲善全之計，蓋救時雖急，正惟恐復遭讒妬也。

投簡梓州幕府兼簡韋十郎官

幕下郎官安穩隱。一作無？朱注：說文：隱，安也。義與穩通。通鑑：玄宗遭中使至范陽，祿山踞牀不拜，曰：聖人安隱。從來不奉一行書。固知貧病人須棄，能使韋郎跡也疏。可、疎

漢州王大錄事宅作

集外詩。見郭知達本。朱注：公有詰王錄事許修草堂貲不到詩，疑卽其人。

南溪老病客，南溪即浣花溪，公送韋司直歸成都詩：為問南溪竹是也。相見下肩輿。近髮看烏帽，看烏帽乃暗藏白頭，謂錄事也。惜公老也。催蓴煮白魚。宅中平岸水，身外滿牀書。憶爾才名叔，含淒意有餘。

邵云：清空一氣如話。

王當有叔已沒。

贈韋贊善別

唐志：東宮官左贊善大夫五人，掌傳令，諷過失，贊禮儀。

扶病送君發，自憐猶不歸。祗應盡客淚，復作掩荊扉。江漢故人少，音書從此稀。往還二十載，歲晚寸心違。謂老而反別也。

王右仲云：此詩語多婉轉，無限感傷，眞堪一字一涙。

短歌行送祁錄事歸合州因寄蘇使君

唐書：合州涪陵郡屬劍南東道。

前者途中一相見，人事經年記君面。後生相動何寂寥！君有長才不貧賤。

公留意人才如此，非但記一

不識十也。

君今起柂春江流,余亦沙邊具小舟。幸爲達書賢府主,江花未盡會江樓。

時公亦有下峽之志。方輿勝覽:江樓在合州州治之前,釣魚山、學士山、巫山橫其前,下臨漢水。

送韋郎司直歸成都

竄身來蜀地,同病得韋郎。天下兵戈滿,江邊日月長。別筵花欲暮,春日鬢俱蒼。爲問南溪竹,抽梢合過牆。原注:予草堂在成都西郭。

○李○云○結○更○悠○然○有○致

○邵○云○十○字○可○感

寄題江外草堂 原注:梓州作,寄成都故居。

我生性放誕,雅欲逃自然。嗜酒愛風竹,卜居必林泉。遂爲蕩所便。言靜便方可遭病。

○此○卜○築○草○堂○之○由

誅茅初一畝,廣地方連延。經營上元始,斷手寶應年。

淳化帖:唐高宗勑:使至,知元堂已成,不知諸作,總得斷手。

敢謀土木麗,自覺面勢堅。臺亭隨高下,敞豁

申鳧盟云:可想名士風流。

張云:臺亭十字,結構殊不應。

當清川。惟有會心侶，數能同釣船。干戈未偃息，安得酣歌眠？公以避徐知道亂入梓

此追敍草堂始末

遂攜家寓焉。蛟龍無定窟，黃鵠摩蒼天。古來賢達士，一作達士志。寧受外物牽？顧惟魯

鈍姿，豈識悔吝先？謂未能先幾引去。偶攜老妻去，慘澹凌風烟。事跡無固必，幽貞

愧貴。一作雙全。謂不能高隱而出於轉徙也。

鄰里憐。尚念四小松，蔓草易拘纏。霜骨不堪末致慨思卻借一松寓意甚。長，一作永爲

鄰里憐。

洪容齋曰：古今詩人懷想故居形之篇詠，必以草木爲比興。杜公寄題草堂云：尚念四小松，蔓草易拘纏；霜骨不甚長，永爲鄰里憐。讀之悽然。及歸草堂詩曰：四松初移時，大抵三尺強，別來已三歲，離立如人長。尤可見一時之懷抱也。

喜雨

春旱天地昏，日色赤如血。農事都已休，兵戈況騷屑。巴人困軍須，當指吐蕃之役。

草草，妙於布置。

蛟龍八句，一揚一抑，可見公胸襟曠達處。束兩句總上，又轉得地步。高于鱗謂少陵見道過昌黎，於此益信。

久旱慘景，亦即映起兵戈意。

慟哭厚土熱。滄江夜來雨,真宰罪一雪。穀根小蘇息,滲_音戾。氣終不滅。何由見寧歲,解我憂思結?崢嶸羣山雲,交會未斷絕。安得鞭雷公,滂沱洗吳越。 原注:時聞浙右多盜賊。 舊唐書:寶應元年八月,台州人袁晁反,陷浙東州郡。廣德元年四月,李光弼討之。

諷切時事,省關治要,天地間有用文章。

逃古三首

赤驥頓長纓,_{穆天子傳:右驂赤驥而左白義。長纓,馬鞅也。}非無萬里姿。_{四句多少頓挫。}悲鳴淚至地,為問馭者誰?_{戰國策:驥服鹽車上太行,漉汗灑地,中阪遷延,負轅而不能上;伯樂遭之,下車攀而哭之,驥於是俯而噴仰而鳴者。何也?彼見伯樂之知己也。}鳳凰從東^{一作}來,何意復高飛。竹花不結實,念子忍朝饑。_{子字叫得觀切。詩:愬如調饑。韓詩作朝饑。薛君章句云:朝饑最難忍。}古時君臣合,可以物理推。賢人識定分,進退固其宜。_{末四入正意,不責上而安分,忠厚之道也。}

李子德曰:比賦相兼,名論不朽。○朱鶴齡曰:題曰逃古,逃古事以風今也。肅宗初立,任用李泌、房琯、張鎬諸賢,其後或罷或斥或歸隱,君臣之分不終。故言驥非善馭則頓纓,鳳無竹實則浦云：首以市人鄙之，繼以自煎惕之，又以身擊勉之，終以秦法擬之，有國家者可以悟矣。

市人日中集，於利競錐刀。置膏烈火上，哀哀自煎熬。莊子：膏火自煎也。農人望歲稔，相率除蓬蒿。所務穀爲本，邪贏無乃勞。西京賦：何必昏於作勞，邪贏優而足恃。又盧元昌曰：寶應間，元載代劉晏專身尊道何高。左傳：天下同心戴舜以爲天子，以其舉十六相故也。秦時任商鞅，法令如牛毛。史記：商鞅天資刻薄少恩，變秦法令，密如牛毛。

是。稷。契。辇。

朱鶴齡曰：是時第五琦、劉晏皆以宰相領度支鹽鐵使，權稅四出，利悉錐刀。故言爲治之道在乎惇本抑末，舉良相以任之，不當用興利之臣以滋民邪僞也。又盧元昌曰：寶應間，元載代劉晏專判財利，按籍舉八年租調之逋負者，計數籍其所有，謂之白著，故以商鞅比之。

漢光得天下，祚永固有開。豈惟高祖聖，功自蕭曹來。漢書贊：蕭何、曹參起刀筆吏，爲一代宗臣。經綸中興業，何代無長才。吾慕寇鄧勳，濟時亦良哉！耿賈亦宗臣，羽翼共徘徊。寇鄧謂寇恂、鄧禹,耿賈謂耿弇、賈復也。耿休運終四百,竟。住。悠。然。圖畫在雲臺。不。盡。東觀漢記:永平中,顯宗追感前世功臣,乃圖畫二十八將於南宮雲臺。舉歷年之永,亦所以歆動人主也。

仇滄柱云:論光武中興而推本高祖人才,思太宗創業名臣也。其引寇、鄧、耿、賈比蕭宗恢復諸將。但昔則圖畫雲臺,生享爵祿而沒垂令名;今則功臣疑忌,忠如李郭尙懷憂畏,故借漢事以諷唐也。

送王十五判官扶侍還黔中得開字

江南西道,本三國吳黔陽郡。一統志:今爲辰州府地。

大家姑音。東征逐子回,曹大家東征賦:維永初之有七兮,余隨子乎東征。漢書:大家子穀爲陳留長,大家隨至官,作東征賦。後漢書劉平傳:平弟仲爲賊所殺,平扶侍其母奔走逃難。此注向未引及。唐書:黔州黔中郡屬

帆開。陰鏗詩:平湖錦帆張。青青竹笋迎船出,楚國先賢傳:孟宗至孝,母好食笋,冬月無之。宗入林中哀號,笋爲之生。白白江魚入

饌來。東觀漢記:姜詩與婦傭作養母,鱠俄而湧泉舍宅,每旦出雙鯉魚。母嗜魚。離別不堪無限意,艱危深仗濟時才。黔

邵云:俗字雅用,是大家數。

陽信使應稀少，莫怪頻頻勸酒杯。

張綖曰：題曰還黔中，詩又曰逐子回，王蓋黔中人，以侍養而歸，故深爲濟時之才惜，或以爲之官，非也。○西清詩話：謂作詩用事要如水中著鹽，飲水乃知鹽味。此三四二句，只似寫景而孝養在其中，運化故事，渾然無迹。

詩近選體。

陪章留後惠義寺餞嘉州崔都督赴州

杜氏通典：節度使若朝覲則置留後，擇其人以任之。章留後，梓州刺史章彝也。嚴武還朝後，西川節度高適代之，東川節度虛懸，以章彝爲留後。唐書：嘉州眉山郡屬劍南東道。舊書：乾元元年，升嘉州爲中都督，尋罷。

中軍待上客，令肅事有恆。前驅入寶地，祖帳飄金繩。漢疏廣傳：設祖道供帳東都門外。 南陌既留歡，茲山亦深登。○詳寫遊寺。 清聞樹杪磬，遠謁雲端僧。迴策匪新岸，崖一作所攀仍舊藤。杜臆：公登惠義寺已兩見於詩，故曰匪新，仍舊。 耳激洞門飆，目存寒谷冰。出塵閟軌躅，謂塵跡所不至。 畢景同。鮑照詩：畢景逐前儔。 遺炎蒸。永願坐長夏，將衰棲大乘。李頎大乘四句絞題。

四五七

賦序:大乘者如來之道場也,重合到餞別故緣覺聲聞,謂之小乘。羈旅惜宴會,艱難懷友朋。勞生共幾何?離恨兼相仍。

陪章留後侍御宴南樓得風字

絕域長夏晚,茲樓清宴同。二句完題 大意 朝廷燒棧北,祖燒絕棧道。鼓角漏天東。梁益記:雅州西北有大漏天,以其西北陰盛常雨,如天之漏也。又寰宇記:邛都縣漏天,漢書:張良說高漢夏常雨。朱注:按通鑑:上元二年二月,奴刺党項寇寶雞,燒大震關,廣德元年秋七月,吐蕃陷蘭、廓、河、鄯、洮、岷、秦、成、渭等州,故有燒棧二句。屢食將軍第,祀點留後侍御左傳:豈將軍食之而有不足。仍騎御史驄。見章待之優。本無丹竈術,威身從陪宴上觸出南越志:長沙郡劉陽縣有王喬山,山有合丹竈。那免白頭翁?寇盜狂歌外,形骸痛飲中。二句雙綰句。上句謂亂且勿憂,承朝廷二句。此句謂老且莫管,承丹竈二補寫南樓之景句。野雲低渡水,簷雨細隨風。出號江城黑,通鑑注:凡用兵下營,就主帥取號,以備緩急相應。題詩蠟炬紅。此身醒復醉,不擬哭途窮。

詩之豪放不必言,通首格律甚細。

臺上得涼字

前首借酒自遣,此首仍不免傷老。

改席臺能迥,留門月復光。朱注:留門,謂留城門使不閉也。雲霄遺暑溼,山谷進風涼。上句臺之曠。

起四疏老。

去老一杯足,誰憐屢舞長。詩:屢舞傞傞。何須把官燭,似惱鬢毛蒼。

清雅以韻勝,頗似錢劉。

章梓州橘亭餞成都竇少尹得涼字

秋日野亭千橘香,玉杯錦席高雲涼。高雲涼,是言秋爽之氣。主人送客何所作,佐。行酒賦詩殊未央。衰老應爲難離聲。別,賢聲此去有輝光。

青史無勞數趙張。漢書:趙廣漢、張敞相繼爲京兆尹,吏民語曰:前有趙張,後有三王。

章梓州水亭

原注:時漢中王兼道士席謙在會,同用荷字韻。吳郡志:席謙郡人,梓州蕭明觀道士,善棊。公絕句席謙不見近彈棊是也。

城晚通雲霧,亭深到芰荷。謂亭在芰荷中也。吏人橋外少,謂簡去儀從。秋水席邊多。近屬淮王右仲云：後半並列賓主四人，卻流利不板。

王至，《世說》：梁王趙王國之近屬。淮南王安傳：武帝以安屬爲諸父，辨博善爲文辭，甚尊重之。**荆州愛山簡**，此章留後。**高門薊子過。**《神仙傳》：薊子訓至京師，諸貴人各絕客灑掃凡二十三家，並時各有一子訓到其家。至朝相問，所見皆同，惟所言話隨主人意答，乃不同也。**吾醉亦長歌。**晉書：山簡出遊習氏池，置酒輒醉，兒童歌之云。亦長歌，言欲效兒童之歌山簡也。

隨章留後新亭會送諸君

集外詩，見郭知達黃鶴本。

新亭有高會，行子得良時。日動映江幕，風鳴排檻旗。絕筆終不改，勸酒〔承一〕〔承二〕**一作欲無辭。**浦注：公自入梓來頻遊諸寺，實有學佛之想。終不改者，謂此志已決，兹乃不辭痛醉者，爲感於知交之惜别耳。**已墮峴山淚，**晉書：羊祜嘗登峴山置酒。祜没，百姓建碑其上，見者莫不流涕，因名爲墮涙碑。時諸客中當有仕梓而去者，故用峴山碑以誌去思。**因題零雨詩。**孫楚陟陽候送别詩：晨風飄岐路，零雨被秋草。

戲作寄上漢中王二首 原注：王新誕明珠。

四六〇

雲裏不聞雙雁過，范雲詩：寄書雲間雁，為我西北飛。掌中貪看一珠新。與其父書曰：不意雙珠，生於老蚌。庾信傷心賦：掌中珠碎。秋風嫋嫋吹江漢，九歌：嫋嫋兮秋風。只在他鄉何處人？

此首憐其遠謫。〔庾〕〔云〕〔：〕〔厚〕〔道〕〔格〕〔言〕〔，〕〔與〕〔班〕〔姬〕〔團〕〔扇〕〔篇〕〔各〕〔有〕〔至〕〔理〕〔。〕

三輔決錄：孔融見韋元將仲將，言己飄泊而王亦謫居，只在他鄉，究當為何人耶？

謝安舟楫風還起，〔李〕〔云〕〔：〕〔無〕〔一〕〔義〕〔不〕〔穩〕〔貼〕謝安傳：安嘗與孫綽等泛海，風起浪湧，諸人並懼，安吟嘯自若。句言王在蓬州。杏杏東山攜妓去，謝安傳：安居東山，每遊賞必以妓女從。梁苑池臺雪欲飛。漢書：梁孝王築東苑，自宮屬於平臺三十餘里。謝惠連雪賦：梁王不悅，遊於兔園，俄而微霰零，密雪下。句言京中舊第。

此首祝其還朝。

泠泠脩竹待王歸。西京雜記：梁孝王苑中，奇果佳樹，瑰禽異獸，靡不畢備，世人言梁王竹園也。枚乘兔園賦：脩竹檀欒夾池水。

梭拂子

梭拂且薄陋，豈知身效能。不堪代白羽，扇也。有足除蒼蠅。熒熒金錯刀，〔仇〕〔注〕〔：〕漢食貨志：王莽更造錯刀，以黃金錯其文，一刀直五千。又張衡四愁詩：美人贈我金錯刀。金錯刀有錢與刀二者之分。杜詩：金錯囊垂罄用之。此言錢也。續漢書輿服志：佩刀，乘輿通身雕錯，諸侯

邵云：杜此等詩，不必盡有

黃金錯。東觀漢記：賜鄧通金錯刀。此言刀也，詩當用之。擢擢朱絲繩。鮑照詩：直如朱絲繩。朱注：非獨顏色好，亦錯刀絲繩，皆梭拂之飾。由顧盼稱。吾老抱疾病，家貧臥炎蒸。呃膚倦撲滅，呃與噎同，齰也。莊子：蚉嗜膚，則通昔不寐矣。賴爾甘服膺。物微世競棄，義在誰肯徵？三歲清秋至，未敢闕緘縢。莊子：恐緘縢扃鐍之不固。言三歲緘藏，不忍以過時而棄之，用物之義當然也。從班婕好團扇翻出。

客舊館 集外詩。員氏所收。浦注：舊編梓州時或周流近邑，復歸於此。

陳跡隨人事，初秋別此亭。重來梨葉赤，依舊竹林青。風幔前何時捲，寒一作砧昨夜聽。無由出江漢，愁緒日冥冥。

送陵州路使君之任 浦注：在今成都府仁壽縣境。唐書：陵州仁壽郡屬劍南東道。

王室比多難，高官皆武臣。朱注：按史時諸州久屯軍旅，多以武將兼領刺史，法度隳廢，侵奪百姓，人甚弊之。幽燕通使者，時河北已○此○亦○詩○史○言○之○慨○然○

譬語,要是深渾難到。

此正文臣撫綏弭亂之道,語不嫌實。

邵云:十字具三四層曲折,作起句尤警。

平,故○岳牧用詞人。國待賢良急,君當拔擢新。佩刀成氣象,君書:呂虔爲刺史有公可服,乃贈別駕王祥曰:佩刀,相者以爲必三公有公輔之望,故相與也。行蓋出風塵。戰伐乾坤破,瘡痍府庫貧。眾寮宜潔白,萬役但平均。霄漢瞻佳士,泥塗任此身。結到自己秋天正搖落,回首大江濱。

送元二適江左 朱注:王右丞集有送元二使安西詩,疑即此人也。

亂後今相見,秋深復遠行。風塵爲客日,江海送君情。二句有無鶴之悲。晉室丹陽尹,宋書:丹陽尹傳序:自二京板蕩,五馬南渡,乃變淮海爲神州,亦即丹陽爲京尹。梁元帝郡縣志:白帝城與赤甲山相接。初公孫逃至魚復,有白龍出井中,因號魚復爲白帝城。丹陽元所適,白帝元所經。胡孝轅曰:丹陽尹不必指定晉何人,南渡初如溫嶠、劉隗尹京多在王敦俶擾之際,而子陽負劍稱白帝,大似蕭代朝節鎭分據景象,故用以引起論兵,自非泛設。經過自愛惜,取次莫論兵。原注:元嘗應孫吳科舉,時藩鎭多跋扈觀望者,故戒其毋談兵以賈禍。黃生注:取次亦當時方言,猶從容之意。

王嗣奭曰：起得突兀，轉亦頓挫，如尺水興波。

李云：古色蔚然，一結尤見忠愛。

送竇九赴成都 集外詩，見郭知達、黃鶴本。

文章亦不盡，竇子才縱橫。非爾更苦節，何人符大名？竇蓋有文名而又能砥節也。讀書雲閣觀，浦注：未詳所在，當指現在寓處。問絹錦官城。魏志：胡質為荊州刺史，子威往省，自驅驢，不止傳舍。曰：此吾俸餘，聊助汝糧耳。仇注：竇九想是成都竇少尹之子，故用問絹事，時蓋以省覲歸成都也。告歸，父賜絹一疋。威跪問曰：大人清貧，何以得此？質曰我有浣花竹，題詩須一行。

九日

去年登高郪縣北，今日重在涪江濱。苦遭白髮不相放，羞見黃花無數新。○悲○甚○直○欲○自○厭○其○餘○生○追○維○亂○本○結○語○驢世亂鬱鬱久為客，路難悠悠常傍人。酒闌卻憶十年事，腸斷驪山清路塵。○然杜臆：天寶十四年冬，公自京師赴奉先路經驪山，玄宗方幸華清宮，祿山反然後回京，至此十年矣，所以憶之而腸斷也。

倦夜

竹涼侵臥內,野月滿庭隅。重露成涓滴,稀星乍有無。仇注:竹上露重,積成涓滴;月中星稀,乍覺有無。二句 暗飛螢自照,水宿鳥相呼。萬事干戈裏,空悲清夜徂。前三句上半夜,下三句下半夜,分承。

邵云:清景如見,一結感慨。

結以徂字,正見得徹夜無眠,所以為倦夜也。

李子德云:寫夜易,寫倦夜難,卻俱只在景上說,不着一倦字字面,故渾然無迹。○王直方詩話:東坡云:司空表聖自論其詩,以為得味外味,綠樹連村暗,黃花入麥稀,此句最善。又云:碁聲花院閉,幡影石壇高。吾嘗獨遊五老峯,入白鶴觀,松陰滿地,不見一人,惟聞碁聲,然後知此句之工,但恨其寒儉有僧態。若子美暗飛螢自照,水宿鳥相呼;四更山吐月,殘夜水明樓,才力富健,去表聖之流遠矣。

薄暮

江水最深地,山雲薄暮時。寒花隱亂草,宿鳥擇深枝。二句自寓晦跡意。故國見何日?高秋心苦悲。人生不再好,鬢髮自成絲。

閬州奉送二十四舅使自京赴任青城

集外詩,見郭知達黃鶴本。顧注:此舅氏使蜀,隨有青城之命也。

聞道王喬舃,名因太史傳。太史候王喬舃者,注詳見《王襄傳》:益州有金馬碧雞之神,使襄往祀焉。把詔紫微天。言京官反除縣令也。杜臆:青城為第五大洞寶仙九室之天,故云紫微天。如何碧雞使,涪江醉泛船。

青城漫汙雜,青城時或備蕃,故下復有王命崩奔之慨。吾舅意淒然。

起語變絕,已覺黯然神傷。

王閬州筵奉酬十一舅惜別之作

盧注:二十四舅赴任青城,十一舅想與之同往也。此章是奉酬作,下章乃奉送作。

萬壑樹聲滿,千崖秋氣高。浮舟出郡郭,別酒寄江濤。〇四句一句一轉。何太勞?窮愁但有骨,羣盜尚如毛。賈誼新書:反者如蝟毛而起。吾舅惜分手,使君寒贈袍。史記:范睢見須賈,賈曰:范叔一寒至此!乃取一綈袍以贈之。當指贈舅,此句帶表主誼。沙頭暮黃鵠,失侶亦哀號。二句自況酬別。

李子德云:發端陡健如謝宣城,餘亦老氣橫披。

用比結,情景雙融入化。

閬州東樓筵奉送十一舅往青城,得昏字 一統志:東樓在保寧府治南嘉陵江上,杜甫有詩。

曾城有高樓,制古丹艧存。迢迢百餘尺,豁達開四門。雖有車馬客,而無翻陶句人世喧。遊目俯大江,列筵慰別魂。是時秋冬交,節往顏色昏。天寒鳥獸張、云寫出伏,霜露在草根。今我送舅氏,萬感集清樽。豈伊山川間,回首盜賊繁。高賢意不暇,王命久崩奔。坼岸屢崩奔。此比行役之匆遽。臨風欲慟哭,聲出已復吞。末又彙懷二十四舅。謝靈運詩:

放船

送客蒼溪縣,縣屬閬州,在州北。山寒雨不開。直愁騎馬滑,故作放船回。青惜峰巒過,黃知橘柚來。江流大自在,坐穩興悠哉。 對三四句看,正見路滑怕人。

二句寫舟行迅速,應接不暇,光景入神。

李云：工於體物，感興極淡。
○李商隱屬疾詩：秋蝶無端豔，寒花只暫香，全用杜語。

偶然率筆，憤邊嶺之不好士，而欲與逸人偕隱也。

薄遊

俞瑒曰：玩詩意宜作薄暮。

淅淅風生砌，團團日隱牆。○承一。○滅○長，字，都○有○意。遙空秋雁滅，半嶺暮雲長。○承一。病葉多先墜，寒花只暫香。二句比。巴城添淚眼，閬州漢巴郡地。今夕復清秋。一作光。謂見月而悲也。

嚴氏溪放歌行

華陽國志：閬中有三狐、五馬、蒲、趙、任、黃、嚴爲大姓，溪蓋以其族名也。

天下兵馬未盡銷，豈免溝壑常漂漂？劍南歲月不可度，謂成都遭亂。邊頭公卿仍獨驕。仇注：謂指章彝，近是。費心姑息是一役，言無愛敬眞情，直以一役夫相待耳。務以相強，命曰爛腸之食。嗚呼古人已糞土，好士者。獨覺志士甘漁樵。況我飄蓬無定所，肥肉大酒徒相要。呂氏春秋：肥肉厚酒，務以相強，命曰爛腸之食。終日戚戚忍羈旅。秋宿霜溪素月高，喜得與子長夜語。東遊西還力實倦，

朱注：聞在梓東，此言東遊閬州又欲西還梓州也。

從此將身更何許？知子松根長茯苓，遲暮有意來同煮。

與嚴二郎奉禮別 下二首皆集外詩,見郭知達黃鶴本。唐書:太常寺奉禮郎二人,掌君臣班位以奉朝會祭祀之禮。時嚴必入京赴職。

別君誰暖眼,將老病纏身。出涕同斜日,臨風看去塵。商歌還入夜,張○云○逯○別○慘景。淮南子:甯戚飯牛車下,扣牛角而疾商歌。巴俗自爲鄰。因其官綢出是年春史朝義死,其將李懷仙、田承嗣各以州降,盛禮,尚愧微軀在,遙聞盛禮新。山東羣盜散,闕下受降頻。諸將歸應盡,題書報遠人。言告廟獻俘等事。

贈裴南部 原注:聞袁判官自來,欲有按問。唐書:南部縣屬閬州。

塵滿萊蕪甑,後漢書:范丹字史雲,爲萊蕪長,淸貧,人歌曰:甑中生塵范史雲。堂橫單父琴。呂氏春秋:子賤爲單父宰,彈琴不下堂而治。

知飮水,晉書:鄧攸爲吳郡守,載米之官,俸祿無所受,飲吳水而已。公輩不偸金。漢書:直不疑爲郎,有告歸者持同舍郎金去,意不疑,不疑買金償之。後告歸者來而歸金,金主大慙。

梁獄書應上,時裴必有訴理之詞。秦臺鏡欲臨。西京雜記:高祖入咸陽宮,有方鏡廣四尺,高五尺九寸,表裏洞明,人照之

劉須溪云:反冷眼爲暖,亦新。

本草:茯苓,千歲松脂也。作丸散服,能斷穀不饑。

見腸胃五臟。又女子有邪心,則膽張心動。獨醒時所嫉,羣小謗能深。即出黃沙在,晉書武帝紀:太康五年六月初,置黃沙獄。何應。一作須白髮侵。使君傳舊德,已見直繩心。鮑照詩:直如朱絲繩。先表之,次原之,終慰之。秦鏡直繩,兼誦判官,得體。浦二田云:裴以清節蒙獄,公爲此詩,一紙辨誣狀也。

對雨

莽莽天涯雨,江邊獨立時。不愁巴道路,恐溼漢旌旗。朱注:言不憂巴道難行,特戒兵此時沐雨,深可念耳。雪嶺防秋急,顧注:廣德元年七月,吐蕃盡取河隴,邊備正嚴。繩橋戰勝遲。繩橋注見八卷。西戎甥舅禮,未敢背恩私。反詞也。

○起○句○蒼○凉。雄○渾。愁坐 集外詩,員氏所收。

高齋常見野,愁坐更臨門。十月山寒重,孤城水氣昏。葭萌氏種迥,華陽國志:蜀規諷處立言甚渾。

王封其弟葭萌於漢中，號曰苴侯，因命其地曰葭萌。〈唐書〉：葭萌縣屬利州。氐種指羌人。

犬戎謂吐蕃。仇注：恐其內外相結為亂，故憂當避去也。

警急

原注：高公適領西川節度。蔡夢弼曰：按史代宗即位，吐蕃陷隴右，漸逼京師，適練兵於蜀，臨吐蕃南境以牽制之，師出無功，尋失松維等州，此詩乃松州未陷時作。

才名舊楚將，朱注：高適傳：至德初，適陳永王璘必敗，以適為揚州左都督府長史淮南節度使。淮南本楚地。**妙略擁兵機**，**玉壘雖傳**檄。玉壘山在灌縣西，去成都不遠。傳檄應指調兵，舊注非。

公主漫無歸，**青海今誰得？** 青海注見一卷。**西戎實飽飛**。時陷吐蕃。**松州會解圍**。松州即今松潘，最偪蕃境。會解圍，正見圍猶未解也。**妙略擁兵機**，**和親知計拙**，

楊守陳曰：此下三章，皆為高適作，譏其不能禦虜也。首冠以才名楚將，妙略兵機，而下皆敗北之事，則機略概可見矣。

王命

漢北豺狼滿，〈唐書〉：寶應元年，吐蕃陷臨洮，取秦、成、渭等州，明年又取蘭、河等州，隴右盡亡。按其地俱在漢源西北。**巴西道路難**。**血埋諸**

邵云：醫痛。

將甲，骨斷使臣鞍。朱注：廣德元年，李之芳崔倫往聘，吐蕃留不遣。牢落新燒棧，注見前。蒼茫舊築壇。浦注：如子儀開廢，嚴武罷鎮，皆是。深懷喻蜀意，司馬相如傳：唐蒙通夜郎發巴蜀吏卒，用軍興法，誅其渠帥，巴蜀民大驚恐，上使相如喻告。慟哭望王官。望命之申以救警急也，不必專有所指。

邵云：少陵詩及時事，往往氣格高絕。

征夫

十室幾人在？千山空自多！謂有險莫守。路衢惟見哭，城市不聞歌。官軍未通蜀，謂援師不至。吾道竟如何！仍歸到自憂

銜枚有荷戈。漢書注：銜枚止言語謹嚻，其狀如箸橫銜之。言所到之處皆用兵也。

轉徙

西山三首 鶴注：此亦松州被圍時作。

夷界荒山頂，元和郡國志：雪山當吐蕃之界，所以隔中外也。蕃州積雪邊。李宗諤圖經：維州南界岷山，連嶺而西，不知其極。北望高山，積雪如玉，東望成都若井底，是西蜀控吐蕃之要衝。二句先逃西山形勢。築城依白帝，黃希曰：白帝西方之帝也，舊引夔州白帝城，非是。句亦極言其高。轉粟上青天。

三首章法，相銜而下。

二句言戍守之難。

蜀將分旗鼓，羌兵助鎧鋋。〖羌兵，屬夷也。公東西兩川說：仍使羌兵各繫其部落。〗西南背和好，殺氣日相纏。

辛苦三城戍，〖浦注：當在松、維、保三州界，今為松潘、威州、保縣等處。〗長防萬里秋。烟塵侵火井，〖唐書：邛州有火井縣。按：邛在維保之東。〗雨雪閉松州。〖上句謂彼深入，此句謂此被圍。〗風動將軍幕，天寒使者裘。〖二句言戰既不勝，和又無成，與王命詩血埋二句同意。〗漫聲。山賊營壘，迴首得無憂？冷句。

子弟猶深入，〖公兩川說有邛雅子弟、羌子弟，皆以備蕃者。〗關城未解圍。蠶崖鐵馬瘦，〖唐書：導江縣有蠶崖關。〗有蠶崖井。按：蠶崖灌口在成都西五十里，為備蕃餉運之出口。上句言兵疲，此句言糧盡。〗辨士安邊策，元戎決勝威。言或和或戰，兩者必有一得，庶可望卻敵凱旋耳。今朝烏鵲喜，欲報凱歌歸。

仇滄柱云：公抱憂國之懷，籌時之略，而又汙逢亂離，故在梓閬間有感於朝事邊防，凡見諸詩者，多悲涼激壯之語；而各篇精神煥發，氣骨風神並臻其極，熟復長吟，知為千古絕唱也。上半危甚，下半用翻轉說，特強作自寬之詞。

李云：情深詞婉，國風之遺。
張云：知甚難眞，是在遠遙測之情，非身歷不知。

遣憂

集外詩，下三首俱見郭知達黃鶴本。

亂離知又甚，通鑑：廣德元年十月，吐蕃入寇，邊將告急，程元振皆不以聞。至奉天武功，京師震駭，上方治兵，而吐蕃已渡便橋，倉卒出幸陝州，吐蕃入長安，焚掠一空。消息苦難眞。邵云：諢味深渾。受諫無今日，臨危憶古人。劇談錄：明皇幸蜀，妃子既死，一日登高山望秦川，謂高力士曰：吾用張九齡言，不至於此。遣使祭之。盧注：先是郭子儀數爲上言吐蕃党項不可忽，宜早爲之備。上狃於和好而不納。代宗之於子儀，猶明皇之思九齡也。公不忍明言，故託之古人。擾擾著黃巾。仇注：是時高暉以城降吐蕃，王獻忠脅豐王以迎吐蕃，故云。用張角事。景借隋言唐，亦諢詞也。

巴山

浦注：前首初聞京陷作，此續得幸陝之信而作。

前陷於祿山，今陷於吐蕃，借隋言唐，亦諢詞也。

巴山遇中使，云自陝城來。盜賊還奔突，乘義從去聲。輿恐未迴？二句逑中使之言。天寒邵伯樹，九域志：邵伯甘棠樹，在陝州府署。地闊望仙臺。三輔黃圖：望仙臺漢武帝所建，在華州華陰縣。狼狽風塵裏，羣

隋氏留宮室，焚燒何太頻？紛紛乘白馬，安

臣安在哉！仇注：時吐蕃入寇，徵兵不應，官吏奔散。曰羣臣安在，譏文官不能扈從，武將不能禦敵也。

早花

西京安穩未？不見一人來。臘月巴江曲，山花已自開。盈盈當雪杏，豔豔待春梅。直苦風塵暗，誰憂客鬢催？

折邅首二句

江陵望幸 朱注：唐書：上元初，呂諲建請荆州置南都，於是更號江陵府，以諲爲尹，置永平軍萬人，以遏吳蜀之衝。廣德元年冬，乘輿幸陝，以衞伯玉有幹略，拜江陵尹，充荆南節度觀察等使。時公在巴聞，傳聞代宗欲巡幸江陵，故有此作。

雄都元壯麗，望幸欻威神。魯靈光殿賦：又似乎帝室之威神。注：威神，言尊嚴也。　先指陳江陵建都大略。地利西通蜀，天文北照秦。晉天文志：柳七星張，周三輔，翼軫楚荆州。按秦分楚分諸宿相聯，皆南方朱鳥之宿，故云。風煙含越鳥，謝朓詩：風煙有鳥路。古詩：越鳥巢南枝。舟楫控吳人。仇注：西蜀北秦南越東吳，言江陵四至之地。

再合到望幸

未枉周王駕，左傳：昔周穆王周行天下，必將皆有車轍馬迹焉。終期漢武巡。漢書：

邵云：五排正宗。○宋張戒謂氣象廓然，可與三都兩京並駕。

直下格，亦自清空一氣。

武帝南巡至於盛唐。注:在南郡。**甲兵分聖旨**,謂置永平軍。**居守付宗臣**。即指衞伯玉。仇注:牽扯子儀無謂。**早發雲臺仗**,

恩波起涸鱗。謂窮民待澤也。

浦二田云:前敍形勢極簡要,後追望幸極委悉。○公作建都十二韻,大以江陵之舉為非,茲顧若為勸駕者,蓋以初聞幸陝之信,懸揣蕃寇狓猖,深懼乘輿播越,姑結為遠避其鋒之想,亦忠愛之心所迫耳,豈自背其初論哉!

發閬中

冬末自閬還梓。九域志:閬州西至梓州二百二十里。

前有毒蛇後猛虎,溪行盡日無村塢。江風蕭蕭雲拂地,山木慘慘天欲雨。女病妻憂歸意速,秋花錦石誰復能一作數?歸在冬而曰秋花者,蓋追憶來時所見。別家三月一得書,

蔣云:發閬中為女病,知女病緣得書,節節倒出。

避地何時免愁苦?時公家在梓州。

天邊行

浦注:此詩亦當是秦、蜀蕃警時作。

天邊老人歸未得，叶都木切。日暮東臨大江哭。江指嘉陵涪江之屬。洪濤滔天風拔木，前飛禿鷲後黃鴻。一作鵠。九度附書向洛陽，十年骨肉無消息。叶蘇六切。隴右河源不種田，胡騎羌兵入巴蜀。通鑑：廣德元年，吐蕃盡取河西隴右之地，十二月，復陷松、維、保三州。

冬狩行

原注：時梓州刺史章彝兼侍御史留後東川。

君不見東川節度兵馬雄，校獵亦似觀成功。夜發猛士三千人，清晨合圍步驟同。見兵法訓練。禽獸已斃十七八，殺聲落日迴蒼穹。暗用魯陽揮戈返日意。幕前生致九青兕，馲駝即駱駝。嵓落猥五毀切。崒切。垂玄熊。嵓崒，高貌。東西南北百里間，髬髵蹴踏寒山空。有鳥名鶻鴿，禽經：鶻鴿剔舌而語。力不能高飛逐走蓬。肉味不足登鼎俎，何為見翼虞羅中？亦是借言取此無益之物，不如乘時以建大功也。春蒐秋狩侯得同，重韻趙注：蒐狩本天子事，而諸侯得行之。使君五馬

王阮亭云：一題便是春秋書法。

王嗣奭云：百里山空，已無剩語，忽入鶻鴿，法奇而意足。

杜詩鏡銓卷十

四七七

結語有大聲疾呼，涕淚俱下之致。

一馬驄。謂秉侍御 況今攝行大將權，謂為留後。號令頗有前賢風。飄然時危一老翁，

十年厭見旌旗紅。喜君士卒甚整肅，為我迴轡擒西戎。草中狐兔盡何益？

天子不在咸陽宮。時吐蕃陷京，車駕出幸陝州。朝廷雖無幽王禍，史記：申侯與犬戎攻殺幽王於驪山之下。得不哀痛

塵再蒙！前玄宗幸蜀，今代宗幸陝。嗚呼！得不哀痛塵再蒙！王洙曰：是時詔徵天下兵，程元振用事，無一人應者，故章末感激言之。

山寺 原注：章留後同遊，得開字。

張上若云：以流寓一老正詞督強鎮為敵愾勤王之舉，真過人膽力，真有用文章。

野寺根石壁，諸龕遍崔巍。前佛不復辨，百身一莓苔。雖有古殿存，世尊亦塵埃。仇注：前佛露石龕者，世尊坐殿中者。如聞龍象泣，維摩經：菩薩勢力，譬如龍象蹴踏。翻譯名義集：水行中龍力最大，陸行中象力最大。足令信者哀。使君騎紫馬，捧擁從西來。樹羽靜千里，臨江久徘徊。山僧衣藍

結語有大聲疾呼，便非引人佐佛語，妙有斟酌。
仇云：大官豪

侈之狀,僧家乞憐之態,摹寫逼眞。

蔣云:借佛說法,亦卽現身說法。

縷,告訴棟梁摧。公爲顧賓徒,從。一作咄嗟檀施開。僧肇曰:天竺言檀,此言布施。大乘論:檀越者,檀施也。謂比人行檀,能越貧窮海故。吾知多羅樹,西域記:南印建那補羅國北,有多羅樹林三十餘里,其葉長廣,其色光潤,諸國書寫,莫不採用。卻倚蓮花臺。文傳:世尊之座高七尺,名七寶蓮花臺。語亦帶諸天必歡喜,朱注:佛書有三界諸天,自欲界以上,皆曰諸天。鬼物無嫌猜。以茲撫士卒,法華經:

孰曰非周才。晉書傅咸傳:顧榮與親故書曰:傅長虞爲司隸,勁直忠果,劾按驚人,雖非周才,偏亮可貴也。此注向所未引。窮子失淨處,譬如有人,年旣幼稚,捨父逃逝。長大復加困窮,父求不得。窮子傭賃,遇到父舍,受雇除糞,汚穢不淨。其父宣言:爾是我子,今我財物,皆是子有。窮子聞言,卽大歡喜。高人憂禍胎。

歲宴風破肉,荒林寒可廻。言將入春也。思量入道苦,猶難字意。自哂同嬰孩。

朱鶴齡曰:章彝事二史無考,但附見嚴武傳云:武再鎭劍南杖殺之。公在東川與往來最數,然桃竹杖,冬狩行諸詩皆含刺,他詩又以指揮能事訓練強兵稱之。大抵彝之爲人,將略似優,乃心不在王室。是冬天子在陝,彝從容校獵,未必無擁兵觀望坐制一方之意。公覘其微而不敢頌言,因遊寺以諷諭之。世尊塵埃,咄嗟檀施,豈天子蒙塵獨能宴然罔聞乎。以茲撫士卒,就曰非周才,諷其不脩臣節,妄覬非分,欲其用此道以治兵敵愾,無但廣求福田也。窮子失淨處,高人憂禍胎,能無禍胎之憂乎?隱言段子璋徐知道之戮,當爲前猶窮子之離淨處而甘糞穢也。淨處失矣,鑒也。末四句又傷己之入道無期,其詞若不爲夐而發者,此公之善爲忠告也。

沈云:淩空設想,筆力橫絕。

桃竹杖引贈章留後

蜀都賦:靈壽桃枝。 注:桃枝,竹屬,出墊江縣,可以爲杖。東坡跋桃竹引後:桃竹葉如櫟,身如竹,密節而實中,犀理瘦骨,蓋天成拄杖也。 出巴渝間,子美有桃竹歌。

江心蟠石生桃竹,蒼波噴浸尺度足。斬根削皮如紫玉,江妃水仙惜不得。

叶都木切。列仙傳:江妃二女出遊漢江湄,逢鄭交甫,解佩與之。王逸楚詞注:馮夷,水仙人也。

梓潼使君開一束,

鶴注:梓州梓潼郡,西倚梓林,東枕潼水。

滿堂賓客皆歎息。

叶蘇六切。

憐我老病贈兩莖,出入爪甲鏗有聲。

勁。言其堅

老夫復欲東南征,乘濤鼓枻白帝城。

時有下峽之志。

重爲告曰:杖兮杖兮,爾之生也甚正直,愼勿見水踊躍學變化爲

一。杖。說。得。如。此。珍。重。

路幽必爲鬼神奪,拔劍或與蛟龍爭。

澹用臺子羽拔劍碎璧事。

使我不得爾之扶持,滅跡於君

神仙傳:壺公遣費長房歸,以一竹杖與之,長房騎杖,忽然如眠,便到家,以杖投葛陂中,視之,乃青龍耳。

山江上之青峰！君山乃洞庭湖山也。水經注：是山湘君所遊處，故曰君山。噫！風塵澒洞兮豺虎咬人，忽失雙杖兮吾將曷從？

長短句公集中僅見，字字騰擲跳躍，亦是有意出奇。借竹杖規章留後也。以踴躍爲龍戒之，又以忽失雙杖危之，其微旨可見。○朱鶴齡曰：此詩蓋

將適吳楚，留別章使君留後兼幕府諸公，得柳字 公此行自梓州往閬，本欲東下，尋因嚴武復鎮，遂還成都。

我來入蜀門，歲月亦已久。豈惟長兒童？自覺成老醜。常恐性坦率，失身爲杯酒。近辭痛飲徒，折節萬夫後。杜臆：觀失身折節等語，公亦殊有戒心，其告別以此，但未明言耳。昔如縱壑魚，今如喪家狗。史記：孔子纍纍若喪家之狗。旣無遊方戀，用意必有行止亦何有？相逢半新故，取別隨薄厚。謂賻贈之資。不意青草湖，元和郡國志：巴邱湖又名青草湖，在巴陵縣。扁舟落吾手。得出言久思下峽，而今始得遂也。

申鳧盟云：方是豪傑歸落處，非一味使酒罵座者可比。

杜詩鏡銓卷十

四八一

眷眷章梓州,開筵俯高柳。樓前出騎馬,帳下羅賓友。健兒簸紅旗,後有揚旗詩,"

此樂幾難朽。日車隱崑崙,謂日色西落。鳥雀噪戶牖。波濤未足畏,三峽徒雷

吼。所憂盜賊多,重見衣冠走。祿山、吐蕃兩陷京師,注見六卷。仇注:以長安經亂,時帝在陝州。中原消息斷,黃屋今安否?復,打動,章,所聞一版傷一句。隨雲拜東

皇,楚詞有東皇太乙章。文選注:太乙,天之尊神,祠在楚東,以配東帝,故曰東皇。掛席上南斗。春秋說題詞:南斗,吳地也。舊書天文志:南斗在雲漢之流,當淮海

之間,為吳分。句 有使去。卽寄書,無使長迴首。

亦暗用乘槎意。

終作適荊蠻,王粲詩:復棄中國去,遠身適荊蠻。安排用莊叟?不能北歸,故但思南適也。

不忘也

王嗣奭曰:章留後所為多不法,而待杜特厚,公詩屢諫不悛,不久遂辭去。蓋保身之哲,不欲以數取疏也。亦見公識見過人處。

舍弟占歸草堂檢校,聊示此詩

久客應吾道,相隨獨爾來。熟 一作孰。知江路近,頻為草堂迴。鸂鶒宜長數,杜

成絕妙文章。沉著。

公迎家至梓後,草堂當仍有代為看守者。柴荆莫浪開。東林竹影薄,臘月更須栽。

鍾伯敬云:家務瑣悉,有一片友愛在內,故只見其眞,不見其俚。○黃白山云:杜善鍊字,竹稀而曰影薄,樹多而曰陰雜,皆能涉筆成趣。

歲暮

歲暮遠為客,邊隅還用兵。烟塵犯雪嶺,鼓角動江城。時松維保三州新陷。天地日流血,朝廷誰請纓?濟時敢愛死,寂寞壯心驚。

終軍傳:請受長纓,必羈南粵王致之闕下。見當時將帥無能奮身以殉國難者。

仇注:言當寂寞之中而壯心忽覺驚起,以世變方亟故也。

杜詩鏡銓卷十一

廣德中,公往來梓閬、歸成都草堂、嚴武表授節度參謀作。

下復至閬州作

城上

草滿巴西綠,聞州。空城白日長。風吹花片片,春動蕩。一作水。一作雨。茫茫。八

邵云:言外荒涼自見。

駿隨天子,用周穆王事。羣臣從武皇。趙注:漢武帝初幸汾陰至洛陽,侵尋於太山,其所巡幸周萬八千里。遙聞出巡狩,早晚

遍遐荒。十二月帝已還京,公尚未聞也。

送李卿曄

世系表:曄太鄭王房淮南忠公璹之子。

王右仲云:此詩敍景言情,真堪痛哭,詩之不愧風人者。

王子思歸日,哀江南賦:咸陽布衣,非獨思歸王子。長安已亂兵。霑衣問行在,走馬向承明。漢書嚴助

四八五

結語無限低徊,想見溫柔敦厚之致。

傳:君厭承明之廬。暮景巴蜀僻,句言老在遠方。春風江漢清。杜臆:嘉陵水在州有晉安縣,本晉城。仇注:彙魏闕尚含情。聞,亦名漢江。晉山雖自棄,蔡曰:地用介之推入綿上山中事。呂氏春秋:中山公子牟謂詹子曰:理志:聞朱鶴齡曰:公嘗扈從肅宗,故自比之推。曰自棄者,不身在江海之上,心居魏闕之下。敢以華州之貶懟其君也。壯游詩之推避賞從,亦此意。

雙燕

旅食驚雙燕,銜泥入此北。一作堂。應同避燥溼,且復過炎涼。見甘苦相雙闋塵際,古樂府蛺蝶行:率共意。養子二句逢三月養子燕。來時道路長。今秋天地在,吾亦離聲。殊方。朱注:時公欲出峽,故託燕寓意。張云:天地在,見雖禍亂而天地不改,吾亦必歸不敢望平靜也。

百舌

百舌王十朋曰:百舌,反舌也,能反覆其舌隨百鳥之音,春囀夏止。百舌來何處,重重祗報春。媚意。喻善取知音兼眾語,整翮豈多身?異其一身而兼眾音也。花密

一首感世而帶及感身

二首感身而仍歸感世

藏難見，枝高聽轉新。過時如發口，張儀傳：陳軫曰：軫可發口言乎。君側有讒人。汲冢周書：芒種之日螳螂生，又五日鵙始鳴，又五日反舌無聲。公初春猶未知，故借百舌以寄慨。反舌有聲，佞人在側。注：時程元振已貶斥，仇注：巴閬僻遠，傷春竉始知春前已收宮闕。楚辭：目極千里兮傷春心，題取此。

傷春五首

○便○爾○傷○心○開○手○揭○明○大○旨。

天下兵雖滿，春光日自濃。西京疲百戰，北闕任羣兇。通鑑：廣德元年十月，吐蕃陷京畿，言巴閬去長安遠。塞三千里，烟花一萬重。漢書：御宿苑在長安城南，羞宿聲相近，故或云馬使呂月將與戰於盩屋，為所擒。涇州刺史高暉，射生將王獻忠等迎吐蕃入長安，立邪王守禮孫承宏為帝。御宿且有。一作誰供？通鑑：吐蕃度渭橋，上蒼卒幸之。蒙塵清露急，陝。清露急，言暴露於外意。殷復前王道，二句借古形今，謂武丁中興，亦取奮伐荊楚意。周遷舊國容。史記：平王東遷於洛羞所出，宿者止宿之義。御羞，或云御宿。邑，避戎寇。時傳有王在洛之說，故云。蓬萊足雲氣，即五陵佳氣，無時無意。應合總從龍。言羣臣皆當扈從而歎已之不能從也。

鶖入新年語，花開滿故枝。天清風卷幔，草碧水通池。牢落官軍遠，蕭條張云:此首治亂始末具見,此豈尋常韻語。○以朝廷事不便指斥,故假天象言之,乃變雅詩人之義。

此結有望於君。

萬事危。仇注:巴地春光依然無恙,但恨長安被兵而援軍不赴,則萬事俱危矣。——鬢毛原自白,淚點向來垂。不是無兄弟,其如有別離!巴山春色靜,北望轉逶迤。仍點本旨

日月還相鬬,邵。云。極。傷。心。事。二。句。追。原。鬬。戰。晉天文志:元帝太興四年二月,癸亥日鬬。星辰屢合圍。漢天文志:高祖七年,月暈圍參畢七重,是年上至平城,為單于所圍。不成誅執法。星經:執法四星,主刑獄之人。又為刑政之官,助宣王命,中常侍官也。杜詩博議:漢志:哀帝元年十一月,歲星入太微逆行,干右執法。占曰:大臣有憂,執法者誅若有罪。二年十月,高安侯董賢免歸自殺。詩彙暗引此事,以董賢況程元振也。焉得變危機?言天變頻仍,總由不能早除嬖倖,以至於此。至收京消息未聞,恐尚不當實指柳伉一疏也。大角纏兵氣,史記天官書:大角者,天王帝庭,其兩旁各有二星曰攝提。鉤陳出帝畿。星經:鉤陳六星,主天子六軍。唐書:代宗幸陝,諸鎮畏程元振讒搆莫至,朝廷所恃者惟郭子儀一人。

烟塵昏御道,耆舊把天衣。行在諸軍闕,來朝大將稀。賢多隱屠釣,韓詩外傳:太公望屠牛朝歌,釣於磻溪。王肯載同歸?去奸當急思進賢,則將士羣知效命而天心亦從此悔禍矣。再有朝廷亂,祿山之亂,於斯為再。難知消息眞。近傳王在洛,幸陝後程元振曾有勸都洛陽之議。復道使歸

此結有望於臣。

寫播遷事，由主上而妃主而軍士，自有次第。

末首君臣雙綰，高呼震天，正復淚痕滿紙。

秦。奪馬悲公主，通鑑：魏高歡出滏口，道逢北鄉長公主有馬三百四，盡奪而易之。登車泣貴嬪。晉書：成帝延和年，蘇峻哀泣升車，宮中慟哭。蕭關迷北上，漢武帝紀：元封四年，行幸雍祠五畤，通回中道，遂北出蕭關。一統志：在平涼府鎮原縣西北。滄海欲東巡。秦皇紀：二十八年，並渤海以東，過黃腄，窮成山，登之罘，立石頌秦德。東巡北上，皆無定之詞，正見消息難眞意。敢料安危體，劉須溪云：識不迫得人之意。言國家事非詩，草野所知。晉書：惠帝北征敗績於蕩陰，嵇紹以身扞衞，兵交御輦，紹被害，血濺帝服。

大臣豈無嵇紹血，霑灑屬車塵？言國有老臣，尙當以死衞君也。

聞說初東幸，陝在京師東。孤兒卻走多。漢紀注：取從軍死事者之子養羽林官，敎以五兵，號羽林孤兒。

棄魯陽戈，淮南子：魯陽公與韓遘戰酣，日暮援戈而麾之，日返三舍。通鑑：帝幸陝，官吏六軍奔散，扈從將士不免饑餒。難分太倉粟，王公出

御河。得毋中夜舞，晉書：祖逖與劉琨共寢，中夜聞雞鳴，因起舞曰：此非惡聲也。誰憶大風歌？高帝歌：大風起兮雲飛揚，安得猛士兮守四方。二句言豈無英雄思奮志在報讐雪恥者，恐朝廷信讒不復記憶耳。時郭子儀閒廢，李光弼亦懼讒不至，故云。

胡虜登前殿，春色生烽燧，幽人泣薜蘿。總結傷春。應轉前二首。自謂。

君臣重修德,猶足見時和。

激昂慷慨,亦復俳惻纏綿,與有咸五首並見才識忠悃;此皆杜詩根本之大者,學者所宜著眼。○朱鶴齡曰:代宗致亂,皆因信任非人,老臣不見用,故一日賢多隱屠釣,一日猶多老大臣,一日誰憶大風歌,篇中每三致意焉。

收京 下三首皆集外詩,見郭知達黃鶴本。唐書:廣德元年十月癸巳,郭子儀復京師,十二月車駕至自陝州,此聞信後作。

復道收京邑,兼聞殺犬戎。通鑑:吐蕃退圍鳳翔,鎮西節度使馬璘赴難,單騎奮擊,俘斬千計。衣冠卻扈從,杜臆:卻字有不滿諸臣意。蓋平日依回坐視,無益於成敗之數者也。車駕已還宮。尚復誠如此,安危在數公。莫令回首地,慟哭起悲風。言當信任以圖治安,無使京華之地再傷寇亂也。

巴西聞收京闕,送班司馬入京二首 舊本下章另有送司馬入京題,單復依黃鶴本合為一。

聞道收京邑,鳴鑾自陝歸。傾都看黃屋,正殿引朱衣。指侍從之臣。劍外春天遠,

邵云:老成憂國,結意更深。

上首送班赴闕。

下首自述已懷。

巴西勅使稀。念君經世亂,匹馬向王畿。

鄭繼之曰:詩之妙處,正在不必寫到眞,說到盡,而其欲寫欲說者,自宛然可想,斯得風人之義。杜詩每有失之太眞太盡者,如此詩末二句,則有不眞不盡之興矣,餘可類推。○邵○云○起○二○了○不○相○蒙○却○妙

羣盜至今日,先朝很從臣。公肅宗朝曾任拾遺。歎君能戀主,久客羨歸秦。黃閣長司諫,丹墀有故人。謂舊日同爲諫官者。向來論社稷,爲話涕霑巾。○暗○應○首○句 二句言爲我傳語故人,向來共論社稷,不免涕下霑巾,今盜賊猶然未息,我則已矣,諸君其何以答昇平耶?無限期勉,自在言外。

釋悶

四海十年不解兵,自天寶十四載祿山始亂,至廣德初爲十年。犬戎也復臨咸京。失道非關出襄野,莊子:黃帝將見大隗於具茨之山,至於襄城之野,七聖皆迷,無所問途。揚鞭忽是過湖城。世說:王大將軍敦軍姑熟,明帝乘巴賨馬,齎一金鞭,陰察軍形。敦畫寢夢日遶城,命騎追之不及。朱注:晉書王敦傳:帝至蕪湖察敦營壘。又蕪湖縣有王敦城,即詩所謂湖城。二句言出巡非訪道,乃避賊也。豺狼塞路人斷絕,烽火照

夜屍縱橫。天子亦應厭奔走,羣公固合思昇平。但恐誅求不改轍,聞道嬰（冷句）

孼能全生。

通鑑:程元振專權自恣,諸將有大功者,元振皆忌嫉欲害之。吐蕃入寇,元振不以時奏,致上狼狽出幸。太常博士柳伉上疏請斬元振,上猶以元振嘗有保護功,削官爵,放歸田里。

江邊老翁錯料事,眼暗不見風塵清。

王嗣奭曰:此爲代宗不誅程元振而作也。吐蕃入寇,禍皆起於元振,今孽蘗不除,則兵不得解,兵不得解,則誅求仍不得息,其事之舛謬,眞有出於意料之外者;然則風塵何由清而太平將何時見乎?通篇一氣轉下,皆作怪歎之詞。

贈別賀蘭銛

黃雀飽野粟,羣飛動荊榛。今君抱何恨?寂寞向時人。老

劉楨詩:羞與黃雀羣。注:黃雀喻小人。（一問。五字悲盡。）仇注:黃雀比趨勢附利者,驥比抱才不遇者,寧爲驥倦

驥倦驪首,蒼鷹愁易馴。高賢世未識,固合嬰饑貧。（一答。）

鷹馴,不爲雀飽羣飛,此可見其志節。國步初反正,時代宗幸陝初還。乾坤尙風塵!悲歌鬢髮白,遠赴湘吳

春。指銛。我戀岷下芋，貨殖傳：岷山之下，沃野千里，下有蹲鴟，至死不饑。注：蹲鴟，芋也。君思千里蓴。陸機稱千里蓴羹，注見十卷。一統志：千里湖在溧陽縣東南，至今產美蓴。生離與死別，自古鼻酸辛。

寄賀蘭銛 此別後再寄。

朝野歡娛後，乾坤震蕩中。相隨萬里日，總作白頭翁。賀蘭當以天寶亂後同客蜀。歲晚仍分袂，江邊更轉蓬。自言往來梓閬。勿云俱異域，飲啄幾回同？末二句反言以慰之，亦見別後毋遽相忘也。

有感五首 此詩或編在廣德元年之春，事跡既多不合，或編在是年冬，興播越，豈宜有慎勿吞青海語，且此時而欲議封建，則亦迂矣。詳其語意，當是收京後廣德二年春作。蓋吐蕃雖退，而諸鎮多跋扈不臣，公復憂其致亂，作此懲前毖後之詞。未幾僕固懷恩遂引吐蕃回紇入寇，亦已有先見。所謂編次得，則詩意自明者也。

將帥蒙恩澤，兵戈有歲年。至今勞聖主，何以報皇天。言無以答君恩也。白骨新交戰，劉須溪云：五字有日分簌動。雲臺舊拓邊。雲臺謂唐初功臣。朱注：按史唐自武德以來，開拓邊境，地連西域，開元中置朔方等處節度使以統之。祿山反後，數百里之悲。皆置都督府州縣，

長歌起早十。

邵云：五詩皆紀時事，氣格深渾，是大家數。○此因吐蕃入寇，憤諸

張云：著聲蕩於歡娛之後，寓意甚深，正見當時朝內以安樂釀禍也。

杜詩鏡銓卷十一

四九三

鎮不赴援而作,為五詩之緣起。

此首歎鎮擁兵,天子懦弱不能致討,是正旨。

下二首皆追論前事,此欲其行儉德以消逆亂。

年間相繼淪沒,自鳳翔以西,邠州以北,皆為左袵,公故發此歎也。

時御史大夫李之芳等使吐蕃未歸,故云。按:唐書吐蕃傳:廣德元年,使散騎常侍李之芳、太子左庶子崔倫往聘,吐蕃留不遣,明年還使人李之芳等,則之芳之歸,本在廣德二年,舊書載,後亡歸漢。

亦云:之芳使吐蕃被留,二年乃得歸。顧宸年譜誤以之芳歸自吐蕃編在廣德元年,以致詩與事蹟,全然錯誤。

乘槎斷消息,無處覓張騫? 漢張騫傳:騫以郎應募使月支,經匈奴,匈奴留騫十餘

幽薊餘蛇豕, 左傳:吳為封豕長蛇,薦食上國。 諸鎮皆安史餘孽。

乾坤尚虎狼。 諸侯春不貢,使者日相望。 二句乃所以有歎,或作詩之主

浦注:河北諸鎮,凡拜節度及封爵等,皆命使持節就鎮授之。

慎勿吞青海, 蕃,指吐蕃。 無勞問越裳。 指南詔。天寶以後,南詔叛唐歸吐蕃,屢為邊患。非

謂西南可置度外,以朝政惟尚姑息,近在內地不修貢職,何況能勤遠略乎?

大君先息戰,歸馬華山陽。 隱謂朝廷不復能用兵也,而措詞甚婉。

按史廣德元年,史朝義既誅,僕固懷恩恐賊平寵衰,請以降將薛嵩、田承嗣、李懷仙等為河北諸鎮節度使。朝廷亦厭苦兵革,苟冀無事,因而授之。唐世藩鎮之禍,實自此始,詩蓋以是作。

洛下舟車入,天中貢賦均。 史記:成王使召公復營洛邑曰:此天下之中,四方入貢道里均焉。

日聞紅粟腐, 朱注:唐江海之粟,皆輸洛陽,轉運京師。 寒待翠華春。 去冬有遷都洛陽之議。

莫取金湯固,長令宇宙新。 言立國不在乎地利,但能修德自強,節儉行儉德以消逆亂。

此欲其建宗藩以懾叛臣。

愛民,宇內自有更新氣象也。**不過行儉德,盜賊本王臣。**顧注:代宗天興聖節,諸道獻金飾器用珍玩駿馬爲壽,常袞請却之,不聽。知其漸有奢侈之志,故以儉德規之。蓋儉德行則下無暴歛,而強藩亦不敢輕爲覬伺矣。

先程元振勸帝遷都洛陽,郭子儀附章論奏,有曰:明明天子,躬儉節用,則黎元自理,寇盜自息,太平之功,旬日可冀。詩意正與之合。

丹桂風霜急,漢五行志:成帝時童謠曰:桂樹華不實,黃雀集其顛。注:桂赤色,漢家象。**青梧日夜凋。**上官儀册殷王文:慶麥栽梧,德成觀梓。丹桂喻王室,青梧喻宗藩。言王室不安,由於宗藩削弱也。**由來強幹地,**西都賦:蓋以強幹弱枝,隆上都而觀萬國。**未有不臣朝。授鉞親賢往,卑宮制詔遙。**二句言威權不至下移,聲敎故能遠訖也。按:肅宗收兩京以廣平王爲元帥,代宗即位十月,以雍王适爲天下兵馬元帥,皆所謂授鉞親賢也。指玄宗傳位肅宗,似覺太遠。卑宮取傳子意,亦承前儉德來。言不可徒修禮樂文具也,亦見強藩歎當時不行瑄議,有失強幹弱枝之道也。○公爲王閏州進論巴蜀安危表,屢申親賢磐石之義,以干羽格之耳。

初,房琯建分鎮討賊之議,肅宗入賀蘭進明之譖,貶之。至廣德初,河北諸鎮跋扈不臣,公故追嘗有制馭之策,非如苗民逆命,可末首復極言藩鎮之弊,應轉起處,欲朝廷重司牧以蘇民困,乃示以本計也。

與此相表裏。

胡滅人還亂,兵殘也。餘將自疑。安史既平,懷恩懼誅謀叛。又諸鎮各欲賄聚兵為負固計。登壇名絕假,時諸道節度使並加實封,故云。亦用諸鎮假王事。報主爾何遲?領郡輒無色,之官皆有詞。因諸將專制,致刺史縣令失其職,士大夫皆不樂外任,為吏者類多隱忍苟祿,不恤民瘼可知,故欲下詔而問瘡痍。願聞哀痛詔,端拱問瘡痍。所言皆當時大事要著,足補國史所未逮,公生平自許稷契,良非虛語。○諸詩多為藩鎮作。藩鎮之禍,始於僕固懷恩,而唐遂失河北,下逮五季,兵火相尋,五詩見其端矣。

憶昔二首

浦注:舊編嚴武幕中,頗不類,當屬吐蕃陷京後,代宗復國時作,特以尚書郎三字誤入耳。

憶昔先帝巡朔方,謂肅宗武之立。千乘萬騎入咸陽。謂肅宗還京。陰山驕子汗血馬,秦本紀:西北斥逐匈奴,自榆中並河以東屬之陰山。長驅東胡胡走藏。京,慶緒奔河北,保鄴郡。鄴陰山,唐安北都護府也,此謂借兵回紇。通典:回紇助討安慶緒,收復兩

憶昔二首

城反覆不足怪,史思明既降復叛,救慶緒於鄴城,九節度師潰,東京尋復陷。關中小兒壞紀綱,傳:李輔國。舊唐書宦官李輔國閑廐馬家小

四九六

蔣云：子儀留京事如此措詞，與誅褒姒語並妙。

前首傷亂，此首思治。

兒，少爲閹，貌陋粗，知書記，爲僕事高力士。通鑑注：凡厩牧五坊禁苑給使者，皆謂之小兒。

至令上猶撥亂，勞心身。一作焦思補四方。

張云三字寫出作爲淫巧以悦婦人之狀。謂良娣。舊唐書后妃傳：張后寵遇專房，與輔國持

張后不樂上爲忙。

我昔近侍叨奉引，

插入自家作襯渡

爲留猛士守未央，

猛士謂郭子儀也。括地志：漢未央宮在長安故城中。

致使岐雍防西羌。

唐書：寶應元年八月，子儀自河南入朝，程元振譖之，子儀請解副元帥節度使留京師。明年十月，吐蕃大入寇。

出兵整肅不可當。

亦用法見變化

肅宗初，公爲拾遺，時代宗以廣平王爲太子，拜天下兵馬元帥。

百官跂足隨天王。

謂代

直來坐御牀，

南史侯景傳：齊文宣夢獼猴坐御牀，旣而天子蒙塵，景登正殿焉。又大同中太醫令朱耽夢犬羊各一在御坐。

犬戎

願見北地傅介子，

漢書：傅介子北地人也，持節使樓蘭，斬其王首歸，懸之北闕，詔封義陽侯。

老儒不用尚書郎。

木蘭行：欲與木

宗幸陝。

蘭賞，不用尚書郎。此句特用成語，言國恥得雪，卽窮老亦無所恨也。

肅宗朝之禍亂成於張后輔國，以致貽憂繼世。代宗在東朝，身履其難，又少屬亂離，長於軍旅，乃不知鑒，復任用程元振以召西戎之禍。公歷敘前後事不諱，其陳戒之旨切矣。

憶昔開元全盛日，小邑猶藏萬家室。稻米流脂粟米白，公私倉廩俱豐實。

可見朋友亦關係世道。

九州道路無豺虎,遠行不勞吉日出。〔妙。諧。〕〔舊唐書:開元末年,頻歲豐稔,京師米價僅不盈三百,天下乂安,雖行萬里,不持寸刃。謂世際齊〕

魯縞車班班,〔後漢書:桓帝時童謠曰:車班班,入河間。〕男耕女桑不相失。宮中聖人奏雲門,太和。〔周禮:大司樂歌大呂舞雲門以祀天神。〕天下朋友皆膠漆。〔謂人無詐偽。〕百餘年間未災變,叔孫禮樂蕭何律。豈聞一絹直萬錢,有田種穀今流血?洛陽宮殿燒焚盡,宗廟新除狐兔穴。〔唐書:吐蕃留京師十五日乃走。〕傷心不忍問耆舊,復恐初從亂離說。〔沈痛。〕周宣中興望我皇,灑淚血。〔一作江漢身衰疾。〕〔二首總結〕

廷記識蒙祿秩。〔按年譜,公去年曾召補京兆功曹,不赴。〕

閬山歌

閬州城東靈山白,〔一作雪,非。〕〔唐書:閬州閬中縣有靈山。興地圖云:昔蜀王鱉靈登此,因名。〕閬州城北玉臺碧。〔興地紀勝:玉臺山在閬州城北七里,後有玉臺觀。〕松浮欲盡不盡雲,江動將崩未崩石。那知根無鬼神會,〔聞中〕

山多仙聖遊跡。已覺氣與嵩華敵。仇注:石根下蟠,乃鬼神所護,雲氣上際,與嵩華並高。中原格鬥且未歸,應結茅齋著靑壁。

結句詠嘆,無限曲折。

閬水歌

嘉陵江色何所似?寰宇記:嘉陵水一名西漢水。嘉陵谷,因名。經閬中即為閬中水,亦曰閬江。石黛碧玉相因依。

六書故:黛,青黑色,用為畫眉墨。說文:碧,石之青美者。言水淺處如碧,深處如黛也。○邵云:句秀。○劉須溪云:最少語長。

正憐日破浪花出,更復春從沙際歸。巴童蕩槳欹側過,水雞銜魚來去飛。朱注:水雞,閩蜀士云:狀如雄雞而短尾,好宿水田中。今川人呼為水雞公。

閬中勝事可腸斷,閬州城南天下稀。杜臆:猶云惱殺人意。樓鑰曰:嘉陵江至閬州西北,折而南而東而北,州城三面皆水,故謂之閬中。城南正當佳處,對面即錦屏山。

又馮忠恕記云:閬之為郡,當梁、洋、梓、益之衝,有五城十二樓之勝概。

陳後山謂二詩詞致峭麗,語脈新奇,句清而體好,在集中似又另為一格。

南池

後漢書：巴郡閬中縣南有彭池。益州記：南池在閬中縣東南八里。

崢嶸巴閬間，所向盡山谷。安知有蒼池，萬頃浸坤軸。呀然閬城南，字林：呀，大空貌。西都賦：呀周池而成淵。 枕帶巴江腹。三巴記：閬白二水東南流至漢中，至始寧城下入涪陵，曲折三回，有如巴字，曰巴江，經峻峽中謂之巴峽。 苙荷入異縣，見池之大。 秔稻共比屋。一統志：南池自漢以來，堰大斗之水灌田，里人賴之。 皇天不無意，美利戒止足。高田失西成，此物頗豐熟。清源多衆魚，遠岸富喬木。獨歎楓香林，楚詞注：楓似白楊，有脂而香，霜後葉丹可愛。 春時好顏色。叶速。 南有漢王祠，帶銳。朱注：項羽立高祖為漢中王。漢中鄰閬，故有漢王祠，在今保寧府城南。方輿勝覽：南池在高祖廟旁。 終朝走巫祝。歌舞散靈衣，楚詞：靈衣兮披披。 荒哉舊風俗。高皇亦明主，魂魄猶正直。叶濁。 不應空陛上，縹緲親酒肉。食，一作淫祀自古昔，非惟一川瀆。干戈浩茫茫，地僻傷極目。平生江海興，遭亂身局促。駐馬問漁舟，牧處仍合到

躊躇慰羈束。南池

李云：前四有黯然魂消之致。

江亭王閬州筵餞蕭遂州

離亭非舊國，長安東有灞橋，古送別處。春色是他鄉。老畏歌聲斷，愁隨舞曲長。杜臆：歌既畏其斷，舞又愁其長，總因漂泊他鄉，寫出侘傺無聊之狀。二天開寵錫，指王。清河太守，喜曰：人皆有一天，我獨有二天。五馬爛生光。指蕭。合結 川路風烟接，俱宜下鳳凰。漢書：黃霸為潁川太守，是時鳳凰神雀數集郡國，潁川尤多。

陪王使君晦日泛江就黃家亭子二首 唐以正月晦日為中和節。

山豁何時斷，江平不肯流。惟山豁故江平。稍知花改岸，始驗鳥隨舟。二句串看，言其流穩，舟行如不動，見花改方知岸改，忽見空天平流，乃覺鳥亦隨行也。結束多紅粉，歡娛恨白頭！非君愛人客，晦日更添愁。補點

李子德云：江平不肯流，與秋天不肯明，用兩不肯字，皆有妙理。○張上若云：前青惜峯巒二句，寫泛舟疾行入妙；此稍知二句，寫泛舟徐行入妙。

蔣云：首二是從蜀中萬山攢接江勢險急之象，不覺若驚若喜。

上首陪使君泛江，此首就黃家亭子。〇妍麗亦開溫李。

上首陪使君泛江，此首就黃家亭子。〇妍麗亦開溫李。

寫景又別。

有徑金沙軟，蜀都賦：金銀沙礫。注：永昌有水，出金如糠，在沙中。一統志：保寧府劍州、廣元、江曲、巴縣出麩金。無人碧草芳。沙草乃上亭之路。野畦連蛺蝶，江檻俯鴛鴦。日晚烟花亂，風生錦繡香。錦繡謂舞衣。不須吹急管，衰老易悲傷。結語申歡娛恨白頭意。

泛江 浦注：想亦地主相邀，故有妓樂。

方舟不用楫，方舟，並舟也。極目總無波。長日容杯酒，深江淨綺羅。綺羅亦指妓衣。杜臆：江澄無波，綺羅映水，可想淨字之妙。亂離還奏樂，飄泊且聽歌。故國留清渭，如今花正多。牧句神遠。

渡江

春江不可渡，二月已風濤。舟楫欹斜疾，魚龍偃臥高。仇注：江風急，故舟楫欹斜而迅疾；江濤湧，故魚龍偃臥而高浮。以方起蟄，故猶有偃臥之容，乃二月之風濤然也。渚花張素錦，汀草亂青袍。古詩：青袍似春草。戲問垂綸客，悠悠見汝曹。歎已不能如其安閒自適也。

暮寒

霧隱平郊樹，風含廣岸波。沈沈春色靜，慘慘暮寒多。戍鼓猶長擊，時吐蕃新陷松州。林鶯遂不歌。忽思高宴會，朱袖拂雲和。周禮：大司樂奏雲和之琴瑟。

浦二田云：此當去陪泛之時不遠，而陰晴喧寂，頓爾改觀，妙寫得淒然不盡。

遊子

巴蜀愁誰語，吳門興杳然。時欲下峽而不遂。九江草春外，三峽暮帆前。吳所經，二句有神與俱往意。厭就成都卜，高士傳：嚴君平賣卜成都市中，日得百錢，則閉肆下簾而授老子。休爲吏部眠。晉書：畢卓爲吏部郎，比舍郎釀熟，卓因醉夜至其甕間盜飲，爲掌酒者所縛。言愁懷非酒可解。蓬萊如可到，衰白問羣仙。一說，田藝蘅云：蓬萊可到，謂公戀戀不忘朝廷，冀衰白而猶得見君也。

滕王亭子二首

原注：在玉臺觀內，王調露中任閬州刺史。舊唐書滕王元嬰傳：元嬰，高祖第二十二子，都督洪州，數犯憲章，於滁州安置，後起授壽州刺史，轉隆州。地理志：先天二年，避玄宗名，改隆州為閬州。

君王臺榭枕巴山，萬丈丹梯尚可攀。顧注：丹梯，山之磴道。春日鶯啼修竹裏，王事。孫綽蘭亭詩：鶯語吟修竹。仙家犬吠白雲間。神仙傳：八公與淮南王白日升天，餘藥器置在中庭，雞犬舐啄之，盡得升天。故雞鳴天上，犬吠雲中也。仇注：臺榭當春，故聽鶯啼修竹；丹梯極峻，故想犬吠雲間。清江錦石傷心麗，嫩蘂濃花滿目班。人到於今歌出牧，來

〇觀以虛對實，用。事。人。化。之。

〇一句亭外。

〇下句纍切

〇一句亭中。

毛西河云：江石有傷心之麗，花蘂成滿目之班，此深於豔情之言。

李子德云：極具鋪揚，卻自疏樸，初唐名手得意之篇。

寂寞春山路，君王不復行。古牆猶竹色，亦用梁王事。虛閣自松聲。鳥雀荒村暮，

雲霞過客情。雲霞,亦寓變滅無常意。 尚思歌吹入,千騎擁把。一作霓旌。

邵云:通首奇警。

黃白山云:前六句淒涼已甚,結處若再用衰颯語,意便索然;,末二句忽翻身作結,振起文勢,用筆最爲奇變。

玉臺觀二首

原注:滕王造。方輿勝覽:玉臺觀在閬州城北七里,唐滕王嘗遊,有亭及墓。趙曰:觀在高處,其中有臺號曰玉臺。

中天積翠玉臺遙,

列子:西極化人見周穆王,爲改築宮室,其高千仞,臨終南之上,名曰中天之臺。顏延之詩:積翠亦葱芊。注:松柏重布曰積翠。 遂有馮夷來擊

鼓,注見二卷。

漢郊祀歌:遊閶闔,觀玉臺。應劭曰:玉臺,上帝之所居。梁邵陵王祀魯山神文:絳節陳竿,滿堂繁會。此言羣仙皆來朝集。

居絳節朝。 始知嬴女善吹簫。 江光隱見黿鼉窟,石勢參差烏鵲橋。 更肯有。一作紅顏生羽翼,一作翰。 便應黃髮老漁樵。

仙傳拾遺:蕭史善吹簫,秦穆公女弄玉好之,公妻焉。日敎弄玉吹簫,似鳳聲,鳳凰來止其屋,公爲作鳳臺。合下蕭史句,四句總形容仙境恍惚,因黿鼉窟想出馮夷,又因嬴女想出烏鵲橋,然江光觀中或有公主遺跡。

之遠,石勢之高,卻是觀外所見眞景。言世果有駐顏飛昇之術,吾便當留此以終老耳。

上帝高

黃白山云：此詩首尾皆對，能化排偶之痕。而其寫景靈活，寓意深長，觸事必見本懷，故雖開題雜詠，不爲徒作也。

浩劫因王造，朱注：度人經：惟有元始浩劫之家，部制我界。廣異記：儒謂之世，釋謂之劫，道謂之塵。按：浩劫，無窮之劫，猶言萬古也。又廣韻：浩劫，宮殿大階級也。杜田云：俗謂塔級爲劫，故嶽麓行曰：塔劫宮牆壯麗敵。平臺訪古遊。漢書：梁孝王大治宮室，自宮連屬於平臺。宮闕通羣帝，仇注：道書天有羣帝，而大帝最尊。羣帝，五方之帝也。彩雲蕭史駐，文字魯恭留。漢書：魯恭王壞孔子舊宅以廣其居，聞鐘磬琴瑟之聲，於壁中得古文尙書、論語。神仙傳：王子喬，周靈王太子晉也，好吹笙作鳳鳴，後乘白鶴駐緱氏山頂，舉手謝時人而去。到十洲。十洲記：四方巨海之中，有祖洲、瀛洲、元洲、炎洲、長洲、充洲、鳳麟洲、聚窟洲、流洲、生洲。言觀之高上通羣帝，是乾坤內之十洲也。十洲爲神仙所聚，故云。人傳有笙鶴，時過此山頭。○何義門云：此及滕王五律俱有王楊氣味。

○流○走○仿○對○合○滕○王○一作北。

○收○處○關○○○○○○
虛寫處筆有遠神。

奉寄章十侍御 原注：時初罷梓州刺史東川留後，將赴朝廷。舊唐書嚴武傳：武再鎭蜀，恣行猛政，梓州刺史章彝初爲武判官，及是少不副意，赴成都杖殺之。按：李子德云：實寫胸無滯迹，

此事或當在入覲回來之後，彝起身時，武尙未至蜀也。至彝爲武判官，當屬前事。朱注：謂或及其未行而殺之。浦注：又謂彝爲留後，武不應降爲判官者，俱屬非是。

毛西河云：如題斂起，具龍跳虎臥之致，今人無此矣。

淮海維揚一俊人，彝為揚產也。江海品並服紫綬三綵。指揮能事迴天地，訓練強兵動鬼神。湘西不得歸關羽，河內猶宜借寇恂。

詩：長纓多俊人。 金章紫綬照青春。漢公卿表：三公徹侯，並金印紫綬。舊唐書輿服志：二品三品並服紫綬。 陸機辨亡論：漢主報關羽之敗，圖收湘西之地。注：湘西，荊州地也。此句比其任留後，下句比其任刺史。 後漢書：光武收河內，拜寇恂為太守，後移潁川，又移汝南。潁川盜賊羣起，百姓請復借寇君一年。 寇恂本潁川事，河內屬借用，言侍御之才，東川倚重，不當之歸朝也。

從容問幽仄，側通。勿云江漢有垂綸。朝覲

仇注：江漢垂綸，隱然以磻溪釣叟自況也。章必素有薦引之意，故結語反言以諷之。

將赴荊南寄別李劍州 唐書：劍州普安郡，屬劍南道。

使君高義驅今古，言其意氣足以凌駕今古。寥落三年坐劍州。但見文翁能化俗，文翁焉知李廣未封侯？切官切姓

漢循吏傳：文翁為蜀郡守，修起學宮，吏民大化，蜀地學於京師者，比齊魯焉。 李廣傳：廣從弟蔡封安樂侯，廣不得爵邑，官不過九卿。言李之才不當以刺史老也。

路經灩澦雙蓬鬢，灩澦堆在瞿塘峽口。 天入滄浪一釣舟。漢水東過南漳荊山，為滄浪水。

禹貢：又東為滄浪之水。鄭樵曰：戎

只用淡淡語結,自甘遠引,祝彼登朝,含情無限。

馬相逢更何日？春風回首仲宣樓。〔荊州記:當陽縣城樓,王仲宣登之而作賦。〕

前牛寄李劍州,先代爲傷慰。五六將赴荊南,並訴出衰老無家之況。末句帶出惜別意,其情自深。

奉寄別馬巴州

原注:時甫除京兆功曹,在東川。浦注:巴州在閬東北,今屬保寧府。朱注:蔡興宗年譜:廣德元年補功曹,與此詩自注語正合,以詩語及下奉待召補京兆府功曹不至,在上元二年。王原叔集序因之皆誤。

嚴大夫詩證之,可見除功曹正在東川將爲荊南之遊也。本傳以

勳業終歸馬伏波,以同姓比爲吾蕭何守會稽耳。〔二句賓主並提〕功曹非復漢蕭何。〔漢高帝紀:蕭何爲沛主吏,功曹也。吳志:孫策謂虞翻曰:孤未得還府,卿復以功曹爲吾蕭何守會稽耳。〕

扁舟繫纜沙邊久,〔中四承大句〕南國浮雲水上多。〔句亦況己之漂泊無定。〕

遠去,難隨鳥翼一相過。知君未愛春湖色,興在驪駒白玉珂。〔末二應首句〕〔沈約詩:高門列驪駕,廣路從驪駒。時馬必將赴京師,玉珂乃早朝事。

李子德云:用意甚曲而筆無不到,寫寄別遂無遺憾。

奉待嚴大夫

時公將赴荆南,聞嚴公將至,故留以待之。

殊方又喜故人來,重鎮還須濟世才。常怪偏裨終日待,不知旌節隔年回。欲辭巴徼啼鶯合,謂仲春時。遠下荆門去鷁催。見停舟久。淮南子:龍舟鷁首。方言注:鷁,鳥名,今江東貴人船前作靑雀是其像。身老時危思會面,一作懷。一生襟抱向誰開?四句謂本欲去蜀之楚,但以嚴以寶應元年秋入朝,以廣德二年春再鎮。

仇云:身老則思故人,時危則望濟世,仍與首聯相應。

李云:文之古者必樸淡,此詩當之。

邵云:秀潤。

自閬州領妻子卻赴蜀山行三首

自天寶十五載避亂,至今十年。

不成向南國,復作遊西川。即題中卻字意。汩汩避羣盜,從頭敘起悠悠經十年。魂傷山寂然。蔣云:鬼語。亦自廠出我生無倚著,盡室畏途邊。

物役水虛照,趙曰:言身爲物所役,水亦徒相照,不得優游觀賞之也。魂傷山寂然。仇注:疾風偃林,行人怯。長林偃風色,迥復一作首。意猶迷。阻,故往復而意迷也。衫裛翠微潤,翠微謂山。色輕縹。馬銜青草嶄。棧懸斜避石，朱注：閬至成都無棧道，只言架木爲路耳。橋斷卻尋溪。言石橋斷處再尋溪路以行也。何日干。戍歌。

戈盡？飄飄愧老妻。情緒宛然。

行色遞隱見，人烟時有無。中景。此正迴復僕夫穿竹語，稚子入雲呼。可盡。轉石驚魑魅，抨烏音。弓落狖鼯。抨，彈也。爾雅注：鼯鼠狀似蝙蝠。眞供一笑樂，似欲慰窮途。

始而傷，繼而愧，至三首復欲破涕爲笑，曲盡山行之景。

別房太尉墓

舊唐書房琯傳：寶應二年四月，拜特進刑部尚書，在路遇疾，廣德元年八月四日，卒於閬州僧舍，贈太尉。

他鄉復行役，時將自閬赴成都。駐馬別孤墳。近淚無乾土，生死交情。低空有斷雲。舍人心惻。哀，雲亦爲之哀。句正見哭墓之慘而不去也。對碁陪謝傅，句謂生前。安薨，贈太傅。謝安傳：謝玄等破苻堅，檄書至，安方對客圍碁，了無喜色。把劍覓徐君。句謂歿後。說苑：季札聘晉過徐，徐心知徐君愛其寶劍，及還，舊注：琯爲宰相，聽董庭蘭彈琴以招物議，此詩以謝傅圍碁爲比，蓋爲房公解嘲也。圍碁無損於謝傅，則聽琴何損於太尉乎？雖非正意，亦見苦心搜索。

徐君已沒,遂解劍繫其冢樹而去。惟見林花落,驚啼送客聞。書記時

將赴成都草堂,途中有作,先寄嚴鄭公五首 唐書嚴武傳:寶應元年,自成都召還,拜京兆尹。明年為二聖山陵橋道使,封鄭國公,遷黃門侍郎。廣德二年復節度劍南。

善。頌。

得歸茅屋赴成都,直一作真。為文翁再剖符。漢文帝紀:初與太守為銅虎符、竹使符。蜀都賦:嘉魚出於丙穴。御覽:周地圖記曰:順政郡丙穴,以其口向丙,因名。每春三月上旬後,有魚聯綿從穴出躍,相傳名為嘉魚。一統志:相傳山濤治郿縣,以竹筒盛美酒號為郿筒。用筼管釀酴醾作酒,兼旬方開,香聞百步。五馬舊曾諳小徑,武初鎮蜀時,曾再至草堂。幾回書

使問閭還揖讓,自嚴公去後,蜀有徐知道之亂。敢論松竹久荒蕪?魚知丙穴由來美,杜臆:成都尹本刺史,故比之文翁。但。酒憶郿筒不用酤。成都記:成都府西五十里,因水標名曰郿。

札待潛夫。知公此次赴蜀,嚴當先有書見招。

處處清江帶白蘋,故園猶得見殘春。雪山斥候無兵馬,賈誼傳:斥候望烽燧。錦里逢迎

張云:此首是所以復歸成都之由。

此首預計歸時。

杜詩鏡銓卷十一 五二

杜詩鏡銓

有主人。休怪兒童延俗客，不教鵝鴨惱比鄰。習池未覺風流盡，況復荊州
　是初歸情景妙說，得項悉入情
賞更新。仇注：山簡以征南將軍都督荊、湘、交、廣四州，故可稱荊州。習池自比草堂，荊州借比嚴公也。賞更新，乃指再鎮說。

竹寒沙碧浣花溪，竹映水故見沙碧。橘刺藤梢咫尺迷。過客徑須愁出入，居人不自解
　歡情亦見疏
東西。書籤藥裹封蛛網，野店山橋送馬蹄。言主人不在，好景徒送過客馬蹄耳。肯藉荒庭春草
色，放處世說：過江諸人，每至暇日輒出新亭，藉草飲宴。先判兼寫扶。一飲醉如泥。後漢周澤傳：一歲三百六十，三百五十九日齋。注：漢官儀此下云：一日不齋醉
如泥。預擬初至草堂，不暇斐薙蕪穢，而嚴公必來，先當與之一醉也。

常苦沙崩損藥欄，也從江檻落風湍。仇注：藥欄江檻，昔所結構者；新松惡竹，今欲栽薙者。江檻即水檻。張溍注：落，殺也。言設爲江檻，所以減殺風湍，則沙岸不至崩損矣。新松。
恨不高千尺，惡竹應須斬萬竿。二句兼寫扶善疾惡意。生理祗憑黃閣老，注：浦
　此首言再葺草堂，得依嚴公
衰顏欲付紫金丹。抱朴子：金丹燒之愈久，變化愈妙，令人不老不死。雲笈七籤：合丹法，火至七十日，藥成，五色飛華，紫雲亂映。
嚴以黃門侍郎來鎮，故曰黃閣老。

此首又追言草堂去後荒涼之景。

此首言再葺草堂，得依嚴公暫爾休息之樂。

五一二

痛定思痛,語極沈著。

此首又約略今昔去回,而欲與嚴公時時過從也。

仇云:前以剖符起,後以總戎結,文治武功,皆有望於嚴公也。

末四自傷自解,不堪多讀,亦有隨遇而安之意。

名曰紫金,其蓋上紫霜,名曰神丹。三年奔走空皮骨,謂往來梓、閬間。信有人間行路難。公以避徐

錦官城西生事微,烏皮几在還思歸。浦注:謝朓有烏皮隱几詩,即今髹漆器。昔去爲憂亂兵入,劉須溪云:歷鍊慷慨無限,言外

知道亂入梓州。今來已恐鄰人非。公有南鄰北鄰詩,又走覓南鄰愛酒伴。側身天地更懷古,回首風塵甘息

機。共說總戎雲鳥陣,握奇經:八陣,天地風雲爲四正,飛龍、翼虎、鳥翔、蛇蟠爲四奇。梁簡文七勵:迴雲鳥之密陣。又太公六韜:凡當敵臨戰,以車騎分爲雲鳥之陣,所謂鳥雲者,鳥散而雲合,變化無窮者也。不妨遊子芰荷衣。離騷:製芰荷以爲衣兮,集芙蓉以爲裳。有嚴公將略,則遊子可優游託跡。芰荷衣謂以野服晤語也。

邵子湘云:五詩不作奇語高調,而情致圓足,景趣幽新,遂開玉局、劍南門戶。

春歸

苔徑臨江竹,茅簷覆地花。先作感歎起別來頻甲子,歸到忽春華。倚杖看孤石,識認傾壺

就淺沙。遠鷗浮水靜,輕燕受風斜。寫景入微世路雖多梗,吾生亦有涯。此身醒復

醉，乘興即為家。黃白山云：輕燕句宋人所極稱，上句之工秀，人未見賞，鷗去人遠，故久浮不動也。

申云：久客入門，荒涼在目。

四句一篇之綱。

歸來

客裏有所適，仇注：即指往梓閬。歸來知路難。蔣云：客久已忘路難，至此一去一歸，更深覺其難也，最是真情。開門野鼠走，散帙壁魚乾。爾雅：蟫，白魚。注：衣書中蟲，一名蛃魚。洗杓開新醞，想見歸後適意之狀 低頭著小冠。漢書：杜欽杜鄴並字子夏，欽因製小冠冠之，由是更謂欽為小冠子夏，鄴為大冠子夏。憑誰給麴蘖，細酌老江干？投老之計，不無望於嚴公也。盲子夏。

草堂

昔我去草堂，蠻夷塞成都。盧注：徐知道糾集蠻夷為亂。今我歸草堂，成都適無虞。請陳初亂時，反覆乃須臾。張云可見重臣不可輕勳 大將赴朝廷，羣小起異圖。嚴武內召，知道遂反。中宵斬白馬，盟歃寫。出。草。草。鳥。合。光。歃氣已蠱。蘇秦傳：會於洹水之上，通質，刻白馬而盟。

西取邛南兵，華陽國志：臨邛縣在郡西南二百里，即下西卒，蓋此本內附羌夷，知道引之爲亂者。

布衣數十人，亦擁專城居，謂從逆授僞職者。其勢不兩

北斷劍閣隅。劍閣在成都北，時知道以兵守要害。

大，左傳：物莫能兩大。始聞蕃漢殊。西卒卻倒戈，賊臣互相誅。焉知肘腋禍，晉書：江統

腹，禍起肘腋。自及梟獍徒？漢書注：梟，鳥名，食母。破獍，獸名，食父。黃帝欲絕其類，令百吏祠皆用之。按：鏡通作獍。朱注：知道乃兵馬使，漢兵是其統領，又脅誘羌夷

共反；繼而賊徒爭長，羌兵不附，其下李忠厚因而殺之。義士皆痛憤，紀綱亂相踰。一國實三公，左傳：一國三

謂與李忠厚同輩者。萬人欲爲魚。史項羽紀：今人方爲刀俎，我爲魚肉。唱和作威福，孰肯辨無辜？眼前列公，吾誰適從。

杻械，爾雅：杻謂之梏，械謂之桎。背後吹笙竽。談笑行殺戮，濺流血滿長衢。到今用鉞

地，左傳：至於用鉞。風雨聞號呼。鬼妾與鬼馬，色悲充爾娛。遊句色悲　兼馬說妙　之鬼妾鬼馬，如匈奴以亡者之

妻爲鬼妻也。國家法令在，此又足驚吁。賤子且奔走，三年望東吳。公去成都往來梓

閬凡三年，時欲

五一五

蔣云：拉雜寫來，亂離之感，故舊之情，依倚之意，一一俱見，自是古樂府神境，非止慰勞之意。又云：一片悲憫牢騷，化作和平溫厚之言，大家合掌。

杜詩鏡銓

東下不果。

弧矢暗江海，難為遊五湖。 史記正義：五湖者：菱湖、遊湖、莫湖、貢湖、胥湖，皆太湖東岸五灣。虞翻曰：太湖東通松江，南通霅溪，西通荊溪，北通滆溪，東南通韭溪，凡五道，別謂之五湖。**不忍竟舍去，復來薙榛蕪。入門四松在，步屧萬竹疏。舊犬喜我歸，低徊入衣裾。鄰里喜我歸，沽酒攜胡盧。** 一作提榼壺。世說：陸士衡初入洛詣劉道真，嗜酒，禮畢初無他言，惟問東吳有長柄壺盧，卿得種來否？胡古與壺通，胡盧以貯酒。**大官喜我來，** 指嚴武。**遣騎問所須。城郭喜我來，賓客隘村墟。** 一作故廬。後村詩話：子美草堂詩：大官喜我來四韻，其體蓋用木蘭詩：爺娘聞女來，出郭相扶將，阿姊聞妹來，當戶理紅妝，小弟聞姊來，磨刀霍霍向豬羊。**天下尚未寧，健兒勝腐儒。飄颻風塵際，何地置老夫？於時見疣贅，** 音尤。**疣，瘤也。莊子：彼以生為附贅懸疣。言己之不為世用也。骨髓幸未枯。飲啄愧殘生，食薇不願餘。**

以草堂去來為主，而敘西川一時寇亂情形，并帶入天下，鋪陳終始，暢極淋漓，豈非詩史。

題桃樹

吳瞻泰云：此詩乃借桃樹以起興，非詠桃樹也。下半全屬推開說，粘定解便難通。

五一六

小徑升堂舊不斜,今爲桃樹所蔽,致徑之斜。必有議去此桃者。五株桃樹亦從遮。高秋總餽貧人實,來歲還舒滿眼花。歸在晚春,花期已過,言所以不忍輕去者,以其爲物我之所均賴也。簾戶每宜通乳燕,兒童莫信也。任物一

慈鴉。燕鴉皆堂前所見。二句言當廣其愛物之仁,非獨桃樹也。寡妻羣盜非今日,言非今日乎。天下車書正一家。

此詩於小中見大,直具民胞物與之懷,可作張子西銘讀,然卻無理學氣。此老杜一生大本領,尋常詩人,未許問津。

四松

四松初移時,大抵三尺強。別來忽三歲,離立如人長。禮記:離坐離立。注:兩相麗之謂離。會看根不拔,莫計枝凋傷。幽色幸秀發,疏柯亦昂藏。所插小藩籬,本亦有限防。終然恨撥損,謝惠連祭古塚文:以物振撥之。注:南人以觸物爲振。得愧千葉黃?謂人觸損藩籬,有傷松枝,致其葉萎黃。得愧,言得

不愧。敢爲故林主,黎庶猶未康。避賊今始歸,春草滿空堂。覽物歎衰謝,如檻破船之類。及茲慰淒涼。清風爲我起,灑面若微霜。足爲送老資,聊待水偃蓋張。我生無根蔕,配爾亦茫茫。有情且賦詩,事跡可兩忘。勿矜千載後,慘澹蟠穹蒼。

仇注:言自恐行踪無定,不能長伴此松,惟有賦詩寄情,聊以遣興耳,至於千載摩蒼,亦何容預爲矜羨乎?寓意於物而弗留意於物,可見公之曠懷矣。

結處寄託深遠。

水檻

八句言檻壞。

蒼江多風飆,雲雨晝夜飛。茅軒駕巨浪,焉得不低垂?遊子久在外,門戶西京賦:時遊極於浮柱。注:三輔名梁爲極,作遊梁置浮柱上。八句言修檻。扶顛有勸誡,無人持。高岸尙爲谷,何傷浮柱欹。

恐貽識者嗤。旣殊大廈傾,可以一木支。文中子:大廈之傾,非一木所支。

欄檻爲?人生感故物,慷慨有餘悲。臨川視萬里,何必

張云:臨川二句,意甚豁達。人生凡事,皆作此觀,省多事,省多心計,省多少繁冗。

蔣弱六云：日焉得，又日何傷，又日何必，卻到底不免有餘悲；無限沉吟，一結慨然盡露。

破船

平生江海心，宿昔具扁舟。豈惟清溪上，日傍柴門遊？蒼皇避亂兵，緬邈

懷舊邱。謝靈運詩：緬邈區中緣。鄰人亦已非，野竹獨修修。船舷不重叩，江賦：詠采菱以扣船舷。注：船脣也。言欲西還長安，東下吳楚，俱未遂也。埋沒已經秋。仰看西飛翼，下愧東逝流。故者或可掘，言船非難辦，但恐居仍未定耳。新者亦易求。所悲數奔竄，白屋難久留。

起。起。二。易。景。甚。轉。進。一。層。反。將。題。撇。去。用。意。又。別。

已經秋句，故須用掘，舊引掘頭船事無謂。

過南鄰朱山人水亭

朱注：公南鄰詩：錦里先生烏角巾，疑卽此山人。又絕句詩：梅熟許同朱老喫。

相近竹參差，相過人不知。不知從竹參差來。幽花欹滿樹，細水曲通池。歸客村非遠，

起。二。易。景。甚。幽。

張云：惟村近故可杯酒流連，二句合看方妙。

殘樽席更移。看君多道氣，從此數追隨。

沈云：氣象雄渾，籠蓋宇宙，乃集中最上之作。申云：北極二語，王命論語，可抵一篇王命論。

前半寫地，後半寫人，想見幽居素心之樂，字字有餘味。

登樓

花近高樓傷客心，萬方多難此登臨。`首二句，倒裝突兀。` 錦江春色來天地，玉壘浮雲變古今。`承高樓句。` 北極朝廷終不改，`鶴注：去冬吐蕃陷京，郭子儀復京師，乘輿反正。` 西山寇盜莫相侵。`精意深。此句隱況代宗` 可憐後主還祠廟，`亦是登樓所感。吳曾漫錄：蜀先主廟在成都錦官門外，西挾卽武侯祠，東挾卽後主祠。舊注：代宗任用程元振、魚朝恩致蒙塵之禍，故以後主之用黃皓諷之，幸未失國也。` 日暮聊為梁甫吟。`李子德云：造意大，命格高，真可度越諸家。○吳東巖云：可憐字、還字、聊為字、傷心之故，只在吞吐中流出。傷時無諸葛之才，以致三朝鼎沸，寇盜頻仍，是以吟想徘徊，至於日暮而不能自已耳。幷自傷不用意亦在其中，其與寄微婉若此。`

奉寄高常侍

`唐書百官志：門下省左散騎常侍二人，掌規諷過失，侍從顧問。高適傳：為西川節度，亡松維等州，以嚴武代，還為刑部侍郎散騎常侍。`

汝上相逢年頗多，`仇注：開元間相遇於齊魯。` 飛騰無那`一作` 奈。故人何！`謂己不` 能及。總戎楚蜀猶全未，朱注：未盡方駕曹劉不啻過。廣絕交論：遒文麗藻，方駕曹王。今日朝廷須汲黯，指常侍之職。中原將帥憶廉頗。上二言文武才彙，此二言朝野仰望。天涯春色催遲暮，別淚遙添錦水波。時高赴召而公在成都，故有末句。

其才也。

李子德云：語語沈實，咀之有餘味；今人門面雄詞，一覽輒盡者，徒浮響耳。

寄邛州崔錄事 邛州在成都西。

邛州崔錄事，聞在果園坊。坊在成都。久待無消息，終朝有底忙？應愁江樹遠，怯見野亭荒。浩蕩風塵外，誰知酒熟香？以酒招之。

王錄事許修草堂貲不到聊小詰

為嗔王錄事，不寄草堂貲。昨屬愁春雨，能忘欲漏時？特、愛、語，使人心動，亦代簡戲作。

歸雁

東來萬里客，亂定幾年歸？腸斷江城雁，高高向正。一作北飛。也。懷長安

絕句二首

遲日江山麗，春風花草香。泥融飛燕子，沙暖睡鴛鴦。

江碧鳥逾白，山青花欲然。佳句。庾信詩：山花燄欲然。今春看又過，何日是歸年？

寄司馬山人十二韻

關內昔分袂，謂長安。天邊今轉蓬。謂蜀地。馳驅不可說，談笑偶然同。道術曾留意，承二

先生早擊蒙。家家迎薊子，處處識壺公。後漢方伎傳：費長房為市吏，有賣藥老翁懸一壺於肆，市罷輒跳入壺中，長房異之，因經往再拜同入此壺。水長嘯峨嵋北，潛行玉壘東。有時騎猛虎，洞冥記：東方朔出，遇注作玉壺公。蒼虎息於道，朔便騎而還，打捶過痛，虎齧之，足傷。虛室使仙童。雲笈七籤：守元丹十八年，詣上清宮受書佩符，役使玉童玉女各十八人。髮少何勞白，顏衰肯

四句總領大意。

承一

此段敍山人，承談笑偶然同句。

更紅。望雲悲轗軻,畢景羨沖融。言以年暮,故羨山人顏色沖和。喪亂形仍役,淒涼信不通。

此段自敘,承馳驅不可說句。

懸旌要路口,句指戍人守隘者言。倚劍短亭中。因亂世而有戒心也。仇注:上四衰老之歎,下四飄流之感。永作殊方客,

末望其指授也。

殘生一老翁。相哀骨可換,漢武內傳:一年易氣,二年易血,三年易精,四年易脈,五年易髓,六年易骨,七年易筋,八年易髮,九年易形。亦遣

此段自敘,承馳驅不可說句。

馭清風。莊子:列子御風而行,泠然善也。

贈王二十四侍御契四十韻

朱注:元結別王佐卿序:癸卯歲,京兆王契佐卿年四十六,頃去西蜀,對酒欲別。按:癸卯為廣德元年,王侍御前想因奉使來蜀,得與公相遇於成都,後愛灊江山水之勝,遂卜居於此。及公還草堂,適王亦解綬來歸,時相過從,此詩曲敍其事。

往往雖相見,飄飄愧此身。不關輕紱冕,但是避風塵。言己特以避亂來蜀,不如王之謝職高尚,亦暗用賓主並提。

起。得。飄。怨。又。見。別。致。

一別星橋夜,漢書:秦李冰造七星橋,上應七星。三移斗柄春。言別侍御於成都已經三年。敗亡非赤壁,荊州記:

起四句,總領來蜀相逢大意。

沿江一百里南岸名赤壁,昔周瑜破魏武處。仇注:時徐知道為部下所殺,與赤壁戰敗者不同。奔走為黃巾。後漢書:鉅鹿人張角所部有三十六方,皆著黃巾,同日反叛。子

杜詩鏡銓

去何蕭灑，余藏異隱淪。公以避徐知道亂入梓，時王已還京。書成無過雁，衣故有懸鶉。荀子：子夏家貧，衣若懸鶉。朱注：按說文：鶉，鷻屬，其羽斑而散，貧士衣象之。恐懼行裝數，謂往來梓閬。伶俜臥疾貧。曉鶯工迸淚，鍊句極悽婉。秋月解傷神。會面嗟驚黑，含悽話苦辛。接輿還入楚，喻回蜀。王粲不歸秦。憶長安。

錦里殘丹竈，花溪得釣綸。花溪即浣花溪。伏柱聞周史，聘伏柱史。王康琚詩：老聃伏柱史。消中祇自惜，後漢李通傳：素有消疾。素問：多食數溲曰消中，即消渴也。鵷鴻不易狎，龍虎未宜馴。五君詠：龍性誰能馴。起索誰親？句跌入王絕交書：臥喜晚起。客卽掛冠至，後漢逢萌傳：王莽居攝，萌解冠掛東都門而去。承槎有漢臣。

伏柱聞周史，消中祇自惜，接輿還入楚，憶長安。

子於途，傾蓋而語終日。由來意氣合，直取性情眞。浪跡同生死，史記：讀鵬鳥賦，同死生，輕去就。無心恥賤貧。偶然存蔗芋，蜀都賦：瓜疇芋區，甘蔗辛薑。誰飯依他日，謂欲與王相依以老。幸各對松筠。窮愁

怪此辰。女長裁褐穩，男大卷書勻。言婚嫁之志溯當作揌，連鄧切。未畢也。口江如練，朱注：水經注：李冰於

五二四

此自敘別後之事。
此自敘初歸之事。
此自敘交情重敍而語終日。
此侍御還蜀而喜晚起。
此王過草堂而面述已況。

園當翠巘,野棹沒青蘋。屢喜王侯宅,浦注:時王或賃故侯廢宅爲居。時邀江海人。追隨不覺晚,款曲勳彌旬。但使芝蘭秀,家語:與善人居,如入芝蘭之室。何須棟宇鄰。山陽無俗物,向秀與嵇康爲竹林之遊,作思舊賦云:濟黃河以泛舟兮,經山陽之舊居。俗物注見八卷。鄭驛正留賓。漢書:鄭當時字莊,常置驛馬於長安諸郊,請謝賓客,夜以繼日。二句言其不濫交而又好客也。前後皆說王園此八句插入 出入並鞍馬,光輝參席珍。重遊先主廟,在成都城南。更歷少城闉。成都西門外。說文:闉,城內重門也。二句亦便見當時行樂意,起下。石鏡通幽魄,琴臺隱絳脣,石鏡琴臺注俱見八卷。置酒高林下,觀碁積水濱。顧前奔走意,古典切。莊子:百舍重趼而不息。區區甘累趼,稍息勞筋。網聚粘圓鯽,絲繁煮細蓴。長歌敲柳癭,蒙石鏡琴臺曹植詩:我有柳癭瓢。癭,頸瘤也,柳癭可爲樽。小睡憑藤輪。藤輪,蒲團也,以藤爲之,如隱囊之類。農月須知課,田家敢忘勤?去聲。浮生難去食,

都安縣堰江作堋,堋有左右口,謂之湔。堋江入郫江檢江以行舟。寰宇記:導江縣有都安堰,蜀人謂堰爲堋。蠶崖雪似銀。蜀山類多雪。寰宇記:蠶崖在導江縣西北。名

以上言過訪王園,侍御留飲,并及同遊之事。

良會惜清晨。言碁酒之樂如此，特以農事方迫，不能久留耳。

列國兵戈暗，勉以再出 今王德教淳。要聞除貘鳥八切

貘，勇主切。山海經作貘貐。爾雅：貘貐類貙，虎牙食人，迅走。淮南子：堯之時，貘貐爲民害。

休作畫麒麟。朱注：朝野僉載：楊烱每目朝官爲麒麟楦，言如弄假麒麟，

刻畫頭角，修飾皮毛，覆之驢上，巡場而走，及脫皮，還是驢耳。舊引圖形麟閣事，與此無涉。上句望其立功，此句戒其尸位。

洗眼看輕薄，仍結歸友誼 虛懷任屈伸。

莫令膠漆地，萬古重雷陳。注見九卷。

張上若云：排律至此，收放卷舒，一一如意，具有仙靈之氣。

黃河二首

此亦爲吐蕃不靖，民苦饋饟而作。蓋代蜀人爲蜀謠以告哀也。

黃河北岸海西軍，

朱注：按水經：河水自于闐疏勒而東逕金城允吾縣北。闞駰曰：縣西有卑禾羌海，世謂之靑海。浦注：海西軍唐盛時所置，時已陷於吐蕃。

鐵馬長鳴不知數，胡人高鼻動成羣。晉中興書：冉閔殺石鑒及諸胡，於時高鼻多鬚者無不濫死。言海西軍盛，自昔有聞，而今鐵馬成羣，盡爲彼用，是可慨也。

黃河北岸海西軍，

鼓鳴鐘天下聞。鐵馬長鳴不知數，胡人高鼻動成羣。

此首言吐蕃之橫，

此有感身世而以古道交情望之侍御也。

五二六

黃河西南〔一作岸〕是吾蜀,欲須供給家無粟。

此首言蜀民之窮,故急望太平,以紓民困。

杜詩博議:唐運道俱仰黃河,獨蜀僻在西南,河漕不通,西山三城糧運屢絕,故有供給無粟之歎。

願驅衆庶戴君王,混一車書棄金玉。

八句形容盡致,足與長揚羽獵爭奇。

揚旗

原注:三年夏六月,成都尹嚴公置酒公堂,觀騎士試新旗幟。

江風颯長夏,府中有餘清。我公會賓客,肅肅有異聲。初筵閱軍裝,羅列照廣庭。庭空六〔一作四〕馬入,駊騀揚旗旌。

布可切。五可切。說文:駊騀,馬搖頭也。

熌熌迸流星。來纏風飆急,去擘山嶽傾。材歸俯身盡,妙取略地平。迴迴偃飛蓋,

詩:飛蓋相追隨。熌熌迸流星,曹植〔次段摹寫〕。

略即掠字意,謂馬上俯身而旗尾略地。

虹蜺就掌握,舒卷隨人輕。三州陷犬戎,

去冬吐蕃陷松維保三州。

但見西嶺青。烟起也。

謂曰曰烽烟起也。

公來練猛士,欲奪天邊城。此堂不易升,

見任大責重。

庸蜀日已寧。

十道志:慶州,古庸牧誓:及庸蜀羌髳。又公孫述傳注:王莽改益州為庸部。

吾徒且加餐,休適蠻與荊。

亦用王粲詩,公先有東下意。

五二七

寄李十四員外布十二韻

原注:新除司議郎兼萬州別駕,雖尚伏枕,已聞理裝。萬州今爲縣,屬夔州府。杜臆:員外必布之兼官。按:詩言渚柳村花,當屬成都草堂作,編從仇本。

名參漢望苑,　漢書:戾太子冠,武帝爲立博望苑以通賓客。唐制司議郎爲東宮官屬,故云。

職述景題輿。　謝承後漢書:周景爲豫州刺史,辟陳蕃爲別駕,蕃不就,景題別駕輿日陳仲舉座也,不更辟,蕃惶恐起視職。

巫峽將之郡,　巫峽與荆門相近。

荆門好附書。　

遠行無自苦,　

內熱比何如?　莊子:我其內熱與。

正是炎天闊,　炎天野館,病熱所忌,駕浪凌虛,兼值水漲難行也。

那堪野館疏。　闊謂途長,疏謂館少。

黃牛平駕浪,　黃牛灘在峽口。

畫鷁上凌虛。　

試待盤渦歇,方期解纜初。　謂當俟涼秋水落然後啟行。

悶能過小徑,自爲摘嘉蔬。　

渚柳元幽僻,村花不掃除。　

宿陰繁素柰,　蜀都賦:朱櫻春熟,素柰夏成。

奈夏先晚,以宿陰言。

過雨亂紅蕖。　寂寂夏先晚,

泠泠風有餘。　江清心可瑩,竹冷髮堪梳。　直作移巾几,秋帆發敝廬。　

全對內熱炎天,極誇所居之樂以招之。

首記家世及書畫能事。

沈云：割據，不與以正統也，此為史書。

此記其善於寫真。○此詩每八句一轉韻，亦屬創見之格。

此記其畫馬神驗。

丹青引贈曹將軍霸

名畫記：曹霸魏曹髦之後，髦畫稱於魏代。霸在開元中已得名，天寶末每詔寫御馬及功臣，官至左武衛將軍。

李子德云：以詩代簡，能暢所欲言，在詩則波折縈洄，於文則抑揚盡致矣。○前半戒其觸暑之勞，後半欲其過家度夏，通首招邀，眷戀之至，公之篤於友誼如此。

將軍魏武之子孫，於今為庶為清門。

左傳：三后之姓，於今為庶。

英雄割據雖已矣，文采風流今尚存。學書初學衛夫人，

以書陪畫起。○得蒼莽大家。

法書要錄：衛夫人名鑠，字茂漪，廷尉展之女弟，恆之從女，汝陰太守李矩之妻也。隸書尤善，規矩鍾公，右軍少嘗師之。

但恨無過王右軍。

一作行書、草書，通謂之八體，惟王右軍兼工。張懷瓘書斷：篆、籀、八分、隸書、章草、飛白、行書、草書。

丹青不知老將至，富貴於我如浮雲。

用經入化。

開元之中常引見，承恩數上南薰殿。

長安志：南內興慶宮內有南薰殿。

功臣少顏色，將軍下筆開生面。

唐書：貞觀十七年二月，圖功臣於麒麟閣。

良相頭上進賢冠，

唐書：百官朝服皆進賢冠。

猛將腰間大羽箭。

西陽雜俎：太宗好用四羽大笴長箭，嘗一抉射，洞門閾。

褒公鄂公毛髮動，

有神。

舊書：凌烟閣功臣二十四人，開府儀同三司鄂國公尉遲敬德第七，故輔國大將軍揚州都督褒國忠壯公段志元第十一。

英姿颯爽來酣戰。

凌烟寫得奕奕突生

杜詩鏡銓

先帝御馬玉花驄，明皇雜錄：上所乘馬有玉花驄、照夜白。畫工如山貌不同。莫角切，不同。謂傳寫不肖也。是日牽來赤墀下，迥立閶闔生長風。詔謂將軍拂絹素，意匠慘澹經營中。所謂良工心苦。須臾九重眞龍出，一洗萬古凡馬空。玉花卻在御榻上，榻上庭前屹相向。至尊含笑催賜金，圉人太僕皆惆悵。朱注：畫馬奪眞，故圉人太僕為之惆悵。弟子韓幹早入室，亦能畫馬窮殊相。名畫記：韓幹大梁人，官至太府寺丞。善寫貌人物，尤工鞍馬。初邵云繹箋所如無非神境幹惟畫肉不畫骨，忍使驊騮氣凋喪。將軍善畫一作盡蓋有神，偶逢佳士亦寫眞。日謂向即今飄泊干戈際，屢貌尋常行路人。途窮反遭俗眼白，世上未有如公貧。但看古來盛名下，終日坎壈纏其身。楚辭：志坎壈而不違。

注：功臣獨言褒鄂，舉二公以見其餘，想畫此尤生動耳。
申云：與堂上不合生楓樹同一落想，而出語更奇。
此又言隨地寫眞，慨將軍之不遇。
劉須溪云：首尾極悲壯動盪。

韋諷錄事宅觀曹將軍畫馬圖歌 一本無歌字。朱注:曹將軍九馬圖後藏長安薛紹彭家。蘇子瞻作贊。

國初已來畫鞍馬,神妙獨數江都王。名畫記:江都王緒,太宗皇帝猶子也,善書畫,鞍馬擅名,官至金州刺史。注云:即飛黃也。將軍得名三十四。一作十載,人間又見眞乘黃。山海經:白民之國有乘黃,其狀如狐,背上有兩角,乘之壽二千歲。奇句。曾貌先帝照夜白,畫鑒:曹霸人馬圖,紅衣美髯奚官牽玉面騂,綠衣閹官牽照夜白。龍池十日飛霹靂。唐六典注:興慶宮,今上潛龍舊宅也,宅東有舊井,忽涌爲小池,常有雲氣,或黃龍出其中。景雲中其沼浸廣,遂湓洞爲龍池焉。朱注:言霸畫逼眞龍馬,故能感動龍池之龍,隨風雷而至也。內府殷此處早。紅瑪瑙

盤,唐書裴行儉傳:平都支遮匐,獲瑪瑙盤廣二尺,文采粲然。婕妤晉捷余。傳詔才人索。人,正三品;才人七人,正四品。

九馬敘得錯綜

沈云：因畫馬說到眞馬，因眞馬說到天子巡幸，故君之思，惓惓不忘。此題後拓開一步法，筆墨尤極飛舞淋漓。

盤賜將軍拜舞歸，輕紈細綺相追飛。一作隨指揮戚求畫者。貴戚權門得筆跡，始覺屛障生光輝。昔日太宗拳毛騧，長安志：太宗六駿刻石於昭陵北闕之下，五日拳毛騧，平劉黑闥時所乘。近時郭家獅子花。杜陽雜編：代宗自陝還，命以御馬九花虯拜紫玉鞭轡賜郭子儀。九花虯額高九寸，拳毛如麟，亦有獅子驄，皆其類。天中記載杜詩獅子花，卽九花虯。今之新畫一作圖有二馬，復令識者久歎嗟。此皆戰騎一作騎一敵萬，縞素漠漠開風沙。一作雪。言縞素一開，如見戰地風沙也。其餘七匹亦殊絕，迥若寒空動煙霞。一作雪。霜蹄蹴踏長楸間，曹植詩：走馬長楸間。注：古人種楸於道，故曰長楸。馬官厮養森成列，可憐九馬爭神駿，顧視清高氣深穩。借問苦心愛者誰，後有韋諷前支遁。人事只一番。劉須溪云：以主人對支遁豪氣橫出精句世說：支道林常養數四馬，或言道人畜馬不韻，支曰：貧道重其神駿耳。憶昔巡幸新豐宮，唐書：京兆府昭應縣，本新豐，有宮在驪山下。翠華拂天來向東。騰驤磊落三萬匹，皆與此圖筋骨同。王洙注：明皇幸驪山，王毛仲以廐馬數萬從，每色爲一隊，相間若錦繡。自從獻寶朝河宗，謂河宗朝而獻寶，子西征至陽紆之山，河伯馮夷之所都居，是惟河宗氏，天子沈璧禮焉。河伯乃按圖視典，用觀天子之珤器。玉果璿瑰燭銀金膏等物，皆河圖所載，河伯所獻，穆王覜圖，乃導以西邁矣。舊注：周穆王自此歸而上昇，蓋以比玄宗之升遐也。

無復射蛟江水中。漢武帝紀：元封五年，自潯陽浮江，親射蛟江中，獲之。張溍云：用周穆漢武事，亦見明皇好大喜功意。君不見。**金粟堆前松柏裏，**唐書：明皇泰陵在奉先縣東北二十里金粟山，廣德元年三月葬泰陵。**龍媒去盡鳥呼風。**

李子德云：如太史公寫鉅鹿之戰，楚兵無不一以當百，呼聲震天，當使古今詩人膝行匍匐而見。○此與前篇俱極沈鬱頓挫，尤須玩其結構之妙，將江都王緫出曹霸，又將支遁緫出韋諷，便增兩人多少身分。本畫九馬，先從照夜白說來，詳其寵賜之出；本結九馬，卻想到三萬匹去，不勝龍媒之悲，前後波瀾亦闊。中敍九馬，先將拳毛，獅子二馬拈出另敍，次及七馬，然後將九馬併說，妙在一氣渾雄，了不着跡，真屬化工之筆。○張上若云：杜詩咏一物必及時事，故能淋漓盡致，今人不過就事填寫，宜其與會索然耳。

送韋諷上閬州錄事參軍

浦注：韋成都人，公寶應中先有送韋攝閬詩，此當是即真後再送。

國步猶艱難，兵革未衰息。萬方哀嗷嗷，十載供軍食。自天寶十四載至此為十載。**庶官務割剝，不暇憂反側。誅求何多門，賢者貴為德。**漢書韓信傳：公小人，為德不卒。**韋生富春秋，**

洞徹有清識。操持綱紀地，白帖：錄事參軍謂之綱紀掾。喜見朱絲直。當令豪奪吏，自此無顏色。必若救瘡痍，先應去蟊賊。揮淚臨大江，高天意悽惻。行行樹佳政，慰我深相憶。

太子張舍人遺織成褥段 杜臆：張係太子舍人，題加太子於張之上，製題謹慎如此。朱注：北堂書鈔：異物志云：大秦國以野繭絲織成氍毹，以羣獸五色毛雜之，為鳥獸人物草木雲氣，千奇萬變，惟意所在。廣志：氍毹，白氈毛織之，近出南海，織毛褥也，織成褥段，殆即此類。

客從西北來，遺我翠一作織。細不足名。客云充君褥，承君終宴榮。曹植詩：終宴不知疲。空堂魑魅走，高枕形神清。先。完。題。面。開緘風濤湧，中有掉尾鯨。透迤羅水族，瑣細。一作織。

領客珍重意，顧我非公卿。留之懼不祥，施之混柴荊。服飾定尊卑，大哉萬古程。言於分不宜。今我一賤老，短褐更無營。煌煌珠宮物，楚辭：紫貝闕兮珠宮。趙曰：珠言於已不稱。

此詩於小中見大，全是樂府意。

宮指言龍宮。寢處禍所嬰。歎息當路子，干戈尚縱橫。掌握有權柄，衣馬自肥輕。

李鼎死岐陽，舊唐書：上元二年，以羽林大將軍李鼎為鳳翔尹典鳳隴等州節度使。鼎之死，史不載。實以驕貴盈。來瑱賜自盡，舊書：寶應元年，來瑱為山南東道節度使，裴茙表瑱倔強難制，帝令茙圖之。瑱擒茙入朝謝罪，廣德元年賜死。多，坐見悔吝生。奈何田舍翁，受此厚貺情？錦鯨卷還客，始覺心和平。振我麤席塵，愧客茹藜羹。莊子：孔子窮於陳蔡之間，七日不食，藜羹不糝。說文：糝，以米和羹也。○按此詩當是嚴武幕中作。史稱武累年在蜀，肆志逞欲，恣行猛政，窮極奢靡，賞賜無度。公在武幕下，作此諷諫，至舉李鼎來瑱以深戒之，朋友責善之道也。俞犀月云：諷諭之篇，有關世道。不然，辟一織成之遺，而侈談殺身自盡之禍，無疾而呻，豈詩人之意乎。

氣豪直阻兵。左傳：阻兵安忍。皆聞黃金

過故斛斯校書莊二首 原注：老儒艱難，病於庸蜀，歎其沒後方授一官。按：校書名融。

此老已云沒，鄰人嗟未休。竟無宣室召，漢書：賈誼自長沙徵見，文帝方受釐坐宣室，問以鬼神之本。蘇林曰：宣室，未央前正室。

結二句亦與承句應

空中落筆，亦見本家無人。

杜詩鏡銓

徒有茂陵求。司馬相如傳：相如家居茂陵，病甚，武帝使往求其書，至則相如已死。問其妻，得遺札書，言封禪事。妻子寄他食，浦注：公前詩云：本賣文爲活，翻令室倒懸。蓋其家貧甚，至此竟成空莊矣。園林非昔遊。空餘繐帷在，淅淅野風秋。燕入非旁舍，鷗歸衹故池。二句見再三識認意。斷橋無復板，臥柳自生枝。遂有山陽作，晉書：向秀經嵇康山陽舊居，作思舊賦。多慚鮑叔知。廣絕交論：素交盡，利交興。素交零落盡，白首淚雙垂。

邵云：氣勢渾壯。

寄董卿嘉榮十韻 浦注：董卿爲防秋將，公寄詩以相勗也。

李子德云：過其莊，思其人，不獨比鄰相依，愴然見身世之感矣。○前首先言人，後言莊，次首先言莊，後言人，一倒轉寫，杜公多用此法。

聞道君牙帳，朱注：元帥建牙旗於帳前，謂之牙帳。防秋近赤霄。言西山三城之高。下臨千仞雪，卻背五繩橋。仇注：元和郡國志：繩橋在茂州西北，架大江上。按：繩橋以篾索五條，布板其上，防秋處更在橋外，故曰卻背。海內久戎服，京師今晏朝。廣德元年冬，吐蕃陷京師。猛將宜嘗膽，吳越春秋：越王欲報吳怨，懸膽於戶，出入嘗之。龍犬羊曾爛漫，宮闕尙蕭條。

十分鼓動,一片苦心。

李云:高人入幕,落落難塔,觸事寫之,自有其致。

立秋雨院中有作

山雲行絕塞,大火復西流。$_{詩:七月流火。注:大火,心星也,七月則此星西流。}$飛雨動華屋,蕭蕭梁棟秋。窮途愧知已,暮齒借前籌。$_{留侯世家:臣請借前箸為大王籌之。}$憶射雕,$_{北齊書:斛律光嘗射一大鳥,形如車輪,旋轉而下,乃雕也,時號為落雕都督。}$雲臺畫形像,皆為掃氛妖。雙捕虜,$_{後漢馬武傳:武與虎牙將軍蓋延等討劉永,拜捕虜將軍。}$自是一嫖姚。$_{以古名將望之也。}$落日思輕騎,高秋一作天。可焚燒。$_{月窟注見二卷。覆巢穴以雪國恥也。}$會取干戈利,無令斥候驕。$_{西域傳:斥候百人,五分之,擊刁斗自衞。}$居然月窟泉必在腰。$_{越絕書:楚王使歐冶子為鐵劍,一曰龍泉。}$黃圖遭污辱,$_{唐藝文志有三輔黃圖一卷,黃圖圖地形,以黃繪之,如今之地理圖。}$言無老謀以佐嚴公也。解衣開北戶,高枕對南樓。樹溼風涼進,江喧水氣浮。禮寬心有適,節爽病微瘳。主將歸調鼎,吾還訪舊邱。

奉和嚴鄭公軍城早秋

秋風嫋嫋動高旌，玉帳分弓射虜營。已收滴博雲間戍，欲奪蓬婆雪外城。

滴博，他處作的博。因學紀聞：的博嶺在維州。

元和郡國志：柘州城四面險阻，易於固守，有安戎江蓬婆水在州南三十里。大雪山一名蓬婆山，在柘縣西北一百里。朱注：其地在雪山外。

草皇傳：出西山靈關，破峨和、通鶴，定廉城，蹤的博嶺，武傳：廣德二年九月，破吐蕃七萬餘衆，拔當狗城，遂圍維州。嚴武傳：廣德二年九月，破吐蕃七萬餘衆，拔當狗城，遂收鹽州城。

蔣云：嚴詩一味英武，此更寫得精細，有多少方略在，而頌處仍不溢美。

張云：何等氣概。

附 軍城早秋 嚴 武

昨夜秋風入漢關，朔雲邊月滿西山。更催飛將追驕虜，莫遣沙場匹馬還。

通鑑：武以崔旰爲漢州刺史，使將兵擊吐蕃於西山，連拔其城，擴地數百里。

一作

院中晚晴懷西郭茅舍 即浣花草堂。

幕府秋風日夜清，澹雲疏雨過高城。葉心朱實看時落，階面青苔先自生。

復有樓臺銜暮景，同影言日出也。不勞鐘鼓報新晴。舊注：俗以鐘鼓聲亮爲晴之占。浣花溪裏花饒笑，或低。葢。藉。肯信吾兼吏隱名。汝南先賢傳：鄭欽吏隱於蟻陂之陽。

張璁曰：詳此詩見公不樂居幕府，明年正月遂歸草堂。

到村

碧澗雖多雨，秋沙亦少泥。蛟龍引子過，西京雜記：瓠子河決，有蛟龍從九子，自決中逆上入河。荷芰逐花低。老去參戎幕，歸來散馬蹄。稻粱須就列，榛草卽相迷。是久不到光景。二句亦帶寓意，殆指幕中人言。蓄積思江漢，思由江漢而去也，公久有下峽之志不遂。疏頑惑町畦。音挺。町畦，田畔界也。莊子：彼且爲無町畦，亦與之爲無町畦。葢此時既不願久留，又不便辭去，不知何適而可，頗費躊躇耳。舊解俱非。暫酬知己分，還入故林棲。末向村訂歸期也。

仇注：雨多水寬，故蛟龍引子而過；泥少根脫，故荷芰逐花而低。二句分承。

村雨

雨聲傳兩夜，寒事颯高秋。挈帶看朱紱，年譜：是年六月武表為工部員外郎，賜緋魚袋。開箱覘黑裘。仇注：看朱紱，謂君恩未報；覘黑裘，謂久客未歸。世情只益睡，盜賊敢忘憂。承。四。松菊新霑洗，茅齋慰遠遊。

蔣云：五句悶盡世情語，一敢字孤忠凜然。

宿府

清秋幕府井梧寒，魏明帝詩：雙梧生空井。獨宿江城蠟炬殘。永夜角聲悲自語，中天月句。有。三。折。色好誰看？二句言獨宿淒涼之況。風塵荏苒音書絕，關塞蕭條行路難。已忍伶俜十年事，強移棲息一枝安。

邵云：渾壯。

遣悶奉呈嚴公二十韻

白水漁竿客，清秋鶴髮翁。胡為來幕下？祗合在舟中。黃卷真如律，唐會要：

四句總挈大意，是致悶之

天寶四載勒御史依舊置黃卷書闕失。句謂簿書督責之嚴。

青袍也自公。謂幕府之禮亦同於朝廷也。唐志：荷書員外郎從六品上，上元元年制五品服淺緋，六品服深綠。浦注：公時已賜緋而此云青袍者，蓋供事之便服。老妻憂坐痺，痺，音庇。嵇康絕交書：危坐一時，痺不得搖。說文：痺，溼病也。幼女問頭風。禮甘衰力就，義

歆倒，一作側，謂病體支離，不能久坐。分曹失異同。失於有異同也。二句言公在幕中既患老病，復與同僚多意見不伴。

悉上官通。襄力如此而甘就職者，以與嚴公通好也。疇昔論詩早，公至德中屢有贈嚴詩。光輝仗鉞雄。寬容存

性拙，翦拂念途窮。廣絕交論：翦拂使其長鳴。

笑傳：龜使抵網而遭漁者得之。直作鳥窺籠。四句言思草堂而不得去也。西嶺紆村北，南江繞舍東。西嶺即西山。元和郡國志：

大江一名汶江，一名流江，經成都縣南七里。竹皮寒舊翠，椒實雨新紅。四句言草堂之勝，上二遠景，下二近景。浪簸船應坼，

杯乾甕卽空。謂無人釀酒。藩籬生野徑，斤斧任樵童。堂不免荒廢。信然龜觸網，

史

蹉跎效小忠。周防期稍稍，杜預左傳序：聖人包周身之防。注：謂防慮必於周身也。太簡遂忽忽。言在己持身之道，不敢有一

此段從草堂還轉居幕府，章法一順一逆，以下段申足上段，結出奉呈之意。

○公寄弟憶弟諸詩無不佳，以其從真性情流出也。

邵云：老人絮絮，真情苦語。

毫苟且，藉以上答所知；惟性過疏略，遇事恐未免有草率處耳。二句亦帶有自為表白意。使院故事，晨入夜歸，非有疾病事故，輒不許出，抑而行之，必發狂疾。乃知唐藩鎮之屬，皆晨入昏歸，亦曰少暇，如牛僧孺待杜牧，固不以常禮也。

曉入朱扉啟，昏歸畫角終。周益公詩話：韓退之上張僕射書云：不成尋別業，未敢息微躬。烏鵲愁銀漢，朱注：愁無垠河之力也。 鷫鸘怕錦幪。言畏覊束，覆錦幪，幪，鞍帕也。徐陵詩：金鞍會希全物色，張溍注：物色，物之本色，謂得全其閒曠之本色也。 時放倚梧桐。莊子：倚樹而吟，據槁梧而瞑。

黃白山云：公與嚴武始終睽合之故，具見此詩。公在蜀兩依嚴武，其於故舊之情，不可謂不厚。及居幕中，未免以禮數相拘，又為同輩所譖，此公所以不堪其束縛，往往寄之篇詠也。

送舍弟穎赴齊州三首 穎想以省公來蜀，茲送其歸耳。

岷嶺南蠻北，已所在。南蠻，南詔蠻也。 徐關東海西。弟所赴。徐關在齊地。左傳：齊侯自徐關入。 此行何日到？送汝萬行啼。二句言去後淒涼。 絕域惟高枕，清風獨杖藜。 時危暫相見，衰白意都迷。言暫見即別，故使心緒慣亂。

風塵暗不開,汝去幾時來?兄弟分離苦,形容老病催。 上二承時危,此二承衰白。 江通一

風觀,日落望鄉臺。 注俱見○結○語○真○魂○醫然魂消七卷。客意長東北,以飄泊西南故。齊州安在哉? 蔣云:明明在東北,卻忽忽如不

知,即所謂衰白意都迷也。 不覺一一想到

諸姑今海畔,一適京兆王佑,一適會稽賀撝。 公范陽太君盧氏墓誌:太君二女,

兩弟亦山東。 謂觀與豐。

看道路通。短衣防戰地,匹馬逐秋風。 二句又囑其路上小心。 莫作俱流落,長瞻碣石

鴻。 廣絕交論:軼歸鴻於碣石。碣石山在齊州東北海中,欲其到後先寄書相慰也。

李云:老筆瘦硬,真乃慨倒動人。

張云:傍字,看字,多少斟酌,是亂離真景。

嚴鄭公階下新松,得霑字

弱質豈自負,移根方爾瞻。細聲聞玉帳,疏翠近珠簾。未見紫烟集, 烟集,松高則雲

虛蒙清露霑。何當一百丈,欹蓋擁高簷。

嚴鄭公宅同詠竹,得香字

綠竹半含籜,新梢纔出牆。色侵書帙晚,陰過酒樽涼。雨洗娟娟淨,風吹細細香。但令無翦伐,會見拂雲長。

李子德云:二詩秀色藹然,俱切時地言之,非漫作者。○張上若云:松竹皆公自喻幕中效職之意,不能無望於鄭公之培植也。

晚秋陪嚴鄭公摩訶池泛舟,得溪字

成都記:隋蜀王秀取土築廣子城,有胡僧見之曰:摩訶宮毗羅。蓋摩訶為大宮,毗羅為龍,為此池廣大有龍,因名摩訶池。在成都縣東南十二里。

湍駛風醒酒,船回霧起隄。〔承風〕高城秋自落,雜樹晚相迷。〔承霧〕坐觸鴛鴦起,〔坐字即坐之〕巢傾翡翠低。莫須驚白鷺,為伴宿青溪。〔一作清溪。〕

陪鄭公秋晚北池臨眺〔集外詩,見郭知達黃鶴本。〕

邵云：通首穩秀。
王右仲云：素機杯酒兩聯，寫出大官遊宴氣象。
邵云：刻劃秀淨，巧不傷雅。

北池雲水闊，華館闢秋風。獨鶴元依渚，衰荷且映空。蔞蔞露草碧，片片晚旗紅。孟酒霑津吏，衣裳與釣翁。異方初艷菊，故里亦高桐。搖落關山思，淹留戰伐功。嚴城殊未掩，清宴已知終。何補參軍事，歡娛到薄躬。

首叙秋池景物
次叙臨眺景事
素機分曹往，金盤小徑通。探菱寒刺上，踏藕野泥中。
素機金盤，採取菱藕以獻也。
末寫陪字意
菱藕以獻也。
指嚴有節意得禮謂
自淹留戰伐功。嚴
至長揖曰天子命我參卿軍事。
晉書：孫楚為石苞將軍，初參軍事，一作事卿。

奉觀嚴鄭公廳事岷山沱江畫圖十韻得忘字

沱水流中座，岷山到北堂。
沈云：即堂上不合生此對。一作楓樹起法。
逐聯山水分貼
白波吹粉壁，青嶂插雕梁。
朱注：末謂筆毫。
直訝松杉冷，兼疑菱荇香。雪雲虛點綴，沙草得微茫。嶺雁隨毫末，川蜺飲練光。
末謂筆毫之末，練光練素謂練之光，兼用澄江淨如練意。
霏紅洲蕊亂，拂黛石蘿長。暗谷非關雨，丹楓不為霜。秋

城玄圃外,景物洞庭旁。繪事功殊絕,幽襟與激昂。從來謝太傅,邱壑道

二句用比 結上 自寫觀字牧 到。殷。公。鄭。重。得。禮。

難忘。晉書:謝安放情邱壑,雖受朝寄,"東山之志,始末不渝。

王阮亭云:格律精細,點眼只在一二虛字,學者宜潛心玩之。○此詩誠齋所極賞,然在杜排律中,卻另為一體,格調似諸唐人,必謂公他作皆不及則非也。

送唐十五誡因寄禮部賈侍郎

舊唐書賈至傳:寶應二年為尚書左丞,廣德二年轉禮部侍郎。朱注:舊唐書:是年九月,尚書左丞楊綰知

東京選,禮部侍郎賈至知東京舉,兩都分舉選自至始。時唐十五必往東都赴舉,公故寄此詩為之先容也。

九載一相逢,百年能幾何?復為萬里別,送子山之阿。白鶴久同林,潛魚本同河。未知棲息期,衰老強高歌。歌罷兩悽惻,六龍忽蹉跎。相視髮皓白,況難駐羲和。

六龍、羲和,注俱見五卷。胡星墜燕地,謂史朝義。義緒死於幽州醫巫閭祠下,傳首京師。漢

將仍橫戈。謂僕固懷恩。通鑑:廣德二年七月,僕固懷恩引回紇吐蕃入寇,冬十月逼奉天。

蕭條九州內,人少豺虎多;少

五四六

四句有無數層折,俯仰具足,眞一字一頓挫。首敘惜別之情。

人。憤莫投，多虎信所過。饑有易子食，獸猶畏虞羅。四句更轉進一層，即苛政猛於虎意，以下二句申上二句。

子負經濟才，天門鬱嵯峨。即君門萬里意。南宮吾故人，白馬金盤陀。金盤陀，馬鞍飾也。注見二卷。句言其爲貴官。飄颻適東周，國策注：東周今洛陽。來往若崩波。鮑照詩：

客行惜日月，崩波不可留。心靡他。念子善師事，歲寒守舊柯。謂其勿輕馳騖，亦取久要之意。爲我謝賈公，病肺臥江沱。

憤世疾俗之言，寫得十分聲動，語亦可泣鬼神。次言行路之難，並慨時事。末段乃因唐寄賈正文，末句帶及自家不漏。

初冬

垂老戎衣窄，幕官亦著戎服，以時方用兵故。歸休寒色深。漁舟上急水，獵火著高林。日有習池醉，愁來梁甫吟。干戈未偃息，出處遂何心？遂，得遂也。

黃白山云：漁獵亦常事，拈急字、著字，便有意致。

觀李固請司馬弟山水圖三首

詳詩意，所畫當是海上仙山圖。

王右仲云：自己有愁，忽想到羣仙之不愁，真得味外之味。

此首虛擬，下首實寫。

收處同一厭濁世而慕仙遊，卻前用反筆，此用正筆。

邵云：疏老。

杜詩鏡銓

○上○牛○鼓○事○作○題○前○觀○篆○已○覺○酒○洛○異○人

易簡高人意，匡牀竹火爐。寒天留遠客，碧海掛新圖。雖對連山好，貪看

絕島孤。羣仙不愁思，冉冉下蓬壺。

方丈渾連水，天台總映雲。人間常見畫，老去恨空聞。○俞○云○一○結○沈○鬱○一○作○出○塵○氛○？范蠡舟偏小，王喬

鶴不羣。此生隨萬物，何路出塵氛？

○八○句○皆○畫○中○景○。

高浪垂翻屋，崩崖欲壓牀。野橋分子細，沙岸繞微茫。紅浸珊瑚短，青懸

薛荔長。浮查並坐得，仙老暫相將。拾遺記：堯時有巨查浮於西海，其上有光若星月，常繞四海，十二年一周，名貫月查，又名掛星查，羽人棲息其上。

至後

冬至至後日初長，遠在劍南思洛陽。公舊居。青袍白馬有何意？謂為幕職。金谷銅

五四八

駝非故鄉。石崇金谷詩序：余別廬在河南縣界金谷澗。華延儁洛陽記：兩銅駝在宮之南街，東西相向，高九尺，洛陽謂之銅駝陌。按銅駝本漢所鑄。梅花欲開

不自覺，棣萼〔借對〕一別永相望。愁極本憑詩遣興，詩成吟詠轉淒涼。〔結語顧兼直致〕

懷舊 仇注：此悼蘇之亡而自傷失侶也。

地下蘇司業，源明先爲國子司業，後爲祕書少監。情親獨有君。那因喪亂後，便作死生分！老

罷知明鏡，謂覽鏡知其衰老也。悲來望白雲。用淵明停雲思友意，卽所謂哭友白雲長也。自從失詞伯，不復更論

文。

哭台州鄭司戶蘇少監 集外詩，見郭知達黃鶴本。

故舊誰憐我，平生鄭與蘇。〔先寫一身。哭〕〔直入慘然〕存亡不重見，喪亂獨前途。豪俊何人在？文章

掃地無。羈遊萬里闊，謂凶問一年俱。鄭蘇同卒於廣德二年。〔起下二句〕白日中原上，清秋大海

隅。夜臺當北斗，公詩：秦城北斗邊。泉路覓東吳。唐書：台州屬淮南東道採訪使。張遠注：北斗蓬閣承中原，指蘇。東吳台州承海隅，指鄭。

得罪台州去，時危棄碩儒。移官蓬閣後，謂為祕書少監。穀貴歿潛夫。鶴注：廣德二年，斗米千錢。

苕溪漁隱叢話：律詩有扇對格，如少陵哭鄭司戶蘇少監詩：得罪台州去四句是也。東坡和鬱孤台詩云：邂逅陪車馬，尋芳謝朓洲，淒涼望鄉國，得句仲宣樓，用此體也。

及銜寃有是夫！道消詩發興，心息酒為徒。又鈸舊日文情。言不以為世用始放情於詩酒也。

隨跡未拘，班揚名甚盛，稽阮逸相須。會取君臣合，寧詮也。品命殊？論賢良許與才雖薄，追流慟嗟何

不必展，廊廟偶然趨。仇注：四句言天寶之際，鄭蘇俱仕而未久。

舊學，慘澹闊陰符。兵書類有周書陰符九卷，蘇得官而鄭貶斥。四句言肅宗復國後，蘇昔為太子諭德，後又除祕書少監，故曰詢舊學。鄭嘗著天寶軍防錄未能見用於世，故曰闊陰符。說命：台小子舊學於甘盤。唐書：勝決風塵際，功安造化鑪。從容詢

擺落嫌疑久，哀傷志力輸。二句言公與二子為忘形之交，今以哀傷而志力灰頹也。

依稀谷異，客對雪山孤。童稚思諸子，言幼時便慕諸子才名，二公年蓋少長。交朋列友于。情乖清俗

酒送,望絕撫墳呼。謝靈運詩:撫墳徒自傷。 瘠痢病。一作餐巴水,瘡痿老蜀都。鶴注:此與俗依綿谷異二句,公自敍展轉歷縣閬間而復來成都也。 飄零迷哭處,東吳西秦,皆公所欲至而不能遂者。天地日榛蕪。

盧德水云:此詩泣下最多,緣二公與子美莫逆故也。豪俊何人在四句,抵一篇大祭文。結云飄零迷哭處,天地日榛蕪。蒼蒼茫茫,有何地置老夫之意。想詩成時熱淚一湧而出,不復論行點矣,是以謂之哭也。

送王侍御往東川放生池祖席

東川詩友合,此贈怯輕爲。況復傳宗近,仇本作匠,與下不複,公八哀詩:宗匠集精選。 空然惜別離。王素傳能詩,故尤不敢作惜別常語,惟望早歸以慰衰疾耳。 梅花交近野,草色向平池。倘憶江邊臥,歸期願早知。